A inquilina de Wildfell Hall

Anne Brontë

A inquilina de Wildfell Hall

Tradução
Jéssica F. Alonso

Principis

Esta é uma publicação Principis, selo exclusivo da Ciranda Cultural
© 2021 Ciranda Cultural Editora e Distribuidora Ltda.

Texto traduzido do original em inglês
The Tenant of Wildfell Hall

Produção editorial
Ciranda Cultural

Texto
Anne Brontë

Diagramação
Linea Editora

Tradução
Jéssica F. Alonso

Design de capa
Ciranda Cultural

Preparação
Otacílio Palareti

Imagens
Apostrophe/Shutterstock.com;
Flower design sketch gallery/Shutterstock.com;

Revisão
Karine Ribeiro
Fernanda R. Braga Simon

Apostrophe/Shutterstock.com;
Yurchenko Yulia/Shutterstock.com;
Pavlo S/Shutterstock.com

Dados Internacionais de Catalogação na Publicação (CIP) de acordo com ISBD

B869i	Brontë, Anne
	A inquilina de Wildfell Hall / Anne Brontë ; traduzido por Jéssica F. Alonso. - Jandira, SP : Principis, 2021.
	512 p. ; 15,5cm x 22,6cm. – (Clássicos da literatura mundial)
	Tradução de: The tenant of Wildfell Hall
	ISBN: 978-65-5552-508-3
	1. Literatura inglesa. 2. Romance. I. Alonso, Jéssica F. II. Título. III. Série.
	CDD 823
2021-1705	CDU 821.111-31

Elaborado por Vagner Rodolfo da Silva - CRB-8/9410

Índice para catálogo sistemático:
1. Literatura inglesa : Romance 823
2. Literatura inglesa : Romance 821.111-31

1ª edição em 2021
www.cirandacultural.com.br
Todos os direitos reservados.
Nenhuma parte desta publicação pode ser reproduzida, arquivada em sistema de busca ou transmitida por qualquer meio, seja ele eletrônico, fotocópia, gravação ou outros, sem prévia autorização do detentor dos direitos, e não pode circular encadernada ou encapada de maneira distinta daquela em que foi publicada, ou sem que as mesmas condições sejam impostas aos compradores subsequentes.

Introdução

Anne Brontë cumpre uma dupla função nos estudos da obra e da vida das irmãs Brontë. Em primeiro lugar, sua presença sutil e delicada, sua breve e triste história, sua vida dura e a morte precoce entranham-se na poesia e na tragédia que sempre estiveram entrelaçadas com a memória das irmãs Brontë, tanto como mulheres quanto como escritoras. Em segundo lugar, os livros e poemas que ela escreveu funcionam como material de comparação para atestar a grandeza das suas duas irmãs. Anne serve de referência para a genialidade das irmãs: como elas, embora não com elas.

Muitos anos após o falecimento de Anne, seu cunhado reclamou de um suposto retrato que, aparentemente, passava uma impressão completamente equivocada da "querida e amável Anne Brontë". Parece que foi, de fato, "querida" e "amável" por toda a sua vida. A mais nova e mais bela das irmãs tinha um rosto delicado, pescoço delgado e traços pequenos e agradáveis. Apesar disso, contava com toda a seriedade e força de vontade das Brontë. Quando o pai perguntou à pequena criança de 4 anos de idade o que ela mais queria, a pequena criatura respondeu: "idade e experiência". (Se não fosse uma Brontë, seria impossível de acreditar!) Quando as três crianças começaram a criar juntas seus "textos dramáticos para as Ilhas", em 1827, Anne, na ocasião com 8 anos, escolheu Guernsey como sua ilha imaginária e a povoou com "Michael Sadler, Lorde Bentinck e Sir Henry Halford". Emily e ela estavam sempre juntas, e há evidências de que compartilharam um mundo fantástico desde muito novas até se tornarem mulheres maduras. Parece que *As crônicas de Gondal* as divertiram por muitos anos e deram origem a inúmeros livros escritos em "letrinhas minúsculas", cujos fac-símiles foram divulgados pelo senhor Clement Shorter. "Agora estou empenhada com a escrita do quarto volume da *Vida de Solala Vernon*", afirma Anne aos 21 anos. Quatro anos mais tarde, Emily revela que "Gondal está mais próspero que nunca. No momento, estou escrevendo uma obra sobre a Primeira Guerra. Anne escreveu algumas matérias a esse respeito e um livro por Henry Sophona. Pretendemos nos manter firmes com esses traquinas enquanto eles nos divertirem, e fico feliz em afirmar que isso tem acontecido".

É aprazível saber que a autora de *A inquilina de Wildfell Hall* divertia-se em Gondal, que escreveu as histórias de Solala Vernon ou Henry Sophona. Isso porque, tanto para ela quanto para suas irmãs, houve momento em que a potência da invenção foi capaz de transformar solidão e decepção em riqueza e conteúdo. Ao menos por um período, antes que uma experiência difícil e degradante tolhesse a primavera da sua juventude, substituindo o prazer desinteressado e espontâneo da vida e das brincadeiras imaginativas por uma triste sensação de dever e uma inexorável consciência da sua missão moral e religiosa, Anne Brontë escreveu histórias para se divertir e adorava os "traquinas" que criava.

Já em 1841, quando ouvimos sobre Gondal e Solala Vernon pela primeira vez, o material para vários outros livros já estava na cabeça da pobre Anne. Na ocasião, ela lecionava para uma família em Thorpe Green, onde Branwell uniu-se a ela como tutor em 1843 e onde, por eventos que continuam sendo um mistério, parece que Anne passou por uma provação que arruinou tanto sua saúde quanto seus nervos, não lhe deixando nada além das memórias melancólicas e repulsivas que posteriormente incorporou em *A inquilina de Wildfell Hall*. De fato, parece que, em partes, Anne foi vítima da mórbida imaginação de Branwell, a imaginação de um bêbado usuário de ópio. Todas as evidências recolhidas desde os escritos da senhora Gaskell revelam que Branwell não foi nem o subjugador nem o vilão que suas irmãs acreditavam. Mas a pobre Anne acreditava que ele era responsável por si mesmo e, sem dúvida, notou na vida diária de Branwell as evidências de uma personalidade viciosa para tornar críveis os piores ultrajes. Parece que os últimos meses da sua estadia em Thorpe Green estiveram sob a nuvem de uma pavorosa e terrível suspeita, e ela ficou grata por se livrar dessa situação no verão de 1845. No mesmo período, Branwell foi dispensado da tutoria sem grandes explicações, e seu empregador, o senhor Robinson, escreveu uma carta severa queixando-se ao pai de Branwell, sem dúvida preocupado com os costumes desordeiros e imoderados do jovem rapaz. A senhora Gaskell escreve: "As mortes prematuras de ao menos duas das suas irmãs, ceifando todas as enormes possibilidades de suas jovens vidas, podem ser datadas de meados do verão de 1845". Os fatos, tal qual os conhecemos agora, dificilmente suportam um julgamento tão forte. Não há evidências de que a conduta de Branwell tenha sido de alguma forma responsável pela enfermidade e pela morte de Emily, e Anne avalia o assunto de forma menos trágica no trecho recuperado recentemente pelo senhor Shorter. "Durante minha estadia (em Thorpe Green)", ela escreve em 31 de julho de 1845, "tive algumas experiências bastante desagradáveis e indesejadas com a natureza humana... Branwell é tutor em Thorpe Green e sofre com vários tormentos e saúde debilitada... Esperamos que ele melhore no futuro." E, no fim do documento, infelizmente parece que ela prevê os anos que estão por vir: "Eu não consigo ter uma cabeça mais velha ou mais lisonjeira do que tenho agora". Trata-se da linguagem da decepção e da ansiedade; mas dificilmente se encaixa na trágica história que a senhora Gaskell acreditava.

Com certeza a história foi uma elaboração imaginativa e doentia de Branwell durante os três anos transcorridos entre sua dispensa de Thorpe Green e sua morte. Ele imaginou um romance pecaminoso entre si mesmo e a esposa de seu empregador, impondo a história terrível para suas irmãs. O ópio e o álcool são explicações satisfatórias, e não é preciso perder tempo resolvendo o sórdido mistério. No entanto, os vícios do irmão, reais ou imaginários, têm certa importância na literatura por causa dos efeitos causados em suas irmãs. Não há dúvidas de que a loucura opiácea de Branwell, suas crises de embriaguez no Black Bull, sua violência em casa, seu discurso direto e grosseiro e sua perpétua ostentação de segredos pecaminosos influenciaram a imaginação de suas irmãs, que eram puras e inexperientes. Muito de *O morro dos ventos uivantes* e toda a obra de *A inquilina de Wildfell Hall* trazem a marca de Branwell, e os livros de Charlotte também contam com várias passagens nas quais aqueles que conhecem a história do presbitério são capazes de ouvir a voz daquelas pungentes repulsas morais, dos lúgubres questionamentos morais originados pela má conduta e pela ruína de Branwell. O destino do irmão tornou-se um elemento da genialidade de Emily e Charlotte, ambas fortes o bastante para assimilá-lo. Ele pode ter-lhes causado algum dano e enfraquecido certas percepções de sutileza ou sanidade, mas, no fim, graças à curiosa alquimia do talento, foi-lhes muito mais vantajoso do que prejudicial, à medida que lhes agitou as águas da alma, aproximando-as das realidades mais desoladas da nossa "frágil e decaída humanidade".

Mas Anne não era forte o bastante, seu dom ainda não estava muito maduro para permitir a ela transmutar sua experiência e seu pesar. É provável que, ao deixar Thorpe Green em 1845, ela já estivesse padecendo daquela melancolia religiosa cuja lastimável evidência Charlotte descobriu em seus escritos após o falecimento. Aquilo não influenciou muito a escrita de *Agnes Grey*, obra concluída em 1846 e que reflete os pequenos incômodos e desconfortos percebidos durante sua experiência como governanta, mas, em combinação com a crescente decadência moral e física de Branwell, gerou o implacável mandato de consciência sob o qual escreveu *A inquilina de Wildfell Hall*.

"Sua natureza era espontaneamente sensível, reservada e deprimida. Ela odiava aquele trabalho, mas o finalizou. Foi uma obra escrita para ser um alerta", afirmou Charlotte no ridículo prefácio de 1850, no qual esforçou-se para explicar ao público como uma criatura tão delicada e boa quanto Acton Bell foi capaz de escrever um livro como *A inquilina de Wildfell Hall*. Na segunda edição da obra, publicada em 1848, a própria Anne Brontë justificou seu romance em um prefácio reimpresso neste volume pela primeira vez. O pequeno prefácio é um documento curioso.

A INQUILINA DE WILDFELL HALL

Tem o mesmo tom didático e determinado que permeia o livro, o mesmo estreitamento de perspectiva e a expressão inflada que não se devem a nenhum egotismo particular da escritora, mas à afabilidade e à inexperiência que ainda a encorajam sob o estímulo da religião para que ela conclua sua desagradável e repulsiva tarefa. "Eu sabia que tais personagens" (como Huntingdon e seus camaradas) "de fato existem e, se eu conseguir evitar que algum jovem precipitado siga seus passos, então o livro não terá sido escrito em vão." Se a história causou mais dor que prazer a "algum leitor honesto", a escritora pede seu perdão, pois sua intenção passava longe disso. Porém, ao mesmo tempo, ela não é capaz de prometer limitar sua ambição à entrega de inocentes prazeres ou à elaboração de "uma obra de arte perfeita". "Considero um desperdício e um mau uso o tempo e o talento assim gastos." Deus deu a Anne verdades desagradáveis de serem ditas, e ela precisava dizê-las.

Segundo sua irmã, Anne suportou as interpretações equivocadas e os ultrajes "como se fosse um hábito seu suportar qualquer desagrado com moderada e constante paciência. Era cristã praticante e muito sincera, mas a matiz da melancolia religiosa conferiu um tom triste à sua breve e inocente vida".

Contudo, apesar das interpretações equivocadas e dos ultrajes, *A inquilina de Wildfell Hall* parece ter obtido um sucesso imediato maior do que qualquer outra coisa escrita pelas irmãs antes de 1848, com a exceção de *Jane Eyre*. Ganhou uma segunda edição dentro de pouquíssimo tempo após sua publicação, e os senhores Newby informaram aos editores norte-americanos, com os quais negociavam, que o trabalho havia sido produzido pelas mesmas mãos que criaram *Jane Eyre*, mas era superior tanto a este quanto a *O Morro dos Ventos Uivantes*. De fato, a prática afiada vinculada a essa maravilhosa avaliação resultou na apressada viagem das irmãs a Londres em 1848: a famosa viagem na qual as duas pequenas damas de preto revelaram-se ao senhor Smith, provando que não eram um Currer Bell, mas duas senhoritas Brontë. Foi a única viagem de Anne a Londres e seu único contato com um mundo diferente de Haworth, exceto por sua vida escolar em Roehead e seus dois empregos como professora.

ANNE BRONTË

Houve e há uma considerável habilidade narrativa e uma sutil energia moral em *A inquilina de Wildfell Hall* que, de fato, não seriam suficientes para manter a obra viva se não fosse o trabalho de uma Brontë, mas que ainda traem seu parentesco e sua origem. As cenas da perversidade de Huntingdon são menos interessantes, também menos improváveis, que as cenas na casa de campo de *Jane Eyre*; a história da morte dele conta com várias passagens verdadeiras e comoventes; a última cena de amor é bem escrita, em partes de forma até admirável. Mas a verdade do livro, enquanto verdadeiro, dificilmente é a verdade de imaginação; trata-se mais da verdade de um tratado ou de um relato. Restam poucas dúvidas de que muitas das páginas são transcrições bastante fidedignas da conduta e do linguajar de Branwell, considerando que a personalidade vulnerável de Anne lhe permitiu traduzir o temperamento do irmão, que era mais próximo do de Emily que do seu. É possível que o mesmo material tenha sido utilizado por Emily ou Charlotte. Emily, como sabemos, aproveitou-o em *O Morro dos Ventos Uivantes*, mas somente após passá-lo por aquela inefável transformação, aquela elevação misteriosa e incomunicável que faz e eleva a literatura. Houve em Emily e em Charlotte certa correspondência sutil e inata entre o olho e o cérebro, entre o cérebro e a mão, que está ausente em Anne. Não há outra consideração a se fazer a esse respeito nem qualquer outra diferença entre um talento servil e os elevados dons de "Delos e Patara do próprio Apolo".

A mesma vastidão de diferenças aparece entre seus poemas e os de sua amiga e companheira Emily. Se nossos descendentes algum dia fundarem as escolas para escritores, até hoje sob ameaças ou ataques, é possível que dificilmente entendam melhor do que nós o que é a genialidade ou como podemos motivá-la. Porém, se tentarmos aprender com exemplos, Anne e Emily Brontë servirão bem. Vejamos os versos escritos por Emily em Roehead, que contêm as belas linhas já citadas por mim em uma introdução anterior.[1] Pouco antes, há dois ou três versos que valem ser comparados

---

[1] Introdução de *O Morro dos Ventos Uivantes*. "Tranquilo, como eu ruminava o quarto vazio", etc. (N.T.)

com um poema de Anne chamado *Home*. Emily tinha 16 anos quando o escreveu; Anne, por volta de 21 ou 22 anos. O tema das duas irmãs é a desejosa nostalgia de casa durante o exílio. As linhas de Emily são repletas de falhas, mas trazem uma qualidade indubitável (neste caso, sem dúvida, ainda em botão, como uma promessa) que, nas de Anne, é completamente ausente. Na penumbra do dormitório escolar em Roehead, Emily reflete sobre a campestre cidadezinha de Haworth e a pequena casa de pedra aninhada no cume:

> *Há um lugar nas inférteis colinas*
> *Onde o inverno assola e a chuva castiga*
> *E quando chega a tempestade fria*
> *Há uma luz que calor bendiga.*

> *A casa está velha, as árvores, secas*
> *Não há lua no domo crepuscular*
> *Mas o que tanto se ama, tanto se anseia*
> *Quanto o aconchego do lar?*

> *O pássaro mudo pousado na pedra*
> *Os espinheiros mirrados, a sebe crescida*
> *O musgo úmido penso na parede*
> *Ó, como eu amo! Amo como a minha vida!*

Os versos de Anne, escritos em uma das casas nas quais foi governanta, expressam exatamente os mesmos sentimentos e o movimento da memória. Mas perceba a precisão e a rapidez instintivas de Emily e a fraqueza difusa de Anne.

> *Ao jardim distante, belo e selvagem*
> *Aos seus bosques de sempre-vivas*
> *Sebes sinuosas, margens arbustivas*
> *E o veludo da relva altiva*

Leve-me de volta àquele lugar
Circundado por cinzentos muros
Onde a grama esquecida jaz
Pela erva daninha posta em apuros.

Embora o entorno desta mansão
Convide os pés a perambular
E haja belos saguões a se ver
Ó, traga de volta meu Lar!

Há um paralelo semelhante entre os versos de *Domestic Peace*, de Anne (uma reflexão triste e real da terrível época com Branwell em 1846), e *Wanderer from the Fold*, de Emily; as últimas linhas de Emily revelam como o espírito aventureiro da irmã com o dom mágico a separa para sempre da piedade delicada e usual da irmã à qual tal dom foi negado. Embora as últimas linhas de Anne (*"I hoped that with the brave and strong"*) revelem doçura e sinceridade, elas ganharam e asseguraram seu lugar nos versos ingleses religiosos e devem sempre apelar àqueles que amam as irmãs Brontë, pois, na linguagem da fé e submissão cristãs, registram a morte de Emily e o carinho apaixonado com os quais suas irmãs a carregavam.

Portanto, voltamos ao ponto de partida. Anne Brontë não foge do esquecimento por ter sido a escritora de *A inquilina de Wildfell Hall*, mas por ser irmã de Charlotte e Emily Brontë, a frágil pequenina que as outras duas abastavam de cuidados delicados e protetores, que testemunhou a morte de Emily e que, alguns minutos antes de dar seu próprio adeus à vida, mandou que Charlotte "fosse corajosa".

"Quando penso em Anne", Charlotte escreveu muitos anos antes, "sempre a vejo como uma desconhecida paciente e oprimida, mais sozinha, menos dotada da capacidade de fazer amigos que eu tenho." Mais tarde, contudo, parece que essa capacidade de fazer amigos pertenceu mais a Anne do que às outras. Sua gentileza conquistava; não foi afastada pelas solitárias e autossuficientes atividades de grandes poderes como elas foram; seu cristianismo, apesar de triste e tímido, era compreensível para aqueles ao seu redor; não travou uma luta deprimente com sofrimento e morte, como Emily fez. A irmã cansou da vida de forma "consciente, arquejante e relutante", para usar as próprias palavras de Charlotte; os sofrimentos de Anne eram moderados, sua mente "geralmente era serena", e ela, no fim, "agradeceu a Deus por a morte ter chegado de forma tão gentil". Quando Charlotte voltou à desolada casa em Haworth, o grande cachorro de Emily e o pequeno *spaniel* de Anne a receberam de um "jeito estranho e comovente", como escreveu posteriormente ao senhor Williams. Charlotte ficou sozinha e tornou-se herdeira de todas as memórias e tragédias daquela casa. Assumiu novamente a vida e o trabalho. Cuidou do pai; voltou a escrever *Shirley* e, ao falecer, quatro anos depois, tinha aproveitado esse período para perceber que tudo o que tinha feito, mas também o que tinha amado, silenciosamente aconteceu para que mantivesse a fama. A tocante e agradável tarefa da senhora Gaskell estava pronta para ela, e Anne certamente faria parte das lembranças da Inglaterra, não menos que Charlotte ou Emily.

MARY A. WARD

Prefácio da autora à segunda edição[2,3]

Embora eu reconheça que o sucesso do presente trabalho seja superior ao que eu tinha previsto e que os elogios evocados por alguns críticos vão além do merecido, também preciso admitir que a censura provinda de outras bandas tem sido feita com uma aspereza para a qual tampouco estava preparado, e minha avaliação, assim como meus sentimentos, garantem-me ser mais excessiva do que justa. Certamente não é do âmbito de um autor refutar os argumentos de seus censores e vindicar suas próprias produções, mas permito-me fazer algumas observações que eu teria incluído no prefácio da primeira edição se tivesse antecipado a necessidade de tais precauções contra os equívocos daqueles que leriam o presente trabalho com uma mente preconceituosa ou que se satisfazem em julgá-lo após um breve relance.

Meu objetivo ao escrever as páginas a seguir não era apenas deleitar o leitor, tampouco satisfazer meu próprio gosto ou ainda conquistar a

---

[2] A obra foi inicialmente publicada sob o pseudônimo masculino de Acton Bell. (N.T.)
[3] Prefácio incluído pela primeira vez em uma edição de colecionador das obras das irmãs Brontë. (N.T.)

imprensa e o público a meu favor: eu queria contar a verdade, e a verdade sempre transmite sua própria moral àqueles capazes de recebê-la. No entanto, como o tesouro mais valioso frequentemente esconde-se no fundo de um poço, é preciso certa coragem para mergulhar e ir buscá-lo, sobretudo aquele que assim fizer, pois provavelmente sofrerá mais desprezo e desonra pela lama e pela água na qual ousou afundar do que será agradecido pela joia que procura; da mesma forma que aquela que purifica os aposentos de um solteiro descuidado será mais responsabilizada pela poeira que levanta do que gratificada pela limpeza que efetua. Não se deve imaginar, todavia, que me considero apto a corrigir os erros e abusos da sociedade, apenas sinto-me obrigado a contribuir com minha humilde parcela para tão benéfico fim; e, se eu for capaz de conquistar o ouvido público, prefiro sussurrar algumas verdades a sussurrar vários absurdos brandos.

Assim como a história de *Agnes Grey* foi acusada de extravagante e hiperbólica justamente nas partes cuidadosamente copiadas da vida real, com a mais meticulosa evitação de qualquer exagero, no presente trabalho vejo-me censurado por apresentar *con amore*, com "uma mórbida adoração do vulgar, se não do brutal", as cenas que, ouso dizer, não foram mais dolorosas ao serem lidas por meu crítico mais meticuloso do que ao serem descritas por mim. Posso ter ido longe demais (neste caso, serei cuidadoso para não incomodar a mim mesmo ou a meus leitores desse jeito novamente), mas, quando lidamos com personagens imorais e viciosos, mantenho a opinião de que é melhor apresentá-los como realmente são do que como gostariam de aparecer. Representar algo ruim sob uma perspectiva menos ofensiva é, sem dúvidas, o caminho mais agradável a ser seguido pelo escritor de ficção; mas é o mais honesto ou o mais seguro? É melhor revelar as armadilhas e arapucas da vida ao jovem e descuidado viajante ou cobri-las com galhos e flores? Ó, leitor! Se os fatos fossem menos delicadamente encobertos, se não houvesse esse sussurro clamando "paz, paz" quando não há paz alguma, haveria menos pecado e sofrimento aos jovens dos dois sexos que ficam fadados a aprender pelas amarguras da experiência.

A INQUILINA DE WILDFELL HALL

Não gostaria de dar a entender que os eventos ocorridos com o tratante infeliz e os poucos convivas torpes apresentados sejam uma prática comum na sociedade – trata-se de um caso extremo, creio que ninguém deixará de perceber; mas sei que tais índoles realmente existem e, se eu conseguir evitar que algum jovem precipitado siga seus passos ou impedir que alguma garota descuidada caia no mesmo erro natural da minha heroína, então o livro não terá sido escrito em vão. Ao mesmo tempo, se algum leitor honesto vivenciou mais dor do que prazer com a leitura e fechou o último volume com uma desagradável sensação em sua mente, humildemente peço por seu perdão, pois minha intenção passava longe disso; esforçar-me-ei para melhorar da próxima vez, pois adoro oferecer prazeres inocentes. Ainda assim, quero que se entenda que não limitarei minha ambição a isso, nem mesmo a produzir uma "obra de arte perfeita": considero um desperdício e um mau uso o tempo e o talento assim gastos. Esforçar-me-ei por usar o modesto talento que Deus me deu da melhor forma possível; se for capaz de agradar, tentarei me beneficiar também; e, quando sentir ser meu dever dizer uma verdade desagradável, com a ajuda de Deus **eu a direi**, embora em prejuízo do meu nome e em detrimento do prazer imediato do meu leitor, bem como do meu próprio.

Mais uma palavra, e terei terminado. A respeito da identidade do autor, deve-se ficar bem entendido que Acton Bell não é Currer nem Ellis Bell[4], portanto não imputem a eles as falhas do primeiro. Quanto ao nome ser real ou fictício, não se trata de um fato de significativa importância para aqueles que o conhecem apenas por suas obras. Acho que pouco importa se o escritor assim designado é um homem ou uma mulher, como um ou dois dos meus críticos proferem ter descoberto. Em grande parte, considero a imputação um elogio ao delineamento justo das minhas características femininas e, embora eu deva atribuir grande parte da severidade dos meus censores a essa suspeita, não me esforço em refutá-la, pois, particularmente, acredito que, se o livro for bom, não importa o sexo do autor. Todos os

---

[4] Pseudônimos das irmãs Charlotte e Emily Brontë, respectivamente. (N.T.)

romances são, ou deveriam ser, escritos para serem lidos tanto por homens quanto por mulheres, e não entendo como um homem se permitiria escrever algo realmente vergonhoso para uma mulher, ou por que uma mulher deveria ser censurada por escrever algo que seria adequado e apropriado para um homem.

22 de julho de 1848

Uma obra feminista: A inquilina de Wildfell Hall *e seu contexto histórico*

The Tenant of Wildfell Hall, título original deste livro, foi publicado pela primeira vez na Inglaterra em 1848. O sucesso foi imediato. A personalidade ousada e destemida de Helen Graham, nossa personagem principal, causou *frisson* por desafiar os costumes da época, levando a história a ser considerada uma das primeiras obras feministas de língua inglesa. Contudo, vale lembrar que seu lançamento foi feito sob o pseudônimo masculino de Acton Bell, e tal fato, por si só, já revela um pouco das condições sociais inglesas de meados do século XIX. Ler a mesma obra agora, mais de cento e cinquenta anos depois no Brasil do século XXI, urge um olhar crítico sobre a situação das mulheres nas sociedades em que estão inseridas.

Em 1792, a escritora inglesa Mary Wollstonecraft publicou a *Reivindicação dos Direitos da Mulher*, iniciando um movimento que se estenderia e ganharia força na Europa, sobretudo na Inglaterra, no fim do século XIX e no começo do século XX, e que ficou conhecido como a primeira onda feminista. Influenciadas pelos valores de igualdade, fraternidade e liberdade incutidos pela Revolução Francesa, as mulheres brancas saíram de casa para trabalhar nas fábricas. Percebendo que seus direitos não eram os mesmos dos homens, passaram a reivindicar por igualdade, sobretudo o direito à propriedade e ao voto, ficando conhecidas como sufragistas. Embora o movimento tivesse um forte caráter político e com ele as sufragistas tenham conquistado o direito ao voto na Inglaterra em 1918, as estruturas e relações da vida doméstica foram pouco questionadas. A mulher conquistava seu direito como sujeito político, porém, na esfera privada, permanecia fortemente vinculada a um homem, quase sempre seu pai ou marido.

Em 1963, a escritora norte-americana Betty Friedan publica *A mística Feminina*, questionando a forma como a mulher branca é retratada na mídia e contestando a falácia da certeza da felicidade feminina obtida através da família nuclear. Esta obra, fortemente inspirada por outra (*O Segundo Sexo*, da francesa Simone de Beauvoir, lançada em 1949), deu início à segunda onda feminista, sobretudo nos Estados Unidos e na Europa. A volta dos homens que partiram para lutar na Segunda Guerra Mundial e na Guerra do Vietnã, recuperando seus postos de trabalho, resultou no processo de "redomesticação" das mulheres. Relegadas de volta aos serviços e funções do lar, ganhou força o debate sobre violência doméstica, estupro conjugal, direitos sexuais e reprodutivos, estes também impulsionados pela disponibilização da pílula contraceptiva feminina e pelo movimento hippie da década de 1960. Entendeu-se, então, que *o pessoal também é político*, como a norte-americana Carol Hanisch bem colocou em seu ensaio homônimo de 1969.

É importante ressaltar que tanto o movimento sufragista quanto os questionamentos feitos pelas feministas da segunda onda tinham um caráter branco bastante forte. Enquanto as sufragistas lutavam pelo direito ao voto e as mulheres de classe média e alta reivindicavam por postos de trabalho e direitos sexuais, as mulheres negras eram forçadas a trabalhar desde o período colonial, e seus corpos, violentados por seus senhores. Com o fim do período colonial no continente africano, as mulheres negras e racializadas ganham voz e questionam essa característica etnocêntrica dos feminismos europeu e norte-americano, propondo os feminismos pós-colonial e decolonial. Angela Davis, Audre Lorde e Alice Walker são algumas das feministas norte-americanas de maior renome nesse aspecto.

As mulheres brasileiras acompanharam as discussões do feminismo ocidental, contribuindo e desenvolvendo seus movimentos a partir de suas próprias experiências. Aqui, o direito ao voto foi concedido às mulheres em 1932 por uma nova Lei Eleitoral, e uma das principais sufragistas nacionais foi Bertha Lutz. O Brasil estava em plena ditadura militar no período em que as mulheres reivindicavam o direito a seus corpos na Europa e nos Estados Unidos na segunda onda. Todavia, a repressão não foi capaz de suprimir a movimentação das brasileiras. Em 1975, Terezinha Zerbini fundou o Movimento Feminino pela Anistia, unindo as duas pautas. O Movimento de Mulheres Negras, surgido na mesma década, deu luz à pauta do feminismo negro nacional. Outros nomes relevantes para a luta feminista no Brasil são Maria Amélia de Almeida Teles, militante desde a década de 1970, e Lélia Gonzalez, importante intelectual a favor dos direitos humanos e do feminismo negro.

As lutas feministas continuam e já tiveram outras duas ondas. A terceira, a partir da década de 1990, ocorre quando as feministas incorporam à pauta a necessidade da mudança de estereótipos, questionando padrões de comportamento sociais e culturais. A quarta onda, impulsionada pela internet e pelo surgimento das redes sociais, que conectaram mulheres de todo o mundo e fomentaram a volta do interesse por questões feministas, teve início em meados da década de 2010 e segue até hoje. Há também uma maior clareza sobre a noção de interseccionalidade, que relaciona as questões de raça, classe e gênero. Entre as principais pensadoras feministas da atualidade podemos destacar Djamila Ribeiro (Brasil), Sueli Carneiro (Brasil), Chimamanda Ngozi Adichie (Nigéria), Paul B. Preciado (Espanha), Judith Butler (EUA) e o coletivo anônimo Guerrilla Girls.

Sem sombra de dúvidas, é grande o desejo que muitas de nós temos de poder afirmar, com toda certeza, que estamos livres das imposições sociais, morais, econômicas e religiosas que vinculam a personagem principal e outras personagens femininas desta obra a figuras masculinas, ao mesmo tempo em que relegam às margens da sociedade aquelas que não as cumprem. Contudo, lamentavelmente, os dados do Brasil e do mundo sobre violência doméstica, feminicídio, violência contra mulheres LGBTQ+, desigualdades salariais e raciais, entre tantos outros, nos levam a crer que ainda há um longo percurso a percorrer para podermos declarar a conquista da verdadeira equidade de gênero. Há de se seguir lutando, sem deixar de reconhecer e honrar o caminho trilhado por aquelas que vieram antes de nós. Anne Brontë e sua Helen Graham certamente fazem parte dessa história.

JÉSSICA F. ALONSO
Janeiro de 2021

Capítulo 1

Você precisa voltar comigo para o outono de 1827.

Meu pai, como você sabe, era uma espécie de fazendeiro diletante no Condado W., e, seguindo sua vontade explícita, eu o sucedi na mesma tranquila ocupação, não de muito boa vontade, pois uma ambição impelia-me a objetivos mais elevados e, contrariando aquela voz, minha presunção afirmava que eu estava enterrando meu talento e ofuscando minha luz na lama. Minha mãe fez de tudo para me convencer de que eu era capaz de grandes conquistas; mas meu pai, que acreditava que a ambição era a rota mais certa para a ruína e que mudança era sinônimo de destruição, não dava ouvidos a nenhum plano para melhorar minha própria condição nem a dos meus mortais familiares. Ele me garantiu que tudo aquilo era bobagem e, em seu leito de morte, apelou para que eu continuasse trilhando o bom e velho caminho, seguindo seus passos e os de seu pai antes dele, permitindo que minha maior ambição fosse andar honestamente pelo mundo, sem olhar para a esquerda ou para a direita, passando as terras paternas aos meus filhos no mínimo em condições tão prósperas quanto como ele as deixara para mim.

"É assim! Fazendeiros honestos e empenhados são alguns dos membros mais úteis para a sociedade e, se eu dedicar meu talento ao cultivo da fazenda e à melhoria da agricultura em geral, não beneficiarei somente meus conhecidos e dependentes diretos, mas, em certa medida, também a humanidade como um todo. Assim, portanto, não terei vivido em vão." Era com reflexões como esta que eu tentava me consolar enquanto me arrastava dos campos de volta para casa em uma noite fria, úmida e nublada do fim de outubro. Mas o brilho vermelho do fogo irradiado pelas janelas de uma sala de estar era mais eficaz em animar meu espírito e repreender minhas aflições ingratas do que todas as reflexões solenes e as boas resoluções que eu me forçava a fazer. Lembre que eu era jovem na época, estava só com 24 anos e ainda não tinha adquirido nem metade do presente controle que tenho sobre meu próprio espírito, por mais trivial que seja.

Contudo, eu não podia adentrar naquele refúgio abençoado antes de trocar minhas botas enlameadas por um par de sapatos limpos, meu sobretudo grosseiro por um casaco respeitável e tornar-me minimamente apresentável para uma comitiva decente, pois minha mãe, não obstante toda bondade, era bastante minuciosa em certos aspectos.

Subindo para o meu quarto, deparei-me na escada com uma garota esperta e bonita de 19 anos, uma figura arrumada e atarracada, rosto redondo, bochechas grandes e iluminadas, de cabelo ondulado e sedoso e alegres olhos castanhos. Não preciso nem dizer que era minha irmã Rose. Sei que ela ainda é uma bela matrona, sem dúvida não menos amável (a seus olhos) do que naquele dia feliz em que você a viu pela primeira vez. Na época, nada me dizia que ela, alguns anos depois, tornar-se-ia a esposa de alguém totalmente desconhecido para mim no momento, mas destinado a se tornar um amigo mais próximo que ela própria, mais íntimo que aquele rapaz descortês de 17 anos que me pegou descendo pelo corredor e quase me arrancou o equilíbrio, recebendo como punição para sua imprudência um ressoante tapa na cabeça que, contudo, não causou nenhuma grave lesão ao ser infligido; ademais, era mais espessa do que de costume e foi protegida pelo impacto redundante de pequenos cachos castanho-avermelhados que minha mãe chamava de ruivos.

Ao entrar no salão, encontramos aquela honrosa senhora sentada em sua poltrona ao lado da lareira, costurando com afinco como costumava fazer quando não tinha outros afazeres. Limpara a lareira e acendera um fogo brilhante e flamejante em nossa recepção; a empregada tinha acabado de trazer a bandeja do chá; Rose estava preparando o açucareiro e a caixa de chá retirados da cristaleira no aparador de carvalho preto, que brilhava como ébano polido no animado crepúsculo do salão.

– Enfim, os dois! – exclamou minha mãe, olhando-nos sem desacelerar o movimento dos seus dedos ágeis e das agulhas reluzentes. – Agora fechem a porta e venham até o fogo enquanto Rose prepara o chá; imagino que estejam famintos; e contem-me o que aprontaram o dia todo, gosto de saber o que meus filhos têm aprontado.

– Eu estou adestrando o potro cinza (não está sendo fácil), ajudei a guiar a aração do último restolho de trigo (porque o arador não tinha senso de direção) e estou elaborando um plano para drenar todo o prado de baixo com eficiência.

– Meu bom garoto! E você, Fergus, o que tem feito?

– Fiquei importunando os texugos.

Então Fergus passou a explicar detalhadamente sua atividade, dando conta das demonstrações de coragem do texugo e dos cães; minha mãe fingindo ouvir com bastante atenção, observando suas animadas expressões com um nível de admiração materna que eu considerava bastante desproporcional ao objeto.

– Está na hora de você começar a fazer outra coisa, Fergus – interpolei assim que uma pausa momentânea em sua narração me permitiu dizer uma palavra.

– O que eu posso fazer? – ele retrucou. – Minha mãe não me deixa ir ao mar nem entrar para o exército, e estou decidido que não quero fazer nada além disso, então me tornarei um fardo tão grande para todos vocês que ficarão felizes quando se livrarem de mim sob quaisquer condições.

Nossa mãe bateu de leve em seu curto cabelo ondulado. Fergus resmungou e tentou parecer irritado e, logo em seguida, todos nós tomamos nosso lugar à mesa, obedecendo aos repetidos chamados de Rose.

– Agora peguem o chá – disse Rose –, pois é minha vez de contar o que estive fazendo. Fui visitar os Wilsons; e foi uma pena você não ter ido comigo, Gilbert, porque Eliza Millward estava lá!

– É mesmo? E o que tem ela?

– Ah, nada! Não vou falar nada dela para você, apenas que é uma bela coisinha adorável quando está de bom humor, e eu não me importo de visitá-la…

– Já chega, minha querida! Seu irmão não está pensando nessas coisas! – minha mãe sussurrou com seriedade, erguendo o dedo no ar.

– Pois bem… – Rose retomou –, queria contar a vocês a importante novidade que descobri; não estou me aguentando desde que a ouvi. Cerca de um mês atrás, disseram que alguém viria morar em Wildfell Hall e adivinhem só? A casa já está sendo habitada há mais de uma semana! E nós nem percebemos!

– Impossível! – exclamou minha mãe.

– Besteira!!! – Fergus gritou.

– É verdade! E por uma mulher sozinha! – disse Rose.

– Minha nossa, minha querida! Aquele lugar está em ruínas! – completou minha mãe.

– A inquilina tornou dois ou três cômodos habitáveis e está morando lá sem ninguém, só com uma velha criada.

– Ó, céus! Agora estragou tudo. Eu estava torcendo para que ela fosse uma bruxa – observou Fergus enquanto pegava grossas fatias de pão com manteiga.

– Deixe de bobagem, Fergus!

– Mas não é estranho, mamãe?

– Estranho? Nem consigo acreditar.

– Mas pode acreditar, sim, Jane Wilson a viu. Foi lá com a mãe que, é claro, ao ouvir que havia uma estranha na vizinhança, não sossegou até que pudesse vê-la e tirar dela tudo o que conseguisse. A moça se chama senhora Graham e está de luto, não um luto de viúva, mas um luto leve, e disseram que é bem jovem, não passa dos 25 ou 26 anos. Mas é tão reservada! Fizeram o possível e o impossível para descobrir quem ela é, de onde vem e tudo o mais, mas nem a senhora Wilson, com sua obstinação e suas impertinentes provocações, nem a senhorita Wilson, com sua astúcia habilidosa, conseguiram obter uma única resposta satisfatória, nem mesmo uma observação casual ou expressão acidental destinada a aplacar sua curiosidade ou jogar o mais difuso raio de luz sobre sua história, sua situação ou suas relações. Além do mais, a moradora não foi muito educada, deixando claro que estava mais satisfeita em dizer "adeus" do que "como vai". Mas Eliza Millward disse que o pai dela pretende visitá-la em breve para dar um conselho pastoral, do qual suspeita que precise, pois, apesar de sabermos que a moça chegou à vizinhança no início da semana passada, não apareceu na igreja domingo; e Eliza implorará para acompanhá-lo e tem certeza de que conseguirá tirar alguma coisa dela; você sabe, não é, Gilbert, que Eliza consegue fazer qualquer coisa. E nós também podíamos passar lá algum dia, mamãe. É educado, você sabe.

– É claro, querida. Coitadinha! Ela deve se sentir tão sozinha!

– E sejam rápidas; não se esqueçam de me informar quanto açúcar ela põe no chá e que tipo de toucas e aventais ela usa, pois quero saber de tudo. Não sei como conseguirei viver sem essas informações – afirmou Fergus muito solenemente.

Mas, se pretendia ser aclamado como um mestre da sagacidade com aquele discurso, falhou notavelmente, porque ninguém riu. No entanto, Fergus não ficou muito envergonhado. Estava com a boca cheia de pão com manteiga e prestes a engolir um gole de chá quando o humor da coisa o acometeu com uma força tão grande e irresistível que foi obrigado a pular da mesa e sair correndo da sala tossindo e engasgando, e, um minuto depois, podíamos ouvi-lo gritar em temerosa agonia no quintal.

Quanto a mim, estava faminto e contentava-me em devorar silenciosamente o chá, o presunto e a torrada, enquanto minha mãe e minha irmã continuaram conversando e debatendo sobre as circunstâncias aparentes e não aparentes, e a provável ou improvável história da moça misteriosa; no entanto, devo confessar que, após a desventura do meu irmão, levei a xícara até meus lábios uma ou duas vezes e baixei-a novamente sem ousar provar seu conteúdo, temendo macular minha dignidade com explosão semelhante.

No dia seguinte, minha mãe e Rose apressaram-se para dar seus cumprimentos à bela reclusa e voltaram pouco mais sábias do que foram; ainda assim, minha mãe declarou que não se arrependeu do passeio, pois, apesar de não ter ganhado nada de muito bom, lisonjeou-se por ter transmitido algo, o que era ainda melhor: deu conselhos úteis que esperava que não fossem jogados fora, pois a senhora Graham, apesar de ter falado pouco sobre qualquer coisa e parecer um pouco presunçosa, não pareceu inapta a reflexões, apesar de não saber ao certo onde esteve a vida inteira, coitadinha, pois revelou uma ignorância lamentável sobre determinados assuntos e nem mostrou tino para se envergonhar.

– Sobre quais assuntos, mãe? – perguntei.

– Questões domésticas e todas as pequenas delicadezas da culinária, coisas assim, com as quais toda dama precisa estar familiarizada, quer precise colocar seus conhecimentos em prática, quer não. Dei a ela algumas informações úteis e várias receitas excelentes, cujo valor ela evidentemente não soube apreciar, implorando-me para não me preocupar, dizendo que vive de modo tão simples e tranquilo que tinha certeza de que nunca as usaria. "Não importa, querida", falei. "É disso que toda mulher respeitável precisa saber. Ademais, apesar de estar sozinha agora, não será sempre assim; você já foi casada e provavelmente, quase ouso dizer que certamente, será casada de novo." "A senhora está enganada, madame", ela disse, quase com arrogância. "Tenho certeza de que nunca mais serei." Mas eu disse que sabia do que estava falando.

– Imagino que seja uma jovem viúva romântica – falei –, que veio até aqui para passar o resto dos seus dias em solidão, enlutando em segredo seu amado que se foi. Mas isso não vai durar muito tempo.

– Não, acho que não – observou Rose. – Afinal de contas, ela não parece muito desolada e é extremamente bonita, até bela, eu diria. Você tem que vê-la, Gilbert; você a chamará de uma beldade perfeita, apesar de ser difícil fingir que há semelhança entre ela e Eliza Millward.

– Bem, consigo pensar em vários rostos mais bonitos que o de Eliza, conquanto que não mais charmosos. Creio que ela tenha pequenas pretensões à perfeição, mas continuo dizendo que, se fosse mais perfeita, seria menos interessante.

– Então você prefere as falhas dela às perfeições de outras pessoas?

– Exatamente, exceto pela presença de minha mãe.

– Ah, querido Gilbert, que besteira! Sei que você não está falando a sério; isso está fora de cogitação – falou minha mãe, levantando-se e saindo apressada da sala com o pretexto dos afazeres domésticos para fugir da contradição que se agitava em minha língua.

Depois disso, Rose favoreceu-me com mais detalhes a respeito da senhora Graham. Sua aparência, seus modos e sua vestimenta, até mesmo a mobília do cômodo habitado me foram desvelados com mais clareza e precisão do que eu gostaria; no entanto, como não fui um ouvinte muito atencioso, não poderia repetir a descrição nem se quisesse.

O dia seguinte era sábado e, no domingo, todos estavam curiosos para saber se a bela desconhecida atenderia ao reproche do vigário e iria à igreja. Confesso que olhei com algum interesse para o antigo banco da família que pertencia à Wildfell Hall, cujo tecido e as almofadas carmim desbotadas permaneceram amassados e sem reforma por tantos anos, e os tristes brasões, com suas lúgubres bordas cobertas por um roto tecido preto, enrugavam-se desaprovadoramente na parede acima.

Foi então que vi uma figura alta e feminina vestida de preto. Seu rosto estava virado em minha direção e nele havia algo que, uma vez visto, convidava a olhar de novo. Seu cabelo era preto como as plumas de um corvo, disposto em cachos compridos e brilhantes, um penteado pouco usual nos dias de hoje, mas sempre gracioso e agradável; a fronte era clara e pálida; não consegui ver seus olhos, pois, voltados ao missal, estavam ocultos pelas pálpebras e longos cílios pretos, mas as sobrancelhas acima deles eram expressivas e bem delineadas; a testa era ampla e intelectual, o nariz perfeitamente aquilino, e os traços, em geral, excepcionais; havia apenas uma concavidade entre as bochechas e os olhos, e os lábios, embora desenhados com elegância, eram um pouco finos demais, apertados, um pouco firme demais, e acreditei que algo neles indicava um temperamento não muito brando ou amigável. Em meu coração, disse: "Prefiro admirá-la a distância a ser seu parceiro em casa".

Acontece que ela levantou os olhos bem naquele instante, e eles encontraram os meus; decidi não desviar o olhar, ela tornou a fitar o livro, mas com uma expressão momentânea e indefinida de desdém que me provocou inefavelmente.

"Ela acha que sou um folgazão indecente", pensei. "Hum! Ela mudará de ideia em breve, se eu achar que vale a pena."

Então dei por mim que eram pensamentos bastante impróprios para um local sagrado e que meu comportamento atual estava muito aquém do que deveria. Todavia, antes de voltar minha mente para o serviço, olhei ao redor para ver se alguém na igreja estava me observando; mas, não, todos que não estavam consultando seu missal olhavam para a dama desconhecida, inclusive minha boa mãe e minha irmã, a senhora Wilson e sua filha, até Eliza Millward olhava sutilmente de canto de olho para o objeto que atraía a atenção geral. Ela então mirou-me, deu um sorriso afetado e corou, encarando modestamente seu missal e esforçando-se para se recompor.

Lá estava eu transgredindo outra vez, e tomei consciência disso pela cotovelada repentina do meu irmão atrevido em minhas costelas. No momento, apenas pude me vingar do insulto pressionando meu pé em seus dedos, postergando a vingança para quando saíssemos da igreja.

Agora, Halford, antes de concluir esta carta, contar-lhe-ei um pouco sobre Eliza Millward. Ela era a filha mais nova do vigário, uma criaturinha bastante atraente pela qual eu não sentia pouca predileção, e ela sabia disso, embora eu nunca tivesse deixado isso claro nem tinha qualquer intenção definitiva em fazê-lo, pois minha mãe, que conservava a opinião de que não havia nenhuma criatura boa o bastante para mim em um raio de vinte milhas, não suportava a ideia de me ver casar com aquela coisinha insignificante que, além de suas outras inúmeras desqualificações, não tinha nem vinte libras para chamar de suas. A figura de Eliza era ao mesmo tempo delicada e rechonchuda, seu rosto era pequeno e quase tão redondo quanto o de minha irmã; a pele parecida com a de Rose, mas era mais delicada e, certamente, menos corada; o nariz, arrebitado; características em geral irregulares e que, todas juntas, a tornavam mais charmosa que bonita. Mas seus olhos... Não consigo esquecer essa notável particularidade, pois eram eles que mais atraíam, pelo menos no que diz respeito à aparência. Eram longos e estreitos, íris pretas ou de um castanho muito escuro, sua expressividade mudava e variava muito, mas era sempre preternatural (quase falei "diabólica"), maliciosa ou irresistivelmente encantadora, com frequência as duas coisas. Sua voz era suave e infantil; seu caminhar, leve e macio como o de um gato; mas seus modos, no entanto, quase sempre pareciam os de um belo gatinho brincalhão, ora atrevido e maroto, ora tímido e reservado de acordo com suas doces vontades.

A irmã dela, Mary, era vários anos mais velha, muitos centímetros mais alta, sua estrutura era maior e mais grosseira; uma moça simples, silenciosa e sensível que cuidou pacientemente da mãe durante toda a sua terrível e longa doença e tornou-se a cuidadora da casa e da família a partir de então. Seu pai confiava nela e a valorizava, ela era amada e cortejada pelos cães, pelos gatos, pelas crianças e pelos pobres, e menosprezada e negligenciada por todo o resto.

O reverendo Michael Millward era um homem idoso, alto e corpulento, que usava um chapéu de abas largas sobre o rosto largo, quadrado e robusto, andava com um pesado cajado na mão e protegia suas ainda vigorosas pernas com calções de couro na altura dos joelhos e perneiras ou meias pretas de seda em ocasiões oficiais. Era um homem de princípios firmes, preconceitos fortes e hábitos regulares, intolerante com dissidências de qualquer tipo, agia sob a firme convicção de que suas opiniões estavam sempre certas e qualquer um que divergisse delas era o mais deplorável dos ignorantes ou o mais obstinado dos cegos.

Na infância, acostumei-me a encará-lo com uma sensação de reverência temerosa, mas a superei recentemente, agora mesmo, pois, apesar de demonstrar uma gentileza paterna com os bem-comportados, era um disciplinador rigoroso e com frequência reprovava duramente nossas falhas e pecados juvenis; ademais, naqueles dias, sempre que chamava nossos pais, tínhamos de entestar com ele e proferir o catecismo ou repetir "Como pode a abelhinha diligente"[5] ou qualquer outro hino, ou ainda, o que era o pior de tudo, ser questionado sobre seu último texto e a ideia principal do seu discurso, da qual nunca conseguíamos recordar. Às vezes, o digníssimo cavalheiro reprovava minha mãe por ser indulgente demais com seus filhos, fazendo referência ao velho Eli ou a David e Absalão, o que era especialmente

---

[5] Primeiro verso de um hino religioso infantil de Isaac Watts, datado de 1715 e posteriormente parodiado por Lewis Carroll em *Alice no País das Maravilhas*. (N.T.)

vexatório para ela; e, apesar de minha mãe respeitar muito sua pessoa e tudo o que ele dizia, uma vez a ouvi exclamar: "Por Deus, como eu gostaria que ele tivesse um filho! Aposto que não estaria tão disposto a dar conselhos para as pessoas e veria como é manter a ordem com dois meninos".

Tinha um cuidado admirável com a saúde física (acordava bem cedo, caminhava regularmente antes do café da manhã, era bastante detalhista com as vestimentas quentes e secas, nunca se soube de uma vez que tenha dado um sermão sem ter engolido um ovo cru antes, a despeito de ser abençoado com bons pulmões e uma voz poderosa) e, em geral, era extremamente distinto com o que comia e bebia sem, contudo, ser abstêmio. Adotava uma dieta bastante peculiar para si mesmo: era avesso a chás e demais bebidas aguadas, era patrono dos licores de malte, de *bacon* e ovos, presunto, bife curtido e outras carnes fortes que combinavam muito bem com seu sistema digestivo, o que o levava a sustentar que eram opções boas e saudáveis para qualquer um, recomendando-as com confiança aos convalescentes ou dispépticos mais sensíveis que, se falhavam em obter os benefícios prometidos por suas prescrições, ouviam que era por não terem perseverado o bastante e, caso reclamassem dos resultados inconvenientes observados, o reverendo alegava que estavam inventando.

Antes de pôr fim a esta longa carta, falarei por cima de outras duas pessoas mencionadas antes: a senhora Wilson e sua filha. A primeira era a viúva de um importante fazendeiro, uma velha fofoqueira, obtusa e tagarela, cuja natureza não vale a pena ser descrita. Ela tinha dois filhos, Robert, um fazendeiro rude e caipira, e Richard, um jovem acanhado e estudioso que estava aprendendo sobre os clássicos com o auxílio do vigário, preparando-se para o colegial com o objetivo de entrar para a igreja.

A irmã deles, Jane, era uma jovem dama com alguns talentos e maiores ambições. Estudou em um internato por vontade própria e recebeu educação superior à de qualquer outro membro da família. Acolheu bem a polidez, seus modos adquiriram uma elegância notável, quase perdeu todo o sotaque provinciano e era capaz de ser enaltecida por mais conquistas que as filhas do vigário. Além de tudo, era considerada uma beldade; mas nunca, nem por um instante, estive entre os seus admiradores. Jane tinha cerca de 26 anos, era alta e bastante esguia, o cabelo não era castanho nem acobreado, mas de um vermelho brilhante, claro e bem definido; seu rosto era notavelmente belo e radiante, a cabeça era pequena, pescoço longo, queixo bem delineado, mas muito pequeno, lábios finos e vermelhos, olhos claros de avelã, rápidos e penetrantes, mas completamente destituídos de poesia ou sentimentos. Teve, ou poderia ter tido, muitos admiradores por toda a sua vida, mas repulsou e rejeitou todos eles com desprezo; ninguém, exceto um cavalheiro, seria capaz de atender a seu gosto refinado, e ninguém, exceto um homem rico, seria capaz de satisfazer suas elevadas ambições. Era um cavalheiro do qual ultimamente recebera alguns momentos pontuais de atenção e para o qual, dizia-se, Jane tinha sérios planos para seu coração, seu nome e sua fortuna. Era o senhor Lawrence, o jovem proprietário cuja família habitara a Wildfell Hall, mas a deixara havia cerca de quinze anos, trocando-a por uma mansão mais moderna e confortável na paróquia vizinha.

Então, Halford, dou-lhe adeus por ora. Este é o primeiro fascículo da minha dívida. Se a moeda o convier, diga-me, e enviarei o resto a meu bel-prazer: se preferir continuar meu credor a encher os bolsos com tais fragmentos desajeitados e pesados, avise-me também, perdoarei seu mau gosto e me contentarei em manter o tesouro para mim mesmo.

Para sempre seu,
GILBERT MARKHAM

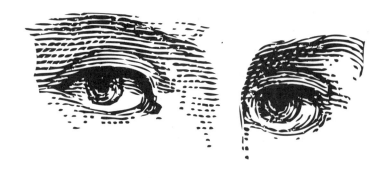

Capítulo 2

Notei com alegria, meu precioso amigo, que a nuvem de desprazer que pairava sobre você se dissipou; a luz do seu rosto abençoa-me mais uma vez, e você anseia pela continuação da minha história; portanto, eu a contarei sem mais delongas.

Creio que o último mencionado fora um domingo do fim de outubro de 1827. Na terça-feira seguinte, saí com meu cão e minha arma procurando diversão como a que normalmente havia na região de Linden-Car; contudo, ao não encontrar nenhuma, voltei meus braços aos falcões e às gralhas-pretas, cujas depredações, suspeitei, privaram-me de uma caça melhor. Então deixei as áreas mais frequentadas, os vales arborizados, os milharais e os pastos para subir o aclive íngreme de Wildfell, a colina mais selvagem e alta das redondezas, cujas árvores e arbustos tornam-se esparsos e mirrados na descida, dando lugar a blocos de pedra bruta, em partes cobertos por hera e musgo, e aquelas sendo substituídas por lariços e pinheiros-silvestres ou abrunheiros isolados. Os campos, agrestes e pedregosos, inadequados ao arado, serviam principalmente como pasto para ovelhas e gado em geral; o solo era fino e pobre, pedaços de rocha cinza apareciam aqui e ali nos morros gramados; mirtilos e urzes (relíquias de um lugar ainda mais selvagem) cresciam sob as paredes; e em muitas das reentrâncias tasnas e junco usurpavam a supremacia da folhagem esparsa; mas aquela não era minha propriedade.

Quase no topo dessa colina, a cerca de duas milhas de distância de Linden-Car, ficava Wildfell Hall, um casarão obsoleto do período elisabetano, construída em pedra cinza-escura, venerável e pitoresca para o olhar, mas, sem dúvidas, bastante fria e escura para ser habitada, com aqueles seus compridos mainéis de pedra e as pequenas vidraças de treliça, os dutos de ventilação comidos pelo tempo e sua posição isolada demais, desprotegida demais; sua única defesa na guerra que travava contra o vento e o clima era um grupo de pinheiros-silvestres, eles próprios meio arruinados pelas tempestades, parecendo tão austeros e frios quanto a própria mansão. Atrás dela jaziam alguns campos desolados e, logo após, o topo da colina coberto de urze marrom; na sua frente (mureado por paredes de pedra e fechado por um portão de ferro com grandes esferas de granito cinza aparecendo por cima dos pilares do portão, semelhantes àquelas que decoram telhados e empenas) havia um jardim, outrora repleto com o máximo de plantas e flores que o solo e o clima podiam suportar, e com as árvores e os arbustos que melhor resistiam às torturantes podas do jardineiro, prontamente dispostos a assumir as formas que ele decidia lhes dar (agora, depois de ficar tantos anos sem cultivo nem podadura, abandonado às ervas e à grama, ao gelo e ao vento, à chuva e às secas, o jardim de fato tinha uma aparência bastante singular). Quase todo o alfeneiro verde que cobria dois terços das paredes fechadas que emolduravam o caminho principal tinha secado, e o resto cresceu além de qualquer limite razoável; o velho cisne de buxo, que ficava ao lado do raspador, tinha perdido o pescoço e metade do corpo; as torres encasteladas de loureiro no meio do jardim, o guerreiro gigante que ficava de um lado do portão e o leão que protegia o outro desabrocharam em formatos tão fantasiosos que não lembravam nada que existisse no céu, na terra ou na água; mas, para a minha jovem imaginação, todos tinham uma aparência gnomesca que condizia bem com os vários contos fantasmagóricos e sombrios narrados por nossa velha babá sobre a casa mal-assombrada e seus ocupantes que haviam ido embora.

Eu tinha conseguido matar um falcão e duas gralhas quando avistei a mansão; e então, abandonando a ideia de continuar caçando, perambulei para dar uma olhada no velho lugar e ver quais mudanças tinham sido feitas por sua nova habitante. Não quis parar e olhar em frente ao portão, mas detive--me ao lado da parede do jardim, espiei e não vi mudança alguma, exceto em uma asa, na qual as janelas quebradas e o telhado depredado tinham sido reparados e de onde espiralava uma fumaça fina dos dutos das chaminés.

Enquanto estava assim parado, apoiado em minha arma e olhando para as empenas escuras no alto, mergulhei num devaneio ocioso, tecendo uma trama de fantasias fortuitas nas quais antigas associações e a bela jovem eremita, agora no interior daquelas paredes, participavam igualmente; ouvi um leve farfalhar no jardim e, virando a cabeça na direção do som, notei que uma pequena mão erguia-se por cima do muro. A mãozinha segurou a pedra mais alta e, em seguida, uma segunda surgiu para se agarrar com mais firmeza, uma pequena testa branca encimada por cabelos cacheados castanho-claros apareceu em seguida, depois um par de profundos olhos azuis e a parte de cima de um diminuto nariz de marfim.

Os olhos não me viram, mas brilharam de alegria ao encontrar Sancho, meu belo *setter* preto e branco que perambulava pelo campo farejando o chão. A pequena criatura levantou a cabeça e chamou o cachorro em voz alta. O animal bem-humorado parou, olhou para cima e abanou o rabo, mas não avançou mais. A criança (um menininho de uns 5 anos, aparentemente) escalou até o alto do muro e chamou mais uma e outra vez, contudo percebeu que era inútil e, assim como Maomé que foi até a montanha, uma vez que a montanha não iria até ele, tentou passar para o outro lado, mas foi agarrado pela casaca por um dos ramos finos e tortos de uma velha e desagradável cerejeira que crescera demais arranhando a parede. Seu pé escorregou ao tentar se soltar, e ele tombou para baixo, mas não caiu no chão, pois a árvore o manteve suspenso. Houve uma luta silenciosa e, então, um grito estridente; mas, em um instante, joguei minha arma na grama e peguei o pequeno companheiro em meus braços.

Limpei seus olhos com a sobrecasaca, disse-lhe que estava tudo bem e chamei Sancho para tranquilizá-lo. Ele estava colocando a mãozinha no pescoço do cachorro e começando a sorrir em meio às lágrimas quando ouvi um estalido no portão de ferro atrás de mim e um farfalhar de roupas femininas, lá estava ela!, e a senhora Graham disparou em minha direção, o pescoço desnudo, os cachos pretos esvoaçando ao vento.

– Dê-me a criança! – ela mandou um pouco acima de um sussurro, mas com uma intensidade alarmada, agarrou o garoto e puxou-o de mim, como se meu toque fosse contaminá-lo terrivelmente. Ficou parada segurando a mão dele com firmeza, colocou a outra mão em seu ombro e fitou-me com seus grandes olhos pretos brilhantes, pálida, sem fôlego, tremendo de agitação.

– Eu não estava machucando a criança, madame – falei, sem saber se estava mais surpreso ou incomodado. – Ele quase caiu do muro; tive a sorte de pegá-lo enquanto ainda estava pendurado na árvore, evitando não sei qual catástrofe.

– Peço-lhe perdão, senhor – ela gaguejou, acalmando-se de repente; pareceu que a luz da razão irrompeu em sua alma nublada e um rubor leve cobriu-lhe as bochechas. – Não o conheço e pensei que...

Ela interrompeu-se para beijar a criança, colocando o braço em volta do seu pescoço com afeto.

– Receio que você achou que eu fosse sequestrar seu filho?

Acariciando a cabeça do menino, respondeu, com um sorriso meio envergonhado:

– Não sabia que ele tinha tentado escalar o muro. Creio ter o prazer de conversar com o senhor Markham – acrescentou de forma um pouco abrupta.

Fiz uma reverência e ousei perguntar como ela me conhecia.

– Sua irmã veio aqui alguns dias atrás com a senhora Markham.

– Somos assim tão parecidos? – perguntei com alguma surpresa, não tão lisonjeado com a ideia como deveria ter ficado.

– Há uma semelhança nos olhos e na fronte, eu acho – respondeu, analisando meu rosto um pouco em dúvida. – E acho que o vi na igreja domingo.

Eu sorri. Algo em meu sorriso ou nas lembranças que despertou foi particularmente desagradável para ela, que tornou a assumir aquela feição orgulhosa e fria que despertara minha aversão de modo tão indescritível na igreja; um olhar de desdém repulsivo assumido com tanta facilidade e naturalidade, sem um detalhe distorcido sequer que, quando presente, parecia a expressão natural do seu rosto e era ainda mais provocante para mim porque não achava que estivesse fingindo.

– Tenha um bom dia, senhor Markham – falou e, sem mais nenhuma palavra ou olhar, retirou-se com o filho para dentro do jardim. Eu voltei para casa nervoso e insatisfeito e nem consigo explicar direito os motivos, portanto nem o tentarei.

Demorei-me ainda somente até guardar minha arma e meu polvorim, passei algumas informações a um dos camponeses e, em seguida, fui ao vicariato para consolar meu espírito e acalmar meu humor intranquilo pela companhia e conversa de Eliza Millward.

Encontrei-a ocupada bordando alguma peça delicada, como de costume (a obsessão pelas lãs berlinenses ainda não tinha começado), enquanto sua irmã estava sentada no canto da chaminé com o gato no colo, remendando um monte de meias.

– Mary! Mary! Deixe-as aí! – Eliza mandava com impaciência quando entrei na sala.

– Não mesmo! – foi a resposta fleumática, e minha aparição impediu que a discussão continuasse.

– O senhor é tão azarado, senhor Markham! – a irmã mais nova observou com um de seus típicos olhares oblíquos. – Papai acabou de sair para a paróquia e não deve voltar em menos de uma hora!

– Não importa. Posso passar alguns minutos com as filhas dele, se me permitirem – falei e, trazendo uma cadeira para o fogo, sentei-me ali, sem esperar ser convidado.

– Bem, se o senhor se comportar bem e for divertido, não faremos objeções.

– Rezo para que sua permissão seja incondicional, pois não vim oferecer deleite, e sim buscá-lo – respondi.

Contudo, pensei ser razoável esforçar-me ao menos um pouco para tornar minha companhia agradável; aparentemente, o mínimo esforço foi muito bem-sucedido, pois a senhorita Eliza nunca esteve de tão bom humor. De fato, parecia que nos agradávamos mutuamente e conseguimos manter uma conversa agradável e animada, embora não muito profunda. Foi um pouco melhor que um *tête-à-tête*, pois a senhorita Millward não abriu a boca, exceto para corrigir ocasionalmente alguma afirmação aleatória ou alguma expressão exagerada da irmã e, uma vez, para pedir que ela pegasse a bola de algodão que havia rolado para debaixo da mesa. Eu mesmo a peguei, como um dever.

– Obrigada, senhor Markham – ela disse quando lhe entreguei o algodão. – Eu poderia ter pegado, mas não queria incomodar o gato.

– Mary, querida, isso não é desculpa aos olhos do senhor Markham – disse Eliza. – Ouso dizer que ele odeia gatos, assim como cordialmente odeia velhas senhoras, como é de praxe com todos os outros cavalheiros. Não é verdade, senhor Markham?

– Acredito que seja natural do nosso gênero pouco afável desgostar dessas criaturas – respondi –, pois vocês, senhoras, abundam-lhes de carícias.

– Abençoados sejam, coisinhas adoráveis! – ela exclamou em repentina explosão de entusiasmo, virando-se e enchendo o animal de estimação da irmã de beijos.

– Pare, Eliza! – a senhorita Millward falou um pouco asperamente, empurrando a irmã com impaciência.

Mas já era hora de ir embora; por mais que eu me apressasse, chegaria atrasado para o chá, e minha mãe era a alma da ordem e da pontualidade.

Era evidente que minha bela amiga não queria se despedir. Apertei sua pequena mão com carinho ao partir, ao que ela respondeu com um de seus sorrisos mais doces e olhares mais encantadores. Fui para casa muito feliz, com o coração transbordando de complacência por mim mesmo e cheio de amores por Eliza.

Capítulo 3

Dois dias depois, a senhora Graham apareceu em Linden-Car contrariando as expectativas de Rose, que cultivara a ideia de que a misteriosa inquilina de Wildfell Hall não cumpriria com nenhum dos rituais comuns da vida civilizada, opinião corroborada pela família Wilson, que informara que as visitas feitas por ela e pela família Millward ainda não tinham sido retornadas. Agora, no entanto, a causa da omissão havia sido explicada, apesar de deixar Rose plenamente satisfeita. A senhora Graham trouxera seu filho consigo e, ao notar a surpresa de minha mãe por ele conseguir andar tanto, ela respondeu:

– É uma longa caminhada para ele, mas ou eu o trago comigo ou não faço a visita, pois nunca o deixo sozinho. E eu acho, senhora Markham, que devo pedir para que mande minhas escusas aos Millwards e à senhora Wilson quando encontrá-los, pois suspeito que não terei o prazer de ir ter com eles até que meu pequeno Arthur esteja apto a me acompanhar.

– Mas você tem uma criada – Rose falou. – Não poderia deixá-lo com ela?

– Ela tem seus próprios afazeres. Além do mais, é muito velha para ficar correndo atrás de uma criança, e ele é muito mercurial para ficar preso a uma idosa.

– Mas você o deixou para ir à igreja.

– Sim, uma vez. Mas não o teria deixado por nenhum outro motivo e acho que, no futuro, terei que planejar trazê-lo comigo, caso contrário ficarei em casa.

– Ele é tão travesso assim? – minha mãe perguntou, consideravelmente chocada.

– Não – a moça respondeu com um sorriso triste enquanto mexia nos cachos do filho, que estava sentado em um banco baixo a seus pés. – Mas ele é meu único tesouro, e eu sou sua única amiga, por isso não gostamos de nos separar.

– Mas, minha querida, isso é o que eu chamo de idolatria – disse minha mãe, sem papas na língua. – Você deveria tentar superar essa ternura absurda, tanto para salvar seu filho da ruína quanto a si mesma do ridículo.

– Ruína! Senhora Markham!

– É verdade, você está mimando a criança. Ele não deve estar sempre preso à barra da saia da mãe, mesmo nessa idade; ele tinha que aprender a se envergonhar disso.

– Senhora Markham, peço-lhe para não dizer essas coisas, pelo menos não na presença dele. Sei que meu filho nunca se envergonhará de amar a mãe dele! – a senhora Graham falou com uma energia séria que alarmou os presentes.

Minha mãe tentou acalmá-la com alguma explicação, mas ela pareceu decidida de que já ouvira o suficiente e mudou de assunto de repente.

"Exatamente como imaginei", pensei comigo mesmo. "O temperamento dessa moça não é nada tranquilo, apesar do rosto doce e pálido e das sobrancelhas arqueadas, que parecem ter a expressão carimbada tanto pelos seus pensamentos quanto pelos seus sofrimentos."

Durante todo esse tempo, estive sentado a uma mesa do outro lado da sala, aparentemente imerso na leitura de um volume da *Farmer's Magazine*, que era o que eu estava fazendo quando a visitante chegou. Optei por não me mostrar cordial demais e quase nem me curvei quando ela entrou, mas segui com meus afazeres.

Pouco depois, contudo, percebi que alguém se aproximava de mim a passos leves, lentos e hesitantes. Era o pequeno Arthur, irresistivelmente atraído por meu cachorro Sancho, que estava deitado a meus pés. Olhei para cima e encontrei-o parado a cerca de dois metros de distância, os olhos azuis encarando o cão com desejo, fitando-o não com medo do animal, mas com certa resistência tímida em se aproximar de seu dono. Um breve encorajamento, contudo, bastou para induzi-lo a se aproximar. A criança, embora tímida, não era emburrada. Em um minuto o menino estava ajoelhado no carpete com os braços ao redor do pescoço de Sancho e, um ou dois minutos depois, o rapazinho estava sentado em meus joelhos, analisando com ávido interesse as várias espécies de cavalos, bois, porcos e fazendas-modelo retratados no volume em minha frente. Olhei para sua mãe de vez em quando para ver como ela estava apreciando esse novo salto de intimidade e percebi, pela inquietude de seus olhos, que por algum motivo estava desconfortável com a posição da criança.

– Arthur – disse, enfim –, venha aqui. Você está atrapalhando o senhor Markham; ele quer ler.

– De forma alguma, senhora Graham; deixe-o ficar. Estou me divertindo tanto quanto ele – aleguei.

Ainda assim, ela silenciosamente o chamou ao seu lado com a mão e os olhos.

– Não, mamãe – a criança falou. – Vou olhar as fotos aqui primeiro e depois contarei sobre elas para você.

– Faremos uma pequena festa segunda-feira, dia 5 de novembro – minha mãe falou. – Espero que você não se recuse a aparecer, senhora Graham. Pode trazer seu menino; imagino que conseguiremos agradá-lo; e você mesma poderá prestar suas escusas aos Millwards e aos Wilsons, pois espero que eles estejam aqui.

– Obrigada, mas nunca vou a festas.

– Ó, mas será bastante familiar: nós a faremos cedo e não haverá ninguém além de nós, os Millwards e os Wilsons, você já conhece a maioria, e o senhor Lawrence, seu arrendador, que você deve conhecer.

– Eu já o conheço um pouco. Mas vocês terão que me desculpar desta vez. As noites estão escuras e úmidas, receio que Arthur seja sensível demais e não quero arriscar expô-lo a tais influências. Teremos de protelar o prazer da sua hospitalidade até o retorno de dias mais longos e noites mais quentes.

Nesse momento, Rose, seguindo a deixa de minha mãe, preparou uma garrafa de vinho, acompanhada de taças e bolo retirados da cristaleira e do aparador de carvalho, e a bebida foi oferecida aos convidados. Ambos repartiram o bolo, mas recusaram com veemência o vinho, apesar das tentativas da anfitriã de forçá-los a aceitar. Arthur encolheu-se diante do néctar rubi com especial terror e repulsa e esteve prestes a chorar quando foi incitado a aceitá-lo.

– Está tudo bem, Arthur – sua mãe falou. – A senhora Markham acha que vai lhe fazer bem, pois você está cansado da caminhada, mas ela não o obrigará a tomá-lo! E digo que você ficará muito bem sem ele. Ele não consegue nem olhar para o vinho – acrescentou – e o cheiro quase lhe causa ânsia. Acostumei-me a oferecer a ele um pouco de vinho ou destilado fraco diluído para fins medicinais quando ele ficou doente e, de fato, fiz o que pude para que os odiasse.

Todos riram, menos a jovem viúva e seu filho.

– Bem, senhora Graham – minha mãe disse, enxugando as lágrimas de seus olhos azul-claros causadas pelo riso –, bem, você me surpreende! Eu de fato acreditei que você tinha mais discernimento. O pobre menino será o homem mais frouxo de todos os tempos! Pense no adulto que ele se tornará se você insistir em…

– Penso que é um plano realmente excelente – a senhora Graham interrompeu, com uma seriedade imperturbável. – Desse modo, espero protegê-lo de ao menos um vício degradante. Gostaria de conseguir incentivar dessa forma todos os outros igualmente inocentes a este respeito.

– Mas desse jeito – falei – você nunca o fará virtuoso. O que constitui a virtude, senhora Graham? A capacidade e o desejo de resistir à tentação ou o fato de não haver tentações às quais resistir? Um homem forte é aquele que supera grandes obstáculos e desempenha feitos surpreendentes, embora o faça com grande esforço físico e sob o risco de certa fadiga posterior, ou aquele que fica sentado o dia todo em sua cadeira, com nada mais laborioso para fazer do que avivar o fogo e levar a comida à boca? Se quiser que seu filho ande honrosamente pelo mundo, não deve tentar tirar as pedras do caminho dele, mas ensiná-lo a passar com firmeza sobre elas; não deve insistir em levá-lo pela mão, mas permitir que ele aprenda a seguir sozinho.

– Eu o levarei pela mão, senhor Markham, até que ele tenha força suficiente para seguir sozinho; e tirarei do caminho dele quantas pedras conseguir, e o ensinarei a evitar o resto (ou a passar com firmeza sobre elas, como você disse), pois, mesmo quando eu terminar de limpar o caminho da melhor forma possível, ainda sobrará muita coisa para ele exercitar toda a sua agilidade, firmeza e circunspecção. De fato, é muito bonito falar de resistências nobres e provações da virtude, mas, entre cinquenta ou quinhentos homens que cederam à tentação, mostre-me um que foi virtuoso e resistiu. E por que eu deveria ter como certo que meu filho será um em um mil, em vez de prepará-lo para o pior, supondo que ele seja igual ao seu... igual ao resto dos homens, a menos que eu cuide para evitar isso?

– Você está sendo muito elogiosa para conosco – observei.

– Não conheço nada sobre você. Estou falando daqueles que conheço. E, quando observo toda a raça dos homens (com algumas raras exceções) cambaleando e errando na trilha da vida, caindo em qualquer armadilha e quebrando a perna no mínimo obstáculo que jaz em seu caminho, não devo utilizar todos os meios que tenho em mãos para garantir a ele uma passagem mais tranquila e segura?

– Sim, mas a forma mais segura seria se esforçar para fortalecê-lo contra a tentação, não a remover do caminho.

– Farei as duas coisas, senhor Markham. Só Deus sabe que ele será acometido por várias tentações, tanto internas quanto externas, quando eu tiver feito tudo o que for possível para tirar o interesse dele dos vícios, que são abomináveis em sua própria natureza. Eu mesma tive poucos incentivos ao que o mundo chama de vício, é verdade, ainda assim vivenciei tentações e provações de outro tipo que, em várias ocasiões, demandaram-me mais vigilância e firmeza para resistir do que jamais fui capaz de reunir. E isso, acredito, é o que a maioria dos outros reconheceria naqueles que estão acostumados à reflexão e ao desejoso esforço de lutar contra suas corrupções naturais.

– Sim – minha mãe falou, assimilando metade de suas intenções –, mas você não julgaria um garoto por si mesma e, querida senhora Graham, deixe-me alertá-la em boa hora sobre o erro (eu poderia chamá-lo de fatal) de assumir sozinha a educação do menino. Você sabe de algumas coisas e é bem informada e, por isso, talvez pense que esteja apta à tarefa, mas não está. E, se insistir com tal tentativa, acredite em mim, você se arrependerá amargamente quando o estrago estiver feito.

– Então devo mandá-lo à escola para aprender a desprezar a autoridade e a afeição de sua mãe! – a moça retrucou com um sorriso amargurado.

– Ó, não! Mas, se quiser que um garoto despreze a mãe, mantenha-o em casa sendo afagado durante a vida inteira pela mãe, que servirá somente para satisfazer todas as suas loucuras e caprichos.

– Concordo perfeitamente com você, senhora Markham; mas nada pode estar mais distante dos meus princípios e das minhas ações que tal fraqueza criminosa.

– Bem, mas você o tratará como uma menina. Maculará seu espírito e o transformará em uma dondoca. E isso é verdade, senhora Graham, não importa o que pense a respeito. Mas deixarei que o senhor Millward converse com você sobre o assunto; ele citará as consequências, as apresentará de modo tão claro quanto o dia e dirá o que você precisa fazer e tudo o mais. Não tenho dúvida de que conseguirá convencê-la em um instante.

– Não é o caso de incomodar o vigário – respondeu a senhora Graham, olhando para mim. Acho que eu sorria ao perceber quão absolutamente minha mãe confiava naquele admirável cavalheiro. – O senhor Markham aqui acredita que sua persuasão tem, no mínimo, a mesma força que a do senhor Millward. Ele poderá afirmar para a senhora como não lhe dei ouvidos, embora alguém tenha ressuscitado dos mortos. Bem, senhor Markham, você, que sustenta a opinião de que um garoto não deve ser protegido do mal, mas enviado para lutar contra ele sozinho e desamparado, que não deve ser ensinado a evitar as emboscadas da vida, mas correr com pressa e coragem em sua direção da forma como conseguir, que é preciso procurar o perigo em vez de afastar-se dele e alimentar sua virtude pela tentação, você...

– Peço-lhe perdão, senhora Graham, mas você está indo rápido demais. Eu não disse que se deve ensinar aos meninos a correr em direção às emboscadas da vida, tampouco buscar deliberadamente a tentação para subjugá-la e, assim, exercitar a virtude. Eu apenas disse que é melhor armar e fortalecer seu herói do que desarmar e enfraquecer o oponente. Se você cultivar uma muda de carvalho em uma estufa, zelando por ela dia e noite e protegendo-a de qualquer brisa, não pode esperar que ela se torne uma árvore forte como aquela que cresceu na encosta da montanha, exposta a todas as intempéries e sem proteção contra o impacto da tempestade.

– Está bem, mas você usaria o mesmo argumento para uma garota?

– Claro que não.

– Não; você gostaria que ela fosse nutrida com afeto e delicadeza, como uma planta de estufa, ensinada a pendurar-se nos outros para obter orientação e suporte, e protegida o máximo possível da mera consciência do mal. Mas o senhor poderia me fazer o favor de dizer por que faz tal distinção? Seria porque acha que ela não tem virtudes?

– Certamente não.

– Bem, mas você afirma que a virtude somente é obtida pela tentação e acha que uma mulher não pode ser nem um pouco exposta à tentação, tampouco conhecer vícios, nem algo relacionado a isso. Ou você acha que ela é essencialmente tão viciosa ou tenha a mente tão fraca que não é capaz de suportar a tentação e, por isso, deverá se manter pura e inocente contanto que continue ignorante e controlada, sendo destituída de uma virtude real, o que a impossibilita de ensinar o que é o pecado sem torná--la pecadora, e quanto maior for o conhecimento dela, maior será sua liberdade e mais profunda será sua depravação. Enquanto, no sexo mais nobre, há uma tendência natural à bondade, guardada por uma bravura superior que, quanto mais for exercitada por provações e perigos, mais se desenvolverá e...

– Ah, que os céus me proíbam de pensar de tal maneira! – eu a interrompi, enfim.

– Bem, então você talvez ache que ambos sejam fracos e tendam à transgressão, e o menor erro, uma simples sombra de poluição arruinará a menina, enquanto a personalidade do menino será fortalecida e adornada e a educação dele será concluída adequadamente com um pouco de conhecimento prático sobre as coisas proibidas. Tal experiência, para ele (usando a mesma velha metáfora), será como a tempestade para o carvalho: embora arranque algumas folhas e quebre os galhos menores, servirá para firmar as raízes e fortalecer e enrijecer as fibras da árvore. Você gostaria que encorajássemos nossos filhos a provar todas as coisas por experiência própria, enquanto nossas filhas não poderiam nem se beneficiar da experiência dos outros. Eu gostaria que ambos se beneficiassem da experiência dos outros e dos preceitos de uma autoridade superior; ambos deveriam saber de antemão a recusar o mal e escolher o bem sem precisar de provas experimentais para ensiná-los sobre o desfortúnio da transgressão. Eu não jogaria uma pobre menina desarmada em frente a seus inimigos mundanos sem informá-la sobre as emboscadas que circundam seu caminho, nem a protegeria tanto a ponto de a garota perder a força ou a vontade de vigiar e proteger a si mesma devido à privação do respeito próprio e da autoconfiança. E, quanto ao meu filho, se eu imaginar que ele crescerá para ser o que você chama de homem do mundo, alguém que "viu a vida" e suas glórias pelas próprias experiências, mesmo se ele tirar proveito disso, ficar sóbrio e, por fim, tornar-se um membro útil e respeitável para a sociedade, eu prefiro que ele morra amanhã! Prefiro! – ela repetiu com seriedade, apertando o menino amado e beijando-lhe a testa com intensa afeição. Ele já tinha deixado seu amigo novo e estava parado em pé há algum tempo ao lado dos joelhos da mãe, olhando para cima e encarando o rosto dela, ouvindo em silencioso maravilhamento aquele discurso incompreensível.

– Bem, acho que vocês, mulheres, precisam sempre dar a palavra final – disse eu, observando-a levantar-se e começar a despedir-se de minha mãe.

– Você pode dizer quantas palavras quiser; eu só não posso ficar para ouvi-las.

– Pois é. É assim mesmo: vocês ouvem os argumentos que querem, e o resto pode ser dito ao vento.

– Se você está ansioso para falar mais alguma coisa a este respeito – ela respondeu, enquanto apertava a mão de Rose –, leve sua irmã para me ver um dia desses, e eu darei ouvidos ao que quer que você queira falar com a maior paciência possível. Prefiro ouvir seu sermão ao do vigário, pois terei menos remorso quando disser para você, no fim do discurso, que mantenho exatamente a opinião inicial; como estou convencida de que aconteceria com qualquer outro, lógico.

– Sim, é claro – respondi, determinado a ser tão provocador quanto ela. – Quando uma mulher consente em ouvir um argumento contrário às suas próprias opiniões, ela sempre está predeterminada a se opor a ele e escuta apenas com as orelhas, mantendo os órgãos mentais determinadamente fechados contra o mais robusto raciocínio.

– Tenha um bom dia, senhor Markham – falou minha bela antagonista com um sorriso compadecido.

Sem se dignar a ouvir outra réplica, curvou-se levemente e estava prestes a sair, mas seu filho, com aquela impertinência infantil, arrastou-a exclamando:

– Mamãe, você não cumprimentou o senhor Markham!

Sorrindo, ela virou-se e estendeu a mão em minha direção. Apertei-a com força, pois estava incomodado com a contínua injustiça que ela me fizera desde a aurora do nosso conhecimento. Sem saber de nada sobre minha disposição e meus verdadeiros princípios, era óbvio que ela estava sendo preconceituosa comigo e parecia determinada a me mostrar que suas opiniões a meu respeito estavam muito longe das que eu tinha de mim mesmo, em todas as suas minúcias. Era evidente que eu tinha ficado melindroso, caso contrário aquilo não teria me irritado tanto. Talvez eu também fosse um pouco mimado por minha mãe, minha irmã e algumas outras moças conhecidas; embora não fosse um almofadinha, de forma alguma, disso estou totalmente convencido, quer você esteja também, quer não.

Capítulo 4

Nossa festa, no dia 5 de novembro, decorreu muito bem, apesar da recusa da senhora Graham de agraciá-la com sua presença. Na verdade, é provável que, se ela tivesse ido, teria havido menos cordialidade, liberdade e galhofas entre nós do que houve sem ela.

Minha mãe estava animada e falante como sempre, proativa e com boas intenções, falhando apenas por sua ansiedade exagerada em agradar os convidados, forçando vários deles a fazer o oposto do que a alma deles gostaria em relação a comer e beber, a sentar-se longe do fogo quente ou a falar quando preferiam ficar em silêncio. Ainda assim, suportaram tudo muito bem, pois todos estavam em seus humores festivos.

O senhor Millward foi excepcional com seus dogmas importantes e piadas sentenciosas, anedotas pomposas e discursos oraculares proferidos para edificar o público em geral e, especialmente, para a admiração da senhora Markham, do educado senhor Lawrence, da plácida Mary Millward, do silencioso Richard Wilson e do prosaico Robert, seus ouvintes mais atentos.

A senhora Wilson esteve mais brilhante do que nunca com sua coleção de novidades e velhos escândalos amarrados com perguntas e comentários triviais, além de observações repetidas e aparentemente proferidas com o único e exclusivo fim de negar qualquer momento de descanso a seus incansáveis órgãos da fala. Ela trouxera sua costura consigo e parecia que a língua da mulher fizera uma aposta com seus dedos para ver quem seria capaz de mover-se mais rápido sem parar.

A filha dela, Jane, é claro que estava muitíssimo graciosa e elegante, além de sagaz e sedutora para ofuscar todas as mulheres e encantar todos os homens, principalmente capturar e dominar o senhor Lawrence. Seus pequenos artifícios de subjugação eram muito sutis e impalpáveis para atrair minha observação; mas pensei notar certa afetação refinada de superioridade e uma consciência de si pouco amigável que neutralizava todas as suas boas qualidades. Depois que ela foi embora, Rose interpretou para mim vários de seus olhares, palavras e ações com uma combinação de agudeza e aspereza que fiquei igualmente surpreso tanto pelas artimanhas da moça quanto pelo olhar observador de minha irmã e fiquei me perguntando se ela também não estava de olho no galanteador. Mas não se preocupe com isso, Halford, ela não estava, não.

Richard Wilson, o irmão mais novo de Jane, ficou sentado em um canto, aparentemente de bom humor, mas silencioso e tímido, desejando fugir dos olhares, porém disposto a ouvir e observar. E, embora estivesse um pouco fora da sua zona de conforto, teria ficado bastante feliz com seu jeito calado se minha mãe o tivesse deixado em paz; mas, em sua errante gentileza, não parou de importuná-lo com sua atenção, insistindo para que aceitasse as comidas, imaginando que fosse acanhado demais para servir-se, obrigando-o a gritar respostas monossilábicas na sala para as inúmeras perguntas e observações que fazia em vão a fim de tentar incluí--lo na conversa.

Rose informou-me que ele jamais teria nos dado o prazer da sua companhia se não fosse pela importunação de sua irmã Jane, que estava muito ansiosa para mostrar ao senhor Lawrence que tinha pelo menos mais um irmão mais cortês e refinado que Robert. A este, por sua vez, solicitou que se mantivesse longe; mas ele afirmou que não via motivos para não aproveitar um divertimento com Markham e a velha senhora (minha mãe não era velha, na verdade), e a magrela senhorita Rose e o pároco, assim como os melhores; e ele também tinha esse direito. Robert conversou sobre amenidades com minha mãe e Rose, discutiu assuntos paroquiais com o vigário, questões agrícolas comigo e política conosco.

Mary Millward era outra muda, não tão atormentada com a gentileza cruel de Dick Wilson, pois recusava e respondia de forma curta e grossa, o que implicava que ela fosse mais taciturna do que acanhada. Mas pouco importava, decerto ela não contribuía muito com o grupo, tampouco parecia aproveitá-lo. Eliza contou-me que ela só veio por insistência do pai, que colocou na cabeça que ela se dedicava excessivamente aos trabalhos domésticos, negligenciando os momentos de relaxamento e os prazeres inocentes adequados para sua idade e gênero. Em geral, ela pareceu-me bem-humorada. A argúcia ou a hilaridade de algum indivíduo particular entre nós provocou seu riso uma ou duas vezes, e percebi que, nessas ocasiões, ela buscava o olhar de Richard Wilson, que estava sentado no alto, de frente para ela. Eles se conheciam, pois o garoto estudava com o pai dela, e, apesar do jeito reservado de ambos, acredito que havia uma familiaridade estabelecida entre os dois.

É indescritível quão charmosa estava minha Eliza, coquete sem afetação e evidentemente mais desejosa em chamar minha atenção do que a de qualquer outro na sala. Sua satisfação em ter-me ao seu lado, sentado ou em pé, sussurrando em seu ouvido ou apertando sua mão enquanto dançávamos era claramente legível em seu rosto iluminado e em seu peito agitado, porém desmentida por palavras e gestos atrevidos. Mas é melhor eu segurar minha língua: se eu conto vantagem sobre isso agora, enrubescerei depois.

Continuando com as várias pessoas da nossa festa: Rose estava simples e natural como sempre, cheia de alegria e vivacidade.

Fergus esteve impertinente e folgazão, mas sua impertinência e tolice serviram para fazer os outros rir, se não esperassem muito dele.

E, por fim (pois omitirei a mim mesmo), senhor Lawrence foi cordial e inofensivo a todos, respeitoso com o vigário e com as moças, principalmente com sua anfitriã, com a filha dela e com a senhorita Wilson (homem equivocado, pois não tinha tino para preferir Eliza Millward). Senhor Lawrence e eu éramos moderadamente íntimos. De hábitos reservados por essência, ele raramente sai de seu recluso local de nascimento, onde vive sozinho desde a morte de seu pai, e não teve a oportunidade nem a inclinação para fazer muitas amizades, e eu, entre todos os seus conhecidos (e julgando pelos resultados), era a companhia que mais lhe agradava. Eu gostava bastante do homem, mas ele era muito frio, tímido e retraído para obter minhas cordiais simpatias. Uma alma de candura e franqueza completamente desacompanhada de rispidez, qualidades que admirava nos outros, mas não conseguia adotá-la para si. Sua discrição excessiva em relação a todos os seus assuntos era, de fato, bastante provocativa e fria; mas eu o perdoava, pois acreditava que ela provinha menos de orgulho e falta de confiança em seus amigos do que de certa sensação mórbida de delicadeza e timidez, características das quais tinha ciência, mas lhe faltava força para superar. Seu coração era como uma planta delicada que se abre por um instante ao sol, mas enrola-se e retrai-se em si mesmo com o mais sutil toque da mão ou o mais leve sopro do vento. E, acima de tudo, nossa intimidade era mais uma predileção mútua que uma amizade profunda e sólida como a que surgiu entre mim e ele, Halford, apesar de nossa aspereza eventual mútua. Para nossa amizade, não encontro melhor comparação do que um casaco velho de textura inquestionável, leve e solto, ajustado à forma de quem o veste e que pode ser usado como se bem entende sem ter medo de estragá-lo; enquanto que a amizade com o senhor Lawrence é como uma roupa nova, muito aprumada e elegante de se ver, mas tão apertada nos cotovelos que você recearia rasgar as costuras se movimentasse demais os braços, e com uma superfície tão fina e macia que você hesitaria expô-la a uma gota de chuva sequer.

Logo após a chegada dos convidados, minha mãe falou sobre a senhora Graham, lamentando por ela não estar ali para conhecê-los, e explicou aos Millwards e aos Wilsons os motivos que alegara por não ter retornado suas visitas, e esperava que eles a perdoassem, pois tinha certeza de que a moça não quis ser rude e ficaria satisfeita em encontrá-los em algum momento.

– Mas ela é uma moça bastante singular, senhor Lawrence – acrescentou minha mãe. – Não sabemos direito o que pensar sobre ela, mas acho que você poderia nos contar alguma coisa, já que é sua inquilina e disse que o conhece um pouco.

Todos os olhos se viraram para o senhor Lawrence. Eu achei que ele pareceu desnecessariamente confuso ao ser solicitado daquele jeito.

– Eu, senhora Markham? – respondeu. – A senhora está enganada. Eu não… Quero dizer… Eu a vi, é claro, mas sou a última pessoa para a qual a senhora poderia pedir informações a respeito da senhora Graham.

Logo depois de dizer isso, o senhor Lawrence virou-se para Rose e pediu que desse ao grupo o prazer de ouvir uma canção em sua voz ou ao piano.

– Não – ela respondeu. – Você tem que pedir à senhorita Wilson. Ela supera todos nós cantando e tocando também.

A senhorita Wilson objetou.

– Ela cantará rapidinho – Fergus falou – se você, senhor Lawrence, ficar ao seu lado virando as folhas para ela.

– Farei isso com prazer, senhorita Wilson. Você me permite?

Ela espichou o pescoço longo e sorriu, permitindo que ele a levasse até o instrumento, onde tocou e cantou, em seu melhor estilo, uma peça após a outra, enquanto ele ficava pacientemente ao seu lado com uma mão apoiada no encosto de sua cadeira e virando as folhas do caderno com a outra. Talvez ele estivesse tão encantado com a apresentação quanto ela. A apresentação foi ótima, mas não posso dizer que me tocou muito profundamente. Havia muita habilidade na execução, mas pouca emoção.

Contudo, ainda não tínhamos acabado de falar sobre a senhora Graham.

– Não quero vinho, senhora Markham – disse o senhor Millward quando lhe ofereceram a bebida. – Aceitarei um pouco da sua cerveja de fermentação caseira. Sempre prefiro sua cerveja a qualquer outra coisa.

Lisonjeada com o elogio, minha mãe tocou o sino, e um jarro chinês da nossa melhor cerveja foi trazido e colocado diante do digno cavalheiro que tão bem sabia apreciar tais excelências.

– Isso sim! – ele exclamou, servindo habilmente o copo com um jorro comprido e direto, de forma a obter bastante espuma sem derramar nenhuma gota; e, depois de analisar o conteúdo por um momento em frente à vela, tomou um gole caprichado e estalou os lábios, respirou profundamente e encheu o copo novamente. Minha mãe observava tudo com a maior satisfação.

– Não há nada igual, senhora Markham! – ele bradou. – Sempre digo que nada se compara à sua cerveja caseira.

– Fico muito feliz em saber que o senhor gosta, pode ter certeza. Eu mesma cuido da fermentação, além do queijo e da manteiga. Gosto de ter as coisas bem feitas quando estou por perto.

– Está certa, senhora Markham!

– Então, senhor Millward, você não acha errado tomar um pouco de vinho de vez em quando, ou algum destilado, não é? – indagou minha mãe, enquanto entregava uma fumegante garrafa de gim e água à senhora Wilson, que afirmara que o vinho lhe pesava no estômago, e cujo filho, Robert, servia-se de um belo copo da mesma bebida.

– De jeito nenhum! – respondeu o oráculo com um meneio de cabeça joviano. – Essas coisas são bênçãos e clemências desde que saibamos fazer uso delas.

– Mas a senhora Graham não pensa assim. Vocês tinham que ouvir o que ela nos disse outro dia. Eu falei que iria contar ao senhor.

E minha mãe fez às visitas com um relato bastante detalhado sobre as ideias e a conduta errôneas da moça em relação ao assunto, e concluiu:

– Então, vocês não acham que ela está errada?

– Errada? – repetiu o vigário com uma solenidade fora do comum. – Eu diria que é criminosa! Criminosa! Ela não apenas faz o garoto de bobo, mas despreza os presentes da Providência, ensinando-o a destruí-los sob seus pés.

Em seguida, aprofundou a questão, explicando minuciosamente sobre a tolice e a impiedade de tal atuação. Minha mãe o ouviu com a mais profunda reverência, e até a senhora Wilson permitiu que a própria língua descansasse por um instante, ouvindo em silêncio enquanto bebericava, complacente, seu gim diluído. O senhor Lawrence, que estava sentado com os cotovelos na mesa, brincava despreocupadamente com sua taça de vinho meio vazia, sorrindo para si mesmo com discrição.

– Mas, senhor Millward – sugeriu quando o homem fez uma pausa em seu discurso –, o senhor não acha que, quando uma criança é naturalmente propensa à intemperança pelo erro de seus pais ou ancestrais, por exemplo, algumas precauções não sejam recomendadas? – (Naquela ocasião, quase todos acreditavam que o pai do senhor Lawrence tinha abreviado seus dias por causa da intemperança.)

– Algumas precauções, pode ser; mas moderação, senhor, é uma coisa, e abstinência é outra.

– Mas ouvi dizer que para algumas pessoas é quase impossível alcançar a temperança, ou seja, a moderação. Se a abstinência é um mal (coisa que alguns duvidam), ninguém poderá negar que o excesso é ainda pior. Alguns pais e algumas mães proibiram totalmente que seus filhos experimentassem os líquidos intoxicantes; mas a autoridade de um pai não durará para sempre; os filhos têm uma tendência a desejar coisas proibidas e, neste caso, seria provável que a pessoa tivesse muita curiosidade para experimentar e provar o efeito do que tem sido tão reverenciado e aproveitado pelos outros, mas estritamente proibido para ela. Em geral, a curiosidade seria satisfeita na primeira oportunidade e, uma vez eliminada a restrição, graves consequências poderiam surgir. Não pretendo ser um juiz do assunto, mas me parece que o plano da senhora Graham, como você o descreveu, senhora Markham, por mais extraordinário que pareça, não deixa de ter suas vantagens; você viu que a criança foi afastada da tentação de uma vez por todas e não esconde uma curiosidade secreta, nenhum desejo ávido; o menino está tão familiarizado com os líquidos tentadores quanto possível e, ainda assim, sente-se nauseado com eles sem precisar ter sofrido por seus efeitos.

– E isso está correto, senhor? Já não lhe provei que é errado, que vai contra as Escrituras e a razão ensinar uma criança a olhar com desdém e aversão para as bênçãos da Providência, em vez de usá-las adequadamente?

– O senhor pode considerar o láudano uma bênção da Providência – respondeu o senhor Lawrence, sorrindo – e, ainda assim, alegará que é melhor a maioria de nós não o usar, mesmo com moderação – acrescentou. – Mas gostaria que não levasse minha metáfora tão a sério, pois o senhor está de prova de que já esvaziei minha taça.

– E espero que tome outra, senhor Lawrence – minha mãe interveio, empurrando a garrafa em sua direção.

Ele recusou com educação e, afastando um pouco a cadeira da mesa, recostou-se em minha direção (eu estava sentado ao lado de Eliza Millward, no sofá um pouco atrás dele) e me perguntou despretensiosamente se eu tinha conhecido a senhora Graham.

– Encontrei-a uma ou duas vezes – respondi.

– E o que você achou dela?

– Não posso dizer que gostei muito. Sua aparência é bela ou, melhor dizendo, distinta e interessante, mas a moça não é amigável: uma mulher que tende a fortes preconceitos, imagino, agarrando-se a eles com unhas e dentes, distorcendo tudo conforme suas próprias opiniões preconcebidas, muito dura, muito incisiva, muito amargurada para o meu gosto.

Ele não respondeu, mas baixou os olhos e mordeu o lábio. Em seguida, levantou-se e foi até a senhorita Wilson, imagino que tão repelido por mim quanto atraído por ela. Quase não notei na ocasião; posteriormente, contudo, lembrei-me disso e de outros fatos triviais semelhantes quando... Mas, calma, não posso me antecipar.

Fechamos a noite dançando; nosso digno pastor não considerou um escândalo estar circunstante naquela ocasião, pois um dos músicos do vilarejo direcionava nossas evoluções com seu violino. Mary Millward, no entanto, recusou-se veementemente a se juntar a nós, assim como Richard Wilson, embora minha mãe o tenha estimulado bastante a participar, até mesmo oferecendo-se para ser sua parceira.

De todo modo, conseguimos nos virar muito bem sem eles. Com uma quadrilha e várias danças folclóricas, seguimos assim até bem tarde; e, enfim, quando pedimos ao músico para entoar uma valsa, eu estava prestes a rodopiar com Eliza em uma dança adorável, acompanhado por Lawrence e Jane Wilson, e Fergus e Rose, quando o senhor Millward interpôs-se dizendo:

– Não, não! Isso eu não autorizo! Vamos, é hora de ir embora.

– Ah, não, papai! – implorou Eliza.

– Passou da hora, minha menina, passou da hora! Lembre-se: moderação em tudo! É este o plano: "que sua moderação seja conhecida por todos os homens".

Por vingança, segui Eliza até o corredor pouco iluminado onde, com a desculpa de ajudá-la com seu xale, preciso me confessar culpado por ter-lhe roubado um beijo às costas de seu pai, que estava ocupado enrolando um enorme cachecol de lã em volta do pescoço e do queixo. Mas, ai de mim! Ao me virar, lá estava minha mãe bem ao meu lado. A consequência foi que, assim que os convidados foram embora, fui sentenciado a um sermão muito sério e desagradável que suspendeu os galopes dados por minha alma, encerrando a noite de forma detestável.

– Meu querido Gilbert – ela disse –, gostaria que não fizesse isso! Você sabe como valorizo sua superioridade no fundo do meu coração, como o amo e aprecio acima de qualquer outra pessoa neste mundo, como quero vê-lo bem encaminhado na vida e como lamentaria vê-lo casado com aquela garota ou qualquer outra das redondezas. Não sei o que você vê nela. Não estou falando só da falta de dinheiro, não é isso, mas não há beleza, nem inteligência, nem bondade, nem nada desejável. Se você conhecesse o seu valor, como eu conheço, nem sonharia com isso. Espere um pouco e veja! Se você se unir a ela, você se arrependerá pelo resto da sua vida quando olhar em volta e perceber quantas melhores existem. Acredite em mim, isso vai acontecer.

– Tudo bem, mãe, já chega! Odeio ficar recebendo sermão! Não me casarei ainda, estou dizendo. Mas, minha nossa! Será que não posso nem me divertir um pouco?

– Pode, querido, mas não desse jeito. De fato, você não deve fazer essas coisas. Você estaria sendo injusto com a garota se ela fosse uma menina direita; mas eu lhe asseguro que ela é uma assanhada ardilosa que ninguém gostaria de ver, e você ficará preso em suas emboscadas antes de perceber onde está pisando. E, se casar com ela, Gilbert, partirá meu coração. Pronto, agora terminei.

– Está bem, não precisa chorar por isso, mãe – disse-lhe, pois as lágrimas brotavam em seus olhos. – Pronto, que esse beijo apague o que dei em Eliza; não precisa ficar falando mal dela. E pode tranquilizar sua mente, pois prometo que nunca, ou melhor, prometo pensar duas vezes antes de dar algum passo importante que você desaprove seriamente.

Dito isso, acendi minha vela e fui para a cama com a alma bastante reprimida.

Capítulo 5

Foi quase no fim do mês que eu, cedendo às importunações insistentes de Rose, acompanhei-a para uma visita à Wildfell Hall. Para nossa surpresa, fomos levados a um cômodo no qual o primeiro objeto encontrado era um cavalete de pintura e, ao seu lado, uma mesa repleta de telas enroladas, garrafas de óleo e verniz, paletas, pincéis, tintas, etc. Na parede estavam encostados vários desenhos em diversos estágios de desenvolvimento, além de algumas pinturas já prontas, em sua maioria de paisagens e silhuetas.

– Precisarei recebê-los no meu estúdio – a senhora Graham falou. – Não há fogo na sala de estar hoje, e está muito frio para ficar em um ambiente com a lareira vazia.

E, liberando duas cadeiras da desordem artística que as usurpara, ela nos convidou para sentar e tomou seu lugar ao lado do cavalete, não exatamente de frente para ele, mas olhando para a pintura de vez em quando enquanto conversava e fazendo retoques ocasionais com o pincel, como se fosse impossível desviar completamente a atenção da atividade e fixá-la em seus convidados. Era uma paisagem que retratava Wildfell Hall vista pelo campo de baixo no começo da manhã, erguendo-se em tons escuros contra um céu azul-claro e prateado, alguns raios vermelhos no horizonte; o desenho e as cores eram realistas e trabalhados com muita elegância e arte.

– Estou vendo que seu coração está no trabalho, senhora Graham – observei. – Peço-lhe que continue; se estivermos atrapalhando-a com nossa presença, nós nos limitaremos a pensar que somos intrusos indesejados.

– Ó, não! – ela respondeu jogando o pincel na mesa, como se impelida à polidez. – Não recebo muitas visitas, mas posso gastar alguns minutos com as poucas pessoas que me dão o prazer de sua companhia.

– Você já está quase terminando esta pintura – interpelei, aproximando-me para observar mais de perto e examinando com um grau de admiração e prazer maior do que ousei revelar. – Imagino que mais alguns poucos retoques aqui no primeiro plano e ela estará pronta. Mas por que você chamou de Palacete Fernley, Cumberland, em vez de Wildfell Hall, do Condado? – perguntei, aludindo ao nome que ela tinha escrito em letras miúdas na parte de baixo da tela.

Contudo, percebi imediatamente que tinha sido impertinente ao fazer tal questionamento, pois ela corou e hesitou, mas, após um momento de pausa, respondeu com uma espécie de franqueza desolada:

– Porque tenho amigos, quero dizer, conhecidos pelo mundo, dos quais desejo ocultar minha atual morada; e, como pode ser que eles vejam a pintura e reconheçam meu estilo, apesar das iniciais falsas que adicionei no canto, tomo a precaução de dar um nome falso ao lugar também, a fim de lhes dar uma pista falsa caso tentem me rastrear por ela.

– Então você não planeja ficar com o quadro? – falei, ansioso para mudar de assunto.

– Não, não posso me dar ao luxo de pintar tão somente para meu próprio entretenimento.

– A mamãe envia todos os quadros dela para Londres – Arthur revelou –, alguém vende para ela lá e nos manda o dinheiro.

Olhei para os outros exemplares ao redor e notei um belo desenho de Linden-Hope do topo da colina, além de mais uma vista da velha mansão banhando-se no mormaço ensolarado de uma tranquila tarde de verão e um pequeno, porém notável, quadro de uma criança pensativa, sentada sobre um punhado de flores murchas; ela parecia estar em silêncio, mas revelava bastante tristeza e profundo pesar. Atrás dela viam-se, de relance, colinas baixas e escuras, campos outonais e um céu pesado e nublado.

– Como você pode notar, há uma carência temática – observou a bela artista. – Fiz a velha mansão uma vez numa noite de luar e creio que a pintarei de novo em um dia nevado de inverno, e mais uma vez numa noite nublada e escura, pois não tenho outra coisa para pintar. Ouvi dizer que há uma bela vista do mar em algum lugar nos arredores. É verdade? E é possível chegar lá a pé?

– É, se você não se importar de andar quatro milhas, pouco menos de oito milhas, considerando a ida e a volta, por uma estrada um pouco difícil e cansativa.

– Fica em qual direção?

Descrevi o melhor que pude e estava começando a explicar sobre as várias estradas, trilhas e campos que deveriam ser atravessados para chegar lá, onde era preciso ir em frente ou virar à esquerda e à direita quando ela me interrompeu.

– Ó, pare! Não me explique agora: esquecerei cada uma das instruções antes de precisar delas. Não estou pensando em ir até a próxima primavera. Quando chegarmos lá, talvez eu o incomode novamente com essa história. Agora temos o inverno pela frente e…

Ela parou de repente suprimindo uma exclamação, levantou-se da cadeira e correu apressada para fora da sala, fechando a porta atrás de si ao falar "Com licença, um minuto".

Curioso para ver o que a alarmou desse jeito, olhei em direção à janela, pois seus olhos estavam fixos ali despretensiosamente um instante antes, e notei o casaco de um homem desaparecer atrás de um espesso azevinho que ficava entre a janela e o alpendre.

– É o amigo da mamãe – Arthur falou.

Rose e eu nos olhamos.

– Não tenho ideia do que pensar dela – Rose sussurrou.

A criança olhou para ela com grave surpresa. Sem pestanejar, Rose começou a conversar com ele sobre assuntos indiferentes, enquanto eu me distraía olhando os quadros. Eu não tinha visto um deles, que estava encostado em um canto escuro. Era uma criança pequena sentada na grama com o colo cheio de flores. Com traços diminutos, grandes olhos azuis, espesso cabelo encaracolado castanho-claro, afastado da testa, o menino sorria e inclinava-se em direção ao seu tesouro, e a semelhança com o rapazinho que estava na minha frente era suficiente para que eu pudesse afirmar ser um retrato de Arthur Graham em sua primeira infância.

Quando o peguei para observá-lo na claridade, descobri outra pintura logo atrás, virada para a parede. Ousei pegá-la também. Era o retrato de um homem na flor da juventude, bem bonito e não mal executado, mas, se fora pintado pelas mesmas mãos que os outros, era óbvio que datava de alguns anos antes, pois havia um cuidado muito maior com os detalhes e menos daquelas cores originais e daquela liberdade de movimento das mãos que me encantaram e surpreenderam os outros. Ainda assim, examinei-o com bastante interesse. Havia certa individualidade em seus traços e em sua expressão que lhe conferia imediatamente um ar realista. Os brilhantes olhos azuis observavam o expectador com uma espécie de jocosidade furtiva (você quase esperava vê-los piscar); os lábios, quase excessivamente voluptuosos, pareciam prontos para abrir um sorriso; as bochechas coradas eram adornadas com uma barba ruiva rala, e o brilhoso cabelo castanho juntava-se em abundantes ondas que cobriam a sua testa e, em geral, dava a entender que seu dono orgulhava-se mais de sua beleza do que de seu intelecto, e, por mais que tivesse razão nesse quesito, ainda assim ele não parecia bobo.

Eu estava com o retrato nas mãos por menos de dois minutos quando a bela artista retornou.

– Uma pessoa veio por causa dos quadros – ela falou, desculpando-se pela saída abrupta. – Pedi que esperasse.

– Temo que seja considerado um ato de impertinência – eu disse – ousar olhar para um quadro que a artista virou para a parede, mas eu gostaria de saber…

– É de fato um ato de grande impertinência, senhor; portanto, peço-lhe para não perguntar nada a esse respeito, pois sua curiosidade não será sanada – respondeu ela tentando disfarçar a aspereza de sua reprimenda com um sorriso, mas suas bochechas coradas e seus olhos cintilantes revelaram que ela estava realmente incomodada.

– Eu só gostaria de saber se foi você quem o pintou... – indaguei, passando de malgrado a pintura para suas mãos. Sem a menor cerimônia, ela tomou-a de mim e, sem demora, recolocou-a virada para a parede no canto escuro, posicionou a outra de frente como antes, virou-se para mim e sorriu.

Mas eu não estava a fim de brincadeiras. Indiferente, virei para a janela e fiquei olhando o jardim vazio, permiti que conversasse com Rose por um ou dois minutos e, depois, dizendo para minha irmã que era hora de partir, apertei a mão do jovem rapazinho, fiz uma reverência fria para a moça e fui em direção à porta. Mas, após dizer adeus a Rose, a senhora Graham estendeu-me a mão, dizendo com uma voz doce e com um sorriso nada desagradável:

– Não deixe o sol se pôr em sua ira, senhor Markham. Desculpe-me se o ofendi com minha indelicadeza.

Quando uma dama consente em se desculpar, é claro que não conseguimos continuar com raiva. Portanto, despedimo-nos como bons amigos e, desta vez, apertei-lhe a mão com cordialidade, não com força.

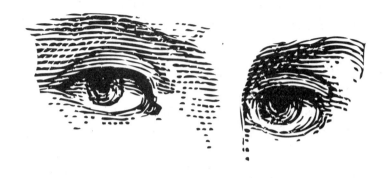

Capítulo 6

Nos quatro meses seguintes, não entrei na casa da senhora Graham, nem ela na minha; mas as moças continuavam falando dela, e nossa familiaridade continuava avançando, conquanto que lentamente. Quanto ao falatório, eu não prestava muita atenção (quero dizer, quando elas se referiam à bela eremita), e a única informação que retirei dali foi que ela se aventurou a levar seu pequeno menino até o vicariato num dia de geada fina e, infelizmente, apenas a senhorita Millward estava em casa. Ainda assim, ela ficou ali por bastante tempo, e tudo indica que as duas conversaram muito e se separaram com o desejo mútuo de se encontrarem de novo. Mas Mary gostava de crianças e de mamães afetuosas como aquela, que sabem apreciar direito seus tesouros.

Porém, às vezes eu mesmo a encontrava, não somente quando ela ia à igreja, mas também quando fazia longas caminhadas com o filho pelas colinas ou, em dias particularmente agradáveis, vagueava devagar pela relva ou pelas pastagens vazias circundando a velha mansão, ela com um livro na mão, o filho saltitando ao seu redor. Quando eu a avistava em minhas caminhadas ou cavalgadas solitárias, ou nas ocasiões em que eu estava exercendo minhas funções agrícolas, normalmente me esforçava para encontrá-la ou alcançá-la, pois, apesar de gostar de ver a senhora

Graham e de conversar com ela, eu realmente gostava de conversar com seu pequeno conviva, o qual, uma vez quebrado o gelo da timidez, descobri ser um rapazinho muito amigável, inteligente e divertido, e logo nós nos tornamos excelentes amigos (mas não sou capaz de afirmar o quanto isso agradou a mamãe dele). A princípio, suspeitei que ela quisesse jogar um balde de água fria nessa crescente intimidade para extinguir a amigável chama da nossa amizade, mas com o tempo, apesar do preconceito que sentia contra mim, descobriu que eu era totalmente inofensivo e até bem-intencionado, além de notar que seu filho se divertia bastante com a relação que tinha comigo e com meu cachorro, algo que ele não desfrutava de outra forma, então ela parou de se opor e até passou a receber minha aproximação com um sorriso.

Quanto a Arthur, ele gritava suas boas-vindas de longe e corria para me encontrar, afastando-se cinquenta jardas de sua mãe. Se eu estivesse a cavalo, ele sabia que ganharia um trote ou um galope, ou, se um dos cavalos de carga estivesse a uma distância acessível, poderia montá-lo com firmeza, o que o deixava igualmente satisfeito. Sua mãe, no entanto, sempre o acompanhava e arrastava-se a seu lado, não muito para garantir uma condução segura, acredito, mas para ver se eu não estava instilando ideias duvidosas em sua mente infantil, pois ela estava sempre alerta e nunca deixava que eu o tirasse de vista. O que mais a agradava era vê-lo brincar e correr com Sancho enquanto eu andava ao seu lado, receio que não por amor à minha companhia (conquanto, às vezes, eu me iludia com tal pensamento), mas pelo prazer que tinha ao ver o filho feliz daquele jeito, desfrutando dessas atividades esportivas ativas tão revigorantes para seu corpo frágil, já que ele se exercitava muito raramente graças à falta de amizades adequadas para sua idade; e, talvez, o prazer dela fosse intensificado pelo fato de eu estar ao seu lado e não com ele, e, portanto, ser incapaz de maculá-lo de forma direta ou indireta, propositadamente ou não, o que a deixava levemente grata.

Algumas vezes, porém, creio que ela realmente sentiu uma ligeira satisfação em conversar comigo. Numa clara manhã de fevereiro, durante uma caminhada de vinte minutos pela relva, ela deixou de lado sua aspereza e reserva habituais e começou a de fato conversar comigo, discursando com tanta eloquência e profundidade de ideias e sentimentos sobre um assunto que, felizmente, coincidia com minhas opiniões e estava tão bela que fui para casa encantado. No caminho, (moralmente) comecei a pensar que, no fim, talvez fosse mesmo melhor passar os dias com uma mulher como aquela do que com Eliza Millward; e, então, (figurativamente) corei pela minha inconstância.

Ao entrar na sala, encontrei Eliza, Rose e mais ninguém. A surpresa não foi tão agradável como normalmente seria. Conversamos por bastante tempo, mas achei-a frívola e até um pouco insípida em comparação à senhora Graham, mais madura e séria. Ai de mim pela constância humana!

"Porém", pensei, "não me casarei com Eliza, uma vez que minha mãe tanto se opõe, e não devo iludir a garota como se pretendesse fazer isso. Agora, se a situação continuar assim, terei menos dificuldade em emancipar minha afeição por suas oscilações leves, mas implacáveis; e, apesar de ser possível que a senhora Graham seja igualmente refutável, eu poderei curar um mal maior com um menor, como dizem os médicos, pois não deverei me apaixonar seriamente pela jovem viúva, acredito, nem ela se apaixonará por mim (isso é certo). No entanto, se sua companhia me dá certo prazer, certamente poderei procurá-la, e, se a estrela da sua divindade for brilhante o suficiente para amenizar o lustre de Eliza, tanto melhor, mas isso eu não consigo imaginar direito ainda."

E, a partir de então, raramente passei um belo dia sem visitar Wildfell perto da hora em que minha nova conhecida costumava abandonar sua solidão; contudo, quanto mais eu cavava outro encontro para saciar minha expectativa, mais mutável ela era nos horários de saída ou nos locais de descanso, os ocasionais vislumbres que eu obtinha eram tão transitórios que eu me senti tendencioso a pensar que ela se esforçou tanto para evitar minha companhia quanto eu me esforcei para encontrar a dela; mas era uma hipótese tão desagradável a ser cultivada que a descartei convenientemente um instante depois de supô-la.

Em uma tarde calma e clara de março, eu estava supervisionando os pastos e a construção de uma cerca no vale quando vi a senhora Graham lá embaixo no riacho com um caderno de desenho nas mãos, absorta no exercício de sua arte preferida, enquanto Arthur passava o tempo construindo barragens e diques nas águas rasas e pedregosas do riacho. Eu estava mesmo em busca de distração, e uma oportunidade tão rara quanto aquela não podia ser negligenciada. Por isso, deixei tanto o pasto quanto a cerca para trás e me dirigi rapidamente para o local, mas não antes de Sancho, que, assim que reconheceu seu jovem amigo, esquadrinhou a galope os arredores e pulou nele com tamanho entusiasmo que quase fez com que a criança fosse parar no meio do regato. Por sorte, as pedras impediram que o menino se molhasse demais, e a maciez dos dois evitou que ele se machucasse muito a ponto de não conseguir rir do evento inesperado.

A senhora Graham estava estudando as várias características das diversas espécies de árvores em sua nudez invernal e copiando suas ramificações com toques vigorosos, mas delicados. Ela não falou muito, mas fiquei parado a seu lado observando o lápis progredir: era um deleite vê-lo guiado com tamanha destreza por aqueles belos e graciosos dedos. Contudo, não demorou muito para eles se tornarem inaptos e começarem a hesitar, tremer de leve e fazer riscos incorretos, até que pararam de chofre enquanto sua dona levantava o rosto sorridente para mim, dizendo que seu desenho não estava se beneficiando de minha supervisão.

– Então vou conversar com Arthur enquanto você termina – disse.

– Eu gostaria de cavalgar um pouco, senhor Markham, se a mamãe deixar – disse a criança.

– Cavalgar em quê, meu menino?

– Acho que tem um cavalo ali naquele campo – ele respondeu, apontando para onde uma forte égua preta puxava um rolo compressor.

– Não, não, Arthur. É muito longe – negou a mãe.

Mas prometi trazê-lo são em salvo de volta após uma ou duas voltas no pasto e, ao olhar para o rosto ansioso do menino, ela sorriu e o deixou ir. Foi a primeira vez que ela deixou que ele se afastasse mais de meio campo de distância dela.

Entronado em seu enorme corcel, solenemente percorrendo o campo amplo e íngreme para cima e para baixo, ele era a própria encarnação de uma tranquila e alegre satisfação. Terminamos de dar a volta, mas, quando desmontei o galante cavaleiro e o devolvi à sua mãe, ela parecia incomodada por eu ter ficado com ele por tanto tempo. Seu caderno de desenho estava fechado, e era provável que ela estivesse esperando pelo seu retorno há alguns minutos com impaciência.

Ela disse que era hora de irem para casa e quis me desejar boa-noite, mas eu ainda não queria deixá-la e a acompanhei até a metade da colina. Ela ficou mais sociável, e eu começava a me animar quando, ao avistarmos a velha e soturna mansão, ela parou e virou em minha direção enquanto falava, como se esperasse que eu não seguisse adiante e a conversa terminasse por ali. Eu deveria seguir meu rumo e partir, como já era hora, de fato, pois, segundo ela, a noite escura e limpa estava quase descendo, o sol tinha se posto e a lua quase cheia iluminava o pálido céu cinza; mas um sentimento de quase compaixão me manteve preso no lugar. Era difícil deixá-la em uma casa tão solitária e desolada. Ergui os olhos para observar a construção, que carranqueava taciturna em silêncio em nossa frente. Uma luz fraca e avermelhada luzia nas janelas inferiores de uma asa, mas todas as outras estavam no escuro, e muitas exibiam seus abismos pretos e cavernosos, completamente destituídos de vidraças ou molduras.

– Você não acha que é um lugar ermo para se viver? – questionei, após um momento de contemplação silenciosa.

– Eu acho, às vezes – ela respondeu. – Nas noites frias de inverno, quando Arthur está na cama e fico sentada ali sozinha, ouvindo os lamentos do vento gelado uivar pelas câmaras velhas e arruinadas, nenhum livro e nenhuma atividade são capazes de conter a enxurrada de pensamentos e apreensões deprimentes, mas eu sei que é uma besteira entregar-se a tais fraquezas. Se Rachel está satisfeita com essa vida, por que eu não deveria estar? Na verdade, não consigo agradecer o suficiente por poder contar com tal abrigo, que é o que me resta.

A sentença final foi proferida em um tom mais baixo, como se falasse consigo mesma, não comigo. Então, desejou-me boa-noite e se retirou.

Eu ainda não tinha dado muitos passos no caminho de casa quando notei o senhor Lawrence em seu belo cavalo cinza, subindo a trilha irregular que cruzava o topo da colina. Desviei um pouco do meu caminho para conversar com ele, pois não nos encontrávamos havia algum tempo.

– Você estava falando com a senhora Graham logo agora? – ele quis saber, depois de trocadas as primeiras saudações.

– Estava.

– Hum! Imaginei. – E olhou contemplativo para o pescoço do seu cavalo, como se tivesse algum motivo sério para se incomodar ou algo do tipo.

– Bem, o que foi?

– Oh, nada! – ele respondeu. – É que eu pensei que você não gostava dela – acrescentou tranquilo, encrespando os lábios elegantes em um sorriso um pouco sarcástico.

– Mesmo se eu não gostasse, um homem não pode mudar de ideia após ficar mais familiarizado?

– Pode, é claro – ele replicou, desfazendo com carinho um nó na crina do cavalo, cheia e grisalha. De repente, virando-se para mim e fitando-me com um olhar penetrante e firme com seus tímidos olhos cor de avelã, acrescentou: – Então você mudou de ideia?

– Não exatamente. Não; acho que mantenho a opinião de antes, mas levemente melhorada.

– Ó! – Ele olhou ao redor para caçar outro assunto e, ao ver a lua, fez alguma observação sobre quão bela estava a noite, à qual não respondi, pois aquilo era irrelevante.

– Lawrence – falei, olhando com calma para seu rosto –, você está apaixonado pela senhora Graham?

Em vez de ficar profundamente ofendido, como eu esperava que fosse acontecer, sua primeira reação foi surpreender-se com a pergunta audaciosa e, em seguida, deu uma gargalhada nervosa, como se estivesse bastante entretido com a ideia.

– Eu apaixonado por ela! – repetiu. – Por que você está sonhando com uma coisa dessas?

– Pelo interesse que você tem no progresso da minha familiaridade com a moça e pelas mudanças de opinião que tive a respeito, achei que você poderia estar com ciúmes.

Ele riu de novo.

– Ciúmes! Não. Mas pensei que você fosse casar-se com Eliza Millward.

– Pensou errado. Que eu saiba, não me casarei nem com uma nem com outra...

– Bem, então acho que é melhor deixá-las em paz.

– Você irá se casar com Jane Wilson?

Ele corou e brincou com a crina mais uma vez, mas respondeu:

– Não, acho que não.

– Então é melhor você deixá-la em paz.

"É ela que não me deixa em paz", ele poderia ter dito, mas ficou com cara de bobo e em silêncio por meio minuto. Depois, tentou de novo mudar de assunto e, desta vez, deixei passar. Ele já tinha suportado o bastante; outra palavra sobre o caso seria como o último átomo que quebra as costas do camelo.

Cheguei em casa tarde para o chá, mas minha mãe gentilmente manteve aquecidos o bule e o *muffin* em cima do fogão e, apesar de me repreender um pouco, de pronto aceitou minhas desculpas. Quando reclamei que o chá estava forte demais, ela jogou o restante na pia e pediu a Rose para colocar chá fresco na chávena e ferver a água da chaleira de novo, atividades que foram desempenhadas com bastante incômodo e comentários notáveis por parte de minha irmã.

– É assim! Se fosse eu, ficaria sem chá; mesmo se fosse Fergus, ele teria que se contentar com o que restasse e ainda precisaria agradecer, pois já seria mais do que suficiente para ele; mas, quando é com você, nunca fazemos o bastante para agradá-lo. É sempre assim: se há algo especialmente gostoso na mesa, mamãe pisca e acena para eu não pegar e, se não lhe obedeço, ela sussurra: "Não coma tanto, Rose; Gilbert vai querer para a ceia". Eu não tenho importância nenhuma. Na sala de estar, é: "Vamos, Rose, guarde suas coisas. Vamos deixar a sala bonita e arrumada para quando eles chegarem. E mantenha o fogo vivo, Gilbert gosta do fogo forte". Na cozinha é: "Faça essa torta grande, Rose, imagino que os meninos estarão com fome; e não coloque muita pimenta, pois sei que eles não gostarão". Ou ainda: "Rose, não ponha muitas especiarias no pudim, Gilbert gosta dele puro" ou "Coloque groselha no bolo, Fergus gosta com bastante groselha". Se eu digo: "Certo, mamãe, mas eu não gosto", ouço que não tenho que pensar em mim. "Sabe, Rose, temos apenas duas coisas para considerar nos trabalhos domésticos. A primeira é que sejam bem feitos; a segunda é que as coisas estejam o mais agradável possível para os cavalheiros da casa; as damas devem contentar-se com qualquer coisa."

– E com uma ótima lição também – disse minha mãe. – Gilbert também acha isso, tenho certeza.

– Uma lição muito conveniente para nós, em todo o caso – comentei. – Mas, se você realmente estudasse minha vontade, mãe, deveria levar um pouco mais em conta seu conforto e sua conveniência. Quanto a Rose, não tenho dúvidas de que ela cuidará de si mesma e, sempre que fizer um sacrifício ou um notável ato de devoção, não hesitará em me informar sobre sua extensão. Se fosse por você, mamãe, eu afundaria na cruel condição da autoindulgência e falta de preocupação com as vontades alheias pelo simples hábito de ser constantemente atendido e ter todos os meus desejos antecipados ou realizados de chofre, enquanto continuo totalmente ignorante sobre o que é feito por mim. Se Rose vez ou outra não me elucidasse, eu receberia toda a sua bondade como algo normal e nunca saberia o quanto eu lhes devo.

– Ah! E você continuará sem saber até se casar, Gilbert. E, se ficar com alguma garota medíocre e vaidosa como Eliza Millward, que não se importa com nada além do seu próprio deleite e benefício imediatos, ou com alguma mulher desorientada e obstinada como a senhora Graham, ignorante de suas principais obrigações e esperta somente para o que lhe convém, então você verá a diferença.

– Seria bom para mim, mãe. Não vim ao mundo apenas para exercitar as habilidades e os bons sentimentos dos outros, não é? Também quero oferecer os meus para as outras pessoas. E, quando eu me casar, acredito que terei mais prazer em deixar minha esposa feliz e confortável do que em tê-la fazendo isso por mim: prefiro dar a receber.

– Ah, que patuscada, meu querido! Isso é conversa de moleque! Logo você cansará de afagar e agradar sua mulher, mesmo se ela continuar sendo muito encantadora. E é aí que as provações começam.

– Bem, então teremos que suportar os fardos um do outro.

– E, então, vocês tomarão os seus devidos lugares. Você desempenhará a sua função, e ela, se o merecer, desempenhará a dela. Mas sua função é agradar a si mesmo, e a função dela é agradar a você. Tenho certeza de que seu querido pai, pobrezinho, foi o melhor marido que já viveu e, depois de passados os primeiros seis meses, era mais provável que eu o visse voando do que se esforçando para me agradar. Ele sempre disse que eu era uma boa esposa e fazia meu dever, e ele (abençoado seja!) sempre fez o dele: era confiável e pontual, raramente via erros sem motivo, sempre foi justo com meus bons jantares e dificilmente estragou minha comida com atrasos. E isso é o máximo que qualquer mulher pode esperar de qualquer homem.

É isso mesmo, Halford? É essa a extensão das suas virtudes domésticas, e sua feliz esposa não lhe exige mais nada?

Capítulo 7

Não muitos dias depois disso, em uma agradável manhã de céu ensolarado e solo macio sob os pés, já que o restante da neve tinha acabado de derreter, deixando ainda uma fina e resistente camada de gelo aqui e ali na grama verde e fresca abaixo da sebe, embora as novas prímulas já estivessem aparecendo em meio à folhagem úmida e escura e a cotovia cantasse o verão, a esperança, o amor e todas as coisas divinas, eu estava na encosta da colina desfrutando desses prazeres e cuidando do bem-estar dos meus cordeiros e de suas mães ovelhas quando, ao olhar ao redor, percebi três pessoas subindo do vale abaixo. Eram Eliza Millward, Fergus e Rose. Cruzei o campo para encontrá-los e, ao descobrir que estavam indo para Wildfell Hall, disse que gostaria de ir com eles e, oferecendo meu braço a Eliza, que prontamente o aceitou no lugar do meu irmão, falei que ele poderia voltar, pois eu acompanharia as damas.

– O quê? – espantou-se ele. – São as damas que estão me acompanhando, não o contrário. Todos vocês já espiaram essa maravilhosa estranha, exceto eu, e não consigo mais aguentar minha deplorável ignorância. Eu tinha que matar minha curiosidade de qualquer jeito. Então pedi para Rose ir comigo até a Mansão e finalmente me apresentar a ela. Minha irmã se recusou, a menos que a senhorita Eliza pudesse ir também. Então corri até o vicariato para apanhá-la, e viemos juntinhos o caminho todo, tão adoráveis quanto um casal enamorado. E agora você vem tirá-la de mim, além de querer me privar do meu passeio e da minha visita. Volte para os campos e para os gados, seu parvo. Você não é páreo para se juntar a damas e cavalheiros como nós, que não temos nada para fazer senão caçoar das casas dos vizinhos, espiando em seus cantinhos particulares e farejando seus segredos, esburacando seus casacos quando não achamos que servem para nós. Você não entende nada sobre essas refinadas fontes de diversão.

– Por que não vão os dois? – Eliza sugeriu, ignorando a última metade do discurso.

– É claro, venham os dois! – Rose exclamou. – Quanto mais, melhor. E tenho certeza de que queremos levar o máximo de alegria possível para aquela sala enorme, escura e lúgubre, com suas estreitas janelas e sua deprimente mobília velha, a menos que ela nos leve para o estúdio de novo.

E, assim, seguimos todos como um só. A criada envelhecida e magra abriu a porta e nos guiou pelos aposentos descritos por Rose na ocasião em que vira a senhora Graham pela primeira vez. Era uma sala satisfatoriamente espaçosa e pomposa, mas pouco iluminada pelas janelas antiquadas, um deprimente carvalho preto formava o teto, os painéis e a lareira, que era bem elaborada, mas esculpida sem grandes refinamentos, havia também um conjunto de mesa com cadeiras que combinavam, uma velha estante cheia de livros variados ficava de um lado da lareira, e um velho piano de gabinete, do outro.

A moça estava sentada em uma dura poltrona de encosto alto. Em um lado ela tinha uma pequena mesa redonda e uma escrivaninha e, no outro, seu garoto apoiava-se com os cotovelos nos joelhos dela, lendo com uma fluência encantadora um pequeno volume. Ela descansava a mão em seu ombro, brincando distraidamente com os cabelos longos e ondulados que caíam no pescoço marfim do menino. A cena me pareceu um contraste agradável com todos os objetos ao redor, mas é claro que a posição deles mudou assim que entramos. Só consegui observá-la por alguns breves segundos, enquanto Rachel segurava a porta para nos admitir.

Não acho que a senhora Graham tenha ficado particularmente satisfeita em nos ver: havia uma frieza indescritível em sua cordialidade tranquila e calma, mas não conversei muito com ela. Sentei-me próximo à janela, um pouco atrás deles, e chamei Arthur para nos divertirmos com Sancho (o que foi bastante agradável), enquanto as duas jovens damas atraíam a mãe dele jogando conversa fora e Fergus ficava sentado do lado oposto, recostado na cadeira com as pernas cruzadas e as mãos nos bolsos do calção, ora encarando o teto, ora olhando para a anfitrã em sua frente (de um jeito que fiquei fortemente tentado a chutá-lo para fora da sala), ora suspirando e soltando o ar baixinho para si mesmo, ora interrompendo a conversa ou preenchendo uma pausa (conforme o caso) com as mais impertinentes das perguntas ou das observações. Em uma dessas vezes, ele disse:

– Fico muito surpreso, senhora Graham, em como você pôde escolher um lugar tão velho, deteriorado e precário para morar. Se não conseguia reformar e ocupar a casa inteira, por que não pegou um chalé pequeno e arrumadinho?

– Talvez eu tenha sido orgulhosa demais, senhor Fergus – ela respondeu sorrindo –, talvez eu tenha encantado-me demais por este lugar romântico e fora de moda. Mas, na verdade, ele é muito mais vantajoso que um chalé: primeiro, como você pode ver, os cômodos são mais espaçosos e arejados; segundo, os dormitórios desocupados, pelos quais não pago, podem servir de depósito se eu tiver com o que os ocupar, e eles também são muito úteis para meu menino correr nos dias chuvosos em que não podemos sair; e também há o jardim para ele brincar e para eu trabalhar. Veja, já fiz um pequeno progresso – ela continuou, virando-se para a janela. – Tem um canteiro com verduras e legumes naquele canto, aqui já estão florescendo algumas flores de sino e prímulas, e ali também há uma *crocus* amarela que acabou de se abrir para o sol.

– Mas como você suporta uma situação dessas? Seus vizinhos mais próximos estão a mais de duas milhas de distância, ninguém a visita nem passa por aqui. Rose ficaria louquinha num lugar como este. Ela não consegue começar a vida se não vê ao menos meia dúzia de saias e bonés novos todos os dias, sem falar em cada rosto dentro deles. Você, por sua vez, pode ficar sentada olhando por estas janelas o dia inteiro e não ver nada muito além de uma velha levando seus ovos para o mercado.

– Não estou muito certa, mas acho que o isolamento deste lugar era uma das principais recomendações. Não sinto prazer em observar as pessoas passarem em frente à janela e gosto de ficar em silêncio.

– Oh! É quase como se estivesse dizendo que gostaria que todos nós fôssemos cuidar de nossa vida e a deixássemos em paz.

– Não. De fato, eu não gosto de muita familiaridade, mas, se eu fizer novos amigos, é claro que ficarei feliz em vê-los de vez em quando. Ninguém consegue ser feliz em eterna solidão. Portanto, senhor Fergus, se você quiser entrar em minha casa como amigo, eu o receberei bem; caso contrário, devo confessar que prefiro mantê-lo afastado. – Em seguida, virou-se e fez alguma observação a Rose ou a Eliza.

– E, senhora Graham – ele começou de novo, cinco minutos depois –, no caminho até aqui, debatíamos sobre algo a que você pode responder prontamente, pois é uma questão sua. É isso mesmo, falamos sobre você com frequência, pois alguns de nós não têm nada melhor para fazer a não ser falar dos vizinhos, e nós, plantas nativas deste solo, nos conhecemos há tanto tempo e falamos uns dos outros com tanta frequência que estamos meio enjoados dessa brincadeira. Portanto, a chegada de uma estranha por aqui enriquece de modo inestimável nossas já exauridas fontes de entretenimento. Bem, a questão, ou as questões, a que você deve responder são…

– Feche a matraca, Fergus! – exclamou Rose, numa euforia de apreensão e raiva.

– Não fecharei, não, pode acreditar. As questões a que você deve responder são as seguintes: primeiro, em relação ao seu nascimento, às suas origens e residência anterior. Alguns acreditam que você é estrangeira, outros, inglesa; alguns dizem que é do Norte, outros, do Sul; alguns acham…

– Bem, senhor Fergus, eu contarei para você. Sou inglesa e não sei por que alguém duvidaria disso. Nasci no interior, nem no extremo Norte, nem no extremo Sul da nossa adorável ilha, e foi no interior que vivi por quase toda a minha vida. Agora espero que esteja satisfeito, pois não estou disposta a responder a quaisquer outras questões no momento.

– Exceto mais essa…

– Não, mais nenhuma! – Ela sorriu, deixando seu lugar imediatamente. Buscou refúgio na janela ao lado da qual eu estava sentado e, bastante desesperada para escapar da perseguição do meu irmão, esforçou-se para me incluir na conversa.

– Senhor Markham – falou com pressa e estava tão corada que era evidente como estava inquieta –, você já se esqueceu daquela bela vista do mar sobre a qual falávamos há algum tempo? Acho que devo incomodá-lo agora e pedir informações sobre o caminho mais curto para chegar lá. Se este tempo bonito persistir, talvez eu consiga caminhar até lá e fazer meus desenhos; já exauri todos os outros temas em minhas pinturas e estou ansiosa por essa vista.

Eu estava prestes a atender ao seu pedido, mas Rose me impediu de continuar.

– Oh, não conte a ela, Gilbert! – exclamou. – Ela pode ir conosco. Imagino que esteja falando da baía, senhora Graham. É uma caminhada muito longa, longe demais para você e fora de cogitação para Arthur. Mas estamos pensando em visitá-la e fazer um piquenique por lá em algum dia bonito. Se você for mesmo esperar o tempo firmar, ficaremos honrados em tê-la conosco.

A coitada da senhora Graham pareceu desanimada e tentou dar algumas desculpas, mas Rose, fosse por ser compassível com sua vida solitária, fosse por estar ansiosa para cultivar sua amizade, estava determinada a levá-la, e todas as objeções foram refutadas. Ela disse que seria uma festa pequena só com os amigos e que a melhor vista de todas era a das falésias, a umas boas cinco milhas de distância.

– Uma boa caminhada para os cavalheiros – Rose continuou –, mas as damas revezarão entre ir a pé e na carruagem, pois estaremos com nossa sege, e creio que ela será grande o bastante para levar o pequeno Arthur e três damas, além do seu equipamento de desenho e nossas provisões.

Enfim a proposta foi aceita e, após discutirmos um pouco mais sobre a hora e a forma da excursão prevista, levantamo-nos e partimos.

Mas isso tudo foi em março. Um abril frio e úmido e duas semanas de maio se passaram antes que pudéssemos nos aventurar em nossa expedição, ávidos por obter aquele prazer com agradáveis prospecções, uma companhia animada, ar fresco, bom humor e exercícios, tendo certeza de que não nos depararíamos com estradas ruins, ventos gelados ou nuvens ameaçadoras. Então, em uma manhã magnífica, reunimos nossas forças e seguimos em frente. A comitiva era formada pela senhora Graham e o filho, Mary e Eliza Millward, Jane e Richard Wilson, Rose, Fergus e Gilbert Markham.

O senhor Lawrence foi convidado a se juntar a nós, mas, por algum motivo que só ele sabe, recusou-se a nos dar sua companhia. Fui eu mesmo quem fez o convite. Na ocasião, ele hesitou e me perguntou quem iria.

Ao citar a senhorita Wilson entre os restantes, ele pareceu inclinado a ir, mas, ao mencionar a senhora Graham, pensando que seria mais um incentivo, pareceu que obtive o efeito contrário, e ele rejeitou o convite. Para falar a verdade, aquela decisão não me desagradou, embora eu não soubesse muito bem dizer o porquê.

Era quase meio-dia quando chegamos ao nosso destino. A senhora Graham andou por todo o percurso até as falésias, e o pequeno Arthur também andou a maior parte, pois agora estava muito mais robusto e ativo do que quando chegou à vizinhança e não gostou de ficar na carruagem com pessoas estranhas enquanto seus quatro amigos (mamãe, Sancho, senhor Markham e senhorita Millward) estavam a pé, andando ao longe ou cruzando campos e trilhas distantes.

Tenho uma recordação muito gostosa dessa caminhada na robusta estrada branca e ensolarada, sombreada aqui e ali por esplêndidas árvores verdes e adornada por margens e sebes em flor de deliciosa fragrância, ou por trilhas e campos deleitosos, em plena glória das magníficas flores e do brilhante verdor de um maio agradabilíssimo. É verdade que Eliza não estava ao meu lado, já que ela foi na sege com suas amigas e, claro, estava tão feliz quanto eu; mesmo quando nós, pedestres, saíamos da estrada para pegar um breve atalho através dos campos e contemplávamos a carruagem desaparecer ao longe em meio às árvores verdes circundantes, eu não odiava aquelas árvores por tirar da minha vista seu xale e seu pequeno boné, nem sentia que tudo aquilo que havia entre nós atrapalhava minha felicidade porque, para ser sincero, eu estava demasiado feliz na companhia da senhora Graham para lamentar a ausência de Eliza Millward.

É verdade que, a princípio, a senhora Graham estava bastante arisca e conversava somente com Mary Millward e Arthur. Ela e Mary andaram juntas, geralmente com a criança no meio das duas, mas, sempre que a estrada permitia, eu caminhava do outro lado dela, enquanto Richard Wilson ficava ao lado da senhorita Millward, e Fergus alternava aqui e ali conforme lhe dava na telha. Depois de um tempo, ela tornou-se mais amigável e, por fim, consegui manter sua atenção quase totalmente para mim. Foi então que fiquei realmente feliz, pois gostava de ouvir qualquer coisa sobre a qual ela consentia em conversar. Quando suas opiniões e seus sentimentos condiziam com os meus, eram seu extremo bom senso, seu gosto e sentimentos primorosos que me agradavam; quando divergiam, eram ainda sua ousadia inflexível na admissão ou na defesa daquela diferença, sua seriedade e seu jeito incisivo que me encantavam; e, mesmo quando eu me irritava com suas palavras ou seus olhares descorteses, suas conclusões duras ao meu respeito só me deixavam insatisfeito comigo mesmo por ter causado nela uma impressão tão desfavorável, e eu ficava ainda mais ansioso para defender o meu caráter e a minha disposição a seus olhos e, se possível, conquistar sua estima.

Por fim, a caminhada terminou. A altura e a inclinação das colinas interceptaram o panorama por algum tempo, mas, ao chegarmos ao topo do aclive íngreme e olharmos para baixo, uma abertura desvelou-se diante de nós, e o céu azul rebentou em nossa vista! Era um azul-violeta profundo, não totalmente calmo, mas cheio de quebrações reluzentes, pequenas manchas que brilhavam em seu seio e dificilmente podiam ser distintas das pequenas gaivotas que se divertiam sobre o mar com as asas brancas reluzindo sob a luz do sol; quanto aos barcos, víamos somente um ou dois ao longe.

Olhei para minha acompanhante, para ver o que achava daquela cena magnífica. Ela não disse nada; ficou parada, a expressão de seus olhos fixos garantiu-me que não estava desapontada. Os olhos dela eram muito belos, aliás; não sei se já lhe contei antes, mas eram cheios de alma, grandes, límpidos e quase pretos, não castanhos, mas de um cinza bem escuro. Uma brisa fresca e revigorante soprava do mar, era leve, pura e salubre, fazia seus cachos ondular e conferia uma cor mais vívida aos seus lábios e bochechas, que normalmente eram pálidos demais. Ela sentia aquela influência revigorante, assim como eu, que experienciava um frêmito em meu corpo, mas não ousei ceder a ele enquanto ela se mantinha tão quieta. Havia um ar jubiloso e controlado em seu rosto que quase despertou um sorriso de lucidez sublime e alegre quando seus olhos encontraram os meus. Ela nunca esteve tão adorável; meu coração nunca esteve tão docemente dominado por ela como então. Se tivéssemos ficado mais dois minutos em pé ali sozinhos, eu não saberia responder pelas consequências. Felizmente para minha discrição, e quiçá também para meu deleite durante o resto do dia, fomos rapidamente chamados para compartilhar uma refeição leve e muito respeitável que Rose, auxiliada pela senhorita Wilson e por Eliza (elas tinham chegado um pouco antes do resto, pois vieram na sege), ajeitara em uma elevação com vista para o mar, protegida do sol quente pela inclinação de uma rocha e pelas árvores ao redor.

A senhora Graham sentou-se longe de mim. Eliza era minha vizinha mais próxima. Ela se esforçou para ser agradável daquele seu jeito delicado e discreto, e sem dúvida estaria mais fascinante e encantadora do que nunca se eu conseguisse notá-la. No entanto, logo meu coração começou a se aquecer por ela de novo, e todos estávamos muito satisfeitos e felizes juntos (pelo menos foi o que senti) durante a prolongada refeição compartilhada.

Quando acabamos, Rose pediu a Fergus para ajudá-la a recolher os restos, as facas, os pratos e tudo o mais e guardá-los de volta na cesta. A senhora Graham pegou sua cadeira de campo e os materiais de desenho e, após pedir para a senhorita Millward cuidar de seu precioso filho e dar a ele sérias ordens de somente andar ao lado da sua nova guardiã, deixou-nos e partiu pela colina pedregosa e inclinada para um lugar mais alto e íngreme um pouco mais ao longe, onde teria uma vista ainda mais bonita para fazer seu desenho, embora algumas das moças tivessem lhe falado que era um lugar assustador e a desaconselhassem a tentar chegar lá.

Depois que ela foi embora, pareceu-me que nada mais ali tinha graça, embora fosse difícil dizer como ela contribuiu para a hilaridade da festa. De seus lábios não escaparam piadas, apenas breves sorrisos que intensificaram meu contentamento; uma observação audaciosa ou uma palavra animada dela sem querer acentuavam minha argúcia, despertando meu interesse sobre tudo o que era dito e feito pelo resto do grupo. Até minha conversa com Eliza foi avivada por sua presença, embora eu não soubesse disso; agora que ela tinha ido embora, a jocosa tolice de Eliza parou de me agradar – aliás, pior ainda, tornou-se tediosa à minha alma, e fiquei entediado por ter que agradá-la. Uma atração irresistível me arrastava até o ponto distante onde a bela artista exercia sua solitária tarefa, e não resisti por muito tempo; enquanto a mocinha ao meu lado trocava algumas palavras com a senhorita Wilson, levantei-me e saí às escondidas. Alguns passos rápidos e uma escalada ativa me levaram ao lugar onde ela estava sentada: uma estreita saliência de pedra à beira da falésia que pendia de forma acentuada diretamente acima da orla pedregosa.

Ela não me ouviu chegar, e a sombra que fiz em seu papel causou-lhe um tremor elétrico que a fez olhar rapidamente ao redor; qualquer outra dama que conheço teria gritado com um susto tão repentino.

– Oh! Não sabia que era você. Por que me assustou desse jeito? – perguntou, um pouco provocativa. – Odeio que cheguem assim de forma tão inesperada.

– Por quê? O que você acha que eu sou? – questionei. – Se soubesse que você era tão nervosa, teria tido mais cuidado, mas...

– Tudo bem, deixe para lá. O que veio fazer aqui? Os outros estão vindo também?

– Não, esta pequena saliência não aguentaria todos eles.

– Ainda bem, pois estou cansada de conversar.

– Certo, então ficarei quieto. Só vou me sentar aqui para vê-la desenhar.

– Oh, mas você sabe que eu não gosto disso.

– Então me contentarei em admirar este panorama maravilhoso.

Ela não fez objeções a isso e desenhou em silêncio por um tempo. Mas, vez ou outra, não pude evitar desviar o olhar da esplêndida vista aos nossos pés para a elegante mão branca que segurava o lápis, o pescoço delicado e os cachos brilhantes e negros que caíam sobre o papel.

"Se eu tivesse um lápis e um pedaço de papel agora", pensei, "poderia fazer um desenho ainda mais adorável que o dela, pressupondo que eu tivesse a capacidade de delinear com fidelidade o que tenho diante de mim."

Mas, apesar de tal satisfação me ser negada, fiquei bem contente por me sentar ali ao lado dela sem dizer nada.

– Ainda está aí, senhor Markham? – ela perguntou depois de algum tempo olhando em minha direção, pois eu estava sentado um pouco mais para trás em uma protuberância da falésia coberta de musgo. – Por que não vai se divertir com seus amigos?

– Porque, assim como você, estou cansado deles. E eu posso vê-los bastante amanhã ou em qualquer outro momento, mas talvez não tenha o prazer de encontrá-la novamente sabe-se lá por quanto tempo.

– O que Arthur estava fazendo quando você saiu?

– Ele estava com a senhorita Millward, onde você o deixou. E, bem, ele também esperava que a mamãe não ficasse fora por muito tempo. Você não o confiou a mim, aliás – resmunguei –, apesar de eu ter tido a honra de conhecê-lo antes. Mas a senhorita Millward é do tipo que diverte e agrada as crianças – acrescentei indiferente –, apesar de não ser boa em mais nada.

– A senhorita Millward tem muitas qualidades inestimáveis que você não é capaz de perceber, tampouco apreciar. Diga para Arthur que voltarei daqui a alguns minutos, sim?

– Se for assim e você me permitir, esperarei esses poucos minutos e a ajudarei a descer pela trilha complicada.

– Obrigada, mas, nessas ocasiões, sempre me dou melhor sem ajuda.

– Então posso ao menos levar sua cadeira e seu caderno.

Ela não me negou esse favor, contudo fiquei ofendido com sua vontade óbvia de se livrar de mim e estava começando a me arrepender da minha pertinácia, mas fiquei aliviado quando ela me perguntou o que eu achava e pediu minha opinião sobre alguma coisa duvidosa no desenho. Por sorte, minha ideia foi ao encontro da aprovação dela, e a melhoria sugerida foi adotada sem hesitação.

– Com frequência quis, em vão – disse ela –, consultar a opinião de outra pessoa quando não consigo mais confiar na direção dos meus olhos e da minha cabeça, que ficam tanto tempo ocupados na contemplação de um único objeto que quase se tornam incapazes de formar uma opinião adequada a respeito.

– E esse é apenas um dos vários males aos quais uma vida solitária nos expõe – respondi.

– É verdade – ela falou; e ficamos em silêncio mais uma vez.

Porém, uns dois minutos depois, ela declarou que o desenho estava pronto e fechou o caderno.

Quando retornamos ao local em que fizemos nossa refeição, descobrimos que todos tinham ido embora, exceto Mary Millward, Richard Wilson e Arthur Graham. O rapazinho estava quase dormindo, deitado com a cabeça apoiada no colo da moça; o outro estava sentado ao lado dela com a edição de bolso de algum autor clássico em suas mãos. Ele nunca ia a lugar algum sem uma companhia dessas para intensificar seus momentos de lazer; parecia que todo o tempo que não fosse devotado aos estudos ou ao simples fato de viver a vida fisicamente era um tempo perdido. Mesmo agora ele não conseguia abandonar-se ao deleite daquele ar puro e do sol balsâmico, daquela vista esplêndida e dos sons calmantes, da música das ondas e do vento suave nas árvores acima dele, nem mesmo com uma moça a seu lado (conquanto ela não fosse mesmo muito charmosa, confesso); ele tinha que pegar um livro e usar o tempo da melhor forma possível enquanto digeria a refeição e repousava as pernas cansadas, desacostumadas a tanto exercício.

Contudo, talvez ele tivesse trocado algumas palavras ou observado sua colega de vez em quando; de todo modo, ela não parecia ressentida com sua conduta, suas feições pouco atraentes tinham uma expressão de alegria e serenidade incomuns, e ela estudava seu rosto pálido e pensativo contemplativamente quando chegamos.

A jornada de volta para casa ficou longe de ser tão agradável quanto a de ida, pois, dessa vez, a senhora Graham foi na carruagem, e Eliza Millward tornou-se minha parceira de caminhada. Ela notou minha preferência pela jovem viúva e obviamente sentiu-se negligenciada. Todavia, a moça não manifestou sua decepção com reproches incisivos, um sarcasmo amargurado ou um desconfortável silêncio ressentido; eu teria suportado tais reações ou a distraído com facilidade. Não, ela a manifestou com uma espécie de dócil melancolia, uma tristeza leve e reprovadora que me cortou o coração.

Tentei animá-la e, aparentemente, tive bons resultados pouco antes de a caminhada terminar; mas, ao fazer isso, minha consciência me reprovou, pois eu sabia que, mais cedo ou mais tarde, teria que romper aquele vínculo, e agir daquele jeito só alimentava falsas esperanças e adiava o triste dia.

Quando a sege chegou ao ponto mais próximo de Wildfell Hall, ao qual a estrada tinha acesso (a menos que seguissem pela longa trilha tortuosa, o que a senhora Graham não permitiria), a jovem viúva e seu filho desembarcaram, deixando o lugar do condutor para Rose, e eu convenci Eliza a sentar-se no lugar antes ocupado por minha irmã. Depois de ajudá-la a embarcar com conforto, dizer para tomar cuidado com o ar noturno e desejar-lhe boa-noite, senti-me bastante aliviado e me apressei para oferecer meus serviços à senhora Graham, a fim de carregar seu equipamento campo acima, mas ela já tinha pendurado a cadeira de campo no braço e segurado o caderno de desenho nas mãos e insistiu em despedir-se de mim com o resto do grupo. Desta vez, contudo, ela rejeitou a ajuda de forma tão gentil e amigável que eu quase a perdoei.

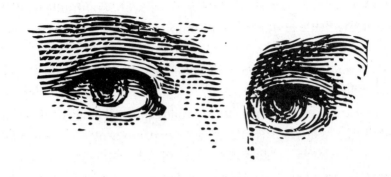

Capítulo 8

Passaram-se seis semanas. Era uma manhã esplêndida quase no fim de junho. Quase todo o feno já havia sido ceifado, mas a última semana fora bastante desfavorável. Agora que o tempo bom tinha finalmente chegado, eu estava decidido a aproveitá-lo ao máximo, reuni todos os braços no campo de feno e estava trabalhando com eles lá fora em mangas de camisa e com um chapéu de palha leve cobrindo minha cabeça, carregando em meus braços a grama úmida e fedorenta e remexendo-a aos quatro ventos no alto de uma fileira de empregados e mercenários; eu planejava trabalhar de manhã até a noite, com mais zelo e assiduidade do que poderia encontrar em qualquer um deles, tanto para que o trabalho avançasse graças ao meu próprio esforço quanto para animar os trabalhadores pelo meu exemplo. Foi então que minhas resoluções caíram por terra em um instante, simplesmente ao ver meu irmão correr morro acima em minha direção para me entregar em mãos um pequeno pacote recém-chegado de Londres pelo qual eu esperava havia algum tempo. Rasguei o embrulho e abri uma elegante edição de bolso do *Marmion*[6].

---
[6] Poema épico do poeta escocês Walter Scott que trata da Batalha de Flodden, publicado em 1808. (N.T.)

– Acho que sei para quem é – disse Fergus, que continuou observando-me atentamente enquanto eu examinava o volume com satisfação. – É para a senhorita Eliza.

Ele pronunciou isso com uma voz e uma expressão tão sabichonas que fiquei feliz em contradizê-lo.

– Você está errado, meu caro – repliquei. Peguei meu casaco, coloquei o livro em um dos bolsos e o vesti (o casaco, no caso). – Agora venha aqui, seu cão inútil, e faça algo que preste pelo menos uma vez na vida – continuei. – Dispa o casaco e assuma meu lugar no campo até eu voltar.

– Até você voltar? E aonde você vai, posso saber?

– Não importa aonde; o quando é a única questão que lhe cabe. Devo voltar perto da hora do jantar.

– Oh! Oh! E eu tenho que trabalhar até lá? E ainda manter todos esses camaradas na linha? Pois bem! Pois bem! Farei isso ao menos uma vez. Vamos, meus caros, e depressa: estou aqui para ajudar vocês. E pobre daquele homem ou daquela mulher que ousar fazer um minuto de pausa; seja para olhar ao redor, seja para coçar a cabeça ou assoar o nariz, nenhum pretexto será aceito, nada além de trabalhar, trabalhar e trabalhar até o suor escorrer pelo rosto.

Deixei-o lá arengando as pessoas, mais para diverti-las do que edificá-las, e voltei para casa. Após ajeitar um pouco minha roupa, apressei-me rumo à Wildfell Hall com o livro no bolso, pois era destinado às prateleiras da senhora Graham.

"O quê? Então você e ela passaram a se entender tão bem que chegaram ao ponto de dar e receber presentes?", é o que você deve estar se perguntando. Mas não exatamente, velho varão; era meu primeiro experimento nessa linha, e eu estava bastante ansioso para ver o resultado.

Encontramo-nos várias vezes após a excursão à baía, e descobri que ela não era avessa à minha companhia, desde que restringisse a conversa à discussão de assuntos abstratos ou tópicos de interesse comum; assim que eu me aproximava de questões sentimentais e elogiosas ou adotava a mais sutil das gentilezas em minhas palavras ou em meus olhares, não apenas era punido com a mudança imediata de seus modos, mas também

A INQUILINA DE WILDFELL HALL

era castigado a me deparar com seu jeito mais frio e distante, quiçá completamente inacessível, da próxima vez que buscasse sua companhia. Porém, tal circunstância não me desconcertava muito, porque eu a atribuía mais a alguma resolução definitiva contra um segundo casamento tomada antes de nos conhecermos do que a um desagrado em relação à minha pessoa, resolução tomada graças ao excesso de afeto por seu último marido ou porque tinha ficado saturada tanto dele quanto da situação matrimonial. A princípio, decerto, ela parecia ter prazer em escarnecer da minha vaidade e achincalhar minha presunção, cortando impiedosamente cada broto que ousava aparecer; confesso que na época eu me sentia bastante magoado e, ao mesmo tempo, estimulado a me vingar; mas, depois que ela ficou convencida de que eu não era aquele almofadinha cabeça-oca que ela de imediato imaginou, passou a rejeitar meus modestos avanços de um jeito um pouco diferente. Era uma espécie de desprazer sério, quase pesaroso, o qual logo aprendi a cuidadosamente despertar.

"Primeiro consolidarei minha posição como amigo", pensei. "Serei o padroeiro e colega de seu filho, além de amigo sóbrio, robusto e despretensioso dela própria, para, depois, quando tiver me tornado indispensável para o conforto e a diversão de sua vida (como acredito que sou capaz de fazer), veremos o que mais poderá ser feito."

Assim, conversávamos sobre pintura, poesia e música, teologia, geologia e filosofia: uma ou duas vezes emprestei-lhe um livro, e outra vez ela me emprestou um em troca. Eu a encontrava durante as caminhadas sempre que conseguia e fui à sua casa quantas vezes tive coragem. Meu primeiro pretexto para invadir seu santuário foi dar a Arthur um filhotinho desengonçado da prole de Sancho, o que contentou a criança de modo indescritível e, consequentemente, não falhou em agradar sua mamãe. O segundo foi para dar ao menino um livro que escolhi com cuidado, conhecendo as particularidades de sua mãe, e submeti à aprovação dela antes de presenteá-lo. Depois levei algumas plantas para seu jardim em nome de minha irmã, tendo antes persuadido Rose a enviá-las. Em cada uma dessas ocasiões, perguntei sobre o quadro que ela estava pintando com base no rascunho feito nas falésias e era levado até o estúdio, onde ela perguntava minha opinião ou pedia sugestões sobre seu progresso.

Minha última visita tinha sido para devolver o livro que ela me emprestara. Foi neste dia que, discutindo casualmente a poesia de Sir Walter Scott, ela expressou sua vontade em ler o *Marmion*, e logo tive a ideia de presenteá-la com uma edição. Assim que voltei para casa, encomendei o pequeno volume que tinha recebido naquela manhã. Mas eu ainda precisava de uma desculpa para invadir o eremitério; então peguei uma coleira azul de couro caprino para o cãozinho de Arthur e, depois de entregue e recebida, com alegria e gratidão expressadas pelo presenteado muito maiores que o valor do presente ou o motivo egoísta do presenteador mereciam, tomei coragem e pedi à senhora Graham para ver o quadro mais uma vez, caso ele ainda estivesse lá.

– Ah, sim! Entre – ela falou, já que tínhamos nos encontrado no jardim. – Está terminado e emoldurado, pronto para ser enviado. Mas me diga sua última opinião e, se puder sugerir alguma outra melhoria, eu a farei ou a considerarei, pelo menos.

O quadro estava belíssimo, de tirar o fôlego; era exatamente a mesma cena, transferida para a tela como que por mágica; mas expressei minha aprovação com modéstia e poucas palavras, temendo desagradá-la. Ela, contudo, observou meus olhares com atenção e decerto seu orgulho de artista foi satisfeito ao ler em meus olhos minha sincera admiração. Todavia, enquanto eu o contemplava, pensava no livro e em como deveria presenteá-la. Meu coração me traía, mas eu estava decidido a não ser tolo o bastante a ponto de ir embora sem tentar. Era inútil esperar por uma oportunidade, bem como elaborar um discurso para a ocasião. Pensei que quanto mais simples e natural fosse, melhor; então olhei para a janela para criar coragem e tirei o livro do bolso, virei-me e o coloquei nas mãos dela, com esta breve explicação:

– Você queria ler o *Marmion*, senhora Graham. Aqui está ele, se você for gentil o bastante para aceitá-lo.

Um rubor momentâneo cobriu-lhe o rosto. Talvez fosse um rubor de vergonha alheia por aquele jeito tão estranho de presentear: ela examinou o volume dos dois lados com seriedade, depois folheou-o em silêncio, unindo as sobrancelhas em grave reflexão e, em seguida, fechou o livro e virou-se para mim, perguntando calmamente qual era o preço do livro. Eu senti o sangue quente correr para meu rosto.

– Sinto ofendê-lo, senhor Markham – anunciou. – Mas, a menos que eu pague pelo livro, não posso aceitá-lo. – E colocou-o na mesa.

– Por que não?

– Porque... – Ela parou e olhou para o tapete.

– Por que não? – repeti com um nível de irascibilidade que fez com que ela erguesse os olhos e me encarasse fixamente.

– Porque não gosto de me colocar em obrigações que jamais poderei retribuir. Já estou em dívida com você por causa da sua gentileza com meu filho, mas o afeto grato que ele lhe dá e o bom sentimento que desperta em você já devem recompensá-lo por isso.

– Que besteira! – explodi.

Ela colocou seus olhos em mim de novo com uma expressão de surpresa calada e séria que teve o efeito de uma reprimenda, intencional ou não.

– Então você não aceitará o livro? – perguntei em um tom mais brando que o adotado até o momento.

– Eu o aceitarei com prazer se você me deixar pagar por ele.

Eu então falei o preço exato e o custo do frete com a voz mais calma que pude, embora, na verdade, estivesse quase chorando de decepção e vergonha.

Ela pegou a bolsa e contou friamente o dinheiro, mas hesitou em colocá-lo em minhas mãos. Fitando-me com atenção, observou o seguinte, em uma ternura tranquilizadora:

– Você está se sentindo insultado, senhor Markham. Eu gostaria de fazê-lo entender que... que eu...

– Eu entendo perfeitamente – repliquei. – Você acha que, se aceitar essa trivialidade agora, eu poderei cobrá-la depois. Mas você está errada: se me obrigar a aceitar isso, acredite, não alimentarei esperanças e não considerarei um precedente para favores vindouros. E é besteira falar que tem dívida comigo, quando precisa entender que, nesse caso, a obrigação está inteiramente do meu lado, e o favor, do seu.

– Bem, então confiarei em sua palavra e aceitarei o livro – ela respondeu com um sorriso quase angelical, colocando aquele dinheiro odioso de volta na bolsa. – Mas não se esqueça dela!

– Eu me lembrarei do que eu disse. Mas não puna minha presunção retirando de mim sua amizade ou esperando que eu a repare sendo mais distante do que antes – disse, estendendo-lhe a mão para ir embora, pois estava muito agitado para ficar.

– Pois bem, então! Seguiremos como antes – ela respondeu, colocando a mão na minha com franqueza e, enquanto a segurei ali, tive muita dificuldade para evitar levá-la aos meus lábios, o que seria uma loucura suicida: eu já tinha sido bastante atrevido, e aquele presente prematuro por um triz não foi o sopro mortal para minhas esperanças.

Estava com o coração e a mente tão agitados e quentes que fui correndo para casa, apesar do sol escaldante do meio-dia. Esqueci-me de tudo, menos daquela que acabara de deixar; atormentado com sua impenetrabilidade e com minha própria precipitação e falta de tato; temendo sua resolução terrível e minha inaptidão para superá-la; eu não esperava mais nada e... Mas, calma, não o incomodarei com minhas esperanças e meus medos conflitantes, minhas cogitações e resoluções sérias.

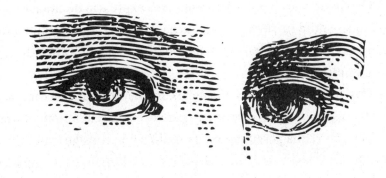

Capítulo 9

Embora eu possa dizer que esteja razoavelmente desapegado de Eliza Millward, não abdiquei de todo das minhas visitas ao vicariato, pois queria me afastar aos poucos, sem causar grandes tristezas ou ressentimentos nem me tornar o assunto para a paróquia. Ademais, se eu me distanciasse completamente, o vigário, que achava que minhas visitas eram feitas sobretudo por sua causa, com certeza teria considerado aquela negligência uma afronta. No entanto, ao chegar lá um dia depois do meu encontro com a senhora Graham, ele por acaso não estava em casa, uma circunstância que agora não era mais tão agradável quanto em ocasiões anteriores. É verdade que a senhorita Millward estava lá, mas ela era quase um zero à esquerda. Todavia, decidi fazer uma visita curta e conversar com Eliza de um jeito fraternal e amigável que nossa antiga familiaridade me permitia adotar e que, pensei, não seria ofensiva nem encorajaria esperanças falsas.

Nunca foi meu costume conversar sobre a senhora Graham com ela nem com ninguém, mas eu não estava sentado lá há mais de três minutos quando a própria Eliza trouxe a dama à tona de modo um tanto surpreendente.

– Ó, senhor Markham! – disse com uma expressão de choque e em voz baixa, quase num sussurro. – O que acha desses escândalos que andam falando sobre a senhora Graham? Você nos desencorajaria a acreditar neles?

– Que escândalos?

– Ora! Você sabe! – Sorriu maliciosamente e balançou a cabeça.

– Não estou sabendo de nada. A que você está se referindo, Eliza?

– Oh, não venha perguntar para mim! Eu não consigo explicá-los. – E, então, pegou o lenço de cambraia que estava adornando com uma bordadura em laço e, de repente, tornou-se bastante ocupada.

– O que é, senhorita Millward? O que ela quer dizer? – apelei para sua irmã, que parecia absorta fazendo a barra de um lençol grande e grosseiro.

– Não sei – ela respondeu. – Alguma fofoca vazia que alguém inventou, imagino. Eu nunca tinha ouvido nada até Eliza me contar outro dia. Mas, se toda a paróquia a repetisse em meus ouvidos, eu não acreditaria em uma palavra sequer, pois conheço a senhora Graham muito bem!

– Está certa, senhorita Millward! Eu tampouco acreditaria, não importa o que seja.

– Bem – Eliza observou com um olhar gentil –, é normal ter essa convicção reconfortante em relação ao valor daqueles que amamos. Espero que vocês não estejam depositando sua confiança no lugar errado.

Ela ergueu o rosto e lançou-me um olhar terno e triste que teria derretido meu coração, mas havia algo furtivo em seus olhos que não me agradou, e me perguntei como fui capaz de tê-los admirado um dia; o rosto honesto e os pequenos olhos cinza de sua irmã pareceram-me muito mais agradáveis. Contudo, naquele momento eu estava um pouco descontrolado com Eliza por causa de suas insinuações contra a senhora Graham, que eram falsas, eu tinha certeza, ela sabendo ou não.

Eu não falei mais nada sobre este nem sobre qualquer outro assunto, pois, ao perceber que não estava conseguindo me recompor direito, levantei-me e parti com a desculpa de que tinha muitas coisas para fazer na fazenda, e foi para lá que fui, não me preocupando nem um pouco com a possível verdade dos misteriosos escândalos, mas curioso pelo que diziam, quem os inventou e quais eram suas bases, além de como era possível silenciá-los ou invalidá-los da melhor forma possível.

Alguns dias depois, tivemos outra das nossas pequenas e tranquilas festas, para a qual os amigos e vizinhos usuais haviam sido convidados, inclusive a senhora Graham. Desta vez não foi possível que se ausentasse alegando noites escuras ou clima inclemente e, para meu grande alívio, ela veio. Sem ela eu teria achado tudo aquilo um enfado intolerável, mas o momento de sua chegada trouxe vida nova à casa e, apesar de eu não poder negligenciar os outros convidados nem esperar ter unicamente para mim a atenção e as conversas dela, previ uma noite de entretenimento extraordinário.

O senhor Lawrence também veio. Ele só chegou pouco depois que o restante já estava reunido. Eu estava curioso para saber como ele se comportaria em relação à senhora Graham. Ao chegar, tudo o que se passou entre eles foi uma breve reverência e, após cumprimentar com educação todos os outros membros do grupo, sentou-se entre minha mãe e Rose, um pouco longe da jovem viúva.

– Você já viu um teatro como esse? – Eliza, minha vizinha mais próxima, sussurrou. – Não parece que os dois são completos desconhecidos?

– Quase. Mas e daí?

– E daí? Ora, não finja que não sabe de nada!

– Não sei do quê? – exigi tão rudemente que ela tremeu e respondeu.

– Oh, quieto! Não fale tão alto.

– Bem, então me conte logo – respondi mais baixo. – O que é que você quer dizer? Odeio adivinhações.

– Ah, você sabe... Não garanto que seja verdade, longe de mim, mas você não ouviu o que disseram?

– Não ouvi nada, exceto de você.

– Então você deve estar surdo, porque qualquer pessoa pode lhe contar; mas eu o irritarei se ficar repetindo, já percebi, então é melhor eu fechar minha boca.

Ela apertou os lábios e dobrou as mãos em sua frente com um ar de submissão ofendida.

– Se você não quisesse me irritar, deveria ter fechado a matraca desde o início ou contado tudo de uma vez de forma clara e honesta.

Ela virou o rosto, sacou o lenço, levantou-se e foi até a janela, onde ficou algum tempo evidentemente se debulhando em lágrimas. Eu estava atônito, ressentido, envergonhado, menos com minha aspereza do que com sua fraqueza infantil. Contudo, parece que ninguém a notou e pouco depois disso nós nos reunimos à mesa de chá; em tais encontros era costume nos sentarmos à mesa na hora do chá para comer alguma coisa, pois jantávamos cedo. Sentei-me e tinha Rose de um lado e uma cadeira vazia do outro.

– Posso me sentar ao seu lado? – disse uma voz suave perto de mim.

– Se você quiser – foi a resposta, e Eliza assumiu a cadeira vaga.

Então, encarando-me com um sorriso entre meio triste e meio jocoso, sussurrou:

– Você está tão austero, Gilbert.

Servi a ela o chá com um sorriso levemente desdenhoso e não falei nada, pois não tinha nada a dizer.

– O que fiz para ofendê-lo? – disse ela, mais direta. – Eu gostaria de saber.

– Vá, pegue seu chá, Eliza, e não seja boba – respondi, passando-lhe o açúcar e o creme.

Nesse exato momento, uma ligeira comoção começou do outro lado, causado pela negociação da senhorita Wilson com Rose para que trocassem de lugar.

– Você me faria o favor de trocar de lugar comigo, senhorita Markham? – ela pediu. – Não quero me sentar ao lado da senhora Graham. Se sua mãe acha adequado convidar tais pessoas para sua casa, ela não pode se opor que sua filha fique em tal companhia.

A última sentença foi adicionada em uma espécie de solilóquio quando Rose saiu; mas eu não fui polido o bastante para deixar passar.

– Você me faria o favor de explicar o que quer dizer, senhorita Wilson? – demandei.

A pergunta surpreendeu-a um pouco, mas não muito.

– Por quê, senhor Markham? – respondeu com frieza, seu autocontrole rapidamente recuperado. – Surpreende-me a senhora Markham convidar uma pessoa como a senhora Graham para sua casa; porém, talvez ela não esteja ciente de que o caráter da moça é considerado pouquíssimo respeitável.

– Ela não está mesmo, e eu, também não. Portanto, você me faria a mercê de explicar um pouco mais?

– Não é lugar nem hora para fazer tais explicações, mas duvido que você seja tão ignorante quanto dá mostras. Você deve conhecê-la tão bem quanto eu.

– Acredito que sim, quiçá até um pouco melhor. Portanto, se me informar o que ouviu ou imaginou contra ela, talvez eu seja capaz de corrigi-la.

– Você saberia me dizer quem era o marido dela, se é que já teve algum?

A indignação manteve-me em silêncio. Eu não confiava em mim mesmo para responder ali, naquele momento.

– Você nunca observou – disse Eliza – a semelhança arrebatadora entre o filho dela e...

– E quem? – demandou a senhorita Wilson, com um ar severo e frio, mas pungente.

Eliza tremeu, e a tímida sugestão foi destinada apenas aos meus ouvidos.

– Oh! Peço-lhe perdão! – ela exclamou. – Pode ser que eu esteja enganada, talvez eu esteja mesmo enganada. – Mas as palavras foram acompanhadas por um malicioso olhar de escárnio dirigido a mim pelo canto de seus olhos nada ingênuos.

– Não há necessidade de pedir perdão – respondeu sua amiga –, mas não vejo ninguém aqui que se assemelhe àquela criança, exceto a mãe dela e, quando você ouvir relatos maldosos, senhorita Eliza, eu agradeceria, quero dizer, acho que faria bem se evitasse repeti-los. Presumo que a pessoa aludida seja o senhor Lawrence; mas acho que posso garantir que suas suspeitas a esse respeito sejam inteiramente descabidas; e, se ele tiver qualquer conexão particular com a moça (o que ninguém tem o direito de afirmar), ao menos tem decoro suficiente (o que não pode ser dito sobre certas pessoas) para evitar que notem qualquer coisa além de uma reverência entre conhecidos na presença de pessoas respeitáveis; e é óbvio que ele ficou tão surpreso quanto incomodado ao encontrá-la aqui.

– É isso aí! – exclamou Fergus, que estava sentado do outro lado de Eliza e era o único que compartilhava aquela parte da mesa conosco. – Acabem com tudo! Não deixem pedra sobre pedra!

A senhorita Wilson empertigou-se com um olhar desdenhoso e congelante, mas não disse nada. Eliza queria responder, mas a interrompi dizendo o mais calmamente que pude, porém em um tom que sem dúvida revelava um pouco do que eu estava sentindo:

– Já basta deste assunto; se só o que conseguimos fazer é difamar nossos entes queridos, é melhor ficar de boca fechada.

– Acho melhor mesmo – Fergus observou –, e nosso bom pároco também acha. Ele está conversando com o grupo no mais férvido dos humores e lançando a vocês severos olhares reprovadores de vez em quando, enquanto vocês ficam sentados aí, cochichando e sussurrando desrespeitosamente. Uma vez ele até parou no meio de uma história ou de um sermão, não sei direito, para fixar os olhos em você, Gilbert, como se dizendo "Continuarei assim que o senhor Markham terminar de flertar com as duas damas ali".

Eu não saberia lhe dizer o que mais foi conversado à mesa de chá, nem como tive paciência para ficar sentado até a refeição acabar. Lembro, contudo, que engoli com dificuldade o restante do chá que havia em minha xícara e não comi nada; a primeira coisa que fiz foi contemplar Arthur Graham, sentado ao lado da sua mãe do lado oposto da mesa, e depois encarar o senhor Lawrence, sentado mais à ponta; a princípio, percebia haver certa semelhança, porém, após contemplar um pouco mais, concluí que não passava da minha imaginação.

Decerto ambos tinham feições mais delicadas e ossos menores do que normalmente se veem nos indivíduos do sexo mais robusto: a fronte de Lawrence era pálida e clara, e a de Arthur, delicadamente bela, mas o pequeno nariz um pouco arrebitado de Arthur jamais se tornaria tão comprido e retilíneo quanto o do senhor Lawrence. O contorno do rosto deste, embora não fosse cheio o bastante para ser considerado redondo nem pudesse ser chamado de quadrado graças à projeção delicada que fazia em direção ao queixo com covinha, estava longe de ter o formato oval comprido do outro. Além disso, o cabelo da criança era nitidamente mais claro e opaco que o do homem, e seus grandes olhos azuis-claros, apesar de às vezes revelarem uma seriedade prematura, eram bem diferentes dos tímidos olhos cor de avelã do senhor Lawrence, pelos quais sua alma sensível olhava com tamanha desconfiança como se estivesse sempre pronta para afastar-se das ofensas de um mundo rude demais, desagradável demais. Eu estava louco por considerar ideia tão detestável! Eu não conhecia a senhora Graham? Eu não tinha encontrado e conversado com ela inúmeras vezes? Eu não tinha certeza de que ela era imensuravelmente superior a qualquer uma de suas detratoras no que diz respeito ao intelecto, à pureza e à distinção da alma; que ela era, de fato, a mais nobre e adorável espécime de seu sexo que já conheci ou nem sequer imaginei existir? Eu tinha, sim, e, assim como Mary Millward (aquela garota sensível), eu ousaria dizer que, se toda a paróquia (ó Céus!), se todo o mundo insinuasse tais mentiras terríveis em meus ouvidos, eu não acreditaria, pois eu a conheço melhor que eles.

Enquanto isso, meu cérebro ardia de indignação, e meu coração estava prestes a incendiar sua prisão com paixões conflitantes. Tratei minhas duas belas vizinhas com um sentimento de esquivança e aborrecimento que pouco tentei dissimular. Várias vezes provocaram-me por minha abstração e negligência descortês com as damas, mas pouco me importei: além de contemplar o importante assunto dos meus pensamentos, eu queria apenas ver as xícaras ser recolhidas na bandeja de chá e de lá não sair mais. Pensei que o senhor Millward nunca mais pararia de nos dizer que não bebia chá e que era uma enorme injúria continuar enchendo o estômago com aquela coisa insípida em vez de substâncias mais saudáveis e, mesmo assim, demorar-se para terminar sua quarta xícara.

Quando aquilo enfim acabou, levantei-me e deixei a mesa e os convidados sem dar nenhuma satisfação, pois não aguentava mais aquela companhia. Apressei-me para esfriar a cabeça no revigorante ar noturno e recompor minha mente ou suportar meus pensamentos agitados na solidão do jardim.

Querendo evitar ser visto pelas janelas, desci uma trilha tranquila que acompanhava um dos lados do muro onde, no fim, havia um banco emoldurado por roseiras e madressilvas. Sentei-me ali para refletir sobre as virtudes e os defeitos da dama de Wildfell Hall, mas não passei nem dois minutos em tal ocupação até que vozes, risadas e vislumbres de objetos se mexendo entre as árvores me informaram de que a comitiva toda também tinha decidido tomar um ar no jardim. No entanto, encolhi-me em um canto do banco e, assim, esperei apossar-me dele, protegendo-me tanto da observação quanto da intrusão. Mas, não. Maldição! Alguém estava descendo a trilha! Por que eles não podiam aproveitar as flores e o sol no jardim aberto e deixar aquele cantinho sombreado para mim, os mosquitos e as moscas?

Mas, ao espiar pelo anteparo fragrante de ramos interligados para descobrir quem eram os intrusos (pelo murmúrio de vozes, eu sabia que era mais de uma pessoa), minha perturbação rareou de chofre e outros sentimentos agitaram minha alma ainda inquieta, pois era a senhora Graham que estava descendo devagar com Arthur ao seu lado, e mais ninguém. Por que eles estavam sozinhos? Será que o veneno das línguas depreciativas já havia se espalhado por todos eles, e deram-lhes as costas? Agora recordo-me de ter visto, no início da noite, a senhora Wilson aproximar sua cadeira da minha mãe e se inclinar para a frente, sem dúvida para passar a ela alguma informação confidencial importante, e, pelo menear incessante de cabeça, pelas frequentes distorções em sua fisionomia enrugada e pelas maliciosas piscadelas daqueles pequenos olhos feios, imaginei que estivesse assim tão empenhada por causa de algum escândalo picante e, devido à privacidade cautelosa daquela comunicação, imaginei que algum dos presentes era o infeliz objeto de suas calúnias. Por causa de todos esses indicadores, além dos olhares e gestos de horror e incredulidade feitos por minha mãe, agora consigo inferir que o assunto era a senhora Graham. Não emergi do meu esconderijo até que ela quase tivesse alcançado a parte de baixo da trilha, com receio de que minha aparição a afastasse; e, quando dei um passo à frente, ela parou e pareceu querer voltar.

– Oh, não queremos atrapalhá-lo, senhor Markham! – ela explicou. – Viemos nos isolar; não queremos nos intrometer em sua reclusão.

– Não sou nenhum eremita, senhora Graham, embora possa parecer, depois de ter me afastado dos convidados de modo tão descortês.

– Receei que você não estivesse se sentindo bem – ela disse com um olhar de real preocupação.

– Eu não estava mesmo, mas já passou. Sente-se aqui e descanse, e me diga o que acha dessas árvores – falei e, levantando Arthur pelos ombros, coloquei-o no meio do banco a fim de assegurar a presença de sua mamãe, que, reconhecendo que o local era um refúgio tentador, se jogou em um dos cantos, enquanto eu apossava-me do outro.

Mas a palavra "isolar" me incomodou. Será que a indelicadeza deles realmente a fez buscar paz na solidão?

– Eles a deixaram sozinha? – perguntei.

– Fui eu quem os deixou – foi a resposta sorridente. – Aquela conversa fiada estava me matando; não há nada que me canse mais que isso. Não faço ideia de como eles conseguem.

Não pude evitar sorrir com a real profundidade de sua estranheza.

– Eles acham que precisam falar o tempo inteiro – ela prosseguiu – e, portanto, nunca param para pensar, preenchendo o vazio com trivialidades e repetições vãs quando não surgem assuntos de verdadeiro interesse ou realmente sentem prazer com essas conversas?

– Muito provavelmente sentem – afirmei. – A mente deles, limitada, não consegue carregar grandes ideias, e a cabeça de vento de cada um deles é repleta de trivialidades que não moveriam um crânio mais bem apare-lhado; sua única alternativa para tais discursos é mergulhar até as orelhas no lamaçal do escândalo, que é seu maior deleite.

– Mas nem todos eles são assim, não é? – perguntou a dama, surpresa com a amargura da minha observação.

– Não, com certeza. Eximo minha irmã de tais gostos degradantes, e minha mãe também, se você a incluiu em suas admoestações.

– Não admoestei ninguém e certamente não quis fazer alusões des-respeitosas à sua mãe. Sei que algumas pessoas sensíveis são grandes adeptas desse estilo de conversação quando as circunstâncias as impelem, mas se trata de um dom que não posso me orgulhar de possuir. Dessa vez, mantive a atenção o máximo que pude, mas, quando minhas forças se exauriram, escapei para buscar alguns minutos de repouso nessa caminhada silenciosa. Odeio falar quando não há troca de ideias nem de sentimentos, sem dar ou receber nada de bom.

– Bem – continuei –, se eu algum dia incomodá-la com minha loquacidade, diga-me logo e prometo não ficar ofendido, pois sou capaz de aproveitar a companhia daqueles que eu... dos meus amigos tanto em silêncio quanto conversando.

– Não acredito muito em você, mas, se fosse isso mesmo, seria a companhia ideal para mim.

– Então sou tudo o que deseja em outros aspectos?

– Não, eu não quis dizer isso. Essa folhagem fica linda quando o sol bate por trás dela! – ela rebateu, mudando de assunto.

E era linda mesmo, pois ocasionalmente os raios de sol que penetravam através das árvores e dos arbustos do lado oposto à trilha em nossa frente atenuava o verdor escuro e revelava padrões de folhas semitransparentes, de um verde-claro resplandescente.

– Às vezes eu queria não ser pintora – minha conviva observou.

– Por quê? Eu achava que você exultava pelo privilégio de conseguir imitar os vários toques brilhantes e encantadores da natureza.

– Não, pois, em vez de me entregar ao seu deleite completo como os outros fazem, estou sempre atormentando minha cabeça ao refletir sobre como reproduzir o mesmo efeito na tela, e, uma vez que isso nunca pode ser feito, não passa de uma vaidade e amolação para a alma.

– Talvez você não consiga satisfazer a si mesma, mas pode, e certamente consegue, satisfazer os outros com o resultado dos seus esforços.

– Bem, no final das contas, não tenho do que reclamar. É provável que poucas pessoas consigam seu sustento com tanto prazer na lida quanto eu tenho. Vem vindo alguém.

Ela pareceu incomodada com a interrupção.

– É só o senhor Lawrence e a senhorita Wilson – falei. – Estão dando um passeio tranquilo. Eles não nos incomodarão.

Não consegui decifrar ao certo a expressão em seu rosto, mas fiquei satisfeito por não ver ciúmes ali. Quais eram meus motivos para procurá-lo?

– Que tipo de pessoa é a senhorita Wilson? – ela quis saber.

– É mais elegante e bem-sucedida que a maioria das pessoas da sua classe; e alguns diriam que tem bons modos e é agradável.

– Achei-a um pouco frígida e arrogante hoje.

– É muito provável que o seja com você. Talvez tenha algum preconceito contra a sua pessoa, pois acho que ela a considera uma rival.

– Eu? Impossível, senhor Markham! – respondeu, evidentemente surpresa e incomodada.

– Bem, eu não sei de nada – retruquei com certa tenacidade, pois senti que seu incômodo voltava-se sobretudo contra mim.

A dupla estava bem próxima agora, a apenas alguns passos de distância. Nossa árvore ficava confortavelmente em um canto, antes de o fim da trilha virar um passeio mais aberto na parte de baixo do jardim. Quando os dois se aproximaram, pela expressão de Jane Wilson notei que ela estava chamando a atenção de seu companheiro para nós e, pelo seu sorriso frio e sarcástico e pelas poucas palavras isoladas que consegui ouvir de seu discurso, soube muito bem que ela queria passar-lhe a impressão de que estávamos bastante afeiçoados. Percebi que ele ruborizou até as têmporas, lançou-nos um olhar furtivo ao passar e seguiu em frente com uma aparência severa, mas sem parecer responder às observações da moça.

Então era verdade que ele tinha planos para a senhora Graham; e, se fossem nobres, ele não ficaria tão ansioso querendo escondê-los. É claro que ela era inocente, mas ele era detestável além de qualquer limite.

Enquanto tais pensamentos relampejavam em minha mente, minha conviva levantou-se de repente e, chamando o filho, anunciou que iriam encontrar o grupo, partindo trilha acima. Sem dúvida ela tinha ouvido ou suposto algo pelas observações da senhorita Wilson e, portanto, era natural que optasse por não prosseguir com o *tête-à-tête*, sobretudo porque, naquele momento, minhas bochechas estavam queimando de indignação com meu velho amigo, sinal que ela pode ter confundido com um rubor de embaraço estúpido. Devo mais esse rancor à senhorita Wilson, e ainda hoje, quando penso sobre sua conduta, mais a odeio.

A noite já avançava quando me reuni ao grupo. Percebi que a senhora Graham já estava pronta para partir e afastava-se do resto, que agora voltava para casa. Ofereci, ou melhor, implorei para poder acompanhá-la até em casa. Naquele momento, o senhor Lawrence estava ali do lado conversando com outra pessoa. Ele não nos olhou, mas, ao ouvir meu pedido determinado, atalhou no meio de uma frase para ouvir a resposta e continuou com um olhar de tranquila satisfação ao descobrir que ela havia recusado.

Foi uma recusa, de fato, mas não indelicada. Ninguém conseguiu persuadi-la a acreditar que era perigoso para ela ou para seu filho atravessar aqueles pastos e campos desacompanhada. Ainda estava claro, e ela não encontraria ninguém, ou, caso encontrasse, tinha certeza de que as pessoas seriam tranquilas e inofensivas. Na verdade, ela não ouviria ninguém que se colocasse em seu caminho para acompanhá-la, apesar de Fergus ter oferecido seus serviços, caso ela os considerasse mais aceitáveis que os meus, e minha mãe ter implorado para que a deixasse mandar algum dos fazendeiros para escoltá-la.

Quando ela se foi, ficou apenas um vazio, ou algo pior que isso. Lawrence tentou puxar assunto comigo, mas eu o esnobei e fui para o outro lado da sala. Logo depois, a festa acabou, e ele também partiu.

Quando veio até mim, eu estava cego para sua mão estendida e surdo para seus desejos de boa-noite, e ele precisou repeti-los uma segunda vez. Então, para me livrar dele, murmurei uma resposta inarticulada, acompanhada por um aceno emburrado.

– Qual é o problema, Markham? – ele sussurrou.

Respondi com um olhar furioso e desdenhoso.

– Está bravo porque a senhora Graham não o deixou acompanhá-la até em casa? – ele perguntou com um sorriso dissimulado que quase me fez perder o controle de tanta raiva. Mas, engolindo todas as respostas mais cruéis, perguntei apenas:

– E o que você tem a ver com isso?

– Nossa, nada... – respondeu com uma tranquilidade provocadora. Ergueu os olhos para meu rosto e falou com uma solenidade pouco usual:

– Quero apenas lhe dizer, Markham, que, se você tem alguma intenção por aquelas bandas, elas certamente falharão; e lamento por vê-lo alimentar falsas esperanças e desperdiçar sua força em esforços inúteis, pois...

– Hipócrita! – exclamei, e ele prendeu a respiração e ficou muito pálido, de um branco nauseante, indo embora sem dizer mais nada.

Eu o havia magoado profundamente e estava satisfeito por isso.

Capítulo 10

Quando todos foram embora, descobri que a maledicência vil esteve de fato circulando pelo grupo, na presença da vítima. Rose, no entanto, jurou que não participou, tampouco acreditou nela, e minha mãe fez a mesma declaração, porém receio que não com a mesma incredulidade verdadeira e resoluta. Parecia que o assunto não saía de sua cabeça, e ela me irritou quando, de tempos em tempos, proferia expressões como "Minha nossa, quem teria imaginado?", "Mas é isso! Sempre achei que havia algo estranho nela", ou "É isso o que acontece com as mulheres que fingem ser diferentes das outras pessoas". E, uma vez, ela disse: "Desde sempre eu desconfiei daquele ar de mistério. Imaginei mesmo que não viria coisa boa dali; mas é uma tristeza mesmo, não há dúvida!"

– Por quê, mãe? Você disse que não acreditava nesses contos – Fergus provocou.

– Não acredito, querido; mas, você sabe, deve haver algum fundamento.

– O fundamento é a perversidade e a falsidade do mundo – falei. – E no fato de terem visto o senhor Lawrence ir naquela direção uma ou duas vezes à noite, e os fofoqueiros de plantão no vilarejo dizerem que ele foi fazer visitas à moça desconhecida, e os mexeriqueiros espalharam o boato com gosto, a fim de fundamentar sua própria estrutura infernal.

A INQUILINA DE WILDFELL HALL

– Bem, mas, Gilbert, deve haver algo nos modos dela para corroborar com tais relatos.

– Você viu algo nos modos dela?

– Não, certamente não vi. Mas, você sabe, eu sempre disse que havia algo de estranho com ela.

Creio que foi naquela noite que me aventurei a fazer uma nova intrusão à Wildfell Hall. Desde a nossa festa, que tinha acontecido há cerca de uma semana, esforcei-me todos os dias para encontrar a jovem senhora em suas caminhadas e sempre me desapontei (ela deve ter feito de propósito); durante as noites, eu remoía em pensamentos algum pretexto para fazer outra visita. Por fim, concluí que a separação não poderia mais se prolongar (você verá que, nessa época, eu já estava perdido), peguei na estante um livro antigo pelo qual imaginei que ela pudesse se interessar, mas que, devido à sua má aparência e à condição um pouco deteriorada, ainda não tinha oferecido para leitura, e saí apressado, mas não sem duvidar bastante sobre como ela me receberia ou como eu teria coragem de me apresentar com uma desculpa tão banal. Esperava, contudo, que talvez pudesse encontrá-la no campo ou no jardim, nesse caso não haveria grandes dificuldades. O que me incomodava eram as formais batidas à porta e a perspectiva de ser admitido às pressas por Rachel, que me levaria até sua senhora, que, por sua vez, ficaria surpresa e seria pouco cordial.

Minha esperança, contudo, não se concretizou. A senhora Graham não estava à vista, mas Arthur divertia-se no jardim com seu cachorrinho brincalhão. Olhei pelo portão e o chamei até mim. Ele queria que eu entrasse, mas eu respondi que não podia fazer isso sem a autorização de sua mãe.

– Vou lá pedir para ela – respondeu a criança.

– Não, Arthur, não precisa. Mas, se ela não estiver ocupada, peça-lhe para vir aqui um minuto. Diga que eu gostaria de conversar com ela.

Ele correu para levar meu pedido e rapidamente voltou com sua mãe. Quão adorável ela estava com os cachos escuros esvoaçando na leve brisa veranil, as belas maçãs do rosto levemente coradas e sua fisionomia de sorrisos radiantes. Querido Arthur! Quanto não devo a você por este e tantos outros encontros felizes? Ele foi o responsável por me afastar de vez de todas as formalidades, além de qualquer terror ou constrangimento.

Nas questões amorosas, não há melhor mediador que uma criança alegre e humilde, sempre disposta a cimentar corações divididos, a atravessar o abismo hostil dos costumes, a quebrar o gelo da cautela fria e a derrubar os muros divisores da formalidade e do orgulho aterradores.

– Diga, senhor Markham, o que houve? – a jovem mãe perguntou, aproximando-se de mim com um sorriso agradável.

– Gostaria que você visse este livro e, se quiser, irei deixá-lo aqui para que leia quando lhe aprouver. Nem pedirei desculpas por chamá-la em uma noite tão agradável, embora o motivo não tenha lá grande importância.

– Convide-o para entrar, mamãe – Arthur pediu.

– Você quer entrar? – a dama perguntou.

– Sim; quero ver suas melhorias no jardim.

– E como as plantas da sua irmã têm prosperado sob meus cuidados – acrescentou ela, enquanto abria o portão.

Passeamos pelo jardim conversando sobre as flores, as árvores, o livro e outros assuntos. A noite estava amena e agradável, assim como minha companhia. Ao poucos, talvez eu tenha me mostrado mais afetuoso e carinhoso do que nunca; ainda assim, não disse nada palpável, e ela não tentou recuar até que, ao passar por um arbusto de onze-horas que eu tinha trazido há algumas semanas em nome de minha irmã, ela colheu um lindo botão semiaberto e me mandou entregá-lo a Rose.

– Não posso ficar com ele para mim? – perguntei.

– Não; mas aqui está outro para você.

Em vez de apenas pegá-lo, também segurei a mão que o oferecia e fitei seu rosto. Ela me deixou segurar sua mão por um momento, e vi um lampejo de êxtase em seus olhos, um brilho de alegre excitação em sua face (pensei que o momento da minha vitória tinha chegado), mas, logo em seguida, ela pareceu acometida por uma dolorida recordação, uma nuvem de angústias encobriu sua testa, uma palidez marmórea alvejou suas bochechas e seus lábios; parece que houve um momento de conflito interno e, com um esforço repentino, ela puxou a mão e deu um ou dois passos para trás.

– Então, senhor Markham – ela disse com uma espécie de calma desesperada –, preciso lhe dizer que, honestamente, não posso suportar

A INQUILINA DE WILDFELL HALL

isso. Gosto da sua companhia porque estou sozinha aqui e sua conversa me agrada mais que a de qualquer outra pessoa, mas, se você não puder se satisfazer em me tratar como uma amiga (uma simples amiga honesta, fria, maternal ou fraternal), precisarei pedir para ir embora e me deixar em paz; na verdade, teremos que agir como desconhecidos daqui para a frente.

– Tudo bem, serei seu amigo, seu irmão, ' que você quiser, contanto que me autorize a continuar encontrando-a. Mas me diga uma coisa: por que não pode ser nada além disso?

Houve uma pausa perplexa e reflexiva.

– É consequência de algum voto precipitado?

– É algo desse tipo – ela respondeu. – Pode ser que eu lhe conte algum dia, mas, no momento, é melhor você ir embora. E nunca, Gilbert, me coloque diante da dolorosa necessidade de repetir o que acabei de dizer a você – ela acrescentou com sinceridade, estendendo-me sua mão em uma gentileza séria. Que doce, que musical meu nome soava em sua boca!

– Não a colocarei – respondi. – Mas você me perdoa por essa ofensa?

– Sob a condição de você nunca mais a repetir.

– E eu posso visitá-la de vez em quando?

– Talvez; às vezes. Contanto que nunca abuse de tal privilégio.

– Não faço promessas vazias, você vai ver.

– Se o fizer, nossa intimidade chegará ao fim, é isso.

– E você sempre me chamará de Gilbert? Soa mais fraternal e servirá para me lembrar do nosso contrato.

Ela sorriu e pediu novamente para que eu fosse embora. Considerei prudente obedecer-lhe, ela voltou para dentro de casa, e eu segui colina abaixo. Todavia, enquanto caminhava, o som de cascos equinos chegou aos meus ouvidos, quebrando a imobilidade da noite úmida. Ao olhar para o pasto em frente, vi subir um equitador solitário. De chofre eu adivinhei quem era, graças à sua simpatia pelo anoitecer: era o senhor Lawrence em seu cavalo cinza. Atravessei o campo voando, pulei a cerca de pedra e desci pelo pasto para encontrá-lo. Ele se mexeu de repente no pequeno corcel ao me ver e pareceu inclinado a voltar, mas pensou melhor e considerou mais prudente continuar pelo mesmo caminho. Aproximou-se de mim com uma leve reverência e, beirando de perto o muro, tentou passar, mas eu não pretendia deixá-lo. Agarrando as rédeas do cavalo, exclamei:

– Vá, Lawrence, explique esse mistério de uma vez por todas! Diga-me aonde você vai e o que pretende fazer; e seja sincero!

– Você pode tirar as mãos da rédea? – solicitou ele tranquilamente. – Está machucando o focinho do meu cavalo.

– Quero que você e o seu cavalo...

– Por que você está tão grosseiro e bruto, Markham? Estou um pouco envergonhado por você.

– Responda às minhas perguntas! Só saio daqui depois de saber aonde você quer chegar com essa falsidade pérfida!

– Não responderei enquanto você não soltar a rédea; podemos ficar aqui até o amanhecer.

– Então assim será – falei, abrindo a mão, mas ainda colocando-me diante dele.

– Pergunte-me outra hora, quando conseguir conversar como um cavalheiro – replicou, tentando passar por mim de novo, mas eu tornei a segurar o cavalo, que estava um pouco menos atônito que seu dono com aqueles modos tão pouco civilizados.

– É sério, senhor Markham, isso já é demais! – disse o homem. – Não posso fazer uma visita de negócios à minha inquilina sem ser atacado desse jeito por...

– Não é hora de fazer negócios, senhor! Vou lhe dizer o que acho de sua conduta.

– É melhor defender sua opinião em um momento mais oportuno – interrompeu um pouco mais baixo. – Lá vem o vigário.

E, de fato, o vigário estava bem atrás de mim, caminhando pesadamente para casa vindo de algum canto remoto de sua paróquia. Liberei o jovem proprietário imediatamente, e ele seguiu seu caminho, cumprimentando o senhor Millward ao passar por ele.

– Qual! Você estava mesmo brigando, Markham? – quis saber o pároco, dirigindo-se a mim. – E imagino que seja por causa da jovem viúva, não é mesmo? – acrescentou, balançando a cabeça em reproche. – Ouça o que lhe digo, jovem rapaz – continuou, aproximando o rosto do meu com um importante ar de confidencialidade: – ela não vale a pena! – exclamou, enfatizando a afirmação com um solene aceno de cabeça.

– Senhor Millward! – exclamei em tom de ameaça raivosa que fez o reverendo olhar ao redor, chocado e surpreso com tamanha insolência inusitada, encarando-me com um olhar que nitidamente dizia "Como ousa falar assim comigo?". Mas eu estava indignado demais para me desculpar ou falar qualquer outra coisa. Virei as costas para ele e segui apressado para casa, descendo o pasto íngreme e espesso a passos largos, deixando-o à vontade para continuar como quisesse.

Capítulo 11

Cerca de três semanas se passaram. A senhora Graham e eu agora havíamos nos estabelecido como amigos, ou como irmão e irmã, que é como preferimos nos considerar. Ela me chamava de Gilbert, segundo meu desejo expresso, e eu a chamava de Helen, pois tinha visto esse nome escrito em seus livros. Raramente tentava vê-la mais de duas vezes por semana e, sempre que possível, ainda fazia com que nossos encontros parecessem acidentais; achava necessário ser extremamente cauteloso e, em geral, comportava-me com uma polidez tão excessiva que ela não teve motivos para me censurar nenhuma vez. Mesmo assim eu não conseguia deixar de notar que ela às vezes parecia infeliz e incomodada consigo ou com sua posição; eu tampouco estava feliz com a situação: era muito difícil sustentar aquela suposta indiferença fraternal, e frequentemente eu me sentia o maior hipócrita do mundo. Conquanto eu também notava, ou melhor, sentia, que ela não me via com indiferença (como os heróis dos romances expressam com modéstia) e desfrutava com gratidão da minha atual sorte, eu não conseguia evitar desejar e esperar por algo melhor no futuro, mas é óbvio que mantinha tais desejos totalmente para mim mesmo.

– Aonde você vai, Gilbert? – Rose quis saber uma noite logo após o chá de um dia em que estive ocupado com a fazenda o dia inteiro.

A INQUILINA DE WILDFELL HALL

– Vou dar um passeio – foi a resposta.

– Você sempre escova seu chapéu com tanto cuidado, arruma tão bem seu cabelo e coloca luvas tão novinhas quando vai dar um passeio?

– Nem sempre.

– Você vai até Wildfell Hall, não vai?

– Por que acha isso?

– Porque é o que parece, mas eu gostaria que você não fosse lá com tanta frequência.

– Que besteira, menina! Faz seis semanas que não vou lá. O que está querendo dizer?

– É que, se eu fosse você, não me envolveria tanto com a senhora Graham.

– Por quê, Rose? Você também está cedendo à opinião geral?

– Não… – ela respondeu, hesitante. – Mas ouvi tantas coisas sobre ela ultimamente, tanto na casa dos Wilsons quando no vicariato… E mamãe também diz que, se ela fosse uma pessoa respeitável, não moraria ali sozinha. E você não se lembra do último inverno, Gilbert, de toda aquela história do nome falso no quadro e de como ela explicou dizendo que tinha amigos dos quais queria omitir sua morada atual e que tinha medo de que a perseguissem; e de como ela se levantou de repente e saiu da sala quando aquela pessoa chegou, tomando cuidado para que não a víssemos nem de relance, e de como Arthur nos revelou misteriosamente que era um amigo da mamãe dele?

– Sim, Rose, eu me lembro de tudo isso e consigo perdoar suas conclusões injustas, pois, talvez, se eu mesmo não a conhecesse, poderia juntar todas essas informações e acreditar na mesma coisa. Mas graças a Deus eu a conheço e não valeria o nome de um homem se acreditasse em qualquer coisa proferida contra ela, a menos que ouça dos lábios dela. E eu imaginei que pudesse esperar isso de você também, Rose.

– Ó, Gilbert!

– Ora, você acha que eu acreditaria em qualquer coisa que os Wilsons e os Millwards falassem sobre você?

– Espero que não!

– E por que não? Bem, porque eu conheço você. E a conheço também.

– Não conhece! Você não sabe nada sobre a vida pregressa dela e, no mesmo período do ano passado, você nem sabia que essa pessoa existia.

– Não importa. Há ocasiões em que vemos o coração de uma pessoa pelos olhos e precisamos de apenas uma hora para descobrir o peso, a largura e a profundidade de sua alma, coisa que pode demorar uma vida inteira se a outra pessoa não estiver disposta a revelar, ou se você não tiver percepção para compreender.

– Então você irá vê-la esta noite?

– Certamente irei!

– Mas o que a mamãe iria dizer, Gilbert?

– Mamãe não precisa saber.

– Se você continuar com isso, uma hora ela vai descobrir.

– Continuar com o quê? Não estou continuando nada. A senhora Graham e eu somos dois amigos, e assim seremos. Ninguém que respire na face da Terra poderá me impedir nem tem o direito de se interpor entre nós.

– Mas, se você visse como elas falam, teria mais cuidado, pelo bem dela e pelo seu também. Jane Wilson considera suas visitas à antiga mansão outra prova da depravação dela...

– Jane Wilson que se dane!

– E Eliza Millward está bastante magoada com você.

– Espero que esteja mesmo.

– Eu não esperaria, se fosse você.

– Por quê? Como elas sabem que eu vou até lá?

– Não é possível esconder nada delas: elas espiam tudo e todos.

– Oh, nunca imaginei isso! Então elas ousam transformar minha amizade em alimento para outros escândalos contra a senhora Graham! Isso só prova a falsidade das outras mentiras delas, se é que precisamos de provas. Pode desmenti-las sempre que puder, Rose.

– Mas elas não falam sobre essas coisas comigo abertamente; só descobri o que pensavam por indiretas e insinuações e pelo que ouço as outras pessoas falar.

– Bem, então não irei hoje, porque está ficando tarde. Mas, oh! Que o diabo as tenha, com suas malditas línguas envenenadas! – resmunguei, profundamente amargurado.

O vigário entrou na sala bem nesse instante. Estávamos tão absortos em nossa conversa que não o ouvimos bater. Após cumprimentar Rose da forma animada e paterna costumeira, já que ela era uma das favoritas do velho cavalheiro, ele se virou para mim, um pouco mais sério:

– Muito bem, mocinho! – disse. – Você me é quase um estranho. Já passaram… Deixe-me ver… – continuou lentamente, enquanto depositava seu parrudo corpanzil na cadeira que Rose tinha trazido para ele com presteza. – Passaram-se seis semanas, pela minha contagem, desde a última vez em que você fez sombra em minha porta! – falou isso enfatizando cada palavra batendo a bengala no chão.

– É mesmo, senhor? – respondi.

– É! É mesmo! – falou com um meneio de afirmação e continuou olhando para mim com uma espécie de solenidade irada, segurando a bengala entre os joelhos, as mãos entrelaçadas acima da cabeça.

– Estive ocupado – respondi, pois era óbvio que ele esperava escusas.

– Ocupado! – ele repetiu, zombando.

– Sim, o senhor sabe que estou cultivando feno, e a colheita começou há pouco.

– Hum!

Foi então que minha mãe entrou, e sua recepção loquaz e animada ao respeitável convidado o distraiu a meu favor. Ela lamentou-se profundamente por ele não ter vindo um pouco mais cedo para o chá, mas se ofereceu a preparar um de pronto, se ele aceitasse.

– Não quero, muito obrigado – ele respondeu. – Preciso estar em casa daqui a alguns minutos.

– Oh, fique e tome um pouco! Ficará pronto em cinco minutos.

Mas ele rejeitou a oferta com um majestoso aceno de mão.

– Vou lhe contar o que quero tomar, senhora Markham – ele disse. – Aceito um copo da sua excelente cerveja.

– Com prazer! – exclamou minha mãe, tocando o sino com vivacidade e pedindo a bebida solicitada.

– Passei aqui em frente e pensei em ver como vocês estavam e provar sua cerveja caseira – ele continuou. – Fiz uma visita à senhora Graham.

– É mesmo?

Ele confirmou com seriedade e acrescentou, com uma ênfase terrível:

– Julguei ser minha obrigação.

– Jura? – explodiu minha mãe.

– Por quê, senhor Millward? – perguntei.

Ele olhou para mim com alguma gravidade e, virando-se de volta para minha mãe, repetiu:

– Julguei ser minha obrigação! – E bateu com a bengala no chão de novo. Minha mãe estava sentada diante dele, uma ouvinte pasma, porém admirada.

– A senhora Graham... – pronunciei.

Ele continuou, balançando a cabeça enquanto falava:

– São relatos terríveis!

– Que relatos, senhor? – ela indagou, fingindo não saber o que ele queria dizer.

– Eu disse para ela: "Como seu pastor, é meu dever dizer a vocês dois tudo o que considero repreensível em sua conduta, e as razões que tenho para suspeitar de você, e o que os outros têm me contado a seu respeito". Foi isso que disse a ela!

– É mesmo, senhor? – exclamei remexendo-me na cadeira e batendo o punho na mesa.

Ele mal olhou em minha direção, mas continuou, dirigindo-se à sua anfitriã:

– Foi uma obrigação dolorosa, senhora Markham, mas contei a ela!

– E como ela recebeu? – minha mãe quis saber.

– Com dificuldade, receio, com dificuldade! – ele respondeu com um meneio de cabeça desolado. – E, ao mesmo tempo, havia uma forte exibição de paixões irreprimidas e mal direcionadas. Ela ficou pálida e respirou entredentes de um modo um tanto selvagem, mas não ofereceu justificativas nem defesas e, com uma espécie de calmaria descarada (que de fato é chocante testemunhar em alguém tão jovem), revelou-me que minha objeção era em vão e que dispensava minhas recomendações pastorais, melhor dizendo, que minha própria presença era um desagrado enquanto eu falava aquelas coisas. Então eu me retirei, percebendo com clareza que não havia nada a ser feito e lamentando-me com tristeza por descobrir ser aquele um caso tão irremediável. Mas estou decidido, senhora Markham, a não permitir que minhas filhas se juntem a ela. Acredito que a senhora deva adotar a mesma resolução com respeito às suas! E, quanto aos seus filhos... e quanto a você, jovenzinho... – ele continuou, virando-se para mim com seriedade.

– Quanto a mim, senhor – comecei, mas deparei-me com algum impedimento na fala e, ao descobrir que tremia de fúria dos pés à cabeça, fui mais sábio e não disse mais nada, apanhei meu chapéu e me retirei rapidamente da sala, batendo a porta atrás de mim com tanta força que fez a casa estremecer em suas fundações e minha mãe gritar, o que causou um alívio momentâneo em meus sentimentos agitados.

No minuto seguinte eu estava andando às pressas em direção à Wildfell Hall. Não conseguia distinguir com clareza qual era minha intenção ou meu propósito, mas eu precisava ir para algum lugar, e nenhum outro destino serviria; eu tinha que me encontrar e conversar com ela, decerto, mas não sabia direito o que diria ou como agiria. Eram pensamentos atormentados; eu estava sendo arrebatado por tantas resoluções diferentes que minha mente não passava de um caos de paixões conflituosas.

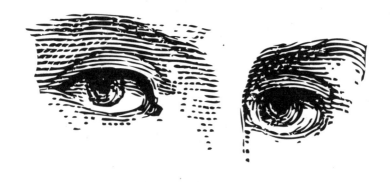

Capítulo 12

A jornada foi concluída em pouco mais de vinte minutos. Parei no portão para enxugar o suor em minha testa, recuperar o fôlego e algum nível de compostura. A caminhada rápida já mitigara um pouco minha agitação, e cruzei o jardim em passos firmes e ritmados. Ao passar pela asa habitada do edifício, vislumbrei a senhora Graham pela janela aberta, andando lentamente para lá e para cá em sua sala erma.

Ela pareceu agitada e até consternada com minha chegada, como se achasse que eu também tinha ido para acusá-la. Minha intenção ao estar em sua presença era compadecer-me com ela sobre a perversidade do mundo e ajudá-la a injuriar o vigário e seus cruéis informantes, mas, agora, senti-me envergonhado em mencionar o assunto e decidi não falar sobre aquilo, a menos que ela desse abertura.

– Vim em horário inadequado – falei, fingindo uma animação que não sentia para tranquilizá-la –, mas não ficarei muito tempo.

Ela me olhou com um sorriso fraco, é verdade, mas gentil; eu quase diria agradecido, como se suas apreensões tivessem sido extintas.

– Como está deprimente aqui, Helen! Por que não acendeu a lareira? – indaguei, olhando ao redor nos aposentos escuros.

– Ainda estamos no verão – ela respondeu.

– Mas é bom sempre acender a lareira à noite, se for possível. E você precisa de uma, principalmente nesta casa escura e nesta sala melancólica.

– Você deveria ter vindo um pouco mais cedo, e eu a teria acendido para você; mas agora não vale a pena, você não ficará muito tempo, como disse, e Arthur já foi para a cama.

– Mas eu tenho um capricho por fogo de qualquer maneira. Se eu chamar, você pedirá para acendê-la?

– Por quê, Gilbert? Você não parece com frio! – ela respondeu sorrindo, referindo-se ao meu rosto, que, sem dúvida, parecia bastante quente.

– Não estou, mas quero vê-la bastante confortável antes de ir embora.

– Eu, confortável! – ela repetiu com uma risada amarga, como se houvesse algo de hilário e absurdo naquela ideia. – Combina mais comigo do jeito que está – ela acrescentou em um tom de pesarosa resignação.

Mas, determinado a fazer as coisas do meu jeito, toquei o sino.

– Vamos lá, Helen! – falei ao ouvir os passos de Rachel, que se aproximava para atender ao chamado. Não havia mais o que ser feito além de pedir à criada para acender a lareira.

Naquele dia, ressenti-me com Rachel por causa do olhar que ela me lançou antes de partir em sua missão, um olhar mordaz, desconfiado e inquisidor que evidentemente me perguntava: "Por que é que você está aqui?". Sua patroa não falhou em notá-lo, e uma sombra de inquietação turvou sua testa.

– Você não pode ficar muito, Gilbert – ela disse quando a porta foi fechada atrás de nós.

– Não ficarei – concordei, testando um pouco, embora a única centelha de raiva que eu sentia no meu coração era em relação àquela velha mulher intrometida. – Mas, Helen, tenho uma coisa para lhe falar antes de ir.

– O que é?

– Não, não agora. Ainda não sei precisamente o que é, nem como dizê-la – respondi com mais verdade que sabedoria; e, em seguida, temendo que ela me colocasse para fora de casa, comecei a falar sobre coisas indiferentes para ganhar tempo. Enquanto isso, Rachel entrou para acender a lareira, o que fez rapidamente colocando um atiçador quente entre as barras da lareira, onde o combustível já estava disposto para a ignição. Ela honrou-me com mais um de seus olhares duros e inóspitos ao partir, mas, pouco tocado por isso, continuei falando e coloquei uma cadeira para a senhora Graham de um lado do fogo e uma para mim do outro, e tive a ousadia de me sentar, apesar de suspeitar que ela preferisse me ver indo embora.

Pouco depois, ambos ficamos em silêncio e, distraídos, fitamos o fogo por vários minutos; ela concentrada em seus tristes pensamentos, e eu pensando sobre quão agradável seria estar sentado ali ao seu lado sem nenhuma outra presença para limitar nossa interação, nem mesmo a de Arthur, nosso amigo em comum sem o qual jamais teríamos nos encontrado. Se eu ao menos tivesse coragem de falar abertamente e desopilar meu coração daqueles sentimentos há tanto tempo reprimidos, que agora eu precisava fazer um esforço enorme para guardar, um esforço tão grande que parecia impossível continuar por muito mais tempo... Eu esquadrinhava os prós e os contras de abrir meu coração para ela naquele exato momento e de implorar seu afeto em troca, sua permissão para considerá-la minha a partir de então e o direito e o poder de defendê-la das calúnias daquelas línguas maliciosas. Por um lado, senti nascer uma nova confiança em minha capacidade de persuasão, uma forte convicção de que meu espírito férvido me garantiria eloquência, de que minha determinação e a absoluta necessidade de conquista me trariam o que eu buscava; por outro lado, temia perder o terreno já conquistado com tanto trabalho e habilidade, destruindo qualquer esperança de futuro por causa de um esforço apressado, quando o tempo e a paciência seriam exitosos. Parecia que eu estava decidindo minha vida em um jogo de azar e, ainda assim, eu estava pronto para tentar. De todo modo, eu postularia a explicação que ela meio que prometera antes; exigiria saber os motivos daquela barreira odiosa, daquele impedimento misterioso à minha felicidade e, como eu supunha, à felicidade dela também.

Mas, enquanto eu refletia sobre a melhor forma de fazer meu pedido, minha conviva, desperta de seus devaneios com um suspiro quase inaudível,

A INQUILINA DE WILDFELL HALL

olhou para a janela e viu que a enorme lua cheia e vermelha acabara de subir sobre aqueles maravilhosos campos verdes e selvagens, e disse:

– Gilbert, está ficando tarde.

– Estou vendo – falei. – Imagino que você queira que eu vá embora, não é?

– Acho que é melhor. Se meus adoráveis vizinhos ficarem sabendo sobre esta visita (e, sem dúvida, eles saberão), não a usarão muito a meu favor. – Ela falou isso com uma espécie de sorriso que o vigário certamente chamaria de selvagem.

– Deixe-os usar como quiserem – repliquei. – De que valem as opiniões deles sobre você ou sobre mim, desde que estejamos satisfeitos um com o outro e com nós mesmos? Para o diabo com as construções vãs e as intervenções mentirosas deles!

Essa explosão de raiva fez o rosto dela corar.

– Então você ficou sabendo o que estão falando de mim?

– Soube de algumas falsidades detestáveis; mas apenas tolos dariam um minuto de crédito a elas, Helen, portanto não se incomode com isso.

– Eu não considero o senhor Millward um tolo, e ele acredita em tudo mesmo assim. Em todo caso, por mais que eu não me importe com a opinião deles sobre mim, por menos que eu os estime como pessoas, ainda assim não é agradável ser vista como mentirosa e hipócrita, não é agradável que pensem que você pratica o que abomina e incentiva os vícios que desaprova, nem descobrir que suas boas intenções foram frustadas e ter as mãos atadas por sua suposta indignidade, desgraçando os princípios que você mesma professa.

– Você tem razão. E se eu, por alguma negligência irresponsável e egoísta com as aparências, ajudei a expô-la a tais maldades, quero pedir não somente seu perdão, mas também uma permissão para reparar isso: deixe-me limpar seu nome de quaisquer imputações, conceda-me o direito de associar sua honra à minha e defender sua reputação como se fosse mais preciosa do que minha própria vida!

– Você seria herói o suficiente para se unir a alguém sabidamente suspeita e detestada por todos ao seu redor, associando seus interesses e sua honra aos dela? Pense bem! É uma coisa bem séria.

– Eu ficaria orgulhoso em fazê-lo, Helen! Muitíssimo feliz; não haveria palavras para expressar minha satisfação! E, caso este seja o único obstáculo para a nossa união, vamos destruí-lo e você deverá, você poderá ser minha!

E, levantando-me da cadeira em um frenesi ardente, tomei sua mão e quis levá-la aos lábios, mas ela a puxou de repente, exclamando em meio à amargura de intensa aflição:

– Não, não, ele não é o único!

– O que é, então? Você me prometeu que eu deveria saber um dia e...

– Você saberá um dia, mas não agora. Minha cabeça está doendo terrivelmente – ela falou, apertando a testa com a mão. – Tenho que descansar um pouco e certamente já sofri o bastante por hoje! – acrescentou quase com brutalidade.

– Mas você não vai morrer se me contar – insisti. – Aliviaria sua cabeça, e eu saberia como confortá-la.

Ela balançou a cabeça em desamparo.

– Se você soubesse de tudo, também me condenaria; talvez até mais do que eu mereça, pois enganei-o cruelmente – ela adicionou em um murmúrio baixo, como se estivesse pensando em voz alta.

– Você, Helen? Impossível!

– É verdade, não foi intencional, afinal eu não sabia da força e da profundidade do seu vínculo. Pensei, ao menos esforcei-me por pensar, que sua estima por mim era tão fria e fraternal quanto você professou ser.

– Ou quanto a sua?

– Ou quanto a minha deveria ter sido, de natureza tão iluminada, egoísta e superficial que...

– Então, realmente, você me enganou.

– Sei que enganei e, às vezes, suspeitei disso. Mas pensei que, apesar de tudo, não seria tão ruim se eu permitisse que suas fantasias e esperanças sonhassem à toa ou revoassem em busca de algum objeto mais apropriado, desde que sua simpatia amigável ficasse comigo; mas, se eu conhecesse a profundidade da sua estima, da generosa e desinteressada afeição que você parece sentir...

– Pareço sentir, Helen?

– Que seja, que você realmente sente, eu teria agido diferente.

– Como? Você nunca me encorajou e me tratou com a maior austeridade possível! E, se você acha que me enganou dando-me sua amizade e, ocasionalmente, permitindo-me desfrutar da sua companhia e da sua conversa quando todas as esperanças de maior intimidade eram em vão (como, de fato, você sempre me deu a entender), se acha que me enganou ao fazer isso, você está errada, pois tais favores não apenas deleitam meu coração, mas também purificam, exultam e enobrecem minha alma, e eu prefiro ter a sua amizade ao amor de qualquer outra mulher do mundo!

Um pouco confortada ao ouvir isso, ela entrelaçou as mãos e as colocou sobre os joelhos e, olhando para cima, pareceu implorar por ajuda divina em silenciosa agonia. Em seguida, virou-se para mim e disse calmamente:

– Amanhã, se você me encontrar na relva por volta do meio-dia, eu lhe contarei tudo o que quer saber. E talvez você ache necessário descontinuar sua intimidade comigo se, de fato, não me considerar uma pessoa digna da sua estima.

– Seguramente posso dizer que a resposta para isso é "não". Não é possível que você tenha confissões tão graves a me fazer; você deve estar testando minha fé, Helen.

– Não, não, não – ela repetiu com seriedade. – Eu bem que gostaria! Graças aos céus – ela adicionou –, não tenho nenhum grande crime para confessar, mas é mais do que você gostaria de ouvir ou, quem sabe, mais do que está pronto para perdoar. E não consigo contar tudo agora, portanto peço que se vá!

– Irei, mas, primeiro, responda a uma pergunta: você me ama?

– Não responderei a isso!

– Então, concluirei que sim. Boa noite.

Ela me deu as costas para esconder a emoção que não podia mais controlar, mas peguei sua mão e dei-lhe um beijo ardente.

– Gilbert, vá embora! – ela exclamou em uma angústia tão amedrontada que era cruel desobedecer.

Olhei para trás mais uma vez antes de fechar a porta e a vi inclinada na mesa chorando copiosamente, apertando os olhos com as mãos; ainda assim, retirei-me em silêncio. Pensei que tentar consolá-la agora serviria apenas para agravar seu sofrimento.

Se eu fosse contar para você todos os questionamentos e as conjecturas, os medos, as esperanças e as emoções selvagens que despontaram e perseguiram todos os meus pensamentos conforme eu descia a colina, encheria um volume quase inteiro. Mas, antes que eu estivesse na metade do caminho, uma sensação de forte simpatia por aquela que havia deixado para trás substituiu todos os outros sentimentos e foi imperativa para me desacelerar. Comecei a pensar: "Por que estou correndo tanto nessa direção? Conseguirei encontrar em casa conforto ou consolo, paz, certeza, contentamento ou qualquer coisa que o valha? E serei capaz de deixar para trás toda a perturbação, todo o pesar e toda a angústia quando estiver lá?"

Virei e olhei para a velha mansão. Em meu horizonte limitado, não era possível ver muita coisa além das chaminés. Voltei para ter uma vista melhor. Quando a edificação apareceu, parei por um momento para observá-la e, em seguida, continuei seguindo em direção ao obscuro objeto da minha atração. Algo me chamava para mais perto, mais perto ainda, e, céus, por que não? Não seria mais benéfico para mim contemplar aquela venerável construção com a lua cheia brilhando em tamanha calma no céu límpido (com aquele lustro amarelo e quente, peculiar de uma noite de agosto) e a dona da minha alma ali dentro em vez de voltar para casa, onde tudo era luz, e vida, e animação, e, ainda assim, prejudicial para meu juízo atual? Onde seus moradores estavam mais ou menos imbuídos daquela crença detestável que, só de pensar, fazia o sangue de minhas veias ferver? E como eu conseguiria suportar ouvi-la declarada abertamente ou insinuada com cautela, sem saber qual das possibilidades era pior? Eu já estava bastante incomodado com aquele pequeno diabo que não parava de sussurrar em meus ouvidos "Pode ser verdade" e precisei gritar em voz alta:

– É mentira! Eu o desafio a me fazer acreditar!

Dava para ver o tênue brilho vermelho da lareira pela janela da sala de estar. Subi até o muro do jardim e me encostei nele, meus olhos fixos na treliça querendo saber o que ela estaria fazendo, pensando ou sofrendo agora, e desejando poder lhe dizer ao menos uma palavra ou vê-la mais uma vez antes de partir.

Não fiquei olhando, desejando e adivinhando por muito tempo antes de pular o muro, incapaz de resistir à tentação de dar uma espiada pela janela, apenas para ver se ela estava mais recomposta do que quando nos afastamos; e, caso eu a encontrasse ainda em sofrimento profundo, talvez ousasse tentar lhe dizer alguma palavra de consolo, uma das várias coisas que eu deveria ter falado antes, em vez de agravar seu sofrimento com minha impetuosidade estúpida. Olhei lá para dentro. A cadeira e o cômodo estavam vazios.

Mas, naquele momento, alguém abriu a porta da frente e uma voz (a voz dela) disse:

– Venha, quero ver a lua e respirar o ar da noite. Se há algo que possa me fazer bem, é isso.

Então lá estavam ela e Rachel saindo para dar um passeio no jardim. Eu queria pular o muro de volta com segurança. Porém, fiquei parado à sombra do azevinho alto entre a janela e o alpendre, que impedia que elas me descobrissem, mas não me impossibilitava de ver duas figuras saindo sob o luar: era a senhora Graham seguida por outra pessoa, não Rachel, mas um homem jovem, esguio e um pouco alto. Ó céus, como minhas têmporas pulsavam! Uma ansiedade intensa escureceu minha visão; mas eu pensei – e, sim, a voz confirmou – que era o senhor Lawrence!

– Você não deveria se preocupar tanto com isso, Helen – ele disse. – Serei mais cauteloso no futuro; e, quando for o momento…

Não ouvi o resto da sentença, pois ele andava bem próximo a ela e falava com tanta delicadeza que não consegui captar as palavras. Meu coração estava partido e tomado de ódio, mas me concentrei para ouvir a resposta dela, o que consegui fazer com bastante clareza.

– Mas preciso deixar este lugar, Frederick – ela falou. – Nunca poderei ser feliz aqui, nem em nenhum outro lugar, na verdade – acrescentou com uma risada infeliz. – Mas não consigo descansar aqui.

– Mas onde você poderia encontrar um lugar melhor? – ele indagou. – Tão recluso e tão perto de mim, se é que você pensa em algo desse tipo.

– Sim – ela atalhou. – É tudo o que eu podia querer, se eles enfim me deixassem em paz.

– Mas aonde quer que você vá, Helen, encontrará os mesmos motivos de aborrecimento. Não consigo aceitar perdê-la: terei de acompanhá-la ou encontrá-la; e tolos intrometidos existem em qualquer lugar, inclusive aqui.

Passaram lentamente por mim enquanto diziam isso descendo pela trilha, e não ouvi mais nada do que falavam. Contudo, eu o vi colocar o braço em volta de sua cintura, enquanto ela gentilmente descansava a mão em seu ombro; então, uma escuridão trêmula obscureceu minha visão, meu coração apertou-se e minha cabeça queimou como fogo. Saí meio apressado, meio cambaleante do lugar onde o horror me enraizara e pulei ou rolei por cima do muro – mal sei dizer como, mas sei que, depois disso, eu me joguei no chão como uma criança temperamental e fiquei deitado ali no paroxismo da raiva e do desespero, e não me comprometo em dizer por quanto tempo fiquei assim, mas deve ter sido por um período considerável. Então, após estar um pouco aliviado do tormento de lágrimas, olhei para a lua acima, brilhando com tanta despreocupação e tão pouco influenciada pelo meu sofrimento quanto eu pelo seu plácido resplendor e, com sinceridade, rezei pela morte ou pelo esquecimento. Levantei-me e rumei para casa pouco cuidando do caminho, sendo instintivamente levado pelos meus pés até a porta. Ao chegar, encontrei-a trancada. Todos estavam na cama, exceto minha mãe, que se apressou em atender às minhas batidas impacientes e me recebeu com uma chuva de perguntas e reprimendas.

– Ó, Gilbert! Como pôde fazer isso? Onde você estava? Entre e faça sua ceia. Deixei tudo pronto, embora você não mereça depois de me deixar tão apreensiva com o jeito esquisito como saiu de casa nesta noite. O senhor Millward falava: "Deus abençoe o menino! Como ele parece doente". Ó docinho! Qual é o problema?

– Nada, nada. Dê-me uma vela.

– Mas você não irá cear?

– Não, quero ir para a cama – falei pegando uma vela e acendendo-a na que ela tinha nas mãos.

– Ó Gilbert, como você está tremendo! – exclamou minha mãe, ansiosa. – Como você está pálido! Diga-me: o que foi? Aconteceu alguma coisa?

A INQUILINA DE WILDFELL HALL

– Não é nada! – exclamei, pronto para bater o pé de aborrecimento pela vela que não queria acender. Então, suprimindo minha irritação, acrescentei:

– Eu estava andando muito rápido, é só isso. Boa noite. – E bati em retirada para a cama, sem me importar com o "Andando muito rápido? Onde você estava?" gritado lá de baixo atrás de mim.

Minha mãe me seguiu até a porta do meu quarto com perguntas e advertências sobre minha saúde e minha conduta, mas eu implorei que me deixasse em paz até de manhã, e ela se retirou até que, enfim, tive o prazer de ouvi-la fechar a própria porta. Não haveria sono para mim naquela noite, como eu imaginava, e, em vez de tentar evocá-lo, mantive-me ocupado andando rapidamente pelo cômodo, não sem antes tirar as botas para que minha mãe não me ouvisse. Mas as tábuas rangiam, e ela estava vigilante. Eu não andara mais do que quinze minutos, e lá estava ela de volta à porta.

– Gilbert, por que você não está na cama se disse que queria dormir?

– Bobagem! Estou indo – falei.

– Mas por que está demorando tanto? Você deve estar pensando em alguma coisa...

– Pelo amor de Deus, deixe-me em paz e vá você para a cama.

– É a senhora Graham que está lhe incomodando?

– Não, não. Já disse que não é nada.

– Deus permita que não seja mesmo – ela murmurou com um suspiro, enquanto retornava aos próprios aposentos e eu me jogava na cama, sentindo-me desobediente e descontente com ela por ter-me privado do que parecia ser o único traço de consolo que restava, prendendo-me àquele deplorável divã de espinhos.

Nunca passei uma noite tão longa e desventurada quanto aquela. E, ainda assim, não foi completamente insone. Quase de manhã, meus pensamentos distraídos começaram a perder qualquer pretensão de coerência, transmutando-se em sonhos confusos e febris até que, enfim, foram seguidos por um período de sono inconsciente. Depois, porém, a alvorada das amargas recordações (aquela caminhada para descobrir que a vida era um vazio, pior que um vazio, uma plenitude de tormentos e desgraças, não um mero agreste infértil, mas cheio de espinhos e sarças que me levaram a compreender que eu estava sendo enganado, ludibriado, desesperançado, destruindo meus afetos, revelando que meu anjo não era um anjo e que minha amiga era uma inimiga encarnada) foi pior do que se eu nem tivesse dormido.

A manhã estava nublada e escura; o tempo tinha mudado, assim como minhas perspectivas, e a chuva tamborilava na janela. Ainda assim, eu me levantei e saí, não para cuidar da fazenda, conquanto isso pudesse servir de desculpa, mas para esfriar a cabeça e, se possível, recuperar certo nível de autocontrole para encontrar minha família durante a refeição matinal sem incitar observações inconvenientes. Se eu me molhasse e unisse isso a um suposto esforço exagerado antes do café da manhã, poderia ter uma desculpa para minha repentina falta de apetite e, se resultasse em um resfriado, quanto mais grave, melhor, pois ajudaria a explicar os humores amuados e a melancolia lastimosa que provavelmente anuviariam meu semblante por bastante tempo.

Capítulo 13

– Meu querido Gilbert, gostaria que tentasse ser um pouco mais amigável – minha mãe disse uma manhã, após alguma amostra de um mau humor injustificável de minha parte. – Você diz que está tudo bem e que nada de errado aconteceu para magoá-lo, mas eu nunca vi ninguém tão alterado quanto você nesses últimos dias. Você não diz uma palavra gentil para ninguém, sejam amigos ou desconhecidos, sejam iguais ou subordinados, para você é tudo a mesma coisa. Gostaria que tentasse parar com isso.

– Parar com o quê?

– Ora, com o quê! Com esse seu temperamento esquisito. Você não sabe como ele o estraga. Eu sei que a sua natureza é de uma índole mais agradável quando você joga limpo; portanto, não me venha com desculpas como essa.

Enquanto ela reclamava, deitei um livro aberto diante de mim na mesa e fingi estar completamente absorto na leitura, pois era incapaz de me justificar e não estava disposto a reconhecer meus erros; ademais, eu não queria dizer nada sobre o assunto. Mas minha excelente mãe continuou com o sermão e, em seguida, veio me bajular acariciando meu cabelo; eu estava começando a me sentir um bom menino, mas meu irmão malicioso, que vagueava pelo cômodo, reviveu minha desolação ao gritar de repente:

– Não toque nele, mãe! Ele morde! É um tigre em forma humana. Eu desisti dele, reneguei-o mesmo, desfiz-me dele, inteiramente. Não fico a menos de seis jardas de distância dele, pois minha vida é preciosa. Outro dia ele quase quebrou meu crânio porque cantei uma bela e inofensiva canção de amor para agradá-lo.

– Ó, Gilbert! Como pôde fazer isso? – exclamou minha mãe.

– Eu falei para você fechar a matraca antes, você sabe disso, Fergus – retruquei.

– Sim, mas, quando afirmei que não era incômodo nenhum e continuei com o verso seguinte, pensando que poderia fazê-lo sentir-se melhor, você me agarrou pelos ombros e me jogou longe, bem naquela parede ali, e com tanta força que pensei ter cortado a língua em duas com a mordida e estava pronto para ver meus miolos por toda parte. Quando coloquei a mão na cabeça e descobri que meu crânio não tinha se quebrado, pensei ser um milagre, não um engano. Mas, coitadinho dele! – acrescentou com um suspiro sentimental. – Seu coração está partido, essa é a verdade, e sua cabeça…

– Mas será que você não consegue ficar quieto? – exclamei levantando-me e olhando para ele com tanto ódio que minha mãe, supondo que eu quisesse infligir-lhe alguma agressão grave, colocou a mão em meu braço e ordenou que eu o deixasse em paz, e ele saiu tranquilamente com as mãos nos bolsos, cantando de forma provocativa "Deveria eu, pela beleza de uma mulher"[7]…

– Não sujarei minhas mãos com ele – aleguei, em resposta à intervenção maternal. – Não tocaria nele nem com uma pinça.

Naquele instante, lembrei que tinha assuntos a tratar com Robert Wilson em relação à compra de um campo adjacente à minha fazenda, um negócio que eu estava postergando dia após dia, pois nada me interessava no momento. Além disso, estava com inclinações misantrópicas e, acima de tudo, opunha-me sobretudo ao encontro com Jane Wilson ou sua mãe, pois, apesar de agora eu ter bons motivos para dar crédito aos seus relatos

---

[7] Trechos dos versos iniciais de um poema de George Wither (1588-1667) (*Shall I, wasting in despair,/Die because a woman's fair?*). (N.T.)

referentes à senhora Graham, nem por isso passei a apreciá-las mais, tampouco Eliza Millward, e o mais desagradável para mim era pensar que, agora, eu não poderia me defender de suas calúnias nem triunfar em minhas próprias convicções como antes. Mas, naquele dia, eu estava decidido a me esforçar e retomar meus deveres.

Embora eles não me trouxessem prazer algum, seria menos enfadonho que ocioso e, de qualquer forma, seria mais vantajoso. Se a vida não me prometia gozar minha vocação, tampouco oferecia tentações e, a partir de agora, eu poderia arregaçar as mangas e trabalhar à exaustão como um pobre cavalo de carga qualquer e razoavelmente adestrado para o trabalho, arrastando-me pela vida sem ser um completo inútil, se não aprazível, e sem reclamar se não estivesse satisfeito com meu quinhão.

Assim resolvido, com uma espécie de resignação soturna, se é que estou autorizado a tal termo, tomei rumo em direção à Fazenda Ryecote com poucas esperanças de encontrar seu proprietário ali àquela hora, mas querendo descobrir em que parte das premissas eu provavelmente poderia ter com ele.

Ele não estava mesmo, mas deveria chegar à casa dali a poucos minutos, e convidaram-me para entrar na sala de estar e esperar. A senhora Wilson estava ocupada na cozinha, mas o cômodo não estava vazio, e quase não consegui conter um recuo involuntário quando entrei e vi a senhorita Wilson sentada ali conversando com Eliza Millward. Contudo, eu estava determinado a me manter calmo e educado. Eliza pareceu ter tido a mesma resolução. Não tínhamos nos encontrado desde a noite da festa do chá, mas ela não dava vistas de emoções de prazer ou de dor, nenhuma tentativa de compaixão, não havia amostras de orgulho ferido: seu temperamento era calmo, e seus modos, educados. Ela estava até tranquila e animada, algo que eu não presumia encontrar, mas havia uma malícia profunda em seu olhar demasiadamente expressivo que me deixava claro não ter sido perdoado. Embora ela não esperasse mais ter-me para si, ainda odiava sua rival e certamente gostava de maldizê-la contra mim. Em contrapartida, a senhorita Wilson foi o mais afável e cortês possível e, apesar de eu não estar muito no clima para conversas, as duas moças conseguiram ficar jogando conversa fora por bastante tempo. Mas Eliza aproveitou a primeira pausa conveniente para perguntar se eu tinha me encontrado com a senhora Graham recentemente, em um tom de indagação casual, mas com um olhar de canto de olho transbordante de malícia, pretendendo ser travesso e divertido.

– Recentemente, não – respondi despretensiosamente, mas evitando seus olhares a todo custo, pois estava incomodado ao sentir minha testa ficar vermelha, apesar dos meus esforços extenuantes para parecer indiferente.

– Qual! Já está se cansando? Pensei que uma criatura tão nobre teria o poder de prendê-lo por pelo menos um ano!

– Prefiro não falar sobre ela agora.

– Ah! Então você finalmente se convenceu de que errou. Enfim descobriu que sua divindade não é lá muito imaculada...

– Eu disse que gostaria que não falasse sobre ela, senhorita Eliza.

– Ó, peço-lhe perdão! Vejo que as flechas do cupido foram afiadas demais para você: as feridas são mais do que superficiais e ainda não estão cicatrizadas, e sangram a cada menção do nome da pessoa amada.

– Ou podemos dizer – interpôs firmemente a senhorita Wilson – que o senhor Markham acredita que tal nome é indigno de ser mencionado na presença de moças direitas. Gostaria que você, Eliza, refletisse ao se referir a essa pessoa infeliz. Você deveria saber que mencionar o nome dela seria tudo, menos agradável, a qualquer um dos presentes aqui.

Como suportar aquilo? Eu levantei-me e estava prestes a enfiar o chapéu na cabeça e ir embora daquela casa indignado e furioso, mas refleti sobre a estupidez de tal ação bem a tempo de salvar minha dignidade, percebendo que ela serviria apenas de material para minhas belas algozes rirem à minha custa e, pelo bem de alguém que meu coração reconhecia ser indigna do menor sacrifício (pois os fantasmas da minha antiga reverência e do meu amor ainda pairavam sobre mim, de forma que eu não suportava ouvir seu nome ser difamado pelas pessoas), apenas caminhei até a janela. Fiquei ali por um tempo mordendo meus lábios sedentos de vingança e repreendendo duramente a agitação apaixonada que sentia no peito, então dirigi-me à senhorita Wilson para dizer que não via sinal de seu irmão e acrescentei que, como meu tempo era precioso, seria melhor voltar no dia seguinte em alguma hora na qual certamente o encontraria em casa.

– Oh, não! – disse ela. – Espere mais um minuto e com certeza ele chegará, pois tem coisas a fazer em L. (nossa cidade-mercado) e precisará de uma refeição leve antes de ir.

Aceitei com a maior educação possível e, felizmente, não precisei esperar por muito tempo. O senhor Wilson chegou logo e, indisposto para os negócios como eu estava no momento, pouco me importando com o campo ou seu proprietário, forcei minha atenção ao assunto em questão com uma determinação digna de crédito e concluí a barganha com rapidez (talvez resultando em uma economia mais satisfatória do que a que o fazendeiro ousou reconhecer). Então, deixando-o no debate sobre qual seria sua vigorosa "refeição leve", deixei a casa com prazer e saí para cuidar dos ceifeiros.

Deixei-os ocupados trabalhando na lateral do vale e subi a colina para visitar um milharal nas regiões mais altas, a fim de ver quando as espigas estariam maduras para a foice. Mas não o visitei naquele dia porque, ao me aproximar, avistei a senhora Graham e seu filho descendo não muito longe na direção oposta. Eles me viram, e Arthur já estava correndo para me encontrar, mas eu lhes dei as costas imediatamente e segui direto para casa, uma vez que estava decidido a nunca mais encontrar a mãe dele e, apesar daquela vozinha estridente soar em meus ouvidos, gritando e pedindo para eu esperar um pouco, segui meu caminho sem pestanejar, e ele logo aceitou que era uma tentativa inútil ou foi chamado pela mãe. De toda forma, quando olhei de novo cinco minutos depois, não se via nem sinal de nenhum dos dois.

O incidente agitou-me e incomodou-me de modo inexplicável, a menos que você queira explicá-lo dizendo que as flechas do cupido não tinham sido apenas afiadas demais para mim, mas estavam fincadas profundamente em meu coração, e eu ainda não tinha sido capaz de arrancá-las de lá. Fosse o que fosse, fiquei duas vezes mais deprimido pelo resto do dia.

Capítulo 14

Na manhã seguinte, lembrei que eu também tinha negócios a fazer em L. e, por isso, montei em meu cavalo e parti em expedição logo após o café da manhã. O dia estava nublado e chuvoso, mas não importava; aliás, combinava muito bem com meu estado de espírito. Era provável que a viagem fosse solitária, pois não era dia de mercado, e a estrada que eu pegaria era pouco frequentada em qualquer ocasião, o que também combinava bem comigo.

Contudo, enquanto eu trotava ruminando fantasias amargas, ouvi outro cavalo não muito longe de mim; mas não me perguntei nem me incomodei sobre quem poderia ser o cavaleiro até que, ao diminuir o ritmo para subir um pequeno aclive, ou, melhor dizendo, ao fazer meu cavalo desacelerar para um trote preguiçoso, pois, imerso em minhas próprias reflexões, eu tinha deixado que ele corresse sozinho como bem entendesse, perdi minha vantagem, e o companheiro de viagem me alcançou. Ele se aproximou e me chamou pelo nome porque não era um estranho, mas, sim, o senhor Lawrence! Instintivamente meus dedos que seguravam o chicote formigaram e agarraram-no com uma energia convulsiva, mas segurei o impulso e, respondendo à sua saudação com um aceno, tentei acelerar, mas ele acelerou ao meu lado e começou a falar sobre o tempo e as plantações. Respondi às perguntas com as respostas mais breves possíveis e desacelerei. Ele desacelerou também e perguntou se meu cavalo estava manco. Respondi com um olhar, que o fez sorrir placidamente.

Eu estava tão atônito quanto exasperado com aquela pertinácia singular e aquela segurança imperturbável. Eu achava que as circunstâncias do nosso último encontro tinham marcado sua mente de modo que ele se tornaria frio e distante para sempre depois daquele dia. Porém, em vez disso, ele pareceu não apenas ter-se esquecido de todas as ofensas anteriores, mas se mostrava impermeável para minhas incivilidades. Outrora, a menor insinuação ou até uma frieza fingida no tom de voz ou no olhar lhe causava repulsa; agora, nem uma grosseria tão evidente era capaz de afastá-lo. Será que ele tinha ouvido falar da minha decepção e veio testemunhar o resultado para triunfar sobre o meu desespero? Segurei meu chicote com uma energia mais determinada do que antes, mas ainda reprimi seu uso e continuei cavalgando em silêncio, aguardando por alguma ofensa mais tangível para poder abrir as comportas da minha alma e despejar a fúria represada que ali espumava e crescia.

– Markham – ele disse em seu tom de voz tranquilo, como de costume –, por que você está brigando com seus amigos por causa de uma pessoa que o desapontou? Suas esperanças foram derrotadas, mas como pode me culpar por isso? Eu o avisei de antemão, você sabe, mas você não…

Ele não disse mais nada, pois algum demônio ao meu lado me impeliu a puxar o chicote pela ponta mais fina e, rápido e repentino como um relâmpago, golpeá-lo na cabeça com a outra ponta. Não deixei de sentir uma satisfação selvagem ao apreciar o momento em que seu rosto foi tomado por uma palidez mortal; algumas poucas gotas vermelhas respingaram de sua testa enquanto ele girava por um momento na sela para logo em seguida cair de costas no chão. O cavalo, surpreso pelo alívio repentino de sua carga, começou a saltitar, deu uns coices e aproveitou a liberdade para comer a grama da sebe, enquanto seu dono continuava estendido tão imóvel e silencioso quanto um cadáver. Será que eu o matei? Uma mão de gelo pareceu segurar meu coração para sentir sua pulsação quando me inclinei com uma intensidade esbaforida para olhar para aquele rosto horrível, voltado para cima. Mas, não, ele mexia as pálpebras e gemia baixinho. Tornei a respirar; ele estava apenas atordoado pela queda. Foi bem feito, isso o ensinaria a ter melhores modos no futuro. Será que eu deveria ajudá-lo com o cavalo? Não. Eu faria isso por quaisquer outras ofensas, mas a dele era imperdoável demais. Ele conseguiria montar sozinho dali a pouco, se quisesse; já começava a se virar e olhar ao redor, e lá estava ele, contemplando a estrada em silêncio.

Então, murmurando algum xingamento, larguei o rapaz à sua própria sorte e, apertando as esporas em meu cavalo, saí galopando, empolgado pela mistura de sentimentos que não era muito fácil de analisar e, se assim o fizesse, talvez o resultado não fosse muito favorável à minha pessoa, pois não tinha certeza se o tipo de júbilo que senti não era um dos principais associados.

Contudo, logo a efervescência começou a diminuir e não se passaram muitos minutos até eu dar meia-volta para cuidar do destino da minha vítima. Não foi um impulso de generosidade nem uma compaixão gentil que me levaram a fazer isso, tampouco o medo das possíveis consequências que poderiam recair sobre mim se, após atacar o galanteador, eu o negligenciasse desse jeito, expondo-o a outras lesões. Era apenas a voz da consciência, e me dei bastante crédito por atendê-la tão prontamente, e não estava errado, se julgasse o mérito da ação pelo sacrifício que ela custava.

Tanto o senhor Lawrence quanto seu cavalo mudaram um pouco de posição. O corcel havia se afastado oito ou dez jardas; e o homem conseguiu sair do meio da estrada. Encontrei-o sentado encostado na sebe. Ainda estava bastante pálido e fraco e segurava na cabeça o lenço de cambraia (agora mais vermelho do que branco). Deve ter sido um golpe poderoso, mas metade do crédito (ou da culpa, como você preferir) deve ser atribuída ao chicote, que era adornado com uma grande cabeça de cavalo folheada a metal. A grama encharcada pela chuva serviu como um sofá um pouco inóspito ao jovem cavalheiro, suas roupas estavam consideravelmente enlameadas, e o chapéu tinha rolado pelo barro até o outro lado da estrada. Mas seus pensamentos pareciam direcionados principalmente ao cavalo, o qual ele observava com um olhar melancólico, refletindo tanto sua ansiedade impotente quanto seu abandono indefeso à própria sorte.

Desmontei e, após prender meu próprio animal na árvore mais próxima, primeiro peguei seu chapéu. Quis colocá-lo em sua cabeça, mas ele considerou a cabeça inapropriada para um chapéu ou o chapéu, naquelas condições, inapropriado para sua cabeça e, afastando-se, tirou o chapéu da minha mão e o colocou de lado com rancor.

– Ele está bastante bom para você – rosnei.

Minha próxima boa ação foi alcançar o cavalo e trazê-lo de volta, o que foi realizado logo, pois o animal estava bem tranquilo e só recuou e saracoteou um pouco antes de eu segurar suas rédeas. Por fim, eu precisava colocá-lo na sela.

– Venha, seu cachorro imundo, me dê sua mão e eu o ajudarei a montar.

Mas não, ele virou-se com desgosto. Tentei pegá-lo pelo braço. Ele se encolheu como se meu toque fosse contagioso.

– Qual! Não quer? Bem! Por mim você pode ficar sentado aí até o fim dos tempos. Mas imagino que você não queira perder todo o sangue do seu corpo, então me deixe fechar o corte para você.

– Faça o favor de me deixar em paz.

– Hunf, com prazer. Você pode ir para o inferno, se quiser; e pode falar que fui eu que o mandei.

Entretanto, antes de abandoná-lo à própria sorte, passei a rédea do cavalo dele por cima de um toco na cerca e joguei meu lenço para ele, pois o dele já estava todo ensanguentado. Ele pegou o lenço e o jogou de volta com ódio e desprezo, reunindo toda a força que conseguiu. Faltava isso para mensurar o tamanho de suas ofensas. Com execrações não proferidas em voz alta, mas somente para mim mesmo, deixei-o para viver ou morrer como quisesse, satisfeito por ter feito minha parte ao tentar salvá-lo (mas esquecendo que tinha pecado quando o levei a tais condições e como meus serviços tinham sido oferecidos com ultraje) e, ressentido, preparei-me para lidar com as consequências caso ele resolvesse dizer que eu tinha tentado matá-lo (o que eu não achava ser impossível, considerando que ele parecia agir de forma rancorosa ao insistir em recusar a minha ajuda).

Montei em meu cavalo e, antes de ir embora, olhei para trás para ver como ele estava se saindo. O galanteador tinha se levantado do chão e, segurando o pescoço do cavalo, tentava retomar seu lugar na sela, mas mal tinha colocado o pé no estribo quando um enjoo ou uma tontura pareceu apossar-se dele, e ele se inclinou para a frente por um instante, a cabeça jogada nas costas do animal, e tentou mais uma vez. Ao perceber sua ineficácia, voltou a se abaixar na sebe onde eu o deixara e, repousando a cabeça na grama úmida, parecia deitado e tranquilo, como se estivesse descansando no sofá de casa.

Eu poderia contrariá-lo e ajudá-lo, poderia ter suturado a ferida que ele não tinha conseguido estancar e insistido em montá-lo no cavalo e levá-lo em segurança até sua casa, mas, além da minha indignação amargurada contra ele, havia a questão de o que dizer ao criados dele e à minha própria família. Ou eu teria que admitir o feito, e isso faria com que me considerassem um descontrolado, a menos que eu admitisse o motivo também (o que parecia impossível), ou eu precisava inventar uma mentira, o que também parecia fora de cogitação (sobretudo porque o senhor Lawrence provavelmente revelaria toda a verdade e, portanto, me desgraçaria dez vezes mais), a menos que eu fosse cruel o bastante para insistir em minha própria versão do caso, aproveitando a ausência de testemunhas, e o pintasse como um canalha maior do que era. Mas não, ele só tinha um corte acima das têmporas, quiçá alguns hematomas causados pela queda ou pelos cascos do próprio cavalo, e isso não o mataria. Caso ficasse ali metade do dia e não conseguisse se socorrer sozinho, com certeza alguém passaria; era impossível que não passasse ninguém por aquela estrada além de nós dois o dia inteiro. "Quanto ao que ele fará depois, pagarei para ver. Se ele mentir sobre o assunto, irei contradizê-lo; se ele contar a verdade, eu a suportarei da melhor forma que puder." Eu não seria obrigado a dar explicações além das que considero adequadas. Talvez ele optasse por ficar quieto sobre o assunto, receando os questionamentos sobre a causa da briga, o que chamaria a atenção de todos para seu vínculo com a senhora Graham, e isso, para o bem dela ou para o próprio, ele parecia ávido por ocultar.

Pensando assim, trotei em direção à cidade, onde cuidei dos meus negócios com diligência e realizei vários pedidos para minha mãe e Rose com exatidão admirável, considerando as circunstâncias peculiares. Ao voltar para casa, fui acometido por diversas dúvidas sobre o desafortunado Lawrence. De forma muito desagradável, minha mente questionava o que aconteceria se eu o encontrasse ainda deitado na terra úmida, quase morto de frio e exaustão, ou quem sabe já rígido e gelado. A terrível possibilidade materializou-se com uma vivacidade dolorosa em minha imaginação conforme eu me aproximava do local onde o havia deixado. Mas, graças aos céus, tanto o homem quanto o cavalo tinham ido embora, e não restara nada para testemunhar contra mim, exceto dois objetos que certamente eram bastante incômodos por si só e cuja aparência era muito ruim, para não dizer assassina: de um lado estava o chapéu ensopado e coberto de lama, quebrado e rasgado na aba graças àquele chicote maldoso, do outro via-se o lenço carmesim boiando em uma poça de água tingida, já que chovera bem naquele ínterim.

E as notícias ruins voam. Não era nem quatro da tarde quando cheguei em casa, e minha mãe se aproximou de mim com severidade:

– Ó, Gilbert! Um acidente! Rose foi fazer compras no vilarejo e soube que o senhor Lawrence foi jogado do cavalo e levado para casa como um moribundo!

Aquilo me deixou bastante chocado, como você pode imaginar, mas fiquei aliviado ao ouvir que ele tinha fraturado a cabeça de forma terrível e quebrado uma perna; então tive certeza da falsidade daquilo e supus que o resto da história fosse igualmente exagerado. Quando ouvi minha mãe e minha irmã se lamentar tanto pela condição dele, foi bem difícil me segurar para não contar a dimensão real das lesões, até onde eu sabia.

– Você precisa ir vê-lo amanhã – minha mãe falou.

– Ou hoje – Rose sugeriu. – Ainda temos bastante tempo e você pode ir com o pônei, pois seu cavalo está cansado. Você vai, não é, Gilbert? Logo depois de comer alguma coisa?

– Não, não. Como sabemos que essa não é uma notícia falsa? É muito improváv…

– Ó, tenho certeza de que não é. O vilarejo inteiro está agitado por causa disso, e vi duas pessoas que tinham visto outras que viram o homem que o encontrou. Parece inverossímil, mas não é, se você pensar bem.

– Tudo bem. Mas Lawrence é um bom equitador. Não é plausível que ele tenha caído do cavalo e, mesmo se tiver caído, é bastante improvável que quebrasse os ossos desse jeito. Deve ser um grande exagero, no mínimo.

– Não, mas parece que o cavalo lhe deu um coice ou algo assim.

– Qual! Aquele cavalinho pequeno e tranquilo?

– Como você sabe que era esse?

– Ele raramente monta outro.

– De qualquer forma – minha mãe falou –, você vai amanhã. Não importa se é verdade ou mentira, exagerado ou qualquer coisa que o valha, queremos saber como ele está.

– Fergus pode ir.

– Por que não você?

– Ele tem mais tempo. Estou ocupado agora.

– Ó! Mas, Gilbert, como é que está tão calmo a esse respeito? Você pode deixar os negócios de lado por uma ou duas horas por coisas assim, como quando seu amigo está à beira da morte.

– Ele não está, pode acreditar.

– Você não sabe, pode ser que esteja. E você não saberá antes de vê-lo. Em todo caso, ele deve ter sofrido um acidente terrível, e você precisa ir vê-lo; ele achará muito grosseiro da sua parte se não for.

– Bobagem! Eu não posso ir, nós não temos nos dado muito bem nos últimos tempos.

– Ó, meu querido! Com certeza você não é tão rancoroso a ponto de levar suas pequenas diferenças a esse ponto…

– Pequenas diferenças! – murmurei.

– Bem, mas pense na situação. Imagine se…

– Está bem, está bem. Não me incomode com isso agora; pensarei no assunto – respondi.

Meu "pensar no assunto" foi mandar Fergus na manhã seguinte com os cumprimentos de minha mãe, a fim de fazer as perguntas necessárias, pois era óbvio que eu não poderia ir nem enviar uma mensagem. Ele voltou informando que o jovem galanteador estava de cama com os males complicados de uma cabeça machucada, algumas contusões (causadas por uma queda, que ele não se deu ao trabalho de detalhar, e pelo subsequente mau comportamento do seu cavalo) e um resfriado forte, ocasionado por ter ficado deitado na terra molhada e na chuva, mas não havia ossos quebrados nem perspectivas de finamento.

Ficou evidente, portanto, que, para o bem da senhora Graham, ele não tinha intenção de me recriminar.

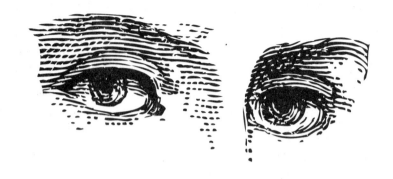

Capítulo 15

O dia estava chuvoso como o anterior, mas o tempo começou a limpar à noite, e a manhã seguinte estava bela e promissora. Eu estava na colina com os ceifeiros. Um vento suave balançava o milharal, e toda a natureza sorria à luz do sol. As cotovias animavam-se entre as flutuantes nuvens prateadas. A última chuva refrescara e limpara o ar de forma tão doce, lavando o céu e deixando para trás gemas tão brilhantes nos ramos e nas folhas, que nem os fazendeiros tinham coragem de difamá-la. Mas nenhum raio de sol conseguia penetrar no meu coração, nenhuma brisa era capaz de refrescá-lo, nada conseguia preencher o vazio que minha fé, minha esperança e minha alegria em Helen Graham tinham deixado, tampouco espantar o forte ressentimento e os resíduos amargurados de um amor que insistia em oprimi-lo.

Enquanto eu estava parado com os braços cruzados olhando absorto para a extensão ondulante do milharal ainda intocado pelos ceifadores, algo puxou minha camisa, e uma voz fina, que não era mais bem-vinda em meus ouvidos, agitou-me com estas palavras repentinas:

– Senhor Markham, a mamãe quer falar com você.

– Ela quer falar comigo, Arthur?

– Quer. Por que você está com essa expressão estranha? – ele perguntou meio sorrindo, meio assustado com a aparência inesperada com a qual se deparou quando virei o rosto de repente em sua direção. – E por que você ficou tanto tempo longe? Venha! Você não vai vir?

– Estou ocupado agora – retruquei, sem saber direito o que responder.

Ele olhou para cima com uma perplexidade infantil, mas, antes que eu pudesse falar de novo, a própria senhora Graham estava a meu lado.

– Gilbert, preciso falar com você! – ela disse em um tom de veemência reprimida.

Olhei atentamente para seu rosto pálido e seus olhos brilhantes, mas não respondi nada.

– Só por um instante – ela pediu. – Vamos para esse campo aqui do lado. – Ela observou os ceifadores, pois alguns deles olhavam com uma impertinente curiosidade na direção dela. – Não vai demorar nem um minuto.

Acompanhei-a pela trilha.

– Arthur, querido, corra até ali e colha aqueles jacintos azuis – ela pediu, apontando para as flores que resplandeciam embaixo da sebe a certa distância de onde caminhávamos. A criança hesitou, como se não quisesse sair do meu lado. – Vá, meu amor! – ela repetiu com mais urgência em um tom que, embora não fosse indelicado, exigia uma obediência imediata, e assim a obteve.

– Pois não, senhora Graham? – falei calma e friamente, pois percebi que ela estava sofrendo (o que me fez sentir pena dela), mas também fiquei feliz por ter o poder de atormentá-la.

Ela me fitou com um olhar que apunhalou meu coração, mas, ainda assim, foi capaz de me fazer sorrir.

– Não quero saber os motivos dessa mudança, Gilbert – ela começou em amargurada tranquilidade. – Sei muito bem quais são eles, mas, embora consiga suportar calmamente qualquer outra pessoa que suspeite de mim ou me condene, não consigo aguentar isso de você. Por que você não veio ouvir minha explicação no dia marcado?

– Porque aconteceu de, naquele ínterim, eu descobrir tudo o que você tinha para me contar, e receio que talvez até um pouco mais.

– Impossível, pois eu iria lhe contar tudo! – ela exclamou com paixão. – Mas agora não farei mais isso, pois vejo que você não merece!

E seus lábios pálidos tremeram de agitação.

– Por que não, posso saber?

Ela repeliu meu sorriso jocoso com um olhar de indignação desdenhosa.

– Porque você nunca me entendeu; caso contrário, não teria ouvido meus detratores tão cedo. Eu errei em depositar minha confiança em você, mas você não é o homem que eu pensava ser. Vá! Não ligo para o que você pensa de mim.

Ela se virou, e eu fui embora, imaginando que aquilo a atormentaria mais do que tudo, e acredito que estava certo, pois, ao olhar para trás um minuto depois, eu a vi meio virada, como se desejando ou esperando ainda me encontrar a seu lado. Em seguida, parou e olhou para trás mais uma vez. Era um olhar que expressava menos raiva que agonia e desespero angustiantes, mas eu de pronto assumi uma expressão de indiferença e, fingindo observar meus arredores despretensiosamente, creio que ela seguiu em frente, pois, pouco tempo depois, ansioso por saber se ela voltaria ou me chamaria de novo, olhei para trás e a encontrei a uma boa distância subindo o campo rapidamente com o pequeno Arthur correndo e falando a seu lado, mas seu rosto evitava o dele, como se quisesse esconder alguma emoção incontrolável. Eu voltei aos meus afazeres.

Mas logo comecei a me arrepender por ter sido tão precipitado e por tê-la deixado partir tão rapidamente. Era óbvio que ela me amava, provavelmente estava cansada do senhor Lawrence e queria trocá-lo por mim; para começo de conversa, se eu a tivesse amado e reverenciado menos, talvez sua preferência fosse satisfeita e gratificada; agora, porém, o contraste que eu supunha entre sua aparência externa e sua mentalidade interna, entre minha opinião anterior e a atual a seu respeito era tão desolador, tão aflitivo para os meus sentimentos, que passei a engolir toda e qualquer possibilidade.

No entanto, eu ainda estava curioso para saber que tipo de explicação ela teria me dado (ou me daria agora, se eu a pressionasse), quanto ela confessaria e como tentaria se desculpar. Eu queria saber o que desprezar e o que admirar nela, quanto sentir de pena e quanto a odiar, e o que mais estava acontecendo. Eu queria vê-la mais uma vez para me convencer sobre qual perspectiva era razoável adotar a seu respeito antes de nos separarmos. É claro que eu a perdera para sempre, mas, mesmo assim, eu não conseguia suportar a ideia de termos nos separado pela última vez com tanta crueldade e pesar de ambos os lados. Seu último olhar penetrou em meu coração, eu não conseguia esquecê-lo. Mas quão tolo eu era! Ela não tinha me enganado, me magoado, ofuscado a felicidade da minha vida?

– Pois bem, eu a verei de qualquer jeito – concluí, enfim –, mas não hoje. Este dia e esta noite ela poderá pensar sobre os pecados que cometeu. Amanhã eu a encontrarei novamente e descobrirei mais coisas sobre ela. Talvez a conversa seja útil para ela, ou não. De todo modo, será um respiro de agitação à vida que ela condenou a estagnar, e com certeza poderá acalmar alguns pensamentos agitados.

Eu a visitei mesmo no dia seguinte, mas não antes do cair da noite, após concluir os afazeres do dia, ou seja, entre as seis e as sete da noite. O sol a oeste iluminava em vermelho a antiga Mansão e flamejava nas treliças das janelas conforme eu me aproximava, conferindo ao local uma alegria que não lhe pertencia. Nem preciso discorrer sobre os sentimentos que tinha ao me aproximar do santuário da minha antiga divindade; aquele lugar repleto de lembranças agradáveis e sonhos gloriosos, todos agora obscurecidos por uma verdade desastrosa.

Rachel deixou-me entrar na sala de estar e foi chamar sua patroa, que não estava ali. Sua mesa, contudo, havia sido deixada aberta com um livro em cima, ao lado da mesinha redonda e da cadeira de respaldo alto. Eu conhecia sua limitada, mas selecionada coleção de livros quase tanto quanto a minha, mas nunca tinha visto aquele volume antes. Peguei-o. Era o *Últimos dias de um filósofo*, de Humphry Davy, e, na primeira página, lia-se "Frederick Lawrence". Fechei o livro, mas fiquei com ele em mãos e, com as costas voltadas para a lareira, virado em direção à porta, esperei calmamente sua chegada, pois eu não duvidava de que ela viria. Logo ouvi seus passos no saguão. Meu coração começou a palpitar, mas eu o refreei com uma reprimenda e mantive a compostura, pelo menos aparentemente. Ela entrou calma, pálida, comedida.

– A que lhe devo a honra deste favor, senhor Markham? – ela indagou com uma dignidade tão séria e tão tranquila que quase me desconcertou, mas respondi com um sorriso bem impudente.

– Bem, vim para ouvir sua explicação.

– Eu falei que não a darei a você – ela respondeu. – Já disse que você não é digno da minha confiança.

– Oh, muito bem – respondi, dirigindo-me à porta.

– Fique um pouco – ela pediu. – Esta será a última vez que o verei, então não vá ainda.

Fiquei esperando seus próximos comandos.

– Por favor, diga-me – ela prosseguiu. – Quais são suas bases para acreditar nessas coisas contra mim, quem as contou e o que disseram?

Parei por um momento. Ela me olhou nos olhos com tanta firmeza que parecia que seu peito estava revestido por uma inocência consciente. Estava decidida a saber do pior e determinada a confrontá-lo também. "Posso acabar com esse espírito destemido", pensei. E, secretamente, exultei com meu poder, senti-me disposto a brincar com minha vítima como um gato. Mostrando o livro que ainda segurava nas mãos, apontei para o nome na folha de rosto e, mantendo o olhar fixo em seu rosto, perguntei:

– Você conhece esse cavalheiro?

– Claro que sim – ela respondeu, e um rubor repentino cobriu-lhe as expressões. Eu não soube dizer se por vergonha ou raiva, embora esta última parecesse a mais provável. – O que mais, senhor?

– Faz quanto tempo que o viu pela última vez?

– Quem lhe deu o direito de me catequizar sobre isso ou sobre qualquer outro assunto?

– Oh, ninguém! Responder ou não é uma opção sua. Agora, deixe-me perguntar: você soube o que aconteceu recentemente com esse seu amigo? Porque, se ainda não soube…

A INQUILINA DE WILDFELL HALL

– Não serei insultada, senhor Markham! – ela exclamou quase enfurecida com meus modos. – Se você veio aqui apenas para isso, é melhor ir embora de uma vez por todas.

– Não vim insultá-la; vim para ouvir sua explicação.

– E eu já lhe disse que não a darei! – retrucou ela, andando pelo cômodo bastante agitada, as mãos unidas com firmeza, a respiração ofegante, disparando raios de indignação por seus olhos. – Não consentirei em dar explicações para alguém capaz de chasquear com suspeitas tão horríveis e ser entretido por elas com tanta facilidade.

– Não estou chasqueando com elas, senhora Graham – repliquei, finalmente abandonando meu tom de sarcasmo tenso. – Gostaria muito de poder considerá-los matéria de chasco. E, quanto a suspeitar com facilidade, só Deus sabe que tolo cego incrédulo fui até agora, fechando meus olhos e tapando meus ouvidos com perseverança contra tudo que ameaçasse abalar minha confiança em você, até que uma prova arruinou minha obsessão!

– Que prova, senhor?

– Pois bem, eu lhe contarei. Por acaso, você se lembra da última vez em que estive aqui?

– Eu me lembro.

– Mesmo naquela ocasião você deu algumas pistas que poderiam ter aberto os olhos de um homem sábio, mas não tiveram efeito em mim: continuei confiando e acreditando, esperando sem esperanças e adorando onde não compreendia. Então, após ir embora, atraído por pura e profunda simpatia, além de ardente afeição, retornei e não ousei forçar minha presença para você, mas não consegui resistir à tentação de dar uma espiada pela janela apenas para ver como você estava, pois, aparentemente, eu a havia deixado em um estado de grande aflição e, em partes, culpei minha própria falta de paciência e discrição como causa daquele tormento. Se agi errado, o amor foi meu único incentivo, e o castigo foi bastante severo, pois eu tinha acabado de chegar àquela árvore quando você saiu para o jardim com seu amigo. Decidi não aparecer por causa daquela situação e fiquei parado nas sombras até vocês dois passarem.

– E quanto da conversa você ouviu?

– Ouvi bastante, Helen. E foi bom que ouvi, pois nada menos que isso teria me curado da minha obsessão. Sempre disse e pensei que jamais acreditaria em uma palavra contra você, exceto se a ouvisse de seus próprios lábios. Eu tratava todas as pistas e afirmações dos outros como calúnias nefastas e infundadas, julgava exageradas as acusações que você mesma se fazia e acreditava que você seria capaz de explicar tudo aquilo que parecia incompreensível na sua situação, se assim o quisesse.

A senhora Graham parou de andar. Encostou-se na lareira, na extremidade oposta àquela onde eu estava parado, o queixo apoiado nas mãos fechadas, os olhos (que não ardiam mais de raiva, mas brilhavam com uma agitação inquieta) às vezes me encaravam enquanto eu falava, depois voltavam a fitar a parede oposta ou o carpete.

– Você deveria ter vindo, afinal de contas – ela falou –, e ouvido o que eu tinha a dizer para me justificar. Não foi generoso e certo da sua parte retirar-se tão secreta e repentinamente logo após aqueles protestos tão ardentes de afeto, sem nem ao menos indicar uma razão para tal mudança. Você deveria ter me contado, por pior que fosse. Teria sido melhor que esse silêncio.

– E por que eu faria isso? Você não poderia ter-me alumiado mais sobre o que me dizia respeito nem feito com que eu desacreditasse nas evidências do meu bom senso. Eu quis encerrar nossa intimidade de uma vez por todas, como você mesma reconheceu que aconteceria se eu soubesse de tudo, mas eu não quis repreendê-la, embora (como você também admitiu) tenha me enganado profundamente. Sim, você me magoou de uma forma como você ou qualquer outra pessoa jamais poderá reparar, você arruinou e destruiu as promessas da juventude, transformou minha vida em um deserto! Pode ser que eu viva cem anos, mas nunca conseguirei me recuperar dos efeitos desse vento devastador e jamais o esquecerei! E, ainda assim, você está sorrindo, senhora Graham – falei, parando de repente minha declamação apaixonada sobre meus sentimentos indescritíveis para contemplá-la sorrindo mesmo diante da ruína que ela tinha causado.

– Estou? – ela disse, erguendo a cabeça, séria. – Não percebi. Se assim o fiz, não foi por prazer ao pensar sobre a dor que lhe causei. Deus sabe dos meus tormentos com a mera possibilidade disso. Se eu estava sorrindo, era de felicidade por descobrir que, no final das contas, você tem mesmo a alma e o coração profundos, e de esperança por eu não estar completamente enganada sobre seu valor. Mas sorrisos e lágrimas são diferentes comigo e não estão restritos a nenhum sentimento em particular: com frequência eu choro quando estou feliz e sorrio quando estou triste.

Ela olhou para mim de novo, parecendo esperar uma resposta, mas continuei em silêncio.

– Você ficaria feliz – ela prosseguiu – se descobrisse que suas conclusões estavam erradas?

– Como você pode me perguntar isso, Helen?

– Não estou dizendo que consigo me redimir totalmente – ela disse baixo e rápido, o coração palpitando visivelmente, o peito agitado –, mas você ficaria feliz se descobrisse que sou melhor do que pensa?

– Qualquer coisa que recuperasse o mínimo possível da minha antiga opinião sobre você, que explicasse a estima que ainda sinto por você e que aliviasse as dores do arrependimento indescritível que me acompanha seria aceita com muita prontidão e entusiasmo!

As bochechas dela queimavam, e seu corpo inteiro tremeu com o excesso de agitação. Ela não falou mais nada, mas correu para a escrivaninha para pegar o que parecia um álbum ou um manuscrito grosso, rasgou com rapidez algumas folhas do fim e colocou o resto em minhas mãos dizendo:

– Não precisa ler tudo, mas leve com você para casa. – E apressou-se para fora do cômodo. Eu já tinha saído daquela casa e estava começando a descer a trilha quando ela abriu a janela e me chamou de volta apenas para dizer: – Traga de volta quando acabar de ler, e não diga uma única palavra sobre o que está escrito aí para nenhum ser vivo. Confio em sua honra.

Antes que eu pudesse responder, ela fechou o caixilho e se afastou. Eu a vi recostar-se na velha poltrona de carvalho e cobrir o rosto com as mãos. Seus sentimentos atingiram tal nível de intensidade que foi necessário buscar alívio nas lágrimas.

Ofegante pelo entusiasmo e me esforçando para conter as esperanças, corri para casa e subi as escadas em direção ao meu quarto, equipando-me com uma vela, embora quase não fosse crepúsculo ainda. Então fechei e tranquei a porta, decidido a não aceitar interrupções. Sentado à mesa, abri meu prêmio e me pus a lê-lo, primeiro virando as páginas avidamente, pescando uma sentença aqui e outra ali, e depois determinado a ler tudo.

Tenho os escritos agora diante de mim e, embora você não os possa ler com metade do interesse que eu li, sei que tampouco ficaria satisfeito com a abreviação de seus conteúdos. Portanto, pode ler tudo, exceto, talvez, algumas passagens aqui e ali de interesse puramente temporal para a escritora ou aquelas que serviriam somente para dificultar a história, em vez de elucidá-la. O início é um tanto abrupto, mas deixemos o princípio para outro capítulo.

Capítulo 16

1º de junho de 1821. Acabamos de voltar a Staningley. Quer dizer, voltamos há alguns dias, mas ainda não me acostumei e tenho a sensação de que nunca me acostumarei. Fomos embora da cidade antes do previsto em razão da indisposição de meu tio; e me pergunto qual seria o resultado se tivéssemos ficado durante o período inteiro. Sinto-me um pouco envergonhada com meu recente desgosto pela vida no campo. Todas as minhas antigas ocupações parecem tediosas e desinteressantes, meus antigos divertimentos, tão insípidos e improdutivos. Não consigo desfrutar de música, porque não há ninguém para ouvi-la. Não consigo aproveitar minhas caminhadas, porque não há ninguém para encontrar. Não consigo aproveitar meus livros, porque eles não conseguem prender minha atenção: minha cabeça está tão assombrada pelas lembranças das últimas semanas que não consigo me concentrar. O que mais me contempla são meus desenhos, pois consigo pintar e pensar ao mesmo tempo e, embora minhas produções não possam ser vistas por ninguém exceto por mim mesma e por aqueles que não ligam para elas, é possível que isso mude posteriormente. Contudo, há um rosto que estou sempre tentando pintar ou desenhar, e sempre sem sucesso; e isso me frustra. Quanto ao dono de tal rosto, não consigo tirá-lo da minha cabeça e, na realidade, nunca nem tento. Eu me pergunto se ele alguma vez pensa em mim e se o verei novamente algum dia. E, então, segue-se uma série de outros questionamentos, perguntas a serem respondidas pelo tempo e pelo destino. E a conclusão é: supondo que todo o resto seja respondido afirmativamente, será que irei me arrepender como minha tia diria que aconteceria, se ela soubesse no que tenho pensado?

Lembro-me muito bem da nossa conversa na noite anterior à nossa partida para a cidade. Estávamos sentadas juntas perto da lareira, meu tio já na cama por causa de um leve ataque de gota.

– Helen, você pensa em casamento? – ela indagou após um silêncio reflexivo.

– Penso, tia. Com frequência.

– E contempla a possibilidade de casar ou ao menos noivar antes do fim da temporada?

– Às vezes, mas não acho muito provável.

– Por quê?

– Porque imagino que deva haver no mundo pouquíssimos homens com quem eu gostaria de me casar. Entre esses poucos, as chances de eu conhecer um deles é de uma em dez e, caso isso aconteça, as chances de o cavalheiro ser solteiro ou se interessar por mim são uma em vinte.

– Isso não é argumento. Pode ser bem verdade (e espero que seja) que existam pouquíssimos homens com quem você escolheria casar-se. Decerto não pensamos que você deseja casar-se com alguém antes de pedirem sua mão: os sentimentos de uma garota nunca devem ser entregues sem serem desejados. Porém, uma vez conquistados, quando a fortaleza do coração é sitiada com honestidade, tal coração tem a tendência a se render antes mesmo que sua dona esteja ciente, e com frequência vai contra seu bom senso e em oposição a todas as ideias preconcebidas sobre o que poderia ter amado, a menos que seja extremamente cautelosa e discreta. Agora gostaria de alertá-la sobre essas coisas, Helen, e rogar que se mantenha vigilante e prudente desde o início da sua carreira para que não sofra de um coração roubado pela primeira pessoa tola e inexperiente que almejar possuí-lo. Sabe, minha querida, você só tem 18 anos e há muito tempo pela frente. Seu tio e eu não temos pressa para que você saia de baixo das nossas asas, e ouso dizer que não faltarão pretendentes, pois você pode se orgulhar de vir de uma boa família, ter uma boa fortuna e expectativas bastante consideráveis, e preciso lhe dizer (se eu não disser, outros dirão) que você carrega também uma boa dose de beleza, e espero que nunca tenha motivos para se lamentar por isso!

– Espero que não, tia. Mas por que esse receio?

– Porque, minha querida, depois do dinheiro, geralmente a beleza é a qualidade que mais atrai o pior tipo de homem e, portanto, pode trazer um bocado de problemas para quem a possui.

– Você teve problemas desse tipo, tia?

– Não, Helen – ela respondeu com uma gravidade reprovadora –, mas conheço várias que tiveram. Algumas, pelo descuido, foram pobres vítimas do engano; outras, pela fraqueza, caíram em armadilhas e tentações terríveis de se narrar.

– Bem, não serei descuidada nem fraca.

– Lembre-se de Pedro, Helen! Não se orgulhe, mas observe. Mantenha guarda sobre seus olhos e ouvidos, que são as entradas do seu coração, e sobre seus lábios, que são a saída, senão eles trairão você em um momento de descuido. Receba todas as atenções com frieza e desapego até ter-se assegurado e avaliado bem o valor do aspirante; permita que seus sentimentos apareçam somente mediante aprovação. Primeiro, estude; em seguida, aprove; depois, ame. Que seus olhos sejam cegos para as atrações externas, e seus ouvidos, surdos para toda a fascinação causada por elogios e discursos superficiais – ela continuou. – Eles não significam nada, aliás são piores que nada; trata-se de armadilhas e estratagemas do tentador para atrair as desatentas para sua própria destruição. O mais importante são os princípios e, além deles, o bom senso, a dignidade e uma boa saúde. Se você se casar com o homem mais belo, mais bem-sucedido e superficialmente cordato do mundo, pouco saberá da desgraça que poderá abater-se sobre você quando, no fim das contas, descobrir que ele é alguém torpe e sem valor, quiçá até um tolo insuportável.

– Mas o que será dos pobres tolos e torpes, tia? Se todas seguissem seu conselho, o mundo logo chegaria ao fim.

– Não precisa se preocupar com isso, minha querida! Os homens tolos e torpes nunca irão atrás de parceiras enquanto houver tantas do sexo oposto pareando com eles; mas siga meu conselho. E isso não é assunto para brincadeiras, Helen; lamento vê-la tratá-lo desse jeito. Acredite em mim, matrimônio é coisa séria.

Ela falou isso com tamanha seriedade que alguém poderia até imaginar que sabia disso por experiência própria, mas parei com as perguntas impertinentes e somente respondi:

– Sei que é, e sei que há verdade e bom senso no que diz, mas não precisa se preocupar comigo, pois não apenas acho errado casar com um homem deficiente de bom senso ou de princípios, mas também nunca ficarei tentada em fazê-lo, pois não seria capaz de gostar dele. Por mais que fosse bonito e encantador em outros assuntos, eu o odiaria, desprezaria, lamentaria, qualquer coisa, exceto o amaria. Meus sentimentos se basearão na aprovação, e isso não poderia ser diferente, uma vez que não consigo amar sem aprovar. Nem é preciso dizer que devo ser capaz de respeitar e honrar o homem com quem me casarei, além de amá-lo, pois não conseguirei amá-lo sem isso. Então pode ficar tranquila.

– Espero que seja assim mesmo – ela respondeu.

– Sei que será – insisti.

– Você ainda não foi testada, Helen. Só podemos ter esperanças – ela falou daquele seu jeito frio e cauteloso.

Eu estava incomodada com sua incredulidade, mas não tenho certeza se suas dúvidas careciam totalmente de sagacidade. Receio ter percebido ser muito mais fácil lembrar-me do seu conselho do que me beneficiar dele. E, realmente, algumas vezes passei a questionar a validade das suas doutrinas sobre esses assuntos. Seus conselhos podem ser bons em sua maior parte, ao menos nos pontos principais, mas há algumas coisas que ela ignorou em seus cálculos. Eu me pergunto se ela alguma vez já se apaixonou.

Iniciei minha carreira (ou minha primeira campanha, como diz meu tio) atiçada por esperanças e imaginações brilhantes, provindas principalmente dessa conversa, e cheia de confiança em meu próprio juízo. A princípio fiquei encantada com as novidades e a agitação da nossa vida em Londres, mas logo comecei a me cansar daquele misto de turbulência e restrição e a sentir falta do frescor e da liberdade de casa. Meus novos conhecidos, tanto os homens quanto as mulheres, decepcionaram minhas expectativas, e comecei a alternar entre ficar irritada e deprimida, pois logo me cansei de estudar suas particularidades e de rir de seus pontos fracos (mais ainda porque precisava guardar as críticas para mim mesma, pois minha tia não as ouviria), e eles, sobretudo as damas, mostravam-se provocadoramente estúpidos, insensíveis e artificiais. Os cavalheiros pareciam melhores, mas talvez somente porque eu os conhecia menos ou porque me adulavam, mas não me apaixonei por nenhum deles, e, se suas atenções me agradavam em um momento, provocavam-me no seguinte, já que faziam com que eu me irritasse comigo mesma, revelando minha própria futilidade, despertando em mim o receio de estar me tornando alguém como aquelas moças que eu tão profundamente desprezava.

Teve um homem mais velho que me incomodou bastante. Era um velho amigo rico do meu tio que, imagino, acreditava que o melhor que eu poderia fazer era me casar com ele, mas, além de ser velho, era feio e desagradável (e ignóbil, tenho certeza, apesar de minha tia ter-me reprimido por dizer isso, mas admitiu que não era nenhum santo). E teve outro, menos odioso, porém mais cansativo porque minha tia estava a seu favor e não parava de empurrá-lo para cima de mim, elogiando-o em meus ouvidos; seu nome era senhor Boarham, mas eu preferia chamá-lo de senhor Enfado, pois era terrivelmente enfadonho. Ainda sinto calafrios ao me lembrar de sua voz zunindo e zumbindo em meus ouvidos quando se sentava ao meu lado, proseando por meia hora, fascinado com a ideia de estar engrandecendo minha mente com aquelas informações úteis, ou favorecendo-me com seus dogmas e corrigindo meus erros de julgamento, ou, quem sabe, rebaixando seu nível para se igualar a mim e me agradar com aquele discurso divertido. Ainda assim, arrisco-me a dizer que, em geral, ele era um homem decente e, caso se mantivesse a distância, talvez eu nunca o tivesse odiado. Contudo, era quase impossível não sentir isso do jeito que ele fez, pois não apenas me enfadava com a imposição de sua presença, mas também me impedia de aproveitar uma companhia mais agradável.

Durante uma noite de baile, ele esteve mais incômodo que o de costume, e minha paciência estava quase exaurida. Parecia que a noite inteira estava fadada a ser insuportável: eu tinha dançado apenas uma vez com um almofadinha cabeça oca e, em seguida, o senhor Boarham aproximou-se e pareceu determinado a ficar colado em mim pelo resto da noite. Ele não dançava e ficou sentado ali, enfiando a cabeça na minha frente; quem observava tinha a impressão de que ele era de fato um amante certeiro e legitimado; minha tia olhava o tempo inteiro com complacência para desejar que Deus desse a ele uma boa sorte. Tentei afastá-lo, em vão, libertando meus sentimentos exasperados e até chegando a ser rude mesmo, mas nada foi capaz de convencê-lo de que sua presença era desagradável. Um silêncio emburrado era encarado como atenção elevada, além de oferecer mais tempo para ele falar, respostas atravessadas eram vistas como arremetidas espertas feitas com a vivacidade de uma menina e requeriam somente uma reprimenda indulgente, e contradições pura e simples não passavam de combustível para as chamas, provocando novas linhas de argumentação para corroborar seus dogmas, o que fazia com que ele me inundasse com infinitos motivos a fim de me convencer da sua convicção.

Mas um dos presentes parecia ter melhor apreço ao meu estado de espírito. Ao nosso lado, um cavalheiro assistiu à nossa conversa por algum tempo, nitidamente entretido com a pertinácia sem remorso do meu conviva e com meu incômodo evidente, e a aspereza e a intransigência das minhas respostas fizeram com que risse sozinho. Por fim, contudo, ele se retirou para conversar com a dona da casa, aparentemente para pedir que ela o apresentasse a mim, pois logo depois os dois se aproximaram, e ela o apresentou como o senhor Huntingdon, filho de um velho amigo do meu tio. Ele me perguntou se eu queria dançar. É claro que consenti com prazer, e ele me acompanhou pelo restante da noite, que não foi muito longa, pois minha tia insistiu para que fôssemos embora cedo, como de costume.

Fiquei triste ao precisar ir embora, pois meu novo conhecido era uma companhia bastante animada e divertida. Havia certa tranquilidade e liberdade graciosas em tudo o que ele falava e fazia, o que dava a sensação de descanso e expansão para a mente, depois de tanta restrição e formalidade que estive condenada a sofrer. Talvez houvesse uma coragem um pouco ousada demais em seus modos e em seu discurso, é verdade, mas eu estava de tão bom humor e tão grata por ter sido resgatada do senhor Boarham que aquilo não me irritou.

– E então, Helen, o que você acha do senhor Boarham agora? – minha tia perguntou ao nos sentarmos na carruagem e partirmos.

– Pior do que antes – respondi.

Ela pareceu descontente, mas não disse mais nada sobre o assunto.

– Quem era o cavalheiro com quem você dançou por último? – ela continuou depois de uma pausa. – Aquele intrometido que a ajudou com o xale?

– Ele não foi intrometido, tia. Só tentou me ajudar porque viu o senhor Boarham se aproximar para fazer isso e então, sorrindo, deu um passo à frente e disse: "Venha, vou poupá-la desse sofrimento".

– Quem era, eu perguntei? – indagou com uma seriedade seca.

– Era o senhor Huntingdon, filho de um velho amigo do tio.

– Eu já ouvi seu tio falar sobre o jovem senhor Huntingdon. Ele disse: "É um bom rapaz, o jovem Huntingdon, mas imagino que seja um pouco abusado". Então é melhor você ter cuidado.

– O que significa ser "um pouco abusado"? – perguntei.

– Significa destituído de princípios e propenso a todos os vícios comuns da juventude.

– Mas eu já ouvi o tio dizer que ele mesmo era um triste rapaz abusado quando jovem.

Ela balançou a cabeça com austeridade.

– Acho que ele estava brincando – emendei – e falava de forma aleatória. Pelo menos não acredito que haja algo de mau naqueles sorridentes olhos azuis.

– Raciocínio falso, Helen! – ela falou com um suspiro.

– Bem, temos que ser benevolentes, sabe, tia… Além do mais, não acho que seja falso: sou uma excelente fisionomista e sempre julgo a personalidade das pessoas por seus olhares, não se são belos ou feios, mas pela expressão geral das frontes. Por exemplo, pelo seu rosto, sei que você não tem uma disposição muito animada e otimista; pelo rosto do senhor Wilmot, sei que é uma pessoa reprovável e sem valor; pelo rosto do senhor Boarham, sei que não é uma companhia agradável; e, pelo rosto do senhor Huntingdon, sei que não é bobo nem mau-caráter, e é possível que não seja sábio nem santo, mas isso não é problema meu, pois provavelmente não o encontrarei de novo, exceto como um eventual parceiro de dança.

Entretanto, não foi isso que aconteceu, porque eu o encontrei de novo na manhã seguinte. Ele veio para visitar meu tio, desculpando-se por não ter feito isso antes, pois voltara do continente há pouco tempo e, até a noite anterior, não sabia que meu tio estava na cidade. E encontrei-o com frequência após esse dia, às vezes em público, outras em casa, pois ele era bastante assíduo em dar seus cumprimentos ao seu velho amigo, que, no entanto, não se considerava muito grato pela atenção.

– Gostaria de saber que diabos o rapaz quer vindo com tanta frequência – ele disse. – Você sabe, Helen? Hein? Ele não quer minha companhia, nem eu a dele. Isso é certo.

– Então acho que você tinha que falar isso para ele – minha tia sugeriu.

– Qual! Por quê? Eu não o quero, mas talvez outra pessoa queira. – E piscou para mim. – Além disso, ele tem uma bela pequena fortuna, sabia, Peggy? Não é um partido tão bom quanto Wilmot; mas Helen não quer saber desse par. Esses caras velhos não se dão bem com as meninas, mesmo com todo o seu dinheiro e experiência. Aposto que ela preferiria ter esse jovem rapaz sem um tostão a ter Wilmot e sua casa cheia de ouro. Não é, Nell?

– Sim, tio, mas isso não quer dizer muita coisa a favor do senhor Huntingdon, já que prefiro me tornar uma solteirona pobre a ser uma senhora Wilmot.

– E o que me diz de uma senhora Huntingdon? Você preferiria ser uma senhora Huntingdon, não é?

– Eu lhe responderei quando pensar no assunto.

– Ah! É preciso pensar no assunto? Mas então me diga: você preferiria ser uma solteirona, ou então uma mendiga?

– Não posso responder a isso até pedirem minha mão.

E deixei o cômodo imediatamente para escapar de outras indagações. Cinco minutos depois, porém, eu estava olhando pela janela e vi o senhor Boarham subir em direção à porta. Esperei quase meia hora em um suspense desconfortável, aguardando ser chamada a qualquer minuto e inutilmente desejando ouvi-lo ir embora. Foi então que ouvi passos na escada, e minha tia entrou no quarto com um semblante solene, fechando a porta atrás de si.

– O senhor Boarham está aqui, Helen – ela falou. – Ele quer vê-la.

– Ó, tia! Você não pode dizer a ele que estou indisposta? Tenho certeza de que estou indisposta para vê-lo.

– Bobagem, minha querida! O assunto não é brincadeira. Ele veio com um objetivo muito importante: pedir sua mão em casamento para seu tio e para mim.

– Espero que meu tio e você tenham dito que não é da sua alçada concedê-la. Com que direito ele pede isso a vocês antes de mim?

– Helen!

– O que meu tio disse?

– Ele disse que não interferirá no assunto; se você quiser aceitar a adorável oferta do senhor Boarham, você...

– Ele disse "adorável oferta"?

– Não. Ele disse que você aceitará se quiser. E, se não quiser, é uma escolha sua.

– Ele disse certo. E o que você respondeu?

– Não importa o que respondi. O que você dirá? Essa é a questão. Ele está esperando para perguntar a você agora, mas pense bem antes de ir. Se pretende recusá-lo, diga-me seus motivos.

– Eu o recusarei, é claro. Mas você precisa me ensinar a fazer isso, porque quero ser educada e decidida. Depois que me livrar dele, eu lhe contarei os meus motivos.

– Mas espere, Helen. Sente-se um pouco e se acalme. O senhor Boarham não está com pressa. Ele não duvida muito de que você irá aceitá-lo; e eu quero conversar com você. Diga-me, minha querida, quais são suas objeções em relação a ele? Você nega que ele é um homem correto e honroso?

– Não.

ANNE BRONTË

– Você nega que ele é sensível, sóbrio e respeitável?

– Não. Ele pode ser tudo isso, mas...

– Mas, Helen! Quantos homens assim você acha que encontrará pelo mundo? Correto, honroso, sensível, sóbrio, respeitável! Seria essa uma personalidade corriqueira cujo proprietário de tais nobres qualidades você rejeitaria sem nem hesitar por um instante? Sim, eu as chamo de nobres mesmo. Reflita sobre o significado geral de cada uma delas e quantas virtudes inestimáveis elas incluem (e eu poderia adicionar outras à lista), e pense que tudo isso está a seus pés. Está em suas mãos agarrar essa inestimável bênção para a vida: um marido digno e excelente que a ama com delicadeza, mas não com afeto demais a ponto de não ver seus defeitos, e que será seu guia por toda a peregrinação da vida e seu parceiro na felicidade eterna. Imagine se...

– Mas eu o odeio, tia – falei, interrompendo aquele pouco usual fluxo de eloquência.

– Odeia, Helen? E isso lá é um espírito cristão? Você o odeia? É um homem tão bom!

– Não o odeio como homem, mas como marido. Eu o amo tanto como homem que desejo a ele uma esposa melhor do que eu, uma pessoa tão boa quanto ele ou ainda melhor, se você acha que é possível, desde que ela goste dele, coisa que eu nunca conseguiria. E, além do mais...

– Mas por que não conseguiria? Quais são suas objeções?

– Primeiro, ele tem no mínimo 40 anos, imagino que muito mais, até, e eu acabei de fazer 18; segundo, os pensamentos dele são muito limitados, e ele é extremamente fanático; terceiro, os gostos e sentimentos dele são completamente diferentes dos meus; quarto, a aparência, a voz e os modos dele me são particularmente desagradáveis e, por fim, tenho uma aversão pela pessoa dele que nunca consigo refrear.

– Então talvez você devesse refreá-la. Por favor, compare-o por um momento com o senhor Huntingdon e, deixando a boa aparência de lado (que não contribui em nada para o mérito do homem ou a felicidade da vida matrimonial e que você com tanta frequência professou estimar pouco), diga-me qual dos dois é melhor.

A inquilina de Wildfell Hall

– Não tenho dúvidas de que o senhor Huntingdon é um homem muito melhor do que você imagina, mas não estamos falando dele agora, e sim do senhor Boarham. E, como eu prefiro crescer, viver e morrer sozinha e solteira a ser esposa dele, preciso dizer isso a ele e acabar de vez com o suspense. Então, deixe-me ir.

– Mas não dê a ele uma negativa categórica; ele não faz ideia dessas coisas e ficaria profundamente ofendido. Diga que você não está pensando em matrimônio no momento...

– Mas estou pensando.

– Ou que você deseja conhecê-lo melhor.

– Mas eu não desejo conhecê-lo melhor, muito pelo contrário.

E, sem esperar outras admoestações, saí do quarto e fui procurar o senhor Boarham. Ele estava andando para cima e para baixo no ateliê, murmurando fragmentos de músicas e mordiscando a extremidade de sua bengala.

– Minha querida jovem dama – ele falou, curvando-se e sorrindo maliciosamente com grande complacência –, recebi a permissão de seus tutores para...

– Eu já sei, senhor – atalhei, querendo abreviar a cena o máximo possível. – E me sinto muito lisonjeada pela sua preferência, mas preciso rejeitar a honra que você deseja me fazer, pois acho que não fomos feitos um para o outro, como você mesmo descobriria rapidamente se tentássemos realizar esse experimento.

Minha tia estava certa. Era bastante evidente que ele tinha poucas dúvidas sobre minha aceitação e nem imaginava uma recusa. Ficou surpreso, atônito com aquela resposta, mas estava incrédulo demais para ficar muito ofendido e, após alguns murmúrios e atrapalhações, voltou a atacar.

– Minha querida, sei que existe uma disparidade considerável entre nós em termos de idade, temperamento e talvez algumas outras coisas também, mas posso lhe garantir que não serei rigoroso nem ficarei implicando com as falhas e as fraquezas de uma natureza jovem e ardente como a sua. Embora eu as identifique e até as reprove com cuidado paternal, acredite em mim, nenhum jovem amante poderia ser mais indulgente e delicado com o objeto de sua afeição quanto eu sou em relação a você. Por outro lado, espero que meus anos mais experientes e os hábitos de reflexões mais sérias não sejam disparates aos seus olhos, pois eu me esforçarei a utilizá-los para conduzi-la à felicidade. E então? O que me diz? Deixe de lado as afetações e os caprichos típicos de uma jovem dama e fale de uma vez.

– Falarei, mas apenas para repetir o que disse antes, ou seja, tenho certeza de que não fomos feitos um para o outro.

– Você realmente acha?

– Acho.

– Mas você não me conhece. Se quiser me conhecer melhor, se precisar de mais tempo para...

– Não preciso. Já o conheço muito bem e melhor do que você me conhece, caso contrário você nunca sonharia em se unir a alguém tão incompatível, tão profundamente inapropriada para você em todos os sentidos.

– Mas, minha querida e bela dama, não estou atrás de perfeição; posso desculpar...

– Obrigada, senhor Boarham, mas não abusarei da sua bondade. Pode guardar sua indulgência e consideração para uma pessoa mais merecedora que não as exigirá com tanta intensidade.

– Mas permita-me pedir que consulte sua tia, aquela mulher excelente. Tenho certeza de que...

– Eu a consultei e sei que os desejos dela coincidem com os seus, mas tomo a liberdade de julgar eu própria assuntos tão importantes. Ademais, nenhuma persuasão será capaz de alterar minhas inclinações ou me induzir a acreditar que um passo desses poderia conduzir para a minha ou a sua felicidade. E me impressiona que um homem com a sua experiência e sensatez pense em escolher uma esposa assim.

– Ah, bem! – ele disse. – Eu também me impressionei por causa disso algumas vezes. Vez ou outra me perguntei: "Então, Boarham, o que é isso que você procura? Cuidado, homem, olhe antes de se jogar! É uma criatura doce e encantadora, mas lembre-se de que as atrações mais brilhantes para o amante frequentemente se tornam os maiores tormentos do marido!". Garanto que minha escolha não foi feita sem antes raciocinar e refletir muito. A aparente imprudência do vínculo me custou muitos dias de pensamentos ansiosos e muitas noites de horas insones, mas, no fim, convenci-me de que realmente não estava sendo imprudente. Percebi que minha doce garota não era alguém sem defeitos, mas acreditei que sua juventude não fosse um deles; pelo contrário, era uma de suas virtudes mais sinceras, embora ainda não aflorada. Pressupus com convicção que suas pequenas falhas de temperamento e erros de julgamento, opinião ou modos não eram irremediáveis e poderiam ser removidos ou mitigados facilmente pelo esforço paciente de um conselheiro atencioso e justo, e, se eu falhasse em elucidar e controlar, imaginei que pudesse perdoar com segurança, pelo bem de suas várias excelências. Portanto, minha amável garota, se eu estou satisfeito, por que você se opõe por minha causa?

– Para falar a verdade, senhor Boarham, é sobretudo por minha causa que me oponho. Então vamos deixar o assunto de lado. – Eu queria dizer "pois é mais do que inútil continuar com isso", mas ele me interrompeu com insistência.

– Mas por quê? Eu a amarei, mimarei, protegerei, etc., etc., etc.

Não me ocuparei aqui descrevendo tudo o que se passou entre nós. Basta dizer que eu o achei bastante incômodo, e foi difícil convencê-lo de que eu realmente queria dizer o que disse. De fato, eu estava tão obstinada e cega para meus próprios interesses que não havia nem chance de minhas oposições serem superadas por ele ou minha tia. No fim das contas, não tenho certeza de que consegui convencê-lo, pois, cansada com seus retornos obstinados para o mesmo lugar e repetindo várias vezes os mesmos argumentos, forçando-me a reiterar sempre as mesmas respostas, acabei sendo curta e grossa com ele, e minhas últimas palavras foram:

– Vou lhe dizer com clareza: não vai dar. Nenhuma consideração será capaz de me induzir a casar contra a minha vontade. Eu o respeito, ao menos o respeitarei se você se comportar como um homem sensível, mas não consigo amá-lo e nunca conseguirei. E, quanto mais você fala, mais me repele, portanto, pelos céus, não diga mais nada sobre esse assunto.

Então, ele me desejou um bom dia e se retirou, sem dúvida desconcertado e ofendido, mas tenho certeza de que isso não foi minha culpa.

Capítulo 17

No dia seguinte, acompanhei meus tios em um jantar festivo na casa do senhor Wilmot. Duas moças estavam hospedadas na casa dele: sua sobrinha Annabella, uma garota, melhor dizendo, uma jovem mulher de uns 25 anos, fina e espirituosa, muito cortejadora para estar casada, como ela mesma afirmou, mas bastante admirada pelos rapazes, que diziam aos quatro ventos como era uma mulher esplêndida; e Milicent Hargrave, sua prima amigável que fantasiou violentamente sobre mim, pintando-me como alguém muito melhor do que sou. Eu, por minha vez, acabei me afeiçoando bastante a ela. Posso excluir completamente a coitada da Milicent das minhas admoestações gerais contra as moças que conhecia. Mas não foi por sua causa, nem pela sua prima, que mencionei a festa. Foi graças a outro convidado do senhor Wilmot, a saber, o senhor Huntingdon. Tenho bons motivos para me recordar de sua presença, pois foi a última vez que o vi.

Ele não se sentou a meu lado no jantar, pois estava fadado a lidar com uma velha viúva rica e espaçosa, e eu, com o senhor Grimsby, um amigo dele, mas um homem que me desagradou bastante: seu rosto tinha um ar sinistro e havia uma mistura de ferocidade furtiva e completa hipocrisia em seus modos que eu não conseguia suportar. Que costume cansativo era aquele, aliás, uma das inúmeras fontes de aborrecimento fabricado por essa vida ultracivilizada. Se os homens precisavam levar as mulheres à sala de jantar, por que não podiam escolher aquela de que mais gostam?

Contudo, não tenho certeza se o senhor Huntingdon me escolheria se tivesse liberdade para fazê-lo. É bem possível que ele escolhesse a senhorita Wilmot, pois ela parecia inclinada a manter a atenção dele por completo, e ele não parecia relutante em prestar as homenagens que ela exigia. Pelo menos foi isso que pensei ao vê-los conversar, rir e trocar olhares pela mesa, deliberadamente ignorando o ressentimento evidente de seus respectivos vizinhos. Depois, quando os rapazes se reuniram a nós no ateliê, assim que ele entrou ela o chamou em voz alta para ser o juiz de uma disputa entre ela e outra dama, e ele respondeu aos pedidos com vivacidade, decidindo a questão a favor dela sem nenhuma hesitação (apesar de eu achar óbvio ela estar errada). Em seguida, o senhor Huntingdon ficou papeando com ela e algumas outras moças com familiaridade enquanto eu fiquei sentada com Milicent Hargrave na extremidade oposta do cômodo, olhando seus desenhos, auxiliando-a e orientando-a com minhas observações críticas conforme ela me perguntava. Mas, apesar dos meus esforços para manter o controle, minha atenção desviava dos desenhos para o grupo animado e, contra meu bom senso, minha raiva crescia enquanto fechava minha expressão. Milicent, observando que eu deveria estar cansada das suas pinceladas e dos seus rabiscos, falou para eu me juntar a eles e deixar a avaliação do restante para outra oportunidade. Porém, enquanto eu garantia a ela que não queria me juntar a eles e que não estava cansada, o senhor Huntingdon aproximou-se da pequena mesa redonda em que estávamos sentadas.

– São seus? – ele quis saber, pegando com descuido um dos desenhos.

– Não, são da senhorita Hargrave.

– Oh! Pois bem, vamos dar uma olhada neles.

E, apesar dos protestos da senhorita Hargrave afirmando que não valia a pena contemplá-los, ele puxou uma cadeira para sentar-se a meu lado e, recebendo os desenhos de minhas mãos, passou os olhos por eles e jogou um por um na mesa sem dizer uma palavra sequer sobre o assunto, embora não parasse de falar. Não sei o que Milicent Hargrave achou de tal conduta, mas eu considerei a conversa dele extremamente interessante; depois percebi, ao analisá-la, que se limitava sobretudo a caçoar dos diversos membros presentes e, apesar de ter feito algumas observações inteligentes e outras excessivamente cômicas, não acho que o discurso geral pareceria algo extraordinário se eu o narrasse aqui sem o auxílio dos olhares, do tom de voz, dos gestos e daquele charme inefável e indefinido que conferia um halo sobre tudo o que ele fazia e dizia, e que faria com que eu me deleitasse ao olhar para seu rosto e ao ouvir a música de sua voz mesmo se ele estivesse falando um monte de patuscadas. Ademais, eu fiquei muito aborrecida com a minha tia quando ela interrompeu esse prazer aproximando-se com calma, com o pretexto de querer ver os desenhos com os quais pouco se importava ou conhecia. Enquanto fingia examiná-los, ela se dirigiu ao senhor Huntingdon com uma de suas expressões mais frias e repulsivas e começou a fazer uma série de perguntas e observações triviais e muito formais, com o intuito de desviar a atenção dele de mim (eu pensei que ela quisesse me irritar), e, como eu já tinha visto o portfólio, deixei-os conversando e sentei-me em um sofá, um pouco alheia ao grupo, sem pensar sobre quão estranha aquela conduta poderia parecer, a princípio somente para aceitar a irritação do momento e, depois, para desfrutar de meus próprios pensamentos.

Mas não fiquei sozinha por muito tempo, pois o senhor Wilmot, o menos bem-vindo de todos os homens, aproveitou-se da minha condição isolada para se aproximar e plantar-se a meu lado. Eu me gabava por ter repelido seus avanços com tanta eficácia nas ocasiões anteriores que não temia mais aquela predileção desventurada, mas pareceu que eu tinha me enganado: sua autoconfiança era tão grande, fosse por causa de sua riqueza, fosse pelo que restava de seus poderes de atração, e sua convicção sobre a fraqueza feminina era tão forte, que ele se viu afiançado a voltar a atacar, o que fez com ardor renovado, avivado pela quantidade de vinho que havia tomado (o que o deixou infinitamente mais repulsivo). Contudo, por

A inquilina de Wildfell Hall

mais que eu o abominasse naquele momento, não queria tratá-lo de forma grosseira, pois eu era sua convidada e estava desfrutando de sua hospitalidade, e não consegui me valer de nenhuma rejeição polida, mas decidida, porque ele era muito limitado para entender qualquer recusa que não fosse tão clara e nítida quanto sua própria audácia. A consequência foi que sua gentileza bajuladora e seu entusiasmo repulsivo foram aumentando tanto que eu já estava à beira do desespero, prestes a dizer não sei mais o que quando senti minha mão, que pendia do braço do sofá, ser segurada por outra e pressionada com delicadeza, mas também com fervor. Instintivamente adivinhei quem era e, ao olhar para cima, estive menos surpresa do que encantada ao encontrar o senhor Huntingdon sorrindo para mim. Era como virar o rosto de um demônio do purgatório para um anjo de luz que veio anunciar que o tempo do tormento acabara.

– Helen – chamou (ele me chamava de Helen com frequência e nunca me ressenti daquela liberdade) –, quero que você venha ver esse quadro. Tenho certeza de que o senhor Wilmot nos dará licença por um instante.

Levantei-me de pronto. Ele segurou meu braço no dele e guiou-me através do cômodo até chegarmos em um esplêndido quadro de Vandyke que eu tinha notado antes, mas não examinado o suficiente. Após um momento de contemplação silenciosa, comecei a comentar sobre suas belezas e particularidades quando ele me interrompeu, divertindo-se ao apertar minha mão, que ainda estava apoiada em seu braço:

– Deixe o quadro para lá; não a trouxe aqui por isso. Só quis livrá-la daquele velho depravado que agora está me olhando como se quisesse me desafiar para um combate.

– Sou muito grata a você – respondi. – É a segunda vez que você me socorre de companhias desagradáveis.

– Não agradeça demais – ele rebateu –, não fiz isso somente para ser gentil com você. É a sensação de despeito em relação aos seus atormentadores que faz com que eu goste de dificultar as coisas para os velhotes, embora eu ache que não tenha grandes motivos para temê-los como rivais. Tenho, Helen?

– Você sabe que eu detesto os dois.

– E eu?

– Não tenho motivos para detestar você.

– Mas quais são seus sentimentos em relação a mim? Helen, fale! O que você acha de mim?

E apertou minha mão de novo, mas receei que houvesse mais poder consciente do que gentileza em seus modos e senti que ele não tinha o direito de extrair de mim uma confissão de afeição se ele próprio não tinha dado nenhum aval correspondente, e não soube o que responder. Enfim, perguntei:

– O que você acha de mim?

– Meu anjo, eu adoro você! Eu...

– Helen, quero falar com você por um instante – falou a voz distinta e grave da minha tia bem ao nosso lado. E eu o deixei, murmurando maldições contra aquele anjo mau.

– Pois não, tia? O que foi? O que você quer? – perguntei, seguindo-a até o peitoril da janela.

– Quero que você volte para o grupo quando estiver pronta para ser vista – ela retrucou, olhando-me séria. – Mas, por favor, fique aqui mais um pouco até esse rubor escandaloso em seu rosto diminuir e seus olhos recuperarem um pouco da sua expressão natural. Eu ficaria envergonhada se alguém a visse na presente condição.

É claro que tal observação não teve nenhum efeito na redução do "rubor escandaloso"; pelo contrário, eu sentia meu rosto arder em chamas redobradas, acesas por uma confusão de emoções, sendo a principal delas uma raiva indignada e aguda. Contudo, não respondi; empurrei a cortina para o lado e olhei para a noite ou, mais precisamente, para a praça iluminada pelo lampião.

– O senhor Huntingdon estava pedindo a sua mão, Helen? – inquiriu minha parente observadora demais.

– Não.

– Então o que ele estava dizendo? Ouvi alguma coisa nesse sentido.

– Não sei o que ele teria dito se você não o tivesse interrompido.

– E você teria aceitado, Helen, se ele tivesse pedido sua mão?

– É claro que não. Não sem antes consultar o tio e você.

– Oh! Estou feliz que ainda tenha restado tanta prudência em você, minha querida. Mas agora você já chamou atenção o suficiente por uma noite – ela acrescentou depois uma pausa. – Estou vendo que as mulheres estão lançando olhares inquisidores para nós neste momento e preciso me juntar a elas. Venha também, quando estiver recuperada o suficiente para aparecer como de costume.

– Já estou.

– Então seja educada e não me olhe com tanta malícia – disse minha tia, calma, mas provocadora. – Em breve iremos embora e, depois – ela acrescentou com uma importância solene –, conversaremos em casa.

Então fui para casa preparada para um sermão formidável. Nenhuma das duas falou muita coisa na carruagem durante o breve trajeto para casa, mas, quando entrei no meu quarto e me joguei em uma poltrona para pensar sobre os acontecimentos do dia, minha tia me seguiu e, após dispensar Rachel, que estava arrumando meus ornamentos com cuidado, fechou a porta, ajeitou uma cadeira a meu lado, ou melhor, em diagonal em relação a mim, e sentou-se. Com a deferência apropriada, ofereci a ela minha cadeira, que era mais confortável. Ela não quis e, em seguida, começou a palestra:

– Helen, você se lembra da conversa que tivemos na noite antes de partirmos de Staningley?

– Lembro, tia.

– E você se lembra de como a alertei sobre deixar seu coração ser roubado por aqueles indignos de sua posse e sobre firmar seus afetos antes da chegada da aprovação, onde a razão e o bom senso impedem sua sanção?

– Sim, mas meus motivos...

– Espere um pouco. E você lembra que garantiu que não havia razão para eu me preocupar com você, pois nunca ficaria tentada a se casar com um homem deficiente em bom senso ou princípios, não importa quão belo ou charmoso ele fosse em outros aspectos, pois você não seria capaz de amá-lo; você o odiaria, desprezaria, lamentaria, sentiria qualquer coisa, menos amor. Não foram estas as suas palavras?

– Sim, mas...

– E você não disse que seus sentimentos deveriam ter uma aprovação bem fundamentada e que, a menos que não o aprovasse, honrasse e respeitasse, você não seria capaz de amá-lo?

– Disse, mas eu realmente aprovo, honro e respeito...

– Como, minha querida? O senhor Huntingdon é um bom homem?

– Ele é um homem muito melhor do que você imagina.

– Isso não vem ao caso. Ele é um bom homem?

– É, em alguns aspectos. Ele tem uma boa disposição.

– Ele é um homem de princípios?

– Talvez não exatamente, mas é só por falta de reflexão. Se ele tiver alguém para guiá-lo e lembrá-lo do que é certo...

– Então você acha que ele aprenderia rápido. E está disposta a ser a mestra dele? Mas, querida, acredito que ele seja uns dez anos mais velho do que você. Como você está tão avançada na aquisição de conhecimentos morais?

– Graças a você, tia, fui bem educada e sempre deparei-me com bons exemplos, coisa que ele provavelmente não tem. Além do mais, ele tem um temperamento pletórico e uma índole extravagante e irrefletida, enquanto eu sou naturalmente propensa à reflexão.

– Bem, segundo sua própria confissão, você acabou de dizer que ele é deficiente tanto em bom senso quanto em princípios...

– Então meu bom senso e meus princípios estarão ao dispor dele.

– Isso soa presunçoso, Helen. Você acha que tem o bastante para os dois? E acredita que seu libertino animado e inconsequente permitiria que uma jovem garota como você o orientasse?

– Não, eu não quero orientá-lo, mas acho que conseguiria influenciá-lo o suficiente para salvá-lo de alguns erros e consideraria uma vida bem vivida se me esforçasse para proteger uma natureza tão nobre da destruição. Ele passou a me ouvir com atenção quando falo sério com ele (e frequentemente até reprovo seu jeito descuidado de falar). Às vezes ele diz que, se me tivesse sempre ao lado dele, nunca faria nem diria nada de errado, e que uma pequena conversa diária comigo faria dele um santo. É claro, tenho certeza, que é um pouco de chiste e de bajulação, mas, ainda assim...

– Mas você ainda acha que pode ser verdade?

– Se acho que há qualquer parcela de verdade nisso, não é pela confiança em meus próprios poderes, mas na bondade natural dele. E você não tem o direito de chamá-lo de libertino, tia; ele não é nada disso.

– Quem lhe disse isso, minha querida? E aquela história sobre a intriga dele com uma mulher casada, a senhora... Quem era mesmo? A própria senhorita Wilmot estava contando para você outro dia.

– Era mentira! Mentira! – exclamei. – Não acredito em uma palavra.

– Então você realmente acha que ele é um jovem rapaz bem-comportado e virtuoso?

– Não sei de nada positivo sobre o caráter dele. Só sei que não ouvi nada de definitivo contra ele, ao menos nada comprovado, e até que as pessoas possam provar suas acusações difamatórias, não acreditarei nelas. O que sei é que, se ele cometeu erros, são apenas os erros comuns da juventude e ninguém o julga por isso, pois vejo que todo mundo gosta dele, todas as mamães sorriem para ele, e suas filhas, incluindo a senhorita Wilmot, ficam muitíssimo felizes ao chamar a atenção dele.

– Helen, o mundo pode considerar perdoáveis tais ofensas, algumas mães sem princípios podem ansiar por capturar um jovem afortunado sem ligar para o caráter dele, e garotas descuidadas podem ficar felizes por ganhar os sorrisos de um cavalheiro tão belo sem tentar ir além da superfície, mas eu confiava que você estivesse mais bem informada e conseguisse ver além do que os olhos dessas pessoas veem e avaliar melhor do que o julgamento deturpado delas consegue. Não pensava que você os consideraria erros perdoáveis!

– Nem eu, tia. Mas, se odeio o pecado, amo o pecador, e farei o possível pela salvação dele, mesmo se a maior parte das suas suspeitas for verdade, o que não quero nem vou acreditar.

– Bem, minha querida, pergunte para seu tio que tipo de companhia ele mantém e se não se relaciona com vários jovens rapazes soltos e libertinos aos quais chama de amigos; seus animados convivas, cujo principal deleite é se esbanjar no vício e apostar em quem consegue descer mais rápido e ir mais longe na rodovia que vai direto para aquele lugar preparado para o demônio e seus anjos.

– Então eu o salvarei deles.

– Ó, Helen, Helen! Você sabe pouco do sofrimento que será unir sua sorte a um homem como esse!

– Tia, apesar de tudo o que você diz, eu confio tanto nele que estaria disposta a arriscar minha felicidade pela oportunidade de garantir a dele. Deixarei os melhores homens para aquelas que pensam apenas em si mesmas. Se ele tem sido errante, considerarei que minha vida será bem gasta tentando salvá-lo das consequências de seus erros antigos e lutando para chamá-lo de volta para o caminho da virtude. Deus há de me ajudar, e eu conseguirei!

E aqui a conversa se encerrou, pois a voz de meu tio foi ouvida em seus aposentos, chamando minha tia para ir para a cama. Ele estava mal-humorado naquela noite, pois sua gota estava pior. Sua situação piorara gradualmente desde que chegamos à cidade, e minha tia aproveitou aquela situação para, na manhã seguinte, convencê-lo a voltar para o campo imediatamente, antes do fim da temporada. O médico corroborou e reforçou os argumentos dela e, contrariando seus hábitos normais, ela acelerou de tal modo os preparativos para a partida (imagino que tanto para o meu bem quanto para o de meu tio) que fomos embora em pouquíssimos dias, e não vi mais o senhor Huntingdon. Minha tia anima-se imaginando que eu o esquecerei em breve, talvez ache que já o esqueci, pois nunca menciono o nome dele, e é bom que ela continue pensando assim até nos encontrarmos novamente, se é que isso irá acontecer. É isso que me pergunto: será que nos encontraremos novamente?

Capítulo 18

25 de agosto. Agora já estou bastante acostumada com minha rotina de sempre, com ocupações regulares e prazeres tranquilos, toleravelmente contente e animada, mas ainda esperando pela primavera na esperança de voltar à cidade, não por sua vivacidade, tampouco por seus esbanjamentos, mas pela possibilidade de encontrar o senhor Huntingdon outra vez, pois ele sempre está nos meus sonhos e pensamentos. Em todas as minhas atividades, não importa o que eu faça, veja ou ouça, tudo faz referência a ele; quaisquer habilidades ou conhecimentos recém-adquiridos algum dia poderão ser usados para o proveito ou o agrado dele; quaisquer novas belezas naturais ou artísticas que eu encontre deverão ser pintadas para ele ou guardadas na memória para que eu possa contar-lhe no futuro. É esta a esperança que cultivo, a fantasia que me ilumina em meu percurso solitário. No fim das contas, pode ser apenas um fogo-fátuo, mas acompanhá-lo com meus olhos e deslumbrar-me com seu lustre não faz mal, contanto que não me afaste do caminho que devo seguir; e acho que isso não acontecerá, porque refleti profundamente sobre o conselho da minha tia e agora vejo com clareza a estupidez que seria me entregar para alguém indigno de todo o amor que tenho para dar e incapaz de responder aos melhores e mais profundos sentimentos do meu coração. Vejo com tanta clareza que, mesmo

se encontrá-lo de novo e se ele ainda se lembrar de mim e me amar (o que, aliás, é pouquíssimo provável, considerando sua situação e as pessoas que o cercam) e pedir para eu me casar com ele, estou decidida a não aceitar até ter certeza sobre qual opinião está mais próxima da verdade, a minha ou a da minha tia. Se a minha opinião estiver completamente errada, não é ele que eu amo, mas uma criatura criada pela minha própria imaginação. Mas eu acho que não estou errada; há algo secreto, um instinto interno que me garante estar certa. Há uma bondade essencial nele; e que prazer será revelá-la! Se ele andou errante, que bênção trazê-lo de volta! Se ele está exposto à influência nefasta de companhias imorais e maliciosas agora, que glória será afastá-lo delas! Oh! Se eu ao menos pudesse acreditar que os céus me designaram para isso!

* * *

Hoje é 1º de setembro, mas meu tio ordenou ao guarda de caça para manter as perdizes até a chegada dos cavalheiros. "Que cavalheiros?", perguntei quando ouvi. Um pequeno grupo que ele tinha convidado para caçar. Seu amigo senhor Wilmot era um, e o amigo da minha tia, senhor Boarham, era outro. Achei aquilo uma péssima notícia a princípio, mas todo o ressentimento e a apreensão desapareceram como um sonho quando soube que o senhor Huntingdon era o terceiro! É claro que minha tia era bastante contrária à vinda dele e tentou com afinco dissuadir meu tio de convidá-lo, mas, rindo de suas objeções, ele disse que não adiantava falar, pois o malfeito já havia sido feito: ele convidara Huntingdon e seu amigo Lorde Lowborough antes de irmos embora de Londres e, agora, não restava nada além de marcar o dia da sua chegada. Então ele estava seguro, e eu sabia que o veria. Não consigo nem expressar minha alegria. É bem difícil escondê-la da minha tia, mas não quero incomodá-la com meus sentimentos antes de saber se posso me entregar a eles ou não. Se eu considerar que é meu dever suprimi-los, eles não incomodarão ninguém além de mim mesma; e, se eu sentir que realmente tenho justificativas para me entregar a essa relação, não haverá nada a temer, nem mesmo a raiva e o desgosto da minha melhor amiga por seu objeto; certamente, saberei disso em breve. Mas eles não virão antes do meio do mês.

Também teremos duas visitas femininas: o senhor Wilmot tará sua sobrinha e a prima dela, Milicent. Suspeito que minha tia acredite que irei me beneficiar da companhia de Milicent e de seu exemplo saudável de uma conduta delicada e de um espírito humilde e dócil; e imagino que a outra seja vista como uma espécie de atração oposta para desviar a atenção do senhor Huntingdon de mim. Não a agradeço por isso, mas ficarei feliz pela companhia de Milicent. É uma menina boa e doce, e eu gostaria de ser como ela (pelo menos um pouco mais parecida com ela do que sou).

* * *

Dia 19. Eles vieram. Chegaram antes de ontem. Todos os homens saíram para caçar, e as damas estão ocupadas com a minha tia no ateliê. Eu vim me isolar na biblioteca, pois estou muito infeliz e quero ficar sozinha. Os livros não conseguem me divertir, por isso abri minha escrivaninha e verei o que será possível fazer ao detalhar a causa da minha inquietude. Este papel me servirá como uma amiga confidencial, em cujos ouvidos poderei desopilar os transbordamentos do meu coração. Ele não se compadecerá das minhas angústias, mas tampouco rirá delas e, se eu o mantiver fechado, não contará para ninguém; portanto, talvez seja a melhor amiga que posso ter para este fim.

Primeiro quero falar sobre a chegada dele e sobre como fiquei sentada à janela observando por quase duas horas até que sua carruagem passasse pelos portões do nosso parque, pois todos chegaram antes dele, e como fiquei profundamente decepcionada com cada chegada, porque não era ele. O primeiro a chegar foi o senhor Wilmot, com as damas. Quando Milicent foi levada ao seu quarto, deixei meu posto por alguns minutos para recebê-la, e conversarmos um pouco em particular, já que agora ela era uma amiga bem próxima, e várias cartas haviam sido escritas por nós desde que nos separamos. Ao voltar para minha janela, vi outra carruagem à porta. Seria a dele? Não, era o coche preto do senhor Boarham, e lá estava ele nos degraus, inspecionando com diligência o descarregamento das suas várias caixas e pacotes. Que coleção! Parecia que tinha planejado uma visita de seis meses, no mínimo. Um bom tempo depois chegou Lorde Lowborough em sua caleche. Será que ele era um dos amigos libertinos? Imagino que não, pois tenho certeza de que ninguém seria capaz de considerá-lo uma companhia animada. Ademais, ele parecia ter modos sóbrios e senhoris demais para merecer tais suspeitas. É um homem alto, magro e lúgubre, aparentemente tem algo entre 30 e 40 anos, e sua aparência é um pouco enferma e preocupada.

Por fim, o faetonte do senhor Huntingdon apareceu chacoalhando alegremente campo acima. Vi-o apenas de relance, pois, assim que o veículo parou, ele desembarcou nos degraus do pórtico pulando pela lateral e desapareceu dentro de casa.

Chegara a hora de me aprontar para o jantar (Rachel me apressou para fazer isso nos vinte minutos finais). Quando essa importante função foi concluída, dirigi-me ao ateliê, onde encontrei reunidos o senhor e a senhorita Wilmot e Milicent Hargrave. Pouco depois, entrou o Lorde Lowborough e, em seguida, o senhor Boarham, que parecia bastante disposto a esquecer e perdoar minha conduta anterior, esperando que uma ligeira reconciliação e sua constante perseverança ainda fossem capazes de me trazer à razão. Eu estava à janela conversando com Milicent quando ele veio até mim e estava começando a falar daquele seu jeito exaustivo quando o senhor Huntingdon entrou no cômodo.

"Como será que ele irá me cumprimentar?", indagou meu coração palpitante, e, em vez de avançar para encontrá-lo, virei para a janela para esconder ou refrear minha emoção. Após saudar seu anfitrião, sua anfitriã e o restante do grupo, ele veio até mim, apertou minha mão com ardor e murmurou que estava feliz em me ver novamente. Naquele momento anunciaram o jantar: minha tia quis que ele levasse a senhorita Hargrave à sala de jantar, e o odioso senhor Wilmot, com caretas inenarráveis, ofereceu o braço para mim, e fui condenada a me sentar entre ele e o senhor Boarham. Mas, depois disso, quando estávamos todos reunidos de novo no ateliê, fui indenizada de tamanho sofrimento conversando de forma agradável com o senhor Huntingdon por alguns minutos.

Ao longo da noite, para entreter a comitiva, chamaram a senhorita Wilmot para tocar e cantar e me pediram para mostrar meus desenhos e, embora ele goste de música e ela seja uma musicista excelente, acho que estou certa ao afirmar que ele prestou mais atenção nos meus desenhos do que na música dela.

Até aí, tudo bem. Porém, eu o ouvi sussurrar com uma ênfase peculiar ao pegar uma das obras:

– Este é o melhor de todos!

Levantei os olhos, curiosa para ver qual era. Encontrei-o, para meu horror, contemplando com prepotência o verso de um desenho. Era o rosto dele, que eu tinha rabiscado ali e esquecido de apagar! Para piorar as coisas, na agonia do momento, tentei tirar o desenho de sua mão, mas ele me impediu e exclamou:

– Não! Por Deus, eu vou ficar com ele! – guardou-o em seu peito e abotoou o casaco até em cima com uma risada satisfeita.

Então, puxando uma vela para bem perto, reuniu todos os desenhos, tanto os que já tinha visto quanto os outros, e, depois de murmurar que era preciso olhar os dois lados, começou a examiná-los com afinco. Em princípio, observei-o com um controle tolerável, confiante de que sua presunção não seria gratificada por mais descobertas, pois, apesar de eu ter necessidade de confessar minha culpa por ter desfigurado vários versos com tentativas abortadas de delinear aquela fisionomia fascinante demais, eu tinha certeza de que, tirando aquela infeliz exceção, eu obliterara com cuidado todas aquelas testemunhas da minha paixão. Porém, é comum que o lápis deixe no papel-cartão uma marca que nenhuma borracha consegue apagar. Parece que este era o caso da maioria deles, e confesso que tremi ao vê-lo segurar os desenhos tão perto da vela e analisar o aparente vazio com tanta intensidade; ainda assim, eu sabia que ele não seria capaz de usar aqueles traços tênues para se satisfazer. Contudo, eu estava errada. Ao terminar seu escrutínio, ele observou calmamente:

– Notei que, assim como as notas das cartas das jovens damas, os versos de seus desenhos são a parte mais importante e interessante.

Em seguida, recostou-se na cadeira e refletiu em silêncio por alguns minutos, sorrindo com arrogância para si mesmo. Enquanto eu preparava algum discurso afiado para acabar com sua satisfação, ele levantou-se, atravessou o cômodo e foi até onde Annabella Wilmot estava sentada, evidentemente flertando com o Lorde Lowborough, sentou-se no sofá ao seu lado e grudou nela pelo resto da noite.

"Então é isso", pensei, "ele me despreza porque sabe que eu o amo." Tal reflexão me deixou tão desolada que eu realmente não sabia o que fazer. Milicent veio, começou a admirar meus desenhos e fazer observações sobre eles, mas não consegui conversar com ela (eu não conseguia conversar com ninguém) e, quando o chá foi servido, aproveitei a porta aberta e a breve distração causada pela entrada para escapar, pois sabia que não conseguiria tomar nada, e busquei abrigo na biblioteca. Minha tia mandou Thomas me procurar para perguntar se eu não iria para o chá, mas pedi que dissesse que não tomaria nada aquela noite e, felizmente, ela estava tão ocupada com os convidados que não conseguiu perguntar mais nada na ocasião.

Como a maioria deles tinha viajado bastante naquele dia, todos se retiraram cedo para descansar e, depois de ter ouvido todo mundo subir as escadas, como pensei, arrisquei sair para pegar meu castiçal no aparador do ateliê. Mas o senhor Huntingdon tinha ficado para trás. Ele estava bem ao pé da escada quando abri a porta e, ao ouvir meus passos no corredor (embora eu mesma quase não conseguisse ouvi-los), virou-se no mesmo instante.

– Helen, é você? – disse ele. – Por que fugiu da gente?

– Boa noite, senhor Huntingdon – falei friamente, optando por não responder à pergunta. E me virei para entrar no ateliê.

– Mas você me dará um aperto de mão, não dará? – ele perguntou, de maneira firme, colocando-se à soleira da porta. Então pegou e segurou minha mão, muito contra a minha vontade.

– Deixe-me ir, senhor Huntingdon – falei. – Quero pegar uma vela.

– A vela não vai fugir – ele retrucou.

Fiz um esforço desesperado para que ele largasse minha mão.

– Por que essa pressa para me deixar, Helen? – ele indagou com um sorriso arrogante e provocativo. – Você sabe que não me odeia.

– Odeio, sim, neste momento.

– Não odeia. É Annabella Wilmot que você odeia, não eu.

– Não tenho nada a ver com Annabella Wilmot – falei, ardendo de indignação.

– Mas eu tenho, você sabe – ele retrucou com uma ênfase peculiar.

– Não me importo, senhor – retorqui.

– Não se importa, Helen? Jura? Jura mesmo?

– Não juro, senhor Huntingdon! E vou embora agora – exclamei, sem saber se ria, se chorava ou se irrompia em uma explosão de fúria.

– Vá, então, sua megera! – ele disse, mas, no instante em que largou minha mão, teve a audácia de colocar o braço em volta do meu pescoço e me beijar.

Tremendo de raiva, agitação e não sei mais o quê, livrei-me dele, peguei minha vela e corri escada acima em direção ao meu quarto. Ele não teria feito isso se não fosse por aquele desenho detestável, cuja posse ainda era dele, um eterno monumento para seu orgulho e minha humilhação.

Dormi pouco naquela noite e, pela manhã, levantei-me perplexa e perturbada com a ideia de encontrá-lo no café da manhã. Eu não sabia como seria. Não conseguiria assumir muito bem um ar de indiferença fria e digna após ele ter descoberto minha devoção (a seu rosto, pelo menos). Ainda assim, eu precisava fazer alguma coisa para acabar com aquela arrogância e não me submeteria à tirania daqueles brilhantes olhos risonhos. Portanto, recebi sua animada saudação matinal com a calma e a frieza que minha tia gostaria de ver e frustei com breves respostas suas poucas tentativas de puxar assunto comigo. Ao mesmo tempo, tratei todos os outros membros da comitiva com uma alegria e uma amabilidade fora do comum, sobretudo Annabella Wilmot; até seu tio e o senhor Boarham foram tratados com uma quantidade extra de cordialidade na ocasião, não por ser coquete, mas somente para mostrar a ele que minha frieza e reserva não eram decorrentes de um mau humor generalizado nem de uma alma deprimida.

No entanto, ele não foi repelido por tais ações. Não falou muito comigo, mas, quando o fez, foi com um grau de liberdade e abertura, e gentileza também, que pareciam revelar que sabia que suas palavras eram como música para meus ouvidos. E, quando seus olhares encontravam os meus, ele fazia com um sorriso (arrogante, pode ser), mas, oh! tão doce, tão brilhante, tão genial que não era possível continuar com raiva, e cada vestígio de desprazer rapidamente se dissolveu como as nuvens da manhã em pleno sol de verão.

Pouco depois do café da manhã, todos os senhores, exceto um, partiram com uma ânsia infantil para sua expedição contra as infelizes perdizes. Meu tio e o senhor Wilmot em seus cavalos de caça, o senhor Huntingdon e Lorde Lowborough a pé, a única exceção foi o senhor Boarham, que, devido à chuva que caíra na noite anterior, pensou ser prudente esperar um bocado e encontrá-los um pouco depois, quando o sol já tivesse secado a grama. E ele nos deu o privilégio de ouvir uma longa e meticulosa argumentação sobre os males e os perigos ocasionados por pés úmidos, proferida com a mais imperturbável seriedade em meio à zombaria e às risadas do senhor Huntingdon e do meu tio, que, deixando o prudente esportista entretendo as moças com discussões médicas, partiram com suas armas, passando antes no estábulo para olhar os cavalos e soltar os cachorros.

Sem querer ficar em companhia do senhor Boarham a manhã inteira, enfiei-me na biblioteca, onde montei meu cavalete e comecei a pintar. O cavalete e os materiais de pintura serviriam de desculpa por eu ter abandonado o ateliê, caso minha tia viesse reclamar da minha deserção; além disso, eu queria terminar o quadro. Eu estava me esforçando bastante nele e pretendia que fosse minha obra-prima, embora o projeto fosse um pouco audacioso. Com o claro azul-celeste do céu, uma luz quente e brilhante e sombras longas, eu tentava transmitir a ideia de uma manhã ensolarada. Ousei conferir à grama e à folhagem um verdor primaveril ou veranil mais brilhante do que normalmente se vê nas pinturas. A cena representava uma clareira aberta na floresta. Um grupo de pinheiros escoceses escuros foi colocado a meia distância para aliviar o frescor dominante do resto, mas, em primeiro plano, viam-se parte de um tronco nodoso e os ramos em botão de uma grande árvore da floresta, cuja folhagem era de um verde brilhante e áureo, um dourado que não provinha da maturidade outonal, mas causado pelos raios de sol e pela precocidade das folhas recém-germinadas. Acima desses ramos, que se destacavam pela contraposição arrojada em relação aos pinheiros sombrios, havia um amoroso par de rolinhas, cuja plumagem delicada e pouco colorida oferecia um contraste de outra natureza, e, abaixo delas, uma jovem estava ajoelhada na relva salpicada de margaridas, a cabeça inclinada para trás, o belo cabelo caindo sobre seus ombros, as mãos entrelaçadas, os lábios entreabertos e os olhos fitando com intensidade, bem satisfeita, porém séria contemplação, aqueles amantes emplumados, absortos demais um com o outro para notá-la.

Eu tinha acabado de começar a trabalhar, só precisava dar alguns retoques finais para concluir o trabalho, quando os caçadores passaram pela janela voltando dos estábulos. A janela estava parcialmente aberta, e o senhor Huntingdon deve ter me visto, pois voltou meio minuto depois e, apoiando a arma na parede, levantou a veneziana e pulou para dentro, colocando-se diante do meu quadro.

– Muito bonito, acredito – ele falou depois de observá-lo com atenção por alguns segundos. – E um estudo muito adequado para uma jovem moça. A primavera abrindo-se para o verão, a manhã aproximando-se do meio-dia, a infância amadurecendo para a vida adulta, e a esperança beirando a fruição. A moça é bela! Mas por que você não a pintou com os cabelos pretos?

– Pensei que ela combinaria mais com cabelos claros. Mas veja que a fiz de olhos azuis, rechonchuda, bela e corada.

– Dou-lhe minha palavra, é a própria deusa Hebe! Eu poderia me apaixonar por ela, se não estivesse com a artista na minha frente. Doce inocente! Ela está pensando que chegará o dia em que será cortejada e conquistada por um amante gentil e ardente como aconteceu com aquela bela rolinha, e também está refletindo sobre como será agradável e como ele a encontrará delicada e fiel.

– E, quem sabe, quão delicado e fiel ele será com ela – sugeri.

– Talvez, pois não há limites para a extravagância selvagem das fantasias da esperança nessa idade.

– Então você as considera desilusões selvagens e extravagantes?

– Não, meu coração me diz que não. Talvez eu tenha pensado assim outrora, mas, agora, eu diria que basta me dar a garota que amo para que eu jure constância eterna única e exclusivamente a ela, pelo verão e pelo inverno, pela juventude e pela maturidade, e pela vida e pela morte, se maturidade e morte chegarem.

Ele falou isso com uma gravidade tão séria que meu coração saltou de alegria, porém no minuto seguinte mudou o tom e perguntou, com um sorriso expressivo, se eu tinha mais retratos.

– Não – respondi, enrubescendo de confusão e raiva.

Mas meu portfólio estava em cima da mesa; ele o pegou e sentou-se calmamente para examinar seu conteúdo.

– Senhor Huntingdon, esses são meus desenhos inacabados – apelei –, e nunca deixo ninguém os ver.

Coloquei a mão no portfólio para pegá-lo de volta, mas ele não o soltou, afirmando que gostava principalmente dos desenhos inacabados.

– Mas eu odeio que sejam vistos – retruquei. – E não poderei deixar que fique com eles!

– Deixe-me ver os versos então – retorquiu.

Puxei o portfólio de suas mãos, mas ele conseguiu ficar com a maior parte, e, após virá-los por um momento, exclamou:

– Abençoadas as minhas estrelas, aqui tem outro! – E enfiou um pedaço de papel marfim oval no bolso do colete. Era um retrato em miniatura finalizado que eu tinha desenhado tão bem que até o colori com bastante dedicação e cuidado. Mas eu estava decidida a não permitir que ficasse com ele.

– Senhor Huntingdon, insisto para que me devolva! – exclamei. – É meu, e você não tem o direito de pegá-lo. Devolva-me já; não o perdoarei se não o fizer!

Mas, quanto mais veementemente eu insistia, mais ele me irritava com seu sorriso insultante e folgazão. Enfim, contudo, ele me devolveu dizendo:

– Está bem, está bem… Se gosta tanto assim dele, não irei tirá-lo de você.

Para mostrar o quanto eu gostava, rasguei o papel no meio e joguei as duas partes no fogo. Ele não estava preparado para isso. Com o término repentino da sua diversão, encarou em assombro mudo seu tesouro ser consumido pelas chamas e, então, falou com indiferença:

– Hum! Vou caçar agora. – Girou nos calcanhares e deixou o cômodo pela janela da mesma forma como entrou. Jogou o chapéu sobre a cabeça, pegou a arma e se afastou assobiando, sem me deixar agitada demais para concluir minha pintura, pois, na ocasião, fiquei feliz por tê-lo irritado.

Quando voltei ao ateliê, descobri que o senhor Boarham tinha ido acompanhar seus camaradas no campo, e, logo após o almoço, para o qual eles não pensavam em voltar, eu me voluntariei para acompanhar as moças em uma caminhada e mostrar a Annabella e Milicent as belezas campestres. Fizemos um percurso longo e estávamos entrando de volta no parque particular bem na hora que os caçadores retornavam da expedição. Esgotados e sujos da viagem, a maioria deles atravessou a grama para se desviar de nós, mas o senhor Huntingdon, todo respingado, salpicado e manchado com o sangue da sua caça (ofendendo fortemente o rigoroso senso de decoro da minha tia), desviou seu caminho para nos encontrar com sorrisos e palavras animadas para todas, exceto para mim, e, colocando-se entre mim e Annabella Wilmot, caminhou trilha acima e começou a contar os vários feitos e desastres do dia, de um jeito que teria me feito gargalhar, caso eu estivesse em bons termos com ele; mas ele se dirigiu exclusivamente a Annabella, e eu, é claro, deixei todas as risadas e todos os gracejos para ela, fingindo profunda indiferença para tudo o que se passava entre eles, caminhando a alguns passos de distância e olhando para todos os lados, exceto para o deles, enquanto minha tia e Milicent andavam na frente de braços dados conversando entre si com seriedade. Uma hora, enfim, o senhor Huntingdon virou para mim e, em um sussurro confidencial, perguntou-me:

– Helen, por que você queimou meu retrato?

– Porque quis destruí-lo – respondi com uma aspereza pela qual é inútil lamentar agora.

– Oh, muito bem! – foi a resposta. – Se você não me dá valor, precisarei ficar com alguém que dê.

Eu pensei que ele estivesse brincando (uma mistura meio jocosa de resignação zombeteira e indiferença fingida), mas imediatamente retomou seu lugar ao lado da senhorita Wilmot e, desde então, durante toda a noite, e o dia seguinte, e o outro, e o outro, e por toda a manhã de hoje (dia 22), ele não me dirigiu uma palavra gentil sequer, nenhum olhar agradável, não falou comigo nenhuma vez, exceto por pura necessidade, olhou-me somente com um olhar de tamanha frieza e hostilidade que jamais imaginei que ele fosse capaz de assumir.

Minha tia notou a mudança e, embora não tenha perguntado a causa ou feito nenhuma observação sobre o assunto, consigo ver que ela estava satisfeita. A senhorita Wilmot também notou e, triunfante, eu a atribuí ao seu charme e adulação superiores. Mas eu estou realmente desolada, mais do que gostaria de reconhecer. O orgulho se recusa a me ajudar. Foi ele que me colocou em apuros e agora se recusa a me tirar dali.

Ele não fez por mal, era apenas seu jeito jovial e brincalhão; e eu, com meu ressentimento rancoroso, tão sério e desproporcional à ofensa, magoei seus sentimentos, ofendi-o tão profundamente que receio que nunca irá me perdoar. E tudo por uma simples brincadeira! Ele acha que não gosto dele e continuará pensando assim. Eu o perderei para sempre, e Annabella o ganhará e triunfará como deseja.

Mas não é tanto pela minha perda nem pelo triunfo dela que lamento, e sim por destruir a possibilidade de empregar as minhas esperanças apaixonadas para o bem dele, pelo demérito dela por sua afeição e pela injúria que ele causará a si mesmo ao confiar sua felicidade a ela. Ela não o ama, ela só pensa nela mesma. Ela não é capaz de apreciar a bondade que há nele, não a verá, valorizará ou cultivará. Ela não lamentará os erros dele nem tentará remediá-los, mas os agravará por conta própria. E eu duvido que ela não o enganará no fim das contas. Percebo que ela está sendo duas caras com ele e Lorde Lowborough e, enquanto se diverte com o animado Huntingdon, tenta aprisionar ao máximo seu amigo emburrado; caso consiga ter os dois a seus pés, o plebeu fascinante terá poucas chances contra seu rival nobre. Não sei se ele percebe o jogo cheio de artimanhas, mas, se assim o for, não se incomoda, pois isso traz ainda mais deleite à sua diversão, estimulando uma conquista que seria fácil demais de outra forma.

Em várias ocasiões, os senhores Wilmot e Boarham aproveitaram a negligência dele para comigo e renovaram suas investidas. Se eu fosse como Annabella, ou como algumas outras mulheres, poderia tirar proveito da perseverança deles para tentar reavivar os sentimentos do senhor Huntingdon, mas, justiça e honestidade à parte, eu não seria capaz de aguentar. Já me irrito bastante com suas perseguições sem encorajá-los e, mesmo se assim o fizesse, o efeito sobre ele seria muito pequeno. Ele me vê sofrer com as atenções presunçosas e os discursos prosaicos de um e com a importunação repulsiva do outro e não mostra nem sombra de comiseração por mim, nem se ressente contra meus tormentadores. Ele nunca poderia ter-me amado, ou não teria desistido de mim com tanta prontidão, e não continuaria falando com todas as outras pessoas tão animadamente como faz, sorrindo e brincando com Lorde Lowborough e meu tio, provocando Milicent Hargrave e flertando com Annabella Wilmot como se não se preocupasse com nada. Oh! Por que não consigo odiá-lo? Devo estar apaixonada, senão não me sentiria tão decepcionada com ele como estou agora. Mas preciso reunir as forças que ainda tenho e tentar arrancá-lo do meu coração. Ouço o sino do jantar, e lá vem minha tia me criticar por ficar sentada aqui à minha mesa o dia inteiro em vez de passar um tempo com as visitas. Eu queria que as visitas fossem embora.

Capítulo 19

22: noite. O que foi que eu fiz? E como isso vai terminar? Não consigo refletir com calma, não consigo dormir. Preciso recorrer ao meu diário novamente, confiarei tudo ao papel esta noite e verei o que disso pensar amanhã.

Desci para jantar decidida a ficar animada e bem-comportada e mantive minha resolução com bastante convicção, considerando o quanto minha cabeça doía e quão miserável eu me sentia por dentro. Não sei o que tenho ultimamente. Minhas energias, tanto mentais quanto físicas, devem estar estranhamente debilitadas, caso contrário eu não teria agido com tanta fraqueza em vários aspectos como agi; mas não tenho estado muito bem nos últimos dois dias. Imagino que esteja relacionado a dormir e comer tão pouco, a pensar tanto e estar constantemente mal-humorada. Mas, voltando. Eu estava me esforçando para cantar e tocar por diversão, atendendo aos pedidos da minha tia e de Milicent antes de os senhores entrarem no ateliê (a senhorita Wilmot nunca gosta de desperdiçar seus talentos musicais apenas para ouvidos femininos). Milicent pediu uma canção escocesa, e eu estava no meio dela quando eles entraram. A primeira coisa que o senhor Huntingdon fez foi caminhar até Annabella.

– Então, senhorita Wilmot, você irá nos presentear com um pouco de música esta noite? – ele quis saber. – Faça isso agora! Sei que tocará se eu lhe disser que estive faminto e sedento pelo som da sua voz o dia inteiro. Venha! O piano está vazio.

E estava mesmo, pois eu o deixei imediatamente ao ouvir o pedido dele. Se eu estivesse dotada de um grau adequado de autocontrole, eu mesma teria me virado para a dama e feito coro aos pedidos dele com animação, o que poderia desapontar suas expectativas, se a afronta tivesse sido feita de propósito, ou poderia fazer com que percebesse seu erro, se tivesse falado aquilo de forma impensada, mas eu senti de forma muito profunda para conseguir fazer outra coisa além de me levantar da banqueta e me jogar no sofá, suprimindo com dificuldade a nítida expressão do desagrado que eu sentia por dentro. Eu sabia que os talentos musicais de Annabella eram superiores aos meus, mas isso não era motivo para eu ser tratada como uma perfeita nulidade. E a forma e o jeito como ele pediu pareceram um insulto gratuito à minha pessoa, e eu seria capaz de chorar com tamanha chateação.

Nesse meio-tempo, ela sentou-se exultante ao piano e o favoreceu com duas de suas canções favoritas em um estilo tão elevado que até eu logo transformei minha raiva em admiração, ouvindo com uma espécie de prazer deprimente às habilidosas modulações da sua voz empostada e poderosa, auxiliada criteriosamente por seu toque redondo e espirituoso. Enquanto meus ouvidos embebiam-se com aquele som, meus olhos descansavam na face de seu principal ouvinte, deleitando-se em igual ou maior grau com a contemplação daquele rosto que falava ao lado dela, os olhos e as sobrancelhas dele iluminaram-se com um entusiasmo pungente, seu sorriso doce passava e aparecia como raios de sol de um dia de abril. Não é de se admirar que tenha sentido fome e sede pelo canto dela. Agora eu o perdoo de coração por sua descuidada falta de atenção em mim e sinto-me envergonhada pelo meu ressentimento petulante por tão pouco (e envergonhada também pelas pontadas amarguradas e invejosas que morderam as profundezas do meu coração, apesar de toda essa admiração e esse prazer).

– Pronto – ela falou, passando os dedos jocosamente pelas teclas após terminar a segunda canção. – Qual devo tocar agora?

Mas, ao falar isso, ela olhou para Lorde Lowborough, que estava sentado um pouco mais atrás recostado em uma cadeira, outro ouvinte atento que, a julgar por sua fronte, estava vivenciando os mesmos sentimentos que eu, uma mistura de prazer e tristeza. Mas o olhar que ela lhe deu dizia claramente: "Agora é a sua vez de escolher. Já fiz bastante por ele e terei o prazer de me esforçar para agradar você". Assim encorajado, o lorde aproximou-se e colocou na frente dela uma pequena canção que eu já tinha notado antes e lido mais de uma vez, o interesse despertado pela minha situação, associando-a na minha cabeça com a tirana que reinava em meus pensamentos. E, agora, com meus nervos já agitados e quase rompidos, não pude ouvir aquelas palavras entoadas tão docemente sem sentir alguns sintomas de emoção que não fui capaz de suprimir. As lágrimas encheram meus olhos, e enterrei meu rosto no sofá para que pudessem rolar sem serem vistas enquanto eu ouvia. A melodia era simples, doce e triste. E ainda reverbera em minha mente; eis aqui as palavras:

Despeço-me, adeus! Mas não me despeço
Das adoráveis lembranças de ti,
Pois hão de durar, é só o que peço,
A alegrar-me o coração com o que vivi.

Ó, beleza! Ó, cheia de graça!
Se em ti nunca pousasse meu olhar
Nem em sonho eu seria capaz
De tamanho encanto fantasiar.

E, mesmo se tua voz e teu semblante
Sejam de mim para sempre ocultos,
Hei de seguir sereno e confiante,
Pois minha memória será teu reduto.

Tua voz de mágicos tons
Pode em meu peito ecoar
Despertando sentimentos e sons
Para minh'alma abençoar.

Teu olhar radiante, luzes dum farol
Minha memória não pode exaltar mais
E, oh! Teu sorriso, raios de sol
Não se desvela para reles mortais.

Adieu! Mas me deixe nutrir
A esperança em mim ancorada.
O desprezo pode curar, a frieza, diminuir
Mas ela em meu coração faz morada.

Além dos Céus, quem está ao meu lado
Quem pode atender à minha oração
De que o futuro compense o passado:
Riso, não choro, dádiva, não aflição?

Quando acabou, eu só queria estar fora daquela sala. O sofá não ficava longe da porta, mas eu não tinha coragem de levantar a cabeça, pois sabia que o senhor Huntingdon estava perto de mim, e, pelo som da sua voz enquanto respondia a alguma observação de Lorde Lowborough, eu sabia que seu rosto estava virado para mim. Talvez um soluço meio escondido tenha chegado a seus ouvidos, o que fez com que olhasse ao redor (Deus me livre!). Mas, com um esforço violento, acabei com todo e qualquer sinal de fraqueza, sequei minhas lágrimas e, quando achei que ele tinha se virado de novo, levantei-me e deixei o cômodo imediatamente, escondendo-me no meu refúgio preferido, a biblioteca.

Não havia luz, apenas o brilho vermelho e fraco do fogo abandonado; mas eu não queria luz, queria somente me deixar levar pelos pensamentos sem ser notada nem incomodada e, sentada em um banco baixo na frente da espreguiçadeira, afundei minha cabeça em seu estofado e pensei, e pensei até que as lágrimas jorrassem de novo, e solucei como uma criança. Nesse momento, contudo, a porta foi aberta com delicadeza, e alguém entrou no cômodo. Eu supus que fosse apenas um criado e não me virei. A porta tornou a se fechar, mas eu não estava sozinha. Uma mão tocou meu ombro com suavidade, e uma voz perguntou:

– Helen, o que houve?

Não consegui responder de imediato.

– Você tem que me dizer – acrescentou com mais veemência.

O falante ajoelhou-se no tapete ao meu lado e pegou minha mão à força, mas eu a puxei rapidamente e respondi:

– Não é nada com você, senhor Huntingdon.

– Tem certeza de que não é nada comigo? – ele replicou. – Você jura que não estava pensando em mim enquanto chorava?

Aquilo era intolerável. Tentei me levantar, mas ele estava ajoelhado em cima do meu vestido.

– Diga-me – ele continuou. – Eu quero saber… porque, se você estava pensando em mim, tenho algo para lhe dizer. Caso contrário, irei embora.

– Vá, então! – exclamei, mas, temendo que ele obedecesse e nunca mais voltasse, acrescentei com pressa: – Ou diga o que tem para me dizer e acabe logo com isso!

– Mas qual dos dois? – ele indagou. – Só falarei se você disser que estava mesmo pensando em mim. Então me conte, Helen.

– Você é impertinente demais, senhor Huntingdon!

– Nada disso, você quer dizer muito pertinente. E então, não vai me contar? Bem, vou poupar seu orgulho feminino e considerar seu silêncio como um "sim". Estou certo de que eu era o motivo dos seus pensamentos e a causa da sua aflição…

– Na verdade, senhor…

– Se você negar, não lhe contarei meu segredo – ele ameaçou, e eu não o interrompi novamente nem tentei afastá-lo. Embora ele tivesse pegado minha mão outra vez e estivesse meio que me abraçando com o outro braço, eu quase nem percebi na hora.

– É o seguinte – ele continuou. – Annabella Wilmot, em comparação a você, é como uma peônia exibida em relação a um doce botão de rosa selvagem adornado pelo orvalho. E eu amo você loucamente! Agora diga-me se tal informação lhe dá algum prazer. Silêncio de novo? Isso significa que sim. Então deixe-me acrescentar que não posso viver sem você e que, se você responder "não" à próxima pergunta, me deixará louco. Você quer se entregar para mim? Você quer! – ele exclamou quase me matando com o aperto de seus braços.

– Não, não! – bradei, lutando para me livrar dele. – Você precisa pedir para meu tio e minha tia.

– Eles não irão me recusar, se você não o fizer.

– Não tenho tanta certeza disso. Minha tia não gosta de você.

– Mas você gosta, Helen. Diga que me ama, e irei embora.

– Vá logo! – retruquei.

– Irei nesse instante, é só você falar que me ama.

– Você sabe que sim – respondi. E, de novo, ele me pegou em seus braços e me encheu de beijos.

Naquele momento, minha tia escancarou a porta e parou em nossa frente com a vela na mão olhando alternadamente para o senhor Huntingdon e para mim em chocada e horrorizada estupefação, pois nós dois tínhamos dado um pulo e agora estávamos bastante distantes um do outro. Mas a confusão durou apenas um instante. Recuperando-se rapidamente, com a mais invejável confiança, ele começou:

– Peço-lhe mil perdões, senhora Maxwell! Não seja muito severa comigo. Eu estava pedindo à sua doce sobrinha para me aceitar na saúde ou na doença, na alegria ou na tristeza, e ela, como uma boa garota, me disse que não poderia pensar nisso sem o consentimento de seu tio e de sua tia. Então deixe-me implorar para que não me condene à danação eterna. Se você estiver a meu favor, estarei salvo, pois estou certo de que o senhor Maxwell não pode recusar-lhe nada.

– Falaremos sobre isso amanhã, senhor – minha tia respondeu com frieza. – É um assunto que requer uma deliberação madura e séria. Agora, é melhor você voltar para o ateliê.

– Mas, antes – ele pediu –, deixe-me defender minha causa à sua mais indulgente...

– Nenhuma indulgência por você, senhor Huntingdon, deve ser colocada entre mim e a consideração da felicidade da minha sobrinha.

– Ah, verdade! Sei que ela é um anjo, e eu sou um cão audacioso por sonhar possuir tal tesouro, mas, mesmo assim, preferia morrer a entregá-la ao melhor homem que já chegou ao reino dos céus. Quanto à felicidade dela, eu sacrificaria meu corpo e minha alma...

– Seu corpo e sua alma, senhor Huntingdon? Você sacrificaria sua alma?

– Bem, eu daria a minha vida...

– Não será preciso dar sua vida.

– Então eu a perderia... Quero dizer, devotaria minha vida e todas as minhas forças a promover e preservar...

– Vamos falar sobre isso em outro momento, senhor. E eu poderia me sentir mais disposta a julgar suas pretensões de modo mais favorável se você tivesse escolhido outra hora e outro lugar, e, deixe-me acrescentar, outra forma de fazer sua declaração.

– Por quê? Veja, senhora Maxwell... – ele começou.

– Perdoe-me, senhor – ela disse com dignidade. – As pessoas estão perguntando do senhor no outro cômodo. – E, dizendo isso, ela se virou para mim.

– Então você terá que pleitear por mim, Helen – ele disse, finalmente retirando-se em seguida.

– É melhor você ir para o seu quarto, Helen – minha tia falou seriamente. – Conversarei com você sobre esse assunto amanhã também.

– Não fique brava, tia – respondi.

– Minha querida, não estou brava – ela retrucou. – Estou surpresa. Se for verdade que você falou para ele que não poderia aceitar essa oferta sem o nosso consentimento...

– É verdade – interrompi.

– Então como você permitiu isso?

– Eu não consegui evitar, tia – exclamei, caindo no choro. Não eram apenas lágrimas de pesar ou de receio em desagradá-la, mas uma explosão da tumultuosa excitação geral dos meus sentimentos. Minha boa tia, contudo, ficou comovida com a minha agitação. Em um tom mais suave, ela repetiu a recomendação para eu me retirar e, beijando minha testa com delicadeza, desejou-me boa-noite e colocou sua vela em minha mão, e eu fui, mas meu cérebro estava funcionando tanto que não consegui pensar em dormir. Sinto-me mais calma agora que escrevi tudo isso. Irei para a cama tentar conquistar a agradável restauração para uma natureza cansada.

Capítulo 20

24 de setembro. De manhã, levantei-me leve e animada, ou melhor, intensamente feliz. A nuvem que pairava sobre mim por causa da avaliação da minha tia e pelo receio de não obter seu consentimento dissipou-se no brilho radiante das minhas próprias esperanças e da agradabilíssima consciência de um amor correspondido. A manhã estava esplêndida, e saí para aproveitá-la em uma caminhada tranquila na companhia de meus próprios pensamentos abençoados. O orvalho cobria a grama, milhares de teias de aranha ondulavam na brisa, o animado pintarroxo colocava sua alma em uma canção, e meu coração transbordava com silenciosos hinos de gratidão e louvor aos céus.

Eu não tinha caminhado por muito tempo antes de minha solidão ser interrompida pela única pessoa capaz de conturbar minha meditação naquele momento sem ser considerado um intruso inoportuno: o senhor Huntingdon aproximou-se de mim de repente. A aparição foi tão inesperada que eu poderia pensar tê-la criado por uma imaginação excessivamente excitada, se somente a visão tivesse testemunhado sua presença, mas senti seu braço forte ao redor da minha cintura e seu beijo quente em minha bochecha enquanto em meus ouvidos soava sua intensa e animada saudação:

– Minha Helen!

– Não sou sua ainda! – falei, desvencilhando-me rapidamente daquele cumprimento afoito demais. – Lembre-se de meus tutores. Você não conseguirá o consentimento da minha tia com tanta facilidade. Não vê que ela tem um preconceito contra você?

– Eu sei, minha amada, e você tem que me dizer o porquê para que eu saiba como combater melhor as objeções dela. Imagino que ela pense que eu seja um pródigo – ele continuou, observando que eu não estava disposta a responder – e, por isso, deve ter concluído que eu tenho poucos bens mundanos para endossar à minha cara-metade. Se for isso, diga a ela que minha propriedade está quase totalmente assegurada e não posso me livrar dela. Talvez haja algumas hipotecas do resto, alguns débitos triviais e gravames aqui e ali, mas nada que valha a pena falar. E, apesar de eu admitir que não sou tão rico quanto poderia, ou quanto fui, ainda assim acho que conseguiremos nos virar bem e ficar bastante confortáveis com o que restou. Sabe, meu pai era um tipo sovina e, em seus últimos dias, principalmente, não encontrava outro prazer na vida que não pelo acúmulo de riquezas. Portanto, não é de se admirar que seu filho teria como deleite principal gastá-las, o que era mesmo o caso até eu conhecê-la, minha querida Helen, e aprender outras perspectivas e propósitos mais nobres. Só a ideia de precisar cuidar de você sob meu teto já me forçaria a moderar minhas despesas e viver como um cristão, sem falar de toda prudência e virtude que você instilaria em minha mente com os seus conselhos sábios e a sua bondade afável e atraente.

– Mas não é isso – respondi. – Minha tia não pensa em dinheiro. Ela é esperta, não dá mais valor à riqueza mundana do que ela merece.

– O que é, então?

– Ela quer que eu me case com um homem bom de verdade.

– Como assim? Um homem de incontestável piedade? Ah! Ora, veja só, também sei lidar com isso! Hoje é domingo, certo? Irei à igreja de manhã, de tarde e de noite, e me comportarei de forma tão louvável que ela me olhará com admiração e amor fraternal, como uma marca tirada a fogo.

Voltarei para casa chiando como uma fornalha, cheio do sabor e da unção do discurso do querido senhor Vociferante...

– Senhor Leighton – falei secamente.

– O senhor Leighton é um pregador bonzinho, Helen? Um homem querido, agradável e de mente celestial?

– Ele é um homem bom, senhor Huntingdon. Gostaria de poder dizer metade disso sobre você.

– Oh, esqueci que você também é uma santa. Imploro pelo seu perdão, minha amada. E peço que não me chame de senhor Huntingdon, meu nome é Arthur.

– Não o chamarei de nada, pois não terei nada com você se continuar falando desse jeito. Se você realmente pretende enganar minha tia como diz, está sendo bastante ofensivo e, se não for o caso, está muito errado ao brincar com um assunto desses.

– Admito meu erro – ele disse, arrematando sua gargalhada com um suspiro triste. – Então – continuou depois de uma pausa momentânea – vamos falar de outra coisa agora. Venha mais perto e pegue meu braço, Helen, depois eu a deixarei em paz. Não consigo ficar quieto enquanto a vejo caminhar aí.

Eu obedeci, mas disse que tínhamos que voltar para casa logo.

– Acalme-se. Ninguém descerá para o café ainda; temos bastante tempo – ele respondeu. – Você falou dos seus tutores, Helen, mas seu pai não está vivo ainda?

– Está, mas sempre considero meus tios como meus tutores, pois eles realmente o são, só que não oficialmente. Meu pai entregou-me completamente aos cuidados deles. Nunca mais o vi desde que minha querida mãe morreu, quando eu era ainda muito pequena, e minha tia, atendendo a um pedido dela, ofereceu-se para cuidar de mim e levou-me embora para Staningley, onde estive desde então; não acho que ele se oporia a nada que ela pense ser passível de sanção.

– Mas ele aprovaria alguma coisa que ela pensasse ser digna de objeção?

– Não, eu não acho que ele se importe muito comigo.

A INQUILINA DE WILDFELL HALL

– Mas é muito azar o dele, pois não sabe que a filha é um anjo. E melhor para mim, pois, se soubesse, não estaria disposto a dividir esse tesouro.

– E, senhor Huntingdon – completei –, imagino que você saiba que não sou uma herdeira.

Ele protestou que nunca tinha pensado nisso e pediu que eu não atrapalhasse seu presente prazer mencionando assuntos tão desinteressantes. Fiquei feliz com essa prova de afeição realmente desinteressada, pois Annabella Wilmot é a provável herdeira de toda a fortuna do seu tio, além da propriedade de seu falecido pai, que já é dela.

Nesse momento, insisti em refazermos nossos passos até a casa, mas caminhamos lentamente e continuamos conversando enquanto isso. Não preciso repetir tudo o que dissemos. Em vez disso, deixe-me citar o que aconteceu entre mim e minha tia depois do café da manhã, quando o senhor Huntingdon chamou meu tio de lado, sem dúvida para pedir minha mão, e ela me atraiu para outro cômodo, onde começou a me reprimir mais uma vez de forma protocolar, falhando completamente em me convencer de que sua perspectiva sobre o caso era melhor do que a minha.

– Eu sei que você o julga mal, tia – falei. – Mas nem os amigos dele são tão ruins quanto você acredita. Walter Hargrave, irmão de Milicent, é um deles e está só um pouco abaixo dos anjos, se metade do que ela conta sobre ele for verdade. Ela está sempre falando dele para mim e enaltecendo nas alturas suas várias virtudes.

– Você formará uma opinião bastante inadequada do caráter de um homem – ela respondeu – se julgar pelo que uma irmã afetuosa disser sobre ele. Os piores geralmente sabem esconder seus malfeitos dos olhos das irmãs e da mãe também.

– E tem o Lorde Lowborough – continuei –, um homem extremamente decente.

– Quem disse isso? Lorde Lowborough é um homem desesperado. Ele dilapidou a fortuna dele em apostas e outras coisas e agora está procurando uma herdeira para recuperá-la. Falei isso para a senhorita Wilmot, mas vocês são todas iguais. Ela respondeu com arrogância dizendo que me agradecia muito, mas sabia quando um homem a procurava por sua fortuna e quando se interessava por sua pessoa; vangloriou-se dizendo que tinha experiência o suficiente nesses assuntos para justificar confiar em sua própria avaliação; quanto à falta de fortuna do lorde, disse que não se importava com isso, pois esperava que a dela fosse suficiente para os dois; e, quanto à selvageria dele, supôs que não fosse pior que a dos outros; além do mais, ele tinha se endireitado agora. Pois é, todos eles sabem bancar os hipócritas quando querem conquistar uma mulher ingênua e desorientada!

– Bem, eu acho que ele é tão bom quanto ela – repliquei. – Mas quando o senhor Huntingdon estiver casado, ele não terá tantas oportunidades para se reunir com seus amigos solteiros. E, quanto pior eles forem, mais quero afastá-lo deles.

– Claro, minha querida. E quanto pior ele for, imagino que mais você desejará afastá-lo de si mesmo.

– Sim, considerando que ele não seja incorrigível. Ou seja, mais desejo afastá-lo de seus erros e dar a ele a oportunidade de se livrar desse mal adventício, resultante do contato com outros piores que ele, brilhando na luz desanuviada de sua própria bondade genuína; mais desejo fazer o que posso para ajudar seu melhor eu contra o pior, e torná-lo o que poderia ter sido desde o início se não tivesse tido um mau pai, egoísta e avarento, que, para satisfazer suas próprias paixões sórdidas, o privou dos mais inocentes prazeres da infância e da juventude, irritando-o com todo tipo de restrições; e se não fosse por sua mãe tola, que o atraiu ao ponto mais alto da sua queda, enganando o marido por causa dele e fazendo o possível para encorajar os germes do disparate e do vício que era seu dever suprimir. E tem também esse bando de convivas que você diz que são seus amigos que...

– Coitadinho! – ela comentou com sarcasmo. – As pessoas realmente o desvirtuaram!

– Foi mesmo! – exclamei. – E não farão mais isso com ele; sua esposa desfará o que sua mãe fez!

– Bem – ela disse após uma breve pausa –, devo dizer, Helen, que imaginava que seu julgamento fosse melhor que isso, e seu gosto, também.

Não sei como você consegue amar um homem desses nem que prazer você encontra em sua companhia, pois "que comunhão tem a luz com as trevas; ou que parte tem com o infiel?".

– Ele não é infiel; e eu não sou luz, nem ele trevas; seu pior e único vício é a irreflexão.

– E a irreflexão – insistiu minha tia – pode levar a todos os crimes, e não é possível usá-la como desculpa para nossos erros aos olhos de Deus. O senhor Huntingdon, imagino, não veio sem as faculdades comuns aos homens: ele não é tão tolo a ponto de ser irresponsável. Seu Criador atribuiu a ele a razão e a consciência como para o resto de nós; as Escrituras estão abertas para ele assim como para os outros; e, "se ele não as ouve, tampouco ouvirá aquele que ressuscita entre os mortos". E lembre-se, Helen – ela continuou solenemente –, de que "os ímpios serão lançados no inferno, e todos aqueles que se esquecerem de Deus"! E, mesmo que suponhamos que ele continue amando você, e você a ele, e que vocês passem a vida juntos com conforto tolerável, como será no fim dos tempos, quando vocês forem separados para sempre, e você talvez seja aceita na bênção eterna enquanto ele é jogado no lago de fogo inextinguível por todo o sempre para...

– Não por todo o sempre! – exclamei. – "Apenas até pagares o último ceitil", pois "se nenhum trabalho do homem tolera o fogo, ele sofrerá prejuízo, contudo será salvo, mesmo que através do fogo", e Ele, que "é capaz de dominar todas as coisas por Si mesmo, salvará todos os homens" e "irá, na plenitude dos tempos, reunir todas as coisas em Cristo Jesus, que provou a morte para todos os homens e em quem Deus reconciliará todas as coisas para Si mesmo, tanto as coisas da terra quanto as coisas dos céus".

– Ó, Helen! Onde você aprendeu tudo isso?

– Na Bíblia, tia. Estudei-a e encontrei quase trinta passagens, todas propensas a corroborar a mesma teoria.

– E é para isso que você usa sua Bíblia? E não encontrou passagens propensas a provar o perigo e a falsidade de tal crença?

– Não. Na verdade, encontrei algumas passagens que, isoladas, podem parecer contradizer tal opinião; mas todas têm uma construção diferente do comum e, quase sempre, a única dificuldade está na palavra que traduzimos como "perpétuo" ou "eterno". Não sei falar grego, mas acredito que signifique estritamente "anos", podendo ter o sentido de "sem fim" ou "a longo prazo". Quanto ao perigo da crença, eu não divulgaria por aí se imaginasse que algum pobre coitado pudesse usar isso para sua própria destruição, mas é um pensamento glorioso a ser acalentado no coração, e eu não me livraria dele por nada neste mundo!

Nossa conversa acabou por aqui, pois já estava passando da hora de nos prepararmos para a igreja. Todos compareceram ao serviço matinal, exceto meu tio, que dificilmente vai, e o senhor Wilmot, que aproveitou para ficar em casa e jogar uma partida de *cribbage* com ele em silêncio. À tarde, a senhorita Wilmot e Lorde Lowborough também não foram, mas o senhor Huntingdon nos acompanhou de novo. Não sei dizer se ele fez isso para agradar minha tia, mas, caso tenha sido, certamente deveria ter se comportado melhor. Devo confessar que sua conduta durante o serviço não me agradou nem um pouco. Segurando o missal de ponta-cabeça ou em qualquer página, menos na certa, ele não fez nada além de olhar ao redor, salvo quando percebia que minha tia ou eu estávamos olhando, ocasião em que abaixava os olhos para o próprio missal com um ar tão puritano de solenidade zombeteira que seria cômico se não fosse tão provocante. Em determinado momento durante o sermão, após observar o senhor Leighton com atenção por alguns minutos, ele de repente sacou seu estojo dourado e pegou uma Bíblia. Ao perceber que eu tinha observado sua movimentação, ele sussurrou que queria fazer uma anotação sobre o sermão, mas, em vez disso, como eu estava sentada a seu lado, não pude evitar ver que fazia uma caricatura do pregador, dando ao respeitável e devoto senhor um ar do mais absurdo hipócrita. Mesmo assim, quando voltou, conversou com a minha tia sobre o sermão com um nível de modesta e séria discriminação que fiquei propensa a crer que ele realmente tivesse prestado atenção e aproveitado a pregação.

Pouco antes do jantar, meu tio me chamou na biblioteca para discutir um assunto muito importante que foi resolvido com algumas poucas palavras.

A INQUILINA DE WILDFELL HALL

– Então, Nell – ele falou –, esse jovem Huntingdon tem pedido a sua mão. O que devo dizer a esse respeito? Sua tia teria respondido "não", mas o que você me diz?

– Eu digo que sim, tio – respondi sem um momento de hesitação, pois já estava com a cabeça feita sobre o assunto.

– Muito bem! – ele exclamou. – Isso que é uma boa resposta honesta; maravilhosa para uma garota! Bem, então escreverei para o seu pai amanhã. Ele certamente consentirá; então pode considerar o assunto decidido. Você teria feito melhor negócio se tivesse escolhido Wilmot, eu lhe garanto, mas você não acreditaria em mim. Na sua idade é o amor que bate o martelo; na minha, é o bom e útil ouro. Suponho que você nem sonhou em olhar para a situação financeira do seu marido nem se preocupou com acordos ou coisas do tipo, não é?

– Não pensei que deveria.

– Bem, então seja grata por ter mentes mais sábias pensando por você. Ainda não tive tempo de examinar com rigor os negócios desse jovem danado, mas sei que boa parte da fina propriedade do pai dele foi esbanjada. Contudo, acho que ainda restou uma boa parcela dela, e um pouco de cuidado será capaz de deixá-la bem bonita. Além disso, temos que persuadir seu pai a lhe dar uma fortuna decente, uma vez que só tem outra pessoa para cuidar além de você. E, caso você se comporte bem, quem sabe eu não seja induzido a me lembrar de você no meu testamento! – continuou ele, colocando o dedo na ponta do nariz com um aceno de confirmação.

– Obrigada por isso e pela sua gentileza, tio – respondi.

– Tudo bem. Também questionei esse jovem extremamente peralta sobre os acordos – ele continuou –, e ele pareceu disposto a ser bastante generoso nesse quesito…

– Eu sabia que seria! – emendei. – Mas não incomode sua cabeça com isso, nem a dele ou a minha, pois tudo que tenho será dele, e tudo que é dele será meu; do que mais nós precisamos?

Eu estava prestes a sair, mas ele me chamou de volta.

– Espere! Espere! – exclamou. – Ainda não falamos sobre a data. Quando vai ser? Sua tia adiaria até Deus sabe quando, mas ele está ansioso para se juntar o mais rápido possível. Não quer saber de esperar além do próximo mês, e imagino que você pense do mesmo jeito, então...

– Nada disso, tio, pelo contrário. Eu gostaria de esperar pelo menos até depois do Natal.

– Oh! Até parece! Não me venha com essa história – ele exclamou e continuou incrédulo.

Ainda assim, é bem verdade. Não estou com nenhuma pressa. E como poderia estar, ao pensar na mudança momentosa que me aguarda e em tudo que terei que abandonar? A felicidade de saber que estaremos unidos já é grande o bastante, e que ele me ama, e que eu poderei amá-lo com tanta devoção e pensar nele com a frequência que eu quiser. No entanto, insisti em consultar minha tia sobre a data do casamento, pois estava decidida a não desconsiderar totalmente seus conselhos, e ainda não tomamos nenhuma decisão sobre isso.

Capítulo 21

1º de outubro. Agora já está tudo decidido. Meu pai deu seu consentimento e marcamos a data para o Natal como um tipo de acordo firmado entre os respectivos defensores da pressa e do atraso. Milicent Hargrave será uma das damas de honra, Annabella Wilmot, a outra (não que eu seja particularmente fã da última, mas ela é bastante íntima da família, e eu não tenho outra amiga).

Quando contei do meu noivado a Milicent, sua forma de receber a notícia me provocou um pouco. Depois de me encarar por um momento em silenciosa surpresa, ela disse:

– Bom, Helen, acho que devo parabenizá-la e fico feliz por vê-la tão feliz, mas não pensei que você o aceitaria e não consigo evitar me surpreender por gostar tanto assim dele.

– Por quê?

– Porque você é superior em todos os sentidos, e há algo de insolente e inconsequente nele que não sei explicar direito, mas sempre tenho vontade de sair do caminho dele quando o vejo aproximar-se.

– Você é tímida, Milicent, mas isso não é culpa dele.

– E tem também aquele olhar dele – ela continuou. – As pessoas dizem que ele é bonito, e é claro que é, mas não gosto desse tipo de beleza e me surpreendo que você goste.

– Qual! Por quê?

– Ah, sabe, não acho que tenha algo de nobre ou elevado na aparência dele.

– Na realidade, você se surpreende por eu gostar de alguém tão diferente dos heróis artificiais dos romances. Tudo bem, me dê meu amante de carne e osso e deixo para você todos os senhores Herberts e Valentins, se você conseguir encontrá-los.

– Eu não quero esses – ela falou. – Eu também me satisfarei com carne e osso, mas o espírito precisa brilhar e predominar. Mas você não acha que o rosto do senhor Huntingdon é muito vermelho?

– Não! – exclamei indignada. – Não é nada vermelho. A fronte dele tem um brilho agradável, um frescor saudável; a coloração quente e rosada do todo harmoniza com o tom mais profundo das bochechas, exatamente como deve ser. Odeio homens brancos e vermelhos, como uma boneca pintada, ou de um branco doentio, ou de um preto esfumaçado, ou de um amarelo cadavérico.

– Bem, gosto não se discute, mas eu realmente gosto dos pálidos ou dos escuros – ela respondeu. – Mas, para dizer a verdade, Helen, tenho devaneado com a esperança de que você um dia se torne minha irmã. Eu esperava que Walter fosse apresentado a você na próxima temporada; acho que você gostaria dele e tinha certeza de que ele gostaria de você. Fiquei me gabando de que teria a felicidade de ver as duas pessoas que eu mais amo no mundo, exceto por mamãe, unidas em uma. Talvez ele não seja exatamente alguém que você chamasse de belo, mas a aparência dele é muito mais distinta, e ele é muito mais legal e agradável do que o senhor Huntingdon. Tenho certeza de que você diria isso se o conhecesse.

– Impossível, Milicent! Você só acha isso porque é irmã dele, e eu a perdoo por isso; mas ninguém pode proferir disparates sobre Arthur Huntingdon para mim e sair impune.

A senhorita Wilmot expressou seus sentimentos sobre o assunto quase tão abertamente.

– Então, Helen – ela disse, aproximando-se de mim com um sorriso pouco amigável –, imagino que você irá se tornar a senhora Huntingdon.

A INQUILINA DE WILDFELL HALL

– Sim – respondi. – Você não está com inveja?

– Ó, céus, não! – ela exclamou. – Provavelmente algum dia eu serei a Lady Lowborough e, então, querida, poderei perguntar: "Você não está com inveja?".

– A partir de agora, não invejarei ninguém – retruquei.

– Que bom! Quer dizer que você está mesmo muito feliz? – ela indagou pensativamente, e algo muito parecido com uma nuvem de decepção anuviou seu rosto. – E ele ama você, quero dizer, ele a idolatra da mesma forma como você o idolatra? – acrescentou, fixando o olhar em mim e esperando pela resposta com uma ansiedade mal disfarçada.

– Não quero ser idolatrada – respondi. – Mas tenho certeza de que ele me ama mais do que qualquer outra pessoa no mundo, assim como eu o amo.

– Exatamente – ela falou, com um aceno de cabeça. – Eu queria... – e pausou.

– Queria o quê? – perguntei, incomodada com sua expressão vingativa.

– Queria que todos os atrativos e as qualidades desejáveis dos dois cavalheiros estivessem reunidas em um só – ela continuou com uma risada rápida. – Queria que o Lorde Lowborough tivesse o belo rosto e o bom humor de Huntingdon, além da sua inteligência, alegria e charme, ou então que Huntingdon tivesse o *pedigree* de Lowborough, seu título e aquela agradável e antiga residência familiar, e eu ficaria com ele. Você ficaria com o outro e pronto, tudo ficaria bem.

– Obrigada, querida Annabella. Mas estou bem satisfeita com as coisas como são; e gostaria que você estivesse tão contente com seu pretendente quanto estou com o meu – respondi. E era bem verdade, pois, apesar de a princípio ter ficado incomodada com o espírito pouco amigável dela, sua franqueza me comoveu, e o contraste entre as nossas situações era tão grande que eu conseguia lamentar por ela e desejar-lhe boa sorte.

Os conhecidos do senhor Huntingdon não pareceram mais animados com a aproximação da nossa união que os meus. Nesta manhã, o correio trouxe a ele cartas de vários dos seus amigos e, durante a leitura à mesa do café da manhã, ele chamou a atenção do grupo pela sua singular variedade de caretas. No fim, colocou todas as cartas no bolso, sorrindo para si mesmo, e não disse nada até o término da refeição. Depois, enquanto as pessoas se reuniam ao redor da lareira ou vagueavam pela sala antes de começar seus diversos afazeres matinais, ele se aproximou e encostou no espaldar da minha cadeira, o rosto em contato com minhas madeixas e, após me dar um beijinho silencioso, fez as seguintes reclamações no meu ouvido:

– Helen, sua bruxa, sabia que você me fez ser xingado por todos os meus amigos? Escrevi para eles outro dia para contar sobre meus planos animados e, agora, em vez de um monte de felicitações, estou com o bolso cheio de execrações e reprovações cruéis. Não há sequer um desejo gentil para mim, nem uma boa palavra para você. Todos dizem que a diversão acabou agora, que não haverá mais dias felizes nem noites gloriosas, e tudo isso por minha culpa, pois sou o primeiro a desertar do grupo jovial, e outros, por puro desespero, seguirão meu exemplo. Eu era a vida e o pilar daquele bando; eles me dão a honra de me dizer que eu vergonhosamente traí a confiança...

– Pode voltar para eles, se quiser – falei, um pouco indignada com o tom de lamento de seu discurso. – Eu não gostaria de ficar entre um homem, ou um grupo de homens, e tanta felicidade; e, talvez, eu consiga passar bem sem você e sem os coitados dos seus amigos desertados.

– Não, Deus a abençoe – ele murmurou. – Comigo é "tudo por amor ou o mundo bem perdido"[8]. Quero mais é que eles vão... para onde eles pertencem, para ser educado. Mas, se você visse como eles me maldizem, Helen, você me amaria mais por abrir mão de tanto por sua causa.

Ele pegou as cartas amassadas. Eu pensei que fosse mostrá-las para mim, e falei que não queria vê-las.

– Não irei mostrá-las para você, amor – ele disse. – Elas são pouquíssimo adequadas para os olhos de uma dama, pelo menos a maior parte delas. Mas olhe aqui. Este é o garrancho do Grimsby; apenas três linhas, aquele cachorro rabugento! É verdade que ele não é de falar muito, mas o silêncio dele implica mais do que todas as palavras dos outros, e, quanto menos ele fala, mais ele pensa. Esta aqui é a missiva de Hargrave. Ele está

---

[8] Título do texto dramático de John Dryden, datado de 1678. (N.T.)

com uma inveja especial de mim, porque se apaixonou por você (de acordo com os relatos da irmã dele) e queria se casar com você assim que tivesse terminado o trabalho com o semear da aveia selvagem.

– Sou muito grata a ele – observei.

– Eu também – ele disse. – E olhe isso. Esta é do Hattersley: todas as páginas estão recheadas de acusações maldizentes, condenações amargas e reclamações lamentáveis, terminando com ele jurando que irá se casar como vingança. Disse que irá se jogar em cima da primeira velhota que o seduzir, como se eu me importasse com o que ele faz consigo mesmo.

– Bem – falei –, se você abrir mesmo mão da sua intimidade com esses homens, não acho que terá muitos motivos para lamentar a perda dessa companhia, pois acredito que eles nunca fizeram muito bem para você.

– Pode ser que não, mas também tivemos nossas horas felizes, embora mescladas com tristeza e dor, como Lowborough bem sabe. – E, enquanto ele ria ao se lembrar dos problemas de Lowborough, meu tio veio e bateu no ombro dele.

– Vamos, rapaz! – ele disse. – Ou está ocupado demais cortejando minha sobrinha para guerrear contra os faisões? É primeiro de outubro, lembra? O sol está brilhando, a chuva parou. Até Boarham não está com medo de se aventurar em suas botas impermeáveis, e Wilmot e eu vamos acabar com todos vocês. É o que eu digo: nós, os velhotes, somos os melhores esportistas da região!

– Hoje eu mostrarei do que sou capaz – respondeu meu companheiro. – Matarei seus pássaros aos borbotões, só por vocês ou eles me afastarem da melhor companhia.

Dito isso, ele partiu, e não o vi mais até o jantar. O tempo pareceu se arrastar... Fico me perguntando o que faço sem ele.

É bem verdade que os três homens mais velhos se provaram esportistas muito melhores que os dois mais jovens, pois tanto Lorde Lowborough quanto Arthur Huntingdon quase diariamente abandonavam as excursões de caça para nos acompanhar em nossos passeios e cavalgadas. Mas esse período feliz está quase chegando ao fim. A festa acabará em menos de duas semanas, para meu grande pesar, pois tenho gostado cada vez mais agora que os senhores Boarham e Wilmot pararam de me cortejar, minha tia parou de me dar broncas e eu parei de ter inveja de Annabella, até mesmo de desgostar dela, e agora que o senhor Huntingdon tornou-se meu Arthur e posso desfrutar da sua companhia sem restrições. E repito: o que eu faço sem ele?

Capítulo 22

5 de outubro. Meu docinho de coco não é tão puro assim: está salpicado com um amargor que não consigo esconder de mim mesma, por mais que tente disfarçá-lo. Posso tentar me convencer de que a doçura seja predominante, posso chamar de um sabor aromático agradável, mas, por mais que eu faça isso, o amargor ainda está lá, e não tenho outra opção a não ser senti-lo. Não posso fechar meus olhos para as falhas de Arthur e, quanto mais o amo, mais elas me incomodam. Receio que seu coração, em que tanto acreditei, seja menos acolhedor e generoso do que eu pensava. É que hoje ele me deu uma amostra do seu caráter que merece ser chamado por um termo mais forte que "irreflexão". Eu e Annabella estávamos sendo acompanhadas por ele e Lorde Lowborough em uma longa e agradável cavalgada. Ele andava ao meu lado, como de costume, e Annabella e Lorde Lowborough estavam um pouco à nossa frente, ela inclinada em direção a seu parceiro, parecendo falar algo gentil e confidencial.

– Esses dois vão passar na nossa frente, Helen, se não acelerarmos – observou Huntingdon. – Eles serão um casal, pode ter certeza. E isso porque Lowborough está totalmente inebriado. Mas acho que ele estará em maus lençóis quando ficar com ela.

– E ela estará em maus lençóis quando ficar com ele – falei –, se o que ouvi a respeito dele for verdade.

– Nada disso. Ela sabe o que está fazendo, enquanto ele, pobre tolo, ilude-se com a ideia de que ela será uma boa esposa. E, como ela o agradou com alguma bravata sobre desprezar classe e riqueza quando se trata de amor e casamento, ele se gaba dizendo que está devotadamente atraída por ele, que não o rejeitará por causa de sua pobreza e que não o está cortejando pela nobreza, mas, sim, só porque o ama.

– Mas não é ele quem a está cortejando pela fortuna?

– Não, ele não. Foi a primeira atração, decerto, mas agora ele já perdeu isso de vista e nunca inclui a questão em seus cálculos, exceto como uma coisa puramente essencial sem a qual ele não pensaria em se casar, pelo próprio bem dela. Não, ele está apaixonado de verdade. Achava que nunca mais se apaixonaria, mas agora aconteceu. Ele já quase se casou, há uns dois ou três anos, mas perdeu a noiva quando perdeu a fortuna. Ele passou por maus bocados conosco em Londres. Tinha uma quedinha infeliz por jogos de azar, e o sujeito certamente não nasceu com sorte, pois sempre perdia três vezes e ganhava uma. É uma espécie de autoflagelação que nunca me cativou muito. Quando gasto meu dinheiro, gosto de aproveitar todo o seu valor: não vejo graça em desperdiçá-lo com ladrões e trapaceiros. Quanto a ganhar dinheiro, até o momento sempre tive o suficiente; e acho que a hora de ir atrás de mais é quando você começa a ver o fim do que tem. Mas eu frequentei as casas de jogos algumas vezes, só para observar o comportamento daqueles loucos devotos da sorte (posso garantir-lhe que é um estudo extremamente interessante, Helen, e, às vezes, muito divertido: já ri muito daqueles estúpidos e alienados). Lowborough era bastante obce-cado, não de propósito, mas por necessidade; ele estava sempre decidido a desistir, e sempre quebrava suas decisões. Cada vez que se arriscava, dizia que "era a última vez": se ganhava um pouco, esperava ganhar mais da próxima vez, se perdia, não queria sair naquela conjuntura, precisava continuar pelo menos até recuperar aquele último infortúnio, afinal o azar não duraria para sempre; e cada jogada de sorte era vista como a alvorada de tempos melhores, até que a experiência provava o contrário. Por fim ele se desesperou, e nós esperávamos todos os dias descobrir um caso de suicídio *felo de se*, o que não importava tanto; alguns de nós cochichávamos, uma vez que a existência dele deixara de ser vantajosa para o nosso clube. Um dia, contudo, ele chegou ao limite. Fez uma aposta grande, estava decidido que seria a última, ganhando ou perdendo. Na verdade, ele já tinha entrado no jogo decidido desse jeito várias vezes antes e com a mesma frequência desobedecera à sua determinação, e o mesmo aconteceu dessa vez. Ele perdeu e, enquanto seu antagonista puxava para si todas as fichas sorrindo, ele ficou pálido como cal, afastou-se em silêncio e limpou o suor da testa. Eu estava lá e sabia muito bem o que se passava na cabeça dele quando ficou ali parado com os braços cruzados e os olhos fixos no chão.

"'Essa foi a última, Lowborough?', perguntei, aproximando-me dele.

"'A última antes da última', ele respondeu com um sorriso deprimido. Então voltou, bateu com a mão na mesa e, levantando a voz acima de toda confusão daquele tilintar de moedas e do burburinho de blasfêmias e palavrões no salão, fez um juramento profundo e solene dizendo que aquela tentativa seria a última, não importava o que acontecesse, e imprecou maldições indizíveis sobre si mesmo se virasse uma carta ou jogasse um dado de novo. Então dobrou a aposta anterior e desafiou qualquer um dos presentes a jogar contra ele. Grimsby se apresentou de chofre. Lowborough encarou-o com furor, pois Grimsby era quase tão celebrado por sua sorte quanto ele por seu azar. Contudo, eles foram ao trabalho. Mas Grimsby tinha muita habilidade e poucos escrúpulos, e não sei dizer se tirou vantagem do nervosismo trêmulo e cego do outro para injustiçá-lo, mas Lowborough perdeu outra vez e caiu doente.

"'É melhor tentar mais uma vez', Grimsby falou, curvando-se sobre a mesa e piscando para mim.

"'Não tenho com o que tentar', respondeu o pobre-diabo com um sorriso cadavérico.

"'Oh, Huntingdon lhe emprestará quanto quiser', falou o outro.

"'Não, você ouviu meu juramento', Lowborough retrucou, afastando-se num desespero silencioso. Eu segurei o braço dele e o levei para fora.

"'Essa foi a última, Lowborough?', perguntei quando chegamos à rua.

"'A última', ele respondeu, contrariando um pouco minhas expectativas. E levei-o para casa, ou melhor, para o nosso clube, pois ele estava tão submisso quanto uma criança, e o enchi de conhaque com água até que ele começou a parecer mais radiante, ou mais vivo, pelo menos.

"'Huntingdon, estou arruinado!', ele exclamou, pegando o terceiro copo da minha mão. Os outros ele tinha bebido em um silêncio mortal.

"'Não está', falei. 'Você descobrirá que um homem consegue viver sem dinheiro, com a mesma alegria que uma tartaruga vive sem a cabeça, ou a vespa, sem o corpo.'

"'Mas estou endividado', ele retrucou. 'Profundamente endividado. Nunca vou conseguir me livrar disso.'

"'E daí, e o que é que tem? Vários homens melhores que você viveram e morreram endividados. Ninguém pode colocá-lo na cadeia, porque você é um nobre'. E entreguei a ele o quarto copo.

"'Mas odeio estar endividado!', ele gritou. 'Não nasci para isso, não aguento.'

"'O que não tem remédio, remediado está', falei, começando a preparar a quinta dose.

"'E, agora, perdi minha Caroline'. E começou a fungar, pois o conhaque tinha amolecido seu coração.

"'Não faz mal', respondi. 'Tem mais Carolines no mundo.'

"'Só tem uma para mim', ele replicou com um suspiro doloroso. 'E, mesmo se houvesse mais cinquenta, quem ficaria comigo sem dinheiro?'

"'Oh, alguém ficará com você pelo seu título de nobreza. E você ainda tem as propriedades herdadas da sua família.'

"'Eu gostaria que Deus me permitisse vendê-las para pagar minhas dívidas', ele murmurou.

"'E depois você pode tentar de novo, sabe', Grimsby, que tinha acabado de entrar, falou. 'Eu daria mais uma chance, se fosse você. Nunca pararia agora.'

"'Não darei, estou lhe dizendo!', ele gritou. Depois se levantou e saiu um pouco trôpego, pois a bebida tinha afetado sua cabeça. Naquela época, ele não estava muito acostumado, mas, depois disso, passou a beber com prazer, para consolar suas preocupações.

"Ele manteve o juramento sobre os jogos de azar (para nossa grande surpresa), apesar de Grimsby ter feito de tudo para que ele o descumprisse. Mas ele adquirira outro hábito que o incomodava quase tanto quanto o anterior, pois logo descobriu que o demônio da bebida era tão escuro quanto o demônio da jogatina e quase tão difícil de afastar, principalmente porque seus amigos faziam o que podiam para endossar as exigências de seus desejos insaciáveis."

– Então eles próprios eram os demônios! – exclamei, incapaz de conter minha indignação. – E parece que você, senhor Huntingdon, era o primeiro a tentá-lo.

– Mas o que podíamos fazer? – ele replicou de modo depreciativo. – Não fizemos por mal. Nós não conseguíamos ver o pobre camarada tão miserável. Além do mais, ele era um estorvo tão grande quando ficava sentado ali, melancólico e em silêncio, sob a influência tripla da perda do amor, da perda da fortuna e da degeneração causada pela noite anterior que, quando tomava alguma coisa, caso ele mesmo não se divertisse, pelo menos era uma fonte certeira de diversão para nós. Até Grimsby ria das palavras bizarras: gostava delas muito mais do que das minhas piadas alegres e da gargalhada barulhenta de Hattersley. Porém, uma noite, quando estávamos todos sentados tomando vinho e curtindo juntos após um dos nossos jantares no clube, Lowborough nos fez alguns brindes malucos, ouviu nossas canções selvagens e contribuiu com aplausos quando não nos ajudava a cantar, mas, de repente, ficou em silêncio, afundou a cabeça nas mãos e parou de levar o copo aos lábios. Aquilo, contudo, não era novidade, então o deixamos em paz e continuamos com a farra até que, erguendo a cabeça de repente, ele nos interrompeu no meio de um urro de gargalhadas exclamando "Senhores, onde tudo isso vai acabar? Digam-me agora! Onde tudo isso vai acabar?" e levantou-se.

"'Discurso! Discurso!', gritamos. 'Ouçam! Ouçam! Lowborough vai fazer um discurso!'

"Ele esperou calmamente até o estrondo dos aplausos e o tilintar de copos cessarem e, então, continuou:

"'É só isso, cavalheiros. Acho melhor não continuarmos com isso. É melhor pararmos enquanto pudemos.'

"'Isso mesmo!', exclamou Hattersley e acrescentou:

Pare, pobre pecador, pare e reflita
Antes de avançar
Pela margem aflita
Do eterno pesar.

"'Exatamente!', retrucou o lorde, com a mais solene gravidade. 'Se vocês quiserem visitar o poço mais profundo, não vou com vocês, e teremos que nos separar, pois juro que não darei mais nenhum passo nessa direção! O que é isso?', perguntou, levantando sua taça de vinho.

"'Experimente', sugeri.

"'É o caldo do inferno!', ele exclamou. 'Renuncio para sempre!', e jogou-a no meio da mesa.

"'Encha de novo!', falei, passando a garrafa para ele. 'E vamos beber à sua renúncia.'

"'Isso é um veneno fétido', ele declarou, pegando a garrafa pelo gargalo. 'E eu o renego! Abandonei o jogo, e abandonarei isso também'. Ele estava prestes a esvaziar a garrafa inteira na mesa, mas Hargrave tirou dele. 'Que a maldição fique com vocês, então!', exclamou. E, virando para trás, gritou 'Adeus, seus tentadores!' e desapareceu em meio a uma algazarra de risos e aplausos.

"Esperávamos tê-lo entre nós no dia seguinte, mas, para nossa surpresa, o lugar dele ficou vazio. Não o vimos por uma semana inteira e estávamos de fato começando a achar que ele manteria a palavra. Até que, uma noite, quando a maioria de nós estava reunida de novo, ele entrou, silencioso e sinistro como um fantasma, e pretendia se esgueirar até o lugar dele ao meu lado, mas todos nós nos levantamos para dar as boas-vindas, e várias vozes se ergueram para perguntar o que ele gostaria de beber, e várias mãos ocuparam-se com garrafas e copos para servi-lo, mas eu sabia que um conhaque com água seria o que o confortaria mais e tinha quase terminado de prepará-lo quando ele o empurrou com raiva dizendo:

"'Deixe-me em paz, Huntingdon! E fiquem quietos, vocês! Não vim participar da festa, mas quero ficar com vocês um pouco, porque não consigo mais aguentar meus próprios pensamentos.' Cruzou os braços, recostou-se na cadeira, e nós não mexemos mais com ele. Mas eu deixei o copo ao lado dele e, depois de um tempo, Grimsby chamou minha atenção com uma piscadela expressiva e, ao virar a cabeça, vi que o copo estava vazio. Fez um sinal para que eu o enchesse de novo e empurrou a garrafa em silêncio. Eu estava obedecendo, mas Lowborough percebeu a pantomima e, irritado com os sorrisos informativos que se passavam entre nós, arrancou o copo da minha mão, jogou o conteúdo no rosto de Grimsby e o copo vazio em mim e, sem seguida, saiu apressado.

– Espero que ele tenha quebrado a sua cabeça – falei.

– Não, amor – ele respondeu, rindo sem moderação ao se lembrar de toda a situação. – Ele queria ter feito isso, talvez até maculado meu rosto também, mas felizmente esta floresta ondulada – falou, tirando o chapéu e mostrando seus abundantes cachos castanhos – salvou meu crânio e impediu que o copo se quebrasse até cair na mesa.

"Depois disso, Lowborough se manteve longe de nós por mais uma ou duas semanas. Eu costumava encontrá-lo de vez em quando na cidade e, como sou bom demais para ficar ressentido com aquela rude conduta, e ele não me queria mal (ele nunca se negou a conversar comigo; pelo contrário, gostava da minha companhia e de me acompanhar aonde quer que eu fosse, exceto no clube, nas casas de jogos e em outros lugares de entretenimento perigoso desse tipo). Na realidade, ele estava exausto da própria mente lamentosa e melancólica. Por fim, consegui fazer com que fosse comigo ao clube com a condição de que eu não o incitasse a beber e, por algum tempo, ele continuou aparecendo tão frequentemente quanto as noites, mas mantendo uma perseverança maravilhosa e se abstendo do "veneno fétido" que ele tinha renegado com tanta coragem. Mas alguns dos nossos membros protestaram contra a conduta dele. Eles não gostavam de vê-lo sentado ali como um esqueleto num banquete, sem dar sua cota de contribuição ao entretenimento geral, colocando uma nuvem sobre todos e observando com olhos gananciosos cada gota que levavam aos lábios. Alegaram que não era justo, e alguns defenderam que ou ele faria como os outros ou seria expulso da sociedade, jurando que, da próxima vez que ele aparecesse, falariam tudo isso a ele e, se ele não cumprisse a advertência, tomariam medidas concretas. Mas eu o defendi nessa ocasião e recomendei que o deixassem em paz por um tempo, dando a entender que, com um pouco de paciência da nossa parte, ele logo mudaria de ideia. Mas era mesmo um pouco provocante, pois, apesar de ele parecer um verdadeiro cristão, recusando-se a beber, eu bem sabia que ele mantinha por perto uma garrafa particular de láudano que ele sorvia continuamente, ou melhor, pegava e largava, abstendo-se por um dia e exagerando no seguinte, conforme mandavam seus humores.

"Certa noite, porém, durante uma das nossas orgias (quero dizer, uma das nossas maiores festas), ele adentrou parecendo o fantasma de *Macbeth* e, como de costume, sentou-se um pouco afastado da mesa, na cadeira que sempre colocávamos para "o espectro", fosse ela ocupada ou não. Pelo rosto dele, percebi que estava sofrendo os efeitos de uma overdose de seu consolador insidioso, mas ninguém falou com ele, e ele não falou com ninguém. Alguns olhares de esguelha e uma observação sussurrada dizendo que "o fantasma chegou" foi toda a atenção que sua aparição chamou, e continuamos com nossa animada bebedeira de antes, até que ele surpreendeu a todos ao arrastar a cadeira de repente, inclinar-se para a frente com os cotovelos na mesa e exclamar com portentosa solenidade:

"'Nossa! Fico intrigado com o que vocês acham tanta graça. Não sei o que vocês veem na vida; eu vejo apenas o negrume da escuridão e uma busca temerosa por julgamento e fogosa indignação!'

"Todos do grupo ergueram os copos ao mesmo tempo na direção dele, e eu os coloquei diante dele em um semicírculo e, dando-lhe tapinhas amigáveis nas costas, cobrei-lhe que bebesse para rapidamente perceber uma perspectiva tão brilhante quanto qualquer um de nós, mas ele os afastou, resmungando:

A INQUILINA DE WILDFELL HALL

"'Tire-os daqui! Não beberei nada, estou dizendo. Não beberei! Não beberei!' Então devolvi os copos aos donos, mas percebi que ele os acompanhou com um olhar de arrependimento sedento conforme se afastavam. Em seguida, cruzou as mãos na frente dos olhos para parar de enxergar e, dois minutos depois, ergueu a cabeça de volta, dizendo, em um sussurro rouco, mas veemente:

"'Ainda assim, preciso beber! Huntingdon, me dê um copo!'

"'Fique com a garrafa, homem!', respondi, colocando a garrafa de conhaque em suas mãos."

Alarmado com o olhar que eu lhe dava, o narrador murmurou:

– Mas, espere, estou contando demais... Ah, não faz mal – acrescentou despreocupadamente, continuando seu relato. – Em sua avidez desesperada, ele agarrou a garrafa e acabou com ela até cair da cadeira de repente, desaparecendo embaixo da mesa em uma tempestade de aplausos. A consequência dessa imprudência foi algo parecido com um ataque apopléctico seguido de uma grave febre cerebral...

– E o que você acha da sua conduta, senhor? – questionei com rapidez.

– É claro que fiquei muito penitente – ele respondeu. – Fui visitá-lo uma ou duas vezes... Não, duas ou três... Ou melhor, umas quatro vezes... E, quando ele melhorou, levei-o de volta à congregação.

– Como assim?

– Levei-o de volta ao centro do clube e, empático com a fragilidade da saúde e a extrema inferioridade da alma dele, sugeri que tomasse um pouco de vinho pelo bem do estômago e, quando estava suficientemente recuperado, seguir o plano pelo caminho do meio, *ni jamais ni toujours*: sem se matar como um tolo nem se abster como um parvo. Em poucas palavras, aproveitar como uma criatura racional e fazer como eu, pois não pense, Helen, que sou um beberrão, não sou nada do tipo, nunca fui, e nunca serei. Valorizo demais o meu conforto. Eu sei que um homem não consegue se entregar à bebida sem ficar miserável metade dos dias e louco na outra metade. Além disso, gosto de aproveitar minha vida de todas as formas possíveis, e alguém que sofre sendo escravo de uma única propensão não é capaz de fazer isso. Por fim, a bebida estraga a boa aparência – ele concluiu com um sorriso presunçoso que deveria ter-me provocado mais do que provocou.

– E o Lorde Lowborough aproveitou seu conselho? – perguntei.

– Até que sim, de certo modo. Lidou extremamente bem por um tempo, tornou-se mesmo um modelo de moderação e prudência, algo um tanto exagerado para o gosto da nossa selvagem comunidade, mas Lowborough não tinha lá muito o dom da moderação: se tropicava um pouco para um lado, precisava cair antes de conseguir se endireitar; se passava da linha em uma noite, os efeitos o deixavam tão deplorável no dia seguinte que ele tinha que repetir a ofensa para remediá-la, e continuava assim dia após dia até que sua consciência insistente o colocasse em pé. Então, nesses momentos sóbrios, ele incomodava tanto os amigos com remorsos, pavores e arrependimentos que, para legítima defesa deles, eram obrigados a fazê-lo afogar as mágoas no vinho ou em qualquer outra bebida mais forte que alcançassem e, quando os primeiros escrúpulos da consciência eram superados, ele não precisava mais ser persuadido e com frequência se desesperava, tornando-se um canalha obsceno que nenhum deles desejava, mas que lamentava apenas a própria imoralidade e degradação impronunciáveis quando o surto acabava.

"Enfim, um dia estávamos só nós dois e, depois de refletir por um tempo em um daqueles seus humores taciturnos e abstratos, os braços cruzados e a cabeça afundada no peito, ele despertou de repente e, segurando meu braço com veemência, falou:

"'Huntingdon, isso não vai funcionar! Decidi que está tudo acabado.'

"'Como assim, vai atirar em si mesmo?', perguntei.

"'Não, irei me endireitar.'

"'Oh, isso não é novidade! Você está para se endireitar há doze meses, talvez até mais.'

"'É, mas vocês não me deixam, e eu era tão tolo que não conseguia viver sem vocês. Mas agora percebo o que me puxa para trás e o que poderá me salvar; pretendo atravessar a terra e o mar para conseguir, mas receio que não tenha mais chance...' E ele suspirou, como se o coração fosse partir.

"'E o que é, Lowborough?', questionei, pensando que ele tivesse enlouquecido de uma vez por todas.

"'Uma esposa', ele respondeu. 'Não consigo viver sozinho, porque meus pensamentos me distraem, e não consigo viver com vocês, que incitam o diabo contra mim.'

"'Quem, eu?'

"'Sim, todos vocês. Você, acima de todos eles, sabe disso. Mas, se eu conseguir uma esposa abastada o suficiente para pagar minhas dívidas e me endireitar no mundo...'

"'Certamente', concordei.

"'E com doçura e bondade o bastante', ele continuou, 'para tornar a minha casa um lugar suportável e para me reconciliar comigo mesmo, eu acho que ainda seria capaz. Decerto nunca mais me apaixonarei de novo, mas talvez isso nem seja tão importante e possibilitaria que eu escolhesse com os olhos abertos. Apesar de tudo, acho que eu seria um bom marido, mas será que alguém poderia se apaixonar por mim? Essa é a questão. Se eu tivesse sua boa aparência e seu poder de fascinação', o senhor Huntingdon disse isso com satisfação, 'poderia até ser... Mas você acha que alguém me aceitaria, arruinado e desgraçado como estou?'

"'Acho, com certeza.'

"'Quem?'

"'Qual! Qualquer velha negligenciada, quase afundando em desespero, teria o prazer de...'

"'Não, não', ele me interrompeu. 'Tem que ser alguém que eu possa amar.'

"'Qual! Você acabou de falar que nunca mais se apaixonará de novo!'

"'Bem, amar não é a palavra... Mas alguém de quem eu possa gostar. De toda forma, procurarei pela Inglaterra inteira!', ele exclamou, em um ataque repentino de esperança ou de desespero. 'Conseguindo ou não, será melhor do que me entregar à destruição dentro daquele clube maldito. Então adeus para ele e para você. Ficarei feliz sempre que o encontrar em um local honesto ou sob um teto cristão, mas nunca mais me instigue a ir àquela toca do demônio!'

"Foi um linguajar vergonhoso, mas apertamos as mãos e nos separamos. Ele manteve a palavra e, desde aquele momento, tornou-se um modelo de decoro, pelo que sei; mas, até recentemente, eu não tinha me relacionado muito mais com ele. Ele às vezes procurava minha companhia, mas com frequência voltava atrás, temendo que eu o induzisse de volta à destruição, e eu não o achava muito divertido, sobretudo porque algumas vezes tentava despertar minha consciência e me tirar da perdição da qual acreditava ter escapado. Mas, quando de fato nos encontrávamos, dificilmente eu deixava de perguntar sobre o progresso dele nos esforços e nas buscas matrimoniais e, em geral, ele não me dava nada além de um breve relato. As mães eram repelidas pelos cofres vazios e pela reputação com a jogatina, e as filhas, pelo temperamento nebuloso e melancólico. Ademais, ele não as compreendia e queria que o caráter e a segurança que oferecia cuidassem dessa parte.

"Deixei-o quando fui para o continente e, ao voltar, perto do fim do ano, encontrei-o como um solteiro desolado, porém era evidente que não tinha mais aquela aparência de um degredado desafortunado recém-saído da tumba de antes. As jovens moças pararam de ter medo dele e começavam a considerá-lo bastante interessante, mas as mamães ainda estavam irredutíveis. Foi mais ou menos nesse período, Helen, que meu anjo da guarda fez com que eu encontrasse você, e passei a não ter olhos e ouvidos para mais ninguém. Nesse meio-tempo, porém, Lowborough conheceu nossa encantadora amiga, a senhorita Wilmot, pela intervenção do anjo da guarda dele, sem dúvidas é o que ele contaria, embora não tenha se arriscado a fixar as esperanças em uma moça tão cortejada e admirada até que ficassem mais próximos aqui em Staningley, e ela, na ausência de outros admiradores, decerto buscou chamar a atenção dele e incentivou de todas as formas possíveis seus avanços tímidos. Então ele realmente começou a ter esperanças na aurora de dias mais radiantes. Quando sombreei os planos dele colocando-me entre ele e seu sol, por pouco não o empurrei de volta para o abismo do desespero, mas essa situação apenas intensificou seu ardor e fortaleceu suas esperanças quando decidi abandonar o campo para ir atrás de um tesouro mais brilhante. Em poucas palavras, ele está totalmente inebriado, como eu disse antes. A princípio, ele era capaz de perceber vagamente as falhas dela, pois o incomodavam de forma considerável, mas, agora, a paixão dele e a artimanha dela o cegaram para tudo que vá além das perfeições da moça e da incrível sorte dele. Na noite passada ele veio falar comigo, transbordando de uma felicidade recém-descoberta:

"'Huntingdon, eu não sou de se jogar fora!', ele falou, segurando e apertando minha mão como um viciado. 'Ainda há felicidade em estoque para mim, mesmo nesta vida! Ela me ama!'

"'De fato!', falei. 'Ela lhe disse isso?'

"'Não, mas não posso mais duvidar. Você não está vendo a obviedade de sua gentileza e afeição? E ela sabe de toda a minha pobreza, e não liga nem um pouco! Ela sabe quão estúpida e louca foi minha vida anterior, e não tem medo de confiar em mim. E minha posição e meu título não são atrativos, pois ela os ignora por completo. É o ser mais generoso e elevado que já foi concebido. Ela irá me salvar da destruição, de corpo e alma. Já fez com que eu melhorasse minha própria estima e me tornou três vezes melhor e mais sábio do que eu era. Oh! Quanta degradação e miséria eu teria evitado se a tivesse conhecido antes! O que será que fiz para merecer uma criatura tão magnífica?'"

Rindo, o senhor Huntingdon continuou:

– E o mais hilário é que a desfaçada competente não ama nada nele além do título e do *pedigree* e "daquela agradável e antiga residência familiar".

– Como você sabe? – perguntei.

– Ela mesma me contou. Ela disse: "Quanto ao homem em si, desprezo-o completamente, mas imagino que esteja na hora de decidir e, se esperar por alguém capaz de incitar em mim estima e afeição, passarei a vida inteira como uma solteirona abençoada, pois detesto todos vocês!" Rá! Rá! Suspeito que ela esteja errada nesse aspecto... Mas, de toda forma, é evidente que ela não sente amor por ele, pobre rapaz.

– Então você precisa contar para ele.

– Qual! E acabar com os planos e as perspectivas dela, coitadinha? Não, não. E isso seria uma quebra de confiança, não seria, Helen? Rá! Rá! Além disso, partiria o coração dele. – E riu de novo.

– Bem, senhor Huntingdon, não sei o que você vê de tão engraçado no assunto. Eu não consigo rir de nada disso.

– Agora estou rindo por você, meu amor – ele respondeu, redobrando suas maquinações.

Deixando-o para desfrutar seu divertimento sozinho, toquei Ruby com o chicote e andei a meio galope para reencontrar meus companheiros, pois estávamos andando a cavalo por todo esse tempo e, por isso, ficamos bem para trás. Arthur logo estava ao meu lado de novo, mas, pouco disposta a conversar com ele, acelerei para um galope. Ele fez o mesmo e não diminuímos o passo até alcançarmos a senhorita Wilmot e Lorde Lowborough, que estavam a cerca de meia milha dos portões do nosso parque. Evitei conversar com ele até terminarmos nossa cavalgada, quando pretendia saltar do cavalo e desaparecer dentro de casa antes que ele pudesse oferecer ajuda, mas, enquanto eu soltava meu traje de equitação do suporte, ele me levantou e me segurou pelas duas mãos, afirmando que não me deixaria ir embora até que eu o perdoasse.

– Não tenho nada a perdoar – falei. – Você não me ofendeu.

– Não, querida! Deus me livre! Mas você está brava porque Annabella confessou para mim a falta de estima para com o amor dela.

– Não, Arthur, não é isso que me desagrada. É todo o sistema da sua conduta em relação ao seu amigo. Se quer que eu esqueça isso, vá agora e conte a ele que tipo de mulher ele adora tão loucamente e em quem está jogando todas as esperanças de futura felicidade.

– Estou falando, Helen, isso partiria o coração dele, seria a morte para ele, além de uma trapaça escandalosa para a pobre Annabella. Ele não tem mais salvação, não adianta mais rezar por ele. Ademais, ela pode manter o disfarce até o fim e, nesse caso, ele será tão feliz com a ilusão quanto seria se fosse realidade. Ou quem sabe ele descubra o erro cometido quando não estiver mais a amando. De toda forma, se isso não acontecer, será bem melhor que perceba a verdade aos poucos. Então, meu anjo, espero ter esclarecido o caso e a convencido inteiramente de que não posso fazer a reconciliação exigida. Qual outra requisição você tem a fazer? Diga-me, e lhe obedecerei com prazer.

Com a mesma seriedade de antes, respondi:

– Não tenho outra, a não ser esta: no futuro, você jamais fará piada com os sofrimentos dos outros, e sempre usará sua influência sobre seus amigos para favorecê-los contra propensões malignas, em vez de endossá-las contra eles mesmos.

– Farei o possível para lembrar e realizar as injunções da minha instrutora angelical. – E, após beijar minhas duas mãos enluvadas, deixou-me ir.

Ao entrar em meu quarto, fiquei surpresa ao ver Annabella Wilmot diante da minha mesa do lavabo, serenamente analisando sua fronte no vidro, uma das mãos brincando com o chicote dourado de montaria e a outra segurando seu longo traje.

"Ela realmente é uma criatura magnífica!", pensei enquanto observava aquela figura alta e esguia e o reflexo do seu belo rosto no espelho à minha frente, o cabelo preto e brilhoso um pouco desarrumado pela brisa da cavalgada, mas não de forma deselegante, a pele bronzeada, radiante por causa do exercício, os olhos pretos cintilando um brilho fora do comum. Ela virou-se ao me ver e, com um sorriso que indicava mais malícia que contentamento, exclamou:

– Qual, Helen! Por que você demorou tanto? Vim para lhe contar minha boa sorte – continuou, sem se importar com a presença de Rachel. – Lorde Lowborough pediu minha mão, e tive o gracioso prazer de aceitá-lo. Você não está com inveja, querida?

– Não, meu bem – respondi. "Nem de você, nem dele", acrescentei mentalmente. – E você gosta dele, Annabella?

– Se gosto dele? É claro, com certeza. Estou completamente apaixonada!

– Bem, espero que você seja uma boa esposa para ele.

– Obrigada, minha querida! E o que mais você espera?

– Espero que vocês dois se amem e sejam felizes.

– Obrigada. E eu espero que você seja uma ótima esposa para o senhor Huntingdon! – ela falou com uma reverência majestosa e retirou-se.

– Ó, senhorita! Como pôde dizer isso a ela? – Rachel exclamou.

– Dizer o quê? – respondi.

– Como o quê? Que espera que ela seja uma boa esposa para ele. Nunca ouvi isso!

– Porque eu realmente espero, ou melhor, desejo isso; quase não há mais esperança para ela.

– Bem, pode ter certeza que eu espero que ele seja um bom marido para ela. Eles falam coisas estranhas sobre ele lá embaixo. Estavam dizendo que...

– Eu sei, Rachel. Ouvi tudo o que dizem, mas ele se endireitou agora. E não é da conta deles contar histórias sobre seus amos.

– Não, madame. Mas também contaram muitas coisas sobre o senhor Huntingdon.

– Não quero saber, Rachel. Eles estão mentindo.

– Sim, madame – ela falou calmamente enquanto começava a arrumar meu cabelo.

– Você acredita neles, Rachel? – perguntei, depois de uma breve pausa.

– Não, senhorita, nadinha. Sabe, quando vários criados se reúnem, gostam de ficar contando vantagens, e alguns, para se gabar, gostam de fazer parecer que sabem mais do que sabem e sugerem e falam coisas só para impressionar os outros. Mas eu acho que, se fosse você, senhorita Helen, olharia muito bem antes de me jogar. Eu realmente acredito que uma jovem dama nunca é cuidadosa demais ao escolher com que irá se casar.

– Claro que não – concordei. – Mas seja rápida, está bem, Rachel? Quero ficar pronta logo.

E, de fato, eu estava ansiosa para me ver livre da boa mulher, pois estava em um estado tão melancólico que quase não conseguia manter as lágrimas nos olhos enquanto ela me vestia. Não eram pelo Lorde Lowborough, nem por Annabella, nem por mim mesma: eram por Arthur Huntingdon que elas brotavam.

* * *

Dia 13. Eles se foram, e ele se foi. Ficaremos separados por mais de dois meses, mais de dez semanas! Um período bem longo para viver e ficar sem o ver. Mas ele prometeu escrever com frequência, e fez com que eu prometesse escrever com mais frequência ainda, pois estará ocupado com seus negócios e eu não devo ter nada melhor para fazer. Bem, eu acho que sempre terei bastante a dizer. Mas, oh! Quando chegar a hora de ficarmos juntos para sempre, poderemos trocar pensamentos sem a intervenção desses frios intermediários: caneta, tinta e papel!

* * *

Dia 22. Já recebi várias cartas de Arthur. Não são longas, mas muito doces e, assim como ele, cheias de afetos ardentes, chistes e bom humor, mas sempre há um "mas" neste mundo imperfeito, e eu realmente gostaria que ele fosse mais sério às vezes. Não consigo fazê-lo escrever nem falar nada com seriedade real e sólida. Não ligo muito para isso agora, mas, se for sempre assim, o que deverei fazer com meu lado sério?

Capítulo 23

18 de fevereiro de 1822. Hoje cedo Arthur montou em seu caçador e partiu animadamente para encontrar os cães de caça. Ele ficará fora o dia todo, portanto poderei me divertir com meu esquecido diário, se é que posso dar tal nome a uma composição tão irregular. Faz exatos quatro meses desde que o abri pela última vez.

Estou casada agora e estabelecida como a senhora Huntingdon do Palacete Grassdale. Tenho oito semanas de experiência no matrimônio. Se eu me arrependo do passo que dei? Não, embora deva confessar, do fundo do meu coração, que Arthur não é o que eu imaginava a princípio e que, se desde o começo eu o conhecesse tanto quanto hoje, provavelmente nunca o teria amado, e, se eu o amasse e descobrisse o que sei logo depois, receio que pensaria ser meu dever não me casar com ele. Decerto eu poderia tê-lo conhecido, pois todos estavam bastante dispostos a me falar sobre ele, e ele mesmo não era nenhum hipócrita habilidoso, mas eu queria continuar cega; e agora, em vez de me arrepender por não ter distinguido toda a sua personalidade antes de me prender a ele definitivamente, estou feliz porque me poupou uma enorme batalha com minha própria consciência e uma grande parcela de problemas e dores que teriam resultado dela.

A INQUILINA DE WILDFELL HALL

E, não importa o que eu poderia ter feito, agora é meu dever amá-lo por completo e me apegar a ele, e isso vai ao encontro da minha propensão.

Ele é muito afetuoso comigo, às vezes quase excessivamente. Um pouco menos de cuidado e um pouco mais de racionalidade cairiam bem. Se eu pudesse escolher, gostaria de ser menos paparicada e mais amiga, mas não reclamarei disso. Só tenho medo de que a afeição dele perca profundidade onde ganha fervor. Às vezes comparo isso com uma grande fogueira de ramos e galhos secos, em vez de uma fogueira de carvão maciço, muito brilhante e quente; o que deverei fazer se ele queimar até o fim, deixando somente cinzas e mais nada? Mas isso não vai e não pode acontecer, estou decidida, e sou capaz de mantê-lo aceso, sem dúvida. Então, vou abandonar esse pensamento de uma vez por todas. Mas Arthur é egoísta, sou obrigada a reconhecer isso. De fato, admiti-lo me causa menos dor do que eu esperava, pois o amo tanto que consigo perdoá-lo facilmente por amar a si mesmo. Ele gosta de ser agradado, e é meu prazer agradá-lo; porém, quando lamento tal tendência, é pelo seu próprio bem, não pelo meu.

A primeira amostra disso foi durante nossa viagem de núpcias. Ele queria acabar com tudo logo, pois todas as paisagens continentais já lhe eram familiares; seus olhos perderam o interesse por muitas delas, outras nunca nem tiveram o que perder. A consequência foi que, após passarmos voando por um pedaço da França e parte da Itália, voltei quase tão ignorante quanto fui, sem conhecer pessoas nem costumes, descobrindo pouquíssimas coisas, minha cabeça zumbindo com uma profusão confusa de objetos e cenas, algumas decerto deixando uma impressão mais profunda e agradável do que outras, mas todas amarguradas pela lembrança de que minhas emoções não foram compartilhadas por meu parceiro. Muito pelo contrário, quando eu expressava particular interesse sobre algo que via ou que gostaria de ver, isso o desagradava, pois indicava que eu era capaz de gostar de coisas desvinculadas dele.

Apenas passamos por Paris, e ele não me deu tempo de visitar nem um décimo das belezas e dos pontos interessantes de Roma. Disse que queria me levar para casa, para que eu fosse só dele e para me ver instalada com segurança como a patroa do Palacete Grassdale, tão resoluta, inocente e picante quanto antes. Parecia que eu era uma frágil borboleta; ele agia como se tivesse medo de apagar o prateado das minhas asas ao me colocar em contato com a sociedade, sobretudo a de Paris e a de Roma. Além do mais, não teve escrúpulos ao me dizer que nos dois lugares havia mulheres que arrancariam os olhos dele se o encontrassem comigo.

É claro que fiquei irritada com tudo isso, porém eu me incomodei menos com a minha decepção comigo mesma do que com ele. Também não gostei do trabalho que tive para elaborar desculpas aos meus amigos por ter visto e observado tão pouco, sem imputar nenhuma partícula de culpa ao meu companheiro. Porém, quando chegamos em casa (na minha nova e agradável casa), eu estava tão feliz, e ele foi tão gentil, que perdoei tudo sem ressalvas. Eu estava começando a pensar que me sentia feliz demais e que meu marido era bom demais para mim, talvez até bom demais para este mundo, quando, no segundo domingo após nossa chegada, ele me chocou e horrorizou com outra amostra de sua cobrança insensata. Estávamos voltando para casa a pé após o serviço matinal, era uma manhã gélida, mas, como moramos tão perto da igreja, eu disse que não precisávamos da carruagem.

– Helen – ele começou com uma seriedade fora do comum –, não estou totalmente satisfeito com você.

Eu quis saber o que tinha feito de errado.

– Mas você promete que irá mudar se eu lhe contar?

– Prometo, se eu conseguir e não ofender nenhuma autoridade superior.

– Ah, é isso, está vendo? Você não me ama de todo o coração.

– Não estou entendendo, Arthur (ao menos espero não estar). Diga-me: o que eu disse ou fiz de errado?

– Não é nada que você tenha dito ou feito, é algo que você realmente é: você é muito religiosa. Eu gosto de mulheres religiosas e acho que sua piedade é um dos seus maiores charmes, mas, como todas as outras coisas boas, pode ser levada longe demais. Na minha opinião, a religião de uma mulher não deve diminuir sua devoção ao seu senhor mundano. A mulher pode ser religiosa o suficiente para purificar e elevar sua alma, mas não tanto a ponto de refinar seu coração e alçá-la acima de todas as simpatias humanas.

– E eu estou acima de todas as simpatias humanas? – questionei.

– Não, querida. Mas você está progredindo mais em direção a essa condição santa do que eu gostaria. Fiquei pensando em você, sedento pelo seu olhar durante essas duas horas, e você estava tão absorta em suas devoções que não teve tempo de me olhar. Declaro que apenas isso basta para fazer com que alguém tenha ciúme do seu Criador, o que é muito errado, você sabe. Portanto, não incite tais paixões doentias de novo, pelo bem da minha alma.

– Darei todo o meu coração e toda a minha alma ao meu Criador, se puder – respondi –, e nenhum átomo a mais do que Ele permite para você. O que você é, senhor, para se colocar como um deus e querer disputar a posse do meu coração com Ele, a quem devo tudo o que tenho e sou, cada bênção que já recebi ou poderei receber (e você está entre elas, se é que posso chamá-lo de bênção, coisa que estou propensa a duvidar).

– Não seja tão dura comigo, Helen; e não belisque meu braço assim, você está apertando os dedos no meu osso.

– Arthur – continuei, relaxando minha mão em seu braço –, seu amor por mim não chega a metade do meu por você e, ainda assim, se você me amasse menos ainda, eu não reclamaria, desde que amasse mais seu Criador. Eu me alegraria demais se alguma hora o encontrasse tão profundamente absorto em suas devoções que não tivesse tempo de pensar em mim. Mas, de fato, eu não perderia nada com a mudança, pois quanto mais você amasse seu Deus, mais profundo, puro e verdadeiro seria seu amor por mim.

Ao ouvir isso, ele deu risada e beijou minha mão, chamando-me de doce entusiasta. Em seguida tirou o chapéu e acrescentou:

– Mas olhe aqui, Helen. O que um homem com uma cabeça dessas pode fazer?

A cabeça dele parecia bem normal, mas, ao colocar minha mão sobre ela, senti-a afundar em uma cama cacheada assustadoramente côncava, sobretudo no meio.

– Viu só, eu não fui feito para ser santo – ele falou, sorrindo. – Se Deus me quisesse religioso, por que não me deu um órgão de veneração adequado?

– Você é como um servo que, em vez de usar seu único dom para o serviço do seu senhor, devolve-o para ele sem melhorias com a justificativa de que ele o conhecia como "um homem duro, que ceifa onde não semeara e ajunta onde não espalhara" – respondi. – Daqueles a quem menos é dado, menos será exigido, mas todos precisamos nos empenhar ao máximo. Não lhe falta a capacidade de veneração, fé e esperança, consciência e razão, nem qualquer outro requisito para um caráter cristão, se você optasse por empregá-las; mas todos os seus dons aumentam com o uso, e todas as faculdades, tanto boas quanto más, podem se fortalecer com o exercício. Portanto, se você optar por usar as más ou as que tendam para o mal até que elas se tornem suas mestras e negligenciar as boas até minguarem, o único culpado será você mesmo. Mas você tem dons, Arthur, talentos naturais do coração, da mente e do temperamento que qualquer cristão mais empenhado ficaria feliz em possuir, bastaria aplicá-los unicamente ao serviço de Deus. Não espero vê-lo como um devoto, mas é bem possível ser um bom cristão sem deixar de ser um homem feliz com o coração realizado.

– Você fala como um oráculo, Helen, e tudo o que diz é indubitavelmente verdadeiro, mas ouça aqui: suponhamos que eu esteja com fome e encontre um bom e abundante jantar à minha frente. Dizem-me que, se eu me abstiver dele hoje, poderei receber um suntuoso banquete amanhã com todo tipo de delícias e iguarias. Então, em primeiro lugar, eu ficaria relutante em esperar até amanhã quando já tenho diante de mim os meios de saciar minha fome. Em segundo lugar, os fartos mantimentos de hoje me agradam mais do que as delícias prometidas. Em terceiro lugar, não estou vendo o banquete de amanhã, então, como posso ter certeza de que tudo não passa de uma fábula inventada pelo camarada graxo que está me sugerindo a abstinência com o intuito de ficar com todas as boas provisões para si? Em quarto lugar, essa mesa deve ter sido posta para alguém e, como Salomão diz: "Quem pode comer ou se apressar nisso mais do que eu?". E, por fim, com sua licença, eu quero é me sentar e satisfazer os anseios de hoje; deixarei que o amanhã se resolva sozinho. Vai saber se não consigo garantir tanto um quanto o outro?

– Mas você não precisa se abster do jantar abundante de hoje; apenas é aconselhado a consumir estes mantimentos ordinários com moderação para não ser incapacitado de aproveitar o banquete opcional de amanhã. Se, apesar desse conselho, você optar por se esbaldar agora e comer e beber demais até transformar as boas provisões em veneno, quem será o culpado se depois, enquanto sofre os tormentos da glutonaria e da ebriedade de ontem, você encontrar os homens mais moderados desfrutando um entretenimento esplêndido que você não é capaz de experimentar?

– É bem verdade, minha santa patrona, mas, de novo, como nosso amigo Salomão diz: "Não há nada melhor para um homem do que comer, e beber, e regojizar".

– E ele diz também – repliquei: – "Alegra-te, jovem, na tua mocidade; e ande nos caminhos do teu coração, e veja pelos teus olhos, mas sabe, contudo, que, por todas estas coisas, Deus te trará em julgamento".

– Mas, Helen, tenho certeza de que tenho sido muito bom nessas últimas semanas. O que você viu de impróprio em mim e o que gostaria que eu fizesse?

– Nada além do que está fazendo, Arthur. Você agiu bem até agora. Mas eu gostaria que mudasse seus pensamentos, que se fortificasse contra a tentação, não chamasse o mau de bom e o bom de mau; gostaria que você refletisse com mais profundidade, olhasse mais adiante e almejasse além.

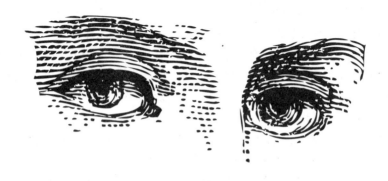

Capítulo 24

25 de março. Arthur está se cansando (não de mim, acredito, mas da vida idílica e tranquila que está levando). E não é de se admirar, pois ele tem pouquíssimas fontes de lazer: nunca lê nada além de jornais e periódicos esportivos e, sempre que me vê ocupada com um livro, não sossega enquanto eu não o fechar. Quando o tempo está bom, ele normalmente consegue passar bem o tempo, mas, em dias chuvosos, que foram abundantes nos últimos tempos, é um pouco doloroso testemunhar seu enfado. Faço o que posso para entretê-lo, mas é impossível fazê-lo se interessar pelos assuntos de que mais gosto de conversar e, em contrapartida, ele gosta de falar sobre coisas que não me interessam, ou até me incomodam, e isso o agrada. Sua distração preferida é sentar-se ou deitar no sofá ao meu lado e contar histórias sobre seus amores passados, que sempre acabam arruinando alguma garota digna de confiança ou logrando algum marido inocente; e, quando expresso meu horror e minha indignação, ele coloca toda a culpa no ciúme e ri até as lágrimas rolarem em suas bochechas. A princípio eu explodia em paixões ou me debulhava em lágrimas, mas, ao perceber que seu prazer aumentava proporcionalmente à minha raiva e agitação, passei a me esforçar para suprimir meus sentimentos e recebo

suas revelações com um desdém silencioso e calmo. Contudo, ele ainda consegue ler o esforço em meu rosto e deturpa a amargura que sinto em minha alma pelo seu demérito como uma pontada de ciúme ferido. Depois de se divertir bastante com isso, ou ao recear que meu desprazer ficará sério demais para seu conforto, ele tenta me beijar e me fazer rir de novo. Suas carícias nunca são tão pouco bem-vindas quanto nesses momentos! É um egoísmo duplo, em relação tanto a mim quanto às vítimas de seus antigos amores. Há momentos em que, com uma pontada momentânea, um acesso de desânimo descontrolado, pergunto-me: "Helen, o que foi que você fez?" Mas eu reprimo a questionadora interna e afasto os pensamentos indesejáveis que me apinham, pois sei muito bem que não tenho o direito de reclamar, nem se ele fosse dez vezes mais sensual e impenetrável aos pensamentos bons e elevados. E não reclamo nem reclamarei. Eu ainda o amo e continuarei amando, e não me arrependo, nem hoje nem amanhã, por ter ligado meu destino ao dele.

* * *

Dia 4 de abril. Nós brigamos. Os detalhes são os seguintes: Arthur me contou, em momentos diferentes, toda a história da sua intriga com a Lady F., que eu não tinha acreditado antes. Era um pouco reconfortante, contudo, saber que, neste caso, a dama era mais culpada do que ele, pois era muito jovem na ocasião, e ela com certeza fizera os primeiros avanços, se o que ele me contou for verdade. Eu a odiava, pois parecia que ela tinha contribuído decisivamente para a degradação dele. Outro dia, ele começou a falar sobre ela de novo, e implorei para não a mencionar, pois eu detestava ouvir até o nome dela.

– Não porque você a amou, sabe, Arthur, mas porque ela machucou você e enganou o marido, e foi uma mulher muito abominável que você deveria ter vergonha de mencionar.

Mas ele a defendeu, dizendo que ela tinha um marido velho e babão, o qual era impossível amar.

– Então por que ela se casou com ele? – perguntei.

– Pelo dinheiro – foi a resposta.

– Então há aí outro crime. E a promessa solene de amá-lo e honrá-lo foi outro que só aumentou a grandeza do último.

– Você é muito severa com a pobre dama. – Ele riu. – Mas deixe para lá, Helen, não ligo para ela agora. E nunca amei nenhuma delas nem a metade do que amo você, então não precisa ficar com medo de ser abandonada como elas foram.

– Se você tivesse me contado essas coisas antes, Arthur, eu jamais teria lhe dado chance.

– É mesmo, minha querida?

– Certamente!

Ele sorriu com incredulidade.

– Gostaria de poder convencê-lo disso agora! – exclamei, levantando-me do seu lado e, pela primeira vez na minha vida, e espero que tenha sido a última, desejei não ter me casado com ele.

– Helen, você sabe que, se eu acreditasse em você, estaria muito bravo agora? – ele falou com mais seriedade. – Graças aos céus, não acredito. Apesar de vê-la aí com seu rosto pálido e seus olhos brilhantes, encarando-me como uma tigresa, talvez eu conheça as entranhas do seu coração um pouco melhor do que você mesma.

Sem mais nenhuma palavra, saí da sala e me tranquei em meus aposentos. Cerca de meia hora depois, ele veio até a porta, primeiro tentou abri-la e, em seguida, bateu.

– Você não vai me deixar entrar, Helen? – ele quis saber.

– Não. Você me desagradou – respondi –, e não quero ver seu rosto nem ouvir sua voz de novo até amanhã de manhã.

Ele parou por um momento, como se confuso ou incerto sobre como responder, e, em seguida, virou-se e se afastou. Isso aconteceu apenas uma hora após o jantar: eu sabia que ele acharia muito maçante ficar sentado sozinho a noite inteira, e isso diminuiu consideravelmente meu ressentimento, embora não tivesse me compadecido. Eu estava decidida a mostrar que meu coração não era seu escravo e que poderia muito bem viver sem ele, se quisesse. Então me sentei e escrevi uma longa carta para minha tia, sem contar nada sobre isso, é claro. Logo depois das dez da noite, eu o ouvi subir de novo, mas ele passou pela minha porta e foi direito para seu *closet*, onde se trancou durante a noite.

Eu estava ansiosa para ver como ele me encontraria de manhã, e foi grande minha decepção ao vê-lo entrar no salão de café da manhã com um sorriso despreocupado.

– Ainda está bravinha, Helen? – ele perguntou, aproximando-se como se quisesse me cumprimentar. Virei para a mesa com frieza e comecei a passar o café, dizendo que ele estava atrasado.

Ele assobiou baixinho e se afastou em direção à janela, onde ficou parado por alguns minutos olhando a agradável previsão de nuvens cinza carregadas, chuvas, grama encharcada e árvores desfolhadas pingando, murmurando execrações ao tempo, e, depois, sentou-se para desjejuar. Ao servir-se, murmurou:

– Diabos! O café está muito frio.

– Você não deveria tê-lo deixado aí por tanto tempo – falei.

Ele não respondeu, e a refeição foi terminada em silêncio. Foi um alívio para ambos quando a bolsa de cartas foi trazida. Nela havia um jornal e uma ou duas cartas para ele, e algumas cartas para mim, que ele jogou na mesa sem fazer nenhuma observação. Uma era do meu irmão; a outra, de Milicent Hargrave, que agora estava em Londres com a mãe. Acho que as cartas dele eram comerciais e, aparentemente, não tão importantes, pois ele as enfiou no bolso murmurando profanidades que eu teria reprovado em qualquer outro momento. Abriu o jornal diante de si e fingiu estar profundamente absorto em seu conteúdo durante o resto do desjejum e um bom tempo depois.

Fiquei bastante ocupada pela manhã lendo e respondendo às minhas cartas, além de gerir os afazeres domésticos; depois do almoço peguei meu desenho e, do jantar até a hora de ir me deitar, eu li. Enquanto isso, o coitado do Arthur estava perdido e angustiado por não ter nada para agradá-lo ou passar o tempo. Ele queria parecer tão ocupado e despreocupado quanto eu. Se o clima tivesse permitido, sem dúvida ele mandaria trazer seu cavalo e partiria rumo a alguma região distante, qualquer uma, logo após o café da manhã, só retornando à noite. Se conseguisse encontrar uma dama qualquer entre 15 e 45 anos, tentaria se vingar e se ocuparia em flertar ou tentar flertar desesperadamente com ela, mas, totalmente impedido dessas duas fontes de diversão, para minha satisfação pessoal, seu sofrimento era de fato deplorável. Depois que terminou de bocejar em cima do jornal e rabiscar breves respostas às suas breves cartas, passou o resto da manhã e a tarde toda inquieto de cômodo em cômodo, observando as nuvens, maldizendo a chuva, alternadamente agradando, provocando e chateando os cachorros, algumas vezes deitado no sofá com um livro que não conseguia se forçar a ler e, com muita frequência, encarando-me fixamente quando pensava que eu não estava vendo, com a vã esperança de detectar sinais de lágrimas ou arrependida agonia em meu rosto. Mas eu consegui manter minha serenidade imperturbável, porém séria, o dia inteiro. Eu não estava brava de verdade: lamentei por ele o tempo todo e ansiava por fazer as pazes, mas estava decidida a deixá-lo tomar a iniciativa ou, pelo menos, mostrar algum sinal de humildade e contrição, pois, se eu tomasse, isso apenas aumentaria sua vaidade, elevaria sua arrogância e destruiria a lição que eu queria ensinar-lhe.

Ele ficou por bastante tempo na sala de jantar depois da refeição, e receio que tenha tomado uma quantidade extraordinária de vinho, mas não o suficiente para soltar sua língua, pois, quando chegou e me viu em silêncio com meu livro, muito ocupada para levantar a cabeça com sua entrada, apenas murmurou uma expressão de desaprovação reprimida e, fechando a porta com uma pancada, esticou-se no sofá, preparando-se para dormir. Mas seu *cocker* favorito, Dash, que estava deitado aos meus pés, tomou a liberdade de pular em cima dele e começar a lamber seu rosto. Ele o afastou com um golpe, e o pobre cachorro choramingou e correu encolhido de volta para mim. Ao acordar, cerca de meia hora depois, chamou o cachorro de volta, mas Dash apenas o olhou sonolento e abanou a ponta do rabo. Ele o chamou com mais rispidez, mas Dash só se aproximou ainda mais de mim e lambeu minha mão, como implorando por proteção. Enraivecido, seu dono agarrou um livro pesado e o arremessou na cabeça do animal. O coitado do cachorro deu um ganido comovente e correu para a porta. Eu o deixei sair e, em seguida, peguei o livro em silêncio.

A INQUILINA DE WILDFELL HALL

– Dê esse livro para mim – Arthur pediu em um tom não muito cortês. Eu o entreguei a ele.

– Por que você deixou o cachorro sair? – perguntou. – Você sabia que eu queria ficar com ele.

– Mas como? – indaguei. – Jogando o livro nele? Ou será que era eu que você pretendia acertar?

– Não, mas estou vendo que pegou em você – ele respondeu olhando para minha mão, que também tinha sido atingida e ficara arranhada.

Voltei à minha leitura, e ele se esforçou em se ocupar do mesmo modo, mas pouco depois, após vários bocejos sonoros, anunciou que o livro era uma "porcaria abominável" e jogou-o na mesa. Seguiram-se oito ou dez minutos de silêncio, e acredito que ele ficou me encarando na maior parte do tempo. Enfim, sua paciência acabou.

– Que livro é esse, Helen? – ele perguntou.

Eu disse a ele.

– É interessante?

– É, bastante.

Continuei lendo, ou pelo menos fingindo que lia. Não posso dizer que havia muita comunicação entre meus olhos e meu cérebro, pois, enquanto aqueles passavam pelas páginas, este estava seriamente curioso para saber quando Arthur falaria de novo, o que ele diria e o que eu deveria responder. Mas ele não falou de novo até eu me levantar para fazer o chá e, quando o fez, foi só para me informar que não tomaria nada. Continuou estendido no sofá, alternadamente fechando os olhos e olhando para o relógio e para mim até a hora de ir para a cama, quando me levantei, peguei minha vela e me retirei.

– Helen! – ele exclamou, no momento que saí da sala. Voltei e aguardei seus comandos.

– O que você quer, Arthur? – falei, enfim.

– Nada – ele respondeu. – Vá!

Saí, mas, ao ouvi-lo murmurar alguma coisa enquanto fechava a porta, voltei de novo. Soou muito como "vadia maldita", mas eu esperava que fosse algo diferente.

– Você disse alguma coisa, Arthur? – perguntei.

– Não – foi a resposta. Fechei a porta e retirei-me. Não o vi mais até o café da manhã seguinte, quando ele desceu uma hora mais tarde que de costume.

– Você está bem atrasado – foi meu cumprimento matinal.

– Não precisava ter esperado por mim – foi o dele, e dirigiu-se de novo à janela. O tempo estava igual ao do dia anterior.

– Ó, chuva maldita! – murmurou. Mas, após estudá-la por um ou dois minutos, pareceu ter uma ideia brilhante, pois exclamou de repente: – Ah, já sei o que fazer! – E voltou para se sentar à mesa. A bolsa de cartas já estava lá, esperando para ser aberta. Ele assim o fez e examinou seu conteúdo, mas não disse nada.

– Tem algo para mim? – perguntei.

– Não.

Ele abriu o jornal e começou a ler.

– É melhor você tomar o café – sugeri –, senão vai esfriar de novo.

– Pode ir, se já tiver terminado – ele disse. – Não quero você aqui.

Levantei-me e fui para o cômodo ao lado, imaginando se teríamos outro dia miserável como ontem e desejando intensamente o fim daqueles tormentos mútuos. Pouco depois eu o ouvi tocar o sino e dar algumas ordens sobre seu guarda-roupa, parecendo revelar que estava planejando uma longa viagem. Depois mandou chamar o cocheiro, e ouvi algo sobre a carruagem e os cavalos, e Londres, e sete horas da manhã de amanhã, o que não me agitou nem perturbou.

"Não posso deixá-lo ir a Londres, não importa o motivo", pensei comigo mesma. "Ele cairá em todo o tipo de males, e a culpa será minha. Mas a questão é: como mudar essa vontade? Bem, vou esperar um pouco e ver se ele vai me contar."

Esperei ansiosamente de hora em hora, mas nenhuma palavra me foi dirigida sobre esse ou qualquer outro assunto. Ele assobiou e conversou com os cachorros e ficou vagando de cômodo em cômodo, igual ao dia anterior. Até que comecei a achar que eu mesma deveria introduzir o assunto e estava refletindo sobre como fazer isso quando John, para meu alívio, entrou desavisado com a seguinte mensagem do cocheiro:

– Senhor, Richard disse que um dos cavalos pegou um resfriado bem sério e acha, senhor, que, se fosse possível ir depois de amanhã, em vez de amanhã, ele poderia medicá-lo hoje para…

– Que insolência! – interrompeu o amo.

– Por favor, senhor, ele diz que seria melhor – John persistiu –, pois espera que o tempo mude em breve, e diz que não é adequado quando um cavalo está assim tão resfriado, medicado e tudo…

– Aos diabos o cavalo! – exclamou o cavalheiro. – Bem, diga a ele que irei pensar – acrescentou, depois de refletir por um momento. Lançou um olhar perscrutador para mim quando o criado saiu, esperando ver algum sinal de espanto e alvoroço profundos, mas eu tinha me preparado antes e mantive uma expressão de estoica indiferença. Sua expressão mudou ao encontrar meu olhar fixo, virou-se nitidamente desapontado e subiu para a sala da lareira, onde ficou encostado contra a chaminé com a testa afundada no braço em indisfarçado desânimo.

– Você quer ir para onde, Arthur? – questionei.

– Para Londres – ele respondeu com seriedade.

– Para fazer o quê? – perguntei.

– Não consigo ser feliz aqui.

– Por que não?

– Porque minha esposa não me ama.

– Ela o amaria de todo coração se você merecesse.

– E o que tenho de fazer para merecer?

Isso me pareceu humilde e sério o suficiente, e eu estava tão comovida entre o lamento e a alegria que fui obrigada a esperar alguns segundos antes de firmar minha voz para responder.

– Se ela lhe der seu coração – falei –, você deve pegá-lo agradecido e usá-lo bem, não despedaçá-lo e rir dela porque não consegue tirá-lo de você.

Ele se virou e me encarou, as costas viradas para o fogo.

– Vamos lá, Helen, você vai ser uma boa garota? – ele disse.

Isso me soou muito arrogante, e o sorriso que acompanhou essa fala não me agradou. Por isso, hesitei na resposta. Talvez o que eu disse antes tivesse dado muito a entender: ele ouviu minha voz falhar e talvez tenha me visto enxugar uma lágrima.

– Você vai me perdoar, Helen? – ele continuou com mais humildade.

– Você está arrependido? – respondi, aproximando-me dele e sorrindo.

– De coração partido! – disse com uma expressão pesarosa, mas com um sorriso alegre escapando pelos olhos e pelo canto da boca; mas isso não foi capaz de me afastar, e corri para seus braços. Ele me abraçou com fervor e, embora eu tivesse derramado uma torrente de lágrimas, acho que nunca estive tão feliz na minha vida quanto naquele instante.

– Então você não vai para Londres, Arthur? – eu quis saber quando a primeira leva de lágrimas e beijos cessou.

– Não, amor. A menos que você vá comigo.

– Irei com prazer – respondi –, se você acha que a mudança irá lhe fazer bem e se adiar a viagem para a semana que vem.

Ele concordou prontamente, mas disse que não era preciso tanto preparo, pois ele não ficaria por muito tempo, já que não queria que eu fosse londrinizada e perdesse meu frescor e originalidade campestres pelo contato exagerado com as mulheres do mundo. Achei aquilo uma bobagem, mas não quis contradizê-lo, então falei apenas que eu tinha hábitos muito domésticos, como ele bem sabia, e nenhum desejo particular de me misturar com o mundo.

Portanto, iremos a Londres segunda-feira, depois de amanhã. Faz quatro dias que nossa briga acabou, e tenho certeza de que fez bem para nós dois: eu gosto de Arthur muito mais agora, e ele está se comportando melhor comigo. Nunca mais tentou me irritar com a mais distante alusão à Lady F. ou com qualquer reminiscência desagradável da sua vida anterior. Gostaria de poder apagá-las da minha memória, ou melhor, fazê-lo ver tais assuntos da mesma forma que eu. Mas, bem, já é alguma coisa fazê-lo perceber que não são assuntos adequados para chistes conjugais. Talvez ele veja além algum dia. Não limitarei minhas esperanças e, apesar dos agouros da minha tia e dos meus próprios temores não ditos, acredito que ainda seremos felizes.

Capítulo 25

No dia 8 de abril nós fomos para Londres, e no dia 8 de maio eu voltei, obedecendo ao desejo de Arthur, e muito a contragosto, pois o deixei lá. Se ele tivesse vindo comigo, eu ficaria muito feliz por estar em casa de novo, pois ele me levou a uma intemperança tão inquieta enquanto estávamos lá que fiquei exausta em um período muito curto. Ele parecia inclinado a me exibir a seus amigos e conhecidos e ao público em geral em qualquer ocasião, aproveitando-se ao máximo disso. Eu senti como se ele me considerasse um valioso objeto de orgulho, mas paguei caro pelo reconhecimento. Em primeiro lugar porque, para agradá-lo, precisei violar minhas estimadas predileções, meus princípios quase enraizados que favorecem trajes de estilo simples, escuros e sóbrios (fui obrigada a reluzir com joias caras e a me cobrir como uma borboleta pintada, coisa que havia tempo eu estava decidida a nunca fazer), e isso não foi um sacrifício trivial. Em segundo lugar, tive que me esforçar constantemente para satisfazer às expectativas pletóricas dele e honrar o modo como queria que eu agisse e me portasse, temendo desapontá-lo por causa de alguma contravenção estranha ou por algum traço de ignorância inexperiente sobre os costumes da sociedade, sobretudo quando fazia o papel da anfitriã, o qual não desempenhei poucas vezes. E, em terceiro lugar, como já insinuei antes, eu estava cansada da multidão e da agitação, da pressa inquieta e da mudança contínua presente em uma vida tão alheia a todos os meus hábitos anteriores. Por fim, ele de repente descobriu que o ar londrino não me caía bem e que eu estava enlanguescendo pela falta da minha casa do campo, precisando voltar imediatamente a Grassdale.

Sorrindo, garanti a ele que o caso não era tão urgente quanto ele parecia pensar, mas eu estava disposta a ir para casa se ele estivesse também. Ele respondeu que era obrigado a ficar mais uma ou duas semanas, pois tinha negócios presenciais a fazer.

– Então ficarei com você – falei.

– Mas não consigo fazê-los com você, Helen – foi a resposta. – Enquanto você estiver aqui, devo atendê-la e abandonar os negócios.

– Mas eu não o deixarei – retruquei. – Agora que sei que você tem negócios a fazer, insisto que os resolva e me deixe sozinha. Para falar a verdade, um pouco de descanso me fará bem. Posso cavalgar e passear no parque como de costume. Ademais, seus negócios não o deixarão ocupado o tempo inteiro: poderei vê-lo nas refeições e à noite, no mínimo, e isso será melhor do que estar a léguas de distância e nunca o ver.

– Mas, meu amor, não posso deixar que fique. Como conseguirei resolver minhas coisas sabendo que você está aqui, abandonada?

– Não me sentirei abandonada. Enquanto você estiver cumprindo seu dever, Arthur, nunca reclamarei de abandono. Se você tivesse me falado antes que tinha coisas para fazer, elas já estariam concluídas, mas, agora, você precisará compensar o tempo perdido dobrando seus esforços. Diga-me o que é e serei sua incentivadora, em vez de um empecilho.

– Não, não... – persistiu a intratável criatura. – Você tem que ir para casa, Helen. E eu terei a satisfação de saber que você está bem e segura, embora tão distante. O brilho dos seus olhos está opaco, suas maçãs do rosto perderam aquele rosado suave e delicado.

– É por causa do excesso de diversão e fadiga.

– Não é, estou falando, é o ar de Londres. Você está abatida ansiando pela brisa fresca da sua casa de campo e deve senti-la antes de envelhecer dois dias. Lembre-se também da sua situação, minha querida Helen: a saúde, se não a vida, da nossa esperança futura depende da sua saúde.

– Então você quer mesmo se livrar de mim?

– Sim, quero. E eu mesmo a levarei até Grassdale e voltarei em seguida. Não ficarei fora por mais de uma ou duas semanas, no máximo.

– Mas, se eu tenho que ir, vou sozinha. Se você precisa ficar, não vai perder tempo na viagem de ida e volta.

Mas ele não pareceu gostar da ideia de me mandar sozinha.

– Por quê? Que criatura inofensiva você acha que sou – respondi –, para não conseguir confiar que eu viaje umas cem milhas em nossa própria carruagem, com nosso próprio lacaio e uma dama de companhia? Se você vier comigo, certamente o manterei por lá. Mas me diga, Arthur, que negócios cansativos são esses, e por que você não os mencionou antes?

– É só um pequeno negócio com meu advogado – ele disse, e me contou alguma coisa sobre uma propriedade que queria vender para pagar uma parte dos gravames de suas terras, mas a conta ou era um pouco confusa, ou me faltou compreensão, pois não consegui entender com clareza como aquilo o manteria na cidade por mais quinze dias depois que eu partisse. E agora entendo menos ainda como isso está sendo capaz de mantê-lo longe por um mês, que é quase o tempo que o deixei, e nem sinal do seu retorno até o momento. Em todas as cartas ele promete que estará comigo em poucos dias, e toda vez me engana, ou engana a si mesmo. Suas desculpas são vagas e insuficientes. Não duvido de que ele esteja de novo com seus antigos convivas. Oh, por que fui deixá-lo? Desejo, e muito fortemente, que ele retorne!

* * *

Dia 29 de junho. Nada de Arthur ainda; e por vários dias esperei e ansiei em vão por uma carta. As cartas dele, quando chegam, são gentis, se belas palavras e comoventes epítetos podem lhes conferir este título, mas muito curtas, cheias de desculpas triviais e promessas nas quais não posso confiar. Ainda assim, quão ansiosamente aguardo por elas! É grande a avidez com que abro e devoro um desses retornos breves escritos às pressas para as três ou quatro longas cartas que enviei e ficaram sem resposta.

Oh, como é cruel me deixar sozinha por tanto tempo! Ele sabe que só tenho Rachel para conversar aqui, uma vez que não temos vizinhos, exceto os Hargraves, cuja residência, protegida entre as colinas baixas e arborizadas para além de Dale, pouco consigo distinguir por essas janelas altas. Fiquei feliz quando soube que Milicent estava tão perto de nós; sua companhia me seria um consolo reconfortante agora, mas ela ainda está na cidade com a mãe, e não há ninguém no Bosque a não ser a pequena Esther e sua governanta francesa, enquanto Walter está sempre fora. Encontrei tal paradigma de perfeições masculinas em Londres: ele pouco parecia merecer os elogios da sua mãe e irmã, apesar de certamente aparentar ser alguém mais conversável e agradável do que Lorde Lowborough, mais cândido e elevado que o senhor Grimsby, e mais polido e cavalheiresco que o senhor Hattersley, o único outro amigo de Arthur que ele julgou digno o bastante para me apresentar. Ó, Arthur, por que você não vem? Por que ao menos não me escreve? Você falou sobre minha saúde: como pode esperar que eu floresça e revigore aqui, abatida pela solidão e pela ansiedade sem fim todos os dias? Seria bom você voltar e descobrir como minha boa aparência está sendo completamente desperdiçada. Eu pediria que meu tio e minha tia, ou para meu irmão, viessem me ver, mas não gosto de reclamar da minha solidão para eles e, de fato, solidão é o menor dos meus sofrimentos. Mas o que ele está fazendo? O que o mantém longe? É essa questão recorrente e as terríveis sugestões que ela levanta que me distraem.

* * *

Dia 3 de julho. Minha última carta amargurada pelo menos arrancou dele uma resposta um pouco mais longa que de costume, mas, mesmo assim, não sei o que fazer com ela. Ele zomba de mim por causa da minha última efusão angustiada e rancorosa, diz que não tenho ideia dos inúmeros envolvimentos que o mantêm longe, mas alega que, apesar de todos eles, certamente estará comigo antes do fim da próxima semana, embora seja impossível que um homem tão circunstanciado como ele defina o dia preciso do seu retorno. Enquanto isso, ele exorta-me ao exercício da paciência, "a primeira virtude da mulher", e deseja que eu me lembre do ditado: "é na ausência que se conhece a falta", confortando-me com a garantia de que, quanto mais tempo ficar fora, melhor me amará quando voltar. E, até que retorne, pede que eu continue escrevendo sempre, pois, conquanto às vezes ele esteja com muita pressa e frequentemente bastante ocupado para responder às minhas cartas assim que elas chegam, ele gosta de recebê-las todos os dias. E, se eu cumprir minha ameaça de punição ao seu aparente abandono parando de escrever, ele ficará tão bravo que fará o possível para me esquecer. E adicionou esta informação a respeito da pobre Milicent Hargrave:

"Sua amiguinha Milicent provavelmente seguirá seu exemplo em breve, atrelando-se ao jugo do matrimônio junto de um amigo meu. Hattersley, como você sabe, ainda não cumpriu sua terrível ameaça de desperdiçar sua preciosa pessoa com a primeira velha que manifestar simpatia por ele; mas ainda está resoluto e determinado a se casar antes do fim do ano.

"'Só tem uma coisa', ele falou. 'Preciso de alguém que me deixe fazer tudo do meu jeito, não como sua esposa, Huntingdon, que é uma criatura encantadora, mas parece ser alguém de desejos próprios e poderia agir como uma megera se quisesse.' (Eu pensei 'você está certo!', mas não disse isso.) 'Preciso de uma alma boa e tranquila que me deixe fazer o que bem entendo e ir aonde quiser, ficar dentro ou fora de casa, sem dizer uma palavra de censura ou reclamação, pois não aguento ser incomodado.'

"'Bem', respondi, 'conheço alguém que lhe cairá como uma luva, se você não ligar para o dinheiro. É a irmã de Hargrave, Milicent.'

"Ele quis que eu a apresentasse a ele imediatamente, pois falou que tinha as posses necessárias ou as teria quando seu velho senhor saísse de cena. Viu só, Helen, ajeitei as coisas muito bem, tanto para sua amiga quanto para o meu."

Coitada da Milicent! Mas não consigo imaginar que ela aceite um pretendente desses, um homem diferente demais de todas as características que ela valorizaria para honrá-lo e amá-lo.

ANNE BRONTË

* * *

Dia 5. Ai de mim! Eu estava enganada. Recebi uma longa carta dela esta manhã, contando-me que já está noiva e espera estar casada antes do fim do mês.

"Mal sei o que dizer sobre isso", ela escreveu, "ou o que pensar. Para falar a verdade, Helen, não gosto nem um pouco da ideia. Se serei a esposa do senhor Hattersley, preciso tentar amá-lo, e tento com todas as minhas forças, mas ainda progredi muito pouco. O pior sintoma é o fato de que, quanto mais longe ele está de mim, mais gosto dele. Os modos abruptos e o jeito estranho e intimidador dele me assustam, e fico apavorada com a ideia de me casar com ele. 'Então por que você o aceitou?', você perguntará. E eu não sabia que o tinha aceitado, mas mamãe me diz que aceitei, e parece que ele também acha isso. Com certeza não tive essa intenção, mas não quis dar a ele uma negativa direta e queria falar com mamãe primeiro, porque tive medo de que ela ficasse triste e com raiva (pois eu sabia que queria que eu me casasse com ele), então respondi-lhe de uma forma que pensei ser evasiva e meio negativa; mas ela disse que foi tão boa quanto uma aceitação, e ele me consideraria muito caprichosa se eu tentasse voltar atrás. De fato, do jeito que eu estava confusa e assustada no momento, nem consigo saber direito o que falei. Quando o vi de novo, ele me abordou e me chamou de futura noiva com toda a confiança e começou a definir os planos com mamãe de imediato. Não tive coragem de contradizê-los na hora e como poderei fazer isso agora? Não posso, eles pensariam que sou louca. Além disso, mamãe está muito maravilhada com a ideia da nossa união. Ela acha que me arranjou muito bem, e não consigo desapontá-la. Eu me oponho às vezes e conto o que estou sentindo, mas você não imagina como ela fala. Você sabe que o senhor Hattersley é filho de um banqueiro rico, e, como Esther e eu não temos fortunas, e a de Walter é muito pequena, nossa querida mãe está muito ansiosa para nos ver todos bem casados, ou seja, unidos a parceiros ricos. Essa não é a minha concepção de estar bem casada, mas ela faz isso pelo nosso bem. Mamãe diz que, quando eu sair de baixo das suas asas com segurança, será um alívio enorme para a cabeça dela e ela me garante que isso vai ser bom para a família e para mim. Até Walter está feliz com tal perspectiva e, quando lhe confessei minha relutância, ele disse que era uma bobagem infantil. Você acha que é bobagem, Helen? Eu não me importaria se tivesse em vista a possibilidade de amá-lo e admirá-lo, mas não tenho. Não há nada nele capaz de atrair estima e afeição, ele é o extremo oposto de como eu imaginava que um marido deveria ser. Por favor, escreva-me e fale o possível para me incentivar. Não tente me dissuadir, pois meu destino está selado: as preparações para o importante evento já estão em andamento. E não diga uma palavra sequer contra o senhor Hattersley, pois quero pensar bem dele, e, apesar de eu mesma ter falado mal dele, esta foi a última vez. A partir de agora, nunca mais me permitirei proferir uma palavra de desaprovação, por mais que ele pareça merecer, e quem tentar disparatar o homem que prometi amar, honrar e obedecer deverá esperar minha séria desaprovação. Afinal de contas, acho que ele é tão bom quanto o senhor Huntingdon, quiçá melhor, e, ainda assim, você o ama e parece estar feliz e contente; quem sabe eu não consiga também. Se puder, diga-me que o senhor Hattersley é melhor do que parece, que é correto, honrado e generoso, na realidade um perfeito diamante bruto. Pode ser que ele seja tudo isso, mas eu não o conheço ainda. Conheço apenas o exterior e o que imagino ser sua pior parte."

Ela conclui com "Adeus, querida Helen. Aguardo ansiosamente por seu conselho, mas lembre-se de que precisa estar do lado certo".

Ai de mim! Pobre Milicent, que encorajamento posso dar? Ou que conselho, exceto que é melhor resistir corajosamente agora, ainda que à custa da decepção e da raiva de sua mãe, de seu irmão e do amante, do que devotar toda a sua vida posterior ao pesar e ao vão arrependimento?

* * *

Sábado, dia 13. A semana acabou, e ele não veio. O verão agradável está passando sem nenhum sopro de prazer para mim ou de benefício para ele. Fiquei todo esse tempo ansiosa por esta estação, com a esperança ingênua e ilusória de que aproveitaríamos juntos de modo deleitável e que, com a ajuda de Deus e dos meus esforços, eu conseguiria, assim, elevar sua mente e refinar seu gosto pela devida apreciação dos puros e benéficos prazeres da natureza, da paz e do amor sagrado. Mas agora à noite, ao observar o sol vermelho mergulhar calmamente de trás dessas colinas arborizadas, colocando-as para dormir sob uma névoa quente de um dourado avermelhado, só consigo pensar que ele e eu perdemos outro dia adorável; e pela manhã, desperta com o voejar e o gorjear dos pardais e com o animado pipiar das andorinhas (todos ocupados em alimentar seus filhotes, cheios de vida e alegria em suas pequenas disposições), abro a janela para inalar o ar balsâmico e revigorante e olhar a adorável paisagem, sorrindo ao sereno e ao sol, e com muita frequência lamento a cena gloriosa chorando com uma lástima ingrata, pois ele não pode sentir essa influência revigorante; e, quando caminho pelas árvores anciãs e encontro as florezinhas selvagens sorrindo pelo caminho, ou quando me sento à sombra de nossos nobres freixos à margem do lago, os galhos balançando delicadamente com a leve brisa veranil que murmura por sua folhagem macia (meus ouvidos preenchidos por essa música baixa, combinada ao onírico zum-zum-zum dos insetos, meus olhos distraídos fitando a superfície vítrea do pequeno lago à minha frente, com suas árvores circundantes, algumas dobrando-se graciosamente para beijar as águas, outras erguendo sua majestosa copa para o alto, bojando seus braços compridos sobre a margem, tudo refletido com perfeição até as profundezas vítreas, embora as imagens sejam eventualmente quebradas pela diversão dos insetos aquáticos e, às vezes, por um instante, tudo é remexido em fragmentos tremulantes com a brisa passageira que varre a superfície com mais vigor), ainda assim não sinto prazer, pois, quanto maior é a felicidade apresentada pela natureza, mais lamento que ele não esteja aqui para senti-la, quanto maior a bênção que podíamos estar desfrutando juntos, mais sinto nosso infortúnio (sim, nosso; ele deve estar infeliz também, conquanto possa não saber disso), e, quanto mais os meus sentidos são agradados, mais meu coração se oprime, pois ele o mantém confinado em meio à poeira e à fumaça de Londres, quiçá entre as paredes daquele seu clube abominável.

A INQUILINA DE WILDFELL HALL

Mas sobretudo à noite, quando adentro minha solitária câmara e olho para a lua veranil, "doce regente do céu"[9], flutuando sobre mim na "abóbada celestial azul-escura"[10], derramando seu esplendor prateado sobre a grama, as árvores e a água do lago, tão pura, tão serena, tão divina, penso: "Onde ele está agora? O que ele está fazendo neste instante?", completamente inconsciente dessa cena divina, talvez festejando com seus convivas, talvez... Deus me ajude, é demais! É demais!

* * *

Dia 23. Graças a Deus, ele finalmente chegou! Mas tão mudado! Enrubescido e febril, apático e lânguido, a beleza estranhamente diminuída, o vigor e a vivacidade quase extintos. Não o repreendi com palavras ou olhares; nem sequer perguntei o que ele esteve fazendo. Não tive coragem, uma vez que acho que ele está envergonhado de si próprio. Deve estar mesmo, e tais questionamentos decerto seriam dolorosos para ambos. Minha indulgência o agrada, tendo a pensar que até o comove. Ele diz que está feliz por estar em casa de novo, e só Deus sabe quão feliz eu estou por tê-lo de volta, mesmo nesse estado. Ele fica deitado no sofá quase o dia inteiro, e eu toco e canto para ele por horas a fio. Escrevo suas cartas, pego tudo o que ele quer, às vezes leio para ele, outras converso, e às vezes só fico sentada a seu lado, confortando-o com carícias silenciosas. Sei que ele não merece isso e temo o estar mimando, mas, desta vez, eu o perdoarei total e espontaneamente. Eu o desgraçarei com virtudes, se puder, e nunca mais aceitarei que me deixe de novo.

Ele está satisfeito com minhas atenções, pode ser que esteja até grato por elas. Gosta de ter-me a seu lado e, apesar de estar sempre irritado e impaciente com os criados e os cachorros, é gentil e bom comigo. Não sei o que seria dele se eu não antecipasse com atenção suas vontades e cuidadosamente evitasse ou desistisse de pronto de fazer qualquer coisa que

---

[9] Refere-se a um verso do poema *Cumnor Hall*, de William Julius Mickel, datado de 1784. (N.T.)
[10] Citação indireta de um trecho do poema *A Night-Piece*, de William Wordsworth, datado de 1815. (N.T.)

possa irritá-lo ou incomodá-lo por qualquer motivo. Como eu gostaria que ele merecesse todo esse cuidado! Na noite passada, enquanto eu estava sentada a seu lado, sua cabeça em meu colo, e passava os dedos por seu belo cabelo ondulado, tal pensamento inundou meus olhos de lágrimas pesarosas (como acontece com frequência), mas, desta vez, uma lágima caiu em seu rosto e o fez olhar para cima. Ele sorriu, não de modo insultante.

– Querida Helen! – disse ele. – Por que está chorando? Você sabe que eu amo você – e apertou minha mão contra seus lábios febris. – O que mais poderia querer?

– Apenas que você, Arthur, amasse a si mesmo com a mesma verdade e lealdade que é amado por mim.

– Isso seria realmente difícil! – ele respondeu, apertando minha mão com gentileza.

* * *

Dia 24 de agosto. Arthur voltou a ser ele mesmo, alegre e despreocupado, de coração e mente leves como sempre, e tão inquieto e difícil de agradar quanto uma criança mimada, e quase igualmente birrento, sobretudo quando o clima úmido o mantém dentro de casa. Eu queria que ele tivesse algo para fazer, alguma ocupação útil, uma profissão ou um emprego, qualquer coisa que pudesse ocupar sua mente ou suas mãos por algumas horas por dia e oferecesse algo para pensar além do seu próprio prazer. Se ao menos ele bancasse o homem do campo e fosse para a fazenda (mas ele não sabe nada sobre isso e não lhe passa pela cabeça aprender), ou se assumisse algum estudo literário, ou aprendesse a desenhar ou a tocar... Como ele aprecia tanto música, com frequência tento persuadi-lo a aprender o piano, mas ele é muito preguiçoso para tal tarefa; não pretende esforçar-se para superar obstáculos, assim como não restringe seus apetites naturais, e essas duas coisas são sua ruína. Coloco ambas na conta do seu pai rígido, porém negligente, e da sua mãe indulgente demais. Se um dia eu for mãe, lutarei com zelo contra esse crime do excesso de indulgência. Quase não consigo chamá-la de algo mais leve quando penso nos males que traz.

Felizmente a temporada de caça está chegando, e, se o tempo colaborar, ele ficará bastante ocupado perseguindo e destruindo as perdizes e os faisões. Nós não temos tetrazes, senão ele poderia estar igualmente ocupado agora, em vez de ficar deitado sob a acácia puxando as orelhas do pobre Dash. Mas ele diz que é chato atirar sozinho e precisa ter um ou dois amigos para ajudá-lo.

– Então que sejam minimamente decentes, Arthur – falei. Quando ouço a palavra "amigo" em sua boca, tenho calafrios. Sei que foram alguns de seus "amigos" que o induziram a ficar sem mim em Londres e o mantiveram longe por tanto tempo. Pelo que ele me contou sem querer ou deu a entender algumas vezes, não duvido de que tenha mostrado minhas cartas para eles com frequência, com o intuito de que vissem a devoção com que a esposa cuidava dos seus interesses e quão intensamente lamentava sua ausência; e como o induziram a ficar semana após semana, afundando em todo tipo de excessos para impedir que caçoassem dele por ser um tolo mandado pela esposa, e, quem sabe, para mostrar o quanto podia se arriscar sem correr o risco de abalar a devota afeição daquela amável criatura. É uma ideia odiosa, mas não consigo acreditar que seja falsa.

– Bem – ele respondeu –, eu tinha pensado no Lorde Lowborough; mas não é possível chamá-lo sem a cara-metade dele, nossa amiga em comum, Annabella; então teríamos que convidar os dois. Você não tem medo dela, tem, Helen? – ele perguntou com uma piscadela maliciosa.

– Claro que não – respondi. – Por que teria? E quem mais?

– Hargrave seria um. Ele ficará feliz em vir. Como as terras dele são próximas e ele tem um pequeno campo de caça também, podemos estender nossa busca até lá, se quisermos. E ele é muitíssimo respeitável, você sabe, Helen; quase uma dama. E acho que Grimsby seria o outro, é um homem bastante decente e tranquilo. Você não se oporá a Grimsby?

– Eu o odeio, mas, enfim, se você quiser, tentarei suportar a presença dele por um tempo.

– Não passa de um preconceito, Helen, uma simples antipatia feminina.

– Não, tenho bases sólidas para meu desagrado. E acabou?

– Bem, acabou, eu acho. Hattersley estará muito ocupado bicando e arrulhando com sua noiva e não está com muito tempo para armas e cães no momento – ele respondeu.

E isso me lembra que recebi várias cartas de Milicent desde o casamento, e que ela está conformada, ou finge que está, com aquele tipo dela. Afirma que descobriu inúmeras virtudes e perfeições no marido (receio que algumas delas não poderiam ser reconhecidas por olhos menos parciais, mesmo se procuradas com atenção e lágrimas) e disse que, agora que já se acostumou com sua voz alta e seus modos abruptos e descorteses, não vê dificuldade em amá-lo como uma esposa deve fazer, e implorou para que eu queimasse a carta em que depôs contra ele de forma tão imprudente. Eu posso até acreditar que ela esteja feliz, porém, se de fato estiver, terá sido totalmente graças à bondade de seu próprio coração, pois, se optasse por se considerar vítima do destino ou da sabedoria mundana de sua mãe, teria sido completamente infeliz; e, se não tivesse feito todos os esforços para amar o marido pelo bem do seu dever, sem dúvida iria odiá-lo até o fim dos seus dias.

Capítulo 26

Dia 23 de setembro. Nossos convidados chegaram há cerca de três semanas. Lorde e Lady Lowborough já estão casados há mais de oito meses, e dou meus créditos a ela ao dizer que seu marido é um homem bastante mudado; sua aparência, seu espírito e seu temperamento melhoraram notavelmente em comparação com a última vez em que o vi. Mas ainda há espaço para melhorias. Ele nem sempre está animado ou contente, e ela com frequência reclama de seu mau humor, contudo entre todas as pessoas ela deveria ser a última a acusá-lo, pois ele nunca o direciona a ela, exceto nos casos em que sua conduta provocaria até um santo. Mesmo assim ele a adora e iria até o fim do mundo para agradá-la. Ela conhece seu poder e usa-o também, mas, sabendo muito bem que é mais seguro adular e persuadir do que mandar, ela prudentemente ameniza seu despotismo com bajulações e lisonjas o suficiente para ele se considerar um homem privilegiado e feliz.

Mas ela tem uma forma de atormentá-lo que me faz sofrer junto, ou poderia fazer, se eu optasse por me colocar nesse papel. Ela flerta abertamente, porém sem deixar explícito demais, com o senhor Huntingdon, que está sempre disposto a ser o parceiro dela no jogo. Eu não dou importância porque, da parte dele, sei que não há nada além de uma vaidade pessoal e um desejo maldoso de me provocar ciúme e, talvez, atormentar seu amigo; e ela sem dúvida também atua pelos mesmos motivos, mas há mais malícia e menos jocosidade em suas manobras. Em razão disso, é óbvio que pretendo usar o que está em minhas mãos para decepcionar os dois, preservando uma serenidade alegre e imperturbável o tempo inteiro e me esforçando para demonstrar a máxima confiança em meu marido e a maior indiferença aos artifícios da minha atraente convidada. Eu jamais o censurei, exceto uma vez, quando ele riu da expressão deprimida e ansiosa de Lorde Lowborough em uma noite em que estavam os dois particularmente provocantes; é verdade que, na ocasião, falei bastante sobre o assunto e retruquei as respostas dele com seriedade, mas ele apenas sorriu e disse:

– Você não sente pena dele, não é, Helen?

– Sinto pena de qualquer pessoa tratada injustamente – respondi –, e daqueles que as maltratam, também.

– Qual, Helen! Você está com tanto ciúme quanto ele! – exclamou rindo ainda mais, e foi impossível convencê-lo de que estava errado. Então, desde aquele dia, tomo bastante cuidado e evito fazer qualquer observação sobre o assunto, deixando que Lorde Lowborough cuide de si. Ele não tem o bom senso ou a força para seguir meu exemplo, embora tente esconder seu incômodo da melhor forma possível. Mesmo assim, seu rosto o denuncia, e seu mau humor aparece de vez em quando, embora não na expressão de um ressentimento aberto, uma vez que eles nunca vão tão longe assim. Mas confesso que, às vezes, tenho mesmo ciúme, um ciúme quase sempre doído e amargurado quando ela canta e toca para ele, e ele se debruça sobre o instrumento e presta atenção à voz dela sem fingir interesse, daí sei que fica realmente encantado, e eu não sou capaz de despertar um fervor semelhante. Consigo entretê-lo e agradá-lo com minhas canções simples, mas não o satisfazer dessa forma.

* * *

Dia 28. Ontem, todos nós fomos ao bastante negligenciado lar do senhor Hargrave, o Bosque. A mãe dele com frequência nos convida, pois assim pode desfrutar da companhia de seu querido Walter, e desta vez ela nos convidou para um jantar festivo, reunindo a maior quantidade possível de membros da nobreza dos arredores. O entretenimento foi muito bem planejado, mas não pude deixar de pensar o tempo inteiro no custo de tudo aquilo. Não gosto da senhora Hargrave; é uma mulher dura, pretensiosa e mundana. Tem dinheiro suficiente para viver com muito conforto se soubesse usá-lo com parcimônia e se tivesse ensinado isso ao filho, mas está sempre se esforçando para manter as aparências com aquele orgulho vil que se esquiva da feição da pobreza como um crime vergonhoso. Ela oprime seus dependentes, paga mal os criados e priva até suas filhas e a si mesma dos verdadeiros confortos da vida, porque não consente em dar o braço a torcer para mostrar isso àqueles que possuem três vezes a sua riqueza; e, acima de tudo, porque está determinada a garantir que seu adorável filho seja capaz de "manter a cabeça erguida entre os maiores cavalheiros do país". Esse mesmo filho, imagino, é um homem de hábitos onerosos, não um perdulário inconsequente ou um lascivo abandonado, mas alguém que gosta de ter "o que for belo a seu redor" e levar as indulgências da juventude até certo nível, menos para gratificar seu próprio gosto do que para manter sua reputação como um homem mundano da moda e um camarada respeitável entre seus convivas sem lei; enquanto isso, é egoísta demais para refletir sobre os confortos que poderiam ser oferecidos à sua adorável mãe e às suas irmãs com o dinheiro que gasta consigo mesmo; contanto que consigam fazer uma aparição respeitável uma vez por ano, quando vão à cidade, ele pouco se preocupa com as restrições e os esforços particulares delas em casa. É um julgamento duro sobre o "querido, nobre e generoso Walter", mas receio que seja bastante justo.

A ânsia da senhora Hargrave em conseguir bons pares para suas filhas é tanto a causa quanto o resultado desses erros: ao passar essa impressão para o mundo e exibi-la para conseguir vantagens, espera que as meninas tenham chances melhores. Ademais, ao viver gastando além dos seus meios legítimos e exagerar tanto com o irmão delas, deixa-as sem nada e as torna um fardo. Coitada da Milicent. Suspeito que ela já tenha se sacrificado pelas manobras de sua equivocada mãe, que se vangloria por ter-se livrado do dever maternal de modo tão satisfatório e espera se sair igualmente bem com Esther. Mas Esther ainda é uma criança, uma moleca alegre de 14 anos. Ela tem um coração tão honesto e é tão ingênua e simples quanto sua irmã, mas receio que sua mãe terá dificuldades em dobrá-la para seus propósitos graças à sua alma destemida.

Capítulo 27

9 de outubro. Foi na noite do dia 4, pouco depois do chá da tarde, que Annabella estava cantando e tocando com Arthur ao seu lado como de costume. Ela terminou a canção, mas ficou sentada ao instrumento, e ele continuou apoiado no encosto da cadeira dela, conversando em tons pouco audíveis com o rosto bem próximo ao dela. Olhei para Lorde Lowborough. Ele estava na outra extremidade da sala conversando com os senhores Hargrave e Grimsby; mas eu o vi dar uma olhada rápida e impaciente para sua senhora e seu anfitrião, revelando intensa inquietude, o que fez Grimsby sorrir. Determinada a interromper aquele *tête-à-tête*, levantei-me e, escolhendo uma música no tripé, aproximei-me do piano com a intenção de pedir à senhora Lowborough para que a tocasse, mas fiquei imóvel e sem palavras ao vê-la sentada ali ouvindo os murmúrios sutis com o que parecia ser um sorriso exultante em seu rosto corado, a mão tranquilamente rendida ao toque dele. O sangue primeiro correu para o meu coração e, depois, para minha cabeça, porque teve mais: quase no instante em que me aproximei, ele olhou apressadamente pelo ombro para os outros ocupantes do cômodo e, em seguida, com ardor pressionou contra seus lábios aquela mão irresistível. Ao erguer os olhos ele me viu e baixou o olhar de volta, confuso e desencorajado. Ela também me viu e me confrontou com um olhar de forte desacato. Deixei a música no piano e

me retirei. Eu não estava me sentindo bem, mas não saí da sala. Por sorte já estava ficando tarde e não demoraria muito para o grupo se dispersar.

Fui até o fogo e encostei a cabeça ao lado da lareira. Em um ou dois minutos, alguém me perguntou se eu estava passando mal. Não respondi – na verdade, naquela hora eu não sabia o que dizia –, olhei para cima mecanicamente e vi o senhor Hargrave parado a meu lado no tapete.

– Quer que eu lhe traga uma taça de vinho? – ele perguntou.

– Não, obrigada – respondi e, afastando-me, olhei atentamente ao redor. Lady Lowborough estava ao lado do marido dela, inclinada em sua direção com a mão em seu ombro, falando brandamente e sorrindo em direção ao seu rosto, Arthur estava à mesa folheando um livro de gravuras. Sentei-me na cadeira mais próxima, e o senhor Hargrave, percebendo que seus serviços não eram requisitados, prudentemente se retirou. Pouco depois, o grupo se separou e, enquanto os convidados se retiravam para os quartos, Arthur aproximou-se de mim sorrindo com a maior confiança.

– Você está muito brava, Helen? – ele murmurou.

– Isso não é brincadeira, Arthur – repliquei com seriedade, mas o mais calma que pude –, a menos que você ache brincadeira perder minha afeição para sempre.

– Qual! Tão amargurada assim? – ele exclamou sorrindo e segurando minha mão entre as dele, mas eu a puxei de volta indignada, quase enojada, pois era óbvio que estava sob influência do vinho.

– Então devo me ajoelhar – ele falou, abaixando-se na minha frente com as mãos unidas e erguidas em jocosa humilhação, e continuou implorando: – Perdoe-me, Helen! Querida Helen, perdoe-me, e nunca mais farei isso! – E, afundando o rosto em seu lenço, fingiu soluçar alto.

Deixei-o assim ocupado, peguei minha vela e esgueirei-me em silêncio para fora do cômodo, subindo as escadas o mais rápido que pude. Mas ele logo percebeu que eu o deixara e correu atrás de mim, agarrando-me em seus braços bem quando entrei nos aposentos e estava prestes a fechar a porta diante dele.

– Não, não, pelos céus, você não vai me escapar assim! – exclamou. Então, alarmado com a minha agitação, implorou para que eu não me exaltasse tanto, dizendo que eu estava pálida e poderia me matar fazendo isso.

– Solte-me, então – murmurei, e ele obedeceu de chofre, o que foi bom, pois eu estava mesmo enfurecida. Caí na cadeira de espaldar e me esforcei para me recompor, porque queria conversar com ele com calma. Ele ficou a meu lado, mas não ousou me tocar ou falar por alguns segundos; em seguida, aproximando-se um pouco, ajoelhou-se (não em jocosa humilhação, mas para ficar à minha altura) e, apoiando a mão no braço da cadeira, começou a dizer em voz baixa:

– É tudo uma bobagem, Helen, uma brincadeira, um nada, não vale um pensamento sequer. Você não vai aprender nunca – continuou com mais coragem – que não tem o que recear comigo? Que eu a amo total e completamente? – E acrescentou com um sorriso furtivo: – Ou que pode ficar despreocupada se eu pensar em outra, pois tais fantasias vêm e vão como um raio, enquanto meu amor por você queima continuamente e para sempre, como o sol. Sua pequena tirana exorbitante, não acha que…

– Você pode ficar quieto por um momento, Arthur – atalhei –, e ouvir o que tenho a dizer? E não pense que estou furiosa de ciúme, pois estou perfeitamente calma. Veja minha mão. – E a estendi solenemente para ele, mas a fechei sobre a dele com tanta energia que parecia contradizer minha afirmação, e isso o fez rir. – Não precisa rir, senhor – afirmei ainda segurando sua mão e olhando-o tão fixamente até ele quase vacilar. – Senhor Huntingdon, você pode achar certo se divertir provocando meu ciúme, mas tome cuidado para não provocar meu ódio no lugar. E, uma vez extinto meu amor, você descobrirá que não será fácil reavivá-lo.

– Pois bem, Helen, não repetirei a ofensa. Mas saiba que aquilo não quis dizer nada, eu garanto. Tomei vinho demais, quase nem sabia quem era eu na hora.

– Você frequentemente bebe demais, e esta é outra prática que detesto. – Ele olhou para cima atônito com minha impetuosidade. – É verdade – continuei. – Nunca mencionei antes porque tinha vergonha, mas agora estou contando-lhe que isso me incomoda e poderá me afastar, caso continue assim e permita que o hábito o domine se não parar a tempo. Mas todo o sistema da sua conduta com Lady Lowborough não se refere ao vinho, e esta noite você sabia perfeitamente o que estava fazendo.

– Bem, sinto muito por isso – ele respondeu, mais aborrecido do que arrependido. – O que mais você tem a dizer?

– Sem dúvida você sente muito por eu ter visto – respondi friamente.

– Se você não tivesse visto – ele sussurrou, fixando os olhos no carpete –, não teria feito mal nenhum.

Meu coração quase explodiu, mas engoli minha emoção com firmeza e respondi calmamente:

– Você acha que não?

– Não – ele retrucou com audácia. – Afinal de contas, o que foi que eu fiz? Não foi nada, mas você optou por torná-lo objeto de acusações e estresse.

– O que seu amigo Lorde Lowborough pensaria se soubesse de tudo? Ou o que você pensaria se ele ou qualquer outro tivesse agido comigo do mesmo modo como você agiu com Annabella?

– Eu estouraria os miolos dele.

– Então, Arthur, como você pode chamar de nada uma ofensa para a qual consideraria justificável estourar os miolos de outro homem? Não é nada brincar com os sentimentos do seu amigo e os meus, nem tentar roubar a afeição de uma mulher casada, que é o que o marido dela valoriza mais que o próprio ouro e, portanto, a coisa mais desonesta a se tomar? Os votos matrimoniais são uma piada, e não é nada que seu esporte seja quebrá-los, levando outra pessoa à tentação de fazer o mesmo? Será que consigo amar alguém que faz essas coisas e friamente afirma que elas não são nada?

– Quem está quebrando os votos matrimoniais é você – ele falou, levantando-se indignado e começando a andar para cima e para baixo. – Você prometeu me honrar e me obedecer, e agora está tentando me intimidar, ameaçar e acusar, dizendo que sou pior que um ladrão de estrada. Se não fosse pela sua situação, Helen, eu não me submeteria a isso tão mansamente. Não serei mandado por uma mulher, mesmo se ela for minha esposa.

– O que você vai fazer, então? Continuará com isso até eu odiá-lo e, depois, me acusará de quebrar meus votos?

Ele ficou em silêncio por um momento, depois respondeu:

– Você nunca irá me odiar. – E, retomando sua posição aos meus pés, repetiu com mais veemência: – Você não pode me odiar enquanto eu a amar.

– Mas como posso acreditar que você me ama se continuar agindo desse jeito? Ponha-se no meu lugar: você acharia que eu o amo se eu fizesse isso? Você acreditaria nos meus protestos e me honraria, e confiaria em mim em tais circunstâncias?

– Nossos casos são diferentes – ele retrucou. – É da natureza da mulher ser constante; amar apenas um único homem cegamente, carinhosamente e para sempre. Deus abençoe essas adoráveis criaturas! E você acima de todas elas. Mas é preciso ter alguma comiseração por nós, Helen. É preciso nos desculpar um pouco, pois, como Shakespeare diz:

> Embora nos louvemos,
> Nossos caprichos são mais levianos e instáveis,
> Mais ansiosos, ondulantes, perdem-se e ganham-se com mais rapidez
> Que os das mulheres.

– Então você quer dizer que seus caprichos por mim se foram, e Lady Lowborough os ganhou?

– Não! O céu é testemunha que penso nela apenas como poeira e cinzas em comparação a você, e continuarei assim, a menos que me afaste por causa de tamanha seriedade. Ela é uma filha da terra; você, um anjo dos céus, mas não seja austera demais em sua divindade, e lembre-se de que sou um pobre mortal falível. Vá, Helen, você não irá me perdoar? – ele disse, pegando minha mão com delicadeza e olhando para cima com um sorriso inocente.

– Se eu perdoá-lo, você repetirá a ofensa.

– Eu prometo que…

– Não prometa. Acreditarei em sua palavra tanto quanto em sua promessa. Gostaria de poder confiar nas duas.

– Faça o teste, Helen: confie em mim e perdoe-me desta vez, e você verá! Vamos, o diabo ficará me atormentando enquanto você não disser com todas as letras.

Eu não disse, mas coloquei minha mão em seu ombro, beijei sua testa e, em seguida, desabei a chorar. Ele me abraçou gentilmente, e temos sido bons amigos desde então. Ele anda se comportando bem à mesa, e sua conduta em relação à Lady Lowborough melhorou. No primeiro dia ele se manteve o mais distante dela possível, sem quebrar de modo evidente sua hospitalidade, uma vez que continua amigável e cortês, mas nada além disso (ao menos na minha presença, embora eu ache que em outros momentos também, pois ela parece soberba e incomodada, e Lorde Lowborough está evidentemente mais animado e cordial com seu anfitrião do que antes). Mas ficarei feliz quando eles forem embora, pois meu amor por Annabella é tão pouco que é difícil ser cortês com ela e, como é a única mulher aqui além de mim, temos que ficar bastante tempo juntas. Da próxima vez que a senhora Hargrave aparecer, saudarei sua chegada como um belo alívio. Estou pensando em pedir a Arthur para convidar a velha dama para ficar conosco até os convidados irem embora. Acho que farei isso. Ela considerará isso uma gentileza e, embora a companhia dela não me agrade muito, será muito bem-vinda como alguém para ficar entre mim e Lady Lowborough.

A primeira vez que ficamos juntas sozinhas após aquela noite infeliz foi uma ou duas horas depois do café da manhã do dia seguinte, quando os homens já tinham saído depois de passarem um tempo escrevendo cartas, lendo jornais e jogando conversa fora. Ficamos sentadas em silêncio por dois ou três minutos. Ela estava ocupada com seu trabalho, e eu passava os olhos pelas colunas de um jornal do qual já tinha extraído tudo o que era essencial havia vinte minutos. Foi um momento de doloroso embaraço para mim, e pensei que tinha sido infinitamente mais constrangedor para ela, mas parece que estava errada. Foi ela quem falou primeiro e, sorrindo com a mais fria segurança, começou:

– Seu marido estava animado a noite passada, Helen. Ele é sempre assim?

O sangue ferveu em meu rosto, mas era melhor que ela atribuísse sua conduta a isso do que a qualquer outra coisa.

– Não – respondi. – E acredito que nunca mais ficará daquele jeito.

– Você lhe deu um belo de um sermão, não deu?

– Não! Mas disse a ele que não gostei da conduta, e ele me prometeu não repetir.

– Achei que ele estava um pouco subjugado nesta manhã – ela continuou. – E você, Helen? Notei que tem chorado; nosso grande recurso é este, não é? Mas seus olhos não ficam doendo? E você sempre consegue usá-los como resposta?

– Nunca chorei para fazer cena, nem posso imaginar como alguém consegue fazer isso.

– Bem, eu não sei: nunca tive oportunidade de testar. Mas, se acaso Lowborough cometesse tais impropérios, eu o faria chorar. Não me surpreende você estar brava. Tenho certeza de que, por uma ofensa menor que aquela, eu daria uma lição em meu marido a qual ele demoraria a esquecer. Mas, como eu disse, ele nunca faz nada desse tipo, pois o mantenho em boa ordem.

– Cuidado para não ficar arrogante demais com os créditos. Ouvi dizer que Lorde Lowborough estava abstêmio há bastante tempo antes de se casar com você.

– Ó, você está se referindo ao vinho. Sim, nesse ponto ele está bem seguro. Quanto a olhar de soslaio para outra mulher, ele também está seguro em relação a isso enquanto eu viver, pois venera até o chão que eu piso.

– De fato! E você tem certeza de que merece isso?

– Bem, isso não sou capaz de responder. Você sabe que todos nós somos criaturas falíveis, Helen, nenhum de nós merece ser venerado. Mas tem certeza de que seu querido Huntingdon merece todo o amor que você dá para ele?

Eu não soube o que responder. Estava ardendo de raiva, mas suprimi todas as manifestações externas, apenas mordi o lábio e fingi arrumar meu trabalho.

– De todo modo – ela continuou, aproveitando a vantagem –, você pode se consolar com a garantia de que vale todo o amor que ele dá para você.

– Você está me bajulando – falei –, mas, pelo menos, posso tentar merecê-lo.

E, em seguida, mudei de assunto.

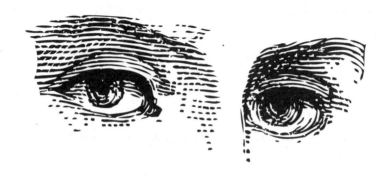

Capítulo 28

25 de dezembro. No último Natal, eu estava noiva, meu coração transbordava felicidade e esperanças ardentes para o futuro, embora mescladas com temores pressentidos. Agora sou uma esposa: minha felicidade é comedida, mas não foi destruída; minhas esperanças diminuíram, mas não sumiram; meus temores cresceram, mas ainda não se confirmaram por completo. E, graças aos céus, também sou mãe. Deus me enviou uma alma a ser educada para os céus, uma felicidade nova e mais calma e esperanças mais fortes para me consolar.

* * *

25 de dezembro de 1823. Outro ano se passou. Meu pequeno Arthur está vivendo e prosperando. Ele é saudável, mas não robusto, dotado de um humor dócil e cheio de vivacidade, já carinhoso e suscetível a paixões e emoções as quais demorará até que consiga encontrar palavras para expressá-las. Enfim ele conquistou o coração do pai; agora meu terror constante é que seja arruinado pela indulgência irrefletida do progenitor. Mas também devo vigiar minha própria fraqueza, pois, até agora, não

tinha consciência da força das tentações de uma mãe para mimar seu único filho.

Eu busco consolo em meu filho (e isso posso confessar a este papel silencioso), pois encontro pouco em meu marido. Ainda o amo, e ele me ama do jeito dele. Mas, oh! É tão diferente do amor que eu poderia dar e que esperava receber! Quão pouca é a verdadeira simpatia que existe entre nós; quantos dos meus pensamentos e sentimentos estão soturnamente enclausurados em minha cabeça; quanto da minha maior e melhor parte continua descasada, fadada a enrijecer e amargar na sombra escura da solidão ou amadurecer e cair pela falta de nutrientes deste solo tão insalubre! Mas, repito, não tenho o direito de reclamar, mas é preciso dizer a verdade (alguma verdade, ao menos) e ver se alguma outra verdade mais obscura manchará estas páginas mais para a frente. Estamos unidos há dois anos inteiros agora, o "romance" da nossa união deve ter-se desgastado. Certamente Arthur alcançou o nível mais baixo de estima por mim, e eu descobri todos os males da sua natureza: se houver outras mudanças, elas deverão ser para melhor, uma vez que estamos nos acostumando cada vez mais um com o outro e decerto não afundaremos mais que isso. E, caso isso aconteça, consigo suportar bem, pelo menos tão bem quanto fiz até agora.

Arthur não é o que normalmente chamamos de um homem mau: ele tem várias qualidades boas, mas é uma pessoa sem autocontrole ou aspirações elevadas, um amante do prazer, entregue às alegrias animais; ele não é um marido ruim, mas suas definições de deveres e de confortos matrimoniais são diferentes das minhas. A julgar pelas aparências, ele acha que a esposa deva ser alguém que ame o marido com devoção, que fique em casa esperando por ele, que o divirta e cuide do seu conforto de todas as formas possíveis quando decide ficar com ela e, quando ele se ausenta para cuidar dos próprios interesses, sejam eles domésticos ou não, ela deve esperar por seu retorno com paciência, independentemente de como ele se ocupa nesse meio-tempo.

No início da primavera, ele anunciou sua intenção de ir para Londres: seus negócios requeriam a presença dele, falou, e ele não conseguia mais recusar. Expressou pesar por ter que me deixar, mas esperava que eu me divertisse com o bebê até o seu retorno.

– Mas por que me deixar? – perguntei. – Posso ir com você: fico pronta em um instante.

– Você não quer levar a criança para a cidade, quer?

– Quero, por que não?

A situação era absurda: o bebê e eu, como cuidadora, certamente não combinaríamos com o ar da cidade, os horários tardios e os hábitos londrinos não eram adequados para mim naquela condição; em resumo, ele garantiu que seria excessivamente incômodo, nocivo e perigoso. Rebati as objeções da melhor forma que pude, pois a ideia de deixá-lo ir sozinho me abalava, e eu seria capaz de sacrificar quase qualquer coisa por mim mesma, até pelo meu filho, para impedir que ele fosse. Mas, no fim, ele me disse abertamente, e com certa irritação, que não daria certo comigo, disse que estava exausto com as noites insones do bebê e precisava repousar um pouco. Propus ficarmos em aposentos separados, mas ele não aceitou.

– Á verdade, Arthur – falei enfim –, é que você está cansado da minha companhia e decidido a não me levar com você. Era melhor ter falado de uma vez.

Ele negou, mas eu saí da sala imediatamente e corri para o quarto do bebê para esconder meus sentimentos, se não conseguisse aplacá-los ali.

Eu estava magoada demais para conseguir expressar meu descontentamento com aqueles planos ou para falar sobre o assunto de novo, o que fiz exceto quando era preciso resolver as questões sobre sua partida e a condução das coisas durante sua ausência. Meu silêncio durou até o dia anterior ao seu egresso, quando implorei com seriedade para que se cuidasse e se mantivesse longe da tentação. Ele riu da minha ansiedade, mas me garantiu que não tinha motivos para isso, prometendo seguir meu conselho.

– Imagino que não adianta pedir que você marque a data do retorno, não é? – eu indaguei.

– Qual! Não, não consigo, dadas as circunstâncias. Mas tenha certeza, meu amor, que não ficarei longe por muito tempo.

A INQUILINA DE WILDFELL HALL

– Não quero mantê-lo prisioneiro em casa – respondi –, e não me queixaria se você ficasse longe por meses inteiros (se é que consegue ser feliz por tanto tempo sem mim), desde que eu soubesse que está seguro. Mas não gosto da ideia de você por lá com seus amigos, como você gosta de chamá-los.

– Ora, garota boba! Deixe de bobagem! Você acha que não sei me cuidar?

– Não soube da última vez. Mas desta vez, Arthur – acrescentei, séria –, mostre que sabe e me ensine que não preciso recear em confiar em você!

Ele me prometeu, mas como se faz quando queremos tranquilizar uma criança. E ele manteve sua promessa? Não. Portanto, nunca posso confiar em sua palavra. Como é angustiante fazer essa confissão! As lágrimas me cegam enquanto escrevo. Ele se foi no início de março e não voltou até julho. Desta vez, nem se preocupou em dar desculpas como antes, e suas cartas foram menos frequentes, mais curtas e menos afetuosas, sobretudo após as primeiras semanas; demoravam cada vez mais para chegar e, quando vinham, eram cada vez mais concisas e indiferentes. Mesmo assim, quando eu deixava de escrever, ele se queixava do meu abandono. Quando eu escrevia com frieza e seriedade (confesso que acabei fazendo isso com frequência), ele me criticava pela dureza e dizia que aquilo era o bastante para afastá-lo de casa; quando eu tentava uma leve persuasão, suas respostas eram mais gentis, e ele prometia voltar logo, mas finalmente aprendi a desconsiderar suas promessas.

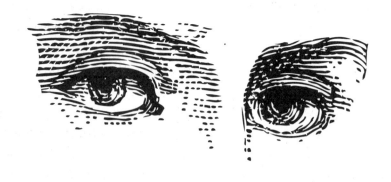

Capítulo 29

Foram quatro meses terríveis, em que se alternaram ansiedade intensa, desespero, indignação, pena dele e pena de mim mesma. Ainda assim, apesar de tudo, não foi um período totalmente incômodo, pois eu tinha meu pequeno imaculado e inofensivo para me consolar. Mas até esse consolo se afligia por causa de um pensamento recorrente: "Como, depois disso, conseguirei ensiná-lo a respeitar o pai e, ao mesmo tempo, não seguir seu exemplo?".

Depois eu lembrava que tinha assumido essas aflições de certa forma voluntariamente e estava decidida a suportá-las sem reclamar. Ao mesmo tempo, resolvi não me entregar ao sofrimento pelas transgressões de outrem e me esforcei para me divertir o máximo possível. Além da companhia do meu filho e da minha querida e fiel Rachel, que obviamente supunha minhas preocupações e se compadecia delas, embora fosse bastante discreta e não as mencionasse, eu tinha meus livros e meus pincéis, os afazeres domésticos, o bem-estar e o conforto dos pobres locatários e empregados de Arthur para cuidar. Algumas vezes também me diverti na companhia da minha jovem amiga Esther Hargrave, cavalguei até o Bosque para vê-la e a convidei para passar o dia comigo no Palacete uma ou duas vezes. A senhora Hargrave não visitou Londres nesta temporada: sem filhas para casar, achou que seria bom ficar em casa e economizar. Ademais, para meu assombro, Walter chegou no início de junho para ficar com ela, permanecendo quase até o fim de agosto.

A primeira vez que o vi foi em uma noite agradável e quente em que eu estava passeando no parque com o pequeno Arthur e Rachel, que é tanto babá quanto dama de companhia, pois, com minha vida reclusa e meus hábitos ativos, preciso de poucos cuidados. Como ela cuidou de mim e ansiava por cuidar do meu filho, além de ser muitíssimo confiável, preferi conferir o importante trabalho a ela, com uma babá mais nova sob seus cuidados, em vez de envolver outra pessoa. Ademais, também economizo dinheiro, pois, desde que tomei conhecimento dos negócios de Arthur, aprendi a não os tratar como triviais. Optei por destinar quase toda a minha fortuna na quitação das dívidas dele pelos próximos anos, e é incompreensível a quantia que ele separa para gastar em Londres. Enfim, voltando ao senhor Hargrave. Eu estava com Rachel às margens do lago, divertindo o bebê sorridente em seus braços com um ramo de salgueiro carregado de amentos dourados, quando, para minha grande surpresa, ele apareceu no parque montado em seu cavalo preto e atravessou o gramado para me encontrar. Saudou-me com um cumprimento bastante educado, formulado com delicadeza e proferido com modéstia (certamente elaborou aquilo enquanto cavalgava). Disse-me que trazia uma mensagem de sua mãe, que, ao descobrir que ele ia para aqueles lados, pediu para passar no Palacete e clamar pelo prazer da minha companhia em um jantar familiar amigável no dia seguinte.

– Não haverá mais ninguém além de nós – ele falou –, mas Esther está bastante ansiosa para vê-la, e minha mãe receia que você se sinta sozinha nessa casa tão grande e vazia e gostaria de convencê-la a ter o prazer de sua companhia com mais frequência e fazer com que você se sinta em casa em nosso humilde lar até que o retorno do senhor Huntingdon contribua para o seu conforto.

– É muito gentil da parte dela – respondi –, mas, como pode ver, não estou sozinha. E aqueles que ocupam o tempo por completo raramente reclamam de solidão.

– Então você não vem amanhã? Ela ficará triste e decepcionada se recusar o convite.

Eu não apreciei aquela compaixão pela minha solitude, mas, mesmo assim, prometi ir.

– Que noite adorável! – ele observou, olhando ao redor no campo ensolarado, com sua colina imponente, as águas plácidas do lago e o majestoso agrupamento de árvores. – Você mora em um paraíso!

– Está uma noite encantadora mesmo – respondi e suspirei, pensando como eu quase não sentia tal encanto e quão pouco paradisíaco o belíssimo Grassdale era para mim (e, menos ainda, o exílio voluntário de seus cenários). Não sei se o senhor Hargrave leu meus pensamentos, mas, com tons e modos sérios, compassivos e meio hesitantes, ele perguntou se eu tinha ouvido falar do senhor Huntingdon recentemente.

– Não recentemente – respondi.

– Imaginei – ele murmurou meio para si mesmo e encarou o chão, pensativo.

– Você não voltou de Londres há pouco tempo? – perguntei.

– Voltei ontem.

– E você o viu por lá?

– Sim, eu o vi.

– Ele estava bem?

– Estava. Quero dizer... – ele continuou hesitando cada vez mais, com uma expressão de indignação suprimida. – Estava tão bem quanto merece estar, mas em circunstâncias que eu consideraria inacreditáveis para um homem tão privilegiado quanto ele.

Ele olhou para cima e enfatizou a sentença com uma reverência séria em minha direção. Imagino que meu rosto tenha ficado vermelho.

– Perdoe-me, senhora Huntingdon – prosseguiu –, mas não consigo suprimir minha indignação quando vejo uma cegueira tão enfatuada e um gosto tão perverso. Mas, talvez, você não saiba... – ele pausou.

– Não sei de nada, senhor, exceto que o retorno dele está demorando mais do que eu esperava. E, se no momento ele prefere a companhia dos amigos à da esposa, e as distrações da cidade à tranquilidade da vida no campo, creio que devo agradecer àqueles amigos por isso. Seus gostos e ocupações são semelhantes aos dele, e não vejo como a conduta dele poderia despertar indignação ou surpresa em você.

– Você está cruelmente enganada sobre mim – ele respondeu. – Compartilhei pouco da companhia do senhor Huntingdon nas últimas semanas; quanto aos gostos e ocupações dele, eles passam bem longe dos meus, andarilho solitário que sou. Onde beberico e experimento, ele sorve a taça até a última gota; e, se alguma vez tentei afogar a voz da ponderação na loucura e na estupidez por um momento, desperdiçando tempo e talento demais entre companhias inconsequentes e libertinas, Deus sabe que eu teria renunciado a tudo com prazer, completa e eternamente, se tivesse metade das bênçãos para as quais aquele homem dá de ombros de forma tão ingrata, metade dos incentivos para hábitos virtuosos, domésticos e organizados que ele despreza, e uma casa e uma parceira como estas para dividi-las! É uma infâmia! – ele rosnou entredentes. – E não pense, senhora Huntingdon – acrescentou em voz alta – que sou culpado por incitá-lo a perseverar nas práticas atuais. Pelo contrário, eu o repreendi várias e várias vezes, expressando com frequência minha surpresa em relação à conduta dele e o lembrando de seus deveres e privilégios, mas de nada adianta, ele só...

– Basta, senhor Hargrave. Você deve estar ciente de que, sejam quais forem os defeitos do meu marido, ouvi-los dos lábios de um desconhecido apenas agravará o mal para mim.

– Então sou um desconhecido? – ele questionou em tom lamentoso. – Sou seu vizinho mais próximo, o padrinho do seu filho e amigo do seu marido. Não posso ser seu amigo também?

– A intimidade deve preceder a verdadeira amizade, e eu o conheço pouco. Senhor Hargrave, só sei o que ouvi falar.

– Então você esqueceu as seis ou sete semanas que passei sob seu teto no outono passado? Eu não esqueci. E a conheço o suficiente, senhora Huntingdon, para achar seu marido o homem mais invejável do mundo, e eu deveria ser o próximo, se você me desse a honra da sua amizade.

– Se você me conhecesse mais, não pensaria isso, ou, se pensasse, não o diria esperando me ver lisonjeada com o elogio.

Dei um passo para trás enquanto falava. Ele viu que eu queria acabar com a conversa e entendeu a sugestão de imediato, inclinou-se com seriedade, desejou-me boa-noite e virou o cavalo em direção à estrada. Parece que ficou triste e magoado com minha recepção grosseira às suas aberturas simpáticas. Eu não tinha certeza se deveria ter falado com ele de forma tão rude, mas fiquei irritada na hora, quase ofendida com sua conduta. Pareceu-me que estava se aproveitando da ausência e da negligência do meu marido, até mesmo insinuando mais do que a verdade contra ele.

Durante nossa conversa, Rachel tinha se distanciado um pouco. Ele cavalgou até ela e pediu para ver a criança. Pegou o menino no colo com cuidado, olhou para ele com um sorriso quase paternal, e eu o ouvi dizer quando me aproximei:

– E ele também renunciou a isso!

Em seguida, beijou o bebê com afeto e o devolveu à babá satisfeita.

– Você gosta de crianças, senhor Hargrave? – perguntei, um pouco amolecida.

– Em geral, não – ele respondeu –, mas esta criança é tão doce, e parece tanto com a mãe – acrescentou mais baixo.

– Você está enganado; ele se parece com o pai.

– Não estou certo, babá? – ele apelou para Rachel.

– Eu acho que ele tem um pouco dos dois, senhor – ela respondeu.

Ele partiu, e Rachel disse que era um homem muito gentil. Eu ainda tenho minhas dúvidas.

Encontrei-o várias vezes nas seis semanas seguintes, sempre em companhia de sua mãe, de sua irmã ou das duas, exceto uma vez. Calhava de ele estar sempre em casa quando eu as visitava e, quando elas vinham me visitar, era sempre ele quem as trazia de faetonte. Era evidente que sua mãe estava muito satisfeita com aquelas atenções respeitosas e com os hábitos domésticos recém-adquiridos por ele.

A vez que o encontrei sozinho foi durante um dia claro, mas não demasiadamente quente, no início de julho: eu levei o pequeno Arthur para a mata que circundava o parque, sentei-o nas raízes almofadadas de musgo de um velho carvalho e, após ter colhido um punhado de jacintos azuis e rosas selvagens, ajoelhei-me em sua frente para mostrá-las uma por uma e entregá-las à pinça de seus dedinhos, desfrutando da beleza sublime das flores através de seus olhos sorridentes e me esquecendo por um momento de todas as minhas preocupações, sorrindo com sua gargalhada animada e me satisfazendo com sua satisfação quando, de repente, uma sombra eclipsou a pequena área de sol na grama em nossa frente e, ao olhar para cima, contemplei Walter Hargrave parado e nos encarando.

– Desculpe, senhora Huntingdon – ele falou. – Eu estava hipnotizado, não consegui nem me aproximar para interrompê-los, nem deixar de contemplar esta cena. Como meu pequeno afilhado está crescendo com vigor! E quão feliz está nesta manhã! – Aproximou-se da criança e se inclinou para pegar sua mão, mas, ao perceber que seu carinho poderia resultar em lágrimas e lamentos, em vez de causar uma demonstração de afeto recíproca, ele se afastou com prudência. – Que prazer e que conforto essa pequena criatura deve trazer para você, senhora Huntingdon! – ele observou com um toque de tristeza na voz enquanto contemplava a criança.

– Traz mesmo – respondi e, em seguida, perguntei sobre sua mãe e irmã.

Ele respondeu às minhas indagações com educação e, depois, voltou ao assunto que eu queria evitar, embora com um grau de timidez que testemunhava seu receio em me ofender.

– Você soube de Huntingdon recentemente? – ele quis saber.

– Esta semana, não – respondi. Eu deveria ter respondido que não sabia de nada há três semanas.

– Recebi uma carta dele nesta manhã. Gostaria de poder mostrá-la à sua senhora. – Puxou do bolso do colete metade de uma carta com a ainda adorável caligrafia de Arthur no endereço e guardou-a de volta, acrescentando:

– Mas ele diz que deve voltar na próxima semana.

– Ele me diz isso toda vez que me escreve.

– De fato! É bem coisa dele mesmo. Mas para mim ele sempre declarou que pretendia ficar até este mês.

Aquilo me atingiu como um soco. Provava sua transgressão premeditada e seu desprezo sistemático com a verdade.

– É só uma pequena parte do resto da conduta dele – o senhor Hargrave observou pensativamente, imagino que lendo os sentimentos em meu rosto.

– Então ele virá mesmo na semana que vem? – perguntei depois de uma pausa.

– Pode contar com isso, se a certeza puder lhe trazer algum prazer. Senhora Huntingdon, é possível que o retorno dele lhe traga alguma alegria? – ele quis saber, examinando minhas feições de novo.

– É claro, senhor Hargrave. Ele não é meu marido?

– Ó, Huntingdon; você não sabe o que esnoba – ele murmurou, eufórico.

Peguei meu bebê e parti desejando-lhe um bom-dia, para ser tomada pelos meus pensamentos no santuário do meu lar sem ser escrutinada.

E eu estava feliz? Sim, encantada; embora irritada pela conduta de Arthur e com a sensação de que ele tinha me enganado, determinada a fazê-lo senti-la também.

Capítulo 30

Na manhã seguinte, eu mesma recebi algumas linhas dele, confirmando as insinuações de Hargrave em relação ao seu retorno. E ele realmente chegou na manhã seguinte, mas em um estado de corpo e alma ainda pior do que antes. Desta vez, contudo, eu não pretendia deixar que sua deserção passasse em branco, não teria como. Mas no primeiro dia ele estava exausto por causa da viagem, e eu estava feliz por tê-lo de volta, portanto não o reprimi e esperei até o dia seguinte. Ele ainda estava muito cansado pela manhã, então esperei um pouco mais. Após ter desjejuado uma garrafa de água com gás e uma xícara de café forte ao meio-dia e almoçado às duas da tarde com outra garrafa de água com gás misturada com conhaque, começou a criticar tudo o que estava à mesa durante o jantar, declarando que tínhamos que trocar de cozinheira, e então percebi que tinha chegado a hora.

– É a mesma cozinheira de antes de você ir embora, Arthur – eu disse. – No geral você estava bem satisfeito com ela.

– Talvez você a tenha deixado cultivar hábitos desleixados enquanto estive fora. Comer esta porcaria nojenta é o suficiente para envenenar alguém! – E empurrou o prato para longe com petulância, recostando-se desesperançado na cadeira.

– Acho que foi você quem mudou, não ela – retruquei, mas com a maior delicadeza, porque não queria irritá-lo.

– Pode ser – respondeu ele apático e, após esvaziar um copo de vinho com água de um só gole, acrescentou –, pois há um fogo infernal em minhas veias que nem toda a água do oceano consegue extinguir!

"E o que o acendeu?", era o que eu estava prestes a perguntar, mas, naquele instante, o mordomo entrou e começou a tirar as coisas.

– Seja rápido, Benson, acabe logo com essa bagunça infernal! – exclamou seu amo. – E não traga o queijo, a menos que queira me ver doente de vez!

Benson, um pouco surpreso, retirou o queijo e fez o que pôde para terminar de limpar o resto com rapidez e em silêncio, mas, infelizmente, o impetuoso arrastar de cadeiras de seu amo causou uma saliência no carpete, na qual ele tropeçou, causando uma alarmante concussão na bandeja cheia de louça em suas mãos, mas não houve grandes danos, exceto por uma terrina de molho que caiu no chão e se espatifou. Contudo, Arthur virou para ele furioso e o maldisse com impropérios selvagens, o que me envergonhou e chateou de modo inenarrável. O pobre homem ficou pálido e começou a tremer visivelmente quando se inclinou para recolher os cacos.

– Não foi culpa dele, Arthur. O carpete pegou o pé dele, e não houve grandes danos. Não ligue para os cacos agora, Benson. Pode limpá-los depois – falei.

Feliz por ter sido liberado, Benson rapidamente serviu a sobremesa e se retirou.

– Helen, o que significa isso agora? Vai ficar do lado do criado em vez de ficar do meu, mesmo percebendo que eu estava distraído? – Arthur indagou assim que a porta se fechou.

– Eu não sabia que você estrava distraído, Arthur. E o coitado ficou bastante assustado e magoado com sua explosão repentina.

– Coitado mesmo! E você acha que eu deveria parar para considerar os sentimentos de um bruto insensato como aquele, enquanto meus próprios nervos eram atacados e dilacerados por sua maldita gafe?

– Nunca o ouvi reclamar dos seus nervos antes.

– E por que eu não teria nervos como você?

– Oh, não estou disputando a posse deles, mas é que nunca reclamo dos meus.

– É claro que não. Como reclamaria, se nunca faz nada para testá-los?

– Então por que você testa os seus, Arthur?

– Você acha que não tenho nada para fazer além de ficar em casa cuidando de mim mesmo como uma mulherzinha?

– Então é impossível tomar conta de si mesmo como um homem quando você sai de casa? Você me disse que conseguiria e faria isso, também me prometeu que…

– Ah, por favor, Helen, não comece com essa bobagem agora, eu não aguento.

– Não aguenta o quê? Ser lembrado das promessas que quebrou?

– Helen, você é cruel. Se soubesse como meu coração palpita e como cada nervo treme enquanto fala, você me pouparia disso. Você tem pena de um criado idiota por quebrar uma louça, mas não tem compaixão comigo agora, mesmo com a minha cabeça partida em duas por causa dessa febre ardente.

Ele apoiou a cabeça na mão e suspirou. Fui até ele e coloquei a mão em sua testa. Estava ardendo em febre mesmo.

– Então vamos comigo ao ateliê, Arthur. E pare de tomar esse vinho. Você bebeu várias taças desde o jantar e não comeu quase nada o dia inteiro. Como melhorará assim?

Com um pouco de bajulação e persuasão, consegui tirá-lo da mesa. Quando trouxeram o bebê, tentei usá-lo para distrair o pai, mas os dentes do pequeno Arthur estavam nascendo, e o homem não aguentou os resmungos da criança. No primeiro sinal de irritabilidade, mandou que o levassem embora de chofre e, como tive que ficar um pouco com ele durante a noite, reprochou-me quando voltei, acusando-me de preferir meu filho ao meu marido. Encontrei-o deitado no sofá do jeito que eu o deixara.

– Ah, muito bem! – exclamou o adoentado, num tom de fingida resignação. – Não quis nem chamar você, para ver por quanto tempo faria o favor de me deixar sozinho.

– Não demorei tanto assim, não é, Arthur? Tenho certeza de que não passou nem uma hora.

– Oh, é claro, uma hora não é nada para você, ocupada de forma tão agradável, mas, para mim...

– Não foi nada agradável – interrompi. – Eu estava cuidando do nosso pobre bebezinho, que não está bem, e não pude deixá-lo antes de fazê-lo dormir.

– Oh, mas é claro. Você está transbordando de gentileza e compaixão por tudo, menos por mim.

– E por que eu deveria ter compaixão por você? Qual é o seu problema?

– Bem, isso diz tudo! Depois de todo o desgaste que tive, quando chego em casa doente e exausto, sedento por conforto e esperando encontrar atenção e gentileza pelo menos por parte da minha esposa, ela calmamente me pergunta qual é o meu problema!

– Você não tem problema nenhum – retruquei – além dos que assumiu de propósito, contra todas as minhas advertências e súplicas.

– Olhe, Helen – ele falou enfaticamente, levantando-se um pouco –, se você me encher com mais uma palavra, tocarei o sino e mandarei que tragam seis garrafas de vinho e, Deus me ajude, beberei todas elas antes de me levantar daqui!

Eu não disse mais nada, sentei-me à mesa e puxei um livro em minha direção.

– Pelo menos me deixe ficar em silêncio – continuou –, já que você me nega qualquer outro conforto. – E, afundando-se de volta, exalou impacientemente algo entre um suspiro e um rosnado e, extenuado, fechou os olhos como se fosse dormir.

Não sei dizer qual livro estava aberto diante de mim na mesa, pois nunca nem olhei para ele. Com um cotovelo de cada lado do volume, coloquei minhas mãos em frente aos olhos e me entreguei a um choro silencioso. Mas Arthur não estava adormecido; ao ouvir o primeiro soluço baixo, ele levantou a cabeça e olhou ao redor, exclamando impaciente:

– Por que é que você está chorando, Helen? Que diabos está acontecendo agora?

– Estou chorando por você, Arthur – respondi, rapidamente secando as lágrimas. Levantei-me e me ajoelhei na frente dele, segurando sua mão fraca entre as minhas, e continuei: – Você não sabe que é parte de mim? Acha que pode machucar e aviltar a si mesmo desse jeito sem que eu sinta nada?

– Estou me aviltando, Helen?

– Está, sim! O que você ficou fazendo esse tempo todo?

– É melhor não perguntar – ele falou com um sorriso fraco.

– E é melhor não me contar, mas não dá para negar que você se aviltou terrivelmente. Você se enganou de forma vergonhosa, corpo e alma, e me enganou também. Não consigo aceitar isso em silêncio e não vou!

– Está bem, não aperte minha mão assim freneticamente e não me sacuda desse jeito, pelo amor de Deus! Ó, Hattersley! Você estava certo: esta mulher será a minha morte com essas emoções aguçadas e sua interessante força de caráter. Pronto, pronto, poupe-me um pouco.

– Arthur, você precisa se arrepender! – lamentei em um frenesi desesperado, joguei meus braços em torno dele e enterrei meu rosto em seu peito. – Você tem que dizer que sente muito pelo que fez!

– Está bem, está bem, sinto muito.

– Não é verdade! Você vai fazer tudo de novo.

– Não viverei para fazer nada de novo, se me tratar com tanta selvageria – ele retrucou, empurrando-me para longe. – Você me espremeu tanto que quase me impediu de respirar. – Ele colocou a mão no coração e, de fato, tinha uma aparência agitada e enferma.

– Agora vá pegar uma taça de vinho para mim – ele mandou –, para remediar o que você fez, sua tigresa! Estou prestes a desmaiar.

Corri para buscar o remédio solicitado, que pareceu reavivá-lo de forma considerável.

– Que vergonha… – falei, pegando a taça vazia de sua mão. – Um homem tão forte como você se rebaixando a esse estado!

– Se você soubesse de tudo, minha garota, diria: "É incrível como você consegue suportar isso tão bem!". Nesses últimos quatro meses, vivi mais do que você já viveu em toda a sua existência, Helen, ou viverá até o fim dos seus dias, mesmo se viver por cem anos. Portanto, espero ter que pagar por isso de alguma forma.

– Você pagará um preço mais alto do que imagina se não tomar cuidado. Perderá toda a sua saúde e minha afeição também, se é que ela tem algum valor para você.

– Qual! De novo esse joguinho de ameaça com a perda da sua afeição? Para começo de conversa, acho que nem era nada muito genuíno, já que pode ser destruído com tanta facilidade. Se você não tomar cuidado, minha bela tirana, fará com que eu me arrependa seriamente da minha escolha e inveje a submissa esposinha do meu amigo Hattersley: ela é um belo exemplo para seu sexo, Helen. Ele a manteve em Londres durante a temporada inteira, e ela não o incomodou nem um pouco. Ele podia se divertir como queria, parecia um homem solteiro, e ela nunca reclamava de abandono; podia voltar para casa a qualquer hora da noite ou da manhã, ou sequer voltar; podia ser grosseiro, estar sóbrio ou tremendamente bêbado e bancar o tolo ou o louco como seu coração desejasse, sem receios nem incômodos. Ela nunca lhe dirigia uma palavra de reproche ou reclamação, por mais que ele fizesse. Ele diz que não há joia igual em toda a Inglaterra e jura que não a trocaria nem por um reino.

– Mas ele faz da vida dela um inferno.

– Ele não! Ela não tem outros desejos, está sempre satisfeita e feliz, contanto que ele esteja se divertindo.

– Se assim o fosse, ela seria tão tola quanto ele, mas não é o caso. Várias das cartas dela expressam grande ansiedade sobre a conduta do marido, reclamando que você o incita a cometer tais extravagâncias. Há uma em especial na qual ela implora para que eu use minha influência sobre você e retire-o de Londres, afirmando que ele nunca fizera aquilo antes de você chegar, além de dizer que tem certeza de que ele parará assim que você for embora, quando puder se guiar pelo próprio bom senso.

– Aquela traidorazinha odiável! Dê-me essa carta. Enquanto eu viver, eu a mostrarei para ele, pode ter certeza!

– Não, ele não pode ver sem a autorização dela. Contudo, se isso acontecer, não há nada ali para irritá-lo, nem em nenhuma das outras cartas.

A INQUILINA DE WILDFELL HALL

Ela nunca diz uma palavra contra ele; só se mostra ansiosa. As alusões dela à conduta do marido ocorrem nos termos mais delicados possíveis, e ela se justifica por ele de todas as formas em que consegue pensar. Quanto ao sofrimento dela, eu mais o sinto do que vejo expresso em suas cartas.

– Mas ela fica falando mal de mim, e tenho certeza de que você ajuda.

– Não. Eu disse que ela superestima minha influência sobre você, que eu gostaria muito de afastá-lo das tentações da cidade, se pudesse, mas tinha pouca esperança de sucesso, e que achava que ela estava errada ao supor que você incitava o senhor Hattersley ou qualquer outro ao erro. Eu já tinha pensado o oposto disso, mas agora acreditava que vocês se corrompem mutuamente, e, se ela repreendesse o marido com delicadeza, mas seriedade, quem sabe não ajudaria um pouco, pois, embora fosse menos lapidado do que o meu, eu imaginava que seu material era um pouco menos impenetrável.

– Então é isso que vocês fazem: encorajam-se a fazer motins, e uma fica falando mal do parceiro da outra, fazendo insinuações contra os seus para mútua gratificação!

– Segundo seu próprio relato – falei –, meus nefastos conselhos tiveram pouco efeito sobre ela. E, quanto a maledicências e acusações, nós duas estamos envergonhadas demais pelos erros e vícios dos nossos maridos para fazer deles o assunto da nossa correspondência. Como somos amigas, gostaríamos muito de manter as falhas deles para nós mesmas (até longe de nós, se pudéssemos, exceto se soubéssemos como evitar que vocês as cometessem).

– Está bem, está bem! Não me incomode com isso, não vai conseguir nada de bom. Tenha paciência comigo e aguente minha languidez e meu nervosismo por um tempo até que essa febre maldita tenha saído das minhas veias, e você me terá tão animado e gentil quanto antes. Por que você não pode ser boazinha e gentil como da última vez? Tenho certeza de que fiquei muito grato.

– E de que adiantou sua gratidão? Iludi-me com a ideia de que você estava envergonhado das suas transgressões e esperei que nunca mais as fosse repetir; mas agora você me deixou sem esperança!

– Meu caso é desesperador, não é? Seria uma bênção se me protegesse da dor e da preocupação causadas pelos esforços da minha querida e ansiosa esposa para me converter, e se a poupasse da exaustão e do cansaço por tais empenhos, bem como também salvasse dos efeitos nocivos sua bela fronte e suas aguçadas expressões. É bom ter um surto passional de vez em quando, Helen, e uma enxurrada de lágrimas tem um efeito maravilhoso, mas, quando empregados com muita frequência, tornam-se coisas terríveis e infernais que maculam a beleza e esgarçam a amizade.

Desde então, contive minhas lágrimas e minhas paixões o máximo que pude. Também o poupei dos meus esforços coercivos e infecundos de conversão, pois percebi que era tudo em vão: talvez Deus despertasse aquele coração passivo e estupefato de autossatisfação e retirasse o véu de escuridão lasciva de seus olhos, mas eu não consegui. Quando sua injustiça e seu mau humor se voltavam aos subordinados, que não podiam se defender, eu ainda ressentia e me opunha; no entanto, quando eram direcionados a mim, como normalmente acontecia, eu suportava com calma tolerância, exceto nas vezes em que minha irritação, exaurida graças às irritações constantes ou incitada distraidamente por alguma nova ocorrência de irracionalidade, falava em meu lugar e me expunha a imputações de hostilidade, crueldade e impaciência. Eu atendia aos seus desejos e às suas vontades com zelo, mas reconheço que não com a mesma branda devoção de antes, uma vez que não a sentia mais. Ademais, agora eu tinha outro clamante por meu tempo e meus cuidados: meu debilitado infante, por quem eu frequentemente suportava e sofria reprimendas e reclamações do próprio pai insensato.

Mas Arthur não é um homem mau ou irritável naturalmente, longe disso. Havia algo de quase ridículo na incongruência da sua rabugice fortuita e irritabilidade nervosa, mais calculada para causar riso do que raiva, se não fossem as considerações intensamente dolorosas que acompanham tais sintomas de uma ossatura desorganizada, e seu temperamento melhorou aos poucos conforme sua saúde física foi-se recuperando, o que aconteceu muito mais rápido do que deveria, graças aos meus esforços extenuantes. Mas ainda havia uma coisa nele que eu não cedia por desespero, e um esforço por sua preservação do qual eu não queria abrir mão. Seu apetite pelo estímulo do vinho tinha aumentado, como eu muito bem previra. Agora aquilo ia além de um acessório para seu divertimento social: a bebida em si era uma importante fonte de prazer. Durante esse período de fraqueza e depressão, fez dela seu remédio e seu apoio, seu consolo e sua recreação, também sua amiga, afundando-se cada vez mais, amarrando-se para sempre no poço em que tinha caído. Mas eu estava determinada a nunca deixar que isso acontecesse enquanto ainda me restava alguma influência e, apesar de não conseguir evitar que ele bebesse além do que lhe fazia bem, pela minha incessante perseverança, gentileza, firmeza, vigilância, coação, cuidado e determinação, consegui impedir que ele se amarrasse totalmente a essa detestável propensão, tão traiçoeira em seus avanços, tão inexorável em sua tirania, tão desastrosa em seus efeitos.

E, aqui, não posso esquecer que estou um pouco em dívida com o amigo dele, senhor Hargrave. Nessa época, ele nos visitava em Grassdale e jantava conosco com frequência, ocasiões nas quais eu temia que Arthur jogasse para o alto com prazer a prudência e o decoro, transformando o jantar em "uma noitada", contanto que seu amigo consentisse em acompanhá-lo naquele sublime passatempo; e, se o último optasse por participar, em uma ou duas noites arruinaria todo o trabalho de semanas, fazendo desmoronar com um toque o frágil baluarte que construí com tanto trabalho e tanta labuta. Eu fiquei com tanto medo disso no começo que fui humilde o bastante para segredá-lo em particular sobre minhas apreensões em relação à propensão de Arthur para o excesso, e afirmei que esperava que ele não o encorajasse nesse sentido. Ele ficou feliz com esse sinal de confiança e, definitivamente, não o traiu. Naquela e em todas as ocasiões subsequentes, sua presença servia mais para ver como seu anfitrião estava do que era um estímulo a atos de intemperança, e ele sempre conseguiu tirá-lo da sala de jantar em boa hora e num estado tolerável, pois, se Arthur desconsiderasse afirmações como "Bem, não quero afastá-lo de sua dama" ou "Não podemos esquecer que a senhora Huntingdon está sozinha", ele insistia e saía da mesa sozinho para se reunir a mim. Assim, seu anfitrião, embora contra a vontade, era obrigado a segui-lo.

Desse modo, aprendi a receber de bom grado o senhor Hargrave como um verdadeiro amigo da família, uma companhia inofensiva para Arthur, que animava seu espírito e o impedia de cair no tédio da ociosidade absoluta e do completo isolamento de qualquer companhia além da minha, e um aliado útil para mim. Naquelas circunstâncias, eu só conseguia me sentir grata por ele e não hesitei em reconhecer minha dívida na primeira oportunidade conveniente. Contudo, ao fazê-lo, meu coração sussurrou que havia algo de errado, o que fez meu rosto corar, sensação que se acentuou com seu olhar fixo e sério. Depois, a forma como ele recebeu meu reconhecimento mais do que dobrou meus pressentimentos. Seu grande deleite em me servir estava sujeito à estima que sentia por mim e à comiseração por si mesmo (sobre o que eu não sei, pois não fiquei para perguntar nem permiti que ele aliviasse suas tristezas comigo). Suas lamúrias e insinuações de aflição reprimida pareciam vir de um coração cheio; mas ele precisava esforçar-se para mantê-las ali dentro ou despejá-las em outros ouvidos, pois já havia confidências demais entre nós. O fato de existir um segredo entre mim e o amigo do meu marido, cujo assunto era ele próprio, parecia errado. Mas, após refletir sobre isso, meu pensamento foi: "Se isso for errado, com certeza a culpa é de Arthur, não minha".

E, de fato, não sei se naquela hora eu não corei por ele, em vez de corar por mim, pois, como ele e eu somos um só, vejo-me nele, sinto seu aviltamento, suas quedas e suas transgressões como minhas. Ruborizo por ele, temo por ele; arrependo-me por ele, choro, oro e sinto por ele tanto quanto por mim; mas não posso agir por ele. Ainda assim, devo estar, e estou, corrompida, contaminada pela união, tanto em meus olhos quanto no que diz respeito à verdade. Estou tão determinada a amá-lo, tão intensamente ansiosa para desculpar seus erros que acabo morando neles e trabalho para aplacar seus princípios mais frouxos e suas piores ações até estar familiarizada com o vício, o que quase me torna cúmplice de seus pecados. As coisas que antes me escandalizavam e enojavam agora só parecem naturais. Sei que estão erradas porque a razão e a palavra de Deus assim as declaram, mas, aos poucos, estou perdendo aquela repulsa e aquele horror instintivos que a natureza me deu ou os preceitos e o exemplo da minha tia instilaram em mim. Talvez eu fosse rigorosa demais em meus julgamentos naquela época, pois abominava tanto o pecador quanto o pecado; agora me exalto por ser mais atenciosa e empática, mas será que também não estou me tornando mais indiferente e insensata? Como fui tola em sonhar que tinha força e pureza o bastante para salvar a ele e a mim mesma! Mereço muito bem essa presunção vã, se tiver que padecer com ele no abismo do qual buscava salvá-lo! Ainda assim, que Deus me proteja, e a ele também! Sim, pobre Arthur, ainda terei esperanças e rezarei por você; e, embora eu escreva como se fosse algum desgraçado abandonado, sem esperanças nem indultos, faço isso apenas por causa dos meus receios ansiosos e dos meus fortes anseios. Se eu o amasse menos, seria menos amargurada e insatisfeita.

Sua conduta recente poderia ser chamada de impecável, mas sei que seu coração continua inalterado. A primavera se aproxima, e apavoro-me profundamente com as consequências.

Conforme ele começou a recuperar o tônus e o vigor de seu corpo exausto (e também um pouco da sua antiga impaciência para a reclusão e o repouso), sugeri que nos hospedássemos à beira-mar por um breve período, tanto para contribuir para seu divertimento e contínua recuperação quanto para o benefício do nosso pequeno. Mas não, locais aquáticos eram insuportavelmente tediosos; ademais, um de seus amigos o tinha convidado para passar um ou dois meses na Escócia, para aproveitarem melhor a caça de tetrazes e cervos, e ele tinha prometido ir.

– Então você me deixará de novo, Arthur? – questionei.

– Sim, minha querida, mas apenas para amá-la melhor quando eu voltar e compensar as antigas ofensas e breves estadias. E você não tem o que temer desta vez: não há tentações nas montanhas. E, durante minha ausência, você pode fazer uma visita a Staningley, se quiser. Faz tempo que seus tios querem que passemos por lá, você sabe; mas, de alguma forma, há uma repulsa tão grande entre mim e a boa senhora que nunca consegui criar coragem.

Arthur partiu para a Escócia por volta da terceira semana de agosto e, para minha satisfação pessoal, o senhor Hargrave o acompanhou. Pouco depois eu, o pequeno Arthur e Rachel fomos para Staningley, minha querida casa antiga, a qual, assim como meus queridos amigos de outrora e seus habitantes, revi com uma mescla de prazer e dor, sentimentos tão intimamente misturados que quase não consegui distinguir, tampouco discernir a qual deles atribuir as várias lágrimas, risadas e suspiros despertados por aquelas cenas, aquelas vozes e aqueles rostos antigos e familiares.

Arthur demorou várias semanas para voltar para casa após meu retorno ao Palacete Grassdale, mas eu não me sentia tão angustiada por sua causa agora. Era muito diferente pensar nele envolvido em esportes ativos no meio das colinas selvagens da Escócia de saber que estava imerso nas corrupções e tentações de Londres. Suas cartas, embora não sejam longas nem amáveis, agora são mais regulares do que antes, e, quando ele voltou, para minha grande alegria, em vez de estar pior do que foi, veio mais animado, vigoroso e melhor em todos os aspectos. Desde então, tenho tido poucos motivos para reclamar. Ele ainda tem uma terrível predileção pelos prazeres da mesa, contra a qual tenho que lutar e me manter vigilante, mas começou a notar o menino dele, que é uma crescente fonte de entretenimento dentro de casa, enquanto sair para caçar raposas com os cachorros é uma ocupação satisfatória do lado de fora, quando o solo não está enrijecido pelo gelo; desse modo, ele não é totalmente dependente de mim para se entreter. Mas já é janeiro, a primavera se aproxima e, repito, fico apavorada com as consequências da sua chegada. Essa estação tão agradável, que eu recebia de bom grado como um período de esperança e felicidade, agora desperta outras expectativas com seu retorno.

Capítulo 31

20 de março de 1824. A temporada apavorante chegou, e Arthur se foi, como eu esperava. Desta vez, ele afirmou que pretendia ficar em Londres por um curto período e depois ir para o continente, onde provavelmente ficaria por algumas semanas. Mas eu não deveria esperá-lo antes de várias quinzenas; agora sei que, com ele, dias significam semanas, e semanas, meses.

* * *

30 de julho. Ele voltou há cerca de três semanas, com certeza com a saúde um pouco melhor do que antes, mas com o temperamento ainda pior. Mas talvez eu esteja errada: sou eu que estou menos paciente e tolerante. Estou exausta da sua injustiça, do seu egoísmo e da irremediável depravação. Gostaria de usar palavras mais leves; não sou nenhum anjo e minha corrupção se ergue contra isso. O pobre coitado do meu pai morreu na semana passada; Arthur ficou incomodado por sabê-lo, porque notou que fiquei aturdida e abatida, e ele temia que a situação prejudicasse seu conforto. Quando falei que encomendaria meu luto, ele exclamou:

– Oh, eu odeio preto! Mas tanto faz, imagino que você deva usá-lo por um tempo pelo bem das aparências. Porém, Helen, espero que você não pense ser seu dever mudar sua fronte e seus modos em conformidade com o vestuário fúnebre. Por que você precisa suspirar e gemer, e eu ficar desconfortável por causa de um velho do condado, um completo estranho para nós dois, que julgou apropriado beber até morrer? Pronto, agora você está chorando! Pois bem, deve ser fingimento.

Ele não quis que eu participasse do funeral nem fosse animar a pobre solidão de Frederick por um ou dois dias. Era bastante desnecessário, ele disse, e eu estava sendo irracional por querer isso. O que meu pai era para mim? Eu só o tinha visto uma vez desde que era bebê e sabia muito bem que o homem nunca se importou nem um pouco comigo; meu irmão também quase não passava de um desconhecido.

– Além disso, minha querida Helen – ele disse, abraçando-me com uma gentileza bajuladora –, não consigo ficar sem você por um dia sequer.

– Então como você conseguiu ficar sem mim por todos esses dias? – argumentei.

– Ah! Mas eu estava circulando pelo mundo; agora estou em casa, e a casa sem você, minha divindade doméstica, seria insuportável.

– Sim, enquanto sou necessária para o seu conforto. Mas você não disse isso antes, quando me apressou em deixá-lo para que o caminho ficasse livre e você pudesse sair de casa sem mim – retorqui. Mas as palavras mal tinham saído da minha boca e eu já me arrependi por tê-las proferido. Pareciam um fardo muito pesado: se fossem falsas, eram um insulto muito grosseiro; se verdadeiras, um fato muito humilhante para ser jogado na cara dele tão abertamente. Mas eu poderia ter me poupado daquele golpe momentâneo de autocensura. A acusação não despertou vergonha nele, tampouco indignação; ele não tentou negá-la nem quis se desculpar, sua resposta foi apenas uma gargalhada longa e baixa, como se visse toda a situação como uma piada esperta e divertida do início ao fim. Com certeza esse homem ainda vai me fazer desgostar dele!

Pecando e fermentando, minha doce dama,
Saiba que ele beberá o barril inteiro.
Sim, e eu beberei até a última gota, e ninguém além de mim saberá
quão amargo será!

A INQUILINA DE WILDFELL HALL

* * *

20 de agosto. Tornamos a assumir nosso lugar de costume. Arthur quase voltou à sua situação e hábitos antigos, e eu compreendi que o mais sábio a se fazer era fechar os olhos para o passado e o futuro, ao menos no que diz respeito a ele, e viver somente o presente. Eu o amarei quando conseguir, sorrirei, se possível, quando ele sorrir, ficarei contente quando ele estiver contente e satisfeita quando ele se fizer agradável; quando isso não acontecer, tentarei mudá-lo e, se não adiantar, eu o aguentarei, desculparei e perdoarei da melhor forma que posso, impedindo que minhas terríveis paixões agravem as dele e, embora eu ainda cultive e atenda às suas propensões mais inofensivas de autossatisfação, faço o que está ao meu alcance para salvá-lo do pior.

Mas não ficaremos sozinhos por muito tempo. Em breve serei requisitada a entreter o mesmo seleto grupo de amigos que recebemos no outono retrasado, acrescentando-se ainda o senhor Hattersley e, graças ao meu pedido especial, sua esposa e sua filha. Estou ansiosa para ver Milicent e sua menina, que já tem mais de um ano e será uma amiguinha encantadora para meu pequeno Arthur.

* * *

30 de setembro. Nossos convidados estão aqui há uma ou duas semanas, mas ainda não tive sossego para comentar sobre eles. Não consigo superar a antipatia que sinto por Lady Lowborough. Não é só uma pirraça pessoal, é a mulher em si que me desagrada, porque eu a desaprovo totalmente. Evito sua companhia o máximo que posso sem violar as leis da hospitalidade; mas usamos a maior civilidade possível quando nos dirigimos uma à outra ou conversamos, há até uma cordialidade aparente da parte dela, mas ela que me poupe de sua cordialidade! É como mexer em rosas de sarça e espinheiros-brancos, admiráveis aos olhos e agradáveis ao toque, mas você sabe dos espinhos que existem ali embaixo e vez ou outra os sente também, quiçá até se ofenda com o ferimento causado ao esmagá-los para destruir seu poder, embora à custa dos seus próprios dedos.

Ultimamente, contudo, nada em sua conduta em relação a Arthur me irritou ou sobressaltou. Durante os primeiros dias, notei que ela parecia bastante solícita para ganhar a admiração dele, que, por sua vez, não deixou seus esforços passar despercebidos: com frequência o vi sorrir para si mesmo com suas manobras astuciosas, mas devo elogiá-lo, pois as investidas dela foram impotentes. Seus sorrisos mais hipnotizantes e seu franzir de cenho mais arrogante foram recebidos sempre com o mesmo e imutável bom humor desdenhoso, até que, ao perceber que ele era de fato impenetrável, ela abandonou os esforços de repente e, ao que tudo indica, tornou-se tão indiferente quanto ele. Desde então, não testemunhei nenhum sinal de implicância do lado dele ou novas tentativas de conquista do lado dela.

É assim que deveria ser; mas Arthur nunca me deixa ficar satisfeita com ele. Desde que me casei, nunca tive uma hora sequer de compreensão daquela agradável ideia que diz: "na quietude e na confiança estará o seu descanso". Aqueles dois homens detestáveis, Grimsby e Hattersley, destruíram todo o meu trabalho contra o amor dele por vinho. Eles o encorajam diariamente a ultrapassar as fronteiras da moderação, e não poucas vezes o arruínam com o verdadeiro excesso. Não me esquecerei tão cedo da segunda noite após a chegada deles. Eu e as damas tínhamos acabado de nos retirar da sala de jantar e, antes mesmo de a porta se fechar atrás de nós, Arthur exclamou:

– Agora, meus rapazes, o que vocês me dizem de uma celebração regular?

Milicent olhou para mim com um olhar meio reprovador, como se eu pudesse interferir, mas sua expressão mudou ao ouvir a voz de Hattersley gritando através da parede e da porta:

– Estou com você! Traga mais vinho: isso aqui não vai dar para nada!

Mal tínhamos entrado no ateliê e recebemos a companhia de Lorde Lowborough.

– O que pode induzi-lo a vir tão cedo? – exclamou sua Lady com um ar descontente e bastante grosseiro.

– Você sabe que eu nunca bebo, Annabella – ele respondeu, sério.

– Bem, mas você podia ficar um pouco com eles. Parece um bobo, ficando o tempo todo atrás das mulheres… Não sei como consegue!

A INQUILINA DE WILDFELL HALL

Ele a reprovou com um olhar que era uma mistura de amargura e surpresa e, afundando-se em uma cadeira, suprimiu um suspiro pesado, mordeu os lábios pálidos e fixou os olhos no chão.

– Você fez bem em deixá-los, Lorde Lowborough – falei. – Espero continuar sempre tendo a honra da sua companhia tão cedo. E, se Annabella soubesse o valor da verdadeira sabedoria e da desgraça dos desaventurados e... e da intemperança, ela não falaria uma bobagem dessas nem de brincadeira.

Ele levantou os olhos enquanto eu falava e fitou-me com seriedade, meio surpreso, meio preocupado, depois se virou para sua esposa.

– Pelo menos – ela disse –, sei o valor de um coração quente e de uma alma masculina corajosa.

– Tudo bem, Annabella – ele falou, em um tom profundo e sepulcral. – Se minha presença é tão desagradável para você, eu a pouparei.

– Você vai voltar para eles? – ela perguntou, indiferente.

– Não! – ele exclamou de modo enfático e grosseiro. – Não voltarei para eles! E jamais ficarei com eles por um momento sequer além do que acho apropriado, não importa o que você ou qualquer outra tentadora diga! Mas não precisa se preocupar, nunca mais a incomodarei impondo minha companhia de forma tão pouco razoável.

Ele saiu do cômodo. Ouvi a porta da sala abrir e fechar e, logo em seguida, afastando a cortina, vi-o descer a trilha do parque, na melancolia pouco reconfortante do crepúsculo úmido e nublado.

– Seria bem feito para você, Annabella – falei, enfim –, se Lorde Lowborough retomasse os velhos hábitos que quase causaram a ruína dele e os quais ele se esforçou tanto para abandonar. Aí você teria motivos para se arrepender de uma conduta como esta.

– Nada disso, querida! Eu não me importaria se o lorde quisesse se intoxicar todos os dias: assim, eu me livraria dele mais cedo.

– Ó, Annabella! – Milicent exclamou. – Como você pode dizer coisas tão terríveis? Seria mesmo uma punição justa para você se a Providência levasse suas palavras a sério e fizesse você sentir o que as outras sentem, se fizesse que você... – ela atalhou de repente, quando um arroubo de conversas e risadas altas nos alcançaram da sala de jantar, no qual a voz de Hattersley sobressaía-se com nitidez até para meus ouvidos pouco acostumados.

– Que eu sentisse o que você sente neste momento, imagino – disse Lady Lowborough com um sorriso malicioso, fixando os olhos na expressão aflita da prima.

A última não respondeu, mas virou o rosto e secou uma lágrima. Naquele momento, a porta se abriu para admitir o senhor Hargrave, que estava apenas um pouco corado; seus olhos escuros brilhavam com uma vivacidade fora do comum.

– Oh, estou tão feliz por você ter vindo, Walter! – a irmã exclamou. – Mas queria que tivesse trazido Ralph com você.

– Absolutamente impossível, querida Milicent – ele respondeu alegremente. – Já foi um sufoco eu conseguir sair de lá. Ralph tentou me manter à força, Huntingdon me ameaçou com a perda eterna da sua amizade, e Grimsby, o pior de todos, fez de tudo para me envergonhar das minhas virtudes com seu sarcasmo e suas insinuações irritantes, porque ele sabe o que mais me magoa. Portanto, senhoritas, é bom vocês me receberem bem, já que lutei e sofri demais em favor da sua agradável companhia. – Ele se virou sorrindo para mim e fez uma reverência ao terminar a sentença.

– Ele não está bonito agora, Helen? – Milicent sussurrou, seu orgulho fraternal superando todas as outras considerações do momento.

– Estaria – respondi – se aquele brilho em seus olhos, boca e face fosse natural, mas olhe de novo daqui a algumas horas.

Então o cavalheiro sentou-se ao meu lado à mesa e pediu uma xícara de café.

– Acredito que seja um belo exemplo dos céus tomados pela tempestade – ele disse, quando lhe passei a bebida. – Estou no paraíso agora, mas trilhei meu caminho de água e fogo até conquistá-lo. O último recurso de Ralph Hattersley foi colocar as costas na porta e jurar que eu só sairia sobre seu cadáver (um corpanzil bastante robusto, diga-se de passagem). Por sorte, contudo, aquela não era a única porta, e consegui escapar pela entrada lateral da copa do mordomo, para enorme surpresa de Benson, que estava limpando a bandeja.

O senhor Hargrave e sua prima riram, mas sua irmã e eu continuamos sérias e em silêncio.

– Perdoe minha frivolidade, senhora Huntingdon – ele murmurou mais sério ao levantar os olhos para meu rosto. – Você não está acostumada a essas coisas, sofre por afetarem sua mente delicada e sensível demais. Porém, estive pensando em você quando estava no meio daqueles fanfarrões bagunceiros e tentei persuadir o senhor Huntingdon a pensar em você também, mas não adiantou. Receio que ele esteja decidido a aproveitar bem esta noite, e não adianta esperar por ele ou os companheiros dele para o café; já será bastante se eles se juntarem a nós para o chá. Enquanto isso, gostaria muito de conseguir banir os pensamentos sobre eles da sua cabeça (e da minha também, pois odeio pensar neles, sim, odeio pensar até no meu querido amigo Huntingdon, pois, quando reflito sobre o poder que ele possui na felicidade de alguém tão imensuravelmente superior a ele próprio e o uso que faz disso, de fato, eu o detesto!).

– Então é melhor não falar isso para mim – respondi –, pois, por pior que ele seja, é parte de mim, e você não pode falar mal dele sem me ofender.

– Perdoe-me, então, pois prefiro morrer a ofendê-la. Mas vamos deixar de falar sobre ele agora, por favor.

Eles só vieram após as dez, quando o chá, servido com mais de meia hora de atraso, estava quase no fim. Por mais que eu ansiasse por sua chegada, meu coração deu um pulo com o tumulto desordeiro com o qual se aproximaram, e Milicent ficou pálida e quase pulou da cadeira quando o senhor Hattersley irrompeu na sala vociferando blasfêmias, e Hargrave se esforçou para que ele parasse, incitando-o a se lembrar das damas.

– Ah! Você faz bem em me lembrar das damas, seu desertor covarde – ele exclamou, balançando o punho em direção ao cunhado. – Se não fosse por elas, eu acabaria com você num piscar de olhos e entregaria seu corpo às aves do céu e aos lírios do chão! Então, plantando uma cadeira ao lado de Lady Lowborough, sentou-se ali e começou a conversar com ela numa mistura de absurdo e imprudência que parecia mais agradá-la do que ofendê-la, embora fingisse ressentir a insolência, mantendo-o longe com tiradas rápidas, inteligentes e espirituosas.

Enquanto isso, o senhor Grimsby sentou-se a meu lado, na cadeira deixada vaga por Hargrave quando eles entraram, e afirmou com seriedade que me agradeceria se eu lhe servisse uma xícara de chá. Arthur sentou-se ao lado da coitada da Milicent, colocando a cabeça na frente do rosto dela com confiança e se aproximando enquanto a moça se afastava. Ele não era tão barulhento quanto Hattersley, mas seu rosto estava excessivamente corado, ele ria sem parar e, apesar de eu ruborizar por todos, olhava e ouvia o que meu marido dizia, e fiquei feliz por ele ter optado conversar em voz baixa de forma que ninguém, além dela, conseguia ouvi-lo.

– Como são tolos! – o senhor Grimsby constatou em um tom arrastado. O tempo inteiro ele falou sozinho ao meu lado com uma seriedade sentenciosa, mas eu estava muito absorta contemplando o estado deplorável dos outros dois, sobretudo de Arthur, para lhe dar atenção.

– Você ouve as bobagens que eles falam, senhora Huntingdon? – continuou. – Estou meio envergonhado por eles. Não podem nem ficar com uma garrafa entre si sem que ela lhes suba à cabeça...

– Você está derramando creme no pires, senhor Grimsby.

– Ah! É mesmo! Mas, também, estamos quase no escuro aqui. Hargrave, sopre essas velas, por favor.

– São de cera, não precisam ser assopradas – observei.

– "Os olhos são a candeia do corpo" – Hargrave observou com um sorriso sarcástico. – "Se os olhos forem bons, todo o teu corpo será cheio de luz".

Grimsby o rechaçou com um gesto de mão solene e, voltando-se para mim, continuou com o mesmo tom arrastado e a estranha incerteza do discurso grave de antes:

– Mas, como eu estava dizendo, senhora Huntingdon, eles não têm cabeça, não conseguem tomar nem meia garrafa sem serem afetados, enquanto eu... Bem, eu tomei três vezes mais do que eles esta noite, e você pode perceber que estou perfeitamente sóbrio. Pode lhe parecer bastante singular, mas acho que posso explicar. Sabe, o cérebro deles (não citarei nomes, mas você saberá a quem estou me referindo), o cérebro deles já é leve, e os gases da bebida fermentada o tornam mais leve ainda, o que resulta em cabeças de vento, ou tontura, que leva à intoxicação, enquanto meu cérebro, composto de matéria mais sólida, absorverá uma quantidade significativa do vapor alcoólico sem produzir nenhum resultado perceptível...

– Acho que você verá o resultado perceptível no seu chá – interrompeu o senhor Hargrave –, pela quantidade de açúcar que você colocou nele. Em vez de um torrão, como de costume, você colocou seis.

– É mesmo? – respondeu o filósofo mergulhando a colher na xícara e pescando vários pedaços de açúcar meio dissolvidos para confirmar a afirmação. – Hum! Percebi. Pois bem, madame, você viu como faz mal ter a cabeça avoada e pensar demais enquanto cuida dos problemas ordinários da vida. Se eu mantivesse minhas faculdades ao meu redor como um homem comum, em vez de dentro de mim como um filósofo, não teria estragado esta xícara de chá nem ficaria envergonhado por incomodá-la para pedir outra.

– Esse é o açucareiro, senhor Grimsby. E, agora, você estragou o açúcar também. Ficarei grata em pedir mais uma xícara, pois o Lorde Lowborough enfim chegou, e espero que ele aceite sentar-se conosco e me permita oferecer-lhe um pouco de chá.

O lorde inclinou-se seriamente em resposta ao meu apelo, mas não disse nada. Nesse meio-tempo, Hargrave se voluntariou para tocar o sino e pedir mais açúcar, enquanto Grimsby lamentava seu erro, tentando provar que aquilo tinha acontecido graças à escuridão do bule e às más condições luminosas.

Lorde Lowborough tinha entrado há um ou dois minutos sem ser notado por ninguém além de mim e parara na frente da porta para analisar o grupo com desaprovação. Então aproximou-se de Annabella, que estava sentada de costas para ele, com Hattersley ainda a seu lado. Este, por sua vez, não falava mais com ela, mas ocupava-se maldizendo e provocando seu anfitrião com furor.

– Bem, Annabella – falou seu marido, enquanto apoiava-se no encosto da cadeira dela –, com qual dessas três "almas masculinas corajosas" você quer que eu me pareça?

– Pelos céus e pela terra, você deve se parecer com todos nós! – exclamou Hattersley, levantando-se e segurando-o pelo braço de forma rude. – Ei,

Huntingdon! – gritou ele. – Eu o peguei! Venha, homem, ajude-me! E que eu vá para o inferno se não conseguir embebedá-lo antes de deixá-lo ir embora! Ele vai compensar todas as delinquências passadas, senão não me chamo Hattersley!

Em seguida, houve uma disputa vergonhosa: Lorde Lowborough estava seriamente desesperado e pálido de raiva, e lutava para se soltar daquele louco forte que tentava arrastá-lo da sala. Tentei pedir para Arthur interferir em favor de seu convidado ultrajado, mas ele não conseguiu fazer nada além de rir.

– Huntingdon, seu tolo, venha me ajudar! – exclamou Hattersley, que também estava um pouco enfraquecido por causa dos seus excessos.

– Estou lhe desejando boa sorte e ajudando você com minhas orações, Hattersley! – Arthur exclamou. – Não consigo fazer mais nada, mesmo se minha vida dependesse disso. Estou acabado. – E, recostando-se na cadeira, bateu com as mãos nas laterais do corpo e gemeu alto.

– Annabella, dê-me uma vela! – Lowborough pediu, com seu antagonista agora agarrando-o pela cintura e tentando afastá-lo do batente da porta, no qual ele tinha se agarrado loucamente em desespero.

– Não vou participar dos seus esportes violentos! – a dama respondeu, dando as costas com frieza. – Pode ficar esperando.

Mas eu peguei uma vela e levei até ele. Ele a segurou e manteve a chama nas mãos de Hattersley até que, urrando como uma besta selvagem, ele desentrelaçou as mãos e o largou. Creio que o lorde tenha sumido em seus aposentos, pois não mais foi visto até a manhã seguinte. Blasfemando e xingando como um maníaco, Hattersley jogou-se na otomana ao lado da janela. Agora que a porta estava livre, Milicent tentou escapar da cena da desgraça de seu marido, mas ele a chamou de volta e insistiu que ela fosse até ele.

– O que você quer, Ralph? – ela murmurou, aproximando-se com relutância.

– Quero saber o que é que você tem – ele disse, sentando-a em seus joelhos como uma criança. – Por que você está chorando, Milicent? Diga-me!

– Não estou chorando.

– Está, sim – ele insistiu, puxando de forma grosseira as mãos dela do rosto. – Como ousa mentir assim?

– Não estou chorando agora – ela implorou.

– Mas você esteve chorando neste minuto, e quero saber por quê. Vamos, diga-me agora!

– Deixe-me em paz, Ralph! Lembre que não estamos em casa.

– Não importa: você tem que responder à minha pergunta! – exclamou seu torturador, e tentou extorquir a confissão sacudindo-a e apertando seus braços finos sem remorso com seus dedos poderosos.

– Não o deixe tratar sua irmã desse jeito – falei seriamente para o senhor Hargrave.

– Vamos, Hattersley, não posso permitir isso – disse o cavalheiro, aproximando-se do casal colidente. – Deixe minha irmã em paz, por favor.

E tentou soltar os dedos rufiões do braço dela, mas foi empurrado para trás de repente e quase caiu no chão com um golpe violento no peito, acompanhado da advertência:

– Tome isso por sua insolência! E aprenda a não interferir de novo nos assuntos que são meus e da minha mulher.

– Se você não estivesse bêbado, eu faria isso com prazer! – Hargrave arquejou, branco e sem fôlego tanto pela agitação quanto pelos efeitos imediatos do golpe.

– Vá para o diabo! – respondeu o cunhado. – Agora, Milicent, diga-me por que você estava chorando.

– Eu lhe direi outra hora – ela murmurou –, quando estivermos sozinhos.

– Diga-me agora! – ele exigiu, sacudindo-a e apertando-a de novo, o que fez com que ela prendesse a respiração e mordesse o lábio para reprimir um choro de dor.

– Eu lhe direi, senhor Hattersley – interferi. – Ela estava chorando por pura vergonha e humilhação por você, porque ela não consegue suportar vê-lo agir de forma tão infame.

– Dane-se você, madame! – ele rosnou com um olhar de perplexidade estúpida pela minha "imprudência". – Não foi nada disso, não é, Milicent?

Ela ficou em silêncio.

– Vamos, fale, menina!

– Não posso dizer agora – ela soluçou.

– Mas você pode dizer sim ou não, do mesmo jeito que disse "não posso dizer". Vamos!

– Sim – ela sussurrou, abaixando a cabeça e corando com a terrível admissão.

– Maldita seja você então, sua regateira impertinente! – ele exclamou jogando-a com tanta violência que a fez cair ao seu lado. Mas ela se levantou de novo antes que eu ou seu irmão pudéssemos ajudá-la e saiu da sala, da melhor forma que pôde, subindo as escadas sem perder tempo.

O próximo objeto de ataque foi Arthur, que estava sentado do lado oposto, sem dúvida apreciando muito toda aquela cena.

– Chega, Huntingdon – exclamou seu amigo irascível. – Não permitirei que você fique sentado aí rindo como um idiota!

– Ó, Hattersley – ele bradou, secando os olhos mareados –, você vai me matar.

– Vou mesmo, mas não do jeito que você imagina: arrancarei seu coração, homem, se você continuar me irritando com essa risada imbecil! Qual! Está rindo ainda? Tome! Vamos ver se agora você para com isso! – vociferou Hattersley, agarrando um escabelo e batendo-o na cabeça de seu anfitrião, mas ele errou a mira, e o outro continuou sentado em colapso, estremecendo com uma gargalhada fraca, as lágrimas rolando em seu rosto: um espetáculo realmente deplorável.

Hattersley tentou xingar e amaldiçoar, mas não adiantou. Então pegou vários livros que estavam na mesa a seu lado e jogou um por um no objeto de sua ira, mas Arthur somente riu mais e, por fim, Hattersley correu em direção a ele em um frenesi e, agarrando-o pelos ombros, deu-lhe um chacoalhão violento que o fez rir e gritar de modo alarmante. Mas eu não vi mais nada; já tinha testemunhado demais a degradação do meu marido e, deixando Annabella e o resto para me seguirem quando quisessem, retirei-me, mas não fui para a cama. Mandei Rachel descansar e fiquei andando para cima e para baixo, angustiada pelo terror do que tinha acontecido e receando saber o que mais poderia acontecer ou como e quando aquela criatura infeliz viria para a cama.

Ele veio, enfim, subindo a escada lento e cambaleante, escorado em Grimsby, e Hattersley, que também não andavam com muita firmeza. Contudo, os dois riam e caçoavam dele, fazendo barulho suficiente para serem ouvidos por todos os criados. Ele não estava mais rindo, sentia-se enjoado e estúpido. Não escreverei mais nada sobre isso.

Tais cenas deploráveis (ou bastante semelhantes) foram repetidas mais de uma vez. Não converso muito com Arthur sobre isso, pois sei que tais conversas fariam mais mal do que bem, mas deixo-o ciente de que reprovo profundamente tais exibições, e todas as vezes ele promete que elas nunca mais irão se repetir. Mas receio que ele esteja perdendo o pouco auto-controle e respeito próprio que um dia teve: antes, ele teria vergonha de agir desse modo, pelo menos diante de outras testemunhas além de seus abençoados convivas. Seu amigo Hargrave, com prudência e autocontrole invejáveis, nunca se desonra tomando mais que o necessário para ficar um pouco "elevado" e sempre é o primeiro a sair da mesa depois de Lorde Lowborough, que, mais sabiamente ainda, persevera em se retirar da sala de jantar logo depois de nós, mas, desde que Annabella o ofendeu tão profundamente, nunca mais entrou no ateliê antes dos outros homens, sempre passando o tempo na biblioteca, que cuido para deixar bem ilumi-nada para acomodá-lo, ou, nas noites de luar, andando pela propriedade. Mas acredito que ela se arrependa de sua má conduta, pois nunca mais a repetiu e, ultimamente, tem-se comportado de forma maravilhosa em relação a ele, tratando-o com gentileza e consideração constantes, de um jeito que eu nunca a tinha visto fazer antes. Para mim, tal melhoria data da época em que ela desistiu de esperar e buscar a admiração de Arthur.

Capítulo 32

5 de outubro. Esther Hargrave está se tornando uma ótima menina. Ela ainda não terminou os estudos, mas sua mãe com frequência a traz pela manhã, quando os homens estão fora, e às vezes ela passa uma ou duas horas com sua irmã, comigo e com as crianças. Quando vamos ao Bosque, sempre dou um jeito de encontrá-la e conversar com ela mais do que com qualquer outra pessoa, pois sou muito ligada à minha jovem amiga, assim como ela é a mim. Fico me perguntando por que ela gosta de mim, já que não sou mais a garota feliz e animada que costumava ser. Contudo, ela não tem outras companhias, com exceção da sua mãe antipática, da governanta (a pessoa mais artificial e convencional possível que uma mãe prudente poderia encontrar para retificar as qualidades naturais da sua pupila) e, de vez em quando, da sua irmã calada e submissa. Com frequência me pergunto como será a vida dela, e ela também, mas suas especulações sobre o futuro são alastradas de esperanças leves, como eram as minhas. Estremeço ao pensar nela acordando para a vaidade ilusória que carregam do mesmo jeito que eu acordei. É como se eu sentisse sua decepção até mais profundamente que a minha própria. Quase sinto como se eu tivesse nascido para tal destino, mas ela é tão animada e jovem, seu coração é tão

leve, e seu espírito, tão livre, além de ser muito ingênua e desavisada também. Oh, seria cruel fazê-la sentir o que sinto e descobrir o que sei agora!

Sua irmã também receia por ela. Na manhã de ontem (que foi um dos dias mais claros e soberbos de outubro), Milicent e eu estávamos no jardim aproveitando meia hora com nossos filhos, enquanto Annabella estava deitada no sofá do ateliê imersa no últi mo novo romance. Quase tão animadas e livres quanto elas, brincávamos com aquelas criaturinhas, e paramos à sombra de uma faia alta e cor de cobre para recuperar o fôlego e arrumar o cabelo, despenteado pelas brincadeiras agitadas e pela brisa agradável, enquanto as duas crianças caminhavam juntas pela trilha ampla e ensolarada; meu Arthur auxiliava os passos vacilantes da pequena Helen, apontando para as belezas das margens com esperteza conforme passavam e utilizando-se de uma fala semiarticulada que, para ela, funcionava melhor do que qualquer outro tipo de discurso. Rimos com a bela imagem e começamos a conversar sobre o futuro das crianças, o que nos deixou pensativas. Nós duas permanecemos num silêncio contemplativo ao retomarmos lentamente a caminhada, e acho que Milicent, por uma sequência de associações, começou a pensar na irmã.

– Helen, você vê a Esther com frequência, não vê? – ela quis saber.

– Não com muita frequência.

– Mas você tem mais oportunidades de encontrá-la do que eu. E ela adora você, sei disso, e a reverencia também; ela considera a sua opinião acima de todas as outras e diz que você tem mais noção que mamãe.

– Isso porque ela é resoluta, e minhas opiniões em geral coincidem mais com as dela do que com as da sua mãe. Mas o que é que tem, Milicent?

– Bem, como você tem tanta influência sobre ela, gostaria que realmente a convencesse a nunca, de forma alguma, nem pela persuasão de ninguém, se casar com um homem por dinheiro, títulos ou classe, nem por qualquer outra coisa terrena, a não ser por afeição verdadeira e estima bem fundamentada.

– Não há necessidade disso – falei –, pois já conversamos um pouco sobre o assunto e posso garantir que as ideias dela sobre amor e matrimônio são as mais românticas que alguém poderia desejar.

– Mas ideias românticas não bastam; quero que ela tenha noções reais.

– Muito bem. Mas, na minha opinião, o que o mundo estigmatiza como romântico com frequência está mais próximo da verdade do que normalmente se supõe, pois, se as generosas ideias juvenis com frequência são anuviadas pelas perspectivas do pós-vida, isso dificilmente prova serem falsas.

– Bem, mas, se você considerar as ideias dela apropriadas, estimule-as, está bem? E as confirme o máximo que puder. Eu tinha ideias românticas antes e... não quero dizer que me arrependo do que tenho, pois tenho certeza que não, mas...

– Eu entendo – concordei. – Você está satisfeita com o que tem, mas não quer que sua irmã sofra o mesmo que você.

– Não... Ou mais. Ela pode sofrer muito mais do que eu, pois estou de fato bastante contente, Helen, embora você possa pensar que não. É verdade quando digo que não trocaria meu marido por nenhum outro homem da terra, mesmo se pudesse fazer isso como colho esta folha.

– Bem, eu acredito em você. Agora que você o tem, não o trocaria por outro, mas ficaria satisfeita se pudesse trocar algumas das características dele pelas de um homem melhor.

– Sim, assim como eu trocaria algumas das minhas características pelas de uma mulher melhor, pois nem ele nem eu somos perfeitos, e anseio pela melhoria dele tanto quanto pela minha. E ele vai melhorar, você não acha, Helen? Ele ainda tem só 26 anos.

– Pode ser que sim – respondi.

– Ele vai! Ele VAI! – ela repetiu.

– Desculpe a debilidade da minha concordância, Milicent. Não quero desencorajar sua esperança no mundo, mas as minhas foram desiludidas com tanta frequência que minhas expectativas se tornaram tão frias e duvidosas quanto as de uma octogenária vazia.

– Mas você ainda tem esperanças, mesmo para o senhor Huntingdon?

– Tenho, admito, "mesmo" para ele, porque parece que vida e esperança morrem juntas. Mas será que ele é tão pior que o senhor Hattersley, Milicent?

A INQUILINA DE WILDFELL HALL

– Bem, na minha sincera opinião, acho que não tem nem comparação. Mas não quero que se sinta ofendida, Helen, pois você sabe que sempre falo o que penso, e você pode falar também. Não me importarei.

– Não estou ofendida, minha amiga. E minha opinião é de que, se comparássemos os dois, a maior parte da diferença com certeza estaria a favor de Hattersley.

O coração da própria Milicent lhe disse o quanto me custou fazer tal admissão e, em um impulso infantil, ela manifestou sua simpatia dando-me um beijo repentino na bochecha sem responder uma palavra e, em seguida, virou-se, pegou sua bebê e escondeu o rosto no avental. É tão estranho chorarmos frequentemente pelos tormentos uma da outra enquanto não derramamos uma só lágrima por nós mesmas! O coração dela estava repleto de suas próprias dores, mas transbordou ao pensar nas minhas; e eu também derramava lágrimas de compaixão, embora não chorasse por mim há mais de uma semana.

Em um dia chuvoso na semana passada, a maioria das pessoas estava passando o tempo na sala de bilhar, mas Milicent e eu estávamos com os pequenos Arthur e Helen na biblioteca e pretendíamos ter uma manhã bastante agradável entre nossos livros, nossos filhos e nós mesmas. Contudo, não tínhamos ficado sozinhas nem por duas horas quando o senhor Hattersley entrou, imagino que atraído pela voz da sua filha enquanto passava no corredor, uma vez que era prodigiosamente apegado a ela, e ela, a ele.

Ele cheirava a estábulo, onde esteve regalando-se na companhia dos seus amigos cavalos desde o café da manhã. Mas isso não foi problema para minha pequena xará; assim que a enorme pessoa de seu pai escureceu a porta, ela deu um gritinho de alegria e, saindo do lado da mãe, correu em direção a ele equilibrando a caminhada com os braços abertos e, ao agarrar o joelho dele, jogou a cabeça para trás e sorriu em direção ao seu rosto. Ele também deveria estar sorrindo para aquelas belas e pequenas feições, radiante de inocente alegria, os olhinhos azuis brilhantes e o macio cabelo cor de palha cobrindo-lhe o pescoço e os ombros alvos. Será que ele não pensava quão pouco merecia aquela posse? Receio que uma ideia dessas não lhe passava pela cabeça. Ele a pegou e, então, seguiram-se alguns minutos de uma brincadeira bastante bruta, durante os quais era difícil dizer quem ria e gritava mais alto: o pai ou a filha. Por fim, no entanto, o passatempo escandaloso acabou de repente, como se esperava: a pequena tinha se machucado e começara a chorar, e seu indelicado parceiro de brincadeiras a jogou no colo da mãe, pedindo-lhe que "resolvesse aquilo". Tão feliz por voltar àquele conforto agradável quanto esteve ao deixá-lo, a criança aninhou-se nos braços da mãe e parou de chorar num instante, afundando a cabecinha cansada no peito dela e logo pegando no sono.

Enquanto isso, o senhor Hattersley interpôs sua altura e sua largura entre nós e a lareira, parando com as mãos na cintura, estufando o peito e olhando ao redor como se a casa e todos os seus pertences e objetos fossem, sem dúvida, uma posse sua.

– Maldito tempo ruim! – ele começou. – Acho que não caçaremos hoje.

Então, erguendo a voz de repente, regalou-nos com algumas batidas de uma canção animada, parando de forma abrupta e terminando a melodia com um assobio. Em seguida, continuou:

– Viu, senhora Huntingdon, seu marido tem um haras ótimo! Não é grande, mas é bom. Estive observando-os um pouco esta manhã e dou minha palavra que Black Boss, Grey Tom e aquele potro Nimrod são os melhores animais que vi nos últimos tempos!

Seguiu-se então uma discussão particular sobre seus vários méritos, sucedida por um resumo das coisas excelentes que planejava fazer no jóquei clube quando seu pai achar adequado se retirar de campo.

– Não que eu deseje que ele encerre suas contas – acrescentou. – O velho troiano pode muito bem deixar o livro aberto, contanto que me satisfaça.

– Assim espero, senhor Hattersley.

– Oh, sim! É só meu jeito de falar. Alguma hora isso vai acontecer, então olho para o lado bom. É o certo a se fazer, não é, senhora H.? E o que vocês duas estão fazendo aqui? Aliás, onde está a Lady Lowborough?

– Na sala de bilhar.

– Ela é uma criatura esplêndida! – ele continuou, fixando os olhos em sua esposa, que mudou de cor e pareceu cada vez mais desconcertada conforme ele prosseguia. – Que silhueta nobre ela tem, e que olhos negros magníficos, e que alma refinada, e que língua ela tem também, quando resolve usá-la. Eu a adoro demais! Mas não ligue para isso, Milicent. Eu não a teria como minha esposa, nem se ela tivesse um dote de um reino! Estou mais satisfeito com a mulher que tenho. O que foi agora? Por que você está tão emburrada? Não acredita em mim?

– Acredito, sim – ela murmurou num tom que indicava um pouco de tristeza e um pouco de resignação amuada, enquanto se virava para fazer carinho no rosto de sua criança adormecida, que estava deitada no sofá a seu lado.

– Bem, então por que você está tão contrariada? Venha aqui, Milly, e me diga por que não está satisfeita com a minha afirmação.

Ela foi e, colocando a pequena mão no ombro dele, olhou para seu rosto e falou suavemente:

– O que importa, Ralph? É que, embora você admire tanto Annabella, e por qualidades que não eu possuo, você ainda prefere ter-me como esposa em vez dela, o que só prova que não acha necessário amar sua esposa, já basta ela conseguir manter a casa em ordem e cuidar dos seus filhos. Mas não estou contrariada, só triste – ela acrescentou, enfatizando em voz baixa e trêmula, tirando a mão do braço dele e abaixando o olhar para o carpete.

– Se você não me ama, você não ama, e não há nada que se possa fazer.

– É verdade, é verdade, mas quem disse que não a amo? Eu falei que amava Annabella?

– Você falou que a adora.

– É verdade, mas adorar não é amar. Eu adoro Annabella, mas não a amo; e eu amo você, Milicent, mas não a adoro. – Para provar sua afeição, ele pegou uma porção de seus cachos castanho-claros e pareceu torcê-los sem dó.

– Ama mesmo, Ralph? – ela murmurou com um sorriso fraco irradiado por entre as lágrimas, colocando a mão na dele para mostrar que ele tinha puxado forte demais.

– Claro que amo – ele respondeu. – É que, às vezes, você me incomoda um pouco.

– Eu o incomodo! – ela exclamou, naturalmente surpresa.

– Sim, mas só por causa da sua bondade excessiva. Quando um menino passa o dia inteiro comendo passas e balas, ele anseia por um suco de laranja amargo para variar um pouco. E, Milly, você nunca notou como a areia da costa parece leve e como seu toque é macio e agradável aos pés? Mas, se você perambular por meia hora naquele tapete macio e confortável, cedendo a cada passo quanto mais forte pressiona, perceberá que é um trabalho exaustivo e ficará feliz ao chegar à rocha firme e sólida que não se move nem um milímetro, quer você fique parada, ande ou sapateie sobre ela; e, apesar de ser tão dura quanto a mó abaixo dela, você perceberá que, no fim das contas, o caminho mais fácil é por ali.

– Entendo o que você quer dizer, Ralph – ela comentou, brincando nervosamente com o avental e desenhando a silhueta no carpete com a ponta do seu pequeno pé –, entendo o que quer dizer. Mas eu pensava que você gostasse que cedessem por você, e não consigo mudar agora.

– Eu gosto mesmo – ele respondeu, trazendo-a para si com outro puxão de cabelo. – Não ligue para o que estou falando, Milly. Os homens precisam de algo para resmungar e, se não puderem reclamar que a esposa incomoda demais por sua perversidade e mau humor, precisam reclamar que ela cansa pela bondade e gentileza.

– Mas por que reclamar, se não estiver cansado nem insatisfeito?

– Para desculpar minhas próprias falhas, é claro. Você acha que suportarei todo o fardo dos meus pecados nos meus ombros se há outra pessoa pronta para me ajudar, sem os dela para carregar?

– Não existe ninguém assim na face da terra – ela falou séria e, em seguida, tirou a mão dele de sua cabeça, beijou-a com um ar de genuína devoção e partiu em direção à porta.

– E agora? – ele quis saber. – Aonde você vai?

– Arrumar meu cabelo – ela respondeu, sorrindo pelos cachos bagunçados. – Você fez com que caísse tudo.

– Saia já daqui então! Que mulherzinha excelente… Mas ela é um pouco mole demais, quase some na nossa mão – ele comentou quando Milicent saiu. – Eu realmente acho que às vezes me aproveito dela quando exijo demais, mas não posso evitar, pois ela nunca reclama, nem na hora, nem depois. Acho que ela não se importa.

– Posso elucidá-lo nesse aspecto, senhor Hattersley – falei. – Ela se importa, sim; e se importa mais ainda com algumas outras coisas, embora seja possível que você nunca a ouça reclamar.

– Como você sabe? Ela reclama para você? – ele exigiu saber com uma faísca repentina de fúria pronta para explodir se eu dissesse que sim.

– Não – respondi –, mas eu a conheço há mais tempo e a estudo mais de perto do que você. E posso afirmar, senhor Hattersley, que Milicent o ama mais do que você merece, e que você tem em suas mãos o poder de fazê-la muito feliz, mas, em vez disso, você é o anjo mau dela, e ouso dizer que não há um único dia em que você não a magoe sem precisar.

– Bem, não é minha culpa – ele disse, encarando o teto com indiferença e colocando as mãos nos bolsos. – Se meus modos não a agradam, ela tem que me falar.

– Ela não é exatamente a esposa que você queria? Você não falou ao senhor Huntingdon que precisava de alguém que se submetesse a tudo sem dizer uma palavra e que nunca o maldissesse, não importa o que você faça?

– É verdade, mas não deveríamos ter sempre o que queremos; estraga o que há de melhor em nós, não é mesmo? Como evitar bancar o diabo quando percebo que, para ela, tanto faz eu me comportar como um cristão ou um canalha, como a natureza me fez? E como evitar provocá-la, se ela é tão convidativamente submissa e reservada, se deita aos meus pés como um *spaniel* e nunca emite mais do que ganidos para me dizer que cheguei ao limite?

– Se você for um tirano por natureza, concordo que a tentação seja grande; mas nenhuma alma generosa sente prazer oprimindo os mais fracos, mas, sim, protegendo e cuidando deles.

– Eu não a oprimo, mas é tão terrivelmente sem graça ficar protegendo e cuidando o tempo inteiro. Além do mais, como dizer que a estou oprimindo se ela se recolhe e não demonstra nada? Às vezes acho que ela nem tem sentimentos, então continuo até que chore, e isso me satisfaz.

– Então você sente prazer em oprimi-la?

– Não sinto, estou dizendo! Só quando estou de mau humor, ou particularmente de bom humor, e tenho vontade de atormentá-la pelo prazer do consolo, ou quando ela parece apática e quer uma sacudida. Algumas vezes ela também me provoca chorando por nada, sem me dizer o motivo. Então admito que fico mais furioso que de costume, sobretudo quando estou fora de controle.

– E, sem dúvida, normalmente é o que acontece nessas ocasiões – complementei. – Mas, no futuro, senhor Hattersley, quando você a encontrar apática ou "chorando por nada", como você diz, pode ter certeza de que o que a perturba é alguma coisa que você fez de errado ou sua má conduta em geral.

– Não acredito nisso. Ela deveria me dizer, se assim o fosse. Não gosto desse jeito de se lamentar e afligir em silêncio sem dizer nada, não é honesto. Como ela espera que eu melhore meus modos desse jeito?

– Talvez ela acredite que você tenha mais noção do que realmente tem e se engane com a esperança de que, se refletir sozinho, você veja seus próprios erros e os conserte um dia.

– Não precisa me olhar com esse ar de desdém, senhora Huntingdon. Eu sei que nem sempre ajo corretamente, mas às vezes acho que não tem tanta importância, desde que eu não magoe ninguém além de mim mesmo...

– Tem bastante importância tanto para você (como descobrirá depois à sua própria custa) – interrompi –, quanto para todas as suas relações, principalmente a sua esposa. Mas, de fato, é bobagem falar em não magoar ninguém além de si mesmo: é impossível se magoar, sobretudo com as ações sobre as quais falamos, sem magoar mais centenas, se não milhares de pessoas em maior ou menor grau pelo mal que você faz ou pelo bem que deixa de fazer.

– E, como eu estava dizendo, ou teria dito se você não tivesse me interrompido – ele continuou –, às vezes acho que eu me sairia melhor se estivesse com alguém que sempre me lembrasse quando erro e que me desse motivos para fazer o bem com sua aprovação e evitar o mal com sua desaprovação.

– Se você não tem outros motivos além da aprovação de algum outro mortal, pouco importa.

– Bem, mas quem sabe se eu tivesse uma parceira que não cedesse nem fosse sempre gentil, que tivesse coragem de me encarar de vez em quando e expressar sua opinião com honestidade todas as vezes, alguém como você, por exemplo. Se eu a tratasse como trato Milicent quando estou em Londres, juro que você deixaria a casa quente demais para me manter nela.

– Você está enganado sobre mim: não sou nenhuma megera.

– Bem, em todo o caso, é melhor assim, porque não suporto ser contrariado e, em geral, gosto tanto dos meus desejos quanto qualquer outro. Mas acho que o excesso não responde por nenhum homem.

– Ora, eu nunca o contrariaria sem motivo, mas com certeza sempre o deixaria ciente da minha opinião em relação à sua conduta. E, se você me oprimisse física, mental ou moralmente, pelo menos não teria razão para achar que eu não me importaria.

– Sei disso, minha dama. E acho que, se minha esposa seguisse o mesmo plano, seria melhor para nós dois.

– Direi isso a ela.

– Não, não, deixe-a. Há muito a ser dito dos dois lados e, pensando bem, Huntingdon, aquele cachorro infame, frequentemente se lamenta por você não ser mais parecida com ela. No fim das contas, você já percebeu que não consegue reformá-lo, e ele é dez vezes pior que eu. Com certeza ele tem medo de você, pelo menos sempre se comporta da melhor forma possível na sua presença, mas...

– Nossa! Então eu queria saber como deve ser o pior comportamento dele! – não consegui evitar observar.

– Qual! Para falar a verdade, é bem ruim. Não é, Hargrave? – ele falou voltando-se para o homem que tinha entrado na sala sem que eu percebesse, pois eu estava ao lado da lareira, de costas para a porta. – Huntingdon não é o maior torpe de todos os tempos? – ele continuou.

– A esposa dele não permitirá que o censuremos impunemente – o senhor Hargrave respondeu ao se aproximar –, mas posso dizer que agradeço a Deus por não ser igual.

– Talvez fosse melhor você olhar para si mesmo e dizer: "Deus tenha piedade de mim, pois sou um pecador" – retruquei.

– Que austeridade – ele replicou, curvando-se de leve e erguendo-se com um ar orgulhoso, porém ferido. Hattersley riu e apertou seu ombro. O senhor Hargrave se livrou da mão dele com um gesto de dignidade insultada e se afastou para a outra ponta do tapete.

– Não é uma pena, senhora Huntingdon? – o cunhado exclamou. – Bati em Walter Hargrave quando estava bêbado na segunda noite em que estávamos aqui e, desde então, ele me joga uma ducha de água fria, embora eu tenha pedido desculpas logo na manhã seguinte!

– A forma como você se desculpou e a clareza com a qual se lembra de tudo mostram que você não estava tão bêbado a ponto de não ter noção do que estava fazendo e de não ser responsabilizado pelo feito – o outro retrucou.

– Você quis interferir entre mim e minha mulher – Hattersley rosnou –, e isso basta para provocar qualquer homem.

– Então está justificando o que fez? – seu oponente questionou, lançando-lhe um olhar vingativo.

– Não, estou falando que não teria feito aquilo se não estivesse agitado, e, se você quiser manter seu rancor depois de todas as coisas bonitas que falei, que assim seja, e vá para o inferno!

– Seria bom evitar o uso desse linguajar na presença de uma dama – o senhor Hargrave falou, escondendo sua raiva sob uma máscara de desprezo.

– O que foi que eu disse? – Hattersley retrucou. – Nada além da verdade divina. Ele será condenado se não perdoar as ofensas de seu irmão, não será, senhora Huntingdon?

– Você deve perdoá-lo, senhor Hargrave, já que ele pediu seu perdão – falei.

– Você acha mesmo? Então o perdoarei! – E, sorrindo quase com franqueza, deu um passo à frente e estendeu a mão. Seu parente a agarrou imediatamente, e a reconciliação pareceu cordial para ambos os lados.

– Metade do meu desgosto com a afronta se devia ao fato de ela ter sido feita em sua presença – Hargrave continuou, virando-se para mim. – Já que você me pediu para perdoá-la, assim o farei e a esquecerei também.

A INQUILINA DE WILDFELL HALL

– Acho que a melhor retribuição que posso dar é me retirar – sussurrou Hattersley com um sorriso largo. Seu amigo sorriu, e ele se retirou do cômodo. Isso me deixou alerta. O senhor Hargrave voltou-se sério para mim e começou a falar com sinceridade:

– Querida senhora Huntingdon, quanto tempo esperei por este momento, embora com temor! Não fique alarmada – ele acrescentou, pois franzi o rosto de raiva –, não irei ofendê-la com pedidos ou reclamações vãs. Não pretendo incomodá-la mencionando meus próprios sentimentos ou suas perfeições, mas tenho algo a revelar, mesmo que me doa além do que consigo expressar...

– Então não se dê ao trabalho de revelar!

– Mas é importante...

– Então ficarei sabendo em breve, sobretudo se forem notícias ruins, como você parece considerá-las. Levarei as crianças para o berçário agora.

– Você não pode pedir para os criados levarem?

– Não, quero fazer exercícios subindo as escadas até o topo da casa. Vamos, Arthur.

– Mas você voltará?

– Não agora. Não me espere.

– Então quando poderei vê-la de novo?

– No almoço – respondi, saindo com a pequena Helen num braço e levando Arthur pela mão.

Ele se virou murmurando alguma censura ou reclamação impaciente, cujas únicas palavras que consegui distinguir foram "sem coração".

– Que história é essa, senhor Hargrave? – interpelei-o, parando na porta. – O que você quer dizer?

– Oh, nada. Não era para você ouvir meu solilóquio. Mas, senhora Huntingdon, o fato é que tenho uma revelação a fazer, tão dolorida para eu dizer quanto para você ouvir, e gostaria que me desse alguns minutos da sua atenção em particular no lugar e na hora que desejar. Não peço por motivos egoístas nem por razões que poderiam alamar sua pureza sobre-humana; portanto, não precisa me matar com esse olhar frio de desdém impiedoso. Conheço muito bem os sentimentos com os quais os portadores de más notícias normalmente são recebidos e...

– Que informação soberba você traz? – interrompi-o com impaciência. – Se for algo realmente importante, conte-me em três palavras antes de eu ir.

– Em três palavras eu não consigo. Mande as crianças embora e fique aqui comigo.

– Não, pode guardar as más notícias para você. Sei que é algo que não quero ouvir e que você me desagradaria ao contar.

– Receio que você tenha adivinhado muito bem, mas, ainda assim, como estou sabendo, sinto ser meu dever informá-la.

– Oh, poupe-nos da inflição, e eu o exonero de tal dever. Você se ofereceu para contar, eu me recusei a ouvir; minha ignorância não entrará na sua conta.

– Que seja, então. Você não saberá por mim. Mas, se o golpe for violento demais para você quando vier, lembre que eu quis amenizá-lo!

Eu o deixei. Estava decidida a não deixar que suas palavras me alarmassem. O que ele, entre todos os homens, teria de tão importante para me revelar? Sem dúvida era alguma história exagerada sobre meu desafortunado marido, que ele queria usar para seus propósitos ruins.

* * *

Dia 6. Ele não fez mais alusão a tal mistério momentâneo, e não tive motivos para me arrepender da minha indisposição em ouvi-lo. O golpe ameaçador ainda não foi dado, e não o temo muito. Atualmente estou satisfeita com Arthur: ele não se aviltou nos últimos quinze dias, e sua satisfação à mesa foi bastante moderada durante a semana passada inteira. Já percebo uma diferença significativa em seu temperamento e em sua aparência como um todo. Será que devo ter esperança de que continue assim?

Capítulo 33

Dia 7. Sim, terei esperanças! Esta noite, ouvi Grimsby e Hattersley resmungar sobre a inospitalidade de seu anfitrião. Eles não sabiam que eu estava ali no arco da janela, por trás da cortina, observando a lua emergir por cima dos olmos escuros no gramado, perguntando-me por que Arthur estava tão sentimental a ponto de ficar ali fora, encostado na coluna externa do pórtico, aparentemente observando o mesmo que eu.

– É, acho que vimos a última das nossas alegres celebrações aqui nesta casa – o senhor Hattersley comentou. – Imaginei que essa boa amizade não duraria por muito tempo. Mas não esperava que fosse acabar desse jeito – ele acrescentou rindo. – Eu pensava que nossa bela anfitriã fosse colocar as garras de fora e ameaçaria nos expulsar da casa se não tivéssemos modos.

– Então você não previu isso? – Grimsby respondeu com uma risada gutural. – Mas ele mudará de novo quando se cansar dela. Se voltarmos em um ou dois anos, teremos tudo do nosso jeito de novo, você vai ver.

– Não sei... – o outro respondeu. – Ela não é o tipo de mulher de quem você cansa logo. Mas não importa, é uma provocação dos diabos não podermos nos divertir mais porque ele decidiu se fazer de bom moço.

– É tudo culpa dessas mulheres malditas! – Grimsby murmurou. – São elas que desgraçam este mundo! Trazem problemas e incômodos sempre que chegam com seu rostinho belo e falso e a língua ardilosa.

Nesse momento deixei meu esconderijo e, sorrindo para o senhor Grimsby enquanto eu passava, deixei o cômodo e fui procurar Arthur. Eu o tinha visto ir em direção aos arbustos, segui-o até lá e o alcancei bem quando entrava na trilha sombreada. Meu coração estava leve e transbordava afeição, então pulei em cima dele e o enlacei em meus braços. Tal conduta surpreendente causou um efeito singular. Primeiro ele murmurou:

– Deus a abençoe, minha querida! – e correspondeu ao meu abraço apertado com o mesmo fervor dos velhos tempos. Depois se assustou e, em absoluto terror, exclamou: – Helen! Que diabo é isso agora? – E vi pela luz fraca que brilhava entre as árvores que ele estava de fato pálido pelo choque.

Que estranho o impulso instintivo de afeto chegar primeiro, e o choque da surpresa, depois! Ao menos isso mostra que seu afeto é genuíno; ele não está enjoado de mim ainda.

– Eu assustei você, Arthur! – brinquei, sorrindo de alegria. – Como você está nervoso!

– Por que diabos você fez isso? – ele exclamou, escrutando um pouco e livrando-se dos meus braços para secar a testa com o lenço. – Volte, Helen. Volte já! Senão vai morrer de frio!

– Não antes de contar por que eu vim. Eles estão falando mal de você, Arthur, por causa do seu comedimento e da sua sobriedade. Vim aqui agradecê-lo por isso. Eles dizem que é tudo culpa "dessas mulheres malditas" e que somos a desgraça do mundo, mas não deixem que riam de você ou reclamem das suas boas resoluções ou do seu afeto em relação a mim.

Ele riu. Apertei-o em meus braços novamente e exclamei com os olhos mareados:

– Persevere! E amarei você mais do que nunca!

– Está bem, está bem, farei isso – ele falou, beijando-me rápido. – Agora, pronto, vá. Sua criatura maluca, como pôde sair com seu vestido leve noturno nesta noite fresca de outono?

A INQUILINA DE WILDFELL HALL

– A noite está ótima – repliquei.

– A noite lhe trará sua morte em um minuto. Vá embora, vá!

– Você está vendo minha morte no meio dessas árvores, Arthur? – perguntei, pois ele olhava intensamente para os arbustos como se a visse chegar, e eu relutava em deixá-lo, graças à minha alegria recém-descoberta e ao renascimento do meu amor e das minhas esperanças. Mas ele começou a ficar bravo com minha demora, então beijei-o e corri de volta para casa.

Meu humor estava ótimo naquela noite. Milicent me disse que fui a alma da festa e sussurrou que nunca tinha me visto tão reluzente. De fato, falei por vinte e sorri para todos eles. Grimsby, Hattersley, Hargrave, Lady Lowborough, todos compartilharam da minha gentileza fraternal. Grimsby encarava e se surpreendia, Hattersley ria e zombava (apesar da pouca quantidade de vinho que tinha tomado), mas, mesmo assim, comportou-se da melhor forma que sabia. Hargrave e Annabella, por motivos diferentes e de formas diversas, emularam-me e, sem dúvida, superaram-me, o primeiro em sua versatilidade e eloquência discursiva, a segunda na ousadia e animação, pelo menos. Milicent, exultante por ver o marido, o irmão e sua amiga amada se dando tão bem, também estava animada e feliz do seu jeito calado. Até Lorde Lowborough foi contagiado: seus escuros olhos esverdeados se iluminaram sob as sobrancelhas sisudas; o rosto sério foi embelezado por sorrisos; todos os indícios de melancolia, orgulho e comedimento frio tinham desaparecido naquela hora; ele impressionou todos nós não apenas pela boa disposição e animação geral, mas pelas centelhas de verdadeira força e brilho que irradiavam dele de vez em quando. Arthur não falou muito, mas riu e ouviu os outros, e estava de ótimo humor, embora não tenha sido excitado pelo vinho. Foi assim que, todos juntos, tivemos uma festa bastante animada, inocente e divertida.

* * *

Dia 9. Ontem, quando Rachel veio me vestir para o jantar, percebi que ela esteve chorando. Quis saber o motivo, mas ela pareceu hesitante em me contar. Ela não estava se sentindo bem? Não. Tinha recebido más notícias dos amigos? Não. Algum outro criado a desrespeitara?

– Oh, não, madame! – ela respondeu. – Não é por minha causa.

– Então o que é, Rachel? Você andou lendo romances?

– Benza Deus, não! – ela falou balançando a cabeça com pesar. Então suspirou e continuou: – Mas, para falar a verdade, madame, não gosto dos caminhos que o amo está seguindo.

– O que você quer dizer, Rachel? Devo dizer que ele anda muito comportado atualmente.

– Bem, madame, se você acha, então está bom.

E continuou penteando meu cabelo de um jeito apressado, diferente da calma e serenidade habituais, murmurando um pouco para si mesma que tinha certeza de que era um belo cabelo e "gostaria de vê-los combinando". Quando acabou, puxou-o com delicadeza e gentilmente fez carinho em minha cabeça.

– Esse arroubo de ternura é pelo meu cabelo ou por mim, babá? – perguntei sorrindo ao me virar para ela, mas havia lágrimas em seus olhos naquele instante. – O que você quer dizer, Rachel? – inquiri.

– Bem, madame, eu não sei. Mas se…

– Se o quê?

– Bem, se eu fosse você, não deixaria que aquela Lady Lowborough ficasse nesta casa nem por mais um minuto, nem um minuto!

Fiquei atônita, mas, antes que pudesse me recuperar do choque para exigir uma explicação, Milicent entrou no quarto, como frequentemente faz quando fica pronta antes de mim, e ficou comigo até a hora de descermos. Ela deve ter me achado uma companhia muito pouco sociável desta vez, porque as últimas palavras de Rachel ecoavam em meus ouvidos. Ainda assim eu tinha esperanças e acreditava que elas não tinham fundamento, exceto por algum rumor ocioso dos criados pelo que notaram nos modos de Lady Lowborough no último mês, ou talvez por causa de alguma coisa acontecida entre seu amo e ela durante a visita anterior. Durante o jantar observei de perto tanto ela quanto Arthur, e não vi nada de extraordinário na conduta dos dois, nada calculado para despertar suspeitas, exceto em mentes desconfiadas, que não era o caso da minha, e, portanto, eu não suspeitaria.

Quase imediatamente após o jantar, Annabella saiu com o marido para acompanhá-lo em sua caminhada ao luar, pois estava uma noite esplêndida como a última. O senhor Hargrave entrou no ateliê um pouco antes dos outros e me desafiou a uma partida de xadrez. Fez isso sem aquela humildade triste e orgulhosa que normalmente assumia ao se dirigir a mim, a menos que estivesse incitado pelo vinho. Olhei para seu rosto para ver se era o caso. Seus olhos encontraram os meus de modo pungente, mas com firmeza; havia algo nele que eu não entendia, mas parecia sóbrio o bastante. Optei por não me envolver e o direcionei a Milicent.

– Ela joga mal – ele afirmou. – Quero comparar minha habilidade com a sua. Vamos! Não finja que está relutante em deixar a costura de lado. Sei que você só a pega para passar o tempo quando não tem nada melhor para fazer.

– Mas enxadristas são tão antissociais – eu me opus. – Só fazem companhia para si mesmos.

– Não tem mais ninguém aqui além de Milicent, e ela…

– Oh, adorarei assistir! – exclamou nossa amiga em comum. – Dois jogadores desses, será uma bela partida! Quero ver quem vai ganhar.

Concordei.

– Então, senhora Huntingdon – Hargrave disse, enquanto arrumava as peças no tabuleiro, falando com clareza e uma ênfase peculiar, como se todas as palavras tivessem duplo sentido –, você é uma boa jogadora, mas eu sou melhor. É possível que tenhamos uma longa partida, e você vai me dar um pouco de trabalho, mas consigo ser tão paciente quanto você e, no fim, com certeza vencerei. Ele fixou os olhos em mim com um olhar que não gostei, aguçado, astuto, audacioso e quase impertinente, já meio triunfante em seu sucesso antecipado.

– Espero que não, senhor Hargrave! – repliquei com uma veemência que alarmou Milicent.

Mas ele apenas sorriu e murmurou:

– O tempo dirá.

Começamos a partida. Ele estava bastante interessado no jogo, mas calmo e destemido na consciência da sua habilidade superior; eu estava bastante ávida por desapontar suas expectativas, pois considerava que era um tipo de disputa mais séria, assim como ele, imagino, e sentia um temor quase supersticioso de ser vencida. De toda forma, eu não conseguia suportar a ideia de que o presente sucesso contribuísse mais um pouco para sua superioridade sagaz (ou sua autoconfiança insolente, eu poderia dizer) ou incitasse por um momento seus sonhos de uma futura conquista. Seu jogo era cauteloso e profundo, mas lutei com braveza contra ele. O combate ficou incerto por algum tempo, mas por fim, para minha alegria, a vitória parecia pender para o meu lado: eu capturara várias de suas melhores peças e obviamente frustrara seus planos. Ele colocou a mão na testa e parou, em evidente perplexidade. Eu estava feliz com minha vantagem, mas não ousei me vangloriar ainda. Por fim, ele levantou a cabeça e, fazendo sua jogada com tranquilidade, olhou para mim e disse calmamente:

– Agora você acha que vai vencer, não acha?

– Espero que sim – respondi, pegando o peão que ele tinha colocado no caminho do meu bispo com um ar tão despreocupado que pensei ter sido um descuido. Mas, naquela circunstância, ele não fora generoso o suficiente para chamar a atenção para aquilo, e fui muito negligente no momento para conseguir prever as consequências posteriores da minha jogada.

– São esses bispos que me atrapalham – ele falou. – Mas o corajoso cavaleiro consegue passar por cima do reverendo – falou, pegando meu último bispo com seu cavalo – e, agora que essas pessoas sagradas foram removidas, tenho o caminho todo livre pela frente.

– Ó, Walter, como você fala! – exclamou Milicent. – Ela ainda tem muito mais peças que você.

– E pretendo dar bastante trabalho ainda – falei. – E talvez, senhor, você receba meu xeque-mate antes de perceber. Cuide da sua rainha.

O combate se aprofundou. Foi uma partida longa, e eu realmente dei trabalho, mas ele jogava melhor do que eu.

– Que jogadores entusiasmados vocês são! – comentou o senhor Hattersley, que tinha entrado no cômodo e ficou nos assistindo por um tempo. – Senhora

Huntingdon, por que suas mãos estão tremendo como se você tivesse apostado tudo? E, Walter, seu cachorro, você está tão concentrado e frio como se tivesse certeza do sucesso, e ávido e cruel como se estivesse prestes a drenar o coração dela! Mas, se eu fosse você, não a derrotaria por medo; ela irá odiá-lo se você o fizer, irá mesmo, pelos céus! Vejo isso nos olhos dela.

– Você pode ficar quieto? – reclamei, pois o falatório dele me distraía, e eu estava inclinada a extremos. Mais algumas poucas jogadas e eu estaria emaranhada inextricavelmente na armadilha do meu antagonista.

– Xeque – ele exclamou.

Em agonia, procurei algum jeito de escapar.

– Mate! – ele adicionou tranquilamente, mas com evidente deleite.

Suspendeu a pronúncia daquela última sílaba fatal para aproveitar melhor minha consternação. Era ridículo, mas fiquei desconcertada pelo evento. Hattersley riu; Milicent ficou incomodada ao me ver tão perturbada. Hargrave colocou a mão na minha, que estava pousada na mesa, e, apertando-a com uma pressão firme, mas gentil, murmurou:

– Perdeu! Perdeu! – E me encarou com um olhar de júbilo mesclado com uma expressão de ardor e delicadeza ainda mais insultantes.

– Não, nunca, senhor Hargrave! – exclamei de maneira firme, puxando a mão rapidamente.

– Você nega? – respondeu ele, apontando para o tabuleiro com um sorriso.

– Não, não – retruquei, percebendo como minha conduta deve ter soado estranha. – Você me derrotou nessa partida.

– Quer tentar outra?

– Não.

– Reconhece minha superioridade?

– Como enxadrista, sim.

Levantei-me para voltar à costura.

– Onde está Annabella? – Hargrave perguntou solenemente, após olhar pelo cômodo.

– Saiu com Lorde Lowborough – respondi, pois ele olhava para mim esperando uma resposta.

– E ainda não voltou! – pontuou, sério.

– Acho que não.

– Onde está Huntingdon? – olhando ao redor de novo.

– Saiu com Grimsby, como você sabe – Hattersley assegurou, sufocando uma risada, que escapou quando concluiu a sentença. Por que ele riu? Por que Hargrave conectou os dois? Então era verdade? E esse era o terrível segredo que ele queria me revelar? Eu tinha que saber, e rápido. Levantei-me de pronto e saí da sala para procurar Rachel e pedir que me explicasse suas palavras, mas o senhor Hargrave me seguiu até a antessala e, antes que eu pudesse abrir a porta de fora, colocou a mão na maçaneta com delicadeza.

– Posso contar uma coisa para você, senhora Huntingdon? – ele falou em um meio-tom, com olhos sérios e baixos.

– Se for algo que valha a pena ouvir – respondi, esforçando-me para me recompor, pois tremia da cabeça aos pés.

Ele calmamente empurrou uma cadeira em minha direção. Eu apenas apoiei a mão nela e pedi que continuasse.

– Não fique alarmada – ele começou. – O que quero contar não quer dizer nada por si só, e deixarei que você faça suas próprias suposições. Você disse que Annabella ainda não voltou, certo?

– Sim, sim. Continue! – falei com impaciência, pois temia que minha calma forçada me deixasse antes do término daquela revelação, não importava qual fosse.

– E você ouviu eles dizerem que Huntingdon saiu com Grimsby, não foi? – prosseguiu.

– E daí?

– Ouvi o último dizer ao seu marido, ou ao homem que se chama assim...

– Continue, senhor!

Ele se curvou de forma submissa e continuou:

– Eu o ouvi dizer: "Vou conseguir, você vai ver! Eles vão até lá embaixo, perto do lago, eu os encontrarei e direi que quero conversar um pouco com ele sobre algumas coisas com as quais a moça não precisa se incomodar; e ela dirá que não pode voltar para casa a pé, então eu irei me desculpar, sabe, e tudo isso, e dar uma piscada para ela pegar a trilha dos arbustos.

Ficarei falando com ele ali sobre esses assuntos e qualquer outra coisa em que eu puder pensar pelo maior tempo possível, depois o levarei de volta pelo outro lado, parando para olhar as árvores, os campos e qualquer outra coisa que puder ser motivo de assunto". – O senhor Hargrave parou de falar e olhou para mim.

Sem comentário ou questionamento, levantei-me e saí correndo da sala e da casa. Era impossível suportar o tormento daquele suspense: eu não suspeitaria do meu marido falsamente, pela acusação daquele homem, e não confiaria nele de forma indigna; eu precisava saber a verdade de uma vez por todas. Voei para os arbustos. Quase nem tinha chegado lá quando o som das vozes deteve minha velocidade desenfreada.

– Já demoramos muito, ele vai voltar – disse a voz de Lady Lowborough.

– Claro que não, minha querida! – foi a resposta dele. – Mas você pode cruzar o campo da forma mais silenciosa que conseguir; eu a seguirei daqui a pouco.

Meus joelhos vacilaram, minha cabeça afundou. Eu estava prestes a desmaiar. Mas ela não podia me ver. Encolhi-me entre os arbustos e me apoiei no tronco de uma árvore para deixá-la passar.

– Ah, Huntingdon! – ela disse de modo reprovador, parando onde eu o tinha encontrado na noite anterior. – Foi aqui que você beijou aquela mulher! – Ela olhou para a sombra das folhas atrás dela.

Avançando, ele respondeu com uma risada impiedosa:

– Bem, minha querida, não pude evitar. Você sabe que tenho que andar na linha com ela o máximo possível. Eu já não a vi beijar seu marido estúpido centenas de vezes, e alguma vez reclamei?

– Mas me diga, você não a ama mais? Nem um pouquinho? – ela perguntou colocando a mão em seu braço e olhando para ele com seriedade. Eu podia vê-los claramente, a lua cheia brilhava acima deles entre os ramos da árvore que me protegia.

– Nem um pouco, por tudo o que é mais sagrado! – ele respondeu, beijando sua bochecha radiante.

– Meu Deus, tenho que ir! – ela exclamou afastando-se dele de repente, e partiu correndo.

Ele ficou ali parado na minha frente, mas eu não tinha forças para confrontá-lo agora: minha língua estava colada no céu da boca, eu tinha escorregado quase até o chão e por pouco não me perguntei como ele não conseguia ouvir as batidas do meu coração acima do cicio baixo do vento e do intermitente farfalhar das folhas caídas. Parecia que eu tinha perdido os sentidos, mas vi sua silhueta sombria passar diante de mim e, pelo som apressado que chegou aos meus ouvidos, ouvi-o dizer claramente, enquanto olhava para o gramado:

– E lá vai ela, a tola! Corra, Annabella, corra! Vá, é com você! Ah, ele não viu! Muito bem, Grimsby, mantenha-o de costas! – E a risada baixa que ele deu ao se afastar também me alcançou.

– Deus me ajude agora! – murmurei, afundando meus joelhos entre as raízes e os ramos úmidos que me circundavam, olhando para o céu enluarado através da parca folhagem sobre mim. Minha visão estava escurecida, tudo parecia turvo e vacilante. Meu coração ardente estava sedento para aliviar sua agonia em Deus, mas eu não conseguia transformar a angústia em oração até ser tomada por um golpe de vento que, ao espalhar as folhas mortas como esperanças arruinadas, esfriou minha testa e pareceu reavivar um pouco meu corpo abatido. Então, enquanto eu elevava minha alma em uma súplica muda e séria, senti alguma influência divina me fortalecer por dentro, respirei mais livremente, e minha visão clareou. Enxerguei com distinção o brilho claro da lua e o céu escuro ser limpo pelas nuvens leves; depois notei as estrelas eternas que brilhavam sobre mim e soube que o Deus delas era o meu, e que sua salvação era forte e sua escuta era rápida. Senti como se sussurrassem de cima da miríade do orbe: "Nunca te deixarei, nunca te abandonarei". Não, não; eu sentia que Ele não me abandonaria desolada: apesar da terra e do inferno, eu teria forças para todas as minhas provações e conquistaria o glorioso descanso final!

Renovada, revigorada, se não recomposta, levantei-me e voltei para casa, mas confesso que grande parte da minha força e coragem recém-nascidas me abandonou assim que entrei e fechei a porta para o vento fresco e o céu glorioso. Tudo o que via e ouvia parecia adoecer meu coração: o saguão, a lâmpada, a escada, as portas dos diferentes aposentos, o som da conversa e da risada das pessoas no ateliê. Como eu suportaria aquela vida no futuro? Naquela casa, entre aquela gente... Oh, como eu seria capaz de viver? Então John entrou no saguão e, ao me ver, disse que estava indo me procurar, acrescentando que tinha servido o chá e seu senhor queria saber se eu compareceria.

– Peça à senhora Hattersley para preparar o chá, por favor, John – ordenei. – Diga que não estou me sentindo muito bem nesta noite e desejo me ausentar.

Retirei-me para a ampla sala de jantar vazia, silenciosa e escura, exceto pelo leve suspiro do vento lá fora e pelo brilho fraco do luar que penetrava pelas cortinas e persianas. Fiquei ali andando rapidamente para cima e para baixo, remoendo sozinha meus pensamentos amargurados. Que noite diferente da de ontem! Parece que aquela tinha sido a última centelha de felicidade da minha vida. Ai de mim, só uma pobre coitada cega poderia estar tão feliz! Agora entendo o motivo da estranha recepção de Arthur nos arbustos; o lampejo de carinho era por sua amante, o início do horror, por sua esposa. E agora também compreendo melhor a conversa de Hattersley e Grimsby; sem dúvida falavam do amor dele por ela, não por mim.

Ouvi a porta do ateliê se abrir, passos leves e apressados vieram da antessala, atravessaram o saguão e subiram as escadas. Era Milicent, pobre Milicent, que foi ver como eu estava; ninguém mais ligava para mim, mas ela ainda era gentil. Eu não tinha chorado antes, mas agora as lágrimas vieram, rápidas e livres. Milicent me fez bem sem me encontrar. Frustrada em sua busca, eu a ouvi descer mais devagar do que tinha subido. Será que ela entraria aqui e me encontraria? Não, ela foi na direção oposta e voltou para o ateliê. Eu fiquei satisfeita, pois não sabia como encontrá-la nem o que dizer. Não queria uma confidente para meu sofrimento. Não merecia nem queria nenhuma. Eu tinha assumido aquele fardo e iria carregá-lo sozinha.

Conforme o horário habitual de recolhimento se aproximou, sequei os olhos e tentei limpar a voz e acalmar a mente. Eu precisava ver Arthur e conversar com ele nesta noite, mas faria isso com calma; não haveria uma cena, nada para reclamar ou se vangloriar para os amigos, nada do que rir com seu amor da nobreza. Quando a comitiva começou a se recolher para seus aposentos, abri a porta discretamente e, quando ele passou, convidei-o para entrar.

– O que é que você tem, Helen? – ele quis saber. – Por que não foi nos fazer o chá? E que diabos está fazendo aqui no escuro? O que a aflige, jovem? Você está parecendo um fantasma! – continuou, analisando-me sob a luz da vela.

– Não importa – respondi. – Parece que você não me respeita mais, e eu sinto o mesmo por você.

– O quê? Que diabos é isso? – ele rosnou.

– Eu o deixarei amanhã – continuei – e nunca mais voltarei para debaixo deste teto, exceto pelo meu filho – pausei um instante para firmar minha voz.

– Por Deus, que loucura é essa, Helen? – ele indagou. – O que você está querendo dizer?

– Você sabe perfeitamente bem. Não vamos perder tempo com explicações inúteis. Mas, diga-me, você…

Ele jurou com veemência que não sabia de nada e insistiu em saber que velha peçonhenta tinha denegrido o nome dele, e em que mentiras infames eu tinha sido tola o bastante para acreditar.

– Não se dê ao trabalho de jurar em falso e afligir sua cabeça reprimindo a verdade com falsidades – respondi friamente. – Não confiei no testemunho de ninguém. Estive nos arbustos nesta noite e vi e ouvi tudo com meus próprios olhos e ouvidos.

Isso bastou. Ele suprimiu uma exclamação de desgosto e chateação e murmurou:

– Agora vou ouvir!

Em seguida, colocou a vela na cadeira mais próxima e, com as costas na parede, encarou-me de braços cruzados.

– E agora? – perguntou, com uma audácia calma que era uma mistura de falta de vergonha e desespero.

– Agora é o seguinte: você me deixará pegar nosso filho e o restante das minhas posses e ir – repliquei.

A INQUILINA DE WILDFELL HALL

– Ir para onde?

– Para qualquer lugar onde ele esteja a salvo da sua influência contagiosa e onde eu esteja longe da sua presença, e, você, da minha.

– Não.

– Então você me deixará partir com a criança, mas sem o dinheiro?

– Não, nem você sozinha sem a criança. Você acha que eu vou ficar falado na região por causa dos seus caprichos melindrosos?

– Então tenho que ficar aqui para ser odiada e desprezada? Porém, a partir de agora, somos marido e mulher apenas no nome.

– Ótimo.

– Sou a mãe do seu filho e sua governanta, nada além disso. Então você não precisa mais se dar ao trabalho de fingir o amor que não sente; e eu não exigirei mais carícias impiedosas, tampouco as oferecerei ou aceitarei. Não serei ridicularizada com sobras de afetos conjugais enquanto você oferece o banquete para outra!

– Ótimo, se é o que você quer. Vamos ver quem cansará primeiro, minha senhora.

– Se eu cansar, será de viver no mundo com você, não de viver sem seu amor fingido. Quando você cansar dos seus caminhos pecaminosos e se mostrar arrependido de verdade, eu o perdoarei e, quem sabe, tentarei amá-lo de novo, embora isso seja de fato bem difícil.

– Hum! Enquanto isso, você falará mal de mim para a senhora Hargrave e escreverá longas cartas para a tia Maxwell reclamando do pulha maldito com quem se casou?

– Não reclamarei para ninguém. Até agora me esforcei muito para esconder seus vícios aos olhos de todos e conferi-lhe virtudes as quais você nunca possuiu; mas agora você terá que se cuidar sozinho.

Deixei-o murmurando palavrões para si mesmo e subi as escadas.

– Você está mal, madame – Rachel disse, analisando-me com profunda ansiedade.

– É bem verdade, Rachel – consenti, respondendo mais a seus olhares tristes do que a suas palavras.

– Eu sabia, senão não teria falado uma coisa daquelas.

– Mas você não precisa se incomodar com isso – falei beijando sua bochecha pálida e envelhecida. – Consigo suportar melhor do que você imagina.

– Sim, você sempre "suporta". Mas, se eu fosse você, não suportaria; eu sucumbiria e choraria muito! E conversaria também. Eu iria… Eu faria com que ele soubesse o que é…

– Eu conversei – respondi. – E falei o suficiente.

– Então eu choraria – ela insistiu. – Não ficaria tão pálida e calma, afligindo meu coração ao guardar isso lá dentro.

– Eu chorei – falei sorrindo, apesar da minha tristeza. – E agora estou calma de verdade, portanto não me comova de novo, babá. Não vamos mais falar sobre isso, e não comente com os criados. Pronto, pode ir agora. Boa noite e não perturbe seu descanso por mim; dormirei bem, se conseguir.

Apesar de tal resolução, minha cama estava tão insuportável que, antes das duas da madrugada, eu me levantei, acendi uma vela na tocha de junco que ainda queimava, fui para minha mesa e, de robe, sentei-me para contar os eventos da noite passada. Era melhor me ocupar assim do que ficar deitada na cama torturando minha mente com as memórias do passado distante e as antecipações do futuro terrível. Aliviei-me ao descrever as circunstâncias que destruíram minha paz e os pequenos detalhes triviais que vieram com tal descoberta. Nenhum sono que eu pudesse ter tido nesta noite me ajudaria tanto para restaurar minha mente e me preparar para as provações que eu encontraria durante o dia. Pelo menos é isso que imagino, mas, ainda assim, quando paro de descrever, percebo que minha cabeça dói terrivelmente e, quando olho para a janela, assusto-me com minha aparência exausta e cansada.

Rachel veio me arrumar e disse que consegue perceber que tive uma noite triste. Milicent acabou de passar para me perguntar como eu estava. Disse que estava melhor, mas, para justificar minha aparência, admiti que tive uma noite insone. Quero que esse dia acabe logo! Tenho calafrios ao pensar em descer para o café da manhã. Como posso encontrar todos eles? Ainda assim, preciso me lembrar de que não sou eu a culpada, não tenho o que temer. E, se eles me desprezarem como a vítima da sua culpa, somente poderei lamentar por sua estupidez e ignorar seu desdém.

Capítulo 34

Noite. O café da manhã transcorreu bem: mantive-me calma e tranquila. Respondi serenamente a todas as perguntas sobre minha saúde, e qualquer coisa diferente em minha aparência ou em meus modos em geral era atribuído à leve indisposição que fez com que eu me recolhesse cedo na noite anterior. Mas como passarei pelos dez ou doze dias que ainda tenho pela frente antes de irem embora? Aliás, por que ansiar por sua partida? Quando eles forem embora, como conseguirei passar meses ou anos da minha vida futura na companhia daquele homem, meu maior inimigo? Pois ninguém poderia me magoar como ele magoou. Oh! Quando penso na afeição e na ingenuidade com as quais o amei, quão loucamente confiei nele, quão constantemente trabalhei, estudei, rezei e lutei em seu benefício, e quão cruelmente ele arruinou o meu amor, traiu minha confiança, escorraçou minhas orações, minhas lágrimas, meus esforços para preservá-lo, esmagou minhas esperanças, destruiu as melhores sensações da minha juventude e me condenou a uma vida de tristeza desesperançada da pior forma que um homem poderia fazer, não basta dizer que não amo mais o meu marido: eu o ODEIO! A palavra encara o meu rosto como uma confissão culpada, mas é verdade: eu o odeio! Eu o odeio! Mas que

Deus tenha misericórdia de sua alma miserável e o faça perceber e sentir sua culpa, não peço outra vingança! Se ele de fato reconhecesse e sentisse como foi injusto comigo, eu estaria bem vingada e poderia perdoar tudo de bom grado. Mas ele está tão perdido, tão endurecido em sua perversão desalmada que creio que isso jamais acontecerá nesta vida. Mas é inútil insistir neste tema. Outra vez tentarei relaxar refletindo sobre os pequenos detalhes dos últimos eventos.

O senhor Hargrave me incomodou o dia inteiro com sua polidez séria, compassiva e (na opinião dele) discreta. Se fosse mais indiscreto, ele me estorvaria menos, pois eu poderia dispensá-lo, mas ele finge tanta gentileza e atenção que não posso refutá-lo sem ser rude e parecer ingrata. Às vezes acho que deveria dar-lhe algum crédito pelos sentimentos que simula tão bem, mas depois lembro que é meu dever suspeitar dele na situação peculiar em que me encontro. É possível que nem toda a sua gentileza seja fingida, mas, ainda assim, não posso deixar que o mais puro impulso de gratidão por ele me induza a esquecer. Esforço-me por rememorar a partida de xadrez, suas expressões na ocasião e aqueles olhares que despertaram minha justa indignação, e então sinto que estou segura. Fiz bem em recordar tudo isso tão oportunamente.

Imagino que ele esteja procurando uma oportunidade para falar comigo a sós, pareceu ficar de guarda o dia inteiro, mas tomei cuidado para frustrar suas expectativas, não por recear algo que ele possa falar, mas porque já tenho bastantes problemas sem seu consolo insultante, suas condolências ou seja lá o que ele possa tentar e, para o bem de Milicent, não quero brigar com o irmão dela. Ele não foi caçar com os outros de manhã sob o pretexto de ter cartas para escrever, mas, em vez de se recolher na biblioteca para fazer isso, ficou na mesa da sala de estar matutina e ensolarada, onde eu estava com Milicent e Lady Lowborough. Elas ocupavam-se com suas costuras, e eu, mais para evitar as conversas do que para distrair minha cabeça, fiquei às voltas com um livro. Milicent viu que eu queria ficar quieta e deixou-me em paz. Annabella sem dúvida também percebeu isso, mas não viu motivos para fechar a matraca ou reprimir sua animação: não parou de jogar conversa fora dirigindo-se quase exclusivamente a mim e, demonstrando grande segurança e intimidade, tornou-se cada vez mais animada e amigável quanto mais frias e curtas eram as minhas respostas. O senhor Hargrave percebeu que eu estava com dificuldades de suportar aquilo e, erguendo os olhos de sua mesa, respondeu por mim o máximo de perguntas e observações, tentando chamar a atenção dela para si, mas não adiantou. Talvez ela pensasse que eu estava com dor de cabeça e não queria falar muito, mas certamente notou que sua vivacidade de tagarela me incomodava, o que era notável em sua insistência maliciosa. Mas acabei com aquilo de vez ao colocar nas mãos dela o livro que eu tentava ler com o seguinte rabisco apressado na folha de rosto:

Estou bastante familiarizada com seu caráter e sua conduta para sentir uma verdadeira amizade por você. Como não tenho o dom da dissimulação como você, não consigo fingir. Devo, portanto, pedir que encerremos qualquer vínculo pessoal que exista entre nós. Entenda que só continuarei tratando você com cordialidade, como se fosse uma mulher digna de respeito, por consideração aos sentimentos da sua prima Milicent, não aos seus.

Ao ler isso, ela ficou vermelha e mordeu o lábio. Arrancou a folha disfarçadamente, amassou-a e jogou-a na lareira. Em seguida, ocupou-se virando as páginas do livro, fingindo ou de fato lendo seu conteúdo. Pouco depois, Milicent anunciou que queria ir ao quarto dos bebês e perguntou se eu não queria acompanhá-la.

– Annabella nos dará licença – falou. – Ela está ocupada lendo.

– Não darei, não – opôs-se Annabella, erguendo os olhos de repente e jogando o livro na mesa. – Quero falar com Helen por um minuto. Pode ir, Milicent, ela já vai.

Milicent saiu.

– Por favor, Helen – ela continuou.

Sua insolência me surpreendeu, mas concordei e a segui para a biblioteca. Ela fechou a porta e foi até a lareira.

– Quem lhe contou isso? – quis saber.

– Ninguém. Não sou incapaz de ver com meus próprios olhos.

– Ah, então você está desconfiada! – ela exclamou sorrindo, revelando um feixe de esperança. Até aquele instante, havia uma espécie de desespero em seu atrevimento, agora era evidente que estava aliviada.

– Se eu estivesse desconfiada, teria descoberto sua infâmia há muito tempo – respondi. – Não, Lady Lowborough, não faço minha acusação com base em desconfianças.

– Ela se baseia em quê, então? – perguntou jogando-se em uma cadeira de espaldar e esticando os pés no guarda-fogo, com um esforço óbvio para parecer controlada.

– Eu gosto de caminhadas ao luar tanto quanto você – respondi, encarando-a fixamente –, e acontece que os arbustos são um dos meus lugares favoritos.

Ela corou excessivamente de novo e se manteve em silêncio, apertou um dedo nos dentes e encarou o fogo. Eu a observei por um momento com um sentimento de satisfação maligna e em seguida, dirigindo-me para a porta, perguntei com calma se ela tinha mais alguma coisa a dizer.

– Tenho! Tenho! – ela exclamou rápido, endireitando-se de sua postura reclinada. – Quero saber se você contará ao Lorde Lowborough.

– Devo contar?

– Bem, se você estiver disposta a divulgar o assunto, é claro que não poderei dissuadi-la. Mas será terrível. Se você não fizer isso, eu a considerarei a mortal mais generosa de todas. E, se houver alguma coisa no mundo que eu possa fazer por você, qualquer coisa, menos... – ela hesitou.

– Menos renunciar ao seu vínculo culposo com meu marido, imagino – retruquei.

Ela atalhou em evidente embaraço e perplexidade, além de sentir uma raiva que não ousava revelar.

– Não posso renunciar ao que me é mais caro do que a vida – ela murmurou num tom baixo e apressado. Em seguida levantou a cabeça de repente e fixou os olhos brilhantes em mim, continuando gravemente: – Mas, Helen, ou senhora Huntingdon, ou como é que prefira que eu a chame, você contará para ele? Se você for generosa, aí está a oportunidade perfeita para o exercício da sua magnanimidade; se você for orgulhosa, cá estou eu, sua rival, pronta para me reconhecer em débito com você por um ato da mais nobre tolerância.

– Não contarei para ele.

– Não contará! – ela exclamou, encantada. – Aceite meus sinceros agradecimentos!

Ela levantou-se de um salto e me estendeu a mão. Eu me afastei.

– Não me agradeça, pois não faço isso por você. Tampouco é um ato de tolerância; não tenho vontade de revelar sua vergonha. Eu lamentaria incomodar seu marido com tal informação.

– E Milicent? Você contará para ela?

– Não. Pelo contrário, farei o possível para ocultar isso dela. Não gostaria que ela soubesse quão infame e desgraçada é a parente dela!

– Suas palavras são duras, senhora Huntingdon, mas consigo perdoá-la.

– E agora, Lady Lowborough – continuei –, gostaria que deixasse esta casa o mais rápido possível. Saiba que sua permanência aqui me é excessivamente desagradável; e não é por causa do senhor Huntingdon – acrescentei, observando o aparecimento de um sorriso malicioso e triunfante em seu rosto. – Até onde sei, ele gosta de recebê-la aqui se você gostar dele, mas é incômodo ter que disfarçar meus verdadeiros sentimentos em relação a você o tempo inteiro e lutar para manter as aparências de civilidade e respeito com alguém por quem não sinto a menor estima. Ademais, se você ficar, é provável que sua conduta não se mantenha em segredo por muito tempo para as duas únicas pessoas que ainda não sabem. E pelo seu marido, Annabella, e até para o seu próprio bem, desejo, ou melhor, aconselho com sinceridade e peço que acabe com essa relação infiel de uma vez por todas e volte ao seu dever enquanto é tempo, antes que as terríveis consequências…

– Sim, sim, está bem – ela respondeu, interrompendo-me com um gesto impaciente. – Mas, Helen, não posso partir antes da data marcada. Que pretexto eu teria para fazer uma coisa dessas? Se eu sugerir ir embora sozinha (coisa que Lowborough não permitirá) ou levá-lo comigo, a situação em si com certeza levantará suspeitas. E nossa visita está tão próxima do fim, falta pouco mais de uma semana. Com certeza você consegue aguentar minha presença nesse período! Não a incomodarei mais com impertinências amigáveis.

– Bem, não tenho mais nada a dizer.

– Você falou sobre isso com Huntingdon? – ela me perguntou enquanto eu saía do cômodo.

– Como você ousa mencionar o nome dele para mim? – foi minha única resposta.

Desde então não trocamos mais nenhuma palavra, exceto as exigidas pela cordialidade ou por extrema necessidade.

Capítulo 35

Dia 19. À medida que Lady Lowborough descobre que não tem o que temer de minha parte e conforme a hora da partida se aproxima, mais audaciosa e insolente ela se torna. Ela não tem escrúpulos para falar com meu marido com uma intimidade amorosa na minha presença quando ninguém mais está por perto, e gosta de se mostrar interessada particularmente na saúde e no bem-estar dele, ou em qualquer coisa que o preocupe, como se quisesse contrastar sua amável solicitude com minha fria indiferença. E ele a recompensa com sorrisos e olhares, com palavras sussurradas ou insinuações ditas em voz alta revelando que nota a bondade dela e o meu abandono, o que faz meu sangue subir à cabeça, mesmo eu me fazendo de surda e de cega a tudo o que acontece entre eles (já que não tenho relação nenhuma com nada disso), pois quanto mais sensibilidade eu demonstro para a insanidade deles, mais ela triunfa em sua vitória e mais ele se gaba por eu ainda o amar com devoção, apesar da minha suposta indiferença. Nessas ocasiões, às vezes me vejo tentada a aceitar uma sugestão sutil e diabólica de mostrar a ele o contrário, fingindo incentivar os avanços de Hargrave; mas rechaço tais ideias num instante com horror e desonra, e passo a odiá-lo dez vezes mais por me fazer chegar a esse ponto! Deus me perdoe por isso e por todos os pensamentos pecaminosos! Em vez de me fazer humilde e pura através das minhas aflições, sinto que elas estão transformando minha natureza em rancor. A culpa é tanto minha quanto deles, que me difamaram. Nenhum cristão de verdade deveria alimentar os sentimentos amargurados que sinto por ele e por ela, sobretudo por ela. Ele eu ainda acho que poderia perdoar com prazer e voluntariamente, mas ela... faltam-me palavras para expressar minha repulsa. A razão me impede, mas as paixões me incitam com força, e preciso orar e esforçar--me bastante para conseguir subjugá-las.

Que bom que ela vai embora amanhã, pois não consigo suportar sua presença por nem mais um dia sequer. Esta manhã, ela se levantou mais cedo que de costume. Encontrei-a sozinha na sala quando desci para o café da manhã.

– Ó, Helen! É você? – ela falou, virando-se quando entrei.

Involuntariamente voltei atrás ao vê-la, e ela deu uma risada curta, observando:

– Acho que nós duas estamos decepcionadas.

Aproximei-me e comecei a preparar as coisas do café da manhã.

– Hoje é o último dia que incomodo sua hospitalidade – ela disse ao sentar-se à mesa. – Ah, lá vem alguém que não ficará feliz com isso! – murmurou meio para si mesma quando Arthur entrou no cômodo.

Ele apertou a mão dela e lhe desejou bom-dia; depois, olhando afetuosamente para sua fronte e ainda segurando-lhe a mão, murmurou de forma patética:

– O último dos últimos dias!

– Sim – ela respondeu com certa aspereza. – E me levantei cedo para aproveitá-lo da melhor forma possível. Estou há meia hora aqui sozinha, sua criatura preguiçosa...

– Bem, eu achava que estava adiantado também – ele falou e acrescentou, baixando a voz para um quase sussurro –, mas você viu que não estamos sozinhos.

– Nós nunca estamos – ela retorquiu.

A INQUILINA DE WILDFELL HALL

Mas era quase como se estivessem sozinhos, pois eu fiquei parada à janela observando as nuvens e me esforçando para suprimir minha ira.

Eles trocaram mais algumas palavras que, felizmente, não ouvi, mas Annabella teve a audácia de vir ao meu lado e apoiar sua mão no meu ombro para dizer calmamente:

– Você não precisa ressentir-se do comportamento dele por minha causa, Helen, pois eu o amo mais do que você jamais conseguiria.

Isso me tirou do sério. Peguei e empurrei a mão dela com violência, com uma expressão de aversão e indignação que não fui capaz de conter. Assustada, quase horrorizada com aquele ataque súbito, ela se afastou em silêncio. Eu poderia ter dado vazão à minha fúria e falado mais, mas a risada baixa de Arthur me trouxe de volta. Segurei o vitupério meio proferido e virei-me com desdém, arrependida por ter proporcionado a ele um divertimento tão grande. Ele ainda ria quando o senhor Hargrave apareceu. Não sei quanto ele testemunhou daquela cena, pois a porta já estava meio aberta quando entrou. Cumprimentou seu anfitrião e a prima com frieza, e a mim, com um olhar que pretendia expressar a mais profunda compaixão misturada com admiração e estima elevadas.

– Quanta fidelidade você deve àquele homem? – ele perguntou em voz baixa ao parar ao meu lado à janela, fingindo observar o clima.

– Nenhuma – respondi. E voltei à mesa imediatamente para preparar o chá. Ele me seguiu e queria ter conversado comigo de algum modo, mas os outros hóspedes começaram a se reunir, e eu não o vi mais, exceto quando lhe entreguei o café.

Depois do desjejum, decidida a passar o menor período possível em companhia de Lady Lowborough, afastei-me do grupo em silêncio e me recolhi na biblioteca. O senhor Hargrave me seguiu com o pretexto de ir buscar um livro. Primeiro virou-se para as prateleiras e escolheu um volume, depois aproximou-se de mim calado, porém nada tímido, parou a meu lado, apoiou a mão no encosto da minha cadeira e disse gentilmente:

– Então você finalmente se considera livre?

– Sim – respondi, sem me mexer nem tirar os olhos do meu livro –, livre para fazer qualquer coisa, exceto ofender a Deus e minha consciência.

Houve uma pausa momentânea.

– Muito bem – ele continuou. – Considerando que sua consciência não seja demasiadamente frágil e seus conceitos sobre Deus erroneamente rigorosos, você acha que ofenderia aquele Ser benevolente ao fazer feliz um homem que morreria por você? Ao salvar um coração devoto dos tormentos do purgatório e elevá-lo a um estado de bênção divina, se pudesse fazer isso sem causar o menor dano para si própria ou para outrem?

Tudo isso foi dito em um tom baixo, sério e meloso conforme ele se inclinava em minha direção. Ergui minha cabeça e, encarando-o sem parar, respondi calmamente:

– Senhor Hargrave, você está querendo me insultar?

Ele não estava preparado para isso. Parou por um momento para se recuperar do choque, e então, levantando-se e tirando a mão da minha cadeira, respondeu com uma tristeza orgulhosa:

– Não foi minha intenção.

Eu só olhei em direção à porta, fiz um leve aceno com a cabeça e tornei a olhar para meu livro. Ele se retirou imediatamente. Foi melhor do que se eu tivesse respondido com mais palavras e com o furor passional que meu primeiro impulso exigiu. Como é bom controlar o próprio temperamento! Preciso me esforçar para cultivar esta qualidade inestimável; só Deus sabe com que frequência precisarei dela para percorrer a estrada cruel e escura que se estende diante de mim.

Pela manhã, fui até o Bosque com as duas moças para Milicent ter a oportunidade de se despedir de sua mãe e irmã. Elas a convenceram a ficar lá pelo resto do dia, a senhora Hargrave prometeu levá-la de volta à noite e ficar até a comitiva partir no dia seguinte. Por isso, Lady Lowborough e eu tivemos o prazer de voltar juntas na carruagem. Ficamos em silêncio nas primeiras duas milhas, eu olhando para fora pela janela, ela recostada no canto. Mas eu não me restringiria a nenhuma posição específica por causa dela; quando cansei de ficar inclinada para a frente com o vento forte e gelado em meu rosto, observando as sebes alaranjadas e a grama úmida e bagunçada, recostei-me também. Com seu atrevimento habitual, minha companhia começou a tentar puxar conversa, mas o máximo que suas várias observações conseguiram tirar de mim foram respostas monossilábicas como "sim", "não" e "hum". Por fim, ao perguntar minha opinião sobre algum assunto irrelevante, respondi:

– Por que você quer conversar comigo, Lady Lowborough? Você sabe o que acho de você.

– Bem, não posso fazer nada se você quer ser tão implacável comigo – ela respondeu. – Mas eu não me calarei por causa de ninguém.

Então nossa breve viagem terminou. Assim que a porta da carruagem foi aberta, ela saltou para fora e seguiu gramado abaixo para encontrar os homens que voltavam da floresta. É claro que não a acompanhei.

Mas seu atrevimento ainda não tinha acabado. Depois do jantar retirei-me para o ateliê, como de costume, e ela me acompanhou. No entanto, as duas crianças estavam comigo, e eu estava resoluta a dar toda a minha atenção a elas até a chegada dos cavalheiros ou de Milicent e sua mãe. Contudo, a pequena Helen logo cansou de brincar e insistiu em querer dormir. Coloquei-a nos meus joelhos, Arthur se sentou ao meu lado para brincar delicadamente com os cabelos macios cor de palha da menina, e Lady Lowborough serenamente se aproximou do meu outro lado.

– Amanhã, senhora Huntingdon – ela falou –, você estará livre da minha presença, e é natural que isso a deixe bastante feliz. Mas você sabia que fiz um ótimo serviço para você? Devo lhe dizer que serviço é esse?

– Eu ficarei feliz por não saber de serviços prestados por você – respondi determinada a ficar calma, porque, pelo seu tom de voz, eu sabia que ela queria me provocar.

– Bem – ela continuou –, você não percebeu a mudança salutar apresentada pelo senhor Huntingdon? Não viu o homem sóbrio e controlado que ele se tornou? Sei que você estava frustrada ao notar os péssimos hábitos que ele estava adquirindo, e sei que você fez o que pôde para afastá-lo, mas não obteve sucesso até eu chegar para ajudá-la. Eu disse a ele em poucas palavras que não suportava vê-lo se aviltar daquele jeito e que eu pararia de… Bom, não importa o que eu disse, mas você viu a melhoria que causei, e precisa me agradecer por isso.

Eu levantei e chamei a babá.

– Mas não quero sua gratidão – ela prosseguiu. – Em troca, só peço que cuide dele enquanto eu estiver longe, não o faça voltar para aqueles rumos por causa da sua grosseria e do seu abandono.

Eu estava quase passando mal de cólera, mas Rachel apareceu na porta. Apontei para as crianças, pois não confiava em mim mesma para falar; ela as pegou e eu saí atrás.

– Você fará isso, Helen?

Olhei-a de um jeito que ofuscou o sorriso malicioso do seu rosto, ou ao menos o diminuiu por um instante, e parti. Encontrei o senhor Hargrave na antessala. Ele viu que eu não estava para conversa e me deixou passar sem dizer uma palavra, mas, após ficar alguns minutos reclusa na biblioteca a fim de recuperar minha compostura, voltei para encontrar a senhora Hargrave e Milicent, as quais eu ouvira descer em direção ao ateliê, e o encontrei no cômodo à meia-luz, obviamente esperando por mim.

– Senhora Huntingdon – ele disse quando passei –, posso lhe dizer uma coisa?

– O que é? Seja rápido, por favor.

– Eu a ofendi nesta manhã e não posso viver com esse desprazer.

– Então vá e não peque mais – respondi me virando.

– Não, não! – ele disse rapidamente, colocando-se na minha frente. – Desculpe-me, mas preciso do seu perdão. Eu irei embora amanhã e talvez não tenha outra oportunidade de falar com você de novo. Errei ao agir de modo inadequado em relação a você e a mim mesmo, mas permita-me implorar por seu esquecimento e seu perdão à minha grosseira presunção. Lembre-se de mim como se aquelas palavras nunca tivessem sido ditas, pois, acredite, arrependo-me profundamente. Perder sua estima é uma penalidade severa demais, não consigo suportá-la.

– O perdão não pode ser comprado com um pedido, e eu não consigo conferir minha estima a todos que a desejam, a menos que a mereçam.

– Então minha vida será bem vivida se empregada em tentar merecê-la. Você me perdoa por essa ofensa?

– Sim.

A INQUILINA DE WILDFELL HALL

– Sim! Mas falado com tanta frieza. Dê-me sua mão e, então, acreditarei em você. Não dará? Então, senhora Huntingdon, você não está me perdoando!

– Pronto, aqui está, e meu perdão também; só "não peque mais".

Ele apertou minha mão fria com um fervor sentimental sem dizer mais nada e se afastou para me deixar passar para o cômodo onde o grupo inteiro já estava reunido. O senhor Grimsby estava sentado ao lado da porta e, ao me ver entrar seguida quase imediatamente por Hargrave, lançou-me um olhar malicioso e intolerável quando passei. Encarei-o até ele se virar ressentido, não sei se envergonhado, mas decerto confuso naquele instante. Enquanto isso, Hattersley segurou Hargrave pelo braço e cochichou alguma coisa em seu ouvido, alguma piada maldosa, sem dúvida, pois o último não riu nem respondeu, apenas se afastou fazendo um bico sutil com os lábios, soltando-se e indo encontrar a mãe, que estava contando ao Lorde Lowborough as inúmeras razões que tinha para se orgulhar do filho.

Graças a Deus, todos vão embora amanhã.

Capítulo 36

20 de dezembro de 1824. É o terceiro aniversário da nossa aprazível união. Faz dois meses que nossos convidados nos deixaram para desfrutarmos a companhia um do outro; e tenho nove semanas de experiência nessa nova fase da vida conjugal: somos duas pessoas que moram juntas como dono e dona de casa, pai e mãe de uma pequena criança encantadora e feliz, com o entendimento mútuo de que não há amor, amizade ou simpatia entre nós. No que está a meu alcance, esforço-me para viver com ele em paz; trato-o com uma cordialidade impecável, abdico da minha comodidade pela dele sempre que é razoável e o consulto sobre os assuntos domésticos de modo quase comercial, submetendo-me ao seu prazer e julgamento mesmo sabendo serem inferiores aos meus.

Quanto a ele, durante as primeiras duas semanas, receio que, graças à partida de sua querida Annabella, foi maldoso, vil e birrento, direcionando seu mau humor principalmente para mim: tudo o que eu fazia estava errado, eu era uma pessoa fria, dura e insensata, meu rosto pálido e amargurado lhe era totalmente repulsivo, minha voz o fazia estremecer, ele não sabia como conseguiria passar o inverno comigo, eu o mataria aos pouquinhos. Mais uma vez propus a separação, mas não seria possível. Ele não se tornaria

A INQUILINA DE WILDFELL HALL

o assunto das fofocas da vizinhança, não aceitaria dizerem que era um homem tão bruto que nem a esposa tinha conseguido viver com ele. Não, ele tinha que dar um jeito e me aturar.

– Quer dizer, eu é que tenho que dar um jeito e aturar você – falei. – Desempenho as funções de governanta e dona de casa há tanto tempo, tão bem e de forma tão consciente, sem pagamentos nem agradecimentos, que é você que não consegue se separar de mim. Portanto, eu que abandonarei tais tarefas quando minha servidão tornar-se insuportável.

Essa ameaça, pensei, serviria para mantê-lo alerta, se é que algo funcionaria nesse sentido.

Creio que ele estava bastante decepcionado por eu não ficar magoada com suas ofensas, pois, quando dizia algo particularmente calculado para me machucar, ele me encarava de forma perscrutadora e, depois, rosnava contra meu "coração de pedra" ou minha "brutal insensibilidade". Se eu estivesse angustiada e lamentasse pela perda do seu afeto, talvez ele tivesse cedido e tido pena de mim, agradando-me por um tempo só para confortar sua solidão e consolar a ausência de sua amada Annabella, até poder encontrar-se de novo com ela ou com alguma outra substituta mais adequada. Graças aos céus, não sou tão fraca assim! Já estive cega por causa de uma afeição tola e inebriante que me prendeu a ele apesar do seu não merecimento, mas agora essa cegueira acabou (na verdade, foi completamente destruída e arruinada), e ele só tem a si mesmo e a seus vícios para agradecer por isso.

A princípio (imagino que seguindo as orientações de sua adorável dama), ele se absteve muito bem, sem buscar no vinho o consolo para suas preocupações, mas, com o tempo, começou a relaxar seus esforços virtuosos e exagerar um pouco aqui e ali, e ainda continua assim (se bem que, às vezes, o exagero não é pouco). Quando ele está sob a agitada influência desses excessos, às vezes se exalta e tenta bancar o bruto; nessas ocasiões, gasto um pouco de energia para reprimir minha repulsa e meu desgosto. Quando ele está sob a deprimente influência das consequências posteriores, lamenta por sofrer e por errar desse jeito, culpando-me pelas duas coisas. Ele sabe que esse prazer debilita sua saúde e faz mais mal do que bem, mas diz que eu o obrigo a fazer isso devido à minha conduta pouco natural e feminina; diz que, no fim, isso será sua ruína, mas é tudo culpa minha; e então sou obrigada a me defender, às vezes com cruéis reprimendas. Este é um tipo de injustiça que não consigo suportar com paciência. Eu não me esforcei com afinco por tanto tempo para salvá-lo desse vício? E ainda não estaria fazendo isso se pudesse? Mas como o farei com adulações e carícias, quando sei que ele me despreza? Quão culpada eu sou por ter perdido influência sobre ele, ou por ele ter ceifado todo o meu respeito? E como buscar uma reconciliação, se eu o odeio, e ele me detesta? E enquanto ele continua a se corresponder com Lady Lowborough, como sei que o faz? Não, nunca, nunca, nunca! Ele pode beber até morrer, mas NÃO é culpa minha!

Ainda assim, dou minha contribuição para salvá-lo: procuro fazê-lo entender que a bebida deixa seus olhos anuviados e seu rosto vermelho e inchado, que a tendência é que seu corpo e sua mente fiquem lesados e que, se Annabella o visse com tanta frequência quanto eu, ela rapidamente se desencantaria e com certeza deixaria de estimá-lo se continuar nesse caminho. Esse tipo de reprovação só me traz injúrias grosseiras e quase sinto como se as merecesse, pois odeio usar tais argumentos, mas eles penetram em seu coração entorpecido e fazem com que ele pare, pondere e se abstenha mais do que qualquer outra coisa que eu possa dizer.

No momento, estou aproveitando um alívio temporário da presença de Arthur, que foi com Hargrave participar de uma caçada distante e provavelmente não voltará antes de amanhã à noite. Quão diferente eu costumava sentir sua ausência!

O senhor Hargrave ainda está no Bosque. Ele e Arthur se encontram com frequência para praticar juntos suas atividades rurais; ele nos visita várias vezes, e não raramente Arthur cavalga até lá. Não acho que nenhum dos dois supostos amigos morra de amores um pelo outro, mas essa relação ajuda a passar o tempo, e espero que continue assim, pois me poupa algumas horas da incômoda companhia de Arthur e dá a ele uma ocupação melhor do que a satisfação ébria dos seus apetites sensuais. A única objeção que tenho à presença do senhor Hargrave na vizinhança é que, como tenho receio de o encontrar no Bosque, não vejo sua irmã com

A INQUILINA DE WILDFELL HALL

a frequência que gostaria; contudo, recentemente ele tem me tratado de modo tão indefectível que quase me esqueço da sua conduta pregressa. Acho que ele está tentando "conquistar minha estima". Se continuar assim, pode até ser que a conquiste, mas e depois? No instante em que tentar exigir mais, ele a perderá de novo.

* * *

10 de fevereiro. É muito difícil e angustiante ver suas boas intenções e seus sentimentos afetuosos serem jogados no lixo. Eu estava começando a amolecer com meu companheiro imoral, a me compadecer do seu estado desolado e desconfortável que não se alivia no consolo trazido por meios intelectuais nem pela resposta de uma boa consciência em relação a Deus, e começava a pensar que deveria sacrificar meu orgulho e renovar mais uma vez os meus esforços para tornar sua casa agradável e trazê-lo de volta ao caminho da virtude, não com falsas declarações de amor ou remorso fingido, mas diminuindo a frieza habitual dos meus modos e transmutando minha cordialidade frígida em gentileza sempre que possível; e eu não apenas começava a pensar assim, mas já estava transformando o pensamento em ação. E qual foi o resultado? Nenhuma fagulha de gentileza, nenhum remorso desperto, mas um mau humor insaciável e um clima de cobrança tirana que aumentava com a indulgência, além de um lampejo furtivo de triunfo e autossatisfação sempre que ele notava um abrandamento no meu jeito, o que me levava de volta ao estado gélido do mármore sempre que acontecia. E, nesta manhã, ele terminou o serviço; acho que a petrificação foi tão completa que mais nada conseguirá me amolecer de novo. Entre suas cartas, havia uma que foi lida com sinais de uma satisfação fora do comum. Em seguida, ele a jogou para mim por cima da mesa, com a seguinte admoestação:

– Aí, leia isso e veja se aprende alguma coisa!

Estava escrita na caligrafia livre e marcante de Lady Lowborough. Dei uma olhada na primeira página. Parecia cheia de enfáticas e extravagantes declarações de afeto, desejos impetuosos por um rápido reencontro e uma impiedosa desobediência às ordens de Deus, insultando Sua providência por tê-los separado, condenando-os a se associarem cruelmente àqueles que não eram capazes de amar. Ele sorriu entredentes ao me ver mudar de cor. Dobrei a carta, levantei-me, virei para ele sem fazer nenhum comentário e somente disse:

– Obrigada, aprenderei alguma coisa!

Meu pequeno Arthur estava em pé nos joelhos dele, brincando alegremente com o anel rubi brilhante do seu dedo. Incitada por um impulso repentino e imperativo de afastar meu filho daquela influência nociva, peguei-o em meus braços e saí da sala com ele. Sem gostar daquela retirada abrupta, a criança fez um bico e começou a chorar. Foi outra apunhalada no meu coração já torturado. Eu não o soltei, levei-o comigo até a biblioteca, fechei a porta e, ajoelhando-me no chão a seu lado, abracei-o, beijei-o, chorei por cima dele com uma ternura ardente. Mais assustado do que consolado por isso, ele começou a me empurrar e chorou chamando pelo papai. Larguei-o e jamais derramei lágrimas mais aflitas do que aquelas que o ocultavam dos meus olhos cegos e ardidos. Ao ouvi-lo chorar, o pai veio até a biblioteca. Eu virei na mesma hora, temendo que ele me visse e interpretasse mal as minhas emoções. Ele me xingou, pegou a criança que tinha se acalmado e a levou embora.

É difícil saber que meu pequeno o ame mais do que a mim. Considerando que o bem-estar e a educação do meu filho é tudo o que tenho para viver, ver minha influência destruída por aquela afeição egoísta me machuca mais do que a mais fria indiferença ou a mais dura das tiranias. Se eu nego a meu filho alguma satisfação trivial para seu próprio bem, ele se dirige ao pai, que, apesar da apatia egoísta, dar-se-á ao trabalho de atender aos desejos da criança; se tento limitar suas vontades ou olho séria por causa de alguma desobediência infantil, ele sabe que o pai irá sorrir e tomar partido contra mim. Portanto, não tenho apenas que conter a índole do pai no filho, buscando e erradicando os germes das suas tendências maldosas, além de me contrapor àquele vínculo corrupto e a seu exemplo no pós-vida, mas o pai já impugna meu trabalho árduo pelo bem da criança, destrói minha influência sobre sua cabeça frágil e me rouba até o seu amor; minha única esperança terrena é essa, e ele parece sentir um prazer diabólico ao destruí-la.

Mas não posso me desesperar. Evocarei o seguinte conselho, que aquela inspirada escritora sugeriu: "Teme o Senhor e obedece a voz de teu servo, sentado nas trevas sem luz; permita que ele confie no nome do Senhor e permaneça junto de seu Deus"!

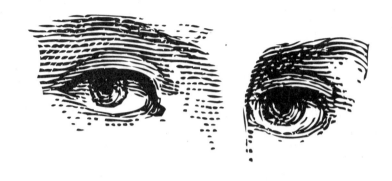

Capítulo 37

20 de dezembro de 1825. Outro ano se passou, e estou cansada dessa vida. Porém, mesmo assim não quero abandoná-la: não importa as aflições que me assolam, não posso ir e deixar meu querido sozinho neste mundo sombrio e maluco, sem uma amiga para guiá-lo pelos labirintos exaustivos, alertá-lo sobre os milhares de armadilhas e protegê-lo dos perigos iminentes que podem atacá-lo a qualquer momento. Sei que não sou a pessoa mais adequada para ser sua única companhia, mas não há outra para me substituir. Sou séria demais para diverti-lo e participar das suas brincadeiras infantis, como uma babá ou uma mãe deveria fazer, e com frequência seus surtos de alegre animação me incomodam e alarmam; vejo nele a índole e o temperamento do pai e receio muito pelas consequências, várias vezes abafando o regozijo inocente que deveria compartilhar. O pai, pelo contrário, não carrega na cabeça o peso da tristeza, não é incomodado por lágrimas nem escrúpulos em relação ao futuro bem-estar do filho e, sobretudo à noite, quando a criança o vê com maior frequência, está sempre especialmente jucundo e disposto, pronto para rir e brincar com qualquer coisa ou qualquer pessoa, exceto comigo, e fico particularmente calada e triste. Portanto, é claro que a criança

idolatre o papai, um homem que parece encantador e paciente, trocando de bom grado a minha companhia pela dele a qualquer momento. Isso me incomoda bastante, nem tanto pela afeição do meu filho (embora eu a estime muito e sinta que é um direito meu, pois sei tudo o que faço para merecê-la), mas mais pela influência do pai sobre ele. Para seu próprio bem, eu me empenharia muito para afastá-lo de tal influência, e é ela que seu pai adora roubar de mim por pura malícia, e se satisfaz em conquistá-la por mero egotismo vazio, sem aproveitá-la para nada de bom, a não ser para me atormentar e arruinar a criança. Meu único consolo é que ele fica relativamente pouco tempo em casa e, nos meses que passa em Londres ou em qualquer outro lugar, tenho a chance de recuperar o espaço perdido, reconquistando com o bem o mal que ele cometeu com sua intencional má gestão. Mas é uma provação aflitiva observá-lo fazer, no seu retorno, o máximo possível para subverter meu trabalho, a fim de transformar meu amado inocente, carinhoso e dócil em um menino egoísta, desobediente e travesso, preparando o terreno para aqueles vícios que ele cultivou tão bem em sua própria natureza pervertida.

Felizmente nenhum dos "amigos" de Arthur foi convidado para vir a Grassdale no último outono, ele que foi visitá-los. Eu gostaria que fosse sempre assim e queria que ele tivesse tantos amigos amados que bastassem para mantê-lo longe o ano inteiro. O senhor Hargrave não foi com ele, o que me incomodou bastante, mas acho que finalmente o convenci.

Por sete ou oito meses ele se comportou tão bem e foi tão habilidoso que baixei a guarda quase completamente, e estava mesmo começando a considerá-lo um amigo e até a tratá-lo como tal, embora com certas restrições prudentes (que eu julgava pouco necessárias). Então, aproveitando-se da minha simpatia desavisada, ele pensou que poderia ousar e ultrapassar as fronteiras da moderação decente e dos modos que o restringiram por tanto tempo. Era uma noite agradável no fim de maio, eu caminhava pelo parque, e ele, ao me ver ali enquanto passava a cavalo, foi corajoso o bastante para entrar e se aproximar de mim, apeando e deixando o cavalo no portão. Desde que eu tinha sido deixada sozinha, era a primeira vez que ele se arriscava a entrar aqui sem a sanção da companhia de sua mãe ou irmã, ou, no mínimo, sem a desculpa de uma mensagem enviada por elas. Mas ele conseguiu parecer tão calmo e tranquilo, tão respeitoso e autocontrolado em sua camaradagem que, embora um pouco surpresa, não me alarmei, tampouco me ofendi com a liberdade pouco usual, e ele andou comigo sob os freixos à beira da água do riacho e falou sobre vários assuntos com considerável animação, bom gosto e inteligência antes que eu começasse a pensar em como me livraria dele. Então, após uma pausa na qual nós dois ficamos observando a água calma e azul (eu revolvida em pensamentos na melhor forma de dispensar sua companhia com educação; ele, sem dúvida, ponderando outros assuntos igualmente alheios às agradáveis visões e aos sons que se apresentavam aos nossos sentidos), ele de repente me surpreendeu ao começar a dizer, num tom peculiar, gentil, baixo, mas perfeitamente compreensível, as mais inequívocas expressões de um amor sincero e apaixonado, defendendo sua causa com a eloquência mais audaciosa e ardilosa que conseguiu empregar a seu favor. Mas eu cortei seu apelo rapidamente e o repudiei com tanta determinação e convicção, e com uma mescla de indignação desdenhosa, temperada com um pesar frio e desapaixonado, além de lastimar sua mente incivilizada, que ele se retirou atônito, mortificado e desconfortável; e, alguns dias depois, fiquei sabendo que ele tinha ido embora para Londres. No entanto, ele voltou dentro de oito ou nove semanas e não se afastou completamente de mim, mas passou a se comportar de forma tão notável que sua irmã, astuta, não deixou de perceber a mudança.

– O que você fez para o Walter, senhora Huntingdon? – ela questionou em uma das minhas visitas matutinas ao Bosque, logo após ele sair da sala depois de dizer algumas palavras da mais fria cordialidade. – Ele tem estado extremamente cerimonioso e comedido nos últimos tempos, e não tenho a menor ideia do porquê, a menos que você o tenha ofendido loucamente. Conte-me o que aconteceu e serei sua mediadora, farei que vocês se tornem amigos de novo.

– Não fiz nada com a intenção de ofendê-lo – repliquei. – Se estiver ofendido, ele mesmo poderá contar-lhe o motivo.

A INQUILINA DE WILDFELL HALL

– Vou perguntar a ele o que houve – exclamou a garota impulsiva, levantando-se de um salto e colocando a cabeça para fora da janela. – Ele está logo ali no jardim. Walter!

– Não, não, Esther! Você me deixará muito descontente se fizer isso, e irei embora imediatamente e não voltarei por meses, talvez até anos.

– Você me chamou, Esther? – o irmão perguntou, aproximando-se da janela pelo lado de fora.

– Sim, queria perguntar...

– Tenha um bom dia, Esther – falei pegando a mão dela e apertando-a com força.

– Queria perguntar – ela continuou – se você não podia pegar uma rosa para a senhora Huntingdon.

Ele saiu.

– Senhora Huntingdon! – ela exclamou, virando-se para mim ainda segurando minha mão com firmeza. – Estou bastante chocada. Você está tão brava, distante e fria quanto ele! Estou decidida a fazê-los bons amigos de novo antes de você ir embora.

– Esther, como você pode ser tão rude? – exclamou a senhora Hargrave, que estava sentada, séria, costurando em sua espreguiçadeira. – Decerto você nunca aprenderá a se comportar como uma dama!

– Bem, mamãe, você mesma disse que... – Mas a jovem foi silenciada pelo dedo erguido da mãe, acompanhado por um meneio de cabeça bastante reprovador.

– Ela não é do contra? – sussurrou a senhora Hargrave para mim, mas, antes que eu pudesse contribuir com minha parcela de reprovação, o senhor Hargrave reapareceu na janela com uma bela rosa na mão.

– Aqui está a rosa, Esther – ele disse, entregando-lhe a flor.

– Dê a ela você mesmo, seu tonto! – ela exclamou, retirando-se da nossa frente com um pulo.

– A senhora Huntingdon prefere recebê-la de você – ele respondeu num tom muito sério, mas abaixando a voz para sua mãe não ouvir. Sua irmã pegou a rosa e a deu para mim.

– Com os cumprimentos do meu irmão, senhora Huntingdon. E ele espera que vocês voltem a se entender gradualmente. Está bom assim, Walter? – acrescentou a garota atrevida, virando para ele e colocando o braço ao redor do seu pescoço, já que ele estava apoiado no peitoril da janela. – Ou eu deveria ter dito que você está arrependido por ser tão melindroso? Ou que torce para que ela perdoe sua ofensa?

– Sua garota boba! Você não sabe do que está falando – ele respondeu seriamente.

– Não sei mesmo, porque estou no escuro aqui!

– Chega, Esther – a senhora Hargrave interpôs. Mesmo sem saber o motivo do nosso estranhamento, a mulher notou que a filha estava se comportando de forma muito inadequada. – Vou ter que pedir para que você saia da sala!

– Não precisa, senhora Hargrave. Eu mesma já estou indo embora – falei, despedindo-me imediatamente.

Cerca de uma semana depois, o senhor Hargrave trouxe sua irmã para me ver. A princípio, ele se comportou com seu ar frio e distante de sempre, meio comedido, meio melancólico, em geral magoado, mas Esther não fez nenhum comentário a esse respeito dessa vez. Era óbvio que ela tinha tomado bronca e aprendido a se comportar melhor. Ela conversou comigo, riu e brincou com o pequeno Arthur, seu carinhoso e adorável amigo, que a incitou a sair do cômodo para correr no saguão e, depois, no jardim, o que me incomodou um pouco. Levantei-me para revolver o fogo. O senhor Hargrave perguntou se eu estava com frio e fechou a porta (um desvelo bastante inoportuno, pois eu estava pensando em ir atrás dos dois brincantes barulhentos, caso não voltassem logo). Em seguida, ele tomou a liberdade de ir até a lareira e me perguntou se eu estava ciente de que o senhor Huntingdon estava agora na casa do Lorde Lowborough e pretendia ficar lá por um tempo.

– Eu não sabia, mas não importa – respondi indiferente, e, se minha fronte ardeu como o fogo, foi mais pela pergunta feita do que pela informação trazida.

– Você não desaprova? – ele quis saber.

– De forma alguma, se o Lorde Lowborough gosta da companhia dele.

– Então você realmente não o ama mais?

– Nem um pouco.

– Eu sabia! Eu sabia que sua natureza era muito egrégia e pura para continuar respeitando alguém tão falso e eivado unicamente de sentimentos de indignação e abominável repulsa!

– Ele não é seu amigo? – questionei, desviando os olhos do fogo para seu rosto, talvez com um leve toque daqueles sentimentos que ele atribuíra ao outro.

– Ele era – respondeu com a mesma seriedade tranquila de antes. – Mas não se engane achando que consigo manter minha amizade e estima por um homem capaz de renunciar e magoar tanto alguém de forma tão infame e impiedosa. Bem, não vou falar sobre isso. Mas me diga uma coisa: você nunca pensa em vingança?

– Vingança? Não. Que bem isso faria? Não o tornaria melhor nem me faria mais feliz.

– Não sei nem como conversar com você, senhora Huntingdon – ele falou, sorrindo. – Você é só metade mulher… Sua natureza deve ser meio humana, meio angelical. Fico admirado com sua bondade, não sei como lidar com ela.

– Então receio que o senhor deva ser muito pior do que deveria, se eu, uma reles mortal, sou tão vastamente superior a você, segundo sua própria confissão. E como há tão poucas semelhanças entre nós, acho que seria melhor buscarmos companhias mais compatíveis. – E saí em direção à janela, onde comecei a procurar pelo meu filhinho e sua animada e jovem amiga.

– Não, o reles mortal sou eu, eu insisto – retorquiu o senhor Hargrave. – Não me permito ser pior que meus companheiros, mas você, madame… Também insisto que não há ninguém igual a você. Mas você é feliz? – ele perguntou num tom sério.

– Acredito que sou tão feliz quanto alguns outros.

– Mas você é tão feliz quanto deseja?

– Ninguém é tão abençoado assim deste lado da eternidade.

– De uma coisa eu sei: você é infinitamente mais feliz do que eu – ele redarguiu com um suspiro profundo e triste.

– Então sinto muito por você – não consegui evitar responder.

– Sente mesmo? Não, pois, se realmente sentisse, ficaria feliz em aplacar a minha dor.

– E, se eu pudesse fazer isso sem injuriar a mim mesma ou qualquer outra pessoa, eu faria.

– E você acha que eu gostaria que você se injuriasse? Não, pelo contrário, anseio por sua felicidade mais do que pela minha. Você está arrasada, senhora Huntingdon – ele continuou, encarando meu rosto com ousadia. – Você não reclama, mas posso ver (e sentir), e sei que você está arrasada. E continuará assim enquanto mantiver essas paredes de gelo impenetrável em volta do seu coração ainda quente e palpitante. E eu também estou arrasado. Digne-se a sorrir para mim, e serei feliz. E, acredite, você também seria, se eu puder torná-la a mulher que você pode ser. E eu farei isso apesar de você mesma! – ele murmurou entredentes. – Quanto aos outros, o problema é só nosso; você não pode injuriar seu marido, você sabe, e ninguém mais tem a ver com este assunto.

– Eu tenho um filho, senhor Hargrave, e você tem uma mãe – falei afastando-me da janela, já que ele tinha ido atrás de mim.

– Eles não precisam saber – ele começou, mas, antes que qualquer outra coisa pudesse ser dita de ambos os lados, Esther e Arthur entraram de novo no cômodo. A menina olhou o rosto corado e agitado de Walter e depois o meu (um pouco corado e agitado também, ouso dizer, embora por razões bastante diferentes). Ela deve ter pensado que estávamos brigando desesperadamente e com certeza ficou perplexa e incomodada com a situação, mas era muito polida ou estava com muito medo da raiva do irmão para falar sobre isso. Sentou-se no sofá e, arrumando os cachos dourados e sedosos que caíam bagunçados sobre seu rosto, imediatamente começou a falar sobre o jardim e seu companheiro de brincadeiras, e continuou tagarelando do seu jeito costumeiro até que o irmão a chamasse para ir embora.

– Perdoe-me se falei com muita sinceridade – ele murmurou ao partir.

– Senão, jamais me perdoarei.

Esther sorriu e olhou para mim. Eu apenas me curvei, e a expressão dela caiu. Achou que minha resposta à generosa concessão de Walter tinha sido pobre e ficou frustrada com a amiga. Pobre criança, mal sabe ela em que mundo vive!

O senhor Hargrave não teve outra oportunidade de me encontrar sozinha de novo por várias semanas depois disso, mas, quando encontrava, seus modos carregavam menos orgulho e mais melancolia do que antes. Oh, como ele me importunava! Por fim, fui obrigada a abdicar quase totalmente das minhas visitas ao Bosque, à custa de ofender bastante a senhora Hargrave e afligir muito a coitada da Esther, que realmente valoriza minha companhia por falta de algo melhor e não deveria sofrer pelos erros do irmão. Mas aquele meu antagonista incansável ainda não tinha sido derrotado e parecia estar sempre à espreita. Com frequência eu o via cavalgar pela propriedade, olhando atentamente ao redor. Se não era eu, era Rachel quem o via. A mulher, astuta, logo notou como as coisas estavam entre nós e, se detectasse os movimentos do inimigo pela janela do berçário, lá no alto, enquanto eu me preparava para uma caminhada, informava-me discretamente quando tinha motivos para acreditar que ele estava por perto ou quando era provável que ele me encontrasse ou alcançasse no caminho que eu pretendia fazer. Nessas ocasiões, eu tinha que desistir da caminhada ou me limitar ao parque e aos jardins particulares. Se a excursão planejada fosse importante, como uma visita a algum doente ou aflito, eu levava Rachel comigo e, então, nunca era incomodada.

Mas, em um dia ameno e ensolarado no início de novembro, ousei sair sozinha para visitar a escola do vilarejo e alguns dos pobres arrendatários e, na volta, alarmei-me com o retumbar de cascos equinos atrás de mim, aproximando-se em um trote rápido e constante. Não havia portões ou trilhas pelos quais eu podia escapar para os campos, então continuei andando com calma, dizendo para mim mesma: "Pode ser que não seja ele; e, se for, e ele me importunar, será pela última vez, estou decidida, se é que palavras e olhares têm força contra essa atitude incansável de descaramento indiferente e sentimentalismo fingido".

O cavalo me alcançou e logo começou a desacelerar a meu lado. Era o senhor Hargrave. Ele me saudou com um sorriso que pretendia parecer delicado e melancólico, mas sua triunfante satisfação por ter finalmente me encontrado fulgurou, desmascarando-o. Após responder brevemente a seu cumprimento e perguntar como estavam as mulheres lá no Bosque, eu me virei e continuei caminhando, mas ele me seguiu e manteve o cavalo ao meu lado. Era óbvio que pretendia me acompanhar pelo caminho todo.

"Pois bem! Não quero saber. Já que você quer outra rejeição, tome-a; e passe bem", foi minha nota mental. "Vamos lá, senhor... E agora?"

A pergunta, embora não proferida, não ficou muito tempo sem resposta. Após algumas observações sobre assuntos irrelevantes, ele começou a fazer o seguinte apelo à minha humanidade de forma solene:

– Em abril fará quatro anos desde a primeira vez que a vi, senhora Huntingdon. Talvez você não se recorde, mas eu nunca me esquecerei. Já a admirei profundamente naquela ocasião, mas não ousei amá-la. No outono seguinte vi em você tantas perfeições que não consegui deixar de amá-la, embora não tivesse ousado revelar. Há mais de três anos suporto um perfeito martírio pela agonia de emoções escondidas, esperas intensas e infrutíferas, lamentos silenciosos, esperanças arrasadas e afeições destruídas. Sofri mais do que consigo dizer ou do que você possa imaginar, e você foi a causa disso tudo, uma causa que não é totalmente inocente. Minha juventude está sendo desperdiçada, minhas perspectivas são turvas, minha vida é um vazio desolador, não tenho descanso nem de dia, nem de noite. Tornei-me um fardo para mim e para os outros, e você poderia me salvar com uma palavra, com um olhar apenas. Isso não pode estar certo!

– Em primeiro lugar, não acredito em você – respondi. – Em segundo, se quiser ser assim tão tolo, não há nada que eu possa fazer.

– Se pretende chamar de tolos os melhores, mais fortes e mais divinos impulsos da nossa natureza, não acredito em você – ele replicou solenemente. – Sei que não é a pessoa desalmada e fria que finge ser. Você já teve um coração e o deu a seu marido, mas, ao descobrir que ele não era merecedor daquele tesouro, tomou-o de volta. Não finja que amou aquele pulha lascivo e mundano com tanta profundidade e devoção que nunca mais conseguirá amar outra pessoa! Sei que há sentimentos ainda não aflorados em sua natureza, e sei também que você provavelmente está sofrendo muito nesse atual estado de solidão abandonada. Está em suas mãos o poder de tirar dois seres humanos do presente sofrimento e elevá-los à indescritível dádiva que só um amor generoso e nobre pode dar, um amor que nos faz esquecer de nós mesmos (e eu sei que você é capaz de me amar, se quiser). Você pode até dizer que me despreza e me detesta, mas, se não me der um exemplo claro disso, responderei que não acredito. E, mesmo assim, você se recusa a fazer isso! Prefere que continuemos sofrendo e ainda me diz com frieza que é a vontade de Deus. Você pode chamar isso de religião, mas eu chamo de fanatismo louco!

– Existe outra vida para você e para mim – redargui. – E, se for a vontade de Deus que semeemos lágrimas agora, é para que possamos colher alegria depois. A vontade Dele é não injuriarmos os outros para recompensar nossas próprias paixões terrenas. E você tem mãe, irmãs e amigos que seriam injuriados seriamente com a sua desgraça; e eu também tenho amigas cuja paz de espírito nunca deveria ser sacrificada para meu próprio contentamento, nem para o seu com o meu consentimento. E, mesmo se eu estivesse sozinha neste mundo, ainda teria meu Deus e minha religião, e preferiria morrer a desgraçar meu chamado e a perder minha fé no paraíso a fim de ganhar alguns breves anos de uma alegria falsa e fugaz (uma alegria que com certeza também acabaria em sofrimento aqui) para mim ou qualquer outra pessoa!

– Não há necessidade de desgraça, sofrimento ou sacrifício para ninguém – ele insistiu. – Não estou pedindo para você abandonar sua casa ou desafiar a opinião pública.

Enfim, não repetirei todos os seus argumentos. Refutei-os da melhor forma que pude, mas minhas forças não eram muito grandes naquele momento, pois eu estava muito indignada (e até envergonhada) por ele se atrever a falar comigo daquele jeito, e não conseguia controlar meu pensamento e minha fala de modo satisfatório a fim de rebater seus poderosos sofismas adequadamente. Portanto, ao perceber que ele não seria silenciado pela razão e ao notar que disfarçava seu júbilo por uma vantagem aparente, ironizando as afirmações que eu não conseguia provar por causa da minha falta de tranquilidade, mudei a abordagem e tentei outro plano.

– Você realmente me ama? – perguntei séria, parando e olhando para ele com calma.

– Ah, se a amo! – ele exclamou.

– De verdade? – intimei.

Seu rosto se iluminou, ele pensou que o triunfo estava em suas mãos. Ele começou a fazer uma ardente declaração da verdade e do fervor dos seus sentimentos, mas eu logo o atalhei com outra pergunta:

– Mas não é um amor egoísta? Você sente uma afeição desinteressada o bastante para permitir que sacrifique seu próprio prazer por mim?

– Eu daria minha vida para servi-la.

– Não quero sua vida, quero saber se você se compadece verdadeiramente das minhas aflições a ponto de fazer um esforço para aliviá-las, mesmo correndo o risco de você mesmo ficar um pouco desconfortável?

– Teste-me e verá.

– Se for verdade, nunca mais toque neste assunto de novo. Sempre que fala sobre isso, você duplica o peso dos sofrimentos pelos quais lamenta com tanta intensidade. Não me resta nada além do consolo de uma boa consciência e da confiança esperançosa no paraíso, e você está o tempo inteiro esforçando-se para tirar isso de mim. Se continuar assim, eu o considerarei meu mais mortal inimigo.

– Mas me ouça por um momento…

– Não, senhor! Você disse que daria sua vida para me servir, e só estou pedindo seu silêncio neste assunto em particular. Fui sincera e direta com você. Se continuar me incomodando com isso, concluirei que suas declarações são completamente falsas e que seu coração me odeia com o mesmo fervor com o qual professa me amar!

Ele mordeu o lábio e abaixou os olhos para o chão mantendo-se em silêncio por um tempo.

– Então precisarei deixá-la – ele disse me encarando, como se tivesse uma última esperança de notar algum sinal de angústia irrepreensível ou tristeza despertada por aquelas palavras solenes. – Precisarei deixá-la. Não consigo viver aqui e ficar eternamente em silêncio sobre o assunto que absorve todos os meus pensamentos e desejos.

– Se não me engano, antes você ficava pouquíssimo tempo em casa – respondi. – Não lhe fará mal ausentar-se de novo por um tempo, se for mesmo necessário.

– Se for mesmo possível – ele murmurou. – E você consegue me pedir isso com tanta frieza? É isso mesmo que você deseja?

– É, com certeza. Se você não consegue me ver sem me atormentar, como tem feito recentemente, eu teria o prazer de me despedir de você para não o ver nunca mais.

Ele não respondeu, mas, inclinado-se no cavalo, estendeu a mão em minha direção. Olhei para seu rosto e vi o olhar de uma alma genuinamente agoniada, apesar de também expressar uma frustração, amargura, ou um orgulho ferido, ou um amor não correspondido, ou uma ira ardente. Não hesitei em colocar minha mão na dele com a franqueza com a qual nos despedimos de um amigo. Ele a segurou com muita força e logo em seguida saiu galopando com as esporas no cavalo. Pouco depois, eu soube que ele tinha ido a Paris, onde ainda está, e, quanto mais tempo ficar por lá, melhor para mim.

Agradeço a Deus por esse livramento!

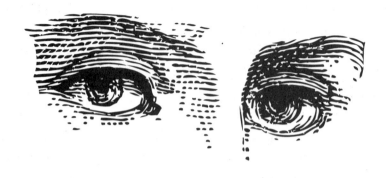

Capítulo 38

20 de dezembro de 1826. É meu quinto aniversário de casamento, e acredito que será o último que passarei sob este teto. Minha decisão está tomada; meu plano, preparado e já parcialmente em execução. Minha consciência não me condena, mas, enquanto o propósito amadurece, aproveitarei algumas dessas longas noites de inverno contando o caso para minha própria satisfação: um divertimento sem graça, mas, se tiver um ar de ocupação útil e for realizado como uma tarefa, servirá melhor a mim do que outro mais leve.

Em setembro o tranquilo Palacete Grassdale reavivou-se com a comitiva de damas e cavalheiros (por assim dizer) formada pelos mesmos indivíduos que haviam sido convidados no ano retrasado, acrescentando-se mais duas ou três pessoas, entre elas a senhora Hargrave e sua filha mais nova. Os cavalheiros e Lady Lowborough foram convidados para o prazer e a conveniência do anfitrião; imagino que as outras damas tenham sido convidadas para cumprir com as aparências e me manter na linha, orientando minha discrição e cordialidade. Mas as damas ficaram só três semanas, e os cavalheiros, com exceção de dois deles, mais de dois meses, pois seu anfitrião festivo e hospitaleiro relutava em se separar deles para ficar sozinho com seu brilhante intelecto, sua consciência imaculada e sua amada e adorável esposa.

No dia em que Lady Lowborough chegou, eu a acompanhei até seus aposentos e falei abertamente que, se eu tivesse motivos para acreditar que ela ainda mantinha sua conexão imoral com o senhor Huntingdon, consideraria meu dever informar seu marido sobre a situação (ou, ao menos, incitar sua suspeita), por mais doloroso que pudesse ser ou por mais terríveis que fossem as consequências. A princípio ela ficou surpresa com a declaração proferida de forma tão inesperada e com tanta calma e determinação, mas recuperou-se rapidamente e respondeu com frieza que, se eu visse algo repreensível ou suspeito em sua conduta, ela me daria permissão para contar tudo ao lorde. Disposta a me satisfazer com aquilo, deixei-a; decerto não vi nada particularmente repreensível ou suspeito em seu trato com o anfitrião, mas eu tinha que cuidar dos outros convidados e não os observei muito de perto (para falar a verdade, receava notar alguma coisa entre eles). Deixei de tratar aquilo como algo que me dizia respeito e, se fosse meu dever elucidar Lorde Lowborough, seria uma tarefa dolorosa, e eu não queria ter de realizá-la.

Mas meus temores chegaram ao fim de uma forma que não antecipei. Uma noite, cerca de quinze dias após a chegada dos visitantes, eu me retirara para a biblioteca em busca de alguns minutos de respiro daquela animação forçada e das conversas exaustivas, porque, após um período de isolamento tão longo (que certamente me pareceu terrível com frequência), nem sempre eu conseguia violentar meus sentimentos e reunir forças para ficar conversando, sorrindo, escutando e bancando a anfitriã atenciosa ou a amiga animada. Eu me abrigara na reentrância da janela e olhava a oeste, onde as colinas escuras se erguiam em nítido contraste com a luz clara e âmbar do crepúsculo, que gradualmente se mesclava e diluía no azul puro e pálido do céu mais profundo, onde uma estrela brilhante reluzia como se prometesse que, "quando aquela luz desvanecida se fosse, ainda assim o mundo não seria deixado na escuridão, e aqueles que acreditam em Deus e cuja mente está livre da neblina da descrença e do pecado nunca estarão completamente desamparados", quando ouvi passos apressados aproximando-se, e Lorde Lowborough entrou. Aquele cômodo ainda era o seu lugar preferido. Ele bateu a porta com uma violência fora do comum e jogou o chapéu para o lado sem se importar com onde ele cairia. O que tinha acontecido com ele? Seu rosto tinha uma palidez fantasmagórica, seus olhos fitavam o chão, os dentes apertavam-se, a testa brilhava com o suor da agonia. Era óbvio: ele finalmente descobrira que estava sendo enganado!

Inconsciente da minha presença, começou a andar pelo cômodo em um estado de ansiosa agitação, apertando as mãos violentamente e resmungando baixo ou exclamando coisas incoerentes. Fiz um movimento para lhe mostrar que não estava sozinho, mas ele estava muito preocupado para notar. Talvez eu conseguiria atravessar a sala e sair sem ser vista enquanto ele estava de costas para mim. Levantei-me para tentar fazer isso, mas ele percebeu. Ficou parado por um momento e, em seguida, secando o suor da testa, veio em minha direção com uma espécie de compostura artificial e falou em um tom profundo, quase sepulcral:

– Senhora Huntingdon, preciso partir amanhã.

– Amanhã! – repeti. – Não perguntarei seus motivos.

– Então você já sabe. E como pode estar tão calma? – ele indagou, analisando-me com profunda perplexidade, não sem uma espécie de amargura ressentida, como me pareceu.

– Há tanto tempo eu estou ciente... – E me interrompi a tempo para acrescentar: – do caráter do meu marido, que nada mais me choca.

– Mas isso... Há quanto tempo você sabe disso? – ele exigiu saber, colocando o punho na mesa ao meu lado e olhando para meu rosto com intensidade e firmeza.

Eu me senti uma criminosa.

– Não faz muito tempo – respondi.

– Você sabia! – ele exclamou com uma veemência aflita. – E não me contou! Você os ajudou a me enganarem!

– Lorde, eu não ajudei ninguém a enganar você.

– Então por que você não me contou?

– Porque eu sabia que seria doloroso para você. E esperava que ela voltasse ao seu dever; assim, não seria preciso afligir seus sentimentos com uma coisa tão...

– Meu Deus! Há quanto tempo isso está acontecendo? Há quanto tempo, senhora Huntingdon? Diga-me! Eu preciso saber! – ele exclamou com uma avidez intensa e ansiosa.

– Acho que há dois anos.

– Por Deus! E ela me enganou por todo esse tempo! – Ele se virou suprimindo um lamento de agonia e tornou a andar pelo cômodo em um novo ataque de agitação. Meu coração ficou abalado, mas eu tentaria consolá-lo, embora não soubesse como.

– Ela é uma mulher imoral – falei. – Sempre o enganou e traiu. Ela não merece seu lamento, assim como não merecia seu afeto. Não deixe que ela o injurie mais; afaste-se dela e fique sozinho.

– E você, madame – ele disse com seriedade, parando e virando-se para mim –, você também me insultou com essa dissimulação egoísta!

Meus sentimentos se revoltaram de repente. Algo cresceu dentro de mim incitando-me a ressentir daquela reação grosseira à minha sincera compaixão, exigindo que eu me defendesse com uma resposta grosseira. Por sorte, não cedi ao impulso. Percebi sua angústia quando, secando a testa, de repente ele se virou de forma abrupta para a janela e, olhando para o céu plácido, murmurou com paixão: "Ó, Deus, prefiro morrer!" Senti que acrescentar mais uma gota de amargura àquele copo já transbordante seria mesmo muito egoísmo. Ainda assim, receio que minha resposta calma tenha revelado mais frieza que gentileza:

– Eu poderia dar várias desculpas que algumas pessoas aceitariam como válidas, mas não tentarei enumerá-las...

– Eu já sei – ele disse rapidamente. – Você diria que não era problema seu; que eu deveria ter cuidado de mim mesmo; que, se minha cegueira me levou até este inferno, eu não tenho o direito de culpar outra pessoa por ter acreditado que eu era mais sagaz do que de fato sou...

– Confesso que errei – continuei, sem ligar para aquela interrupção angustiada. – Mas, não importa se errei por falta de coragem ou por uma bondade equivocada, acho que você me culpa com demasiado rigor. Há duas semanas falei à Lady Lowborough, assim que ela chegou, que consideraria meu dever informá-lo caso ela o continuasse enganando. A dama me deu total liberdade para fazer isso se eu visse qualquer coisa suspeita ou censurável em sua conduta, mas, como não percebi nada, acreditei que tivesse mudado de rumo.

Ele continuou me encarando da janela enquanto eu falava, mas não respondeu. Atormentado pelas lembranças que minhas palavras despertaram, bateu o pé no chão, cerrou os dentes e franziu a testa, como se estivesse sentindo uma dor física muito forte.

– Não foi certo! Não foi certo! – ele murmurou, enfim. – Não há desculpas nem consertos, pois nada será capaz de recuperar esses anos de maldita credulidade, nada poderá apagá-los! Nada! Nada! – repetiu num sussurro, a amargura desesperada precedendo qualquer ressentimento.

– Colocando-me no seu lugar, admito que não foi certo – respondi –, mas só posso lamentar não ter visto por essa perspectiva antes e, como você mesmo disse, nada é capaz de recuperar o passado.

Algo na minha voz ou no clima dessa resposta pareceu alterar seu humor. Virando-se para mim e examinando atentamente meu rosto sob a luz fraca, ele disse num tom mais brando do que o adotado até então:

– Imagino que você também tenha sofrido.

– Sofri muito no começo.

– E quando foi isso?

– Há dois anos. E, daqui a dois anos, você estará tão calmo quanto estou agora, e muito, muito mais feliz, tenho certeza, porque você é homem e livre para agir como bem entender.

Alguma coisa parecida com um sorriso, um sorriso bastante angustiado, passou por seu rosto por um instante.

– Você não tem estado muito contente ultimamente, não é? – ele perguntou com uma espécie de esforço para recuperar a compostura, decidido a evitar mais discussões sobre sua própria calamidade.

– Contente? – repeti, quase ultrajada pela pergunta. – Como poderia estar contente com um marido desses?

– Eu notei que sua aparência mudou desde os primeiros anos do seu casamento – ele continuou. – Até disse isso àquele… àquele demônio dos infernos – murmurou entredentes. – E ele me respondeu que era sua índole azeda que estava corroendo seu frescor e tornando-a velha e feia antes do tempo, fazendo dos aposentos dele algo tão desconfortável quanto a cela de um convento. E você ainda sorri, senhora Huntingdon... Nada a abala. Eu queria que a minha natureza fosse tão calma quanto a sua.

– No início minha natureza não era calma – respondi. – Aprendi a ficar assim à custa de lições árduas e esforços constantes.

Nesse instante, o senhor Hattersley irrompeu no cômodo.

– Oi, Lowborough! – ele começou. – Oh, perdoe-me! – exclamou ao me ver. – Não sabia que estavam em um *tête-à-tête*. Anime-se, homem – continuou, dando uma pancada nas costas do Lorde Lowborough que o fez afastar-se com um olhar de inefável repulsa e irritação. – Venha, quero falar com você rapidinho.

– Pode falar.

– Não tenho certeza se o que tenho a dizer é adequado para a dama.

– Então não é adequado para mim – o lorde falou, virando-se para sair da biblioteca.

– É, sim – exclamou Hattersley, seguindo-o até o saguão. – Se você for homem, vai lhe cair como uma luva. Meu caro, é o seguinte – continuou baixando um pouco a voz, mas não o suficiente para me impedir de ouvir cada palavra do que dizia, embora a porta entreaberta estivesse entre nós. – Acho que você é um homem desonrado. Ei, calma, não fique nervoso, não quero ofendê-lo, é só meu jeito grosseiro de falar. Preciso ser direto com você, sabe, senão não diria nada. Por isso, vim para... Já chega! Deixe-me explicar! Vim oferecer meus serviços, pois, embora Huntingdon seja meu amigo, é um ignóbil demoníaco, todos nós sabemos, e eu estou do seu lado nessa. Sei o que você quer para resolver as coisas; basta uma troca de tiros com ele, e você se sentirá bem de novo; e, se houver um acidente... Qual! Ouso dizer que também não fará mal para um sujeito desesperado como você. Vamos, dê-me sua mão e não me lance esse olhar enegrecido. Fale a hora e o local, e eu cuidarei do resto.

– Este é o remédio que meu coração, ou o mal que há nele, sugere – respondeu a voz mais baixa e deliberada de Lorde Lowborough. – Encontrá-lo e não ir embora sem sangue. Seria um alívio indescritível para mim se eu ou ele caísse, ou os dois, se...

– Exatamente! Muito bem, então...

– Não! – o lorde exclamou com uma ênfase profunda e decidida. – Embora eu o odeie do fundo do meu coração e gostaria de ver uma calamidade qualquer se abater sobre ele, eu o deixarei nas mãos de Deus. E, embora eu deteste minha própria vida, também a deixarei nas mãos d'Ele, que foi quem a deu para mim.

– Mas, veja, neste caso... – Hattersley insistiu.

– Não ouvirei o que tem a dizer! – seu amigo exclamou, virando-se rapidamente. – Nem mais uma palavra! Já tenho o bastante para lutar contra o demônio que existe em mim.

– Então você é um tolo covarde, e lavo minhas mãos para você – rosnou o tentador ao se virar e partir.

– Muito bem! Muito bem, Lorde Lowborough – exclamei, saindo e segurando sua mão em chamas enquanto ele se dirigia para as escadas. – Estou começando a pensar que o mundo não é digno de você!

Sem compreender aquele ataque súbito, ele se virou para mim com um olhar de espanto soturno e perplexo que fez com que eu me envergonhasse do impulso ao qual cedi; mas logo depois uma expressão mais humanizada surgiu em seu rosto e, antes que eu pudesse puxar minha mão de volta, ele a apertou com delicadeza, e uma fagulha de um sentimento genuíno passou por seus olhos ao murmurar:

– Que Deus nos ajude!

– Amém! – respondi, e nos separamos.

Voltei para o ateliê onde, sem dúvida, minha presença era esperada pela maioria, mas desejada apenas por uma ou duas pessoas. Na antessala, o senhor Hattersley maldizia a covardia de Lorde Lowborough diante de uma seleta audiência, a saber o senhor Huntingdon estirado na mesa, exultante em sua pérfida vilania, rindo e menosprezando sua vítima, e o senhor Grimsby parado a seu lado, esfregando as mãos em silêncio e soluçando com uma satisfação diabólica.

No ateliê encontrei Lady Lowborough num estado de espírito pouquíssimo invejável, esforçando-se bastante para esconder sua descompostura com uma afetação exagerada de alegria e vivacidade, pouco usuais e muito inoportunas para a ocasião, pois ela mesma tinha explicado ao grupo que o marido recebera uma notícia desagradável de casa e teria que partir de chofre. Ela achava que eles não teriam o prazer de vê-lo naquela noite, pois o incômodo o abalara tanto que ele estava com uma dor de cabeça gástrica, além de precisar agilizar os preparativos da viagem. No entanto, ela garantiu, eram apenas assuntos comercia s e, portanto, ela não seria incomodada. A dama falava justamente isso quando entrei, e me dirigiu um daqueles seus olhares duros e provocativos que antes tanto me surpreendiam e revoltavam.

– Mas estou consternada e envergonhada – continuou –, pois acho que é meu dever acompanhar o lorde e, por isso, fico bem triste por deixar todos os meus adoráveis amigos de forma tão inesperada e breve.

– E mesmo assim – Esther, que estava sentada ao lado dela, comentou –, nunca a vi tão bem-humorada em toda a minha vida, Annabella.

– Justamente, meu amor, porque quero aproveitar ao máximo sua companhia, uma vez que parece que esta será a última noite que a desfrutarei até sabe-se lá Deus quando, e gostaria de deixar uma boa impressão em todos vocês. – Ela olhou ao redor e, ao encontrar o olhar fixo da tia, escrutinando-a mais do que deveria, como ela provavelmente pensou, levantou-se e prosseguiu: – Por isso, darei a vocês uma canção. Posso, tia? Posso, senhora Huntingdon? Posso, senhoras e senhores? Muito bem. Farei tudo o que for possível para agradá-los.

Ela e Lorde Lowborough ocupavam os aposentos adjacentes aos meus. Não sei como ela passou a noite, mas eu me mantive acordada em sua maior parte e fiquei deitada ouvindo os passos pesados e monótonos dele para cima e para baixo no quarto de vestir, que era contíguo à minha câmara. Uma vez eu o ouvi parar e jogar algo pela janela com uma exclamação sentida e, pela manhã, depois que eles foram embora, um canivete afiado foi encontrado na grama ali embaixo. Uma lâmina cortada em duas também foi retirada do fundo das cinzas da grelha, parcialmente estragada pelas últimas brasas. Ele esteve fortemente tentado a acabar com aquela vida miserável e foi resoluto ao resistir.

Meu coração sangrava por ele enquanto eu ouvia aquele caminhar ininterrupto. Até então eu tinha pensado demais em mim e pouquíssimo nele; agora esqueço minhas próprias aflições e penso somente nas dele, na afeição ardente desperdiçada com tanta tristeza, na fé admirável traída com tanta crueldade, na... Não, não tentarei enumerar seus erros, mas eu odeio a esposa dele e meu marido mais intensamente do que nunca, e não por minha causa, mas por causa dele.

Eles partiram de manhã cedo, antes que qualquer outra pessoa, exceto eu mesma, tivesse descido. Eu estava saindo do meu quarto no momento em que Lorde Lowborough descia para tomar seu lugar na carruagem, onde sua dama já estava instalada, e Arthur (ou senhor Huntingdon, como prefiro chamá-lo, pois o outro é o nome do meu filho) foi bastante insolente ao sair em seu robe noturno para se despedir do "amigo".

– Qual! Já está indo, Lowborough? – ele disse. – Bem, tenha um bom dia! – e estendeu a mão com um sorriso.

Acho que o outro o teria nocauteado se não tivesse se virado instintivamente com o punho tremendo de raiva, apertado com tanta força que os nós brancos dos dedos brilhavam debaixo da pele. Olhando para ele com uma expressão lívida de um ódio furioso, Lorde Lowborough murmurou entredentes um xingamento cheio de raiva que não teria proferido se estivesse calmo o bastante para escolher suas palavras, e partiu.

– É isso que eu chamo de um espírito não cristão – disse o vilão. – Mas eu nunca desistiria de um velho amigo por causa de uma esposa. Você pode ficar com a minha, se quiser. Até a considero bela. Não posso oferecer nada além de uma restituição, não é mesmo?

Mas Lowborough já tinha chegado à parte de baixo das escadas e estava cruzando o saguão. Apoiado no corrimão, o senhor Huntingdon gritou:

– Mande meus carinhosos cumprimentos à Annabella! E tenham os dois uma ótima viagem! – E se retirou sorrindo para seus aposentos.

Depois, pareceu feliz por ela ter ido embora.

– Ela era tão imperiosa e exigente... – falou. – Agora posso ser eu mesmo e ficar mais à vontade.

Capítulo 39

Minha maior fonte de desconforto neste período de provações era meu filho, pois seu pai e os amigos dele adoravam encorajar qualquer embrião de vício que uma criança pequena pode apresentar, além de ensinar-lhe todos os hábitos ruins que ele poderia adquirir. Resumindo, "fazê-lo virar homem" era uma de suas principais diversões. Não preciso dizer mais nada para justificar meu pavor e minha determinação para afastá-lo a todo custo das mãos de tais instrutores. Primeiro tentei mantê-lo sempre comigo ou no berçário, e dei a Rachel ordens específicas para nunca o deixar descer para a sobremesa enquanto aqueles "cavalheiros" estivessem aqui, mas foi em vão. Tais comandos eram imediatamente impugnados e substituídos pelos do pai, que não admitia que seu pequeno companheiro morresse de tédio com uma babá velha e uma mãe tola e detestável. Então o pequeno rapaz descia todas as noites, apesar da sua mamãe contrariada, e aprendia a bebericar vinho como o papai, a xingar como o senhor Hattersley e a fazer as coisas como homem, mandando a mamãe para o inferno quando ela tentava impedi-lo. Assistir ao que faziam com a ingenuidade maliciosa daquela pequena e bela criança e ouvir aquelas coisas serem ditas por sua voz fina e infantil era particularmente estimulante e irresistivelmente cômico para eles, do mesmo modo que era indescritivelmente incômodo e dolorido para mim; e, quando o menino causava um estrondo de risadas à mesa, olhava encantado ao redor e juntava sua gargalhada estridente às deles. Mas, se aqueles brilhantes olhos azuis pousavam em mim, sua luz desaparecia por um instante e ele questionava com certa preocupação:

– Mamãe, por que você não está rindo? Faça ela rir, papai. Ela nunca ri.

Portanto, eu era obrigada a ficar entre aqueles brutos esperando por uma oportunidade de afastar meu filho deles, em vez de sair imediatamente após tirarem a mesa, como sempre fiz. Ele nunca queria partir, e com frequência eu tinha de levá-lo embora à força, o que fazia com que ele me achasse muito cruel e injusta. Às vezes o pai insistia para que eu o deixasse lá e, nessas ocasiões, eu o mantinha com seus agradáveis amigos e me retirava para satisfazer minha amargura e meu desespero sozinha, ou para ocupar a cabeça buscando um remédio para aquele mal terrível.

Mas, de novo, preciso ser justa e reconhecer que nunca vi o senhor Hargrave rir das malcriações do menino, nem o ouvi dizer qualquer palavra de encorajamento para suas aspirações de másculas realizações. No entanto, quando algo de muito extraordinário era dito ou feito pelo biltre infantil, eu às vezes notava uma expressão peculiar em sua fronte que não era capaz de interpretar nem de definir. Era uma leve contração nos músculos da boca, um brilho repentino no olhar dirigido para a criança e para mim. Eu imaginava ver surgir em sua expressão um lampejo de satisfação consistente, intensa e sombria pela certeza de notar em mim uma ira e uma angústia impotentes. Mas houve uma ocasião em que Arthur estava se comportando particularmente mal, o senhor Huntingdon e seus convidados estavam especialmente provocativos e insultantes em seu encorajamento, e eu estava bastante ansiosa para tirá-lo dali, quase a ponto de me humilhar com um ataque incontrolável de nervos. Então o senhor Hargrave levantou-se de repente da cadeira com um ar de séria determinação, pegou o menino dos joelhos do pai (onde ele estava sentado meio trôpego, balançando a cabeça e rindo de mim, esconjurando-me com palavras cujos significados pouco sabia), retirou-o da sala e, colocando-o no chão do saguão, manteve a porta aberta para que eu passasse fazendo uma reverência séria quando saí e fechando a porta logo em seguida. Ouvi altas palavras ser trocadas entre ele e seu anfitrião já meio inebriado quando saí, levando embora meu garoto desorientado e confuso.

Mas isso vai acabar, meu filho não pode ser abandonado a essa perversão. É muito melhor que viva na pobreza e na obscuridade com uma mãe fugitiva do que no luxo e na riqueza com um pai desses. Os visitantes não devem ficar conosco por muito tempo, mas voltarão. E ele, o mais nocivo de todos, o pior inimigo do filho, ainda estará aqui. Eu aguentaria se fosse só por mim, mas, pelo meu filho, não posso mais aceitar. A opinião do mundo e os sentimentos dos meus amigos também precisarão ser ignorados neste caso, pelo menos não poderão me impedir de cumprir com o meu dever. Mas onde encontrarei asilo e como nos sustentar? Oh, eu pegarei minha preciosa carga nas primeiras horas da alvorada, tomarei a diligência para M., correrei para o porto, cruzarei o Atlântico e buscarei uma casa calma e humilde na Nova Inglaterra, onde devo conseguir sustento para ele e para mim com minhas próprias mãos. A paleta e o cavalete, que já foram meus amigos queridos, agora serão meus sóbrios parceiros de trabalho. Mas será que sou uma artista suficientemente habilidosa para conseguir meu ganha-pão em um país desconhecido, sem amigos ou recomendações? Não, tenho que esperar um pouco. Preciso trabalhar duro para aprimorar meu talento e produzir algo que valha a pena para mostrar minha capacidade, algo que fale em meu favor como uma pintora de verdade ou uma professora. É claro que não busco um sucesso extraordinário, mas preciso de certo nível de segurança caso eu falhe: não posso levar meu filho para passar fome. Além disso, preciso de dinheiro para a viagem, a passagem e um pouco para nos sustentar em nosso refúgio se eu não triunfar já de início. E também não pode ser uma quantia muito pequena, pois quem sabe por quanto tempo terei de lidar com a indiferença ou o desprezo dos outros, ou com a minha própria inexperiência ou a falta de habilidade para atender aos gostos alheios?

O que devo fazer, então? Apelar para meu irmão, explicando minha situação e as decisões que tomei? Não, não… mesmo se eu contasse a ele todas as minhas aflições, coisa que reluto muito em fazer, com certeza ele desaprovaria essa atitude e acharia tudo uma loucura, assim como meus tios ou Milicent. Não, devo ter paciência e juntar o dinheiro sozinha. Rachel será minha única confidente. Acho que consigo convencê-la a participar do esquema. A princípio, ela pode me ajudar encontrando algum comerciante de quadros em alguma cidade distante, depois ela me auxiliará vendendo em segredo os quadros que já tenho e que servem para esse fim, além de alguns outros que pintarei depois. Além disso, posso abrir mão das minhas joias, não as joias de família, mas aquelas que trouxe comigo de casa e as que meu tio me deu como presente de casamento. Eu consigo aguentar alguns meses de trabalho árduo tendo em vista tal propósito, e, nesse ínterim, meu filho não pode ser mais lesado do que já foi.

Após tomar essa decisão, comecei a trabalhar imediatamente para realizá-la. Se não tivesse acontecido uma coisa para confirmar a minha decisão, uma coisa que me mantém firme até hoje e que me faz pensar que o melhor a se fazer é de fato colocá-la em prática, talvez eu arrefecesse depois de um tempo, ou quiçá continuasse ponderando os prós e os contras até que as desvantagens superassem as vantagens e eu abandonasse o plano por completo ou postergasse sua execução indefinidamente.

Desde que Lorde Lowborough se foi, eu tinha a biblioteca toda para mim, um refúgio seguro a qualquer hora do dia. Nenhum daqueles cavalheiros tinha a menor pretensão literária, exceto o senhor Hargrave; e ele, no momento, estava bastante satisfeito com os jornais e periódicos diários. Se, por algum acaso, ele entrasse ali, eu tinha certeza de que logo iria embora ao me ver, uma vez que, desde que sua mãe e suas irmãs foram embora, ele tinha se tornado cada vez mais frio e distante comigo, e isso era justamente o que eu queria. Foi ali, portanto, que montei meu cavalete e passei a trabalhar na minhas telas durante o dia até o anoitecer, com pouquíssimas interrupções, exceto quando era extremamente necessário ou quando precisava cumprir minhas funções com o pequeno Arthur, pois eu achava apropriado dedicar uma parte dos meus dias com sua instrução e seu entretenimento. Mas, contrariando minhas expectativas, na terceira manhã o senhor Hargrave entrou e não se retirou imediatamente ao me ver. Ele se desculpou pela intromissão e disse que só tinha ido buscar um livro, contudo, depois de pegá-lo, dignou-se a dar uma olhada na minha pintura. Como é um homem de bom gosto, teve algo a dizer sobre esse ou aquele tema e, após ter comentado modestamente sem ser muito encorajado por mim, continuou a discorrer sobre arte em geral. Sem receber muito encorajamento de novo, desistiu, mas não foi embora.

– Você não nos oferece muito da sua companhia, senhora Huntingdon – ele observou após uma breve pausa, durante a qual continuei misturando e temperando minhas tintas com indiferença. – Não me admira, você deve estar bastante cansada de todos nós. Eu mesmo fico envergonhado por meus convivas e estou exausto das conversas irracionais e perseguições. Agora que não há ninguém para humanizá-los nem os manter na linha, já que você merecidamente nos abandonou à nossa própria sorte, é provável que eu vá embora daqui a uma semana. E não imagino que você irá ressentir-se da minha partida.

Ele atalhou. Eu não respondi.

– Provavelmente seu único ressentimento sobre o assunto será por eu não levar meus convivas comigo – ele acrescentou com um sorriso. – Às vezes eu me vanglorio por não ser um deles, apesar de estar com eles, mas é natural que você fique contente por se livrar de mim. Eu posso até me lamentar por isso, mas não consigo julgá-la.

– Não me alegrarei com a sua partida, porque você sabe se comportar como um cavalheiro – argumentei, considerando justo reconhecer um pouco seu bom comportamento. – Mas confesso que ficaria feliz em dizer adeus ao resto, por mais inóspito que isso possa parecer.

– Ninguém poderá julgá-la por tal afirmação – ele respondeu com seriedade. – Nem os próprios cavalheiros, imagino. Só vou contar-lhe o que foi dito na sala de jantar na noite passada, depois que você nos deixou – continuou, como se acometido por uma decisão repentina. – Talvez você não se importe, já que é tão filosófica sobre determinados assuntos... – acrescentou com um leve sorriso zombeteiro. – Eles falavam do Lorde Lowborough e da sua deleitável lady. A causa daquela partida repentina não é segredo para ninguém, e a personalidade dela é tão conhecida por todos que, mesmo sendo uma parente tão próxima, nem tentei defendê-la.

Amaldiçoado seja eu – ele murmurou, divagando –, se não me vingar por isso! Além de o vilão difamar a família, ele precisa proclamar o feito aos quatro ventos, para todo tratante de meia-tigela que ele conhece? Desculpe, senhora Huntingdon. Enfim, eles falavam sobre essas coisas e alguns observaram que, como ela separou-se do marido, agora ele poderá encontrá-la de novo quando quiser.

"'Obrigado', ele disse. 'Estou farto dela no momento: não me darei ao trabalho de ir atrás dela, a menos que ela venha me encontrar.'

"'Então o que você pretende fazer quando formos embora, Huntingdon?', Ralph Hattersley quis saber. 'Pretende afastar-se dos seus erros e ser um bom marido, um bom pai, e assim por diante, como eu sou quando me livro de você e desses demônios pândegos que chama de amigos? Acho que já passou da hora, e sua esposa é cinquenta vezes melhor do que você merece, você sabe disso...'

"E, então, ele fez alguns elogios que você não me agradeceria por repetir, nem a ele por proferir; proclamando-os em voz alta como ele fez, sem delicadeza nem discrição, e para aquele público, parecia uma profanação citar o seu nome. Ele próprio é completamente incapaz de compreender ou apreciar suas reais excelências. Enquanto isso, Huntingdon ficou sentado em silêncio bebendo seu vinho ou encarando a taça com um sorriso, sem interromper nem responder, até que Hattersley gritou:

"'Você está me ouvindo, homem?'

"'Estou, pode continuar', ele respondeu.

"'Não, já acabei', concluiu o outro. "Eu só queria saber se você pretende seguir meu conselho.'

"'Que conselho?'

"'O de virar uma página em branco, seu crápula incorrigível!', Ralph gritou. 'E pedir perdão à sua esposa e ser um bom menino daqui em diante.'

"'Minha esposa! Que esposa? Eu não tenho esposa', Huntingdon respondeu, erguendo os olhos da taça com uma expressão inocente. 'E, caso ainda tenha, ouçam-me bem, cavalheiros: eu a valorizo tanto quanto qualquer um de vocês. Quem quiser pode levá-la, ficarei muito grato. Podem ficar à vontade e, por Deus, terão minha bênção!'

"Eu, quero dizer, alguém perguntou se ele realmente falava a sério, e ele jurou solenemente que sim, sem dúvida. O que você acha disso, senhora Huntingdon? – o senhor Hargrave me perguntou após uma breve pausa, durante a qual o senti examinar meu rosto meio escondido."

– Eu acho – respondi calmamente – que isso que ele valoriza tão pouco em breve não estará mais entre suas posses.

– Não é possível que você destruirá seu coração e morrerá pela conduta detestável de um grosseiro infame como aquele!

– De forma alguma, meu coração está seco demais para ser destruído assim, e pretendo viver o máximo possível.

– Então você o deixará?

– Sim.

– Quando? E como? – ele quis saber, ansioso.

– Quando eu estiver pronta e da melhor forma que conseguir.

– Mas e seu filho?

– Meu filho irá comigo.

– Ele não permitirá.

– Eu não perguntarei.

– Ah, então você está planejando uma fuga secreta! Mas com quem, senhora Huntingdon?

– Com meu filho e a babá dele, provavelmente.

– Sozinha! E desprotegida! Mas para onde você pode ir? E o que pode fazer? Ele a seguirá e a trará de volta.

– Eu já planejei muito bem. Assim que me afastar de Grassdale, poderei me considerar segura.

O senhor Hargrave deu um passo em minha direção, olhou-me nos olhos e segurou a respiração para falar, mas aquele olhar, aquela sua cor avivada, aquele brilho repentino no olhar fizeram meu sangue ferver de raiva; eu me virei abruptamente e, pegando meu pincel, comecei a pincelar a tela com uma energia um pouco excessiva para o bem da pintura.

– Senhora Huntingdon – ele falou com uma solenidade aflita –, você é cruel. Cruel comigo, cruel consigo mesma.

– Senhor Hargrave, lembre-se da sua promessa.

– Tenho que falar, senão meu coração vai explodir! Fiquei em silêncio por bastante tempo, e você precisa me ouvir! – ele exclamou, tendo coragem de interceptar minha retirada em direção à porta. – Você está me dizendo que não deve fidelidade ao seu marido, ele declara abertamente que está cansado de você e a cede a qualquer um que queira aceitá-la, você está prestes a deixá-lo, ninguém acreditará que foi embora sozinha, todo mundo dirá: "Ela finalmente o deixou. Não é de se surpreender. Poucas pessoas podem culpá-la, menos pessoas ainda sentirão pena dele, mas quem a está acompanhando em sua fuga?" Você não levará os créditos por sua virtude (se quiser chamá-la assim), nem seus melhores amigos acreditarão, porque é um absurdo, e só aqueles que sofrerão os efeitos dela terão credibilidade, os tormentos cruéis que sabem ser de fato realidade. Mas o que você poderá fazer sozinha neste mundo frio e cruel? Você, uma mulher jovem e inexperiente, alimentada com refinamento e totalmente...

– Resumindo, você vai me aconselhar a ficar onde estou – interrompi.

– Bem, é o que veremos.

– Pelo amor de Deus, deixe-o! – ele exclamou com seriedade. – Mas NÃO sozinha! Helen! Deixe-me protegê-la!

– Nunca! Enquanto os céus mantiverem meu bom senso – respondi, puxando a mão que ele ousou pegar e segurar entre as dele. Mas ele estava convencido agora, tinha quebrado a barreira. Estava muito agitado e decidido a arriscar tudo pela vitória.

– Não serei rejeitado! – ele exclamou com veemência e, pegando minhas duas mãos, segurou-as com força, mas caiu de joelhos e olhou para meu rosto com um olhar meio suplicante, meio imperioso. – Você não tem motivo agora, está fugindo diante dos decretos divinos. Deus me designou para confortá-la e protegê-la, eu sinto. Tenho tanta certeza disso como se uma voz divina tivesse declarado: "E serão os dois uma só carne". E, mesmo assim, você me afasta desse jeito...

– Solte-me, senhor Hargrave! – falei, séria. Mas ele me segurou com ainda mais força. – Solte-me! – repeti, tremendo de indignação.

Seu rosto estava quase de frente para a janela quando ele se ajoelhou. Com um movimento leve, notei que ele olhou naquela direção e, em seguida, um lampejo de triunfo malicioso iluminou sua fronte. Olhei por cima do ombro e vi uma sombra se afastar pela lateral.

– É Grimsby – ele disse deliberadamente. – Ele irá contar o que viu para Huntingdon e todo o resto com os floreios que considerar apropriados. Ele não tem amor por você, senhora Huntingdon; não reverencia seu sexo, não crê na virtude, não admira sua imagem. Ele inventará uma versão dessa história que não dará margem para dúvida sobre o seu caráter na cabeça das pessoas que o ouvirem. Sua bela fama acabou, e nada que você ou eu possamos dizer poderá recuperá-la. Mas me dê o poder de protegê-la e me mostre o vilão que ousar insultá-la!

– Ninguém jamais ousou me insultar da forma como o senhor está fazendo agora! – falei, finalmente soltando minhas mãos e me afastando dele.

– Eu não a estou insultando! – ele exclamou. – Eu a venero. Você é meu anjo, minha divindade! Coloquei toda a minha força a seus pés, e você precisa e deve aceitá-la! – bradou, levantando-se de um ímpeto. – Eu a consolarei e defenderei! E, caso sua consciência ainda a censure por isso, diga a ela que eu a dominei e que você não tinha escolha, a não ser ceder!

Eu nunca tinha visto um homem tão terrivelmente agitado. Ele precipitou-se em minha direção. Eu alcancei minha espátula de pintura e a segurei contra ele. Isso o assustou, ele parou e me encarou surpreso. Ouso dizer que eu estava tão valente e resoluta quanto ele. Fui na direção do sino e coloquei minha mão na corda. Isso o amansou ainda mais. Com um aceno meio autoritário, meio desaprovador, ele tentou me impedir de tocar.

– Então se afaste! – mandei. Ele deu um passo para trás. – E me ouça bem. Eu não gosto de você – continuei da forma mais deliberada e enfática que consegui, a fim de tornar minhas palavras o mais eficazes possível. – E, mesmo que eu me divorciasse do meu marido ou que ele morresse, eu ainda não me casaria com você. Pronto! Espero que você esteja satisfeito agora.

Seu rosto ficou pálido de raiva.

– Estou satisfeito – respondeu com uma ênfase angustiada –, porque você é a mulher mais sem coração, mais monstruosa e mais ingrata que já conheci!

– Ingrata, senhor?

– Ingrata.

– Não, senhor Hargrave. Não sou ingrata. Agradeço-lhe com sinceridade por todo o bem que você já me fez ou desejou fazer, e peço a Deus que o perdoe por todo o mal que me fez e poderia fazer, e o torne um ser melhor.

Então a porta se abriu com força, e os senhores Huntingdon e Hattersley apareceram. Este continuou no saguão, ocupado com sua arma e sua vareta, aquele entrou e ficou de costas para a lareira, analisando o senhor Hargrave e a mim, mas principalmente ele, com um sorriso insuportável acompanhado pela audácia daquela sua expressão insolente e do seu olhar maldoso e malicioso.

– Pois não, senhor? – Hargrave interrogou, com um ar de quem se preparava para se defender.

– Pois não, senhor! – retornou seu anfitrião.

– Queremos saber se você está livre para vir conosco atrás dos faisões, Walter – Hattersley interrompeu do lado de fora. – Vamos! Aposto que não teremos nada em que atirar, exceto uma ou duas gatas.

Walter não respondeu, mas foi até a janela para esfriar a cabeça. Arthur deu um assobio baixo e o acompanhou com o olhar. Um breve rubor de raiva subiu às bochechas de Hargrave, mas ele se acalmou num instante e disse com indiferença:

– Vim me despedir da senhora Huntingdon e contar a ela que irei embora amanhã.

– Hum! Que resolução repentina. Posso perguntar o que o faz ir embora tão cedo?

– Negócios – ele respondeu, repelindo o sarcasmo do outro com um olhar desafiador e desdenhoso.

– Muito bem – foi a resposta, e Hargrave se retirou.

Em seguida, o senhor Huntingdon colocou o agasalho debaixo do braço e, pendurando o casaco no ombro, virou-se em minha direção para proferir em voz baixa, de forma quase inaudível, os desaforos mais vis e grosseiros que a imaginação é capaz de conceber ou a língua é capaz de pronunciar. Eu não tentei interrompê-lo; mas minha alma queimou dentro de mim, e, quando ele enfim terminou, respondi:

A INQUILINA DE WILDFELL HALL

– Mesmo se sua acusação fosse verdadeira, senhor Huntingdon, como ousaria me condenar?

– Por Deus, ela caiu nessa! – Hattersley exclamou, encostando a arma na parede e, entrando no cômodo, pegou seu querido amigo pelo braço e tentou arrastá-lo para fora. – Vamos, companheiro – murmurou. – Não importa se é verdade ou mentira, você sabe que não tem o direito de condená-la; nem a ele também, depois do que disse na noite passada. Então, vamos logo.

Havia algo implícito ali que não consegui tolerar.

– Por acaso você está suspeitando de mim, senhor Hattersley? – indaguei quase fora de mim de tanta raiva.

– Não, não, não estou suspeitando de ninguém. Está tudo bem, está tudo bem. Então vamos logo, Huntingdon, seu boca-suja.

– Ela nem consegue negar! – o cavalheiro exclamou com um sorriso misto de ódio e triunfo. – Ela nem consegue negar, mesmo se sua vida dependesse disso! – E, adotando uma linguagem ainda mais ofensiva, dirigiu-se até o saguão para pegar o chapéu e a espingarda que estavam em cima da mesa.

– Eu me recuso a dar satisfações a você! – bradei. E, virando-me para Hattersley, continuei: – Mas, se você tem alguma dúvida sobre o assunto, pergunte ao senhor Hargrave.

Ao ouvirem isso, os dois irromperam numa gargalhada grosseira que fez meu corpo inteiro formigar até as pontas dos dedos.

– Cadê ele? Eu mesma perguntarei! – falei, avançando na direção deles.

Reprimindo uma nova crise de riso, Hattersley apontou para a porta externa, que estava semiaberta. Seu cunhado estava parado do lado de fora.

– Senhor Hargrave, você pode vir até aqui, por favor? – solicitei.

Ele virou e olhou para mim bastante surpreso.

– Venha até aqui, por favor! – repeti com tanta veemência que ele não conseguiu, ou optou por não conseguir, resistir àquela autoridade. Com certa relutância, subiu os degraus e deu um ou dois passos dentro do saguão.

– Agora diga a esses cavalheiros – continuei –, a esses homens, se cedi ou não às suas solicitações.

375

– Não estou entendendo, senhora Huntingdon.

– Está entendendo, sim. E exijo que responda com sinceridade, pela sua honra de cavalheiro (se ainda tiver alguma). Cedi ou não cedi?

– Não – ele murmurou, virando-se.

– Fale alto, senhor; eles não o ouviram. Eu cedi à sua solicitação?

– Você não cedeu.

– Não, eu não tenho dúvida – Hattersley afirmou. – Ou ele não estaria assim tão denegrido.

– Posso garantir a você a satisfação de um cavalheiro[11], Huntingdon – o senhor Hargrave falou, dirigindo-se calmamente ao seu anfitrião, mas com uma expressão amargurada.

– Vá para o inferno! – respondeu o outro com um meneio impaciente de cabeça.

Hargrave se afastou com um olhar de desdém frio, dizendo:

– Você sabe onde me encontrar, se estiver disposto a enviar um amigo.

A única coisa que sua intimação recebeu em resposta foram xingamentos e maldições.

– Pronto, Huntingdon! Está vendo? – Hattersley falou. – Claro como o dia.

– Não ligo para o que ele vê – falei – ou o que ele imagina. Mas você, senhor Hattersley, você defenderá meu nome quando souber que estão mentindo ou me maldizendo?

– Defenderei.

Saí imediatamente e me fechei na biblioteca. Não sei o que me possuiu para que eu fizesse um pedido assim para um homem desse, mas a esperança é a última que morre; eles me deixaram desesperada, eu mal sabia o que estava dizendo. Não havia outra pessoa para preservar meu nome da calúnia e depreciação naquele ninho de convivas, quiçá no mundo inteiro; e, ao lado do meu terrível marido abandonado, do ultrajante e maligno Grimsby e daquele crápula falso do Hargrave, aquele rufião rude, grosseiro e brutal brilhava como um pirilampo no meio de seus colegas mosquitos.

---

[11] Referência a um duelo, cujo objetivo não necessariamente é matar o oponente, mas obter "satisfação", ou seja, restaurar a honra depois de sofrer uma grave ofensa. (N.R.)

A INQUILINA DE WILDFELL HALL

Que cena! Jamais imaginei que estaria condenada a suportar tais insultos debaixo do meu próprio teto, ouvir essas coisas serem ditas na minha frente, ou pior, serem ditas para mim e sobre mim, e por aqueles que erroneamente atribuem a si mesmos o título de cavalheiros! E jamais imaginei que seria capaz de aturar isso com calma e refutar os insultos com a firmeza e a coragem que tive! Uma frieza dessas só é obtida com experiências duras e desespero.

Foram pensamentos assim que passaram por minha cabeça enquanto eu andava para cima e para baixo no cômodo e ansiava (ó, como ansiava!) pegar meu filho e deixá-los agora, sem postergar mais nem uma hora! Mas não era possível; eu tinha muito trabalho pela frente, um trabalho árduo que precisava ser feito.

– Então, mãos à obra – falei. – Não perderei mais nem um segundo sequer com aflições vãs e irritações inúteis sobre meu destino e aqueles que o influenciam.

Então, controlando minha agitação com um esforço poderoso, voltei à função e trabalhei arduamente o dia inteiro.

O senhor Hargrave realmente foi embora no dia seguinte e, desde então, nunca mais o vi. Os outros ficaram por mais duas ou três semanas, mas eu me mantive longe deles o máximo possível e, até hoje, continuo trabalhando com um ardor quase inabalável. Logo informei Rachel sobre os meus planos, confidenciando aos seus ouvidos todos os meus motivos e as minhas intenções, e, para minha agradável surpresa, não foi muito difícil convencê-la a participar do meu esquema. Ela é uma mulher sóbria e cautelosa, mas odeia tanto seu patrão e adora tanto sua senhora e a criança que, após vários clamores, algumas objeções fracas e muitas lágrimas e lamentações de minha parte, ela aplaudiu minha decisão e consentiu em me ajudar de todas as formas que pudesse, mas apenas com uma condição: que ela compartilhasse o exílio comigo, caso contrário era inexorável e consideraria uma verdadeira loucura que Arthur e eu fôssemos sozinhos. Com uma generosidade tocante, ela modestamente ofereceu ajuda com suas parcas economias, esperando que eu "a desculpasse pela liberdade, mas, de verdade, aceitasse o dinheiro como um empréstimo, o que a deixaria bastante feliz". É claro que nem pensei nisso; mas agora, graças aos céus, consegui juntar uma pequena quantia, e os preparativos estão tão adiantados que anseio pela minha rápida emancipação. Assim que esse rigoroso clima chuvoso de inverno amenizar um pouco, alguma manhã o senhor Huntingdon descerá e encontrará uma solitária mesa de café da manhã, talvez ande pela casa chamando em voz alta pela esposa e pelo filho invisíveis, quando ambos já estarão a cerca de cinquenta milhas de distância rumo ao Ocidente, quem sabe até mais longe, pois partiremos horas antes da alvorada, e não é provável que ele descubra que perdeu os dois antes de o dia já ter avançado bastante.

Estou totalmente ciente dos males que o passo que estou prestes a dar poderá me trazer, mas jamais hesito sobre a minha decisão, porque nunca esqueço meu filho. Esta manhã mesmo eu estava ocupada como de costume, e ele estava sentado aos meus pés, brincando em silêncio com as tiras de tela que eu jogara no carpete, mas sua mente estava ocupada com outra coisa, pois, depois de um tempo, ele olhou para cima com uma expressão melancólica, encarou meu rosto e me perguntou sério:

– Mamãe, por que você é imoral?

– Quem lhe disse que sou imoral, meu amor?

– Rachel.

– Não, Arthur, Rachel nunca disse isso, tenho certeza.

– Bem, então foi o papai – ele respondeu, pensativo. Então, após uma pausa reflexiva, acrescentou: – Vou contar para você como descobri isso: quando estou com o papai e falo que a mamãe está me chamando ou que a mamãe me diz para não fazer alguma coisa que ele me manda fazer, o papai sempre responde: "A mamãe que vá para o inferno". E Rachel disse que só as pessoas imorais vão para o inferno. Então, mamãe, é por isso que eu acho que você é imoral, e eu não queria que fosse.

– Meu filho querido, eu não sou imoral. Essas palavras são feias, e as pessoas imorais com frequência gostam de usá-las para os outros, não para elas mesmas. Elas não são capazes de condenar as pessoas nem dizer que elas merecem isso. Deus nos julgará pelos nossos próprios pensamentos e feitos, não pelo que os outros falam de nós. E, quando você ouvir alguém dizer essas palavras, Arthur, lembre-se de nunca as repetir: é imoral dizer essas coisas dos outros, não os outros dizerem isso de você.

– Então é o papai que é imoral – ele concluiu com tristeza.

– O papai está errado por dizer essas coisas, e você estará errado se plagiá-lo, já que agora que está mais informado.

– O que é plagiar?

– É fazer como ele faz.

– O papai não está informado?

– Talvez esteja, mas isso não tem a ver com você.

– Se ele não está, você tem que dizer a ele, mamãe.

– Eu já disse.

O pequeno moralista pausou e ponderou. Tentei distraí-lo do assunto, mas foi em vão.

– Estou triste por o papai ser imoral – ele disse em tom de lamento –, porque não quero que ele vá para o inferno. – E, ao dizer isso, começou a chorar.

Eu o consolei com a esperança de que talvez o papai dele mudasse e se tornasse bom antes de morrer, mas será que não chegou a hora de afastá--lo desse pai?

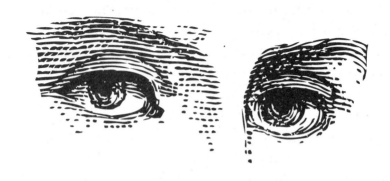

Capítulo 40

10 de janeiro de 1827. Ontem à noite, eu estava escrevendo as últimas páginas no ateliê. O senhor Huntingdon estava presente, mas eu achei que ele dormia no sofá atrás de mim. Contudo, sem que eu percebesse, ele se levantou, e um impulso de curiosidade fez com que espiasse por cima do meu ombro por não sei quanto tempo e, quando pus a caneta de lado e estava prestes a fechar o caderno, colocou a mão sobre ele de repente, dizendo:

– Com licença, minha querida, mas darei uma olhada nisso aqui – tirou o caderno de mim à força e, puxando uma cadeira em direção à mesa, sentou-se empertigado para examiná-lo, virando folha após folha em busca de uma explicação para o que tinha lido. Para meu azar, ele estava mais sóbrio do que normalmente está àquela hora.

É claro que não o deixei continuar em paz: tentei tirar o caderno de suas mãos várias vezes, mas ele o segurava com muita força; censurei-o com aflição e desdém por aquela conduta má e aviltante, mas isso não teve efeito algum; e, por fim, apaguei as duas velas que estavam acesas, mas ele só se virou para a lareira e, avivando uma brasa clara o bastante para seu propósito, continuou a investigar com calma. Pensei seriamente em pegar um cântaro de água e extinguir aquela luz também, mas era óbvio que a curiosidade dele estava muito excitada para se exaurir daquele modo e, quanto mais eu manifestasse minha ansiedade para impedir seu escrutínio, maior seria sua determinação em persistir naquilo. Além de tudo, agora já era tarde demais.

– Parece muito interessante, meu amor – ele disse levantando a cabeça e olhando para onde eu estava, apertando as mãos em silenciosa ira e angústia. – Mas, como é bem longo, olharei outra hora. Enquanto isso, gostaria de pedir suas chaves, minha querida.

– Que chaves?

– As chaves do seu gabinete, da sua mesa, das suas gavetas e de tudo mais que você possui – ele disse levantando-se e estendendo a mão.

– Não estou com elas – respondi. A chave da minha mesa estava de fato na fechadura, e as outras, presas a ela.

– Então você precisa pedir que as tragam – ele disse. – E, se aquela demônia velha da Rachel não as trouxer imediatamente, ela vai embora amanhã, de mala e cuia.

– Ela não sabe onde estão – retruquei, colocando a mão no molho de chaves em silêncio e pensando que as tirava da mesa sem ser notada. – Eu sei, mas não as entregarei sem um motivo.

– E eu sei também – ele disse, pegando minha mão fechada de repente e retirando as chaves com grosseria. Em seguida, pegou uma das velas e a acendeu novamente na lareira.

– Agora – ele deu um sorriso sarcástico – faremos um confisco de propriedade. Mas, primeiro, vamos dar uma olhada no estúdio.

Colocando as chaves no bolso, ele foi até a biblioteca. Eu o segui, não sei dizer se com a intenção de impedir algum dano ou apenas para saber do pior. Meus materiais de pintura estava juntos no canto da mesa, prontos para serem usados no dia seguinte, somente cobertos por um pano. Ele deu uma espiada neles e, abaixando a vela, deliberadamente começou a jogá-los no fogo: a paleta, as tintas, as bexigas, os pincéis, o verniz. Eu via todos eles ser consumidos: as espátulas de pintura divididas em duas, o óleo e a aguarrás chiando e crepitando chaminé acima. Em seguida, tocou o sino.

– Benson, leve essas coisas embora – ordenou apontando para o cavalete, as telas e o estirador – e diga para a governanta que ela pode botar fogo em tudo. Sua senhoria não quer mais nada disso.

Benson parou atônito e olhou para mim.

– Leve-as embora, Benson – falei firmemente; e seu patrão murmurou um xingamento.

– E isso e todo o resto, senhor? – indagou o criado perplexo, apontando para a pintura semiacabada.

– Isso e todo o resto – respondeu o patrão, e as coisas foram levadas embora.

Em seguida, o senhor Huntingdon subiu as escadas. Eu não tentei segui-lo, fiquei sentada na poltrona sem falar, sem chorar e quase sem me mexer até ele voltar cerca de meia hora depois, dirigir-se a mim, segurar a vela próxima ao meu rosto e me encarar nos olhos com uma expressão e um sorriso insultantes demais para serem tolerados. Com um gesto repentino, joguei a vela no chão.

– Nossa! – ele exclamou, afastando-se. – Ela é o próprio diabo em pessoa. Será que algum mortal já viu esses olhos? Eles brilham no escuro como os olhos de um gato. Oh, você é um docinho mesmo! – Ao dizer isso, ele pegou a vela e o candelabro do chão. Como a vela tinha quebrado e apagado, ele tocou o sino para outra.

– Benson, sua senhora quebrou a vela; traga outra.

– Como você se expõe com fineza – observei quando o homem saiu.

– Eu não ia dizer que a quebrei, ia? – ele retrucou. Depois, jogou as chaves no meu colo dizendo:

– Pronto! Você não sentirá falta de nada além do seu dinheiro, das joias e de algumas coisinhas que achei recomendável tomar para mim, caso seu espírito mercantil tente transformá-las em ouro. Deixei alguns soberanos na sua bolsa, que eu espero que dure o mês inteiro; em todo caso, quando você quiser mais, será boazinha e me informará como o dinheiro foi gasto. No futuro, eu lhe darei uma pequena mesada mensal para suas despesas pessoais; e você não precisa mais se preocupar com as minhas coisas. Procurarei um secretário, minha querida, não a exporei à tentação. Quanto aos assuntos domésticos, a senhora Greaves deve ser muito cuidadosa ao manter suas contas; temos que fazer um plano totalmente novo...

– Qual foi a grande descoberta que você fez agora, senhor Huntingdon? Eu tentei fraudá-lo?

– Parece que não exatamente com dinheiro, mas é melhor afastá-la da tentação.

Benson entrou com as velas e, então, seguiu-se um breve intervalo de silêncio, eu ainda sentada na cadeira, ele de costas para a lareira, em um triunfo mudo pelo meu desespero.

– Então – ele finalmente disse – você pensou em me desgraçar, não é? Fugindo e virando artista, sustentando-se com o próprio trabalho, não é verdade? E pensou em tirar meu filho de mim também, transformando-o em um ianque, um comerciante sujo ou um pintor pé-rapado?

– Sim, para impedir que vire um cavalheiro da estirpe do pai.

– Que bom que você não conseguiu manter o próprio segredo! Rá! Rá! Que bom que as mulheres sempre dão com a língua nos dentes. Se não têm uma amiga para conversar, precisam sussurrar seus segredos aos peixes, ou escrevê-los na areia ou algo do tipo. E que bom também que eu não estava embriagado demais nesta noite, agora que estou pensando nisso, senão eu estaria dormindo e jamais sonharia em ver o que minha doce dama estava tramando; ou teria perdido a noção e o poder de tomar uma atitude como um homem, como fiz.

Deixando-o com seus próprios elogios, levantei-me para recuperar meus manuscritos, pois lembrei que foram largados na mesa do ateliê e estava decidida a evitar a humilhação de ver o caderno em suas mãos de novo. Eu não conseguia suportar a ideia de vê-lo entreter-se com meus pensamentos e minhas recordações secretas, embora certamente ele encontraria poucos enaltecimentos a seu respeito, exceto na primeira parte. E, ó! Prefiro queimar tudo a deixá-lo ler o que escrevi quando era tola o bastante para amá-lo!

– E, aliás – ele bradou enquanto eu saía do cômodo –, é melhor você falar para aquela maldita babá velha ficar longe de mim por um ou dois dias. Eu queria pagar todo o salário dela e mandá-la embora amanhã, mas sei que ela faria mais mal fora da casa do que aqui dentro.

Enquanto eu saía, ele continuou xingando e maldizendo minha fiel amiga e criada com epítetos com os quais não macularei este papel ao repetir. Encontrei-a assim que guardei meu caderno e contei como nosso projeto tinha sido derrotado. Ela ficou tão aborrecida e horrorizada quanto eu – na verdade, ainda mais do que eu naquela noite –, porque eu estava em partes adormecida pelo choque, em partes agitada e escorada pela amargura da minha ira. Mas, de manhã, quando acordei sem aquela esperança empolgante que tinha sido meu consolo e meu suporte secretos por tanto tempo, e durante o dia, pelo qual andei sem sossego e sem objetivo, evitando meu marido, afastando-me até do meu filho, pois sabia que era incapaz de ser sua instrutora e companheira, sem esperanças por sua vida futura e desejando ardentemente que ele nunca tivesse nascido, foi então que senti o tamanho da minha calamidade, e também o sinto agora. Sei que esses sentimentos voltarão todos os dias. Sou uma escrava, uma prisioneira, mas isso não é nada: se eu estivesse sozinha, não reclamaria, mas fui proibida de salvar meu filho da ruína, e o que outrora fora meu único alívio tornou-se minha principal fonte de desespero.

Eu não tenho fé em Deus? Tento olhar para Ele e elevar meu coração aos céus, mas isso o reduzirá a pó. Só consigo dizer: "Cercou-me de muros, dos quais não posso escapar; agravou meus grilhões. Fartou-me de amarguras. Embebedou-me de absinto". E me esqueço de acrescentar: "Pois, ainda que cause pesar, terá compaixão segundo a grandeza de Suas misericórdias. Porque não aflige nem entristece de bom grado os filhos dos homens". Eu deveria pensar nisso e, ainda que não haja nada além de sofrimento para mim neste mundo, o que é a mais longa vida de tormentos perante uma eternidade de paz? E, sobre meu pequeno Arthur: ele só me tem como amiga? Mas quem foi que disse que: "não é vontade de vosso Pai, que está nos céus, que um desses pequeninos se perca"?

Capítulo 41

20 de março. Agora que estou livre do senhor Huntingdon por uma estação, meu espírito começa a reavivar. Ele me deixou no começo de fevereiro, e respirei novamente no instante em que partiu, sentindo minha energia vital retornar, não pela esperança de uma fuga (ele cuidou para que eu não tivesse a menor chance disso), mas pela determinação de aproveitar ao máximo as atuais circunstâncias. Arthur finalmente ficou comigo e, despertando da minha apatia deprimida, usei tudo o que estava em minhas mãos para erradicar as ervas daninhas que tinham sido cultivadas em sua cabeça infantil e plantar de novo as sementes boas que eles tornaram improdutivas. Graças aos céus seu solo não é improdutivo nem pedregoso, e, se as ervas daninhas crescem rápido, plantas melhores também crescerão. Ele está assimilando com mais rapidez, seu coração transborda afeição de uma forma como seu pai jamais conseguiu, e não é impossível torná-lo obediente e convencê-lo a amar e conhecer sua verdadeira amiga, contanto que não haja ninguém para impugnar meus esforços.

A princípio tive muita dificuldade em acabar com aqueles hábitos diabólicos que o pai o fez adquirir, mas essa dificuldade já está quase superada: raramente os palavrões profanam sua boca, e consegui fazê-lo sentir uma repulsa tão grande por todas as bebidas inebriantes que espero que nem seu pai ou os amigos dele sejam capazes de convertê-la. Para uma criatura tão jovem, ele estava aficionado demais por elas e, ao recordar meu desafortunado pai e o dele também, eu temia as consequências de tal apetite. Mas, se eu restringisse a quantidade de vinho que ele costumava tomar ou proibisse tudo de uma vez, só aumentaria sua predileção e o faria valorizar mais do que nunca esses licores. Então continuei servindo a ele a mesma quantidade que seu pai o autorizava a consumir (na realidade, eu dava tanto quanto ele quisesse beber), mas, às escondidas, eu adicionava uma pequena quantidade de tártaro emético em todos os copos, apenas o suficiente para causar náusea e letargia inevitáveis sem adoecê-lo de fato. Ao perceber que tais consequências desagradáveis invariavelmente resultavam da sua satisfação, o menino começou a perder o interesse, mas, quanto mais rejeitava seu agrado diário, mais eu o forçava, até que sua relutância cresceu e se transformou em verdadeira abominação. Quando ficou completamente enojado de todos os tipos de vinho, atendi ao seu pedido e permiti que experimentasse conhaque com água e depois gim com água, pois o pequeno alcoólatra conhecia todos eles, e eu estava decidida que ele deveria considerar todos igualmente odiosos. E já consegui fazer isso. Desde que ele começou a anunciar que o gosto, o cheiro e até a visão de qualquer uma dessas bebidas bastavam para deixá-lo enjoado, parei de importuná-lo e uso-as só de vez em quando para ameaçá-lo quando se comporta mal. Dizer "Arthur, se você não ficar bonzinho, vou dar-lhe uma taça de vinho" ou "Chega, Arthur. Se você disser isso de novo, vai ter que tomar conhaque com água" é tão eficaz quanto qualquer outro truque. E uma ou duas vezes, quando ficou doente, obriguei a pobre criança a tomar um pouco de vinho diluído sem o tártaro emético para fins medicinais e pretendo continuar com a prática por um tempo, não por acreditar que tenha algum efeito real no corpo físico, mas porque estou decidida a usar todas as associações possíveis a meu favor e quero que sua aversão fique enraizada em sua natureza de forma tão profunda que nada na sua vida futura seja capaz de convertê-la.

Assim, posso me gabar por provavelmente ter conseguido protegê-lo desse vício. Quanto ao resto, se eu tiver razões para temer que minhas boas

A INQUILINA DE WILDFELL HALL

lições serão todas destruídas quando seu pai voltar, se o senhor Huntingdon recomeçar aquela brincadeira de ensinar a criança a odiar e desprezar sua mãe e emular a imoralidade do pai, eu realmente tirarei meu filho de suas mãos. Elaborei outro esquema que poderá ser colocado em prática nesse caso, e, se eu obtiver o consentimento e o auxílio do meu irmão, não tenho por que duvidar do sucesso. A velha mansão onde ele e eu nascemos, e onde nossa mãe morreu, está inabitada agora, e acredito que ainda não esteja completamente deteriorada. Então, se eu conseguir convencê-lo a tornar habitáveis um ou dois cômodos e os conceder para mim como se eu fosse uma desconhecida, poderei viver lá com meu filho usando um nome fictício e me sustentaria à custa da minha arte favorita. Ele deverá me emprestar um dinheiro no começo, e eu lhe pagarei de volta, vivendo em modesta independência e rigorosa reclusão, já que a casa fica em um local isolado, e a vizinhança é pouco habitada, e ele mesmo poderia negociar a venda dos quadros para mim. Idealizei o plano inteiro na minha cabeça; tudo que quero é convencer Frederick a pensar do mesmo jeito que eu. Ele virá me visitar em breve, e então farei a proposta, não sem antes explicar muito bem minha situação a fim de justificar o projeto.

Eu acho que ele já sabe da minha situação além do que lhe contei. Sinto isso pelo ar de tristeza educada que permeia suas cartas e por quase nunca mencionar meu marido, geralmente expressando uma espécie de amargura velada quando fala sobre ele, além de nunca vir me visitar quando o senhor Huntingdon está em casa. Mas ele nunca manifestou abertamente qualquer desaprovação por ele ou compaixão por mim, nunca perguntou nada nem disse alguma coisa para despertar minha confiança. Se tivesse feito isso, provavelmente eu não esconderia muita coisa dele. Talvez ele se sinta magoado com a minha reserva. Ele é uma pessoa estranha; eu gostaria que nos conhecêssemos melhor. Antes de eu me casar, todos os anos ele costumava passar um mês em Staningley, mas só o vi uma vez desde a morte do nosso pai, quando ele se hospedou aqui por alguns dias quando o senhor Huntingdon estava fora. Desta vez ele ficará por mais tempo, e é provável que haja mais candura e cordialidade entre nós como havia em nossa mais tenra infância. Meu coração clama por ele mais do que nunca, e minha alma adoece pela solidão.

ANNE BRONTË

* * *

16 de abril. Ele veio e já se foi. Não queria ficar mais de quinze dias. O tempo passou rápido, mas foi muito, muito feliz e me fez bem. Devo ser uma pessoa indisposta, pois meus infortúnios me amarguraram e entristeceram em excesso. Eu estava começando a cultivar sentimentos pouco amigáveis em relação aos meus companheiros mortais, sobretudo à parcela masculina, mas é um consolo ver que, entre eles, há pelo menos um exemplar digno de confiança e estima. Sem dúvida devem existir outros, embora eu nunca os tenha conhecido, a menos que faça uma exceção para o coitado do Lorde Lowborough, apesar de ele também ter sido bem ruim nos seus dias. Mas o que teria sido de Frederick se ele tivesse vivido solto no mundo e, durante a infância, sido apresentado aos homens que eu conhecia? E o que será de Arthur e de toda a sua doçura natural se eu não o salvar desse mundo e desses companheiros? Contei meus temores a Frederick e introduzi meu plano de fuga uma noite após sua chegada, quando apresentei meu filho para o tio.

– Frederick, ele se parece com você em algumas das suas disposições – comentei. – Às vezes acho que ele se parece mais com você do que com o pai, e fico feliz por isso.

– Você está me bajulando, Helen – ele respondeu, fazendo carinho nos cabelos macios e ondulados da criança.

– Não, você verá que não é elogio quando eu lhe contar que prefiro que ele se pareça com Benson a se parecer com o pai.

Ele ergueu as sobrancelhas de leve, mas não disse nada.

– Você sabe que tipo de homem o senhor Huntingdon é? – indaguei.

– Acho que tenho uma ideia.

– Tem uma ideia tão boa a ponto de conseguir ouvir, sem se surpreender ou me censurar, que planejo fugir com essa criança para algum esconderijo secreto onde possamos viver em paz e nunca mais o ver de novo?

– É mesmo?

– Se não tiver – continuei –, falarei um pouco mais sobre ele.

A INQUILINA DE WILDFELL HALL

Em seguida, fiz um resumo da sua conduta geral e detalhei seu comportamento com o menino, além de explicar minha preocupação e minha decisão por afastá-lo da influência do pai.

Frederick ficou muitíssimo indignado com o senhor Huntingdon e lamentou demais por mim, mas, mesmo assim, considerou meu projeto louco e impraticável. Afirmou que meus temores em relação a Arthur eram desproporcionais à situação, fez várias objeções ao meu plano e pensou em tantos métodos mais brandos para aliviar minha condição que fui obrigada a dar mais detalhes para conseguir convencê-lo de que meu marido era completamente incorrigível, que nada seria capaz de persuadi-lo a abrir mão do filho (ele não se importava com o que aconteceria comigo, mas estava decidido a não permitir que a criança fosse embora, assim como eu não deixaria meu menino) e que, de fato, não havia outra saída a não ser essa, a menos que eu fugisse do país, como pretendia fazer antes. Para evitar isso, ele enfim consentiu em tornar habitável uma asa da velha mansão para servir de refúgio em caso de necessidade, mas esperava que eu não a utilizasse a menos que as circunstâncias realmente me obrigassem. Eu estava pronta para prometer isso, pois, embora um eremitério como esse me soasse como o paraíso em comparação à atual situação, pelo bem das minhas amigas Milicent e Esther, minhas irmãs por consideração e afeto, pelos pobres moradores de Grassdale e, acima de tudo, por minha tia, eu ficarei aqui, se puder.

* * *

29 de julho. A senhora Hargrave e sua filha voltaram de Londres. Esther está toda animada com sua primeira temporada na cidade, mas ainda desapaixonada e solteira. Sua mãe achou um excelente par para ela e até trouxe o cavalheiro para dispor seu coração e sua fortuna a seus pés, mas Esther teve a audácia de rejeitar os nobres presentes. Era um homem de boa família, com muitas posses, mas a garota atrevida afirmou que ele era velho como Adão, feio como o pecado e odioso como aquele sem nome.

– Mas eu tive bastante trabalho, viu – falou ela. – Mamãe ficou muito decepcionada com o fracasso do seu querido projeto e muito, mas muito brava com minha resistência teimosa à vontade dela. E ela ainda está assim, mas não posso fazer nada. Walter também ficou gravemente insatisfeito com minha perversidade e meus caprichos absurdos, como ele os chama, e receio que nunca irá me perdoar. Eu não imaginava que ele pudesse ser tão descortês como tem se mostrado nos últimos tempos. Mas Milicent me implorou para não ceder, e tenho certeza de que você também me aconselharia a não o aceitar se tivesse visto o homem que eles queriam escolher para mim, senhora Huntingdon.

– Eu faria isso tendo-o visto ou não – respondi. – Só por você não gostar dele, já basta.

– Eu sabia que você diria isso, embora mamãe tenha afirmado que você ficaria chocada com minha conduta irresponsável. Você não imagina como ela tem brigado comigo, dizendo que sou desobediente e ingrata, que estou frustrando as vontades dela, prejudicando meu irmão e me tornando um fardo. Às vezes tenho medo de ela me vencer. Tenho vontades fortes, mas ela também tem e, quando fala coisas tão rudes, provoca-me tanto que me sinto tentada a fazer o que ela manda, quebrar meu coração para então dizer: "Aí está, mamãe! É tudo culpa sua!".

– Pelo amor de Deus, não! – argumentei. – Obedecer por um motivo desses seria uma verdadeira imoralidade e certamente traria a merecida punição. Mantenha-se firme; logo sua mãe desistirá da perseguição, e o cavalheiro deixará de insistir ao perceber que será sempre rejeitado.

– Ah, não! Mamãe fará tudo o que estiver a seu alcance antes de abandonar seus esforços. E, quanto ao senhor Oldfield, ela deu a entender que recusei a oferta dele não por desgostar da pessoa dele, mas apenas por ser tonta e jovem e não conseguir aceitar a ideia de casamento sob quaisquer circunstâncias. E disse que, na próxima temporada, não duvida de que terei mais juízo, e espera que meus devaneios de menina tenham desaparecido. Então ela me trouxe para casa para ensinar o meu dever até chegar a hora de novo. Na verdade, acho que ela não gastará mais nada para levar-me até Londres novamente, a menos que eu me renda. Ela diz que não pode bancar as despesas para me levar até a cidade por prazer e bobagens e que nem todo homem rico consentirá em me aceitar sem uma fortuna, por mais exaltadas que sejam minhas concepções sobre meus próprios atrativos.

– Bem, Esther, lamento por você. Mesmo assim eu repito: fique firme. É melhor se vender à escravidão de uma vez do que se casar com um homem de quem não gosta. Se sua mãe e seu irmão não forem gentis com você, você pode deixá-los, mas lembre-se de que estará ligada ao seu marido pelo resto da vida.

– Mas eu não posso deixá-los a não ser que me case, e não conseguirei casar se não for vista por ninguém. Vi um ou dois cavalheiros em Londres dos quais gostei um pouco, mas eles eram filhos mais novos, e mamãe não me deixou conhecê-los, sobretudo um deles, que acho que também gostou de mim, mas ela usou todos os obstáculos possíveis para que não nos conhecêssemos melhor. Não é irritante?

– Não tenho dúvida de que você tenha se sentido assim, mas é possível que um casamento com ele traria mais motivos de arrependimento do que um casamento com o senhor Oldfield. Quando digo para não se casar sem amor, também não a aconselho a se casar somente por amor; há muitas, muitas outras coisas a se considerar. Mantenha o coração e a cabeça em suas mãos até encontrar um bom motivo para dividi-los. E, se tal situação jamais acontecer, conforte sua cabeça com a seguinte reflexão: apesar de a vida de solteira não trazer grandes alegrias, pelo menos suas tristezas não serão maiores do que consegue suportar. O casamento pode mudar sua situação para melhor, mas, em minha opinião particular, é muito mais provável que resulte o contrário.

– Milicent também acha isso, mas eu penso de outra forma. Creio que a vida perderá o sentido para mim se eu estiver condenada a me tornar uma velha solteirona. A ideia de continuar vivendo ano após ano no Bosque, parasitando mamãe e Walter, sendo um mero peso para o solo (agora que sei da opinião deles), é perfeitamente intolerável, e eu preferiria fugir com o mordomo.

– Admito que sua situação seja peculiar, mas tenha paciência, meu amor, não faça nada precipitadamente. Lembre-se de que você ainda não tem nem 19 anos, e falta muito tempo até que alguém possa chamá-la de velha solteirona. Você não sabe o que a Providência lhe reserva. Enquanto isso, lembre-se de que você tem o direito de ser protegida e apoiada pela sua mãe e pelo seu irmão, por mais que eles pareçam ressentidos disso.

– Você é tão séria, senhora Huntingdon – Esther falou após uma pausa. – Quando Milicent proferiu os seus sentimentos desencorajadores em relação ao casamento, perguntei a ela se era feliz, e ela disse que sim, mas só acreditei parcialmente. E, agora, preciso fazer a mesma pergunta para você.

– É uma pergunta bastante impertinente sendo feita por uma moça jovem a uma mulher casada e tantos anos mais velha, e não irei responder – sorri.

– Perdoe-me, prezada madame – ela retrucou dando risada e se jogando em meus braços, beijando-me com um afeto brincalhão.

Mas senti uma lágrima em meu pescoço quando ela apoiou a cabeça em meu peito e continuou a falar, com uma mistura de tristeza e leveza, timidez e audácia:

– Sei que você não é tão feliz quanto gostaria de ser, já que passa metade da vida sozinha em Grassdale, enquanto o senhor Huntingdon anda por aí aproveitando a vida onde e como bem entende. Espero que meu marido não tenha outros prazeres a não ser os que divide comigo, e, se o maior prazer dele não for o desfrute da minha companhia, bem, será azar dele e pronto.

– Se essas são suas expectativas em relação ao matrimônio, Esther, você precisa mesmo ter cuidado com quem se casa ou, então, evitá-lo totalmente.

Capítulo 42

1º de setembro. Nada do senhor Huntingdon ainda. Talvez ele fique com os amigos até o Natal e depois saia de novo na próxima primavera. Se ele continuar assim, talvez eu consiga ficar muito bem em Grassdale (quero dizer, talvez eu consiga ficar, e isso já é muito bom). Posso até suportar uma ocasional reunião dos seus amigos na temporada de caça, se Arthur continuar tão fortemente vinculado a mim. Seu bom senso e seus princípios estarão tão bem estabelecidos antes de eles chegarem que talvez eu consiga, por meio da razão e do afeto, mantê-lo imaculado da contaminações. Receio que seja uma esperança inútil, mas não pensarei no meu tranquilo exílio na amada mansão antiga até que as provações comecem.

O senhor e a senhora Hattersley ficaram no Bosque por quinze dias, e, como o senhor Hargrave continua ausente e o tempo estava incrivelmente bom, não passei nenhum dia sem ver minhas duas amigas, Milicent e Esther, tanto lá quanto aqui. Uma vez o senhor Hattersley trouxe-as até Grassdale no faetonte com a pequena Helen e o pequeno Ralph. Estávamos todos aproveitando o jardim, e conversei por alguns minutos com o cavalheiro enquanto as moças se divertiam com as crianças.

– Quer ouvir uma coisa sobre seu marido, senhora Huntingdon? – ele indagou.

– Não, a menos que você saiba quando ele voltará para casa.

– Não sei. Você não o quer, não é mesmo? – ele disse abrindo um sorriso amplo.

– Não.

– Bom, tenho certeza de que você está melhor sem ele. Eu estou bastante cansado dele. Eu disse que o deixaria se ele não melhorasse os modos, e, como não melhorou, eu o deixei. Viu, sou um homem melhor que você imagina. E tem mais: ando pensando seriamente em lavar minhas mãos em relação a ele e a todos os outros de uma vez por todas e passar a me comportar com toda a decência e sobriedade possíveis, como um pai de família cristão deve ser. O que você acha?

– É uma resolução que você deveria ter tomado faz tempo.

– Ainda não tenho nem 30 anos. Não é tarde demais, é?

– Não, nunca é tarde para se transformar, contanto que você tenha noção para desejar isso e força para executar seu propósito.

– Bem, para falar a verdade, eu já tinha pensado nisso com frequência antes, mas o senhor Huntingdon é uma companhia diabólica tão boa… Você não faz ideia de quão divertido e animado ele é quando não está completamente bêbado, só um pouco inebriado. Todos nós o amamos um pouquinho no fundo do nosso coração, embora não consigamos respeitá-lo.

– Mas você gostaria de ser como ele?

– Não, prefiro ser eu mesmo, por pior que seja.

– Você não pode continuar sendo o pior que for sem se arruinar e embrutecer mais a cada dia e, portanto, tornar-se cada vez mais parecido com ele.

Não pude evitar dar um sorriso com o olhar cômico, meio bravo, meio confuso, que passou por suas expressões incomuns.

– Não ligue para o meu jeito direto de falar – continuei. – É com a melhor das intenções. Mas, diga-me, você gostaria que seus filhos fossem como o senhor Huntingdon, ou até mesmo como você?

– Eu, hein! Não.

– Gostaria que sua filha o desprezasse ou não tivesse um pingo de respeito ou afeto por você, a menos aqueles mesclados com o mais profundo ressentimento?

– Oh, não! Eu não aguentaria isso.

– E, por fim, gostaria que sua mulher estivesse prestes a afundar na terra ao mencionarem seu nome, odiando até o som da sua voz e tremendo ao vê-lo se aproximar?

– Ela nunca faria isso, pois gosta de mim de qualquer jeito, não importando o que eu faça.

– Impossível, senhor Hattersley! Você confunde a submissão silenciosa dela com afeto.

– Fogo e fúria…

– Não faça uma tempestade em copo-d'água por isso. Não estou insinuando que ela não o ama (eu sei que ela o ama, e bem mais do que você merece), mas tenho certeza de que, caso você se comporte melhor, ela o amará mais, e, caso se comporte pior, ela o amará cada vez menos, até que tudo se perca no medo, na aversão e na amargura da alma, se não em ódio e desprezo secretos. Mas, tirando a afeição, você gostaria de ser o tirano da vida dela, apagar todos os raios de sol da existência dela e torná-la completamente infeliz?

– É claro que não. Não faço nem farei isso.

– Você fez mais nesse sentido do que imagina.

– Ah, que bobagem! Ela não é a criatura suscetível, ansiosa e preocupada que você imagina. É uma pessoinha submissa, pacífica e amável, propensa à melancolia de vez em quando, mas em geral calma e quieta, pronta para aceitar as coisas como elas são.

– Pense em como ela era há cinco anos, quando vocês se casaram, e como está agora.

– Eu sei que ela era uma menininha rechonchuda com um belo rosto branco e rosado, agora é uma pequena pobre criatura definhando e derretendo como um floco de neve. Mas, espere! Isso não é minha culpa!

– Então qual é o motivo? Certamente não é a idade, porque ela tem só 25 anos.

– É por causa da saúde delicada. E alto lá, madame! Quem você pensa que eu sou? E a culpa é das crianças também, com certeza, que a preocupam até a morte.

– Não, senhor Hattersley, as crianças trazem mais prazer que dor. São crianças boas e bem dispostas...

– Eu sei! Deus as abençoe!

– Então por que culpá-las? Eu lhe direi de quem é a culpa: da preocupação silenciosa e da ansiedade constante que você causa, receio que misturadas a um certo medo físico dela própria. Quando você se comporta bem, ela aproveita as boas-novas com um calafrio. Não se sente segura nem confiante no seu julgamento ou nos seus princípios, está sempre receando o fim da breve felicidade. Quando você se comporta mal, os motivos para ela sentir medo ou tristeza são tão grandes que só ela é capaz de contar. Na paciente resistência ao mal, ela esquece que é nosso dever advertir os vizinhos sobre as transgressões deles. Já que você confunde silêncio com indiferença, venha comigo e lhe mostrarei uma ou duas cartas dela. Imagino que não seja uma quebra de confiança, uma vez que você é o marido dela.

Ele me acompanhou até a biblioteca. Procurei e dei a ele duas cartas de Milicent: uma datada de Londres e escrita durante uma das temporadas mais bárbaras de incansável descomedimento, a outra escrita na casa de campo durante um período de lucidez. A primeira estava repleta de preocupações e angústias: ela não o acusa, mas lamenta profundamente sua conexão com os convivas torpes, fala mal do senhor Grimsby e dos outros, insinua coisas cruéis contra o senhor Huntingdon e ingenuamente coloca a culpa da má conduta do marido nos ombros de outros homens. A segunda está cheia de esperança e alegria, mas ainda traz uma consciência temerosa de que tal felicidade durará por pouco tempo, louva aos céus pela bondade dele, mas há um desejo óbvio, embora não completamente revelado, de que as bases dele fossem mais sólidas que os impulsos naturais do coração, e um temor um pouco profético de que aquele castelo de areia desabaria, o que de fato aconteceu pouco depois, como Hattersley deve ter lembrado enquanto lia.

Ainda no começo da primeira carta, tive o prazer inesperado de vê-lo corar; mas ele se virou de costas para mim de imediato, terminando a leitura de frente para a janela. Durante a segunda, eu o vi passar a mão pelo rosto uma ou duas vezes com pressa. Seria para enxugar uma lágrima? Quando terminou, passou um tempo limpando a garganta e olhando para fora e, em seguida, após suspirar um ar mais puro, virou-se, devolveu-me as cartas e me deu um aperto de mãos silencioso.

– Só Deus sabe o canalha maldito que tenho sido – ele disse, apertando minha mão com gentileza. – Mas você vai ver se não remediarei isso. Que Deus me castigue se eu não conseguir!

– Não se amaldiçoe, senhor Hattersley. Se Deus ouvisse metade das suas invocações, você já estaria no inferno há muito tempo. Não é possível remediar o passado adiando seu dever para o futuro, porque seu único dever é honrar o Criador, e você não pode fazer nada além disso; outros deverão remediar suas delinquências passadas. Se você pretende mudar, invoque as bênçãos de Deus, Sua misericórdia e Sua ajuda, não Sua maldição.

– Então Deus me ajude. Pois tenho certeza de que irei precisar. Onde está Milicent?

– Ali, entrando agora com a irmã.

Ele atravessou a porta de vidro e foi encontrá-las. Eu acompanhei a distância. Para certa estupefação da esposa, ele a tirou do chão e a saudou com um beijo afetuoso e um forte abraço; depois, colocando as duas mãos em seus ombros, imagino que tenha contado um pouco sobre as ótimas coisas que pretendia fazer, pois ela jogou os braços ao redor dele de repente e irrompeu em lágrimas, exclamando:

– Faça isso, Ralph! Seremos tão felizes! Como você é bom!

– Não, não fui eu – ele disse, virando-a e a empurrando em minha direção. – Pode agradecê-la, é obra dela.

Milicent voou para me agradecer, transbordando gratidão. Eu rejeitei o título, dizendo-lhe que o marido dela estava predisposto a mudar antes que eu desse minha pequena contribuição de incentivo e encorajamento. E falei que só fiz o que ela deveria e poderia ter feito por conta própria.

– Oh, não! – ela exclamou. – Tenho certeza de que eu não conseguiria influenciá-lo com nada que pudesse ter dito. Eu só o incomodaria com meus esforços atrapalhados de persuasão, se tivesse tentado.

– Mas você nunca tentou, Milly – ele respondeu.

Eles partiram pouco depois. Foram visitar o pai de Hattersley e depois voltarão para a casa de campo.

Espero que as boas resoluções dele não caiam por terra e que a coitada da Milicent não se decepcione de novo. Sua última carta estava alastrada de bênçãos e agradáveis expectativas para o futuro, mas ainda não houve nenhuma tentação particular para testar a virtude dele. De toda forma, no entanto, certamente ela está um pouco menos tímida e reservada, e ele, mais gentil e atencioso. É claro que as esperanças dela não são infundadas, e tenho ao menos um local iluminado onde posso descansar meus pensamentos.

Capítulo 43

10 de outubro. O senhor Huntingdon voltou há cerca de três semanas. Não me darei ao trabalho de descrever sua aparência, seus modos e sua conversa, tampouco meus sentimentos em relação a ele. No dia após sua chegada, contudo, ele me surpreendeu ao anunciar que pretendia procurar uma governanta para o pequeno Arthur. Eu disse que, no momento, aquilo era bastante desnecessário, para não dizer ridículo. Eu me considerava plenamente competente para assumir a tarefa de ensiná-lo, ao menos pelos próximos anos. A educação da criança era o único prazer e a única função da minha vida, e, como ele tinha me privado de qualquer outra ocupação, decerto poderia me deixar com esta.

Ele disse que eu não estava apta a ensinar crianças, tampouco a ficar com elas: eu já tinha transformado o menino em algo parecido com um autômato, tinha estragado sua alma pura com minha autoridade severa e congelaria todo e qualquer raio de sol que existisse no coração dele, tornando-o um asceta soturno como eu mesma era, caso ficasse com ele por muito mais tempo. E a coitada da Rachel também recebeu sua dose de insultos, como de costume. Ele não a suporta, porque sabe que ela o avalia da forma adequada.

Defendi nossas inúmeras qualificações como babá e governanta com calma e resisti à proposta de adicionar mais uma pessoa à família, mas ele me cortou logo, dizendo que não adiantava reclamar sobre aquilo, pois já tinha chamado a governanta; ela chegaria na semana que vem, e tudo o que eu precisava fazer era preparar as coisas para recebê-la. Essa informação me sobressaltou. Arrisquei perguntar o nome e o endereço dela, por quem ela tinha sido recomendada ou por que ele a tinha escolhido.

– É uma jovem devota, bastante estimada – ele respondeu. – Não precisa ter medo. Acho que o nome dela é Myers, e ela me foi recomendada por uma velha viúva respeitável, uma mulher de alta reputação no mundo religioso. Eu não a vi pessoalmente, portanto não posso dar detalhes sobre sua pessoa, sua conversa e coisas assim, mas, se os elogios da velha estiverem certos, você verá que ela tem todas as qualificações desejadas para a posição, inclusive um amor extraordinário por crianças.

Tudo isso foi dito com calma e seriedade, mas havia um demônio sorridente naquele seu olhar meio desviado que me fez supor que aquilo não era bom. Contudo, pensei no meu exílio no condado e não fiz outras objeções.

Quando a senhorita Myers chegou, eu não estava preparada para lhe oferecer uma recepção muito cordial. Sua aparência não foi particularmente pensada para deixar uma boa primeira impressão, tampouco seus modos e sua conduta posteriores foram capazes de desfazer o preconceito que eu já tinha concebido contra ela. Suas realizações eram limitadas, seu intelecto era medíocre. Ela tinha uma bela voz, cantava como um rouxinol e conseguia se acompanhar bem ao piano, mas estes eram seus únicos feitos. Seu rosto e sua voz traziam algo de astúcia e requinte. Ela parecia ter medo de mim e pulava quando eu me aproximava de repente. Seu comportamento era respeitoso e educado, até um pouco servil; no começo ela tentou me bajular e agradar, mas cortei logo. Era excessivamente carinhosa com o pequeno pupilo, e fui obrigada a brigar com ela por causa do excesso de tolerância e dos elogios insensatos, mas a moça não conseguiu conquistar o coração dele. Sua piedade consistia em alguns suspiros profundos e um revirar de olhos, além da declaração de algumas frases feitas. Ela me contou que era filha de um clérigo e ficou órfã muito jovem, mas teve a sorte de conseguir um posto numa família muito devota. Em seguida, falou com tanta gratidão sobre a gentileza que tinha recebido dos membros daquela família que eu me censurei por meus pensamentos pouco caridosos e minha conduta hostil, o que me fez abrandar um pouco, mas não por muito tempo. As razões da minha antipatia eram bastante racionais, minhas suspeitas eram muito bem fundamentadas, e eu sabia ser meu dever acompanhar e esmiuçar tudo até que aquelas suspeitas fossem invalidadas ou confirmadas satisfatoriamente.

Perguntei o nome daquela família gentil e devota, e onde moravam. Ela mencionou um nome comum e falou de uma morada em um local distante e desconhecido, mas revelou que eles estavam no continente agora e ela não sabia o endereço atual. Nunca a vi falar muito com o senhor Huntingdon, mas ele passava na sala de estudos com frequência quando eu não estava lá para ver como o pequeno Arthur estava indo com a nova companhia. À noite, ela se sentava conosco no ateliê e cantava e tocava para o entreter, ou nos entreter, como ela fingia, e prestava bastante atenção às suas vontades e ficava alerta para antecipá-las, embora só falasse comigo. De fato, no estado em que se encontrava, raramente era possível conversar com ele. Se ela fosse outra pessoa, eu consideraria sua presença entre nós um grande alívio, exceto pelo fato de que ficaria bastante envergonhada se qualquer pessoa decente visse como ele costumava ficar.

Não falei sobre minhas suspeitas para Rachel, mas ela já peregrinara por meio século nesta terra de pecado e tristeza e aprendeu a desconfiar sozinha. Desde o começo ela me disse que estava "aflita com aquela governanta nova", e logo descobri que a observava tão de perto quanto eu, o que me deixou feliz, pois ansiava por saber a verdade. A atmosfera de Grassdale parecia me sufocar, e eu só conseguia viver ali pensando em Wildfell Hall.

Até que, certa manhã, Rachel entrou em meus aposentos com uma informação que me fez decidir antes que tivesse acabado de falar. Enquanto me vestia, expliquei a ela minha intenção e a ajuda que gostaria que me desse, apontando as coisas que ela deveria empacotar para mim e quais poderia ficar para si, pois eu não teria outra forma de recompensá-la por aquela dispensa repentina após tantos anos de fiéis serviços prestados, um fato que eu lamentava profundamente, mas não tinha como evitar.

– E o que você vai fazer, Rachel? – perguntei. – Vai para casa ou buscará outro lugar?

– Eu não tenho casa, madame, a não ser com você – ela respondeu. – E, se eu deixá-la, nunca mais trabalharei na casa de ninguém enquanto eu viver.

– Mas eu não consigo bancar uma vida de madame agora – retruquei. – Terei que ser minha própria dama de companhia e a babá do meu filho.

– Isso é um bom sinal! – ela respondeu, um pouco animada. – Você vai querer alguém para limpar, lavar e cozinhar, não vai? Posso fazer tudo isso. E não se importe com o salário: ainda tenho minhas economias. Se a madame não me aceitar, precisarei achar abrigo em outro lugar ou trabalhar com estranhos, e não estou acostumada com isso. Então pode ficar tranquila, madame. – Sua voz tremeu enquanto falava, e as lágrimas brotaram-lhe nos olhos.

– É tudo o que eu queria, Rachel, mas eu só poderia lhe pagar o salário de um criado faz-tudo qualquer. Não vê que eu a arrastaria comigo para baixo, e você não fez nada para merecer isso?

– Ó, que bobagem! – ela bradou.

– Além do mais, minha nova forma de vida será muito diferente da antiga, tão diferente de tudo com o que você está acostumada…

– Madame, a senhora acha mesmo que não posso suportar o que minha senhoria consegue? Não sou tão orgulhosa e caprichosa a esse ponto; e tem o meu pequeno amo também, Deus o abençoe!

– Mas eu sou jovem, Rachel. Não me importarei, e Arthur é jovem também, não será nada para ele.

– Nem para mim. Não sou tão velha assim e consigo suportar uma dieta simples e um trabalho duro, se for para ajudar e confortar aqueles que amei como se fossem meus filhos. Se sou velha demais, é para aguentar a ideia de deixar vocês em perigo e de eu mesma ir viver com desconhecidos.

– Então não passe por isso, Rachel! – exclamei abraçando minha fiel amiga. – Vamos todos juntos, e lá você vê se a nova vida lhe é apropriada.

– Deus a abençoe, querida! – ela bradou, correspondendo ao meu abraço com carinho. – Vamos sair desta casa imoral e ficaremos bem, você vai ver.

– Eu também acho – foi minha resposta.

Então o assunto estava decidido. Despachei algumas linhas apressadas a Frederick pelo correio daquela manhã, rogando-lhe que preparasse meu exílio para me receber imediatamente, pois eu provavelmente chegaria um dia após ele ter recebido aquela mensagem, e contando em poucas palavras a causa da minha resolução repentina. Em seguida, escrevi três cartas de despedida. A primeira para Esther Hargrave, na qual contei que descobri ser impossível continuar em Grassdale ou deixar meu filho sob a proteção do pai; e, como era da maior importância que nossa futura morada se mantivesse uma incógnita para ele e seus conhecidos, eu só revelaria tal informação para o meu irmão, por intermédio do qual esperava continuar me correspondendo com minhas amigas. Passei o endereço dele, pedi muito para que ela me escrevesse com frequência e reiterei algumas das minhas advertências sobre os problemas dela, despedindo-me de forma bastante afetuosa.

A segunda foi para Milicent, basicamente contando a mesma coisa, mas num tom um pouco mais confidencial, em razão da nossa maior intimidade e por ela conhecer mais e melhor a minha situação.

A terceira foi para minha tia: uma tarefa bem mais difícil e dolorosa, que deixei por último. Ainda assim, eu devia a ela alguma explicação sobre o passo extraordinário que estava dando, e logo, pois não tinha dúvida de que ela e meu tio saberiam do meu desaparecimento depois de um ou dois dias, uma vez que era provável que o próprio senhor Huntingdon não hesitasse em entrar em contato com eles para saber o que tinha acontecido comigo. No fim, contudo, disse-lhe que estava consciente do meu erro: não reclamei da minha punição e lamentei por incomodar meus amigos com suas consequências, mas eu não podia mais me submeter àquilo, por causa do meu filho; era imprescindível que ele fosse afastado da influência nociva de seu pai. Eu não revelaria o local do meu refúgio nem para ela, para que meus tios pudessem negar de verdade qualquer conhecimento sobre o assunto. Contudo, qualquer comunicação disfarçada endereçada ao meu irmão certamente chegaria até mim. Eu esperava que ela e meu tio perdoassem o passo que dei, mas tinha certeza de que não me culpariam se soubessem de tudo; e confiava que eles não se afligissem por minha causa, pois eu ficaria bastante feliz se conseguisse me retirar em segurança e não fosse molestada, exceto por seus pensamentos, e estava bem satisfeita em passar a vida na obscuridade, em exclusiva devoção à criação do meu filho e a ensiná-lo a evitar os erros do pai e da mãe.

Tudo isso foi feito ontem. Separei dois dias inteiros para o preparo da nossa partida, de modo que Frederick tivesse um pouco mais de tempo para ajeitar os cômodos, e Rachel, para empacotar as coisas, uma vez que a tarefa precisava ser feita com a maior cautela e o máximo segredo, e não havia ninguém para ajudá-la além de mim. Eu auxiliei juntando os objetos, mas não entendo a arte de colocá-los nas caixas ocupando o menor espaço possível, e ela precisa guardar as próprias coisas também, além das minhas e as de Arthur. Como não tenho dinheiro, exceto por alguns poucos guinéus na minha bolsa, não posso me dar ao luxo de deixar algo para trás. Além disso, como Rachel bem observou, tudo o que eu deixar provavelmente se tornará propriedade da senhorita Myers, e não quero dar esse prazer a eles.

Mas que difícil foi parecer calma e recatada nos últimos dois dias, encontrando ambos sem fazer alarde quando necessário e forçando-me a deixar meu pequeno Arthur nas mãos dela por horas a fio! Mas acredito que essas provações acabaram agora: eu o coloquei para dormir em minha cama, para ficar mais seguro, e creio que nunca mais seus lábios inocentes serão corrompidos pelos beijos nocivos dos dois, nem seus ouvidos maculados, por suas palavras. Mas será que escaparemos em segurança? Ó, a manhã chegou e nós finalmente seguimos nosso caminho! Esta noite, depois de ter auxiliado Rachel com tudo o que pude, não tinha nada mais a fazer a não ser esperar, desejar e tremer, e fiquei tão agitada que não soube o que fazer. Desci para o jantar, mas não consegui me forçar a comer. O senhor Huntingdon percebeu a situação.

– O que é que você tem agora? – ele questionou, quando retiraram o segundo prato e ele teve tempo de olhar ao redor.

– Não estou me sentindo bem – respondi. – Acho que preciso me deitar um pouco. Você não sentirá a minha falta, não é?

– Não sentirei falta nenhuma. Tanto faz se você deixar essa cadeira vazia; na verdade, será até um pouco melhor – ele murmurou quando saí da sala –, pois sei de outra pessoa apta a ocupá-la.

"Outra pessoa poderá ocupá-la amanhã", pensei, mas não falei. "Pronto! Espero tê-lo visto pela última vez", sussurrei para mim mesma após fechar a porta.

Rachel urgiu que eu repousasse um pouco, a fim de recuperar as forças para a viagem de amanhã, já que partiremos antes do amanhecer, mas, no meu atual estado de agitação nervosa, o descanso estava completamente fora de cogitação. Também estava fora de cogitação ficar sentada ou andando pelo quarto contando as horas e os minutos que se interpunham entre mim e a hora marcada, aguçando meus ouvidos e tremendo a cada som, pensando que, no fim das contas, alguém nos descobriria e nos trairia. Peguei um livro e tentei ler; eu passava os olhos pelas páginas, mas era impossível fixar meus pensamentos no conteúdo. Por que não recorrer ao velho expediente e adicionar esse último evento às minhas crônicas? Abri suas páginas mais uma vez e escrevi o relato acima, a princípio com dificuldade, mas aos poucos minha mente foi ficando mais calma e estável. Assim passaram-se várias horas, o momento está se aproximando e, agora, meus olhos estão pesados, e meu corpo está exausto. Entregarei minha causa nas mãos de Deus e me deitarei para ganhar uma ou duas horas de sono, e, depois…!

O pequeno Arthur dorme profundamente. A casa inteira está silenciosa, não tem ninguém vigiando. Benson amarrou todas as caixas e as desceu pelas escadas dos fundos após o anoitecer para serem enviadas em uma carroça para a carruagem do correio de M. O nome colocado nas caixas foi senhora Graham, que é a denominação que pretendo adotar a partir de agora. O nome de solteira da minha mãe era Graham, e, portanto, acho que tenho algum direito a ele, e prefiro este a qualquer outro, exceto o meu próprio, que não ousarei recuperar.

Capítulo 44

24 de outubro. Graças aos céus, estou enfim salva e livre. Levantamo-nos cedo, e em silêncio rapidamente nos vestimos. Descemos até o saguão devagar e sorrateiramente, onde Benson nos aguardava com uma lâmpada para abrir e fechar a porta para nós. Fomos obrigadas a dividir nosso segredo com um homem por causa das caixas e de todo o resto. Todos os criados conheciam muito bem a conduta de seu amo, e Benson ou John teriam prazer em me ajudar, mas o primeiro era mais sério e mais velho, além de um amigo próximo de Rachel, e é claro que pedi que ela o escolhesse como nosso assistente e confidente para a ocasião. Só espero que ele não fique em apuros por causa disso, e gostaria de poder recompensá-lo pelo serviço perigoso que estava disposto a realizar. Em agradecimento, passei-lhe dois guinéus enquanto ele estava parado à porta segurando uma vela para iluminar nossa partida, com uma lágrima em seus honestos olhos cor de chumbo, desejando-nos boa sorte, apesar da expressão solene. Ai de mim! Não pude oferecer mais, quase não tinha o suficiente para as prováveis despesas da viagem.

Que alegria trêmula senti quando a pequena porteira se fechou atrás de nós ao sairmos do parque! Então parei por um momento para inalar um pouco daquele ar fresco e revigorante e olhei para trás em direção à casa.

A INQUILINA DE WILDFELL HALL

Tudo estava escuro e imóvel, nenhuma luz reluzia pelas janelas, nenhuma fumaça obscurecia as estrelas que brilhavam no céu gelado. Enquanto me despedia daquele lugar para sempre, do cenário de tanta culpa e tristeza, fiquei feliz por não ter ido embora antes, pois agora não tinha dúvidas da conveniência daquela decisão; não havia nem sombra de remorso por aquele que eu abandonava. Nada atrapalhava minha alegria, exceto o temor de ser descoberta, e cada passo que dávamos nos afastava dessa possibilidade.

Grassdale já estava a muitas milhas de distância quando o sol redondo e vermelho surgiu para receber nossa fuga; e, se algum habitante das redondezas por acaso nos viu em cima da diligência, acho difícil que tenha suspeitado da nossa identidade. Como eu pretendia parecer uma viúva, achei recomendável entrar em minha nova morada de luto. Por isso, usava um vestido de seda e um casaco pretos e simples, um véu preto (que mantive sobre meu rosto com cuidado pelas primeiras vinte ou trinta milhas da viagem) e um chapéu preto de seda que peguei emprestado de Rachel, pois não tinha nenhum. Eu não estava na última moda, é claro, mas, na presente situação, era melhor que nada. Arthur vestia suas roupas mais simples e estava enrolado em um xale de lã grosso, e Rachel envolvera--se em uma capa com capuz cinza que já viu dias melhores, mas que lhe conferia mais a aparência de uma velha mulher comum, porém decente, do que de uma dama de companhia.

Ó, foi uma maravilha sentar ali em cima para descobrir aquela ampla estrada ensolarada, com a brisa fresca da manhã em meu rosto, cercada por terras desconhecidas, todas sorrindo com animação e glória no lustro amarelo daqueles jovens botões; meu querido filho em meus braços, quase tão feliz quanto eu, e minha fiel amiga a meu lado; a prisão e o desespero deixados para trás, sempre mais longe a cada passada dos cavalos, a liberdade e a esperança na minha frente! Era quase impossível não louvar a Deus em voz alta pela minha fuga ou surpreender os outros passageiros com um ataque repentino de riso.

Mas a jornada era longa, e todos nós já estávamos exaustos muito antes do fim. Era tarde da noite quando chegamos à cidade de L., e ainda faltavam muitas milhas para o término da nossa viagem. Não havia mais diligências nem nenhuma outra condução disponível, exceto uma carroça comum que também foi encontrada com muita dificuldade, pois metade da cidade já estava na cama. E que trajeto difícil foi aquela última etapa da viagem; estávamos com frio e cansadas, fomos sentadas em nossas caixas, sem nada para segurar ou em que se apoiar, arrastadas e chacoalhadas cruel e lentamente por aquelas estradas acidentadas e íngremes. Mas Arthur dormia entre nós duas, no colo de Rachel, e conseguimos protegê-lo bem do ar gelado da noite.

Por fim, começamos a subir uma terrível estrada vicinal escarpada e pedregosa e, apesar da escuridão, Rachel me contou que se lembrava muito bem dela, pois frequentemente andara por ali comigo em seus braços, e jamais imaginou que voltaria tantos anos depois naquela situação atual. Como Arthur acordou com as sacudidas e os solavancos, nós três descemos e seguimos andando. Não faltava muito, mas e se Frederick não tivesse recebido minha carta? Ou se ele não tivesse tido tempo de preparar os cômodos para nos receber, e encontraríamos tudo escuro, úmido e desconfortável, sem comida, nem fogo, nem móveis depois de tanta labuta?

Finalmente uma forma austera e escura apareceu diante de nós. A vicinal nos conduziu pelo caminho dos fundos. Entramos no pátio desolado e, ansiosas e sem ar, analisamos aquela grandeza em ruínas. Será que encontraríamos apenas escuro e desolação? Não! Um fraco brilho vermelho irradiado por uma janela com treliça em boas condições nos animou. A porta estava trancada. Batemos e esperamos e, após ouvir uma voz em uma janela do alto, uma velha mulher, comissionada para arejar e cuidar da casa até a nossa chegada, deixou-nos entrar em uma dependência pequena, porém acolhedora e confortável. Era a antiga área de serviço da mansão, que Frederick transformara em cozinha. Ela procurou uma vela, reavivou o fogo até obter uma chama calorosa e preparou uma refeição para nos recuperar, enquanto descarregávamos a bagagem e dávamos uma olhada rápida na nova morada. Além da cozinha havia dois quartos, uma sala de estar ampla e outra um pouco menor, onde eu pretendia montar meu estúdio. Tudo estava bastante arejado e, aparentemente, em boas condições, apesar da mobília parca composta por alguns itens velhos, quase todos de

A INQUILINA DE WILDFELL HALL

carvalho preto; eram os móveis originais que meu irmão guardara como relíquias antigas em sua atual residência e que, agora, haviam sido transportados de volta com pressa.

A mulher idosa serviu o jantar para mim e para Arthur na sala grande e me disse, com toda a formalidade, que "o amo tinha mandado seus cumprimentos à senhora Graham. Ele havia preparado os cômodos da melhor forma que pôde naquele prazo tão curto, mas a visitaria amanhã para receber as próximas ordens".

Eu estava feliz quando subi a sóbria escada de pedra e me deitei na cama lúgubre e antiquada ao lado do meu pequeno Arthur. Ele pegou no sono em um minuto, mas, exausta como eu estava, meus sentimentos agitados e meus pensamentos inquietos mantiveram-me acordada até que a alvorada começasse a lutar com a escuridão. Contudo, quando o sono veio, foi aprazível e revigorante, e mal posso expressar quão agradável foi o despertar. O pequeno Arthur me acordou com seus beijos carinhosos. Ele estava ali, seguro em meus braços e a muitas léguas de distância daquele pai indigno! Uma vasta luz diurna iluminava o quarto quando o sol estava alto no céu, embora obscurecido por um espesso vapor outonal.

A cena em si não era muito animadora, tanto do lado de dentro quanto do lado de fora. A mobília do cômodo amplo e simples era séria e antiga; as janelas de treliças estreitas revelavam um céu cinza, nublado; e o deserto desolado logo abaixo, onde os muros de pedra escura e o portão de ferro, a grama e as ervas daninhas altas e as folhagens com formas pouco naturais eram os únicos indícios do que antes fora um jardim. Certamente eu teria achado aqueles campos sombrios e inférteis bastante deprimentes em outro momento, mas, agora, cada um dos objetos parecia ecoar a revigorante sensação de esperança e liberdade que eu sentia. Os sonhos indefinidos de um passado distante e as radiantes previsões para o futuro pareciam me saudar onde quer que eu olhasse. Decerto eu me regozijaria com mais segurança se o vasto mar estivesse entre minha morada atual e a antiga, mas com certeza passarei despercebida neste local solitário. Ademais, meu irmão está por perto para animar minha solidão com suas visitas ocasionais.

Ele veio naquela manhã e já o encontrei várias vezes desde então, mas ele precisa ser muito cauteloso com quando e como vem. Nem seus criados ou seus melhores amigos devem saber das suas visitas a Wildfell, exceto nas ocasiões em que se espera que um proprietário visite uma inquilina desconhecida. Era melhor não levantarmos suspeitas sobre mim, tanto em relação à verdade quanto com alguma mentira deslavada.

Estou aqui há quase quinze dias e, exceto pelo cuidado perturbador causado pelo pavor de ser descoberta, já me sinto bem acomodada em minha casa nova. Frederick me forneceu toda a mobília e os materiais de pintura de que precisava, Rachel vendeu quase todas as minhas roupas em uma cidade distante e procurou um guarda-roupa mais adequado à minha situação atual. Tenho um piano de segunda mão e uma estante de livros relativamente bem abastecida na sala de estar grande, e a menor já assumiu uma aparência bastante profissional. Estou trabalhando duro para pagar meu irmão por todas as despesas que ele teve comigo; não que houvesse a menor necessidade de algo do tipo, mas porque fico feliz em fazê-lo. Terei muito mais prazer com meu trabalho, meus rendimentos, minhas despesas simples e a economia doméstica quando souber que estou custeando meu caminho com honestidade e que o pouco que tenho é de fato meu, além de saber que ninguém está sofrendo por causa da minha estupidez, pelo menos não financeiramente. Quero que ele aceite até o último pêni devido, se puder fazer isso sem o ofender demais. Já finalizei alguns quadros porque, ao partirmos, pedi a Rachel para embalar todos os que eu tinha; e ela realizou o trabalho de forma mais do que satisfatória, pois, entre eles, havia um retrato do senhor Huntingdon que pintei no meu primeiro ano de casamento. Fiquei chateada quando o tirei da caixa e me deparei com aqueles olhos que me fitavam com sua alegria jocosa, como se ainda exultasse pelo poder de controlar meu destino, ridicularizando meus esforços para escapar.

Quão diferentes eram meus sentimentos ao pintar aquele retrato daqueles que agora surgem ao contemplá-lo! Como estudei e me esforcei para produzir algo digno do original, como eu pensava! Que mistura de prazer e descontentamento senti com o resultado do meu labor! Prazer pela semelhança que fui capaz de capturar, descontentamento porque não o fiz belo o bastante. Agora não vejo nenhuma beleza ali, não há nada de agradável em sua expressão e, ainda assim, ele está muito mais bonito e

A INQUILINA DE WILDFELL HALL

aprazível (ou, melhor dizendo, muito menos repugnante) do que é hoje, pois aqueles seis anos o mudaram quase tanto quanto meus sentimentos em relação a ele. Todavia, a moldura é bem bonita e servirá para outro quadro. Não destruí a tela, como pensei fazer a princípio, mas a deixei de lado. Não por algum carinho secreto escondido na memória de um afeto antigo, nem para que eu me recorde da minha estupidez, mas para que possa comparar as características e o rosto do meu filho conforme cresce, permitindo-me avaliar quanto ele se parece com o pai (isso se eu conseguir mantê-lo comigo até lá e nunca mais ver aquele homem de novo, uma bênção que raramente tendo a considerar).

Parece que o senhor Huntingdon está se esforçando bastante para descobrir o local do meu esconderijo. Foi pessoalmente a Staningley para tentar corrigir as injustiças que lhe foram feitas, em busca de informações sobre suas vítimas e, quem sabe, talvez até esperando encontrá-las ali, e contou tantas mentiras com uma frieza tão descarada que meu tio quase acreditou nele por completo, defendendo fortemente que eu voltasse e reatasse nossa amizade. Mas minha tia é mais esperta. Ela é muito fria e cautelosa, além de conhecer bem o caráter do meu marido e o meu para acreditar em uma mentira falaciosa qualquer que ele ousasse inventar. No entanto, ele diz que não me quer de volta; mas quer meu filho e dá a entender aos meus amigos que, se eu prefiro viver longe dele, ele aceita aquela maluquice e até me autoriza a fazer isso sem ser incomodada, inclusive cedendo-me uma razoável quantia, contanto que eu entregue meu menino imediatamente. Que os céus me ajudem! Não venderei meu filho por ouro, mesmo se fosse para impedir que passássemos fome; é melhor ele morrer comigo do que viver com o pai.

Frederick me mostrou uma carta que recebeu daquele cavalheiro, cheia de uma insolência fria que surpreenderia qualquer um que não o conhecesse, mas eu estou convencida de que ninguém saberia responder melhor do que meu irmão. Ele não me deu satisfação sobre a resposta, exceto para me contar que deu a entender não saber de nada sobre o meu refúgio ao dizer que era inútil tentar falar com ele ou com qualquer outra pessoa conhecida em busca de informações, pois parecia que eu tinha sido extrema a ponto de ocultar o esconderijo até dos meus melhores amigos. Contudo, se ele soubesse ou ficasse sabendo de mim, certamente o senhor Huntingdon seria a última pessoa que informaria. Ademais, era melhor nem se dar ao trabalho de barganhar pela criança, porque ele (Frederick) achava que conhecia sua irmã bem o bastante para afirmar que não importava onde ela estivesse ou pelo que estava passando, nada a faria entregar o menino.

* * *

Dia 30. Ai de mim! Meus gentis vizinhos não me deixam em paz. De alguma forma eles me desentocaram, e agora preciso receber visitas de três famílias diferentes, todas mais ou menos empenhadas em descobrir quem eu sou, o que estou fazendo, de onde vim e por que escolhi uma casa como esta. A companhia deles me é desnecessária, para dizer o mínimo, e sua curiosidade me incomoda e alarma: se eu a satisfizer, poderá levar meu filho à ruína; se for muito misteriosa, apenas aumentarei suas suspeitas, incitarei conjecturas e farei com que se empenhem cada vez mais, e isso poderá espalhar minha fama de povoado em povoado, até que chegue aos ouvidos de alguém que passe a informação ao lorde do Palacete Grassdale.

Eles esperam uma retribuição às suas visitas, mas, se eu descobrir que moram longe demais a ponto de Arthur não conseguir me acompanhar, esperarão em vão por um tempo, pois não posso deixá-lo, exceto para ir à igreja, o que ainda não tentei fazer. Talvez seja uma fraqueza tola, mas sinto um medo constante de que ele seja levado embora, nunca estou tranquila quando ele não está a meu lado e receio que esses terrores ansiosos atrapalhariam minhas orações e me impediriam de aproveitar. Todavia, pretendo fazer a experiência no próximo domingo, obrigando-me a deixá-lo sob os cuidados de Rachel por algumas horas. Será uma tarefa difícil, mas com certeza não é imprudente, e o vigário tem me criticado por negligenciar os ritos religiosos. Não tenho como oferecer uma justificativa satisfatória e prometi que, se tudo der certo, ele me veria no banco no próximo domingo, pois não quero ser chamada de infiel. Além disso, sei que encontrarei grande conforto e me beneficiarei bastante ao participar de um culto público de vez em quando, isso se eu tiver fé e força para controlar meus pensamentos conforme a ocasião solene, impedindo que se abriguem na

A inquilina de Wildfell Hall

ausência do meu filho e na apavorante possibilidade de descobrir que ele sumiu quando eu voltar. Certamente Deus será misericordioso e me poupará de uma provação tão rigorosa; pelo bem do meu próprio filho, se não pelo meu, Ele não causará esse sofrimento ao menino levando-o embora.

* * *

3 de novembro. Conheci alguns outros vizinhos. O elegante cavalheiro e beldade da paróquia e região (ao menos segundo sua própria opinião) é um jovem...

* * *

Acabou aqui. O resto foi rasgado. Que pena, bem quando ela estava prestes a falar de mim! Tenho certeza de que ela mencionaria seu humilde servo, embora de forma pouco favorável, é claro. Consigo sentir isso tanto por essas poucas palavras quanto pela recordação do jeito e dos modos dela quando começávamos a nos conhecer. Mas tudo bem! Perdoo sem demora seu preconceito contra mim e seus pensamentos severos sobre nosso sexo em geral, agora que sei que sua experiência foi limitada a espécimes tão brilhantes.

Quanto a mim, contudo, ela já percebeu seu erro faz tempo e quiçá chegou ao extremo oposto, pois, se a princípio sua opinião a meu respeito era inferior ao que eu merecia, agora estou convencido de que meus méritos são inferiores à sua opinião; e, se a primeira parte desta continuação foi rasgada para evitar magoar meus sentimentos, talvez a última tenha sido removida por medo de contribuir demais para a minha presunção. De toda forma, eu daria tudo para ver o resto, testemunhar a mudança gradual e assistir ao progresso da estima e da amizade que sente por mim, bem como qualquer outro sentimento mais caloroso que possa existir; gostaria de saber quanto amor ela sente e como ele se desenvolveu, apesar das suas decisões virtuosas e dos extenuantes esforços para... Mas, não! Não tenho o direito de ver, tudo isso é sagrado demais para quaisquer olhos que não os dela, e ela fez bem em não me entregar.

Capítulo 45

E então, Halford? O que acha de tudo isso? E, enquanto você leu, conseguiu imaginar o que eu provavelmente senti durante a leitura? Provavelmente não, mas não me estenderei sobre isso agora. Quero apenas fazer essa confissão, embora pouco honrosa para a natureza humana e, sobretudo, para mim mesmo: achei a primeira metade da narrativa mais dolorosa de ler do que a segunda. Não que eu não tenha me sensibilizado pelas injustiças e pelo sofrimento que a senhora Huntingdon passou, mas, devo confessar, senti uma espécie de satisfação egoísta ao acompanhar o declínio gradual de seu marido nas graças dela e ao ver como ele, no fim, extinguiu seu afeto por completo. O efeito geral, contudo, apesar de toda minha compaixão por ela e minha fúria contra ele, foi o de aliviar minha mente de um fardo insuportável e encher meu coração de alegria, como se algum amigo tivesse me acordado de um terrível pesadelo.

Agora são quase oito horas da manhã, e minha vela acabou no meio da leitura, não me dando outra alternativa a não ser pegar outra, à custa de alarmar a casa inteira, ou ir para a cama e esperar a luz do dia voltar. Em respeito à minha mãe, escolhi a segunda opção, mas você pode imaginar a vontade que tive de me deitar em meu travesseiro e o quanto consegui dormir.

Levantei-me com o aparecimento da primeira aurora e levei o manuscrito até a janela, mas ainda era impossível ler. Passei meia hora me vestindo e, então, voltei à leitura. Com certa dificuldade e um interesse intenso e ávido, devorei o resto do conteúdo. Quando terminei e minha frustração passageira com aquela conclusão abrupta passou, abri a janela e coloquei a cabeça para fora para sentir a brisa refrescante e inalar profundamente o ar puro e matinal. Era uma manhã esplêndida, a grama estava coberta de um orvalho espesso e meio congelado, as andorinhas pipiavam a meu redor, as gralhas cantavam, as vacas mugiam ao longe, a geada da madrugada e o sol de verão misturavam sua doçura no ar. Mas eu não pensava em nada disso: uma confusão de incontáveis reflexões e diversas emoções me dominava enquanto eu olhava distraído para a adorável face da natureza. Porém, logo esse caos de pensamentos e paixões clareou dando lugar a duas emoções distintas: uma alegria inenarrável por minha adorada Helen ser tudo o que eu gostaria que fosse (apesar dos vapores nocivos das calúnias do mundo e das minhas próprias convicções imaginadas, seu caráter iluminado, tão claro e imaculado quanto o sol para o qual eu não conseguia olhar) e um profundo remorso por minha conduta.

Logo depois do café da manhã, corri para Wildfell Hall. Minha estima por Rachel cresceu bastante desde ontem. Eu estava pronto para cumprimentá-la como uma velha amiga, mas todo e qualquer impulso de gentileza foi extinto pelo olhar de desconfiança fria que ela me dirigiu ao abrir a porta. Creio que a velha tenha se autointitulado a guardiã da honra da sua dama, e sem dúvida ela me via como outro senhor Hargrave, porém ainda mais perigoso, já que sua patroa gostava de mim e confiava mais em mim.

– A senhoria não verá ninguém hoje, senhor. Ela está terrível – foi sua resposta quando eu chamei pela senhora Graham.

– Mas eu preciso vê-la, Rachel – falei, colocando minha mão na porta para evitar que fosse fechada diante de mim.

– Não será possível, senhor – ela retrucou, assumindo uma expressão ainda mais fria que antes.

– Por favor, anuncie-me.

– Não adianta, senhor Markham. Ela está terrível, estou falando.

Bem a tempo de me impedir de ser inconveniente o bastante para tomar a cidadela à força e entrar sem ser anunciado, a porta de dentro se abriu, e o pequeno Arthur apareceu com seu amigo animado, o cãozinho. Ele segurou minha mão entre as dele e, sorrindo, puxou-me para dentro.

– A mamãe disse que você pode entrar, senhor Markham – informou. – E eu posso sair para brincar com o Rover.

Rachel afastou-se com um suspiro. Entrei na sala de estar e fechei a porta. Lá, diante da lareira, estava a figura alta e graciosa, exaurida de tanta preocupação. Coloquei o manuscrito na mesa e olhei para seu rosto. Ansiosa e pálida, ela estava virada em minha direção, seus olhos límpidos e escuros fitavam os meus com uma seriedade tão intensa que me prenderam como um feitiço.

– Você deu uma olhada? – ela murmurou. O feitiço foi quebrado.

– Eu li tudo – respondi, avançando na sala. – E gostaria de saber se você vai me perdoar. Você me perdoa?

Ela não respondeu, mas seus olhos brilharam, e um leve rubor corou seus lábios e as maçãs do seu rosto. Quando me aproximei, ela se virou abruptamente e andou até a janela. Não estava com raiva, eu tinha certeza, mas queria esconder ou controlar a emoção. Arrisquei segui-la e parei a seu lado, mas não consegui falar. Ela estendeu a mão sem virar a cabeça e, com uma voz que tentou firmar em vão, murmurou:

– Você consegue me perdoar?

Imaginei que, se eu levasse aquela mão delicada aos lábios, seria uma quebra de confiança, então somente a apertei com delicadeza e respondi com um sorriso:

– Dificilmente. Você deveria ter me contado isso antes. Mostra uma falta de confiança...

– Ah, não – ela bradou, interrompendo-me com pressa –, não é isso. Não foi por falta de confiança em você; se eu lhe contasse alguma coisa da minha história, teria que contar tudo para justificar minha conduta, e eu receava fazer tal revelação até que a necessidade me obrigou. Mas você me perdoa? Sei que cometi muitos erros, mas, como sempre, colhi os frutos amargos e provavelmente os colherei até o fim.

Amargo mesmo era o tom de angústia com que aquilo foi dito, reprimido por uma firmeza decidida. Então levei sua mão aos meus lábios e a beijei várias vezes com fervor, pois as lágrimas me impediam de dar outra resposta. Ela recebeu aquelas carícias selvagens sem resistir nem se ofender e depois se afastou de mim de chofre, andando pela sala para cima e para baixo duas ou três vezes. Pelo franzir de testa, pela contração dos lábios e a agitação das mãos, eu sabia que ela enfrentava em silêncio um conflito violento entre razão e emoção. Por fim, ela parou em frente à lareira vazia e, virando-se para mim, disse com calma (se é que o resultado daquele esforço enorme poderia ser chamado de calma):

– Então, Gilbert, você tem que me deixar agora. Não neste momento, mas em breve, e jamais voltar.

– Jamais voltar, Helen? Agora que a amo mais do que nunca!

– Exatamente por isso. Se for verdade, não podemos nos encontrar de novo. Pensei que este encontro era necessário (pelo menos, foi disso que me convenci) para pedirmos e recebermos nosso perdão mútuo pelo passado, mas não temos desculpas para repeti-lo. Irei embora assim que tiver meios de buscar outro exílio, mas nossa relação deve terminar aqui.

– Terminar aqui! - repeti e, aproximando-me da lareira alta e esculpida, inclinei minha cabeça em direção àquelas pedras pesadas, encostando minha testa em silencioso e repentino abatimento.

– Você não pode vir aqui de novo – ela continuou. Havia um leve tremor em sua voz, mas eu achei seu jeito provocativamente controlado, considerando a terrível sentença que pronunciava. – Você sabe por que estou pedindo isso - continuou – e entende que é melhor nos separarmos de uma vez. Se for difícil dizer adeus para sempre, você precisa me ajudar. – Ela atalhou. Eu não respondi. – Você promete que não virá mais? Se não prometer e vier aqui de novo, vai me expulsar antes que eu saiba onde encontrar um novo refúgio ou como procurá-lo.

– Helen – falei, virando-me impaciente para ela –, eu não consigo discutir uma eterna separação com a mesma calma e descompaixão que você. Não é uma questão de mera conveniência para mim, é uma questão de vida e morte!

Ela ficou em silêncio. Seus lábios pálidos vacilaram, os dedos tremiam de agitação quando ela os enrolou na corrente presa ao pequeno relógio de ouro, a única peça de valor com a qual ela tinha se permitido ficar. Falei uma coisa injusta e cruel, mas precisei continuar com algo ainda pior.

– Mas, Helen! – recomecei num tom baixo e gentil, sem coragem de levantar os olhos em direção ao seu rosto. – Aquele homem não é seu marido. Aos olhos de Deus, ele perdeu todo o direito de... – Ela segurou meu braço com um lampejo de energia.

– Gilbert, não faça isso! – ela exclamou de um jeito que poderia ter perfurado um coração de diamante. – Pelo amor de Deus, não use esses argumentos! Nenhum inimigo seria capaz de me torturar desse jeito!

– Então não farei isso! Não farei! – assenti colocando minha mão na dela com delicadeza, quase tão alarmado com sua veemência quanto envergonhado por meu mau comportamento.

– Em vez de agir como um verdadeiro amigo e me ajudar com todas as suas forças... – ela continuou, afastando-se de mim e se jogando na velha poltrona. – Ou em vez de fazer a sua parte na luta da razão contra a emoção, você coloca todo o peso em cima de mim; e, não satisfeito, faz o possível para brigar comigo... Mesmo já sabendo de tudo! – ela parou e escondeu o rosto no lenço.

– Desculpe-me, Helen! – pedi. – Nunca mais direi uma palavra sobre o assunto. Mas nós não podemos continuar nos encontrando como amigos?

– Não dá – ela respondeu, balançando a cabeça com tristeza. Depois, ergueu os olhos na direção dos meus com um olhar meio reprovador, como se quisesse dizer: "Você sabe tão bem quanto eu".

– Então o que podemos fazer? – exclamei, agitado. E acrescentei logo depois, num tom um pouco mais tranquilo: – Faço o que você quiser, só não me diga que este encontro será o último.

– E por que não? Você não percebe que a ideia do último encontro se tornará mais dolorosa cada vez que nos encontrarmos? Não sente que cada conversa faz com que gostemos mais um do outro?

A última pergunta foi dita com pressa e em voz baixa; os olhos baixos e o rubor ardente em seu rosto enfim revelaram o que ela sentia. Não fui

A INQUILINA DE WILDFELL HALL

cuidadoso o bastante para fazer tal admissão nem para acrescentar o seguinte, como ela fez:

– Tenho forças para pedir que vá embora agora; da próxima vez pode ser diferente.

Mas eu não tinha estrutura suficiente para aproveitar aquela candura.

– Mas talvez possamos nos escrever – sugeri timidamente. – Você não me negará ao menos esse consolo?

– Podemos trocar notícias pelo meu irmão.

– Seu irmão! – Fui tomado por um golpe de remorso e vergonha. Ela não sabia da injúria que ele sofreu em minhas mãos, e não tive coragem de contar. – Seu irmão não nos ajudará – respondi. – Ele gostaria que toda a comunhão entre nós acabasse de uma vez por todas.

– E acho que ele está certo. Como amigo dos dois, ele desejaria que ambos ficássemos bem. E qualquer amigo nos diria que deveríamos nos esquecer para o nosso próprio bem, embora não consigamos ver isso agora. Mas não tenha medo, Gilbert – ela acrescentou, sorrindo com tristeza pela minha agitação. – As chances de eu esquecê-lo são poucas. Não me referi a Frederick como um intermediário para nossa troca de mensagens, mas quero dizer que podemos ficar sabendo um do outro por ele, e não podemos passar disso. Você é jovem, Gilbert, e ainda poderá se casar (e provavelmente vai, apesar de isso parecer impossível agora). E, embora seja difícil dizer que espero que você me esqueça, sei que é o que você tem de fazer pela sua felicidade e a da sua futura esposa. Portanto, é isso que irei desejar – concluiu, resoluta.

– Você também é jovem, Helen – respondi com coragem. – E, quando aquele pulha torpe chegar ao fim da linha, você me dará sua mão. Eu esperarei.

Mas ela não me daria esse suporte. Independentemente da moral diabólica de basear nossas esperanças na morte de outra pessoa que, se não serve para este mundo, também não é melhor para o próximo; cujo aperfeiçoamento seria nossa ruína, e sua maior transgressão, nosso maior benefício, ela garantiu que aquilo seria uma loucura, pois muitos homens com os mesmos hábitos do senhor Huntingdon viveram até uma idade bastante avançada.

– E, se minha idade é pouca, minhas tristezas são muitas – prosseguiu. – Mesmo se os problemas não me matarem antes de o vício o destruir, pense bem, e se ele viver até uns 50 anos? Você esperaria quinze ou até vinte anos, em eterna incerteza e suspense e no auge da sua juventude e da sua idade adulta, para se casar com a mulher velha e cansada que me tornarei, sem nunca mais me ver de hoje em diante? Não, você não fará isso – ela continuou, interrompendo minhas sérias alegações de constância infalível – ou, se fizer, não deveria. Acredite em mim, Gilbert. Sei mais do que você sobre isso. Você pode até achar que sou fria e tenho um coração de pedra, mas...

– Não acho, Helen.

– Bem, tanto faz, você acharia se pudesse. Mas eu não passei minha solidão em completa inanição e não estou falando no calor do momento como você. Pensei em tudo várias e várias vezes, debati essas questões comigo mesma e ponderei bem nosso passado, nosso presente e nosso futuro, e, acredite em mim, cheguei à conclusão correta. Confie nas minhas palavras, em vez de confiar nos seus sentimentos por ora, e em alguns anos você verá que estou certa (embora, atualmente, eu mesma mal consiga perceber isso) – ela murmurou com um suspiro, enquanto apoiava a cabeça na mão. – E não brigue mais comigo. Meu coração já disse tudo o que você é capaz de afirmar, e tudo já foi refutado pela minha razão. Foi bastante difícil combater as sugestões sussurradas dentro de mim e será dez vezes pior se elas saírem da sua boca. E, se você soubesse a dor que me causam, sei que não faria mais isso. Se você conhecesse meus atuais sentimentos, tentaria aliviá-los, apesar dos seus.

– Irei embora em um minuto e NUNCA MAIS voltarei, se isso lhe trouxer alívio – falei com uma ênfase amargurada. – Mas, se pretendemos nunca mais nos encontrar, seria um crime trocarmos pensamentos por carta? Será que espíritos afins não podem se encontrar e se reunir em comunhão, não importam o destino e as circunstâncias das suas moradas terrenas?

– Podem! Podem sim! – ela exclamou, com um ataque súbito de animado entusiasmo. – Eu também pensei nisso, Gilbert, mas tive medo de dizer, porque receei que você não entenderia minha perspectiva sobre o assunto. E ainda tenho medo; receio que algum dos nossos bons amigos diga que estamos nos iludindo com a ideia de manter uma relação espiritual sem esperar ou planejar algo além disso, sem cultivar ressentimentos inúteis e pretensões doloridas e sem alimentar pensamentos que deveriam ser abandonados para morrer de inanição sem piedade.

– Não se importe com nossos bons amigos. Já basta eles separarem meu corpo do seu; não permita que separem também minha alma da sua, pelo amor de Deus! – exclamei, apavorado por achar que ela poderia nos negar este último consolo que restava.

– Mas não poderemos trocar cartas aqui sem continuar alimentando os escândalos. Quando eu for embora, pretendo que minha nova morada não seja conhecida por você nem pelo resto do mundo; não que eu duvide da sua palavra, caso você prometa não ir me visitar, mas porque achei que você ficaria com a mente mais tranquila se soubesse que não pode fazê-lo e provavelmente teria menos dificuldade de se afastar de mim se não conseguisse imaginar a minha situação. Mas ouça! – Helen falou levantando o dedo com um sorriso para refrear minha resposta impaciente. – Daqui a seis meses Frederick lhe contará exatamente onde estou; e, se você ainda quiser me escrever e achar que consegue manter uma correspondência de pensamento e de espírito (como almas incorpóreas ou amigos não apaixonados devem fazer), então me escreva, e eu responderei.

– Seis meses!

– Sim, para dar tempo do atual fervor esfriar e para testar a verdade e a constância do amor da sua alma pela minha. Pronto, já falamos o bastante. Por que não conseguimos nos separar de uma vez por todas? – ela exclamou quase ferozmente após um momento de pausa, no qual se levantou da cadeira de repente, segurando as mãos com firmeza.

Achei que era meu dever ir embora logo, aproximei-me e estendi minha mão como se fosse partir; ela a segurou em silêncio. Mas a ideia da separação final era insuportável: parecia arrancar o sangue do meu coração e colar meus pés no chão.

– E nunca mais devemos nos encontrar de novo? – murmurei, revelando a angústia de minha alma.

– Nós nos encontraremos no céu. Vamos pensar nisso – ela disse, num tom de calma desesperada, mas seus olhos brilhavam com força, e seu rosto estava morbidamente pálido.

– Mas não como somos agora – não pude evitar responder. – Não me consola muito pensar que eu a verei de novo como um espírito desencarnado ou um ser modificado, uma forma perfeita e gloriosa, mas não desse jeito! E, talvez, com um coração totalmente indiferente a mim.

– Não, Gilbert, o amor perfeito existe no céu!

– Imagino que seja tão perfeito que se erga sem distinções, e você não sentirá por mim mais simpatia do que por qualquer um daqueles cem mil anjos e a incontável multidão de espíritos felizes a nosso redor.

– Não importa como eu estarei, você ainda será o mesmo e, portanto, não deve se lamentar por isso. Não importa a mudança, sabemos que será para melhor.

– Mas, se eu estiver tão mudado que deixarei de adorá-la com todo o meu corpo e alma e de amá-la acima de qualquer outra criatura, não serei eu mesmo. E, se eu enfim conquistar o reino dos céus, sei que estarei infinitamente melhor e mais feliz do que agora, mas minha natureza terrena não consegue se beneficiar com a antecipação dessa bem-aventurança, da qual ela e seu principal deleite devem ser privados.

– Então seu amor é puramente terreno?

– Não, mas suponho que não haverá entre nós uma comunhão mais íntima do que a que teremos com o restante.

– Se for assim, será porque os amamos mais, não porque nos amamos menos. Mais amor resulta em mais felicidade, quando há reciprocidade e pureza, como haverá.

– Mas, Helen, você consegue contemplar com prazer essa perspectiva de me perder num mar de glórias?

– Admito que não, mas não sabemos como será. O que sei é que lamentar e trocar os prazeres terrenos pelas alegrias divinas é como a lagarta rastejante lastimando que um dia precisará deixar a folha mastigada para plainar no alto e voejar pelo ar, pousando de folha em folha ao seu bel-prazer, bebericando o doce mel de suas taças ou aquecendo-se sobre as pétalas ensolaradas. Se essas pequenas criaturas soubessem o tamanho da mudança que as aguarda, sem dúvida a lamentariam, mas tal sofrimento não seria em vão? E, se tal ilustração não o comove, vou lhe contar outra: imagine que somos crianças, que nos sentimos crianças e nos entendemos crianças, e, quando nos dizem que os homens e as mulheres não brincam com brinquedos, e que nossos amigos um dia se cansarão das atividades e das ocupações triviais pelas quais nos interessamos tanto agora, não conseguimos evitar ficar tristes ao pensar em tal mudança, porque não somos capazes de conceber que, quando crescermos, nossa mente se expandirá e se elevará tanto que consideraremos banais os objetos e as ações que tanto adoramos agora e, apesar de os nossos colegas não se juntarem mais a nós nos passatempos infantis, beberão conosco em outras fontes de prazer e unirão a alma deles à nossa por motivos mais elevados e ocupações mais nobres que vão além da nossa compreensão atual, mas não serão piores, tampouco menos apreciados por isso, pois tanto nós quanto eles continuaremos sendo essencialmente os mesmos indivíduos de antes. Mas, Gilbert, você realmente não consegue se consolar nem um pouco ao pensar que nos encontraremos onde não há mais dor nem tristeza, onde não teremos mais que lutar contra o pecado e onde o espírito não precisa mais lutar contra a carne; um lugar em que nós dois contemplaremos as mesmas verdades gloriosas e beberemos da felicidade exaltada e suprema que vem da mesma fonte de luz e bondade (aquele Ser a quem ambos veneramos com a mesma intensidade do ardor sagrado), e onde as criaturas puras e felizes amarão com a mesma afeição divina? Se realmente não consegue, nunca me escreva!

– Eu consigo, Helen! Se a fé nunca falhar.

– Então – ela bradou –, enquanto a esperança ainda está forte entre nós...

– Ainda assim nos separaremos – lamentei. – Não a magoarei novamente com outro esforço para me mandar embora. Vou de uma vez por todas, mas...

Não verbalizei meu pedido, ela o entendeu instintivamente e, desta vez, cedeu a ele; ou melhor, não havia nada tão deliberado quanto pedir ou ceder àquilo: houve um impulso repentino ao qual nenhum dos dois foi capaz de resistir. Num momento eu estava parado olhando para seu rosto, no outro a apertava junto do meu coração, e pareceu que crescemos num abraço tão próximo que nenhuma força física ou mental seria capaz de nos separar. "Deus o abençoe" e "Vá! Vá!" foi tudo que ela conseguiu sussurrar, mas, enquanto falava, ela me segurava tão forte que eu não tinha como obedecer a ela sem usar a violência. Por fim, no entanto, com algum esforço heroico nós nos separamos, e saí da casa correndo.

Tenho uma lembrança confusa de ver o pequeno Arthur subindo a trilha do jardim para me encontrar, e eu dobrando o muro para evitá-lo; em seguida, de descer os campos íngremes passando pelas cercas de pedra e pelas sebes que apareciam no caminho, até perder completamente a velha mansão de vista e alcançar a base da colina; depois lembro-me de passar longas horas em meio a aflitas lamentações, lágrimas amarguradas e melancólica meditação no vale solitário, em meus ouvidos a eterna música do vento que vinha do oeste e disparava por entre as árvores sombreiras, e o balbucio e o gorgolejo do riacho em sua cama pedregosa; meus olhos quase sempre fixos inexpressivamente no mosaico de sombras profundas que brincavam distraídas na grama clara e ensolarada a meus pés, aonde vez ou outra uma ou duas folhas murchas chegavam dançando para participar da festança; mas meu coração estava longe, lá no topo da colina, naquela sala escura onde ela chorava desolada e sozinha, ela, que eu não confortaria nem veria de novo até que os anos ou o sofrimento nos vencessem e levassem nossos espíritos dessa perecível morada de barro.

Não fiz muita coisa naquele dia, pode ter certeza. A fazenda foi abandonada aos camponeses, e os camponeses, deixados aos seus próprios fins. Mas eu tinha uma tarefa a cumprir; não esquecera meu ataque a Frederick Lawrence e precisava vê-lo para me desculpar por aquela ação infeliz. Queria muito ter postergado para o dia seguinte, mas e se ele me denunciasse à irmã naquele meio-tempo? Não, não! Precisava pedir seu perdão naquele dia e implorar para que fosse misericordioso na acusação, se fosse preciso revelar. Contudo, adiei a visita até a noite, quando meu humor estava um pouco mais controlado e (ó, incrível perversidade da natureza humana!) alguns fracos germes de uma indefinida esperança começavam a surgir

A inquilina de Wildfell Hall

na minha cabeça; não que eu pretendesse cultivá-los depois de tudo o que falamos sobre o assunto, mas eles podiam ficar ali por um tempo, sem ser eliminados nem encorajados, até que eu aprenda a viver sem eles.

Chegando a Woodford, a residência do jovem galanteador, não foi pouca a dificuldade que encontrei para ser admitido em sua presença. O criado que abriu a porta me disse que o patrão estava muito doente e duvidava de que fosse capaz de me receber. Todavia, eu não seria dispensado. No saguão, esperei calmamente que me anunciassem, mas, por dentro, estava decidido a não aceitar uma recusa. A mensagem foi a que eu esperava: um aviso educado informando que o senhor Lawrence não veria ninguém, pois estava febril e não podia ser incomodado.

– Não o incomodarei por muito tempo – falei –, mas preciso vê-lo por pelo menos um instante. O que tenho para lhe falar é um assunto de extrema importância.

– Direi a ele, senhor – o homem respondeu. E adentrei ainda mais no saguão seguindo-o quase até a porta do cômodo onde seu patrão estava, já que parecia que ele não estava na cama. A resposta trazida foi que o senhor Lawrence esperava que eu fosse gentil o bastante para deixar uma mensagem ou um recado escrito com o criado, pois ele não podia resolver nada aquela hora.

– Se ele pode receber você, poderá me receber também – falei e, passando pelo lacaio atônito, segurei a porta com audácia, entrei e a fechei atrás de mim. O cômodo era espaçoso e ricamente mobiliado, bastante confortável para um solteiro. Um fogo claro e vermelho queimava na lareira lustrosa, diante da qual um galgo inglês muito velho estava deitado satisfeito, entregue ao descanso e à boa vida em uma extremidade do tapete macio e espesso e, ao lado do sofá, havia um esperto *springer* jovem sentado olhando para cima, fitando desejoso o rosto de seu dono, talvez pedindo permissão para dividir o lugar com ele ou, quem sabe, solicitando um afago de suas mãos ou uma palavra gentil de seus lábios. O inválido tinha uma aparência muito interessante reclinado ali em seu roupão elegante, com um lenço de seda amarrado nas têmporas. Seu rosto, normalmente pálido, estava corado e febril; os olhos semicerrados continuaram assim até ele perceber minha presença, e então os arregalou. Uma das mãos estava jogada letárgica atrás do sofá e segurava um pequeno volume que, aparentemente, ele tentava em vão usar para se distrair nas horas de tédio. Com uma surpresa indignada, deixou-o cair conforme avancei no cômodo e parei em sua frente no tapete. Ele se ergueu nos travesseiros e olhou para mim com o rosto estampado igualmente por um terror nervoso, raiva e assombro.

– Senhor Markham, eu realmente não estava esperando por isso! – ele disse, e o sangue de suas bochechas sumiu.

– Sei que não – respondi –, mas fique em silêncio por um minuto e lhe contarei por que vim. – Sem pensar, dei mais um ou dois passos em sua direção. Minha aproximação o fez tremer com uma expressão de aversão e um medo instintivo nada conciliadores com meus sentimentos. Portanto, dei um passo para trás.

– Que sua história seja breve – ele disse, colocando a mão no pequeno sino de prata que estava na mesa ao seu lado – ou serei obrigado a chamar ajuda. Não estou em condições de suportar suas brutalidades agora, tampouco sua presença. – E, de fato, o suor já começava a lhe brotar dos poros, pontilhando a testa pálida como orvalho.

Aquela recepção pouco facilitava minha inevitável tarefa. Mas eu tinha de realizá-la de algum modo, e comecei de uma vez por todas, chafurdando por ela como pude.

– A verdade, Lawrence – falei –, é que não tenho agido muito bem com você recentemente, sobretudo nesta última ocasião. E vim para… Resumindo, para expressar meu arrependimento pelo que fiz e para pedir seu perdão. Se você não quiser concedê-lo – acrescentei rapidamente, sem gostar do aspecto de seu rosto –, não faz mal; mas fiz meu dever. É isso.

– Assim é fácil – ele respondeu com um sorriso brando, quase irônico. – Você maltrata seu amigo e o golpeia na cabeça sem nenhuma causa aparente e, depois, diz que a ação não foi muito correta, mas não importa se ele o perdoa ou não.

– Esqueci de contar que foi consequência de um erro – murmurei. – Eu deveria ter dado uma escusa muito mais bonita, mas você me deixou tão confuso com seu… Bem, acho que é minha culpa. O fato é que eu não sabia que você era irmão da senhora Graham e vi e ouvi algumas coisas sobre sua conduta para com ela que foram calculadas para despertar suspeitas desagradáveis (e, permita-me dizer, um pouco de candura e confiança da sua parte poderiam tê-las desfeito). Por fim, aconteceu que ouvi um trecho de uma conversa entre você e ela que me fez acreditar que eu tinha o direito de odiá-lo.

– E como você descobriu que sou irmão dela? – perguntou ele um pouco ansioso.

– Ela mesma me contou. Ela me contou tudo. Sabia que podia confiar em mim. Mas você não precisa se incomodar com isso, senhor Lawrence, pois a vi pela última vez!

– Última vez? Então ela foi embora?

– Não, mas se despediu de mim, e prometi nunca mais me aproximar daquela casa de novo enquanto ela morar lá. – Eu seria capaz de ter lamentado em voz alta graças aos pensamentos penosos despertados por essa parte do discurso. Mas apenas fechei as mãos e bati o pé no tapete. No entanto, era evidente que meu companheiro estava aliviado.

– Você fez bem – ele disse num tom de desqualificada aprovação, enquanto seu rosto se iluminava para uma expressão quase alegre. – Quanto ao erro, sinto por nós dois que ele tenha ocorrido. Talvez você possa perdoar minha falta de candura e lembrar, para mitigar um pouco a ofensa, quão pouco encorajamento para uma confidência amigável você tem me dado recentemente.

– Sim, sim, eu me lembro de tudo. Ninguém pode me culpar mais do que meu próprio coração; e ninguém pode lamentar com mais sinceridade do que eu mesmo o resultado da minha brutalidade, como você denominou com razão.

– Deixe para lá – ele disse com um sorriso fraco. – Vamos esquecer todas as palavras e os feitos desagradáveis dos dois lados e olvidar todos os nossos ressentimentos. Você aceita um aperto de mãos, ou acha melhor não?

A mão dele tremeu de fraqueza quando foi estendida e caiu antes que eu tivesse tempo de pegá-la e dar um aperto carinhoso, que ele não teve forças para corresponder.

– Como sua mão está quente e seca, Lawrence! – observei. – Você está mesmo doente, e eu só piorei as coisas com toda essa conversa.

– Ó, não é nada; só um resfriado por causa da chuva.

– Culpa minha também.

– Deixe para lá. Mas, diga-me, você contou esse acontecimento para minha irmã?

– Para dizer a verdade, não tive coragem. Mas, quando você contar a ela, poderia dizer que estou profundamente arrependido e que…

– Ó, não precisa temer! Não direi nada contra você, contanto que mantenha sua boa resolução de se manter longe dela. Então, até onde sabe, ela não está ciente da minha doença, não é?

– Acho que não.

– Fico feliz, porque atormentei-me esse tempo todo receando que alguém dissesse a ela que estou morrendo ou tremendamente doente, o que faria com que ela ficasse nervosa por não conseguir saber sobre mim nem me ajudar, ou quiçá cometesse a loucura de vir me visitar. Preciso dar um jeito de informá-la sobre isso, se conseguir – ele continuou, reflexivo –, ou ela ouvirá alguma história desse tipo. Muitas pessoas ficariam felizes em contar essa notícia só para ver como ela a receberia, o que poderia expô-la a um novo escândalo.

– Gostaria de ter contado – eu disse. – Se não fosse pela minha promessa, contaria agora.

– De jeito nenhum! Nem sonho com isso. Mas, se eu escrever um breve bilhete sem mencionar você, Markham, apenas contando um pouco sobre a minha doença para me desculpar por não ir visitá-la e para alertá-la sobre qualquer relato exagerado que possa ouvir, e endereçá-lo com uma caligrafia fingida, você poderia me fazer o favor de deixá-lo no correio quando passar por lá? Não confio em nenhum dos criados para fazer isso.

Concordei de imediato e trouxe sua mesa. Não foi necessário disfarçar muito a caligrafia, pois o coitado parecia estar com bastante dificuldade para escrever de forma legível. Quando o bilhete ficou pronto, pensei que era hora de me retirar e parti depois de perguntar se havia qualquer coisa no mundo, grande ou pequena, que eu pudesse fazer por ele para aliviar seu sofrimento e reparar a injúria que lhe causei.

A INQUILINA DE WILDFELL HALL

– Não – ele disse –, você já fez bastante, mais do que o médico mais habilidoso poderia fazer, pois aliviou minha cabeça de dois grandes pesos: a ansiedade por causa da minha irmã e uma tristeza profunda em relação a você. Acredito de verdade que essas duas fontes de tormento foram as que mais contribuíram para minha febre, e estou convencido de que, agora, me recuperarei logo. Tem mais uma coisa que você pode fazer por mim: venha me ver de vez em quando; como pode perceber, fico bastante sozinho aqui e prometo que sua entrada não será mais discutida.

Prometi fazer isso e parti com um cordial aperto de mãos. Postei a carta no caminho para casa, resistindo bravamente à tentação de colocar ali uma palavra minha também.

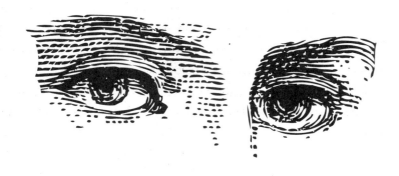

Capítulo 46

De vez em quando eu me sentia fortemente tentado a elucidar minha mãe e minha irmã sobre o verdadeiro caráter e as reais circunstâncias da discriminada inquilina de Wildfell Hall e, inicialmente, lamentei muito por não ter pedido a permissão dela para tal. Porém, após pensar um pouco mais, compreendi que, se elas soubessem de tudo, era capaz que aquilo não se mantivesse um segredo para os Millwards e os Wilsons, e meu atual apreço pelas intenções de Eliza Millward era tal que, se ela soubesse de qualquer pista sobre a história, eu receava que logo encontrasse meios para elucidar o senhor Huntingdon sobre o local do refúgio da sua esposa. Portanto, eu esperaria pacientemente o término daqueles exaustivos seis meses e então, quando a fugitiva tivesse encontrado outro lar e eu fosse autorizado a escrever para ela, pediria para limpar seu nome daquelas calúnias vis. No momento eu tinha que me contentar em afirmar apenas que sabia que aquilo era mentira e que provaria algum dia, envergonhando aqueles que a difamaram. Não acho que alguém acredite em mim, mas todos logo aprenderam a não insinuar uma palavra sequer contra ela ou até mencionar seu nome em minha presença. Eles pensavam que eu estava tão loucamente enfeitiçado pelas seduções daquela dama infeliz que estava determinado a apoiá-la em detrimento da razão; enquanto isso,

A INQUILINA DE WILDFELL HALL

tornei-me insuportavelmente melancólico e misantrópico com a ideia de que qualquer pessoa que eu encontrasse estivesse cultivando em segredo pensamentos indignos sobre a suposta senhora Graham e os revelaria, se tivesse coragem. A coitada da minha mãe ficou bastante chateada comigo, mas eu não conseguia evitar (pelo menos era o que pensava, embora, às vezes, sentisse uma pontada de remorso pela minha conduta desrespeitosa com ela e me esforçasse para retificá-la com certo sucesso. De fato, meus modos em geral eram mais humanizados com ela do que com qualquer outra pessoa, exceto o senhor Lawrence). Rose e Fergus normalmente evitavam minha presença, o que era bom, pois eu não era uma companhia adequada para eles, nem eles para mim nas atuais circunstâncias.

A senhora Huntingdon não deixou Wildfell Hall até cerca de dois meses após nosso encontro de despedida. Durante esse tempo, ela nunca mais foi à igreja, e eu nunca me aproximei da casa: eu só sabia que ela ainda estava ali pelas breves respostas dadas por seu irmão às minhas variadas indagações a seu respeito. Fui um visitante bastante assíduo e atento por todo o período de sua enfermidade e convalescença, não apenas por me interessar em sua recuperação e por ter vontade de animá-lo e reparar de todas as formas possíveis minha antiga "brutalidade", mas também pelo meu crescente vínculo com ele próprio e pelo prazer cada vez maior que sentia com sua companhia, em parte graças à maior cordialidade dele em relação a mim, mas, principalmente, à relação próxima com minha adorada Helen, tanto sanguínea quanto afetiva. Eu o adorava por isso mais do que gostaria de expressar, e sentia um prazer secreto quando apertava aqueles dedos finos e brancos, tão maravilhosos quanto os dela, considerando que ele não era uma mulher, e gostava de assistir às mudanças que ocorriam em suas belas e pálidas expressões, além de observar as entonações de sua voz, percebendo semelhanças que nunca tinha notado antes. Às vezes ele realmente me provocava com aquela evidente relutância em falar sobre a irmã, mas eu não questionava a cordialidade dos seus motivos por querer me desencorajar a me lembrar dela.

Sua recuperação não foi tão rápida quanto o esperado. Ele não conseguiu montar seu pônei até quinze dias após a data de nossa reconciliação, e a primeira coisa que fez ao recuperar as forças foi uma viagem noturna até Wildfell Hall para ver a irmã. Foi um feito perigoso para os dois, mas ele achou necessário saber sobre os planos de partida, além de acalmar as apreensões dela sobre sua saúde, e o resultado adverso foi uma ligeira piora em sua saúde, pois ninguém soube da visita, exceto os moradores da velha mansão e eu mesmo. Ademais, acredito que ele não pretendia me contar, pois, ao visitá-lo no dia seguinte e observar que não estava tão bem quanto deveria, ele só disse que tinha pegado uma friagem porque tinha ficado ao relento tarde da noite.

– Se não se cuidar, você nunca conseguirá ver sua irmã – falei um pouco incomodado pela situação, mais por causa dela do que por compaixão a ele.

– Eu já a vi – ele disse calmamente.

– Você a viu? – repeti, surpreso.

– Sim. – Então me contou sobre as reflexões que o convenceram a realizar aquela aventura e as precauções que tinha tomado.

– E como ela estava? – perguntei ansioso.

– Como sempre – foi sua resposta breve, porém triste.

– Como sempre... Ou seja, longe de estar feliz e forte.

– Ela não está tão mal assim – ele retrucou –, e recuperará os ânimos em breve, não tenho dúvida. Mas as provações foram muitas, quase demais para ela. Essas nuvens parecem ameaçadoras – continuou, virando-se para a janela. – Acho que deve chover e relampear antes do anoitecer, e vai ser bem no meio da minha colheita de milho. Você já guardou todo o seu?

– Não. E, Lawrence, ela... Sua irmã falou de mim?

– Ela perguntou se eu o tinha visto recentemente.

– E o que mais ela disse?

– Não consigo repetir tudo o que ela disse – ele respondeu com um sorriso fraco –, porque conversamos bastante, embora minha visita tenha sido breve. Mas nossa conversa girou sobretudo em torno dos planos de partida, os quais implorei para que postergasse até que eu estivesse em melhores condições para ajudá-la a procurar outra casa.

– Mas ela não disse mais nada sobre mim?

A INQUILINA DE WILDFELL HALL

– Ela não falou muito sobre você, Markham. E eu não a teria estimulado a fazer isso, se ela tivesse se mostrado disposta, mas felizmente, não se mostrou. Ela só fez algumas perguntas sobre você e pareceu satisfeita com minhas breves respostas, mostrando-se mais sábia do que você, meu amigo. E posso dizer também que ela parecia muito mais ansiosa por recear que você pense demais nela do que a esqueça.

– Ela estava certa.

– Mas desconfio de que sua ansiedade seja exatamente o oposto da dela.

– Não é, não. Desejo que ela seja feliz, mas não gostaria que me esquecesse completamente. Ela sabe que é impossível eu a esquecer, e está certa por querer que eu não me lembre muito bem dela. Eu não deveria querer que ela se entristecesse demais, mas não consigo imaginá-la muito infeliz por minha causa, pois sei que não mereço, exceto por meu apreço em relação a ela.

– Nenhum de vocês merece um coração partido, tampouco todos os suspiros, as lágrimas e os pensamentos tristes que têm sofrido e, receio, ainda sofrerão. Mas receio que, no momento, os dois tenham uma opinião mais exaltada sobre si do que merecem. É claro que os sentimentos da minha irmã são tão pungentes quanto os seus, e acredito que mais constantes, mas ela tem tido bom senso e força de vontade para lutar internamente contra eles, e acredito que não descanse até ter esmaecido por completo os pensamentos… – ele hesitou.

– Sobre mim – arrematei.

– E eu gostaria que você se esforçasse da mesma forma – ele continuou.

– Ela disse que essa era a intenção dela?

– Não, nós não levantamos essa questão, e não havia necessidade, porque não duvido de que esta seja a determinação dela.

– Esquecer-me?

– Sim, Markham! Por que não?

– Pois bem! – foi minha única resposta audível, mas, internamente, respondi: "Não, Lawrence, você está enganado: ela não está determinada a me esquecer. Seria errado esquecer alguém devoto a ela de forma tão profunda e afetuosa, alguém que consegue apreciar suas perfeições por completo e simpatizar com todos os seus pensamentos como eu consigo, e seria errado eu esquecer um exemplar da criação de Deus tão excelente e divino, uma vez que a amei e a conheci tão verdadeiramente". Mas não lhe disse mais nada sobre o assunto. Comecei a falar sobre outra coisa de imediato e me despedi do meu amigo com uma sensação de menos cordialidade que o habitual. Talvez eu não tivesse o direito de ficar irritado com ele, mas fiquei de qualquer jeito.

Pouco mais de uma semana depois, encontrei-o voltando de uma visita aos Wilsons e decidi fazer-lhe um bem, embora fosse ao encontro de seus próprios sentimentos e, talvez, sob o risco de ter de arcar com um desprazer, recompensa tão comum recebida por aqueles que trazem informações desagradáveis ou dão conselhos não solicitados. Neste caso, acredite, não agi por vingança pela irritação ocasional que ele tinha me causado nos últimos dias, nem por sentimentos ruins de inimizade em relação à senhorita Wilson, mas unicamente pelo fato de não conseguir suportar a ideia de ver aquela mulher tornar-se irmã da senhora Huntingdon e, tanto para o bem dele quanto para o dela, por não conseguir vê-lo ser enganado a se juntar com alguém tão indigna dele, tão inapropriada para ser sua parceira naquela casa tranquila e na vida. Imagino que suspeitas desconfortáveis tenham passado por sua cabeça, mas ele era tão inexperiente, e ela, tão atraente e habilidosa em fazê-lo acreditar que eram coisas da jovem imaginação dele, que elas não o incomodaram por muito tempo. Creio que as únicas causas reais daquela indecisão vacilante que o impediram de fazer uma verdadeira declaração de amor até agora eram as considerações sobre suas relações, sobretudo com a mãe dela, que ele não suportava. Se morassem longe, talvez ele tivesse superado a objeção, mas aquilo de fato não era qualquer coisa a duas ou três milhas de Woodford.

– Você foi visitar os Wilsons, Lawrence? – indaguei, andando ao lado do seu cavalo.

– Fui – ele respondeu, desviando um pouco o rosto. – Achei educado retornar suas gentis atenções na primeira oportunidade, uma vez que eles têm sido tão atenciosos e constantes em suas indagações durante todo o tempo em que estive enfermo.

A inquilina de Wildfell Hall

– É tudo coisa da senhorita Wilson.

– E, se for – ele respondeu, corando perceptivelmente –, há alguma razão pela qual não devo reconhecer isso da forma apropriada?

– Há um motivo para você não reconhecer o que ela está buscando.

– Vamos deixar isso para lá, por favor – ele disse, com evidente desgosto.

– Não, Lawrence, se você me permite, vamos continuar um pouco mais. E vou lhe dizer uma coisa, já que estamos falando sobre o assunto. Você pode acreditar ou não como bem entender, mas quero que se lembre de que não costumo falar mentiras e, neste caso, não tenho motivos para deturpar a verdade…

– Está bem, Markham. O que é?

– A senhorita Wilson odeia sua irmã. Pode ser natural que, ignorando sua relação, ela sentisse algum grau de inimizade contra ela, mas nenhuma mulher boa ou amigável seria capaz de revelar a malícia amargurada e fria em relação a uma suposta rival que observei nela.

– Markham!

– É verdade. E acredito que Eliza Millward e ela, se não forem as autoras dos escandalosos relatos que têm sido propagados, foram suas maiores incentivadoras e as principais disseminadoras. Ela não queria envolver seu nome no assunto, é claro, mas seu prazer era, e ainda é, difamar o caráter da sua irmã o máximo possível sem se arriscar demais expondo a própria maldade!

– Não consigo acreditar nisso – meu companheiro me interrompeu, o rosto ardendo de indignação.

– Bem, como não posso provar, contento-me em afirmar que acredito nisso piamente. Mas, como você não pensaria em se casar com a senhorita Wilson se isso fosse verdade, não fará mal nenhum em ser cauteloso até provar o contrário.

– Markham, eu nunca disse que pretendo me casar com a senhorita Wilson – afirmou orgulhoso.

– Não, mas querendo ou não, ela pretende se casar com você.

– Ela lhe disse isso?

– Não, mas…

– Então você não tem o direito de fazer uma afirmação dessas sobre ela. – Ele acelerou um pouco o ritmo do cavalo, mas coloquei minha mão em sua crina, decidido a não o deixar ir embora ainda.

– Espere um pouco, Lawrence, e permita-me explicar. Não seja assim tão... Não sei nem como dizer. Não seja assim tão inacessível. Sei o que pensa de Jane Wilson, e imagino que sei quão enganosa é sua opinião. Você acha que ela é singularmente charmosa, elegante, sensível e refinada; mas não está ciente de que é egoísta, fria, ambiciosa, ardilosa, superficial...

– Chega, Markham! Chega!

– Não, deixe-me terminar. Você não sabe disso e, se se casar com ela, seu lar se tornará sombrio e desconfortável, e, por fim, seu coração se despedaçará ao descobrir que está unido a uma mulher tão incapaz de compartilhar seus gostos, sentimentos e ideias, tão profundamente destituída de sensibilidade, bons sentimentos e uma verdadeira nobreza de alma.

– Acabou agora? – perguntou calmamente meu companheiro.

– Acabei. Sei que você me odeia por minha impertinência, mas não me importo, desde que o impeça de cometer esse erro fatal.

– Olhe só! – ele respondeu com um sorriso frio. – Fico feliz que você tenha superado ou esquecido as próprias aflições a ponto de conseguir estudar tão profundamente as coisas dos outros e de atormentar sua cabeça de forma tão desnecessária sobre as supostas ou possíveis calamidades da futura vida das pessoas.

Separamo-nos com certa frieza de novo, mas não deixamos de ser amigos. E minha advertência bem-intencionada, embora pudesse ter sido feita com mais prudência e recebida com mais gratidão, não foi totalmente improdutiva no efeito desejado: suas visitas aos Wilsons não se repetiram, e, embora nem ele nem eu jamais tenhamos mencionado o nome dela em nossos encontros subsequentes, tenho motivos para acreditar que ele ponderou sobre minhas palavras, buscou em outros cantos mais informações a respeito da bela dama (em segredo e com avidez), comparou discretamente minha opinião sobre ela com o que observara e ouvira dos outros e, enfim, chegou à conclusão de que, pesando tudo, era muito melhor que ela continuasse sendo a senhorita Wilson da Fazenda Ryecote em vez

A INQUILINA DE WILDFELL HALL

de transformada em senhora Lawrence da Mansão Woodford. Acredito também que ele logo aprendeu a contemplar sua antiga predileção com um assombro secreto e a se parabenizar pela escapada de sorte. Contudo, ele nunca confessou isso para mim nem sugeriu qualquer palavra de reconhecimento sobre minha participação em seu salvamento, mas isso não era de se surpreender para alguém que o conhece tão bem quanto eu.

Quanto a Jane Wilson, certamente ela ficou decepcionada e amargurada pela repentina rejeição fria e o resultante afastamento de seu antigo admirador. Será que fiz mal em arruinar as esperanças que ela cultivava? Acho que não e, até hoje, minha consciência nunca me acusou nenhuma maldade sobre o assunto.

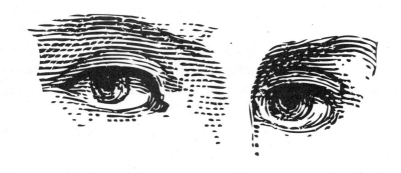

Capítulo 47

Uma manhã, por volta do início de novembro, eu estava escrevendo algumas cartas comerciais logo após o café da manhã, e Eliza Millward chegou para conversar com minha irmã. Rose não teve o mesmo discernimento nem a mesma virulência com aquele pequeno demônio que eu, e elas mantiveram sua antiga intimidade. Porém, quando ela chegou, não havia ninguém na sala exceto Fergus e eu, pois minha mãe e irmã estavam ausentes cuidando de assuntos domésticos. Contudo, eu não me retiraria para agradá-la, embora outrem pudesse estar disposto a isso. Eu apenas a saudei com indiferença e algumas palavras e continuei escrevendo, deixando que meu irmão fosse mais educado, se quisesse. Mas ela quis me provocar.

– Que prazer encontrá-lo em casa, senhor Markham! – falou com um sorriso malicioso e fingido. – Eu o vejo tão raramente agora, já que você nunca mais foi ao vicariato. Papai está bem ofendido, eu lhe garanto – acrescentou brincando, olhando meu rosto de forma impertinente enquanto sentava-se na quina da minha mesa.

– Tenho tido bastante coisa pra fazer ultimamente – respondi sem desviar os olhos da minha carta.

– Ah, é mesmo? Teve gente dizendo que, nos últimos meses, você tem negligenciado estranhamente seus afazeres.

– Teve gente dizendo errado, pois estive bem ocupado e diligente, sobretudo nos últimos dois meses.

– Ah! Bem, acho que nada como uma ocupação ativa para consolar os aflitos… E me perdoe, senhor Markham, mas você não me parece bem e, pelo que ouvi dizer, tem estado bastante rabugento e pensativo ultimamente. Eu quase imaginaria que alguma preocupação secreta tem perseguido seu bom humor. Antes – ela acrescentou timidamente –, eu teria me aventurado a perguntar o que era e o que poderia fazer para consolá-lo, mas agora não ouso fazer isso.

– Você é muito gentil, senhorita Eliza. Se eu pensar que existe algo que você possa fazer para me consolar, eu lhe direi.

– Ó, por favor! Imagino que não posso adivinhar o que o está incomodando, não é mesmo?

– Não há necessidade, pois eu lhe direi com todas as letras. O que mais está me incomodando no momento é uma jovem dama sentada a meu lado, impedindo-me de terminar minha carta e, portanto, de continuar com minhas tarefas diárias.

Antes que ela pudesse responder a tal fala descortês, Rose entrou na sala, e a senhorita Eliza levantou-se para cumprimentá-la. As duas sentaram-se ao lado do fogo, onde aquele Fergus ocioso estava encostado com o ombro na quina da lareira, as pernas cruzadas e as mãos nos bolsos do calção.

– Então, Rose, tenho uma notícia para você. Espero que ainda não saiba, pois, não importa se as notícias são boas, ruins ou indiferentes, sempre gostamos de contá-las primeiro. É sobre aquela coitada da senhora Graham…

– Psiu! Psiu! – Fergus sussurrou em um tom de grande importância. – Nunca a mencionamos, seu nome nunca é ouvido. – E, ao erguer os olhos, vi seu olhar de soslaio em minha direção, o dedo apontado para a própria testa; em seguida, piscando para a moça com um triste meneio de cabeça, murmurou:

– É uma monomania, mas não fale sobre isso; tudo, menos isso.

– Eu lamentaria magoar os sentimentos de alguém – ela retrucou em voz baixa. – Talvez outra hora.

– Fale logo, senhorita Eliza! – falei sem condescender com as bufonarias do outro. – Você não precisa ter medo de falar nada na minha presença.

– Bem – ela respondeu –, talvez você já saiba que o marido da senhora Graham não está morto, e que ela fugiu dele, não é? – Tremi e senti o rosto corar; mas voltei a olhar para minha carta e a dobrá-la enquanto ela continuava. – O que você talvez não saiba é que ela acabou de voltar para ele, e os dois se reconciliaram perfeitamente. Imagine só quão tolo esse homem deve ser! – ela continuou, virando-se para Rose, que estava confusa.

– E quem lhe deu essa informação, senhorita Eliza? – perguntei, interrompendo as exclamações de minha irmã.

– Foi uma fonte bastante legítima.

– Quem foi, posso saber?

– Um dos criados de Woodford.

– Ó! Eu não sabia que você era tão íntima da família do senhor Lawrence.

– Não foi o homem que me disse, mas ele contou em segredo para nossa criada Sarah, e Sarah contou para mim.

– Em segredo também, imagino? Assim como você está nos contando em segredo? Mas tenho certeza de que é uma bela de uma história esfarrapada, e nem metade dela é verdadeira.

Enquanto falava, terminei de selar e endereçar minhas cartas com a mão um pouco instável, apesar de todos os meus esforços para manter a compostura e da minha firme convicção de que era uma história esfarrapada; decerto a suposta senhora Graham não tinha voltado espontaneamente para o marido nem sonhava com uma reconciliação. O mais provável é que ela foi embora, a criada criativa, sem saber o que aconteceu direito, supôs que era isso que tinha acontecido, e nossa bela visita afirmou como se fosse uma certeza, aproveitando a oportunidade para me atormentar. Mas também era possível, pouco possível, que alguém a tivesse traído e a levado à força. Determinado a saber o pior, rapidamente coloquei as duas cartas no bolso e murmurei algo sobre estar atrasado para o correio, saí da sala e corri para o quintal, bradando pedidos pelo meu cavalo. Como ninguém estava lá, eu mesmo o tirei do estábulo, amarrei a sela em seu lombo e as rédeas em sua cabeça, montei e galopei com pressa até Woodford. Encontrei o dono da casa perambulando pensativamente por suas terras.

A inquilina de Wildfell Hall

– Sua irmã partiu? – foram minhas primeiras palavras ao apertar sua mão, em vez da minha indagação habitual sobre sua saúde.

– Sim, partiu – foi a resposta dita com tanta calma que meu terror foi removido de uma vez.

– Imagino que eu não possa saber onde ela está, não é? – perguntei enquanto desmontava e entregava meu cavalo ao jardineiro, que era o único criado por perto e tinha recebido do patrão ordens para parar de juntar as folhas mortas do gramado e levá-lo ao estábulo.

Meu companheiro segurou meu braço com seriedade e levou-me para fora do jardim a fim de responder à minha pergunta:

– Ela está no Palacete Grassdale, no Condado.

– Onde? – clamei com um tremor convulsivo.

– No Palacete Grassdale.

– Mas como? – gaguejei. – Quem a traiu?

– Ela foi por conta própria.

– Impossível, Lawrence! Ela não seria tão desvairada! – exclamei, agarrando seu braço com veemência, como se quisesse forçá-lo a desdizer aquelas palavras.

– É verdade – ele insistiu, do mesmo jeito sério e calmo de antes. – E não sem motivo – continuou, livrando-se delicadamente da minha mão. – O senhor Huntingdon está doente.

– E ela foi cuidar dele?

– Sim.

– Tola! – Não pude evitar exclamar, e Lawrence ergueu os olhos um pouco reprovadores. – Então ele está morrendo?

– Acho que não, Markham.

– E quantas outras enfermeiras ele tem? Quantas moças estão lá para cuidar dele?

– Nenhuma, ele estava sozinho; senão ela não teria ido.

– Ó, que besteira! Isso é intolerável!

– O quê? Ele deveria ficar sozinho?

Não tentei responder, pois não sabia ao certo se tal situação não contribuíra parcialmente para minha distração. Continuei a andar em silenciosa agonia, a mão pressionada na testa. Então, de repente, parei e me virei para meu amigo, exclamando impaciente:

– Por que ela deu esse passo fátuo? Que inimigo a persuadiu a fazer isso?

– Nada a persuadiu, exceto sua própria noção do dever.

– Besteira!

– Eu também fiquei meio inclinado a dizer isso a princípio, Markham. Eu lhe garanto que ela não foi por causa de um conselho meu, pois detesto aquele homem tanto quanto você (exceto pelo fato de que a correção dele me daria muito mais prazer que a morte), mas tudo o que fiz foi informá-la da situação da doença dele (consequência de uma queda do cavalo enquanto caçava) e dizer a ela que aquela pessoa infeliz, a senhorita Myers, o tinha deixado há algum tempo.

– Péssimo! Agora, sempre que ele achar conveniente ter a presença dela, usará um discurso mentiroso e fará promessas belas e falsas para o futuro, e ela acreditará nele, e, depois, a situação dela ficará dez vezes pior e dez vezes mais irremediável que antes.

– Não parece que há muito motivo para tais inquietações no momento – ele disse, retirando uma carta do bolso. – Pelo que soube esta manhã, posso dizer que...

Era a letra dela! Segurei minha mão com um impulso irresistível, e as palavras "Deixe-me ver" passaram involuntariamente por meus lábios. Era evidente que ele relutava em atender ao meu pedido, mas, enquanto hesitava, eu tirei a carta da sua mão. Recompondo-me no minuto seguinte, contudo, quis devolvê-la.

– Aqui, pegue – falei –, caso não queira que eu leia.

– Não – ele respondeu. – Pode ler, se quiser. Eu li, e você também poderá ler.

Grassdale, 4 de novembro
QUERIDO FREDERICK,

sei que você deve estar ansioso para saber de mim, e contarei tudo o que conseguir. O senhor Huntingdon está muito doente, mas não está morrendo nem está sob nenhum perigo imediato; e já melhorou um pouco desde que cheguei. A casa estava uma triste confusão: a senhora Greaves, Benson e todos os criados decentes foram embora, e os que vieram para substituí-los formam um conjunto negligente e desordeiro, para não dizer coisa pior (terei de trocá-los de novo, se eu ficar por aqui). Uma enfermeira profissional, uma mulher idosa, séria e durona, foi contratada para cuidar do inválido infeliz. Ele está sofrendo muito e não tem forças para aguentar. As lesões causadas pelo acidente, contudo, não foram muito graves e, segundo o médico, seriam superficiais para um homem de costumes moderados, mas com ele é bem diferente. Quando entrei em seu quarto pela primeira vez na noite em que cheguei, ele estava passando por uma espécie de delírio. Não percebeu que eu estava ali até eu falar e, então, confundiu-me com outra.

– É você, Alice? Você voltou? – ele murmurou. – Por que me deixou?

– Arthur, sou eu, Helen, sua esposa – respondi.

– Minha esposa! – ele falou com um tremor. – Pelo amor de Deus, não me fale dela. Não tenho esposa. Que o diabo a carregue! – bradou um pouco depois. – E você também! Por que você fez isso?

Não falei mais nada, mas, ao ver que ele continuava olhando para o pé da cama, sentei-me ali, ajeitando a luz de forma a me iluminar inteira, pois pensei que ele estivesse morrendo e queria que me reconhecesse. Ele ficou deitado em silêncio olhando para mim por bastante tempo, primeiro com um olhar vago, depois fixando-o com uma estranha e crescente intensidade. Por fim, assustou-me, erguendo-se de chofre nos cotovelos e perguntando, num sussurro horrorizado, com os olhos ainda fixos em mim:

– Quem é você?

– Sou Helen Huntingdon – falei, erguendo-me calmamente e tomando uma posição menos conspícua.

– Acho que devo estar ficando louco ou algo do tipo! – ele exclamou. – Mas vá embora, quem quer que seja. Não suporto essa cara branca e esses olhos. Pelo amor de Deus, vá, e mande alguém que não tenha essa cara!

Saí e enviei a enfermeira contratada, mas, na manhã seguinte, entrei nos aposentos dele de novo e, tomando o lugar da enfermeira ao lado da cama, observei-o e esperei por ele durante várias horas, mostrando-me o menos possível e falando só quando necessário e aos sussurros. A princípio ele se dirigiu a mim como se eu fosse a enfermeira, mas, quando atravessei o quarto para levantar as cortinas, obedecendo aos seus pedidos, ele disse:

– Ah, não é a enfermeira, é Alice. Fique aqui comigo! Aquela bruxa velha vai acabar me matando.

– Ficarei com você – falei. E, depois disso, ele passou a me chamar de Alice ou de algum outro nome quase igualmente repugnante aos meus sentimentos. Forcei-me a suportar isso por um tempo, receando que uma contestação pudesse perturbá-lo demais, mas, ao pedir um copo d'água, ele murmurou, enquanto eu o segurava em seus lábios:

– Obrigada, minha querida!

E não pude evitar observar:

– Você não diria isso se soubesse quem sou. – E pretendia continuar declarando minha identidade outra vez, mas ele só sussurrou uma resposta incompreensível, e desisti de novo até algum tempo depois, quando, enquanto eu umedecia sua testa e suas têmporas com água e vinagre para aliviar o calor e a dor de cabeça, ele fez a seguinte observação após olhar seriamente para mim por alguns minutos:

– Tenho imaginado umas coisas estranhas e não consigo me livrar delas, e elas não me deixam descansar. O mais singular e obstinado é seu rosto e sua voz: são iguais aos dela. Eu poderia jurar que é ela quem está ao meu lado nesse momento.

– Ela está – falei.

– Está gostoso assim – ele continuou, sem ouvir minhas palavras. – Quando você faz isso, as outras imaginações somem, mas esta só intensifica. Continue, continue, até ela desaparecer também. Não conseguirei suportar essa mania, vai acabar me matando!

– Ela nunca desaparecerá – falei com clareza –, porque é verdade!

– É verdade! – ele exclamou, tremendo, como se uma víbora o tivesse mordido. – Você não pode estar querendo dizer que é ela mesmo?

– Estou, mas você não precisa fugir de mim como se eu fosse sua pior inimiga: vim para cuidar de você e fazer o que nenhuma das outras faria.

– Pelo amor de Deus, não me atormente agora! – ele exclamou, em deplorável agitação. Em seguida, começou a me xingar e maldizer a má sorte que me trouxe até ali, enquanto eu colocava a esponja e a bacia de volta no lugar e retomava meu assento ao lado da cama.

– Onde eles estão? – ele quis saber. – Todos eles me deixaram? Os criados? Todos?

– Há criados aqui, se quiser chamá-los, mas é melhor deitar e repousar agora, pois nenhum deles pode nem irá atendê-lo com o mesmo cuidado que eu.

– Não estou entendendo nada – ele falou em confusa perplexidade. – Será que foi um sonho... – e cobriu os olhos com as mãos, como se tentasse resolver o mistério.

– Não, Arthur, não foi um sonho que sua conduta me obrigou a deixá-lo, mas fiquei sabendo que estava doente e sozinho, e voltei para cuidar de você. Pode confiar em mim sem medo; diga-me todas as suas vontades, que tentarei satisfazê-las. Não há mais ninguém para cuidar de você, e não pretendo reprová-lo agora.

– Ó! Já entendi – ele disse, com um sorriso amargurado. – É um ato de caridade cristã, com o qual você espera ganhar um lugar mais alto no céu e garantir uma cova mais funda para mim no inferno.

– Não, vim para oferecer o conforto e a assistência que sua situação requer. E, se eu puder beneficiar tanto sua alma quanto seu corpo, e despertar alguma noção de contrição e...

– Ó, claro, se você puder me encher de remorso e confusão, agora é a hora. O que você fez com meu filho?

– Ele está bem, e você poderá vê-lo, caso se recomponha, mas não agora.

– Cadê ele?

– Ele está seguro.

– Está aqui?

– *Não importa onde está. Você não irá vê-lo até prometer deixá-lo inteiramente sob meus cuidados e proteção, e permitirá que eu o leve embora sempre e para onde eu quiser, se considerar necessário afastá-lo de novo. Mas falaremos sobre isso amanhã, você tem que repousar agora.*

– *Não, deixe-me vê-lo agora, eu prometo, se for preciso.*

– *Não...*

– *Prometo por Deus que está no céu! Pronto, agora deixe-me vê-lo.*

– *Não posso confiar em suas juras e promessas; preciso de um acordo por escrito, e você deve assiná-lo na presença de uma testemunha. Mas não hoje, amanhã.*

– *Não! Hoje! Agora!* – *ele insistiu, e estava em um estado de agitação colérica e tão decidido a fazer com que seu desejo fosse atendido imediatamente, que pensei ser melhor obedecer a ele logo, já que ele não descansaria enquanto não acabasse com isso. Mas eu estava decidida a não esquecer os interesses do meu filho e, após escrever com clareza em um pedaço de papel a promessa que queria que o senhor Huntingdon fizesse, li-a deliberadamente em voz alta e o fiz assinar na presença de Rachel. Ele implorou para que eu não insistisse nisso, era uma exposição inútil da minha falta de confiança em sua palavra perante a criada. Eu redargui que sentia muito, mas, como ele tinha destruído minha confiança, precisava aceitar as consequências. Depois ele alegou inaptidão para segurar a caneta.*

– *Então você precisará esperar até conseguir segurá-la* – *retorqui.*

Em seguida, disse que tentaria, mas não conseguia enxergar para escrever. Coloquei meu dedo no lugar da assinatura e falei que ele conseguiria escrever o próprio nome no escuro, se soubesse por onde começar. Mas ele não tinha forças para formar as letras.

– *Neste caso, você deve estar doente demais para ver a criança* – *falei e, percebendo-me inexorável, finalmente ratificou o acordo, e pedi a Rachel para trazer o menino.*

Isso tudo pode lhe parecer muito duro, mas senti que não podia perder minha atual vantagem, e o futuro bem-estar do meu filho não poderia ser sacrificado por causa de uma compaixão enganosa pelos sentimentos desse homem. O pequeno Arthur não tinha se esquecido do pai, mas treze meses de ausência, durante os quais raramente ouviu uma palavra sobre ele nem um sussurro em seu nome, deixaram-no um pouco tímido e, ao ser levado até o quarto escuro onde o homem doente estava deitado, tão diferente de sua antiga aparência, com o rosto bastante corado e os olhos brilhando com selvageria, ele instintivamente grudou em mim e encarou o pai com uma expressão de muito mais assombro que prazer.

– Venha aqui, Arthur – ele disse, estendendo a mão em sua direção. A criança foi e tocou sua mão ardente com timidez, mas quase tremeu de susto quando o pai de repente o pegou pelo braço e o puxou para mais perto.

– Você me conhece? – perguntou o senhor Huntingdon, avaliando suas expressões com intensidade.

– Sim.

– Quem sou eu?

– Papai.

– Você está feliz em me ver?

– Sim.

– Não está, não! – respondeu o pai decepcionado, soltando o aperto e lançando um olhar vingativo em minha direção.

Arthur, ao ser solto, voltou para mim correndo e me deu a mão. O pai jurou que eu tinha feito a criança odiá-lo, e começou a me xingar e amaldiçoar com amargura. Mandei nosso filho para fora do quarto assim que ele começou e, quando parou para respirar, argumentei com calma que ele estava completamente enganado; eu nunca tinha tentado induzir a criança contra ele.

– Eu realmente quis que ele se esquecesse de você – falei –, sobretudo das lições que você ensinou para ele, e, por isso, para diminuir o perigo da descoberta, em geral o desencorajei a falar sobre você, mas acho que ninguém pode me culpar por isso.

O inválido respondeu com um rosnado alto e rolou a cabeça no travesseiro, em um paroxismo de impaciência.

– Eu já estou no inferno! – exclamou. – Essa maldita sede vai arder meu coração em cinzas! Será que ninguém pode...

Antes que ele terminasse a frase, enchi um copo com uma bebida acidulada e refrescante que estava na mesa e levei para ele. Ele bebeu com avidez, mas, quando peguei o copo de volta, resmungou:

– Acho que você está enfiando carvões em brasa na minha cabeça, não está?

Sem ligar para aquele discurso, perguntei se eu podia fazer mais alguma coisa por ele.

– Sim, vou lhe dar outra oportunidade para demonstrar sua magnanimidade cristã – ele provocou. – Ajeite meu travesseiro e essa maldita roupa de cama.

Fiz o que ele pediu.

– Pronto, agora me dê outro copo daquela porcaria.

Obedeci.

– Isso não é maravilhoso? – ele disse com um sorriso malicioso, enquanto eu segurava a bebida em seus lábios. – Você nunca desejou uma oportunidade tão gloriosa!

– Eu posso ficar com você agora? – perguntei, conforme colocava o copo de volta na mesa. – Ou você vai ficar mais tranquilo se eu for embora e mandar a enfermeira?

– Ó, sim, ela é uma pessoa extraordinária, gentil e prestativa! Mas você está me deixando louco com isso! – ele me respondeu com um gesto impaciente.

– Então irei embora – falei e me retirei, sem incomodá-lo de novo com a minha presença naquele dia, exceto uma vez por um ou dois minutos só para ver como ele estava e o que queria.

Na manhã seguinte, o médico prescreveu uma sangria e, depois disso, ele ficou mais submisso e tranquilo. Passei metade do dia em seu quarto, em intervalos diferentes. Minha presença não pareceu agitá-lo ou irritá-lo como antes, e ele aceitou meus serviços em silêncio, sem outras observações amarguradas; na realidade, ele quase não falou nada, exceto com dificuldade para informar suas vontades. Mas pode-se dizer que, nos dias seguintes, à proporção que se recuperava do estado de exaustão e estupefação, sua natureza ruim pareceu reviver.

– Oh, que doce vingança! – ele exclamou enquanto eu fazia tudo o que podia para deixá-lo confortável e para remediar o descuido da enfermeira. – E você pode aproveitá-la com a consciência tranquila, pois não passa do seu dever.

– Eu não me importo de estar fazendo meu dever – retruquei com uma amargura que não consegui reprimir –, pois é o único consolo que me resta. E parece que satisfazer minha consciência é a única recompensa que posso esperar receber!

Ele olhou-me um pouco surpreso pela seriedade dos meus modos.

– Qual recompensa você esperava receber? – ele quis saber.

– Você me chamará de mentirosa, mas eu realmente esperava ajudá-lo a melhorar tanto sua mente quanto aliviar seus atuais sofrimentos. Contudo, parece que não estou conseguindo fazer nenhuma das duas coisas, já que seu gênio ruim não deixa. Pois fique sabendo que sacrifiquei meus próprios sentimentos e o pouco conforto terreno que me restava a troco de nada, e qualquer coisinha que faço por você é considerada uma maldade hipócrita e uma vingança refinada!

– Oh, é tudo muito bonito mesmo – ele respondeu, olhando-me com um encantamento estúpido. – E é claro que eu deveria estar me debulhando em lágrimas de penitência e admiração ao ver tanta generosidade e bondade sobre-humana, mas você já percebeu que não dou conta disso. Contudo, se realmente sente algum prazer nisso, faça o melhor que puder por mim. Está vendo que estou quase tão deplorável quanto você queria me ver. Confesso que tenho sido mais bem atendido desde que você chegou, pois aqueles infelizes me abandonaram vergonhosamente e parece que todos os meus velhos amigos se esqueceram de mim. Passei por uma fase terrível, pode ter certeza.

Às vezes até pensei que era melhor ter morrido. Você acha que ainda há alguma possibilidade de isso acontecer?

– Sempre há possibilidade de morte, e é sempre bom viver com ela à vista.

– Eu sei! Eu sei! Mas você acha que há alguma probabilidade de essa doença ter um final fatal?

– Não sei dizer, mas, supondo que sim, como você está preparado para o evento?

– Qual! O médico mandou eu não pensar sobre isso, pois decerto melhoraria se seguisse a dieta e as prescrições.

– Espero que sim, Arthur. Mas nem o médico nem eu podemos dizer com certeza neste caso; há lesões internas, e é difícil saber a extensão delas.

– Olhe aí! Você quer me matar de susto.

– Não, mas não quero enganá-lo com garantias falsas. Se a consciência da incerteza da vida fizer com que você tenha pensamentos sérios e úteis, não devo privá-lo do benefício de tais reflexões, quer você se recupere, quer não. A ideia da morte o aterroriza muito?

– Só é a única coisa na qual não consigo pensar. Por isso, se você tiver algum...

– Mas ela virá alguma hora – interrompi. – E, mesmo que seja daqui a muitos anos, com certeza o levará como se viesse hoje, e sem dúvida será tão indesejada quanto agora, a menos que você...

– Oh, pare com isso! Não me atormente com suas pregações agora, a menos que queira me matar já. Eu não aguento, estou dizendo. Já estou sofrendo bastante sem elas. Se você acha que há algum perigo, livre-me dele e, como sinal de gratidão, ouvirei tudo que quiser dizer.

Então obedeci e deixei o assunto indesejado de lado. Agora, meu caro Frederick, acho que preciso encerrar esta carta. Por esses detalhes você pode fazer sua própria avaliação sobre o estado do meu paciente, da minha situação e dos meus planos futuros. Quero saber de você logo e escreverei de novo para contar como estamos indo; mas, agora que minha presença é tolerada e até requerida no quarto do enfermo, terei pouco tempo livre entre meu marido e meu filho, pois não devo abandonar o último por completo. Não posso deixá-lo sempre com Rachel e não tenho coragem de entregá-lo a nenhum dos outros criados, nem por um segundo sequer, tampouco o deixarei aqui sozinho, pois tenho medo de que os encontre. Se o pai do menino piorar, pedirei a Esther Hargrave para cuidar dele por um tempo pelo menos até eu reorganizar a casa, mas prefiro mantê-lo debaixo de meus olhos.

Encontro-me em uma situação singular: estou empregando todas as minhas forças para promover a recuperação e a correção do meu marido e, se eu conseguir, o que deverei fazer? Meu dever, é claro, mas como? Não importa, posso executar a tarefa que me aguarda, e Deus me dará forças para o que Ele exigir daqui em diante. Adeus, querido Frederick.

HELEN HUNTINGDON

– O que você acha? – Lawrence perguntou, enquanto eu dobrava a carta em silêncio.

– Acho que ela está dando pérolas aos porcos. Que eles fiquem satisfeitos ao destruí-las sob seus pés e não se voltem e a ataquem de novo! Mas não direi mais nada contra ela. Vejo que agiu pelos melhores e mais nobres motivos e, se o ato não for sábio, que os céus a protejam das consequências! Posso ficar com esta carta, Lawrence? Você viu que ela não me mencionou nenhuma vez nem fez a mais remota alusão a mim, portanto, se eu ficar com ela, não será impróprio nem prejudicial.

– E por que você quer ficar com ela?

– Essas letras não foram escritas pela mão dela? E essas palavras não foram concebidas na mente dela, muitas delas proferidas por seus lábios?

– Bem... – ele disse.

E fiquei com ela; caso contrário, Halford, você jamais seria tão bem-informado sobre o conteúdo.

– E, quando você escrever para ela – falei –, faria a gentileza de perguntar se posso elucidar minha mãe e minha irmã sobre sua história e sua real situação? Apenas o necessário para que a vizinhança saiba da injustiça vergonhosa que cometeram com ela? Não quero mensagens gentis, apenas pergunte-lhe isso e diga que é o maior favor que ela poderia me fazer; e diga-lhe que... Não, é só isso. Você sabe que tenho o endereço, e eu mesmo poderia escrever, mas sou virtuoso o bastante para me segurar.

– Tudo bem, farei isso por você, Markham.

– E você me avisa assim que receber a resposta?

– Se tudo correr bem, eu irei encontrá-lo para contar imediatamente.

Capítulo 48

Cinco ou seis dias depois, o senhor Lawrence nos deu a honra de uma visita. Quando ele e eu ficamos sozinhos (o que fiz o mais rápido possível, levando-o lá fora para ver minha colheita de milho), ele me mostrou outra carta da irmã. Estava disposto a me permitir analisá-la longamente, pois imagino que tenha achado que me faria bem. A única resposta que trazia à minha mensagem era:

O senhor Markham tem liberdade para fazer tais revelações a meu respeito, como ele julga necessário. Ele sabe que eu não gostaria que muita coisa fosse dita sobre o assunto. Espero que ele esteja bem, mas diga-lhe para não ficar pensando em mim.

Posso citar alguns trechos do resto da carta, pois fui autorizado a ficar com ela também; talvez como um antídoto para todas as minhas esperanças e fantasias perniciosas.

* * *

Ele está melhor, definitivamente, mas muito para baixo graças aos efeitos depressivos da doença grave e da dieta estrita que está sendo obrigado a seguir, tão diferente de todos os seus hábitos anteriores. É lamentável ver como sua vida pregressa degenerou completamente sua compleição outrora nobre e corrompeu toda a sua estrutura física. Mas o médico diz que ele já pode ser considerado fora de perigo, se continuar cumprindo com as restrições necessárias. Ele pode fazer uso de algumas bebidas estimulantes, mas é prudente diluí-las e usá--las com moderação, e é muito difícil fazê-lo seguir tais instruções. A princípio seu medo extremo da morte fez com que fosse uma tarefa simples, mas, quanto mais ele sente o sofrimento agudo diminuir e mais distante vê o perigo, mais intratável se torna. Seu apetite por comida está começando a voltar e, junto dele, os antigos hábitos de au-tossatisfação, que o prejudicam bastante. Eu o observo e supervisiono o máximo que posso e, com frequência, sou terrivelmente xingada por causa da minha intransigência austera; às vezes ele tenta escapar da minha vigilância, outras vezes age contra a minha vontade. Contudo, em geral ele já está tão acostumado com a minha presença que nunca fica satisfeito quando não estou a seu lado. Por vezes sou obrigada a ser um pouco dura com ele, senão me tornaria uma verdadeira es-crava, e sei que seria uma fraqueza imperdoável desistir de todos os outros interesses por ele. Tenho que supervisionar os criados, atender ao meu pequeno Arthur e cuidar da minha própria saúde, e tudo isso seria completamente abandonado se eu satisfizesse suas demandas exorbitantes. Normalmente não fico de vigia à noite, pois acho que a enfermeira que assumiu o posto é mais bem qualificada do que eu para tais funções, mas, ainda assim, eu raramente desfruto de uma noite de descanso ininterrupto e nunca posso contar com isso, pois meu paciente não tem escrúpulos para me chamar a qualquer hora quando seus desejos ou suas vontades requerem a minha presença. Mas é evidente que ele receia o meu desprazer e, se alguma hora testa minha paciência com suas extorsões irracionais e suas incômodas re-clamações e censuras, outras me incomoda com uma submissão e uma auto-humilhação degradantes e depreciativas quando receia ter ido longe demais. No entanto, consigo perdoar isso de pronto, pois sei que resulta principalmente do seu corpo febril e dos nervos desarranjados. O que me incomoda mais são suas eventuais tentativas de carinho afetuoso, no qual não consigo acreditar, e ao qual tampouco posso retribuir. Não que eu o odeie; seu sofrimento e meu cuidado laborioso recuperaram um pouco do meu respeito (e até do meu afeto, se ele fosse tranquilo, sincero e ficasse satisfeito em deixar as coisas como estão). Mas, quanto mais ele tenta se reconciliar comigo, mais vacilo diante dele e do futuro.

– Helen, o que você pretende fazer quando eu melhorar? – ele perguntou nesta manhã. – Você vai fugir de novo?

– Isso depende totalmente da sua conduta.

– Oh, eu serei muito bonzinho.

– Mas, se eu achar necessário deixá-lo, Arthur, não irei fugir. Você sabe que prometeu que posso ir embora quando quiser, levando meu filho comigo.

– Oh, mas você não terá motivos para isso. – E, então, fez várias juras que eu preferia ter friamente dispensado.

– Então você não irá me perdoar? – ele quis saber.

– Eu perdoei você, mas sei que você não pode me amar como já amou, e eu lamentaria muito se pudesse, porque não consigo fingir uma retribuição. Então vamos deixar o assunto para lá e nunca mais falar sobre isso. Você pode imaginar o que farei pelo que já estou fazendo por você, se tal atividade não for incompatível com minha maior responsabilidade em relação a meu filho (maior porque ele nunca perdeu seus direitos e porque espero fazer por ele algo que foi impossível com você). E, se quiser que eu me sinta bem a seu respeito, serão suas ações, e não suas palavras, que conquistarão meu afeto e minha estima.

Sua única resposta foi uma leve careta e um levantar de ombros quase imperceptível. Ai de mim, que homem infeliz! Para ele, palavras são muito mais baratas que ações. Parece que eu disse: "O item que você quer custa libras, não pence". Depois ele deu um suspiro queixoso de autocomiseração, como se lamentando profundamente que ele, amado e cortejado por tantas adoradoras, estava agora abandonado à mercê de uma mulher dura, racional e fria como aquela, tendo que ficar grato pela bondade que ela opta por oferecer.

– Que lástima, não? – falei.

Não sei se adivinhei bem seus pensamentos, mas a observação misturou-se a eles, pois ele respondeu:

– É irreparável – com um sorriso triste pela minha percepção.

* * *

Vi Esther Hargrave duas vezes. É uma criatura encantadora, mas seu espírito empolgado está quase esgotado, e seu temperamento doce, quase amargurado pela insistência de sua mãe em relação ao pretendente rejeitado; não é uma atitude violenta, mas exaustiva e persistente como uma goteira que não para de pingar. Aquela mãe sem sentimentos parece determinada a fazer da vida da filha um fardo se ela não se submeter aos seus desejos.

– A mamãe faz tudo o que pode para que eu me sinta um fardo e um peso para a família, e a filha mais ingrata, egoísta e desobediente que já nasceu – ela disse. – E Walter também se tornou sério, frio e arrogante como se me odiasse profundamente. Eu acredito que já teria cedido se soubesse desde o início quanta resistência precisaria oferecer, mas agora é uma questão de obstinação, e resistirei!

– Uma decisão boa por um motivo ruim – respondi. – Mas sei que você tem motivos melhores para perseverar, e eu a aconselho a mantê-los em vista.

– Pode acreditar, eu os manterei. Às vezes ameaço mamãe falando que fugirei e desgraçarei a família ganhando meu próprio sustento se ela não parar de me atormentar, e isso a assusta um pouco. Mas farei isso de verdade se eles não me levarem a sério.

– Fique calma e tenha um pouco de paciência – aconselhei. – Dias melhores virão.

Coitada! Eu gostaria que alguém digno de tê-la como esposa viesse para levá-la embora. Você não acha, Frederick?

A INQUILINA DE WILDFELL HALL

* * *

Se a leitura dessa carta me encheu de tristeza pela vida que estava por vir tanto para Helen quanto para mim, trouxe ao menos um grande motivo de consolo: agora estava em minhas mãos limpar o nome dela de todas as difamações injustas. Os Millwards e os Wilsons veriam com seus próprios olhos o sol claro reluzir por entre as nuvens e seriam queimados e maravilhados por seus raios, assim como meus amigos, cujas suspeitas tornaram-se fel e absinto para minha alma. Para isso, era só deixar cair a semente no solo, e ela logo se tornaria uma árvore ampla e ramosa; eu sabia que bastavam algumas palavras para minha mãe e irmã para que a notícia se espalhasse por toda a vizinhança sem eu precisar fazer mais nada.

Rose ficou encantada e, assim que lhe contei tudo o que julguei adequado (fingindo ser tudo o que sabia), ela correu para colocar o chapéu e o xale e apressou-se em levar as felizes novidades para os Millwards e os Wilsons. Suspeito que fossem novidades felizes apenas para ela e Mary Millward, aquela garota confiável e sensível, cujo valor admirável foi percebido e valorizado com tanta rapidez pela suposta senhora Graham, apesar da sua aparência simples, e que, por sua vez, foi a pessoa que melhor viu e apreciou o verdadeiro caráter e as qualidades reais daquela mulher, melhor até que o mais brilhante dos gênios.

Como eu talvez não tenha outra oportunidade de falar sobre ela, gostaria de aproveitar para contar que está noiva de Richard Wilson (acredito que em segredo para todos, exceto os dois). Aquele estudante decoroso passou por Cambridge, onde sua conduta exemplar e sua perseverança diligente em busca do conhecimento o conduziram com segurança e encerraram sua carreira de colegiado com honras obtidas a duras penas e uma reputação imaculada. No momento certo, ele tornou-se o principal e único pároco auxiliar do senhor Millward, pois os anos de declínio daquele cavalheiro enfim o forçaram a reconhecer que os deveres de sua imensa paróquia eram um pouco demais para a energia pedante da qual estava acostumado a se gabar para os irmãos mais jovens e menos ativos da paróquia. Foi isso que os amantes pacientes e fiéis tinham planejado em segredo e esperado

ANNE BRONTË

calmamente por anos e, no seu devido tempo, uniram-se para o assombro do mundinho em que viviam, que havia tempo declarara que ambos tinham nascido para uma abençoada vida solteira, alegando que aquele pálido e recatado devorador de livros nunca teria coragem de procurar por uma esposa ou conseguir uma, se assim o fizesse, e era igualmente impossível que a senhorita Millward, aquela mulher de aparência e costumes simples, pouco atraente e apaziguadora, encontrasse um marido.

Eles continuam morando no vicariato, a moça divide o tempo entre o pai, o marido e seus pobres paroquianos, e depois, com sua crescente família; e, agora que o reverendo Michael Millward se reuniu aos seus pais, com muita idade e várias honras, o reverendo Richard Wilson o sucedeu no vicariato de Linden-Hope para grande satisfação dos seus habitantes, que por muito tempo testaram e comprovaram os méritos dele e de sua excelente e amada parceira.

Se você está interessado em saber o destino da irmã daquela dama, a única coisa que tenho para contar (e talvez você já saiba disso por outros cantos) é que deixou o casal feliz há cerca de doze ou treze anos quando casou com um comerciante rico de L.; e eu não o invejo por tal barganha. Receio que ela lhe ofereça uma vida meio desconfortável, embora, felizmente, ele seja muito tolo para perceber a extensão do próprio infortúnio. Quase não tenho vínculos com ela, não nos encontramos há muitos anos. Mas estou certo de que ela ainda não se esqueceu, nem se esquecerá do seu antigo amante, tampouco da moça cujas qualidades superiores abriram os olhos dele para a estupidez daquele apreço infantil.

Quanto à irmã de Richard Wilson, ao perceber que era impossível reconquistar o senhor Lawrence ou conseguir algum parceiro rico e elegante o suficiente para corresponder à sua ideia de como o marido de Jane Wilson deveria ser, ela continua vivendo uma abençoada vida de solteira. Pouco depois da morte da mãe, ela tirou da Fazenda Ryecote a luz da sua presença, já que achou impossível continuar aguentando os modos grosseiros e os hábitos pouco sofisticados do seu honesto irmão Robert e da digna esposa dele, tampouco suportou a ideia de ser vista com pessoas tão vulgares aos

A INQUILINA DE WILDFELL HALL

olhos do mundo, e abrigou-se numa cidade rural na qual já tinha morado e onde ainda reside, acredito, em uma espécie de requinte mesquinho, frio e desconfortável, sem fazer muito bem aos outros e a si mesma, passando os dias com trabalhos imaginários e escândalos, referindo-se com frequência ao "seu irmão, o vigário" e à "sua irmã, a esposa do vigário" (mas nunca ao irmão fazendeiro e à irmã esposa do fazendeiro), procurando o máximo de companhia possível sem gastar demais, não amando nem sendo amada por ninguém; enfim, uma senhora velha, insensível, arrogante, mordaz, traiçoeira e repreensível.

Capítulo 49

Embora a saúde do senhor Lawrence tenha se restabelecido, minhas visitas a Woodford eram mais persistentes do que nunca, embora, frequentemente, mais curtas que antes. Era raro falarmos da senhora Huntingdon, mas nunca nos encontrávamos sem a mencionar, uma vez que eu só buscava a companhia dele na esperança de saber alguma coisa sobre ela, e ele nunca ia me procurar, porque já me via bastante. Mas eu sempre começava falando de outras coisas, e primeiro esperava para ver se ele tocava no assunto. Se não fizesse isso, eu perguntava em tom casual: "Você soube de alguma coisa da sua irmã recentemente?". Se ele dissesse que não, o assunto acabava aí; se dissesse que sim, eu me arriscava a perguntar como ela estava, mas nunca indagava sobre o marido dela, apesar de estar louco para saber, pois não era hipócrita a ponto de professar qualquer ansiedade em relação à sua melhora, tampouco tinha coragem de expressar qualquer desejo pelo resultado oposto. Eu tinha um desejo desses? Devo admitir que sim, mas, já que você ouviu minha confissão, também precisará ouvir minha justificativa ou, pelo menos, algumas das desculpas com as quais eu tentava pacificar minha própria consciência acusatória.

Em primeiro lugar, você sabe que a vida dele magoou outras pessoas, e é óbvio que não fez bem nem para si próprio. E, embora eu deseje que ela

A INQUILINA DE WILDFELL HALL

acabe, não teria apressado seu fim, nem se pudesse fazer isso levantando um dedo ou se uma alma sussurrasse em meus ouvidos que a força de vontade bastaria, a menos, é claro, que eu tivesse o poder de substituí-lo por alguma outra vítima cuja vida pudesse ser útil à raça e cuja morte fosse lamentada por seus amigos. Mas havia algum mal em desejar que, entre os tantos milhares de almas que certamente seriam levadas antes de o ano acabar, estivesse a daquele mortal indecente? Eu imagino que não, e, ainda assim, desejava com todo o meu coração que os céus o levassem para um lugar melhor ou, se isso não fosse possível, que ainda assim o tirassem deste mundo, pois, se ele não era capaz de atender aos chamados agora, após uma enfermidade perigosa e com aquele anjo ao seu lado, parecia bastante certo que nunca mais conseguiria (pelo contrário, a recuperação da saúde também trará de volta sua luxúria e vilania e, conforme sua confiança na recuperação aumentar e mais acostumado ele ficar à generosa bondade dela, mais indiferentes seus sentimentos se tornarão, e os argumentos persuasivos dela encontrarão um coração cada vez mais cruel e impenetrável). Mas Deus sabe o que faz. Enquanto isso, no entanto, não posso fazer nada a não ser ansiar pelo resultado dos decretos Dele, embora (afastando-me totalmente do caso) eu saiba que Helen deva estar interessada no bem-estar do marido, apesar de lamentar o destino dele, pois, enquanto ele viver, ela sofrerá miseravelmente.

Quinze dias se passaram, e às minhas indagações sempre se respondia com uma negativa. Até que, enfim, recebi o desejado "sim", o que me levou para a segunda pergunta. Lawrence adivinhou meus pensamentos ansiosos e apreciou meu recato. A princípio eu receava que ele fosse me torturar com respostas insatisfatórias, deixando-me no escuro em relação ao que eu queria saber ou forçando-me a arrancar a informação palavra por palavra com minhas perguntas diretas. "E é muito bem feito", você poderá dizer; mas ele foi mais misericordioso e logo colocou a carta da irmã nas minhas mãos. Eu a li em silêncio e a devolvi sem fazer nenhum comentário ou observação. Esse *modus operandi* lhe era tão benquisto que, a partir de então, passou a adotar sempre a mesma estratégia e me mostrava as cartas dela de uma vez quando era indagado a seu respeito (era muito mais fácil do que me narrar o conteúdo), e eu recebia aquelas confidências de forma tão tranquila e discreta que ele nunca pensou em descontinuar a ação.

Mas eu devorava as preciosas cartas com meus olhos e nunca as devolvia até estampar seu conteúdo na minha cabeça. Depois, ao chegar em casa, escrevia as passagens mais importantes no meu diário, junto com os eventos mais memoráveis do dia.

A primeira dessas comunicações informou sobre um sério agravamento da doença do senhor Huntingdon, resultado único e exclusivo da sua própria insistência em saciar seu apetite por bebidas estimulantes. Ela discutiu e diluiu o vinho com água, em vão. Os argumentos e as súplicas dela eram um incômodo, sua interferência era um insulto tão intolerável que, no fim, quando ele descobriu que ela tinha diluído às escondidas o vinho do porto que lhe trouxera, jogou a garrafa pela janela blasfemando que não seria enganado como um bebê, chamou o mordomo e ameaçou mandá-lo embora imediatamente se não lhe trouxesse uma garrafa do vinho mais forte da adega, afirmando que deveria ter melhorado há muito tempo se estivesse se cuidando como queria, que era ela quem o mantinha fraco para tê-lo em suas mãos, mas, por lorde Harry, ele não seria mais enganado, e, em seguida, segurou a taça em uma mão, a garrafa na outra e não parou enquanto não bebeu até a última gota. O resultado imediato dessa "imprudência", como ela modestamente denominou, foram sintomas alarmantes que só se agravaram desde então, e foi por isso que tinha demorado para escrever ao irmão. Todas as características da doença voltaram com ainda mais virulência: o pequeno ferimento externo, outrora quase cicatrizado, abriu-se novamente, uma inflamação interna desenvolveu-se e pode ter um termo fatal se não for retirada logo. É claro que o temperamento daquele sofredor torpe não melhorou com a calamidade; na verdade, suspeito que beirasse o insuportável, apesar de a boa cuidadora não reclamar. Mas ela disse que foi mesmo obrigada a entregar o filho aos cuidados de Esther Hargrave, pois sua presença era requerida com tanta frequência no quarto do enfermo que era impossível tomar conta do menino; e, embora a criança tenha implorado para continuar com ela ajudando-a a tratar do seu papai, e mesmo ela não tendo dúvida de que ele teria ficado muito bonzinho e quieto, ela não conseguia pensar em sujeitar os sentimentos tão novos e delicados do menino a tanto sofrimento, nem permitir que presenciasse a impaciência do pai ou ouvisse a linguagem terrível que costumava usar durantes as crises de dor ou irritação.

Ele (ela continuou) *lamenta profundamente o que fez e ocasionou sua recidiva, mas, como sempre, joga a culpa em cima de mim. Se eu tivesse argumentado com ele como uma criatura racional, ele diz, isso nunca teria acontecido; mas ser tratado como um bebê ou como um tolo era o suficiente para acabar com a paciência de qualquer homem, o que o fez declarar independência sacrificando até os próprios interesses. Ele esquece quantas vezes argumentei antes de "acabar com a paciência" dele. Parece que está ciente do perigo que corre, mas nada é capaz de fazê-lo refletir sob a perspectiva certa. Outra noite, enquanto eu o servia trazendo uma dose para aliviar sua sede ardente, ele observou, voltando a usar aquele tom amargurado e sarcástico:*

– Ah, sim, agora você está muito atenciosa mesmo! Acho que não há nada que não faria por mim, não é mesmo?

– Você sabe que estou disposta a fazer qualquer coisa para ajudá-lo – repliquei, um pouco surpresa com seu jeito.

– Agora, né, anjo imaculado. Mas, quando você conquistar sua recompensa e estiver segura no céu, e eu estiver urrando no fogo do inferno, você não levantará um dedo para me servir! Não, você olhará com complacência e não molhará nem a ponta do dedo na água para refrescar minha língua!

– Se isso acontecer, será por causa do enorme abismo que não conseguirei atravessar. E eu só olharia com complacência se tivesse certeza de que você está sendo purificado dos seus pecados para poder desfrutar da mesma felicidade que eu. Mas você está certo de que não o encontrarei no céu, Arthur?

– Hum! O que eu faria por lá, posso saber?

– Na verdade, não sei dizer. E receio que não há dúvida de que seus gostos e sentimentos precisam mudar profundamente para que você consiga aproveitar qualquer coisa de lá. Mas você prefere afundar no estado de tormenta no qual se imagina sem fazer o menor esforço?

– Oh, tudo isso não passa de uma fábula – ele disse com desdém.

– Tem certeza, Arthur? Tem certeza mesmo? Porque, se você duvidar um pouco e descobrir que estava errado quando for tarde demais para mudar...

– Seria bem desconfortável, sem dúvida – ele disse. – Mas não me incomode com isso agora, não vou morrer ainda. Não posso e não vou! – acrescentou com veemência, como se o aspecto apavorante daquele evento terrível o tivesse surpreendido de repente. – Helen, você precisa me salvar! – E segurou minha mão com sinceridade, fitando meu rosto com uma avidez tão suplicante que meu coração sangrou por ele, e não consegui falar entre as lágrimas.

* * *

A carta seguinte informou que a doença estava evoluindo rapidamente; e o horror daquele pobre sofredor em relação à morte era mais incômodo que sua impaciência com a dor física. Nem todos os seus amigos o haviam esquecido. O senhor Hattersley, ao saber que corria perigo, veio de sua distante residência no Norte para visitá-lo. Sua esposa o acompanhou, tanto pelo prazer de ver sua querida amiga, de quem estava separada há tanto tempo, quanto para visitar a mãe e a irmã.

A senhora Huntingdon mostrou-se feliz em ver Milicent de novo e ficou satisfeita ao encontrá-la tão bem e feliz.

Ela está no Bosque agora, a carta continuava, *mas vem me visitar com frequência. O senhor Hattersley passa bastante tempo ao lado da cama de Arthur. Com uma boa vontade maior que eu jamais imaginei, ele demonstra uma simpatia considerável pelo amigo infeliz e tem muito mais vontade do que aptidão para consolá-lo. Às vezes tenta*

A INQUILINA DE WILDFELL HALL

brincar e rir com ele, mas não funciona; outras vezes, esforça-se para animá-lo conversando sobre os velhos tempos e, se num momento isso serve para distrair o sofredor de seus tristes pensamentos, em outro apenas o faz mergulhar em uma melancolia ainda mais profunda que antes, deixando Hattersley confuso e sem saber o que dizer, exceto por uma tímida sugestão de que deveriam chamar o clérigo. Mas Arthur nunca consentirá isso: ele sabe que outrora rejeitou as bem- -intencionadas advertências do clérigo com desdenhosa leviandade e não pode nem sonhar em buscar conforto nele agora.

O senhor Hattersley às vezes oferece seus serviços em vez dos meus, mas Arthur não me deixa ir; seu capricho de ter-me sempre ao seu lado aumenta conforme suas forças diminuem. Eu dificilmente o deixo, exceto para ir ao quarto ao lado, onde às vezes consigo dormir por mais ou menos uma hora, quando ele está calmo; mas, mesmo nessas ocasiões, a porta fica entreaberta para que ele saiba que pode me chamar. Estou com ele agora, enquanto escrevo esta carta, e re- ceio que minha ocupação o incomode, embora eu a interrompa com frequência para atendê-lo, apesar de o senhor Hattersley também estar a seu lado. Seu amigo diz que veio para me dar um descanso nesta bela manhã gelada, para que eu possa andar um pouco no parque com Milicent, Esther e o pequeno Arthur, que ele trouxe até aqui para me ver. É óbvio que o pobre inválido considera aquilo uma proposta sem coração, pior ainda se eu a aceitasse. Portanto, informei que conversaria com eles só por um minuto e voltaria logo. Troquei apenas algumas palavras aqui fora, no pórtico, inalando o ar fresco e revigorante e, em seguida, resistindo às sérias e eloquentes súplicas dos três para que eu ficasse um pouco mais e os acompanhasse numa caminhada pelo jardim, afastei-me com dificuldade e voltei para meu paciente. Eu não tinha ficado ausente por mais de cinco minutos, mas ele me censurou profundamente pela minha leviandade e negligência. Seu amigo abraçou minha causa.

– Não, não, Huntingdon – ele disse. – Você está sendo duro demais com ela. A moça precisa comer, dormir e respirar um pouco de ar fresco

de vez em quando, senão ela não vai aguentar, estou lhe falando. Olhe para ela, homem! Já está só o pó.

– O que são os sofrimentos dela em comparação aos meus? – retrucou o coitado do inválido. – Você não sente rancor por me dar tanta atenção, não é, Helen?

– Não, Arthur, se eu realmente conseguisse ajudá-lo. Eu daria minha vida para salvá-lo, se pudesse.

– Daria mesmo? Não acredito!

– Daria, sim.

– Ah! Mas isso porque você acha que está mais pronta para morrer! – Houve uma pausa dolorosa. Ele evidentemente estava imerso em reflexões sombrias, mas, enquanto eu ponderava sobre o que dizer para ajudá-lo sem o alarmar, Hattersley, cuja mente estava indo quase pelo mesmo caminho, quebrou o silêncio:

– Estou falando, Huntingdon, eu mandaria chamar algum tipo de anglicano. Se você não gosta do vigário, pode chamar o pároco auxiliar ou algum outro, sabe?

– Não, nenhum deles será capaz de me ajudar, se ela não puder – foi a resposta. E as lágrimas brotaram em seus olhos ao exclamar com sinceridade: – Ó, Helen! Se eu tivesse ouvido você, nunca teria chegado a esse ponto! E, seu eu tivesse ouvido você há muito tempo... Ó, Deus! Como seria diferente!

– Então ouça-me agora, Arthur – pedi, apertando-lhe a mão com carinho.

– Agora é tarde demais – ele disse, melancólico. Depois disso, houve outro paroxismo de dor e, em seguida, sua mente começou a divagar. Receamos que a morte estivesse se aproximando, mas administramos ópio, e o sofrimento começou a passar; ele foi-se controlando aos poucos até enfim cair numa espécie de modorra. Tem estado mais quieto desde então, e Hattersley foi embora, dizendo que esperava encontrá-lo melhor quando voltasse amanhã.

– Talvez eu me recupere – ele respondeu. – Quem sabe? Pode ser que essa tenha sido a crise. O que você acha, Helen?

A INQUILINA DE WILDFELL HALL

Sem querer deprimi-lo, dei a resposta mais animadora que consegui, mas ainda recomendei que se preparasse para a possibilidade de aquilo que eu internamente receava ser bastante certeiro. Ele, contudo, estava determinado a ter esperança. Logo depois entrou num tipo de cochilo, mas em seguida estava gemendo de novo.

Houve uma mudança. Ele me chamou a seu lado de repente, com um jeito tão estranho e agitado que temi estar delirando, mas não era o caso.

– Foi a crise, Helen! – ele comentou, encantado. – Senti uma dor infernal aqui, e agora passou. Nunca estive tão tranquilo desde a queda. Passou, graças a Deus! – E ele segurou e beijou minha mão com todo o seu coração; mas, ao perceber que eu não compartilhava da sua alegria, afastou-me rapidamente e xingou bastante minha frieza e insensibilidade. Como eu poderia responder? Ajoelhando-me a seu lado, peguei-lhe a mão e a apertei com delicadeza contra meus lábios (pela primeira vez desde a nossa separação) dizendo a ele, da melhor forma que pude em meio às lágrimas, que não foi isso que me manteve em silêncio, mas, sim, o medo de que o fim repentino da dor não fosse um sintoma tão favorável quanto ele imaginara. Mandei chamar o médico imediatamente e, agora, estamos ansiosos esperando por ele. Contarei o que ele disser. A ausência de dor continua, a mesma letargia para todas as sensações nos locais onde o sofrimento foi mais agudo.

Meus piores temores foram confirmados: a mortificação tinha começado. O doutor disse a ele que não há esperanças. Palavras não podem descrever sua angústia. Não consigo mais escrever.

* * *

O teor da carta seguinte era ainda mais perturbador. O sofredor aproximava-se rapidamente do fim; já tinha sido arrastado quase até a borda daquele terrível desfiladeiro que receava contemplar e do qual a agonia de orações ou lágrimas não era capaz de salvá-lo. Nada era capaz de consolá-lo agora; as grosseiras tentativas de conforto feitas por Hattersley eram todas em vão. O mundo não significava nada para ele, a vida e todos os seus interesses, todas as preocupações triviais e prazeres transitórios eram uma zombaria cruel. Falar do passado significava torturá-lo com um remorso inútil, referir-se ao futuro aumentava sua angústia, e até ficar em silêncio tornava-o presa de seus próprios arrependimentos e apreensões. Com frequência ele tremia ao pensar minuciosamente sobre o destino da sua morada perene; o definhamento lento e gradual já invadindo seu corpo: a mortalha, o caixão, a escuridão, a cova solitária e todos os horrores da decomposição.

– De nada ajuda eu tentar distraí-lo dessas coisas, alçando seus pensamentos para assuntos mais elevados – escreveu sua esposa aflita.

– É ainda pior! – ele rosna. – Se realmente houver vida após a tumba e julgamento após a morte, como poderei encará-los?

Não consigo lhe fazer bem nenhum. Nada do que digo é capaz de iluminá-lo, elevá-lo ou confortá-lo, mesmo assim ele gruda em mim com uma insistência implacável e uma espécie de desespero infantil, como se eu pudesse salvá-lo do destino que o apavora. Ele me mantém a seu lado dia e noite. Agora, enquanto escrevo, ele está segurando minha mão esquerda; fica assim por horas, às vezes em silêncio, com o rosto pálido virado para o meu, outras apertando meu braço com violência, as grandes gotas de suor brotando em sua testa com os pensamentos sobre o que ele vê (ou pensa que vê) diante de si. Se tiro minha mão por um instante, isso o perturba.

– Fique aqui comigo, Helen – ele diz. – Deixe-me segurá-la assim. Parece que nenhum mal poderá me alcançar quando você está aqui. Mas a morte virá... Está vindo agora... Rápida! Rápida! E... oh, se eu pudesse acreditar que não há nada além!

– Não tente acreditar nisso, Arthur; há alegria e glória no além, se tentar alcançá-las!

– Qual! Para mim? – ele disse com algo semelhante a uma risada. – Nós não somos julgados de acordo com os feitos do corpo? De que adianta uma existência probatória se o homem puder usá-la como

quiser, contrariando os mandamentos de Deus, e depois chegar aos céus ganhando o melhor? Se o mais terrível pecador puder ganhar a recompensa do mais sagrado santo apenas por dizer "Eu me arrependo"?

– Mas, se você se arrepender com sinceridade...

– Não consigo me arrepender, apenas tenho medo.

– Você só se arrepende do passado pelas consequências que trará a você mesmo?

– Só. Também lamento ter feito mal a você, Nell, porque você é muito boa para mim.

– Pense na bondade de Deus, e você lamentará por tê-Lo ofendido.

– O que é Deus? Não consigo vê-Lo nem ouvi-Lo. Deus é apenas uma ideia.

– Deus é sabedoria infinita, poder, bondade e AMOR; mas, se essa ideia for muito vasta para suas faculdades humanas, se sua cabeça se perde em tal esmagadora infinitude, fixe-a Naquele que condescendeu em assumir nossa natureza por Ele, que se ergueu aos céus mesmo em Seu glorioso corpo humano, no qual reluz a completude divina.

Mas ele apenas balançou a cabeça e suspirou. Em seguida, noutro paroxismo de horror trêmulo, ele apertou ainda mais minha mão e meu braço, e, gemendo e lamentando, agarrou-se a mim com aquela sinceridade tão primitiva e desesperada, tão dolorosa à minha alma, porque sei que não posso ajudá-lo. Fiz o melhor que pude para acalmá--lo e confortá-lo.

– A morte é tão terrível – ele exclamou. – Não posso suportar! Você não sabe, Helen, você não imagina o que é, porque não está com ela diante de seus olhos! E, quando eu estiver enterrado, você voltará aos seus antigos hábitos e será mais feliz do que nunca, e todo o mundo continuará tão ocupado e contente como se eu nunca tivesse estado aqui, enquanto eu... – Ele desatou a chorar.

– Não precisa se preocupar com isso. Todos nós o seguiremos em breve – consolei-o.

– Gostaria que Deus me deixasse levá-la comigo agora! – ele clamou. – Você deveria rogar por mim.

– Nenhum homem pode entregar seu irmão, nem fazer acordos com Deus para si mesmo – retruquei. – É preciso mais para redimir a alma deles... É preciso o sangue do Deus encarnado, perfeito e imaculado Nele mesmo, para nos redimir do vínculo com o mal; deixe que Ele rogue por você.

Mas sinto que falo em vão. Agora ele não ri mais dessas verdades abençoadas como fazia antes, mas ainda não consegue acreditar nelas e não as compreenderá. Ele não deve resistir por muito tempo, está sofrendo terrivelmente, assim como aqueles que aguardam a seu lado. Mas não o incomodarei com outros detalhes; acredito que já disse o bastante para convencê-lo de que fiz bem em voltar.

* * *

Pobre Helen! Que terríveis devem ter sido suas provações! E eu não podia fazer nada para amenizá-las. Não, quase sentia que eu mesmo as tinha causado com meus desejos secretos. E, quando percebi o sofrimento do seu marido ou o dela, quase sentia como se fosse meu próprio julgamento por ter nutrido um desejo desses.

Dois dias depois, chegou outra carta. Ela também foi colocada em minhas mãos sem nenhum comentário, e o conteúdo é o seguinte:

5 de dezembro.

Enfim, ele se foi. Fiquei sentada a seu lado a noite inteira, minha mão quase presa à dele, observando as mudanças em suas expressões e ouvindo sua respiração arquejante. Ele ficou em silêncio por bastante tempo, e pensei que nunca mais falaria, quando murmurou com fraqueza, mas claramente:

– Reze por mim, Helen!

– Eu rezo por você todas as horas e todos os minutos, Arthur; mas você precisa rezar por si mesmo.

Seus lábios se moveram, mas não emitiram som algum; em seguida, seu olhar ficou desfocado e, pelas palavras incoerentes e meio

A INQUILINA DE WILDFELL HALL

proferidas que escapavam da sua boca de tempos em tempos, imaginei que estivesse inconsciente e soltei delicadamente minha mão da dele, querendo sair para tomar um ar, pois eu estava quase desmaiando. Mas um movimento convulsivo dos seus dedos e um sussurro fraco de "Não me deixe!" me chamou de volta imediatamente; peguei sua mão e a segurei até que ele não estivesse mais ali e, então, desmaiei. Não foi por pesar, mas pela exaustão que até então eu tinha conseguido combater com êxito. Ó, Frederick! Ninguém pode imaginar os tormentos físicos e mentais daquela cama mortuária! Como eu poderia viver pensando que aquela pobre alma vacilante foi levada para sofrer eternamente? Eu ficaria louca. Mas tenho esperanças, graças a Deus; não apenas na vaga possibilidade de que a penitência e o perdão o tivessem alcançado no fim, mas também na abençoada confiança de que, por mais que aquele espírito errante possa estar condenado a passar por fogos purgantes, não importa o destino que o aguarda, ele ainda não está perdido, e Deus, que não odeia nada feito por Ele, vai abençoá-lo no fim!

Na quinta-feira o corpo será levado àquele túmulo escuro que ele tanto temia, mas o caixão precisa ser fechado o quanto antes. Se você for participar do funeral, venha logo, pois preciso de ajuda.

HELEN HUNTINGDON

Capítulo 50

Ao ler isso, não tive motivos para mascarar minha alegria e minha esperança perante Frederick Lawrence, pois eu não tinha do que me envergonhar. A única alegria que senti foi por sua irmã finalmente estar livre daquele apuro aflitivo e esmagador; minha única esperança era de que, com o tempo, ela se recuperasse dos efeitos daquela experiência e pudesse viver o resto da vida em paz e tranquilidade, no mínimo. Senti uma dolorosa compaixão por seu marido infeliz (embora completamente ciente de que ele mesmo tinha causado cada parcela daquele sofrimento, e que os merecia muito bem, até) e senti também uma simpatia grande pelas aflições dela e uma ansiedade profunda pelas consequências daqueles cuidados fustigantes, daquelas vigílias terríveis e do confinamento ininterrupto e deletério ao lado de um defunto vivo, pois eu estava convencido de que ela não imaginava metade do sofrimento que teve de suportar.

– Você irá até ela, Lawrence? – perguntei, conforme devolvia a carta.

– Vou imediatamente.

– Que bom! Então irei embora para você se preparar para a partida.

– Já fiz isso antes de você chegar e enquanto lia a carta; a carruagem já está quase na porta.

A INQUILINA DE WILDFELL HALL

Aprovando internamente aquela prontidão, desejei-lhe um bom dia e fui embora. Ele me dirigiu um olhar perscrutador quando apertamos as mãos ao nos separarmos, mas, independentemente do que buscou em minhas expressões, não encontrou nada além da mais apropriada seriedade (pode ser que estivesse misturada com uma ligeira austeridade causada pelo ressentimento momentâneo que senti ao imaginar o que se passava por sua cabeça).

Se eu tinha esquecido minhas expectativas, meu amor ardente, minhas esperanças obstinadas? Parecia um sacrilégio falar sobre tais sentimentos agora, mas eu não os tinha esquecido. Contudo, foi com uma sensação lúgubre sobre a obscuridade dessas expectativas, a falácia dessas esperanças e a vaidade dessa afeição que refleti sobre tudo isso quando montei de volta em meu cavalo e segui lentamente para casa. Agora a senhora Huntingdon estava livre, não era mais um crime pensar nela; mas será que ela pensava em mim? Não agora (é claro que não esperava isso), mas ela o faria depois que o abalo passasse? Ela nunca mencionou meu nome nas correspondências com seu irmão (nosso amigo em comum, como ela mesma o chamou), exceto uma vez, e por pura necessidade. Isso em si já levantava uma forte hipótese de que eu já tinha sido esquecido. Ainda assim, não era o pior; talvez seu senso de dever a tivesse mantido em silêncio, talvez ela só estivesse tentando me esquecer, mas, além disso, eu estava taciturnamente convencido de que as realidades terríveis que ela viu e sentiu, a reconciliação com o homem que outrora amara, o sofrimento e a morte terríveis dele, no fim, tinham apagado da sua cabeça qualquer vestígio do amor passageiro que um dia sentiu por mim. Ela conseguirá recuperar-se desses horrores e recobrar sua antiga saúde, sua tranquilidade, quiçá até sua alegria, mas nunca aqueles sentimentos que, a partir de agora, a ela parecerão uma ilusão efêmera, um sonho vão e delirante, sobretudo quando não há ninguém para lembrá-la da minha existência, não há meios de garantir minha constância fervente agora que estamos tão distantes, e a educação me impede de vê-la ou escrever ao menos nos próximos meses. E eu poderia usar seu irmão a meu favor? Como quebrar aquele gelo de tímido recato? Talvez agora ele desaprove meu vínculo mais do que antes,

473

talvez ele pense que sou muito pobre, muito inferior para me juntar à sua irmã. Sim, esta era outra barreira: sem dúvida havia uma grande distinção entre a classe e a situação da senhora Huntingdon, senhora do Palacete Grassdale, e da senhora Graham artista, moradora de Wildfell Hall. E talvez o mundo, seus amigos, quiçá até ela mesma, considerassem presunçoso da minha parte oferecer minha mão à primeira; uma penalidade que eu seria capaz de enfrentar se tivesse certeza de que ela me ama, mas, caso contrário, como eu ousaria? E, por fim, o falecido marido, com aquele seu egoísmo habitual, poderia ter redigido o testamento com restrições a um novo casamento. Portanto, como você pode perceber, eu tinha vários motivos para me desesperar, se quisesse.

Apesar disso, não foi com pouca impaciência que ansiei pelo retorno do senhor Lawrence de Grassdale, impaciência que aumentava à medida que sua ausência se prolongava. Ele manteve-se fora por dez ou doze dias. Ainda bem que ficou lá confortando e ajudando a irmã, mas ele podia ter escrito para me dizer como ela estava ou ao menos para contar a provável data do seu retorno, uma vez que provavelmente sabia que eu estava sofrendo de ansiedade por ela e pela incerteza dos meus próprios planos para o futuro. E, ao voltar, tudo o que me disse foi que ela estava muito exausta e desgastada pelos esforços ininterruptos prestados àquele que tinha sido o causador da desgraça na vida dela, e que ele quase a tinha arrastado consigo para os portais da própria cova, e que ela ainda estava muito mexida e deprimida com aquele fim melancólico e as circunstâncias que o causaram; mas não houve uma palavra em relação a mim, nenhuma revelação de que meu nome tenha passado por seus lábios ou sido dito em sua presença. É claro que não fiz perguntas sobre o assunto; não consegui me convencer a fazer isso, pois acreditava que Lawrence realmente era avesso à ideia da minha união com sua irmã.

Notei que ele esperava outros questionamentos sobre a visita, e notei também, com a percepção aguçada pelo despertar de um ciúme, pela autoestima abalada ou pelo que quer que seja, que ele evitava aquele escrutínio iminente, e não ficou menos satisfeito do que surpreso quando percebeu que ele não veio. É claro que eu ardia de raiva, mas o orgulho me obrigou a refrear meus sentimentos e manter uma expressão tranquila, ou ao menos uma calma estoica durante toda a conversa. Que bom que fiz isso, pois, refletindo agora com mais sobriedade, devo dizer que teria sido muito absurdo e impróprio brigar com ele naquela ocasião. Também preciso confessar que me enganei a seu respeito. Na verdade, ele gostava muito de mim, mas estava bastante ciente de que a união entre mim e a senhora Huntingdon seria aquilo que o mundo chama de matrimônio mal arranjado. Não era da sua natureza desafiar o mundo, sobretudo em um caso como esse, pois achava que as risadas jocosas ou as opiniões nocivas seriam muito mais terríveis se direcionadas contra sua irmã do que contra ele próprio. Se ele soubesse que a união era necessária para a felicidade dos dois, ou de algum de nós, ou se conhecesse o fervor com o qual eu a amava, ele teria agido diferente, mas, ao me encontrar tão calmo e tranquilo, não queria que o mundo perturbasse minha serenidade. E, embora não se opusesse ativamente àquela comunhão, ele também não faria nada para trazê-la à tona e preferia ficar do lado da prudência, ajudando-nos a superar nossas predileções mútuas, em vez de nos incentivar. "E ele tinha esse direito", você poderá dizer, e talvez tivesse mesmo. De qualquer forma, eu não tinha motivos para me sentir tão magoado com ele como me senti, mas não conseguia pensar sobre o assunto de forma tão lúcida e, depois de uma breve conversa sobre coisas supérfluas, fui embora sentindo todas as dores de um orgulho ferido e uma amizade contundida, além daquelas provenientes do medo de ter sido realmente esquecido e por saber que a pessoa amada estava sozinha e aflita, sofrendo por saúde debilitada e ânimo deprimido, e eu estava proibido de consolá-la ou ajudá-la, proibido até mesmo de demonstrar minha compaixão, pois transmitir uma mensagem desse tipo pelo senhor Lawrence agora estava totalmente fora de cogitação.

Mas o que eu deveria fazer? Eu esperaria para ver se ela me notaria, o que é óbvio que não iria acontecer, a menos que confiasse alguma mensagem gentil a seu irmão, que, muito provavelmente, não a entregaria e, então (que pensamento terrível!), ela me acharia frio e mudado por não responder ou, talvez, ele já tivesse dado a entender que eu tinha parado de pensar nela. De toda forma, esperaria passarem os seis meses da nossa separação (que será perto do fim de fevereiro) e, então, enviaria a ela uma carta recordando-a despretensiosamente da permissão que me dera para escrever após aquele período, e esperando que eu pudesse fazer uso dela para ao menos expressar meus profundos sentimentos por suas recentes aflições, meu verdadeiro apreço por sua conduta generosa e minha esperança do completo restabelecimento de sua saúde e de que, em algum momento, ela se permitisse desfrutar dessas bênçãos em uma vida pacata e feliz, que lhe foi negada por tanto tempo, mas que ninguém merecia mais do que ela. Acrescentaria ainda meus gentis cumprimentos ao meu amiguinho Arthur, revelando esperar que ele ainda não tivesse se esquecido de mim, e talvez algumas outras palavras em referência ao tempo pregresso, às horas encantadoras que passei em sua companhia e à minha vívida lembrança, momentos que foram o tempero e o conforto da minha vida, e dizendo que esperava que seus problemas recentes não tivessem me expulsado completamente de sua mente. Se ela não respondesse, é claro que não escreveria mais; se respondesse (como certamente ela faria, de alguma forma), minhas próximas ações seriam determinadas por tal resposta.

Esperar por dez semanas nesse deplorável estado de incerteza era bastante tempo, mas coragem! Era preciso suportar! Enquanto isso, eu continuaria a ver Lawrence de vez em quando, mas não com a mesma frequência de antes, e seguiria fazendo minhas habituais perguntas sobre a irmã dele, se ele tinha ouvido falar dela, como ela estava, e nada além disso.

Foi o que fiz, e as respostas recebidas eram sempre provocadoramente limitadas no sentido mais estrito do questionamento: ela estava como de costume; ela não tinha reclamado, mas o tom da última carta manifestou uma grande depressão mental; ela disse que estava melhor; e, por fim, disse que estava bem e bastante ocupada com a educação do filho, com a gestão da propriedade do seu falecido marido e com a organização das contas dele. Aquele maldoso nunca me contou como estava a propriedade, nem se o senhor Huntingdon faleceu intestado ou não; e eu preferia morrer a perguntar a ele, com receio de que interpretasse meu desejo como cobiça. Ele nunca mais ofereceu as cartas da irmã para eu ler, e eu jamais dei a entender qualquer desejo de vê-las. Todavia, fevereiro estava se aproximando.

A INQUILINA DE WILDFELL HALL

Dezembro passou, e janeiro finalmente está quase acabando; só mais algumas semanas para que o desespero certo ou a renovação das esperanças pusesse um fim nesse longo suspense angustiante.

Mas, ai de mim! Bem nesse período ela teve que suportar outro golpe, agora o da morte do tio (um homem velho, bastante desprezível, ouso dizer, mas que sempre demonstrou mais carinho e afeição por ela do que por qualquer outra criatura, e ela costumava tratá-lo como um pai). Ela ajudou a tia com os cuidados durante o último estágio da doença, e ele estava com ela quando morreu. Seu irmão foi a Staningley para participar do funeral e, ao retornar, disse-me que ela ainda estava lá tentando animar a tia com sua presença e provavelmente ficaria por mais algum tempo. Aquelas não eram boas notícias para mim, pois, enquanto estivesse por lá, eu não poderia escrever, uma vez que não tinha o endereço e não perguntaria para ele. Mais uma semana seguiu a outra e, todas as vezes que eu perguntava por ela, era informado de que ainda estava em Staningley.

– Onde é Staningley? – perguntei, afinal.

– No Condado C. – foi a breve resposta, e havia algo de tão frio e seco em seus modos que de fato me senti desencorajado a solicitar informações mais específicas.

– Quando ela voltará a Grassdale? – foi a pergunta seguinte.

– Não... não sei.

– Maldição! – murmurei.

– Por quê, Markham? – perguntou meu companheiro com um ar de inocente surpresa. Mas não ousei responder, apenas olhei-o com desdém silencioso e ressentido, que o fez desviar os olhos e olhar contemplativo para o tapete com um leve sorriso, meio pensativo, meio entretido. Todavia, ergueu os olhos logo em seguida e começou a falar sobre outros assuntos, tentando me puxar para uma conversa animada e amistosa, mas eu estava muito irritado para ficar conversando com ele e fui embora logo depois.

Como você pode perceber, Lawrence e eu não conseguíamos nos acertar muito bem. O fato é que nós dois éramos um pouco sensíveis demais. Essa suscetibilidade a afrontas que ninguém pretende fazer é uma coisa incômoda, Halford. Você está de prova de que não sou mais vítima disso:

aprendi a me tornar alegre e sábio, pegar mais leve comigo mesmo e ser mais tolerante com meus vizinhos, e consigo rir tanto com Lawrence quanto com você.

Um pouco sem querer, um pouco por negligência consciente da minha parte (pois eu realmente estava começando a desgostar dele), várias semanas se passaram antes que eu visse meu amigo de novo. Foi ele que me procurou quando nos reencontramos, indo até o campo onde eu começava a colher feno, em uma manhã clara do início de junho.

– Faz tempo que não o vejo, Markham – disse ele, após trocarmos as primeiras palavras. – Você não pretende mais me visitar em Woodford?

– Fui uma vez, mas você não estava.

– Lamento por isso, mas também já faz tempo. Achei que você voltaria... E agora eu que fui visitá-lo, mas você não estava, como normalmente acontece, senão eu teria prazer de ir até a sua casa com mais frequência. No entanto, eu estava decidido a achá-lo desta vez, deixei meu pônei no campo e atravessei a cerca e a vala para encontrá-lo, pois estou prestes a deixar Woodford por um tempo e não terei o prazer de vê-lo novamente por um ou dois meses.

– Aonde você vai?

– Primeiro a Grassdale – ele falou com um meio sorriso que gostaria de ter refreado, se conseguisse.

– Grassdale! Então ela está lá?

– Sim, mas irá embora daqui a um ou dois dias para acompanhar a senhora Maxwell até F. com o intuito de aproveitar o ar marítimo. E eu vou com ela. – (Naquela época, F. era uma estância aquática tranquila e respeitável; hoje é significativamente mais frequentada.)

Lawrence pareceu esperar que eu aproveitasse a oportunidade para confiar a ele algum tipo de mensagem para sua irmã, e acredito que a entregaria sem fazer nenhuma objeção palpável se eu tivesse o bom senso de pedir, pois é óbvio que não se ofereceria para fazê-lo se eu ficasse quieto. Mas não consegui pensar em nada e, só depois que ele se foi, percebi a bela oportunidade que eu tinha perdido e, de fato, arrependi-me profundamente pela minha estupidez e meu orgulho tolo, mas já era tarde demais para remediar aquele revés.

A INQUILINA DE WILDFELL HALL

Ele não voltou até perto do fim de agosto. Escreveu-me de F. duas ou três vezes, mas suas cartas quase sempre eram provocadoramente insatisfatórias, falando de banalidades ou trivialidades com as quais eu não me importava, ou eram alastradas de fantasias e reflexões igualmente inoportunas para mim na ocasião, não diziam quase nada sobre a irmã dele e pouco mais sobre si mesmo. Eu esperava que ele voltasse; quem sabe não conseguiria tirar mais informações dele, então. De toda forma, eu não escreveria para ela agora que estava com ele e com a tia, que, sem dúvida, seria ainda mais hostil às minhas aspirações presunçosas do que meu amigo. O momento mais adequado seria quando ela tivesse voltado para o silêncio e a solidão da própria casa.

Quando Lawrence chegou, porém, estava mais reservado do que nunca em relação ao assunto da minha ansiedade aguda. Ele me contou que sua irmã tinha se beneficiado bastante da estadia em F., que o filho dela estava bem e que (ai de mim!) os dois tinham voltado com a senhora Maxwell para Staningley, onde ficariam por pelo menos três meses. Mas, em vez de incomodá-lo com minhas frustrações, expectativas e desapontamentos, bem como com minhas oscilações entre leve abatimento e breve esperança, além das minhas resoluções instáveis de esquecer tudo aquilo, depois perseverar, de fazer uma investida corajosa ou deixar as coisas passar e esperar pela hora certa com paciência, vou me ocupar em falar sobre uma ou duas pessoas que apareceram ao longo desta narrativa e as quais eu talvez não tenha outra oportunidade de mencionar.

Pouco antes da morte do senhor Huntingdon, Lady Lowborough fugiu para o continente com outro galã, onde, após viverem por um tempo esbanjando irresponsáveis alegria e descomedimento, brigaram e se separaram. Ela continuou errante por um tempo, mas os anos vieram, e o dinheiro se foi, até que, enfim, afundou em dificuldades, dívidas, desgraça e miséria, e eu soube que ela morreu na penúria, completamente esquecida e miserável. Mas pode ser que seja apenas um boato e é capaz que ainda esteja viva, pois nem eu nem qualquer um de seus parentes ou antigos conhecidos sabemos dizer, já que todos a perderam de vista há muitos anos e gostariam de esquecê-la por completo, se pudessem. O marido, contudo, ao saber dessa segunda contravenção, imediatamente obteve o divórcio

ANNE BRONTË

e não demorou muito para se casar de novo. E fez bem, uma vez que o Lorde Lowborough, melancólico e mal-humorado como parecia ser, não era homem para a vida de solteiro. Não havia interesses públicos, projetos ambiciosos ou atividades agitadas, tampouco laços de amizade (se é que ele já teve algum amigo) capazes de compensar a ausência do conforto e do carinho doméstico. Ele tinha um filho e uma filha homônima, é verdade, mas eles o faziam lembrar da mãe de forma muito dolorosa, e a coitada da pequena Annabella era uma fonte de perpétua amargura para sua alma. Ele se obrigava a tratá-la com bondade paternal e se forçou a não a odiar, talvez até conseguisse sentir alguma estima carinhosa por ela em troca do afeto inocente e insuspeito que a menina sentia por ele. Contudo, quem o conhecia era capaz de imaginar um pouco a reprovação aflitiva que ele se fazia por causa dos sentimentos relacionados àquela criatura inocente, as lutas constantes que enfrentava para subjugar as inclinações nocivas da sua natureza (que não era lá muito generosa), mas só Deus e seu coração a sabiam de verdade. Havia também a dificuldade dos conflitos contra a tentação de retomar os vícios da juventude para tentar esquecer-se das calamidades pregressas e matar o atual pesar do seu coração doente por causa daquela vida sem alegrias ou amizades e daquela mente tão mórbida e inconsolável, sucumbindo novamente à custa da saúde, do bom senso e da virtude àquele inimigo insidioso que já o escravizara e degradara de forma tão deplorável.

Sua segunda escolha foi bastante diferente da primeira. Alguns se surpreenderam com seu gosto, outros até o ridicularizaram, mas isso evidenciou mais a tolice alheia que a dele próprio. A dama tinha quase a mesma idade dele (ou seja, entre 30 e 40 anos), não era notável pela beleza, riqueza ou realizações brilhantes, nem por qualquer outra coisa, pelo que eu soube, exceto por seu bom senso genuíno, sua integridade inabalável, religiosidade praticante, benevolência calorosa e bom humor. Como você já deve imaginar, tais qualidades juntas fizeram dela uma excelente mãe para as crianças e uma esposa de valor inestimável para o lorde. Com sua autodepreciação habitual, ele a considerou boa demais para si e, apesar de ficar surpreso com a bondade da Providência em lhe conferir um presente daqueles e até com o gosto dela por preferir ficar com ele a escolher outro homem, fez o melhor que pôde para corresponder o bem que ela lhe fazia, e teve tanto sucesso nessa empreitada que ela foi, e acredito que ainda seja, uma das esposas mais felizes e adoráveis da Inglaterra. Todos que questionaram o bom gosto dos dois devem dar-se por satisfeitos se suas escolhas oferecerem pelo menos metade daquela genuína satisfação ou retribuírem sua preferência com pelo menos metade daquela afeição tão duradoura e sincera.

Se você está interessado no destino de Grimsby, aquele pulha depravado, só posso dizer que foi de mal a pior, indo cada vez mais para o fundo do poço do vício e da vilania, reunindo-se apenas com os piores membros do seu clube e com a maior escória da sociedade (felizmente, para o restante do mundo), e dizem que encontrou seu fim num duelo de embriagados pelas mãos de algum de seus amigos crápulas enganado por ele num jogo.

Quanto ao senhor Hattersley, ele nunca abandonou sua resolução de se afastar deles e de se comportar como um homem cristão. A doença terminal e a morte do seu velho e animado amigo Huntingdon o impressionou tão profunda e seriamente sobre os males das suas antigas práticas que ele nunca mais precisou de outra lição como aquela. Para evitar as tentações da cidade, continuou a viver no campo imerso em ocupações comuns aos camponeses cordiais e ativos. Suas atividades limitam-se à agricultura e à criação de cavalos e gado, alternadas com um pouco de caça e artilharia e animadas pela companhia ocasional dos amigos (melhores que aqueles da juventude), da sua feliz esposa (agora tão alegre e confiante quanto seu coração poderia desejar) e da bela família de filhos robustos e filhas viçosas. Seu pai, um banqueiro, faleceu há alguns anos e deixou todas as riquezas para ele. Agora ele pode exercitar seus principais gostos, e nem preciso lhe dizer que o Escudeiro Ralph Hattersley é celebrado por todo o país graças à sua nobre linhagem de cavalos.

Capítulo 51

Vamos agora para uma tarde pacata, fria e nublada no início de dezembro, quando a primeira fina camada de neve cobria os campos secos e as estradas congeladas, depositada mais profundamente nos sulcos das carruagens e nas pegadas dos homens e dos cavalos impressas na lama agora petrificada das últimas chuvas abundantes do mês. Lembro-me bem, pois voltava do vicariato para casa e a meu lado caminhava ninguém mais, ninguém menos do que a senhorita Eliza Millward. Fui visitar seu pai não por mim, mas num sacrifício educado para agradar exclusivamente minha mãe, uma vez que eu odiava me aproximar da casa não apenas pela antipatia que sentia em relação à outrora tão sedutora Eliza, mas porque eu ainda não tinha perdoado o velho senhor por sua opinião desfavorável à senhora Huntingdon. Apesar de reconhecer e admitir que a julgara erroneamente, ele ainda asseverava que a moça tinha feito mal em deixar o marido, que aquilo era uma violação aos sagrados deveres de esposa e que ela tinha testado a Providência ao se abrir à tentação, sendo que nada além de um abuso físico (e não de natureza trivial) poderia justificar tal atitude, aliás, nem mesmo isso poderia ser usado como justificativa, afinal, nesse caso, ela deveria apelar às leis em busca de proteção. Mas não era dele que eu queria falar, e, sim, de sua filha Eliza. Bem quando eu estava indo embora da visita ao vigário, ela entrou na sala pronta para caminhar.

– Eu estava de saída para visitar sua irmã, senhor Markham – ela disse. – Se você não se opuser, gostaria de acompanhá-lo até em casa. Gosto de companhia quando caminho lá fora. E você?

– Sim, quando é agradável.

– É claro – retrucou a jovem moça com um sorriso irônico.

Então seguimos juntos.

– Você acha que Rose estará em casa? – ela perguntou conforme nos aproximamos do portão do jardim e nos dirigimos em direção a Linden-Car.

– Acredito que sim.

– Espero que sim também, pois tenho novidades para contar a ela. Isso se você não chegou antes de mim.

– Eu?

– Sim. Você sabe por que o senhor Lawrence foi viajar? – Ela ergueu os olhos, ansiosa por minha resposta.

– Ele foi viajar? – perguntei.

Seu rosto se iluminou.

– Ah! Então ele não contou sobre a irmã dele?

– O que tem ela? – indaguei aterrorizado, com medo de que ela tivesse sido acometida por algum mal.

– Ó, senhor Markham, como você está corado! – ela exclamou com um sorriso perturbador. – Rá! Rá! Você ainda não a esqueceu. Mas é melhor fazer isso rápido, estou falando, porque… Minha nossa! Minha nossa! Ela irá se casar na próxima quinta-feira!

– Não, senhorita Eliza, isso é mentira.

– Você está me chamando de mentirosa, senhor?

– Você está mal informada.

– Estou? Você tem outras informações, então?

– Acho que sim.

– Então por que está tão pálido? – ela indagou, sorrindo de prazer com a minha comoção. – Está com raiva, pobre de mim, por contar uma lorota dessas? Pois bem, apenas conto o conto sem aumentar um ponto. Não garanto sua veracidade, mas, ao mesmo tempo, não vejo motivos para Sarah ter-me enganado, nem para o informante dela tê-la enganado também. Ela me disse o que o criado contou a ela: que a senhora Huntingdon irá se casar na quinta-feira, e que o senhor Lawrence foi ao casamento. Ela me disse o nome do cavalheiro, mas esqueci. Talvez você possa me ajudar a lembrar. Acho que é alguém que vive lá perto ou visita os arredores com frequência, alguém que ela conhece há bastante tempo. Um senhor... Ó, céus! Senhor...

– Hargrave? – sugeri com um sorriso amargurado.

– Isso mesmo! – ela exclamou. – É esse nome mesmo.

– Impossível, senhorita Eliza! – bradei num tom que a fez estremecer.

– Bem, foi isso que me contaram – ela disse, encarando-me com calma. Em seguida, deu uma gargalhada tão aguda que acabou comigo e me deixou furioso.

– É sério, desculpe-me! – exclamou. – Eu sei que é muito rude, mas... Rá, rá, rá! Você pensou que ela se casaria com você? Minha nossa, que lástima! Rá, rá, rá! Que graça, senhor Markham. Você vai desmaiar? Meu Deus! Quer que eu chame esse homem? Ei, Jacob...

Mas findei as palavras de seus lábios ao segurar seu braço e, acredito, apertar com bastante força, pois ela se encolheu com um gemido fraco de dor ou de susto. Seu humor, contudo, ainda não fora subjugado: recuperou-se de pronto e continuou com aquela preocupação fingida, perguntando:

– O que posso fazer por você? Quer um pouco de água? Um pouco de conhaque? Imagino que tenha na taberna ali embaixo. Posso correr até lá, se você deixar.

– Chega dessa bobagem! – vociferei com raiva. Ela pareceu confusa por um instante, quase assustada de novo. – Você sabe que odeio brincadeiras assim – continuei.

– Brincadeiras! Mas eu não estava brincando!

– Em todo caso, você estava rindo, e não gosto que riam de mim – retruquei, com um esforço violento para falar com dignidade e compostura apropriadas e não dizer nada que não fosse coerente e sensato. – E, como você está tão bem-humorada, senhorita Eliza, deve ser uma ótima companhia para si mesma. Por isso, permitirei que termine sua caminhada sozinha, pois acabei de me lembrar de que tenho coisas para fazer em outro lugar. Boa noite.

Após dizer isso, eu a deixei (afrouxando seu sorriso malicioso) e virei em direção aos campos, passei por cima do canteiro e atravessei a passagem mais próxima da sebe. Determinado a descobrir a verdade (ou a mentira) daquela história de uma vez por todas, apressei-me até Woodford, o mais rápido que minhas pernas podiam me levar; primeiro tomei um desvio por um caminho mais longo, mas, no momento em que saí da vista da minha bela atormentadora, corri pelos campos como voam os pássaros, passando pelos pastos, por pousios, restolhos e campos, sebes limpas, valas e cercas, até chegar aos portões daquele jovem galanteador. Eu não conhecia o fervor real do meu amor até agora, a força total das minhas esperanças, que não foram erradicadas mesmo nas horas de mais profunda depressão, sempre tenaz em aderir ao pensamento de que ela seria minha um dia ou, se não fosse isso, que pelo menos algo da minha memória, alguma ligeira recordação da nossa amizade e do nosso amor fosse cultivado para sempre em seu coração. Marchei até a porta decidido a perguntar com coragem ao dono daquela casa, se o visse, sobre sua irmã, não iria mais esperar nem hesitar, deixaria a falsa educação e o orgulho estúpido de lado para descobrir meu destino de uma vez por todas.

– O senhor Lawrence está em casa? – perguntei com ansiedade ao criado que abriu a porta.

– Não, senhor, o patrão saiu ontem – ele respondeu, com um olhar bastante alerta.

– E para onde ele foi?

– Para Grassdale, senhor. Você não sabia, senhor? Ele é bastante fechado, o patrão... – o homem disse com um sorriso tolo e tonto. – Eu acho, senhor...

Mas eu virei e o deixei, sem esperar para ouvir o que achava. Não ficaria ali para expor meus sentimentos torturados à risada insolente e à curiosidade impertinente de um camarada como aquele.

Mas o que fazer agora? Seria possível que ela tivesse me deixado por aquele homem? Eu não conseguia acreditar. Ela até poderia me esquecer,

mas não se entregar a ele! Bem, eu tinha que saber a verdade; não con-·
seguiria resolver os problemas da vida cotidiana enquanto essa tormenta de dúvida e terror, de ciúmes e ira me distraía. Eu pegaria a carruagem
da manhã saindo de L. (a noturna já tinha partido) e voaria para Grassdale;
precisava chegar lá antes do casamento. E por quê? Porque fui acometido
pelo pensamento de que, talvez, eu pudesse evitá-lo; se eu não fizesse isso,
era possível que nós dois nos lamentássemos até o último segundo de
nossa vida. Pensei que alguém pudesse ter-me caluniado para ela, talvez
seu irmão... Sim, sem dúvida o irmão dela a convenceu de que eu era falso
e desleal e, aproveitando sua indignação natural e talvez sua preocupação
desesperada sobre o próprio futuro, hábil e cruelmente a incitou a aceitar
aquele casamento para protegê-la de mim. Se esse fosse mesmo o caso e ela
descobrisse tarde demais que estava enganada, imagine a vida de miséria
e de arrependimentos vãos à qual estaria condenada, assim como eu; e
imagine o remorso que eu sentiria ao pensar que meus tolos escrúpulos
nos levaram a tudo isso! Oh, eu precisava vê-la. Ela tinha que conhecer
minha verdade, mesmo se eu precisasse falar com ela na porta da igreja!
Talvez me considerem um louco ou um tolo impertinente, é possível que
até ela se ofenda com tal interrupção ou me diga que agora é tarde demais.
Mas, se eu puder salvá-la, se ela puder ser minha! É um pensamento ar-
rebatador demais!

Alado por essa esperança e aferroado com esses temores, corri para casa
com o intuito de me preparar para partir no dia seguinte. Falei para minha
mãe que assuntos urgentes me mandavam para longe sem admitir demora,
contudo não os podia explicar.

Seus olhos maternais desmascararam minha profunda ansiedade e
minha séria preocupação, e tive bastante trabalho para acalmar suas preocupações em relação a algum mistério calamitoso.

Naquela noite, houve uma forte nevasca que retardou tanto o progresso
dos coches no dia seguinte que quase me deixou louco. Viajei a noite inteira,
é claro, porque era quarta-feira; sem dúvida o casamento aconteceria pela
manhã. Mas a noite foi longa e escura: a neve acumulava-se pesadamente

A INQUILINA DE WILDFELL HALL

nas rodas e nas patas dos cavalos, os animais estavam excessivamente lentos, o cocheiro, odiosamente cauteloso, os passageiros, apáticos de forma desconcertante em sua letárgica indiferença em relação à velocidade do nosso avanço. Em vez de me ajudarem a perturbar os vários cocheiros e pedir que se apressassem, eles apenas me encaravam e davam um sorriso de canto de boca para minha impaciência; um deles até tentou brincar comigo por causa disso, mas eu dei-lhe uma olhada que o silenciou pelo resto da viagem e, então, na última etapa, eu mesmo queria ter assumido as rédeas, mas todos se opuseram de comum acordo.

Já estava claro quando entramos em M. e paramos no Rose and Crown. Eu desembarquei e pedi em voz alta uma *post chaise* para Grassdale. Não havia nenhuma, a única da cidade estava sendo reparada. Então pedi por um *curricle*, um cabriolé, um coche, qualquer coisa que fosse rápida! Havia um *curricle*, mas não tinham cavalos disponíveis para aluguel. Mandei que procurassem um na cidade, mas demoraram um tempo tão absurdo que não pude mais esperar, pois imaginei que meus próprios pés me levariam com mais rapidez, e, depois de pedir que a carroça fosse mandada atrás de mim se ficasse pronta em até uma hora, parti caminhando o mais rápido que pude. Precisei caminhar pouco mais de seis milhas, mas a estrada era esquisita e tive que ficar parando para perguntar o caminho, chamando carroceiros e homens broncos, quase sempre invadindo as casas de campo, pois havia pouca gente fora naquela manhã de inverno; por vezes tirei as pessoas da cama com minhas batidas à porta, uma vez que o trabalho a ser feito era escasso, bem como a comida e o fogo, e as pessoas não tinham por que abreviar seu descanso. Contudo, eu não tinha tempo para pensar neles, estava com pressa, aflito pelo cansaço e pelo desespero. O *curricle* não me alcançou, e que bom que não esperei: teria sido pior ainda se tivesse esperado por tanto tempo como um tolo.

Por fim, no entanto, entrei nas cercanias de Grassdale. Aproximei-me da pequena igreja rural, mas, oh! Havia uma fila de carruagens na sua frente; nem precisei notar os trajes brancos cobrindo os criados e os cavalos, nem as vozes felizes dos desocupados do vilarejo reunidos para testemunhar o espetáculo para entender que um casamento estava sendo realizado lá dentro. Corri entre eles perguntando, sem fôlego de tanta ansiedade, se a cerimônia tinha começado fazia tempo. Eles só ficaram boquiabertos e me encararam. Em desespero, forcei passagem entre eles e estava prestes a cruzar o portão da igreja quando um grupo de moleques maltrapilhos, dependurados na janela como abelhas, desceram de repente e correram até o pórtico, vociferando naquele dialeto campestre grosseiro algo que significava "Acabou, eles tão saindo!".

Se Eliza Millward tivesse me visto, certamente ficaria maravilhada. Agarrei-me ao portão e fiquei parado olhando em direção à porta para ver pela última vez a graça da minha alma, e pela primeira vez aquele mortal detestável que despedaçou meu coração e sem dúvidas a tinha condenado a uma vida triste e vazia, uma lamúria à toa, pois que felicidade ela poderia encontrar nele? Eu não queria chocá-la com minha presença agora, mas não tinha forças para me afastar. A noiva e o noivo se aproximavam. Eu não o vi, só tinha olhos para ela. Um longo véu cobria sua forma graciosa, mas não a escondia; eu conseguia ver que, apesar de estar com a cabeça ereta, seus olhos estavam voltados para o chão, e seu rosto e pescoço cobriam-se de um rubor acentuado, mas sua expressão estava radiante com um sorriso e, emoldurando aquela brancura enevoada do véu, havia cachos dourados! Ó, céus! Não era minha Helen! O primeiro relance me fez estremecer, mas minha visão ficou turva por causa da exaustão e do desespero. Eu podia acreditar naquilo? Sim, não é ela! Era uma beldade mais jovem, mais magra e mais corada, adorável, de fato, mas de alma muito menos digna e profunda, não tinha aquela graça indefinível, aquele charme agudo e espirituoso, mas sutil, aquele poder inefável de atrair e subjugar os corações, o meu coração, pelo menos. Olhei para o noivo: era Frederick Lawrence! Sequei as gotas frias de suor que escorriam em minha testa e dei um passo para trás conforme ele se aproximou, mas seus olhos pararam em mim, e ele me reconheceu, mesmo com aquela aparência provavelmente bastante alterada.

– É você, Markham? – ele indagou, surpreso e confuso pela aparição, quiçá também pela loucura em meu olhar.

– Sou eu, Lawrence. É você? – consegui ter presença de espírito para responder.

A INQUILINA DE WILDFELL HALL

Ele sorriu e enrubesceu, como se estivesse meio orgulhoso, meio envergonhado da sua identidade. Se tinha motivos para se orgulhar da bela dama que segurava seu braço, tinha menos motivos para se envergonhar por esconder aquelas boas-novas por tanto tempo.

– Permita-me apresentar minha noiva – ele disse, esforçando-se para esconder seu embaraço ao assumir um ar de vivacidade despreocupada. – Esther, este é o senhor Markham; meu amigo Markham, esta é a senhora Lawrence, antiga senhorita Hargrave.

Fiz uma reverência para a noiva e apertei com força a mão do noivo.

– Por que você não me contou? – falei reprovadoramente, fingindo um ressentimento que não sentia (pois, na verdade, eu estava quase fora de mim de alegria ao descobrir que tinha me enganado, e transbordava afeição por ele por causa disso e pela injustiça cometida na minha cabeça. Podia ser que ele tivesse me caluniado, mas não a esse ponto. E, como nas últimas quarenta horas eu o tinha odiado como a um demônio, a reação a tal sentimento foi tão grande que pude perdoar todas as suas ofensas naquele instante e inclusive amá-lo, apesar delas).

– Eu contei – ele disse com um ar de confusão culpada. – Você não recebeu minha carta?

– Que carta?

– Aquela em que anuncio meu futuro casamento.

– Nunca recebi nem a mais distante pista sobre essa intenção.

– Então vocês devem ter-se desencontrado... Ela deveria ter chegado ontem de manhã, mas já era mesmo um pouco tarde, devo admitir. Mas o que o trouxe aqui, então, se você não recebeu a notícia?

Agora era minha vez de ficar encabulado, mas a jovem moça, que durante nosso breve colóquio em voz baixa tinha se ocupado em pisar na neve, oportunamente me ajudou apertando o braço do seu companheiro e sugerindo aos sussurros que o amigo poderia ser convidado para entrar na carruagem com eles; não era muito agradável ficar ali entre tantos espectadores e deixar os amigos esperando por tanto tempo.

– E também está muito frio! – ele disse, olhando consternado para o drapeado fino que ela vestia e conduzindo-a de imediato até a carruagem.

ANNE BRONTË

– Markham, você vem? Vamos a Paris, mas podemos deixar você em qualquer lugar entre Paris e Dover.

– Não, obrigado. Adeus. Não preciso nem desejar-lhes uma boa viagem, mas esperarei uma desculpa bem elaborada em algum momento e dezenas de cartas antes de nos encontrarmos de novo.

Ele apertou minha mão e se apressou para tomar seu lugar ao lado da sua dama. Não era hora nem lugar para explicações ou conversas: já estávamos ali há tempo suficiente para excitar a curiosidade dos xeretas do vilarejo e, quem sabe, causar a ira dos participantes da festa nupcial, embora tudo aquilo tivesse durado muito menos do que levei para relatar ou até do que você demorou para ler. Parei ao lado da carruagem e, pela janela abaixada, vi meu feliz amigo abraçar com delicadeza a cintura da sua companheira, enquanto ela descansava o rosto radiante em seu ombro, parecendo a personificação da bênção do verdadeiro amor. No intervalo entre o lacaio fechar a porta e tomar seu lugar, ela levantou os sorridentes olhos castanhos para ele e observou, em tom de brincadeira:

– Receio que você me ache muito insensível, Frederick. Sei que é hábito as damas chorarem nessas ocasiões, mas eu não consegui derramar uma lágrima pela minha vida.

Ele respondeu com um beijo, apertando-a ainda mais contra o peito.

– Mas o que é isso? – murmurou. – Esther, você está chorando agora!

– Oh, não é nada. É só felicidade demais e o desejo – soluçou ela – de que nossa querida Helen fosse tão feliz quanto nós.

"Deus a abençoe por isso!", respondi internamente quando a carruagem se afastou. "E que os céus garantam que não seja totalmente em vão!"

Enquanto ela falava, senti que o rosto do seu marido foi nublado por uma nuvem. O que será que ele pensou? Será que ele ressentia de que sua querida irmã e seu amigo sentissem uma felicidade semelhante? Naquele momento, era impossível. O contraste entre o destino dela e o dele obscureceria sua dádiva por um tempo. Talvez ele também estivesse pensando em mim; talvez se arrependesse por ter impedido nossa união, por omitir sua ajuda, se é que de fato não conspirou contra nós. Hoje eu o exonero dessa carga e lamento profundamente por minhas suspeitas pouco generosas;

A INQUILINA DE WILDFELL HALL

mas, ainda assim, eu realmente acredito que ele nos injustiçou. Ele não tentou barrar os rumos do nosso amor, arruinando de fato o curso da sua passagem, mas observou passivamente os dois fluxos correndo pelo deserto árido da vida, recusando-se a remover os obstáculos que os separavam e esperando secretamente que ambos se dissipassem na areia antes que pudessem unir-se num só. Enquanto isso, ele avançava calmamente com seus próprios assuntos, e talvez seu coração e sua cabeça estivessem tão abarrotados por causa da bela dama que não tinha muito tempo de pensar nos outros. É claro que ele a conheceu, ou ao menos se aproximou dela, durante sua estadia de três meses em F., pois agora eu me lembro de ouvi--lo revelar casualmente uma vez que a tia e a irmã estavam hospedando uma amiga jovem naquele período, e isso responde a pelo menos metade do seu silêncio sobre o que faziam por lá. Comecei também a entender os motivos de várias coisinhas que me incomodavam um pouco, entre elas as diversas partidas de Woodford e as ausências mais ou menos prolongadas das quais ele nunca prestava contas de forma satisfatória e sobre as quais odiava ser indagado quando voltava. Seu criado estava certo em dizer que o patrão era "bastante fechado". Mas por que aquela timidez comigo? Em parte, por causa da notável idiossincrasia que já mencionei antes, em parte, talvez, por compaixão aos meus sentimentos ou por receio de incomodar minha serenidade falando sobre o contagioso assunto do amor.

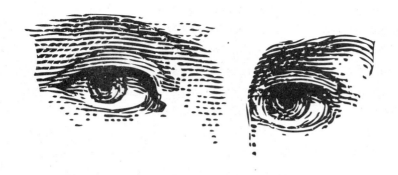

Capítulo 52

O *curricle* tardio finalmente me alcançou. Entrei e mandei que o homem que o trouxe nos levasse até o Palacete Grassdale, já que eu estava muito ocupado com meus próprios pensamentos para guiar. Eu visitaria a senhora Huntingdon (isso não deveria mais ser impróprio, pois seu marido tinha falecido há mais de um ano), e, pela sua indiferença ou felicidade com a minha chegada inesperada, eu poderia deduzir se o coração dela era de fato meu. Mas meu acompanhante, um camarada tagarela e vanguardista, não estava disposto a me deixar satisfazer minhas próprias cogitações.

– Lá vão eles! – observou quando as carruagens saíram em comboio em nossa frente. – Eles vão fazer muita coisa boa por lá hoje, e amanhã também. Ocê conhece aquela família, senhor? Ou não é dessas bandas de cá?

– Conheço pelo que ouvi falar.

– Hum! As melhores já foi embora de qualquer jeito. E acho que a velha senhora também logo se vai depois que passar o fuzuê, ela vai-se embora para algum canto pra viver de pensão; e a mocinha, a nova pelo menos (nenhuma delas é mais tão moça assim), vai descer pra morar no Bosque.

– Então o senhor Hargrave se casou?

– Casou tem uns meses, senhor. Já era pra ele estar casado com uma viúva faz tempo, mas eles não se acertaram com o dinheiro. A carteira dela era cheia, e Hargrave queria tudo pra ele, mas ela não deu, aí eles deixaram pra lá. Essa não é tão rica nem tão bonita que nem a outra, mas pelo menos não tinha sido casada antes. Dizem que ela é bem simples e está chegando perto dos quarenta, e por isso, ocê sabe, pensou que talvez jamais conseguisse oportunidade melhor se não entrasse nessa. Eu imagino que ela tenha achado que valia a pena dar tudo o que tinha para um marido tão bonito e jovem como aquele, mas creio que vai se arrepender da barganha rapidinho. Dizem que ela já tá começando a perceber que ele não é lá um cavalheiro tão bacana, generoso, precioso e agradável como ela achava antes do casamento; ele já tá começando a ficar rude e mandão. É, ela vai descobrir que ele é mais chucro e grosseiro do que ela pensava.

– Parece que você o conhece muito bem – observei.

– É verdade, senhor. Eu o conheço desde que era um rapazinho, um rapazinho bastante orgulhoso e cheio de quereres. Trabalhei lá como criado por vários anos, mas não aguentei mais aquele jeito mesquinho deles... Ela ficou cada vez pior, a senhora patroa, com suas chalaças, seus gritinhos, sempre de má vontade vigiando tudo, então achei melhor sair pra procurar outro lugar.

– Nós não estamos perto da casa? – eu o interrompi.

– Estamos, senhor; no parque deles.

Meu coração afundou ao observar aquela mansão imponente no meio de seus territórios onerosos. O gramado estava tão lindo em sua roupagem invernal como deveria ser em sua glória veranil: uma amplidão majestosa, suas subidas e descidas ondulantes dispostas a favor daquele manto de pureza estonteante, imaculado e intocado (exceto por uma longa trilha aberta pelo galope de um cervo), as árvores imponentes com seus ramos carregados brilhavam alvas contra o céu nublado e cinza, as matas profundas e circundantes, a imensidão de águas dormentes em sua quietude congelada com os galhos cheios de neve dos freixos e salgueiros... Tudo aquilo compunha uma imagem realmente arrebatadora e agradável para uma mente tranquila, contudo nada encorajadora para mim. Havia um consolo, porém: tudo aquilo era herança do pequeno Arthur e, estritamente falando, em nenhuma circunstância poderia ser de sua mãe. Mas em que situação ela se encontrava? Superando com um esforço repentino minha aversão em mencionar o nome dela ao meu acompanhante loquaz, perguntei-lhe se sabia se o marido dela tinha deixado um testamento e como a propriedade fora distribuída. Oh, sim, ele sabia de tudo; e logo fui informado de que ela tinha ficado com o controle e a administração total das terras durante a menoridade do filho, além da posse absoluta e incondicional da sua própria fortuna (mas eu sabia que o pai dela não tinha deixado muita coisa) e da pequena quantia adicional que recebera antes do casamento.

Paramos na frente dos portões do parque antes que ele acabasse de explicar. Agora era a hora. Se eu a encontrasse ali dentro, mas... Ai de mim! Ela provavelmente estava em Staningley; seu irmão não me sugeriu o contrário. Na cabana do caseiro, perguntei se a senhora Huntingdon estava em casa. Não, ela estava com a tia no Condado C., mas deveria voltar antes do Natal. Ela costumava ficar quase sempre em Staningley, vindo para Grassdale só de vez em quando, quando a administração dos negócios ou o interesse de seus moradores e dependentes requisitava sua presença.

– Staningley fica perto de qual cidade? – perguntei. A informação pedida foi obtida rapidamente. – Pois então, meu caro, dê-me as rédeas e voltaremos para M. Tomarei um café da manhã no Rose and Crown, e, depois, partirei para Staningley na primeira carruagem para C.

Em M., antes de a carruagem partir, tive tempo de recuperar minhas forças com um farto café da manhã e me refrescar com minha ablução matinal, além de melhorar ligeiramente minha toalete e mandar um breve recado para minha mãe (filho excelente que era) para garantir a ela que eu estava vivo e pedir desculpas por não ter aparecido de volta no período esperado. A jornada até Staningley foi longa durante aqueles dias de viagem lenta, mas não me neguei um repouso necessário na estrada nem uma noite de descanso em uma estalagem de beira de estrada, preferindo arcar com um pequeno atraso a me apresentar exausto, desarrumado e maltrapilho diante da minha senhora e sua tia, que já ficariam bastante surpresas ao me ver. Na manhã seguinte, contudo, eu não apenas me fortaleci com o café da manhã mais revigorante que meus sentimentos ansiosos me permitiram engolir, mas demorei um pouco mais que de costume nos cuidados com minha toalete e, equipado com os linhos trazidos em minha pequena

A inquilina de Wildfell Hall

bolsa de tecido, roupas bem passadas e botas bem polidas, além de belas luvas novas, montei na carruagem chamada Raio e segui viagem. Eu ainda tinha duas paradas pela frente quando fui informado de que o cocheiro tinha passado direto pela cercania de Staningley e, como eu queria descer o mais próximo da Mansão possível, não tinha nada a fazer, exceto esperar sentado de braços cruzados e especular por mais uma hora.

Era uma manhã límpida e gelada. O fato de eu estar sentado no alto da carruagem observando a paisagem nevada e o belo céu ensolarado, inalando o ar puro e revigorante, passando por cima da neve congelada e crocante, já era em si muito empolgante, mas adicione ainda o motivo da minha ansiedade e quem eu pretendia encontrar, e você poderá ter uma ligeira ideia do meu estado de espírito naquele momento, mas apenas ligeira mesmo, pois meu coração estava alastrado por um encanto indescritível, e minha alma, tão elevada a ponto de quase me enlouquecer, apesar dos meus esforços para trazê-la a um platô razoável, pensando na inegável diferença entre a posição social de Helen e a minha, em tudo o que ela passou desde a nossa separação, em seu longo e ininterrupto silêncio e, acima de tudo, em sua tia fria e cautelosa, cujos conselhos ela certamente não negligenciaria de novo. Tais considerações faziam meu coração tremer de ansiedade e meu peito pesar de impaciência querendo passar por aquela crise, mas não conseguiam apagar sua imagem da minha cabeça, tampouco macular a vívida lembrança do que foi dito e sentido entre nós, nem destruir a aguda antecipação do que estava por vir: na verdade, eu não consigo imaginar aquele terror agora. Perto do fim da jornada, no entanto, dois passageiros que me acompanhavam fizeram o favor de me deixar bem para baixo.

– É uma bela propriedade – falou um deles apontando com o guarda-chuva para os largos campos à direita, notáveis por seus arbustos compactos, pelos sulcos fundos e bem abertos e seus belos troncos crescendo ora nas bordas, ora no meio da terra. – É uma bela propriedade no verão ou na primavera.

– É – respondeu o outro, um homem idoso e rude que vestia um sobretudo cru abotoado até o queixo e levava um guarda-chuva de algodão entre os joelhos. – É do velho Maxwell, eu acho.

– Era mesmo, mas ele está morto agora, você sabe, e deixou tudo para a sobrinha.

– Tudo?

– Cada centímetro, e a mansão e todo o resto! Cada pedacinho dos seus bens mundanos, menos uma ninharia que deixou para o sobrinho que mora no outro condado, só para dizer que não se lembrou dele, e uma pensão anual para a esposa.

– Que estranho, senhor!

– Pois é. E ela nem era sobrinha legítima dele. Mas ele não tinha outros parentes próximos, tirando um sobrinho com o qual brigou, e ela sempre foi sua favorita. E dizem que foi isso que a mulher dele o aconselhou a fazer; ela ficaria com quase toda a propriedade e queria que fosse passada para a moça.

– Hum! Ela será um belo partido para alguém.

– É mesmo. É viúva, mas ainda jovem e extraordinariamente bela, tem sua própria fortuna e só um filho. E ela está prosperando muito bem na propriedade dele, no outro condado. Ela ainda vai dar muito o que falar! Acho que a gente não tem nenhuma chance – ele disse, acotovelando-me de brincadeira, bem como seu amigo. – Rá! Rá! Rá! Sem querer ofendê-lo, senhor! – falou para mim. – Aham! Eu acho que ela só vai se casar com um nobre. Olhe lá, senhor – continuou, virando-se para o outro vizinho e esticando o guarda-chuva na minha frente para apontar para fora. – Ali está a mansão, o parque grande, você está vendo? E todas as árvores. Tem muita árvore e muita caça aí. Oi? O que foi agora?

Essa última exclamação foi causada pela parada repentina da carruagem na frente dos portões do gramado.

– O cavaleiro que vai para a Mansão Staningley? – o cocheiro chamou. Eu me levantei e joguei a bolsa de pano no chão, preparando-me para descer logo em seguida.

– Você está passando mal, senhor? – perguntou meu vizinho tagarela, encarando-me. Imagino que eu estivesse bastante pálido.

– Não. Aqui, cocheiro!

– Certo, senhor. Obrigado!

A INQUILINA DE WILDFELL HALL

O cocheiro guardou o dinheiro no bolso e se afastou, deixando-me sozinho. Não subi em direção ao gramado, mas fiquei andando de lá para cá na frente do portão, os braços cruzados, os olhos fixos no chão, uma força esmagadora de imagens, pensamentos e impressões acumulando-se em minha mente, e eu não conseguia distinguir nada com muita clareza, exceto que meu amor tinha sido nutrido em vão, minha esperança se fora para sempre. Eu tinha que ir embora de uma vez por todas e banir ou reprimir todos os pensamentos sobre ela, como se fossem lembranças de um sonho desvairado. Eu ficaria me arrastando ali no entorno por horas, na esperança de ao menos vê-la de relance e a distância antes de partir, mas não podia fazer isso, não podia lhe causar sofrimento com a minha visão, pois o que me levara até ali senão a esperança de reavivar sua afeição e, depois, pedir-lhe sua mão? E como imaginar que ela me consideraria apto a uma coisa dessas? De pressupor que nossa proximidade (nosso amor, se você preferir) tenha se estabelecido acidentalmente ou sido forçada contra a sua vontade quando era uma fugitiva desconhecida lutando pelo próprio sustento, aparentemente sem fortuna, família ou conexões? Como falar com ela agora, reintegrada em seu círculo, e reivindicar uma parcela da sua prosperidade que, se não a tivesse abandonado, certamente a teria mantido uma desconhecida para mim? E havia isto também: quando nos separamos há dezesseis meses, ela me proibiu categoricamente de ter esperanças por um reencontro neste mundo e nunca me enviou nenhuma linha ou mensagem daquele dia até hoje. Mas, não! A ideia em si era insuportável.

E, mesmo se sua afeição por mim ainda persistisse, eu tinha o direito de perturbar sua paz despertando tais sentimentos? Tinha o direito de submetê-la a conflitos entre dever e disposição (não importa para qual lado esta se incline ou aquele a chame de modo imperativo), tanto se ela pensasse ser sua obrigação se expor aos desprezos e às censuras do mundo, ao lamento e ao desprazer daqueles que amou por uma ideia romântica de verdade e constância em relação a mim, ou sacrificar seus desejos particulares pelos sentimentos dos amigos e por sua própria noção de prudência e adequação às coisas? Eu não tinha esse direito! Queria ir embora logo para que ela jamais soubesse que me aproximei do local de sua morada;

assim, poderei negar qualquer ideia de aspirar à sua mão ou solicitar um posto em sua estima como amigo. A paz dela não podia ser perturbada pela minha presença, nem seu coração podia ser angustiado com a visão da minha fidelidade.

– Então, querida Helen, adeus para sempre! Para sempre, adeus!

Foi o que eu disse e, ainda assim, não consegui me afastar. Andei alguns passos e, em seguida, olhei pela última vez para sua casa majestosa, pois queria estampar aquela fachada na minha cabeça como tinha sua própria e indelével imagem, que (ai de mim!) jamais veria de novo. Depois dei mais alguns passos e então, perdido em melancólicas meditações, parei de novo e me encostei em uma árvore velha e nodosa à beira da estrada.

Capítulo 53

Enquanto eu estava absorto naquele devaneio soturno, a carruagem de um cavalheiro surgiu na curva da estrada. Não olhei para ela e, se tivesse passado por mim em silêncio, eu nem me lembraria da sua aparição. Mas uma voz fina lá dentro impediu que isso acontecesse ao exclamar:

– Mamãe, mamãe! O senhor Markham está aqui!

Não ouvi a resposta, mas a mesma voz disse:

– Está, sim, mamãe. Olhe você mesma.

Eu não ergui os olhos, mas imaginei que a mamãe olhou, pois uma voz nítida e melodiosa, cuja entonação me estremeceu os nervos, exclamou:

– Ó, tia! É o senhor Markham, amigo de Arthur! Pare, Richard!

Apesar da empolgação reprimida, a evidente alegria revelada por aquelas palavras (sobretudo naquele vacilante "Ó, tia!") quase me fez baixar a guarda. A carruagem parou imediatamente, olhei para cima e encontrei os olhos de uma moça pálida, séria e envelhecida me fitando pela janela aberta. Ela fez uma reverência, e eu também, depois afastou sua cabeça enquanto Arthur gritava para o lacaio deixá-lo sair; mas, antes que o empregado pudesse descer do seu lugar, uma mão foi estendida silenciosamente para fora da janela da carruagem. Eu conhecia aquela mão, embora sua brancura delicada e quase metade das belas proporções estivessem escondidas por uma luva preta. Segurei-a rapidamente e apertei entre as minhas com ardor por um segundo, mas me recompus de pronto, larguei-a, e ela sumiu imediatamente.

– Você veio nos ver ou estava só de passagem? – perguntou a voz baixa de sua dona, que eu sentia analisar minha expressão com atenção por trás do véu preto que sombreava e escondia completamente sua fronte.

– Eu... Eu vim ver o lugar – gaguejei.

– O lugar... – repetiu ela num tom que indicava mais descontentamento ou frustração que surpresa.

– Então você não vai entrar?

– Vou se você quiser.

– Como pode duvidar?

– Sim! Sim! Ele vai entrar! – exclamou Arthur, que vinha correndo da outra porta, segurou minha mão entre as dele e apertou-a com carinho. – Você se lembra de mim, senhor? – ele quis saber.

– Lembro-me muito bem, rapazinho, mesmo você estando assim tão mudado – respondi observando o menino mais alto e magro, de expressões inteligentes, a semelhança com a mãe visivelmente estampada em seu rosto, apesar dos olhos azuis que brilhavam de alegria e dos cachos claros que se avolumavam embaixo do chapéu.

– Viu como eu cresci? – disse ele, esticando-se para mostrar sua altura.

– Cresceu mesmo! Uns sete centímetros, aposto!

– Eu fiz sete anos no meu último aniversário – foi a resposta orgulhosa. – Daqui a mais sete, eu vou estar alto como você.

– Arthur – a mãe dele disse –, fale para ele entrar. Pode ir, Richard.

Havia um toque de tristeza e frieza em sua voz, mas eu não soube a que o atribuir. A carruagem seguiu em frente e atravessou os portões na nossa frente. Meu pequeno companheiro me guiou pelo parque falando animadamente durante o caminho todo. Ao chegar à porta do saguão, parei nos degraus e olhei ao redor esperando recuperar minha compostura, se fosse possível (ou, em todo caso, recordar-me das resoluções recém-formuladas e dos princípios nos quais estavam fundamentadas), e consenti

A INQUILINA DE WILDFELL HALL

em acompanhar Arthur até os aposentos em que as damas nos esperavam só depois que ele já estava havia algum tempo puxando meu casaco com delicadeza e repetindo o convite para entrarmos.

Ao adentrar, Helen me olhou com uma espécie de escrutínio gentil e sério e educadamente perguntou pela senhora Markham e por Rose. Respondi com respeito às suas indagações. A senhora Maxwell me convidou para sentar, observando que estava um pouco frio e dizendo que esperava que eu não tivesse viajado muito naquela manhã.

– Nem vinte milhas – respondi.

– Não a pé, não é?

– Não, madame, de coche.

– Olhe a Rachel aqui, senhor – apontou Arthur, a única pessoa realmente feliz entre nós, chamando minha atenção para aquele ser digno que tinha acabado de entrar para pegar as coisas da patroa. Ela me deu um sorriso de reconhecimento quase amigável, um favor que demandava, no mínimo, um cumprimento cordial de minha parte, feito de acordo e correspondido com respeito; ela percebeu que julgara mal meu caráter.

Quando Helen tirou suas vestimentas lúgubres (o chapéu, o véu, o pesado casaco de inverno, etc.), ela parecia tanto consigo mesma que não sei como consegui suportar. Eu estava particularmente feliz ao ver seu belíssimo cabelo preto, ainda abundante, cheio e brilhoso.

– A mamãe desprezou o chapéu de viúva em homenagem ao casamento do tio – Arthur observou, lendo meus olhares com uma mistura infantil de simplicidade e rápida observação. A mãe ficou séria, e a senhora Maxwell balançou a cabeça. – E a tia Maxwell nunca irá desprezar o dela – insistiu o garoto atrevido, mas, ao perceber que sua insolência estava incomodando e magoando a tia de verdade, foi até ela, abraçou seu pescoço em silêncio, deu-lhe um beijo na bochecha e retirou-se para uma das grandes janelas salientes, onde ficou brincando com seu cachorro enquanto a senhora Maxwell conversava seriamente comigo sobre assuntos muito interessantes, como o tempo, a estação e as estradas. Julguei sua presença muito útil para conter meus impulsos naturais, um antídoto para aquelas emoções de agitação tumultuosa que teriam levado para longe tanto minha razão quanto meus desejos; mas eu estava começando a achar a coibição quase insuportável e tive muita dificuldade em prestar atenção em suas observações e responder a ela com polidez, pois eu sabia que Helen estava parada a meu lado a alguns passos de distância, próxima à lareira. Não ousei olhar para ela, mas sentia seus olhos sobre mim e, por um rápido e furtivo relance, pensei ter visto seu rosto levemente corado, e seus dedos, que brincavam com a corrente do relógio de bolso, estavam agitados num movimento trêmulo que indicava grande excitação.

– Então, diga-me... – aproveitando a primeira pausa na conversa entre mim e sua tia, ela falou rápido e em voz baixa, os olhos fixos na corrente de ouro (pois me atrevi a olhar para ela de novo). – Não aconteceu nada desde que fui embora?

– Acredito que não.

– Ninguém morreu? Ninguém se casou?

– Não.

– Nem planeja se casar? Laços antigos não foram desfeitos ou novos foram formados? Os antigos amigos não foram esquecidos ou suplantados?

Sua voz baixou tanto na última frase que só eu consegui entender as últimas palavras. Ao mesmo tempo, olhou para mim com o princípio de um sorriso muito doce e melancólico e um olhar questionador tímido, mas penetrante, que fez com que minhas maçãs do rosto corassem com inexprimíveis emoções.

– Acredito que não – respondi. – Com certeza não, se os outros mudaram tão pouco quanto eu.

O rosto dela se iluminou de simpatia por mim.

– E você não pretendia mesmo nos visitar? – ela indagou.

– Eu tive medo de parecer intrometido.

– Intrometido! – exclamou com um gesto de impaciência. – O que é que... – Mas, lembrando-se de repente da presença da tia, ela atalhou e, virando-se para aquela dama, continuou. – Tia, esse homem é o amigo mais próximo do meu irmão e foi meu amigo pessoal (ao menos por alguns breves meses), e afirmava que tinha um grande vínculo com meu menino e, quando passa aqui em frente, a tantas milhas de distância da casa dele, recusa-se a nos visitar por medo de parecer intrometido!

– O senhor Markham está sendo modesto demais – observou a senhora Maxwell.

– Ele está sendo cerimonioso demais, isso sim – retrucou a sobrinha. – E também é demasiado… bem, não importa.

E, dando-me as costas, sentou-se em uma cadeira ao lado da mesa, puxou um livro pela capa e começou a virar as páginas em uma espécie de abstração enérgica.

– Se eu soubesse – falei – que você me daria a honra de se lembrar de mim como um amigo pessoal, decerto não teria me negado o prazer de visitá-la, mas pensei que você já tivesse me esquecido há muito tempo.

– Você mede os outros com sua própria régua – ela murmurou sem tirar os olhos do livro, mas enrubescendo enquanto falava e virando uma dúzia de páginas de uma só vez.

Houve uma pausa na qual Arthur considerou apropriado mostrar seu belo cão *setter*, mostrando-me como ele tinha crescido maravilhosamente e perguntando sobre como estava seu pai Sancho. A senhora Maxwell saiu para trocar de roupa. Helen afastou o livro de imediato e, depois de analisar em silêncio o filho, o amigo e o cachorro por alguns instantes, mandou-o embora do cômodo para buscar o livro mais recente que tinha ganhado, para que me mostrasse. A criança obedeceu com animação, mas eu continuei acariciando o cachorro. Se dependesse de mim, o silêncio duraria até a volta do menino, mas, em menos de meio minuto, minha anfitriã se levantou impaciente e, voltando a assumir seu lugar no carpete entre mim e a quina da lareira, exclamou, séria:

– Gilbert, qual é o seu problema? Por que você está tão mudado? Eu sei que é uma pergunta muito indiscreta, talvez até bastante rude… – ela se apressou a acrescentar. – Então não responda se não quiser, mas odeio mistérios e ocultações.

– Não estou mudado, Helen. Infelizmente, estou tão desejoso e apaixonado quanto antes. Não fui eu quem mudou, mas as circunstâncias.

– Que circunstâncias? Conte-me logo! – Seu rosto estava pálido pela angústia da ansiedade. Será que ela receava eu ter prometido fidelidade a outra pessoa?

– Vou lhe contar de uma vez – falei. – Confesso que vim até aqui para ver você (não sem deixar de duvidar da minha ousadia e sem temer que seria tão pouco esperado quanto bem recebido quando chegasse), mas eu não sabia que essas terras eram suas até ser elucidado sobre sua herança pela conversa de dois passageiros que me acompanharam na última parte da minha jornada; então percebi de súbito toda a estupidez das esperanças que cultivei, e a loucura que era mantê-las por mais um instante sequer; e, embora eu tenha desembarcado perante seus portões, estava determinado a não entrar; fiquei por alguns minutos para ver o lugar, mas estava decidido a voltar a M. sem ver a proprietária.

– E, se minha tia e eu não estivéssemos voltando da nossa saída matinal, eu nunca mais o teria visto nem recebido notícias suas?

– Pensei que seria melhor para nós dois se não nos encontrássemos – respondi o mais calmo que pude, mas não ousei falar acima de um sussurro, pois sabia que não conseguiria firmar a voz, nem ousei olhar para o rosto dela, senão minha determinação me abandonaria de vez. – Pensei que uma conversa apenas serviria para perturbar sua paz e me enlouquecer. Mas agora estou feliz pela oportunidade de vê-la mais uma vez e por saber que você não me esqueceu, e, agora, posso garantir que nunca deixarei de me lembrar de você.

Houve uma pausa momentânea. A senhora Huntingdon se afastou e parou no recuo da janela. Será que via aquilo como uma indireta de que apenas a modéstia tinha me impedido de pedir sua mão e estava pensando sobre como me rejeitar magoando meus sentimentos o mínimo possível? Antes que eu pudesse falar para aliviá-la de tal perplexidade, ela mesma quebrou o silêncio, virando-se em minha direção de repente:

– Você poderia ter tido essa oportunidade antes, quero dizer, no que diz respeito a me garantir que guardava agradáveis lembranças, e saberia que eu mantinha as suas, se tivesse escrito para mim.

– Eu queria ter feito isso, mas não sabia seu endereço e não queria perguntar ao seu irmão, pois pensei que ele se oporia. Mas isso não teria me impedido por um momento sequer se eu tivesse ousado acreditar que você queria saber de mim, ou pelo menos tivesse dado a entender ao nosso infeliz amigo, mas seu silêncio naturalmente me fez concluir que eu tinha sido esquecido.

– Então você esperava que eu escrevesse para você?

– Não, Helen; senhora Huntingdon – corrigi-me, corando com a sugestão implícita –, com certeza, não. Mas, se você tivesse me enviado uma mensagem pelo seu irmão ou até perguntado de mim para ele de vez em quando...

– Eu perguntei por você com frequência. Não faria nada além disso – ela continuou sorrindo – enquanto você continuasse se limitando a fazer algumas perguntas respeitosas sobre a minha saúde.

– Seu irmão nunca me disse que você tinha mencionado meu nome.

– Você alguma vez perguntou a ele?

– Não, porque percebia que ele não queria ser questionado sobre você nem me dava o menor encorajamento ou auxílio em relação ao meu obstinado vínculo. – Helen não respondeu. – E ele estava certíssimo – acrescentei.

Mas ela continuou em silêncio, olhando para o gramado nevado lá fora.

"Oh, eu a pouparei da minha presença", pensei. Levantei-me de imediato e preparei-me para partir com uma resolução quase heroica, mas havia orgulho no fundo, caso contrário eu não teria chegado até ali.

– Você já vai? – ela perguntou, pegando a mão que estendi sem soltá-la logo em seguida.

– Por que eu deveria ficar mais?

– Pelo menos espere Arthur chegar.

Feliz em obedecer, parei e me encostei do lado oposto da janela.

– Você me disse que não está mudado, mas está. E bastante – minha companheira disse.

– Não, senhora Huntingdon. É só o que preciso fazer.

– Então você afirma que sente por mim a mesma estima que sentia quando nos encontramos pela última vez?

– Sinto, mas seria errado falar disso agora.

– Era errado falar disso naquela época, Gilbert, não agora. A menos que, ao fazer isso, você esteja violando a verdade.

ANNE BRONTË

Eu estava muito agitado para falar, mas, sem esperar por uma resposta, ela desviou seu olhos brilhantes e suas bochechas coradas, abriu a janela e olhou para fora, talvez para acalmar os próprios sentimentos agitados, ou para aplacar seu embaraço, ou somente para colher aquela bela rosa meio desabrochada que crescia no pequeno arbusto ali fora, espichando-se da neve que sem dúvida a protegera do congelamento e agora derretia-se sob o sol. E ela realmente a colheu, tirou aquele pó brilhante de suas folhas com delicadeza, aproximou-a dos lábios e falou:

– Esta rosa não é tão perfumada quanto uma flor veranil, mas superou desafios que nenhuma delas seria capaz de aguentar: a chuva fria do inverno a alimentou, e o sol fraco a aqueceu; os ventos gelados não a empalideceram, tampouco quebraram seu caule, e o gelo não a flagelou. Olhe, Gilbert, ainda é viçosa e desabrocha como uma flor, mesmo com a neve fria presente em suas pétalas. Você a aceita?

Estendi minha mão, mas não me arrisquei a falar, senão minha emoção me dominaria. Ela colocou a rosa na palma da minha mão, mas quase não fechei meus dedos ao seu redor, de tão profundamente absorto que estava, pensando no significado daquelas palavras e no que eu deveria fazer ou responder. Eu não sabia se podia ceder aos meus sentimentos ou se deveria continuar reprimindo-os. Deturpando esta hesitação por indiferença, quiçá até relutância em aceitar o presente, Helen tirou a flor da minha mão de repente, jogou-a na neve, fechou a janela com força e se dirigiu em direção à lareira.

– Helen, o que significa isso? – exclamei, assustado com a mudança repentina em seus modos.

– Você não entendeu meu presente – ela disse. – Ou, pior ainda, você o desprezou. Lamento tê-lo dado a você, mas, como o erro já tinha sido cometido, minha única saída foi tirá-lo de você.

– Você me interpretou muito mal – respondi e, rapidamente, abri a janela de novo, debrucei-me, peguei a flor e trouxe-a para dentro, entregando a ela e implorando para que me desse de novo, e eu a manteria comigo para sempre, e a estimaria mais do que qualquer outra coisa que possuísse.

– E isso o satisfará? – ela perguntou conforme esticava a mão e delicadamente pegava a flor.

– Terá que satisfazer – respondi.

– Então tome, pegue-a.

Toquei-a solenemente com meus lábios e coloquei-a no meu bolso, enquanto a senhora Huntingdon me observava com um sorriso sarcástico.

– Então você vai embora agora? – ela quis saber.

– Irei se… se tiver que ir.

– Você está mudado – insistiu. – Você ficou muito orgulhoso ou muito indiferente.

– Não sou nenhum dos dois, Helen… senhora Huntingdon. Se você pudesse ver meu coração…

– Ficou um ou outro, se não os dois. E por que senhora Huntingdon? Por que não Helen, como antes?

– Helen, então! Querida Helen! – sussurrei. Eu estava sofrendo uma mistura angustiante de amor, esperança, prazer, incerteza e suspense.

– A rosa que lhe dei era uma alegoria para o meu coração – ela disse. – Você o levaria embora e me deixaria aqui sozinha?

– Você também me daria sua mão, se eu a pedisse?

– Será que eu ainda não falei o bastante? – respondeu com o mais encantador dos sorrisos. Eu peguei sua mão e queria beijá-la com ardor, mas me recompus de chofre e indaguei:

– Mas você pesou as consequências?

– Muito pouco, eu acho, senão não teria me oferecido a alguém orgulhoso demais para me aceitar ou indiferente demais para que sua afeição supere meus bens materiais.

Que tolo estúpido eu era! Relutei em tomá-la em meus braços, não conseguia acreditar em tamanha alegria, e ainda me segurei para questionar:

– Mas e se você se arrepender?

– Será culpa sua – ela respondeu. – Eu nunca me arrependerei, a menos que você me decepcione amargamente. Se você não confia na minha afeição o suficiente para acreditar em mim, então deixe-me sozinha.

– Meu querido anjo, minha amada Helen! – exclamei, beijando com paixão a mão que ainda segurava e envolvendo-a com meu braço esquerdo. – Você nunca irá se arrepender, se depender só de mim. Mas você pensou na sua tia? – Receei pela resposta e segurei-a ainda mais perto do meu coração, com um medo instintivo de perder um tesouro recém-encontrado.

– Minha tia não precisa saber ainda – ela respondeu. – Ela consideraria um passo apressado e ousado demais, porque não imagina quão bem eu o conheço. Mas ela mesma deve conviver com você e aprender a estimá-lo. Vá embora depois do almoço e volte na primavera para ficar por mais tempo, conquiste-a, e sei que vocês dois vão se dar muito bem.

– E, então, você será minha – falei, dando um beijo em seus lábios, e outro, e mais um, pois eu tinha me tornado tão carinhoso e impulsivo agora quanto reservado e reprimido antes.

– Não, no outro ano – ela retrucou, soltando-se com delicadeza do meu abraço, mas ainda segurando minha mão com carinho.

– No outro ano! Ó, Helen, não consigo esperar por tanto tempo!

– Onde está sua fidelidade?

– Quero dizer que não consigo suportar a tristeza de uma separação tão longa.

– Não será uma separação; nós escreveremos todos os dias, meu espírito deverá estar sempre com você e, às vezes, você me verá com seus olhos físicos. Não serei hipócrita a ponto de fingir que gostaria de esperar por tanto tempo, mas, como meu casamento agradará somente a mim, quero consultar meus amigos sobre o momento apropriado.

– Seus amigos desaprovarão.

– Eles não desaprovarão, querido Gilbert – ela discordou, beijando minha mão solenemente. – Não poderão desaprovar após conhecê-lo. Se fizerem isso, não serão amigos de verdade, e eu não ligarei que se afastem. Está satisfeito agora? – Ela me olhou com um sorriso de inefável amabilidade.

– E como não estar com o seu amor? E você me ama, Helen? – perguntei, sem duvidar do fato, mas querendo confirmar pela sua própria admissão.

– Se você me amasse como eu o amo – ela respondeu séria –, não chegaria tão perto de me perder. Esses escrúpulos de falsa educação e orgulho jamais o teriam perturbado. Você teria visto que as maiores distinções e diferenças terrenas de classe, nascimento e riqueza são como poeira na balança se comparadas à singularidade da harmonia de pensamentos e sentimentos de corações e almas que se amam e simpatizam de verdade.

– Mas é alegria demais – falei, abraçando-a de novo. – Não mereço isso, Helen, não consigo acreditar em tamanha felicidade. E, quanto mais eu tiver que esperar, maior será meu temor de que algo interferirá e tirará você de mim. E pense nos milhares de coisas que podem acontecer ao longo de um ano! Padecerei o tempo inteiro de terror e impaciência constantes. Além disso, o inverno é uma estação tão melancólica…

– Eu também pensei nisso – ela respondeu solenemente. – Eu não me casaria no inverno, pelo menos não em dezembro – acrescentou com um calafrio, pois foi nesse mês que ocorreu tanto o casamento infeliz que a vinculara ao antigo marido quanto a morte terrível que a libertou –, e por isso falei para esperarmos mais um ano, até a primavera.

– Na próxima primavera?

– Não, não. Talvez no próximo outono.

– Que tal no verão?

– Bem, no fim do verão, então. Pronto! Está satisfeito?

Enquanto falava, Arthur retornou à sala (bom menino por ter ficado fora por tanto tempo).

– Mamãe, não consegui achar o livro em nenhum dos lugares que você me mandou procurar. – Um sorriso consciente no rosto da mamãe dele parecia revelar: "É, querido, eu sei que não". E o menino continuou: – Mas Rachel o pegou para mim. Olhe, senhor Markham, é um livro de história natural, com todo o tipo de pássaros e feras, e o texto é tão interessante quanto as figuras!

Muito bem-humorado, sentei-me para examinar o livro e coloquei o pequeno camarada nos joelhos. Se ele tivesse chegado um minuto antes, eu o receberia com menos benevolência, mas agora eu acariciava seus cabelos ondulados com afeição e até beijei sua testa alva: era o filho da minha Helen e, portanto, o meu também, e é assim que o considero desde então. Aquela bela criança tornou-se um ótimo rapaz. Ele atendeu às mais brilhantes expectativas da mãe e atualmente mora no Palacete Grassdale com sua jovem esposa, a pequena e animada Helen Hattersley.

Eu ainda não tinha olhado metade do livro quando a senhora Maxwell apareceu para me convidar para o almoço no outro cômodo. O jeito frio e distante daquela mulher me arrepiou no começo, mas fiz meu melhor para agradá-la, e acho que não foi completamente em vão, mesmo naquela primeira e breve visita. Conforme fomos conversando animadamente, ela aos poucos se tornou mais gentil e cortês, e, quando fui embora, despediu-se de mim de forma simpática e disse que esperava ter o prazer de me ver de novo em breve.

– Mas você não pode ir embora antes de conhecer a estufa, que é o jardim de inverno da minha tia – Helen falou, quando eu, com o máximo de serenidade e autocontrole possíveis, me preparava para ir embora.

Concedi-lhe aquela licença com prazer e a acompanhei até uma estufa grande, bela e alastrada de flores, considerando a estação em que estávamos. Mas é claro que eu não consegui prestar muita atenção nelas. Contudo, minha companheira não tinha me levado até ali para ter uma conversa aprazível:

– Minha tia gosta muito de flores – ela observou – e também gosta bastante de Staningley. Trouxe-o aqui para fazer um pedido no nome dela: que esta seja sua casa enquanto ela viver e, se não for a nossa também, que eu possa visitá-la e ficar com ela com frequência, pois receio que ficará muito triste se me perder e, embora leve uma vida contemplativa e reclusa, deprime-se com facilidade se é deixada sozinha por muito tempo.

– Mas é claro, minha querida Helen! Faça o quiser com os seus. Eu nem sonho em querer que sua tia deixe este lugar sob nenhuma circunstância; e nós moraremos aqui ou em qualquer outro lugar que você decidir, e poderá vê-la com a frequência que quiser. Eu sei que ela ficará chateada caso se separe de você e quero fazer o que puder para evitar isso. Eu a amo por você, e a felicidade dela me é tão cara quanto a da minha própria mãe.

– Obrigada, querido! Você merece um beijo por isso. Adeus. Pronto, Gilbert. Agora me solte, olhe o Arthur ali. Não impressione a cabeça infantil dele com suas loucuras.

A INQUILINA DE WILDFELL HALL

* * *

Mas já é hora de terminar minha narrativa. Sei que qualquer um, exceto você, diria que já está longa demais. Mas, para sua satisfação, acrescentarei mais algumas palavras, já que estou ciente de que você se compadecerá da velha dama e quererá saber o resto da história dela. Eu voltei mesmo na primavera e, atendendo às sugestões de Helen, fiz o melhor que pude para cativá-la. Ela me recebeu com muita gentileza e certamente estava disposta a pensar bem sobre o meu caráter, graças aos relatos favoráveis da sobrinha. Mostrei meu melhor lado, é claro, e nós nos demos maravilhosamente bem. Quando a informei das minhas intenções, ela as recebeu com mais delicadeza do que ousei imaginar. Ao me ouvir, sua única observação sobre o assunto foi:

– Então, senhor Markham, você roubará minha sobrinha de mim. Compreendo. Mas tudo bem! Espero que Deus prospere a sua união e finalmente faça minha querida menina feliz. Admito que teria ficado mais satisfeita se ela se contentasse em continuar sozinha, mas, se quer casar de novo, não conheço nenhum ser vivo em idade apropriada para quem gostaria de entregá-la com mais prazer do que você, ou que seria mais capaz de apreciar o valor dela e, ao que me parece, fazê-la realmente feliz.

É claro que fiquei encantado com o elogio e ansiei por mostrar que ela não tinha se enganado no juízo favorável.

– Contudo, tenho um pedido para fazer – ela continuou. – Parece que ainda posso considerar Staningley como minha casa e desejo que seja sua casa também, pois Helen é apegada ao lugar e a mim, assim como sou a ela. Grassdale desperta associações dolorosas que ela não consegue superar com facilidade, e eu não interferirei nem os incomodarei com minha presença aqui. Sou uma pessoa bastante silenciosa e ficarei em meus aposentos, cuidarei das minhas coisas e verei vocês apenas de vez em quando.

É claro que concordei prontamente, e vivemos na mais perfeita harmonia com nossa querida tia até o dia de sua morte, um evento melancólico que ocorreu alguns anos depois (não melancólico para ela, pois aconteceu com tranquilidade, e ela estava feliz ao chegar ao fim de sua jornada, mas para os poucos amados amigos e gratos dependentes que deixou para trás).

Voltando às minhas próprias questões: casei-me no verão, em uma gloriosa manhã de agosto. Precisamos de oito meses e de toda a gentileza e bondade de Helen para superar o preconceito da minha mãe em relação à minha noiva e para fazê-la aceitar a ideia de me ver partir da Granja Linden para ir morar tão longe. Contudo, ela acabou ficando satisfeita pela sorte do filho e, orgulhosa, atribuiu tudo aos seus méritos e talentos superiores. Passei a fazenda para Fergus com mais esperança de prosperidade do que eu teria um ano antes em circunstâncias semelhantes, pois ele tinha se apaixonado pela filha mais velha do vicariato de L., uma moça cuja superioridade elevara suas virtudes latentes e o estimulara a realizar os mais surpreendentes esforços, não apenas para conquistar seu afeto e sua estima, mas também para acumular riquezas suficientes para pedir sua mão e torná-lo digno dela aos olhos dos parentes da dama e de seus próprios; e no fim, como você já sabe, ele conseguiu. Quanto a mim, nem preciso falar como minha Helen e eu vivemos felizes juntos e quão abençoados ainda somos por nossa companhia e pelos promissores e jovens descendentes que crescem a nosso redor. Estamos ansiosos para que você e Rose cheguem logo, pois a época da visita anual está chegando, e vocês poderão deixar sua cidade empoeirada, fumacenta, barulhenta, grosseira e rude para aproveitar uma temporada de relaxamento revigorante e recolhimento social conosco.

Até lá, adeus!
GILBERT MARKHAM

STANINGLEY, 10 de junho de 1847